BEST SELLER

Theresa Révay (París, 1965) estudió literatura francesa en la Sorbona y trabajó durante años como traductora y colaboradora para varias editoriales. Con siete novelas publicadas, se ha convertido en una de las autoras francesas de narrativa femenina más interesantes. Su novela *La loba blanca,* publicada en 2008, fue un éxito de ventas en Francia y Alemania y sus derechos se vendieron a numerosos países. Hoy es una de las escritoras más reconocidas por su combinación de romance e historia.

Biblioteca

THERESA RÉVAY

La loba blanca

Traducción de

Francesc Reyes Camps

DEBOLS!LLO

Título original: *La Louve blanche*

Primera edición en Debolsillo: enero, 2012

Printed in Spain – Impreso en España

ISBN: 978-84-9989-365-5 (vol.923/1)
Depósito legal: B-37917-2011

Compuesto en Anglofort, S. A.

Impreso en Barcelona por: blackprint A CPI COMPANY

P 993655

Al lobo de las lunas.
Mit Liebe.

PRIMERA PARTE

Petrogrado, febrero de 1917

La suerte no es amiga de los tibios. A la suerte hay que provocarla, conquistarla. En una palabra, hay que merecerla, lo mismo que la cruz de San Jorge en el campo de batalla. Xenia Fiódorovna Osolin no podía verse de otro modo: ella era una conquistadora.

La guerra se eternizaba desde hacía casi tres años y los rusos morían por centenas de millares del Báltico al Danubio, de modo que las posibilidades de que cierto joven oficial de la Guardia Imperial apareciera en su banquete de cumpleaños eran escasas. Aun así, ella no había dudado en enviarle una invitación y había telefoneado a su casa al no recibir respuesta, para asegurarse de que realmente estaba de permiso. A su madre le hubiera horrorizado saberlo.

Con la nariz pegada a la ventana, Xenia sopló sobre el doble cristal como cuando era una niña, y luego dibujó una cara. ¿Cuándo se aprendía a tener paciencia? ¿Al envejecer? Unos cuantos manifestantes alterados cerca de Nuestra Señora de Kazán no iban a aguarle la fiesta.

Oyó que la puerta de la entrada se cerraba y la voz profunda de su padre resonó en el vestíbulo. Conocía cada uno de sus matices, de modo que enseguida comprendió que estaba enfadado, tal vez incluso furioso. Imaginó cómo se quitaba el grueso abrigo y se agitaba como un oso, y luego lo oyó atravesar la estancia con su paso irregular para dirigirse al gabinete de trabajo, con la bota derecha rayando el parquet, recuerdo de una herida de guerra.

Xenia giró sobre sus talones y abarcó de un vistazo el salón. No había encendido ninguna luz y permanecía en la oscuridad de la tarde, erguida y tranquila, con su larga falda de lana gris, una blusa blanca de cuello plisado y un chal sobre los hombros. Aún respiraba el olor picante del hospital al que acudía para cuidar a los heridos. No le confiaban tareas delicadas, pues consideraban que a los quince años todavía era demasiado joven para formarse como enfermera y enfrentarse a heridas purulentas o indiscretas, pero su ayuda era bienvenida a la hora de preparar los vendajes, desinfectar los instrumentos quirúrgicos o levantar la moral de los soldados.

El péndulo desgranaba los minutos. Los contornos reconfortantes de divanes y sillones se dejaban adivinar en la estancia. La joven cerró los ojos y repasó de memoria la ubicación de las alfombras persas y de los espejos, de la consola con cabezas de esfinge, de los veladores de madera de palisandro o de amaranto, de las sillas con decoraciones labradas. En las paredes colgaban muchas telas de maestros de la pintura, una colección reputada entre la alta sociedad de la ciudad. Como un fantasma fugaz, Xenia hubiera podido deslizarse entre los muebles claros de madera de Carelia, tocar levemente los cuadros esmaltados sobre el piano de cola, o la colección de tabaqueras... Conocía el gran salón de memoria y ninguna de las estancias en sucesión de esa residencia a la vez cálida y protocolaria guardaba secretos para ella. En ese silencio de terciopelo le parecía percibir el pulso calmado de la casa que se extendía por sus venas y la colmaba plenamente. El corazón de su casa natal con vistas a un canal tomado por los hielos, a medio camino entre dos catedrales, latía al unísono con el suyo.

Unas voces la sacaron de su ensueño. Desorientada, se preguntó si aquella excitación provenía del exterior, pero en cuanto abrió los ojos comprendió que su padre gritaba al teléfono. Aguzó el oído. En los últimos tiempos se había convertido en una costumbre. Cuando paseaba por la ciudad recogía migajas de información, chismes o recriminaciones lanzadas al vuelo. Desde hacía meses se formaban colas ante las panaderías desde las tres de la madrugada. Las mujeres, arrebujadas en sus abrigos de invierno, con las mejillas agrietadas por el frío, reclamaban pan entre lamentos o denunciaban el alza de los precios. Se acusaba al gobierno de esconder la harina, de venderse a los alemanes y de ser incapaz de organizar el avituallamiento de una ciudad en la que faltaba de todo, desde el carbón hasta la carne, las velas, el jabón o el azúcar. El asesinato de Rasputín iba a solucionarlo todo, pero parecía que el *staretz* seguía ejerciendo su poder maléfico más allá de la tumba. Debido a la falta de leña, en algunos barrios los pobres morían de frío en sus viviendas sin calefacción.

Un escalofrío le recorrió el cuerpo. Los Osolin también economizaban. La casa ya no se calentaba como antes. Algunas habitaciones habían sido clausuradas hasta la primavera. En aquellos días había pasado a compartir habitación con su hermana Masha, cinco años menor, que por la noche no se cansaba de reclamar la lectura de cuentos y leyendas, hasta tal punto que Xenia a veces tenía que enfadarse para que la niña se durmiera bajo la montaña de mantas.

—¡Las patatas están ahora a cinco rublos, cuando antes de la guerra estaban a quince copecas! ¿Cómo quieres que la gente coma, Nina? —gritó su padre.

Debía de haber dejado abierta la puerta de su gabinete de trabajo. Xenia distinguió el murmullo de la voz de su madre, que intentaba tranquilizarlo. De mirada lánguida y maneras delicadas, Nina Petrovna Osolin poseía la dulzura de esas mujeres que ejercen una influencia angélica sobre el carácter volcánico del marido. En incontables ocasiones, Xenia había visto a su padre o a algunos de sus tíos, oficiales eméritos de la guardia, obedecer a sus esposas sin que ni siquiera fuera necesario que ellas levantaran la voz. Entre esos colosos se daba una propensión a la docilidad que no dejaba de sorprenderla. No le parecía extraño, en cambio, que su padre evocara el precio de los productos alimentarios. Era un hombre inteligente al que le gustaba recordar que una guerra se gana en el frente y se pierde en la retaguardia. Y resultaba que desde hacía largos meses, como uno de esos tranvías en huelga inmovilizados en sus raíles o como una de esas sesiones tumultuosas que los diputados celebraban en el palacio de

Táuride, la retaguardia de la santa Rusia resoplaba como un caballo indócil.

Xenia frunció el ceño, pensando en su vestido azul pálido de satén y tul bordado con perlas de cristal que la esperaba en su habitación. Le había prohibido a Masha que lo tocara, so pena de un castigo ejemplar que todavía no había inventado. Sus padres le habían prometido un bonito cumpleaños, una recompensa por haber sido una alumna estudiosa en la escuela Obolenski y una aprendiz de enfermera aplicada. Su madre la había acompañado a la calle Mojovaya, a la tienda de Anna Grigórievna Gindus, quien para la muchacha encarnaba la elegancia absoluta, pues la modista se había formado en el establecimiento de Jeanne Paquin, en París. Le daba la impresión de que celebraba su entrada en el mundo con un año de antelación, lo que le convenía perfectamente, ya que no le gustaba parecerse a los demás. Cuando había hablado a sus amigas del banquete que seguiría a la representación de una obra de Lérmontov en el teatro Aleksandrinski las había visto enrojecer de celos. Aunque la guerra había permitido la concesión de nuevas libertades para todas, el resto de los padres se mostraba más puntilloso con las conveniencias.

No quería ni considerar la posibilidad de que los tumultos que tenían lugar en la ciudad llegaran a interferir en las festividades para las que se preparaba desde hacía varias semanas. Con paso decidido salió del salón y descendió por la escalera para reunirse con su padre. Sentía una imperiosa necesidad de verlo, para asegurarse de que, a su lado, todo iría bien.

Se detuvo en el marco de la puerta del gabinete de trabajo, observando al general que, de pie junto a la estufa, leía un despacho. Estaba encorvado y se frotaba la nuca con una mano cansada, aunque las gafas con montura dorada le conferían aspecto de estudiante. Sentía por su padre un afecto intenso, casi dramático. Le inspiraba una confianza absoluta y plena, como una dulcísima fruta estival. A su lado no cabían dudas ni indecisiones. Alto, de anchas espaldas y manos poderosas, desprendía una vitalidad solar. Cuando veía a Masha sumergirse en sus brazos, Xenia lamentaba haber crecido demasiado para encontrar también refugio allí; tenía que contentarse con besos sonoros que estallaban en su mejilla, con el espeso bigote rubio haciéndole cosquillas en la piel.

El general murmuró un juramento y al inclinarse para tirar el papel por el orificio de la estufa embaldosada se dio cuenta de la presencia de su hija. En ese mismo momento su rostro de rasgos profundos se iluminó. Se quitó las gafas, que le dejaron una marca roja en el puente de la nariz.

—Palomita, estás aquí y no te había oído llegar. ¿Qué tal se encuentra la reina de la fiesta?

—Y tú, papá, ¿cómo estás?

Él se dejó caer en el sillón de cuero y colocó los antebrazos sobre los papeles en desorden que se amontonaban sobre la mesa. Los labios esbozaron una mueca irónica.

—Por lo visto, la obra de teatro que vamos a ver se llama *La mascarada*. Es una buena broma del destino. Por lo que a mí respecta, tengo la impresión de vivir en una a lo largo de todo el día.

—Dicen que los decorados son fantásticos —comentó Xenia, un tanto nerviosa—. Estará todo el mundo, incluso la familia imperial. La representación promete ser soberbia.

Le sorprendió su propio tono, algo implorante. ¿Tanta importancia daba a una simple velada teatral? Evocó la imagen de su nuevo vestido, los zapatos de satén a juego, las cintas que iba a deslizar entre sus cabellos. ¿Cómo podía pretender ser una mujer adulta si se obcecaba en esas futilidades con la rabia propia de una chiquilla?

—Desde enero esta ciudad se aturde a base de fiestas —afirmó su padre con hastío—. No piensa más que en bailar.

—Son galas de beneficencia, papá —protestó Xenia—. Es necesario que reunamos dinero para nuestros heridos.

—Al ritmo que vamos, pronto ya no quedará ni uno —ironizó él—. Tras la derrota de Tannenberg, y sobre todo después de la maldita retirada de Galitzia, en el frente no hay más que motines.

—¡Esos soldados son unos cobardes! Nunca se comportarían así oficiales como tú o el tío Sasha.

—En todas partes habrá siempre cobardes, hija mía. Créeme si te digo que es una raza muy extendida. Pero ¿podemos tildar de cobardes a hombres que tan solo disponen de una decena de cartuchos para disparar? ¿Son cobardes esos que a veces combaten tirando piedras? Te recuerdo que en agosto de 1914 los rusos se comportaron como héroes. Nos sacrificamos por los franceses. Gracias a nosotros vencieron en la batalla del Marne, puesto que los alemanes tuvieron que replicar a nuestros ataques en Prusia oriental. Pero pagamos un precio terrible por nuestra lealtad. No estábamos preparados para el enfrentamiento y perdimos a la élite de nuestro ejército. Y luego, al año siguiente, Galitzia...

Su mirada se extravió durante unos instantes y el rostro se le crispó de dolor.

—No disponíamos de cartuchos ni de obuses... La artillería, diezmada... Regimientos que perdieron las tres cuartas partes de sus efectivos. Vi a simples sargentos llevar al combate a sus hombres después de no haber comido nada en muchos días. Eso ya no era una guerra, sino una masacre, algo que ningún oficial que se precie puede aprobar. El pueblo no está contento. Empieza a protestar, y de manera cada vez más ostensible. Haríamos bien en preocuparnos. No irás a decirme que eres como todos los que hacen oídos sordos...

—Pero bueno, después de todo ¡no será tan grave! —exclamó Xenia, exasperada—. Ya estamos acostumbrados a las huelgas y manifestaciones. En 1905 todo volvió al orden, ¿no? Ahora que el pueblo tiene una Duma, ¿qué más quiere?

El general la miró con severidad.

—La Duma no representa a los campesinos, ni al proletariado. Es una asamblea de notables. Y ahora ya no se trata de la multitud de místicos que agitaba iconos ante su zar con fe ciega, sino de hombres y mujeres realistas. El pueblo quiere comer. Quiere que sus hijos dejen de morir como conejos. Quiere la paz cuando estamos en plena guerra. Y también quiere el reparto de las tierras, y Dios sabe qué más todavía...

—¡En tal caso quiere demasiado, y no tendrá nada!

Fiódor Serguéyevich observó a su hija mayor plantada frente a él, con los brazos cruzados y las mejillas encendidas, con los ojos grises poblados de tempestades, con el largo cabello rubio despeinado, y sintió por ella tal impulso amoroso que una mano le atenazó el corazón. Sabía que era brava, a veces orgullosa, a menudo intransigente, pero en tiempos turbulentos esos rasgos de carácter que pasaban por nefastos constituían un escudo para afrontar las incertidumbres del mañana. No se trataba de la bondad de su madre, ni de la delicadeza de la pequeña Masha, de quien presentía que iba a convertirse en una de esas encantadoras criaturas indolentes a las que un hombre ama solamente porque puede protegerla. No, Xenia era feroz, tenaz, espinosa. Sería una de esas mujeres que atormentan a los hombres, que devoran su sueño, que cristalizan bajo su piel, que surgen sin piedad en su recuerdo cuando menos lo esperan, lo mismo entre una multitud sublevada como por los confines de la estepa, una de esas mujeres inalcanzables que inspiran pasión, de esas que conducen al duelo o a la locura.

Mientras admiraba la distinción de la muchacha, la silueta fina de delicadas muñecas, prisionera de una cólera pasajera cuyos motivos creía adivinar, sintió el absurdo impulso de envolverla en pañales, como a esos recién nacidos a los que se aprisiona en telas para protegerlos de un vacío demasiado terrorífico tras el paso por el vientre de su madre.

Desde la víspera escuchaba el creciente murmullo de la revuelta. Algunos comercios habían sido víctimas del pillaje. Los tranvías no circulaban tras las agresiones a cobradoras y conductores. Los militares habían disparado a los huelguistas y matado a tres de ellos, y habían ocupado los puentes. Al pensar en el papel que se consumía en la estufa, Fiódor Serguéyevich sintió que la sangre le hervía en las venas. En ese mismo instante lo habría dado todo para proteger a su hija de un destino que se le antojaba difícil, lo mismo de los terrores de la guerra que de la traición de los hombres.

—Esta mañana ha vuelto al frente —murmuró.

Xenia enrojeció.

—¿De quién hablas?

—De Ígor.

—¿Cómo lo sabes? ¿Te lo ha dicho él? ¿Lo has visto?

—Anoche me crucé con él. El día anterior había asistido a una gran manifestación en la avenida Samsonievski y estaba preocupado porque pensaba que los cosacos habían mostrado demasiada indolencia hacia la multitud. Es un joven perspicaz. También me encargó que te diera las gracias por la invitación.

—Aun así, habría podido avisarme. Ese chico es increíblemente maleducado. Bueno, pues no lo echaremos en falta.

Se volvió con brusquedad y se dirigió a la estufa. Sentía enfado por no poder disimular su decepción. A sus espaldas, adivinaba que su padre buscaba palabras tranquilizadoras. ¡Mientras se mantuviera callado...! De pronto, se sentía tan frágil que incluso temió echarse a llorar. Necesitaba que transcurrieran unos segundos para que despertara la cólera que expulsaría la tristeza.

Lo que más le gustaba de él era la nuca. No comprendía por qué, quizá simplemente porque se le había ofrecido a la vista cuando había inclinado la cabeza para tocar el piano, y le había parecido a la vez bella y vulnerable. A pesar del corte militar, apreció sus cabellos castaños y espesos, y la mirada oscura y atenta que había fijado en ella. Le había parecido que él estaba presente a la vez dentro y fuera de la estancia, y Xenia había envidiado esa capacidad de desdoblamiento.

Ígor Kunin era un amigo de su tío Sasha, el hermano menor de su madre. Lo había conocido un año antes, cuando Sasha la había visitado con ocasión de un permiso. Ambos hombres eran de edad parecida, unos veinte años, y a ella le había llamado la atención que aquellos muchachos pudieran hacer tan buenas migas siendo tan diferentes. El tío Sasha vociferaba y no tenía nada de discreto, hasta tal punto que no dudaba en ir a cazar patos entre asalto y asalto en el frente de Galitzia, para consternación de sus superiores, mientras que Ígor permanecía en segundo plano y respondía con educación a las preguntas que le hacía la anfitriona mientras sostenía en equilibrio su taza de té, como si temiera romperla.

Después de martirizar el piano durante unos minutos dando alaridos, Sasha había convencido a Ígor para que ocupara su lugar. «Es un virtuoso», había advertido a la concurrencia. Algo avergonzado, Ígor había bajado la cabeza. Resultaba evidente que le habría gustado confundirse con la decoración, pero Sasha se había mostrado intratable. «¡Vamos, amigo mío! ¿Acaso no lamentabas el otro día no poder tocar música?» Con una sonrisa de circunstancias, Ígor se había sentado en el banco, había rozado las teclas blancas y negras como si recitara una plegaria y finalmente se había puesto a tocar.

Durante el transcurso de esa noche, Xenia había sido su vecina de mesa. Habían hablado a media voz, sin prestar atención a los demás. Estaba tan intrigada por aquella personalidad que había olvidado ser tímida. Desde entonces no se lo había podido sacar de la cabeza. Se escribían cartas, breves y apresuradas en el caso de Xenia, más melancólicas cuando las redactaba él. Al enterarse de que volvería a disponer de un permiso y que este coincidiría con su fiesta de cumpleaños, a Xenia se le desbocó el corazón. Iba a descubrirla como soberana incontestable de la velada. Lo había imaginado intimidado, admirándola de lejos. Ella sería quien avanzara hacia él para escogerlo entre todos, con su largo vestido deslizándose sobre el parquet de marquetería, y a él no le quedaría más remedio que agradecérselo. No obstante, todas sus ideas acababan de desmoronarse. Sin la presencia de Ígor, la fiesta carecería de sentido. Ya no tenía ganas de asistir a ella.

Decididamente, esa guerra que nunca concluía estaba acabando con su paciencia. Ya estaba harta de temer por todos los tíos o primos que combatían en el frente. Ya no soportaba las restricciones, los periódicos de titulares angustiosos, los iconos y espejos velados de negro que marcaban el duelo, los interminables oficios de difuntos en la iglesia entre el mareante humo del incienso. Le irritaba tener que acompañar a su madre dos veces por semana a los obradores en que las damas tricotaban medias, cosían camisas y chalecos para los soldados, escogían ropas para los refugiados, y en donde se veía sometida a la desconfianza de viejas señoras amargadas que la regañaban en cuanto miraba por la ventana en una de sus ensoñaciones. Cualquiera habría dicho que habían organizado todo eso para fastidiarla e impedir que aprovechara lo que en principio iba a ser uno de los años más maravillosos de su vida. ¡Era injusto, era detestable!

Fiódor Serguéyevich vio que su hija apretaba los puños. En sus hombros encorvados como si luchara contra el viento adivinaba su cólera. Se sentía decepcionada, y por tanto traicionada. El padre había comprendido las emociones de su hija ante el joven Kunin y las aprobaba sin inconvenientes. Ese chico era un músico prometedor, un militar valioso que se había formado una opinión sobre la situación y cuya gravedad medía. La víspera, uno y otro habían constatado lo mismo: el ejército estaba gangrenado por la propaganda revolucionaria. En el frente, los hombres solo obedecían a regañadientes. «No piensan más que en sí mismos —había murmurado el joven oficial, con voz cansada—. Por la sencillez de su alma se diría que son unos niños. Se emborrachan con las palabras bonitas, como si se tratara de vodka. No tienen ninguna confianza en nosotros, sus jefes, porque les parece que tenemos la intención de entregarlos al enemigo. Están deprimidos, desmoralizados, y a veces leo el odio en sus miradas.»

El odio... El general sentía, respiraba ese olor nauseabundo que emponzoñaba las calles de la ciudad. Peor todavía, percibía ese mismo malestar cuando inspeccionaba los batallones de reserva de la guardia. Los nuevos reclutas ya no eran *mujiks* resignados y fatalistas, sino obreros de Petrogrado imbuidos de ideas socialistas. Entre ellos ya no encontraba ni el espíritu de sacrificio ni la camaradería propia del cuerpo, sino expresiones rebeldes y miradas cerriles.

Desde hacía unos meses, a veces Fiódor Serguéyevich se despertaba de pronto sobresaltado hacia las tres de la madrugada. Con el corazón desbocado, escuchaba la respiración regular de su mujer, tendida junto a él, y buscaba la forma de calmarse, pero el sueño se le mostraba esquivo. Entonces se deslizaba fuera del lecho con una mueca, pues la sangre circulaba con dificultad por su pierna mala. Sin hacer ruido, se ponía el grueso batín de seda y salía de la habitación. ¿Cuántas veces había entreabierto la puerta de la habitación de sus hijas? Contemplaba los cabellos rubios de Xenia esparcidos sobre la almohada, los edredones en desorden como si hubiese pasado la noche luchando contra un enemigo invisible, mientras que el cuerpo de Masha quedaba escondido bajo las mantas. «¡Dulce Madre de Dios, protégelas», rezaba bendiciéndolas con el signo de la cruz, antes de meterse en su gabinete de trabajo, donde encendía la estufa y esperaba al alba, a solas con sus tormentos.

Sonó el teléfono.

—Tendrás que subir a prepararte, sol mío —dijo con una sonrisa—. Creo que ha llegado el peluquero. No me cabe duda: seguro que el talentoso monsieur François sabrá domeñar el enjambre de tus cabellos. La de esta noche será una fiesta preciosa, ya verás.

La joven se volvió hacia él. Era evidente que ya se había tragado todo el rencor.

—Claro, papá, y tengo la intención de aprovechar cada segundo.

Se marchó de la habitación con la cabeza bien alta. Tanta resolución hizo sonreír a su padre.

Tras mirar con desconfianza el aparato, descolgó a su pesar y atendió a un oficial superior que le informaba de que una compañía del Pavlovsk había tirado sobre otras dos unidades. Una vez desarmados, los soldados rebeldes habían sido arrestados. «Si la guardia cede, será el principio del fin», pensó con amargura mientras se levantaba para dictar sus órdenes.

La noche era azul. El cielo envolvía la ciudad rigurosa, cuadriculada por amplias arterias heladas, con sus muelles de granito, sus agujas milagrosas, sus columnatas, cúpulas y demás palacios majestuosos. El coche avanzaba con lentitud. Sombras confusas huían a lo largo de los inmuebles, brevemente subrayadas por los halos de las farolas. Sentada junto a su madre, Xenia intentaba en vano seguirlas con los ojos. El cuello de sedosas pieles le acariciaba la mejilla y el manguito de chinchilla calentaba sus manos frías.

La velada teatral había transcurrido de manera brillante, con un decorado romántico y colorido y un inspirado elenco de actores. Durante el entreacto se había paseado orgullosa del brazo de su padre. La habían felicitado por la elegancia de su vestido y por su sonrisa deslumbrante, pero tras los cumplidos de rigor las conversaciones habían vuelto a centrarse en preocupaciones más graves. Los diputados Shingarev y Skobelev habían reclamado la dimisión del gobierno que dejaba morir de hambre a la población. La anciana condesa Chikov, agitando sus manos enguantadas de blanco, declaraba haber visto a algunos manifestantes agitando una bandera roja. Se murmuraba apenas con la comisura de los labios el nombre de los ministros Sturmer o Protopopov, como si dejaran un gusto amargo en la boca. Cansada en cierto modo de no ser más que un accesorio prescindible del brazo del general de la guardia, Xenia había fruncido el ceño, sin querer oír los reproches que se le hacían al primer ministro, ni las inquietudes que concernían al estado de ánimo reinante en las fuerzas armadas. Había soñado demasiado con esa velada para no desear que resultara despreocupada, pero en cada expresión crispada le parecía ver un reproche.

Su madre tuvo un acceso de tos que intentó frenar llevándose un pañuelo de encaje a los labios. Xenia pensó que tenía mal aspecto. En consideración a su frágil salud, la joven había renunciado a la alegría de volver en trineo a casa, cuando lo que más le gustaba en el mundo era recorrer la ciudad oculta bajo las pieles, con la masa monolítica de su cochero haciendo de muralla contra el viento, mientras los caballos se deslizaban al ritmo de los cascabeles.

—¿Te encuentras bien, *mamoshka*? —preguntó con inquietud.

Nina Petrovna puso una mano afectuosa sobre el brazo de su hija.

—No es nada, querida, una debilidad pasajera.

Las ojeras azuladas bajo sus ojos desmentían su sonrisa. La dulzura se reflejaba en su mirada clara y de una rara bondad, en las pequeñas arrugas que encuadraban su boca de labios finos. Labrada como un camafeo, era de frente alta, nariz fina y pómulos afilados. Su cabello rubio recogido en un moño entrelazado con perlas resaltaba la palidez de su rostro y los famosos y deslumbrantes pendientes Osolin, de esmeraldas y diamantes.

Xenia la observó con aire severo. Desde hacía unos días, su madre se levantaba tarde y al atardecer se retiraba a su habitación para descansar. Ella no soportaba verla sufrir, eso la llenaba de una angustia difusa. Ya desde la infancia el trato con su madre se había caracterizado por cierta contención, como si por ser demasiado brusca, o por torpeza, pudiera romperla en mil pedazos.

En cuanto el coche se detuvo ante la casa, el portero vestido con un chaquetón galoneado se precipitó hacia la portezuela para recibir a las dos mujeres. La luz que provenía de la puerta de entrada iluminaba la acera nevada en donde la arena dejaba un rastro azafranado. Diversos automóviles y calesas, con sus pequeños y robustos caballos y sus cocheros de largas vestiduras ceñidas con cintas, se alineaban en la calle. Habían invitado al banquete a una cuarentena de personas. Xenia alzó la mirada. Las estrellas brillaban allá arriba, en el cielo, y su aliento quedó suspendido en el aire helado. Respiró a pleno pulmón hasta hacerse daño, y el perfume picante y salado, tan propio de la ciudad, se le subió a la cabeza. Se oían acordes briosos de música. Alguien se atrevía ya con un aire de tango. Esa noche nadie iba a estropearle la fiesta, y la muchacha, sin inquietud ni remordimientos, subió tras su madre los escalones de la entrada.

—¿No tienes miedo?

—¡Qué tontería! —contestó Xenia abriendo mucho los ojos—. ¿De qué debería tener miedo, según tú?

Su amiga Sofia se alisó la falda con una mano nerviosa. En la comisura de los labios conservaba un rastro de chocolate.

—Lo que ocurre es bastante serio. Desde que los obreros de Putilov y Erikson se declararon en huelga, los manifestantes se han vuelto terriblemente virulentos. Ahora ya no se conforman con la abdicación del zar, sino que quieren la República. Con toda esta agitación temíamos no poder asistir a tu cumpleaños. Mamá desearía volver a Kiev hasta que las cosas se calmen.

—No me apetece permanecer exiliada en el campo cuando aquí se suceden los acontecimientos —dijo Xenia mientras arrinconaba los dulces en el plato.

Aunque no muy copioso, el banquete había sido digno de las grandes ocasiones. La muchacha se preguntaba de dónde podía haber sacado la cocinera aquellas maravillas: caviar, huevas de salmón, una magnífica oca asada, pescado al horno... Un festín coronado por una gran variedad de postres suministrados por la pastelería Ivánov, y eso cuando los huevos habían desaparecido de la capital. Xenia había bebido champán rosado en copas de cristal y se sentía feliz.

Su padre pasó por delante de las dos chicas con el embajador de Francia. Con expresión grave, el señor Paléologue llevaba las manos entrelazadas a la espalda. La cadena de oro del reloj cruzaba su chaleco en una línea luminosa. Se adivinaba su inquietud en el pliegue amargo de los labios bajo el bigote cortado al ras. Discutía en voz baja con el anfitrión, quien tenía que inclinar la cabeza para entenderlo. En un rincón de la estancia, rodeada de una reducida corte de damas cargadas de collares de perlas, la condesa Chikov agitaba su abanico mientras explicaba con voz aguda que la santa Rusia solamente podía administrarse bajo el despotismo, y que ese pobre Nicolás II tenía el mismo defecto que Luis XVI: una bondad excesiva que se volvía contra él.

—¡Ya no se habla de nada más que de política! —exclamó Xenia con exasperación—. Y eso que en la vida hay mucho que hacer, aparte de darle vueltas y más vueltas a todo lo que no funciona en nuestro país.

—Pero eso es algo esencial, ¿no te parece? Es necesario hallar soluciones —protestó Sofia, con un destello de enfado en la mirada.

Hija de un célebre abogado y de una poetisa estimada por todos, Sofia Dmítrievna tenía unos ojos negros y brillantes, carrillos redondos y unos rizos negros que enmarcaban un rostro de muñeca. Era una muchacha inteligente, viva y apasionada.

—Mi querida Sofia, tú siempre tienes la nariz inmersa en un libro. Discutes durante horas al teléfono sobre las cualidades y los defectos del partido socialdemócrata o socialrevolucionario. A mí todos esos políticos me aburren a morir.

—¡No te comprenderé nunca! Hay que reflexionar y actuar, si queremos conservar todo esto —dijo Sofia con un gesto de su mano que abarcó la rica ebanistería, los espejos venecianos y los lacayos de peluca blanca—. En esta vida no puedes considerar nada como adquirido, porque lo mismo eres rico un día que pobre al siguiente. La rueda gira para cada uno de nosotros. ¿No te das cuenta de que Rusia se dirige hacia un abismo? Estamos embarcados en un navío en plena tempestad, con un capitán débil e indeciso, sometido a una mujer nefasta que no es rusa, sino alemana, cuando resulta que los alemanes son nuestros enemigos.

—Te recuerdo que Catalina II también era una princesa alemana —replicó Xenia—. ¡Dios mío, Sofia, me fatigas! Cualquiera diría que defiendo a la emperatriz, y eso que no la tengo en mayor estima que tú. Menos mal que las grandes duquesas son más simpáticas que su madre.

—Me gustaría creerte, pero me reservo la opinión que tengo sobre ellas.

—¿No será que te da envidia que yo las conozca y tú no?

—¡Qué va! —saltó Sofia.

Pero Xenia sabía que había tocado un punto sensible para su amiga. Un día en que se encontraba en el hospital, Olga Nikoláyevna y su hermana menor Tatiana habían acudido a trabajar un par de horas, vestidas con el uniforme gris y el velo blanco de las enfermeras voluntarias. Aunque eran unos años mayores, habían llevado a Xenia a su presencia para que la conocieran. Irritada por sentirse intimidada, había hecho una profunda reverencia y había respondido a sus preguntas. Las dos hermanas habían mantenido la mirada franca y la sonrisa fácil, aunque Tatiana parecía algo altiva. Habían escuchado divertidas ciertas peripecias vividas en el cuidado de los soldados heridos. Cuando Xenia le había explicado el episodio a Sofia, la joven, que preconizaba los ideales democráticos, le había exigido detalles precisos sobre el comportamiento de las grandes duquesas, sus maneras, su carácter y su modo de vestir.

—Yo también leo los periódicos —continuó diciendo Xenia al tiempo que atendía a la llegada de un joven con el uniforme del Cuerpo de Pajes—. No soy ni sorda ni ciega, contrariamente a lo que crees, y me interesa mucho más lo que vaya a explicarme nuestro querido Serguéi que todas esas malas noticias. Te ruego que no estropees la fiesta con mal humor. Esta noche solo quiero divertirme.

—En tal caso estoy aquí para serviros, Xenia Fiódorovna —aseguró el joven inclinándose ante ella, con el cuello constreñido por el uniforme—. Tengo que felicitarla: está todavía más encantadora que la última vez que la vi, si es posible.

—¿Y dónde está Ígor? —preguntó Sofia con talante un tanto pérfido, como para hacerle pagar a su amiga la herida sufrida en su amor propio—. Creía que me habías dicho que vendría para acompañarnos esta noche.

Xenia se levantó y tendió su plato de dulces a Sofia.

—El pobre ha tenido que volver al frente esta mañana. Estaba desolado por no poder venir a la fiesta... Por cierto, Sofia, tienes un poco de chocolate justo ahí, en la comisura —añadió—. Acompáñeme, Serguéi, es mi cumpleaños y tengo ganas de bailar.

Nina Petrovna contemplaba a su hija mientras esta bromeaba y reía con el hijo de una de sus mejores amigas. Con el torso inclinado hacia ella, Serguéi no dejaba de mirarla intensamente, y Xenia se dejaba hacer, encantada. Aunque pensaba que el comportamiento de la joven era algo descarado, Nina no se veía con fuerzas de corregirla.

Xenia había crecido muchísimo en pocos meses. Eso la tenía cansada, la había vuelto irritable y a veces se quejaba de dolor en las articulaciones. Delgada y esbelta, la muchacha de ojos grises y traslúcidos parecía destinada a convertirse en una belleza para mayor orgullo de su padre. De humor caprichoso, a menudo se enfadaba, pero sus cóleras pasaban lo mismo que tormentas de verano, y no dudaba en pedir disculpas si juzgaba que había sido injusta. Era de una pieza, franca y sincera, leal con sus amistades e incapaz de disimular sus sentimientos, lo que en el futuro no dejaría de ocasionarle problemas con los hombres, pensó Nina.

—Su hija se está convirtiendo en una belleza, querida condesa, pero nunca podrá rivalizar con su madre —murmuró en su oído una voz en francés, mientras una mano se posaba en su hombro desnudo.

Nina cerró por un momento los ojos, saboreando el calor de la palma de Fiódor sobre su piel, de modo que su cuerpo entero respondió al contacto de su marido. Desde que se había casado con él, con dieciocho años, siempre había tenido este efecto sobre ella. La joven mujer no se tomaba esta felicidad a la ligera, y era consciente de que, una vez pasaban las primeras emociones, la mayor parte de los matrimonios se convertían en caparazones vacíos. Tal indiferencia, nacida de la usura del tiempo al desgastar los sentimientos, le era desconocida. Le bastaba ver aparecer a Fiódor para experimentar una oleada de felicidad que la traspasaba de la cabeza a los pies. El amor incondicional que él le demostraba la llenaba de una serenidad de la que extraía sus fuerzas. Ese era el amor que le había permitido superar las pruebas que la vida le había infligido: no solamente la muerte de dos de sus hermanos en los oscuros pantanos de Tannenberg, sino también el nacimiento, dos años después del de Xenia, de un hijo muerto y un aborto complicado que había tenido lugar un año antes.

Había temido no poder darle a Fiódor la familia numerosa que él esperaba. Quería mostrarse digna de él a toda costa y no decepcionarlo. Si a su alrededor los hombres dedicaban sus vidas al zar y al mantenimiento de la Rusia eterna, las esposas tenían que corresponder como armaduras de un linaje, transmitiendo no solamente la vida, sino también el alma de una familia. Como era habitual en él, Fiódor la había tranquilizado. Ella le satisfacía y todo estaba en las manos de Dios. ¿Acaso no era necesario tener confianza en Él? Sin embargo, en lo más profundo de la noche, en su propiedad de Crimea en la que había pasado varios meses reponiéndose, Nina había adivinado que su marido lamentaba no disponer de un heredero, y eso le había hecho sentir pena y vergüenza.

Con discreción, se llevó la mano al vientre. Esa misma noche, después de la fiesta, le diría por fin que esperaba otro hijo. Sin duda alguna su rostro se iluminaría y se inclinaría para besarle la mano y la frente, suplicándole que se cuidase y no se fatigase. Iba a sentirse dividido entre la alegría y la aprensión, pues para ese militar que no dudaba en marchar al frente con sus hombres el nacimiento de un hijo era una prueba más temible que cualquier disparo de artillería.

Fiódor acercó un sillón y se sentó a su lado. Le tomó la mano. Ese gesto emocionó a Nina, pues era una nueva demostración de que no le daba miedo expresar ante los demás los sentimientos que lo unían a su mujer.

—¡Deseo tanto que sea feliz! —murmuró ella entrelazando sus dedos.

—¿Y por qué no iba a serlo? Solamente hace falta que aprenda a dominar su ímpetu. Nuestra querida Xenia tiene todas las cualidades de una pequeña revolucionaria.

—¡No digas esas cosas! Empiezo a temer lo peor.

—Ya te he propuesto que no esperes a la primavera y que te vayas con las niñas a Yalta ahora mismo. Allá estarías más tranquila.

—No quiero dejarte. Me necesitas.

Él le acarició la mano con el pulgar y esbozó una sonrisa afligida.

—Me gusta que estés a mi lado y bendigo cada día que Dios me concede a tu lado, pero tienes que ser razonable. Muchos ya han partido hacia el Cáucaso o a Crimea. ¿Por qué te obstinas en quedarte?

—No hablemos más de eso —insistió ella, con el corazón acelerado—. Contigo estamos seguras. Partiremos dentro de unos meses, como siempre.

No había mentido al decirle que quería permanecer a su lado, pero no se atrevía a confesarle lo mucho que su médico le había desaconsejado el largo viaje en tren hasta Yalta. Los sobresaltos no eran lo más indicado para alguien con su historial de pérdidas. Le había aconsejado calma absoluta, paciencia y reposo hasta el parto. Nina había decidido seguir estas consignas al pie de la letra. Deseaba tener ese hijo, lo deseaba con una resolución inédita, como si la muerte de sus adorados hermanos y de todos esos soldados desconocidos le impusiera el deber de dar vida.

—¡Qué magnífica fiesta! —exclamó Xenia acercándose a sus padres—. Os lo agradezco... ¡Es maravilloso!

Se le habían sonrojado las mejillas, y los ojos le brillaban. Irradiaba felicidad, porque había decidido que esa noche iba a ser feliz y que nada ni nadie iba a robarle esos instantes de placer. Besó a sus padres antes de volverse hacia Sofia y tomarla por la mano para improvisar una danza.

—Ella es así —murmuró Fiódor—. Un impulso magistral que te arrastra de improviso y te deja desconcertado e irremediablemente seducido.

—Pero hay quien podría ofenderse, ¿no te parece? —se inquietó Nina en voz baja.

—Solamente los débiles, y para esos no hay sitio en el porvenir que nos espera.

La gravedad de su voz atemorizó a la joven condesa, que sintió un escalofrío de aprensión.

Una mujer pequeña y redonda, de cabellos blancos y rostro apergaminado, apareció en el marco de la puerta, con un vestido gris abotonado hasta el cuello, un delantal blanco y botines encerados. Firme y digna, permaneció allí inmóvil. Bajo la cofia de puntillas, su mirada penetrante abarcó la estancia, se detuvo unos instantes en Xenia, que revoloteaba con Serguéi y Sofia como si se encontraran en una fiesta campestre, y acabó posándose en Nina Petrovna, que le sonrió encogiéndose levemente de hombros. De golpe, Nina Petrovna se sintió aliviada. ¿Cómo había podido adivinar su Nianiushka que se sentía cansada? ¿Cómo dudar, sin embargo, de la capacidad de esa mujer que la había criado, lo mismo que a sus hermanos, que no era ni una nodriza ni un aya, sino simplemente el corazón fiel de la familia, dotada de un sexto sentido en lo que concernía a los que protegía? Niania había sido la primera en decirle que estaba encinta, poniendo sobre su vientre una mano de articulaciones nudosas como para bendecirlo.

—¿Te importará mucho si esta noche me retiro antes? —le preguntó Nina a su marido.

—Ya veo que Niania vigila —respondió él sonriendo—, pero me sorprende que haya dejado a Masha para venir al centro de la reunión.

—Seguro que ha sido para echar un vistazo a tu hija mayor —dijo Nina con un tono de voz que pretendía ser despreocupado—. Hasta muy pronto, alma mía. Ya sabrás excusarme ante tus amigos. No querría estropear la fiesta por nada del mundo, pero me siento algo fatigada.

Él le puso la mano sobre los labios.

—Me privas de algunas horas de tu presencia, amor mío. Es lo único que lamento.

Ella le sonrió y le acarició la mejilla con una mano tierna. Él la observó mientras se dirigía hacia la puerta, con la cabeza erguida y majestuosa como para revelar su nuca y un gracioso movimiento de hombros. Cuando llegó junto a Niania, la anciana se hizo a un lado para dejarla pasar, antes de seguirla como un ángel de la guarda.

—¿Cómo te sientes, *barinia*? —preguntó Niania mientras se volvía después de cerrar la puerta de la habitación—. No te has portado demasiado bien. Ya te había dicho que iría a buscarte si no subías en cuanto te sintieras fatigada.

La estufa crepitaba en una esquina de la gran estancia. Nina se sentó en la silla colocada ante el tocador y apoyó el puño en el interior de su espalda para aliviar los pinchazos que sentía. Adivinó que Niania había despedido a la criada. En estas semanas cruciales no iba a permitirle a nadie que cuidara de quien ella había tenido en brazos treinta y cuatro años antes y a la que amaba como si fuera su propia hija. En su autoridad tranquilizadora había un perfume de infancia, de canciones de cuna y de días soleados.

—Si Xenia está contenta, yo también lo estoy.

—No te hablaba de ella, sino de ti —precisó Niania, mientras Nina se quitaba los pendientes y los depositaba con cuidado sobre el terciopelo del cofre.

Desde que Niania se había enterado de que estaba encinta no sólo se ocupaba de Masha y de vigilar a Xenia, sino que además le concedía más tiempo a Nina, que se lo agradecía mucho. La anciana desabrochó el collar, y luego le quitó las perlas prendidas al peinado. Sin decir palabra, ayudó a la condesa a desprenderse de la blusa, las medias, la combinación de seda y luego a ponerse el camisón. Los sonidos ahogados de la música atravesaban el suelo. Empezó a cepillar la larga cabellera con gestos regulares y Nina se dejó acunar.

Después de que Niania la acomodara en la cama, la mujer sintió que los párpados se le cerraban.

—Se lo voy a decir enseguida, Nianiushka. ¡Se pondrá tan contento!

—Entonces todo está bien, *barinia* —murmuró ella dibujándole el signo de la cruz en la frente—. Tendrás dulces sueños. Que Dios os bendiga, a ti y al niño que vas a traer al mundo.

Xenia se despertó sobresaltada. Con el corazón desbocado, abrió los ojos en la oscuridad. Durante un instante solamente oyó un silencio pesado y permaneció inmóvil, mientras se preguntaba si habría tenido una pesadilla. El brillo de la vela votiva bajo el icono de la virgen brillaba en un rincón de la habitación. Distinguió unos golpes que resonaban amortiguados. ¿Qué ocurría?

El domingo había sido un día detestable. Como el tiempo había mejorado, quiso andar un poco y acercarse hasta la casa de Sofia, pero su padre se lo prohibió. Habían cerrado los puentes para limitar los desplazamientos de los manifestantes, y las patrullas de policía recorrían las calles de la ciudad. A veces se distinguía el crepitar de las ametralladoras. Se habían producido confusas batallas en ciertos cruces y desde la Fortaleza de Pedro y Pablo se habían disparado algunos cañonazos. La agitación revolucionaria se propagaba entre los soldados de la guarnición consignados en sus barracones por sus oficiales superiores. Eran hombres poco seguros, obsesionados por que no los enviaran al frente. La policía intentaba mantener el orden, pero se daba de bruces con la oposición de los cosacos que fraternizaban con los contestatarios y se negaban a disparar sobre la muchedumbre que reclamaba pan y exigía la destitución del zar.

Al oír el ruido de cristales rotos Xenia apartó las mantas y se levantó de un salto. Salió al descansillo de la escalera. El piso se hallaba sumido en la oscuridad, pero en el extremo del pasillo el brillo del recibidor dibujaba sombras sobre las paredes. Resonaban voces broncas. Quizá los sublevados habían intentado echar la puerta abajo antes de romper una ventana para entrar. Xenia tenía la boca seca y le temblaban las piernas. Irritada, se preguntó cómo era posible que su padre tolerara semejante intrusión.

Una mano firme le aferró el brazo.

—¡Vuelve inmediatamente a tu habitación! —ordenó Niania, con su carita redonda transformada por la ira.

—Quédate con Masha, yo iré a ver qué pasa.

—¡De ninguna manera! ¡Es demasiado peligroso!

Dividida entre la cólera y el miedo, Xenia intentó librarse de la presa sorprendentemente tenaz de la anciana.

—¡Xenia, haz el favor de obedecer! —murmuró su madre.

Había surgido de pronto ante ella y sujetaba con una mano la bata que no había tenido tiempo de abrocharse. Nina Petrovna estaba espantosamente pálida. Vuelta sobre su pecho, la larga cola de cabello rubio lucía bajo el brillo vacilante de las llamas. De pronto, Xenia percibió un olor a quemado y comprendió que los revolucionarios llevaban antorchas. «¡Dios mío, mientras no prendan fuego a la casa...!», pensó atemorizada.

—¿Dónde está papá? —preguntó—. Tengo que ir a ayudarlo.

—¡No digas ridiculeces! —respondió su madre sujetándola por la muñeca—. Deja a tu padre tranquilo. Él sabrá qué decirles.

Los gritos se volvieron más amenazadores. Llovían los insultos. Parecía evidente que habían encontrado al general en su gabinete de trabajo. Mientras Niania continuaba parloteando y su madre intentaba devolverla a la habitación, Xenia discernió las palabras «traición», «asesino» y «enemigo del pueblo». Intuyó la presencia de Masha en el marco de la puerta con sus grandes ojos abiertos y la muñeca en brazos.

—¡Déjame! —gritó rechazando con brutalidad a su madre.

Resonaron unos disparos. Nina lanzó un grito y se llevó las manos a la cabeza. La vieja Nianiushka tomó de la mano a la pequeña Masha y agarró por el brazo a su ama. Sin miramientos, tiró de ellas para conducirlas a la escalera que llevaba al piso superior. Xenia se precipitó hacia la balaustrada que daba al vestíbulo.

Con los torsos cruzados por cartucheras, ataviados con gorras y sombreros de pieles, una banda de soldados agitaba las armas y se retiraba hacia la puerta de entrada, gritando que había que continuar y que la noche no había hecho más que empezar. Uno de ellos corrió hacia la escalera y se puso a disparar al azar. Las balas rebotaron contra las paredes, estallaron algunas bombillas de la araña, los espejos se vinieron abajo en una lluvia de cristal. Aterrorizada, Xenia se pegó a la pared, pensando que esos vándalos iban a subir al piso superior. Una ráfaga de ametralladora resonó en el exterior. El soldado bajó la escalera y regresó con sus camaradas, que se alejaban gritando por la calle.

El silencio volvió a imponerse. Xenia temblaba de la cabeza a los pies. Unos puntos negros danzaban ante sus ojos y el corazón le latía tan fuerte que lo oía en su pecho. Bajó lentamente la escalera agarrándose a la baranda con una mano, husmeando el olor desagradable de la pólvora y el humo. El aire glacial de la noche penetraba por la puerta abierta y los cristales rotos. Fuera le pareció distinguir unas llamas. Los soldados de infantería habían dispuesto unas cuantas hogueras para vivaquear en diversos lugares de la ciudad, pero ¿cómo saber quiénes seguían siendo fieles? Era desazonador no poder confiar más en los que siempre habían representado el orden y la seguridad. Y los criados, ¿dónde estaban? ¿Cómo podía encontrarse sola en un momento así? Empujó la puerta con manos temblorosas e intentó cerrarla, pero las cerraduras estaban reventadas. Iba a ser necesario hacerlas reparar cuanto antes y clavar tablas en la ventana rota hasta que se cambiaran los cristales. A continuación habría que barrer los escombros, sustituir los espejos rotos y pintar las paredes. Levantó la mirada. Por desgracia, un cuadro estaba completamente destruido, así como la araña veneciana, cuyos colgantes habían sido pulverizados en su gran mayoría. Su pensamiento analizaba lo que habría que hacer, como si ver a los insurrectos entrar en su propia casa en plena noche fuera algo habitual.

—¿Papá? —llamó Xenia.

Su voz resonó de manera extraña en la sala devastada.

Se dio cuenta de que le castañeteaban los dientes. Atravesó el vestíbulo con la mirada baja para sortear los trozos de cristal que pudieran herirle los pies desnudos. Sentía una presión terrible en el pecho. El instinto le decía que había ocurrido algo grave. Avanzaba con dificultad, con la impresión de que una materia viscosa la adhería al suelo.

La doble puerta del gabinete de trabajo estaba abierta de par en par. Lo que primero le llamó la atención fue el olor. Un hedor amargo, metálico. Sintió náuseas. Había sangre por todas partes, se extendía en manchas oscuras sobre la alfombra y el despacho, y salpicaba los planos de la ciudad esparcidos por el suelo, la pantalla de la lámpara, la camisa blanca de su padre. Un rojo agresivo. A su padre le disgustaría todo ese desorden. ¿Cómo podía acumularse tanta sangre en un solo lugar? ¡Mientras no bajara su madre y lo viera...! ¿Quién iba a limpiar todo eso? Un temblor persistente le sacudía el cuerpo. Con una mano nerviosa, y sin darse cuenta, empezó a desollarse la piel del brazo.

El general yacía derrumbado de costado sobre el sillón. Las balas le habían arrancado la mitad del rostro. Un ojo había desaparecido. Una parte del cráneo y de la masa cerebral se había proyectado sobre el respaldo del sillón. Era indecente, impúdico. Xenia, petrificada, se dio cuenta de que estaba mirando al interior mismo de su padre, y cuando bajó los ojos vio la sangre que impregnaba sus pies, que empapaba su camisón.

Horrorizada, con los puños apretados, echó la cabeza hacia atrás. Un grito salió de sus entrañas, un grito proveniente de las tinieblas que le desgarró el vientre y los pulmones, que le laceró las cuerdas vocales... Uno de esos gritos que surgen de un tiempo inmemorial, anterior a la luz del mundo y al nacimiento, con regusto de cenizas y tumbas.

Todo se adivinaba en las miradas. Se habían vuelto más aceradas, a veces estaban teñidas de desprecio y siempre de insolencia. El poder había cambiado de manos, y la arrogancia también.

Xenia había aprendido a apartar la mirada cuando salía de casa, pues temía que en sus ojos se leyera menos el miedo que la cólera. Y es que no convenía ser aristócrata e irritable en esos días de marzo, bajo el cielo azul acero de Petrogrado, cuando una nueva capa de nieve realzaba la luminosidad de las banderas rojas que habían invadido la ciudad como malas hierbas. Estaban por todas partes, sobre las águilas de la verja del Palacio de Invierno, en las fachadas de las casas, en los automóviles incautados y sobre los monogramas del emperador. Los retratos del zar y de su familia habían desaparecido de las vitrinas. Nicolás II había abdicado en su nombre y en el de su hijo, el desgraciado zarevich Alexis. Su hermano, el gran duque Miguel, había renunciado al trono en favor del pueblo. A partir de aquel momento, un gobierno provisional nombrado por la Duma se encargaba de redactar una constitución.

Un codazo en las costillas hizo que Xenia avanzara un paso. Aniquiló con la mirada a un viejo barbudo, vestido con una chaqueta de piel de carnero andrajosa, que estaba en pie tras ella y apestaba a alcohol. Sintió un acceso de cólera y unas irresistibles ganas de responderle con otro empujón, pero se contuvo a tiempo. Hacía una hora que esperaba. Su estómago protestaba. Tenía calor y le dolían los pies.

Centenares de personas se amontonaban en la estación con

sus hatillos y valijas. Tenían un aspecto derrotado, con los ojos hundidos en las órbitas. Los niños dormían en brazos de sus madres, con la boca abierta, pálidos. Tres marineros jugaban a cartas mascando pipas de girasol y escupiendo las cáscaras en el suelo. Los viajeros se concentraban junto a las taquillas, gesticulando y gritando para obtener los billetes. Cuando un tren entraba en la estación corrían hacia los vagones, se empujaban y se alzaban cuanto podían en los andenes. Algunos escalaban por los laterales para entrar por las ventanas. Xenia había visto a una mujer caer, y la habían pisoteado hasta que una mano compasiva la ayudó a incorporarse.

Por fin llegó su turno y pudo inclinarse hacia la ventanilla. Tras la rejilla, el empleado de cuello desabotonado fumaba un cigarrillo.

—Necesito billetes para Yalta.

—¡Ah, solo eso! —dijo el joven con aire burlón.

—Tengo con qué pagarlos.

—Quizá sí, pero yo no tengo billetes que venderte, de manera que el dinero no te servirá de nada.

—¡Pero eso es imposible! No le estoy pidiendo la luna. En este país todavía hay trenes en circulación. Quiero cuatro billetes, no importa hacia dónde, ni en qué tren, ni qué día.

Empezó a rebuscar en el bolsillo interior del abrigo en donde había guardado el dinero. El hombre dio una última calada a su cigarrillo y apagó la colilla sobre la mesa. Tenía unas manos de dedos gruesos y las uñas negras de porquería.

—Escucha, pequeña. No me gusta cómo me hablas y no tengo billetes que venderte. Por si no lo habías notado, no eres la única que quiere marcharse de Petrogrado, así que vuelve otro día. Quizá tengas más suerte. O quizá no. En cualquier caso, no es mi problema.

¿Qué quería? ¿Dinero? Había oído decir que había que pagar treinta rublos más por billete al jefe de estación si se pretendía disponer de plazas, pero no sabía cómo hacerlo. Sus ayas francesa y alemana le habían enseñado a hablar lenguas extranjeras, y sus profesores le habían enseñado álgebra, historia y ciencias humanas, pero nadie le había explicado cómo untarle la mano a un empleado de los ferrocarriles.

El hombre se levantó.

—¡Vamos a cerrar! —gritó bajando la portezuela de la ventanilla con un movimiento seco, lo que provocó una tempestad de protestas entre los que esperaban tras Xenia.

La joven apretó los dientes y se volvió. Su único consuelo consistió en ver la expresión contrariada del viejo grosero que se había quedado murmurando frente a la ventanilla cerrada. Xenia se abrió paso hacia la salida. Le había insistido mucho a su madre para salir de la ciudad, sin comprender por qué esta parecía vacilar, cuando era evidente que salir de allí era la única solución razonable. ¿Qué sentido tenía quedarse? Desde que habían enterrado a su padre, Petrogrado le parecía un horror. En la mansión, la puerta del gabinete de su padre permanecía cerrada con llave: nadie tenía el ánimo suficiente para entrar en la estancia maldita. Solamente Niania había insistido en que había que poner un poco de orden. «Es por respeto al *barine*», había dicho. En la imaginación de Xenia, su casa de vacaciones a orillas del mar Negro, con sus columnas blancas y sus parterres de flores, poseía todas las virtudes. Tenía unas ganas furiosas de primavera, de árboles frutales y de orquídeas salvajes. De un mar azul, transparente y frío, liso como un espejo, en el que sumergirse hasta perderse.

El ejército seguía en desbandada. Se decía que nada podría contener una nueva ofensiva de los alemanes, y muchos temían que tanta anarquía permitiera la victoria del enemigo. Circulaban los rumores más absurdos. Se hablaba de complots y de golpes de fuerza. Los nombres de ciertos generales como Alekséyev o Kornílov suscitaban todavía la esperanza loca de una vuelta al orden, pero nada parecía concretarse. Y luego estaba Masha y las pesadillas que la atormentaban.

Alargando el paso en sus altas botas de fieltro, Xenia se apresuró a dejar atrás las ruinas de un puesto de policía del que no quedaba más que una fachada calcinada. Se estremeció al volver a pensar en los cadáveres desnudos de los odiados policías arrojados a la calzada en el inicio de la insurrección. La multitud delirante había llevado a cabo una verdadera caza al hombre, y las ejecuciones se habían sucedido de inmediato. En las primeras horas de la revuelta habían incendiado el Palacio de Justicia y las llamas habían lacerado el cielo oscuro hasta muy avanzada la noche.

Con el gorro calado hasta las cejas, envuelta en un abrigo de cochero que Niania había encontrado para evitar llamar la atención con su pelliza de cuello vuelto de visón, estrechó el cesto entre los brazos. No quedaba ni una sola calesa en la ciudad y los tranvías seguían sin circular. Papeles quemados y octavillas dejaban rastros de suciedad en la nieve. Rodeó un montón de basuras con una mueca de disgusto.

La cocinera y los criados desaparecieron el día después del asesinato de su padre, aparentemente porque les daba demasiado miedo servir a una familia a la que se había señalado con el dedo. Xenia no se había rebajado a tratarlos de cobardes. La primera vez que salió para hacer compras le robaron el pan después de hacer cola durante dos horas bajo el frío. Al volver a casa había subido a su habitación y se había tendido en la cama completamente vestida, clavando la mirada en el techo sin dejar de apretar los dientes. Había aprendido la lección. Ya no volverían a pillarla desprevenida.

Cuando se disponía a cruzar la calle, un coche pasó en tromba junto a la acera, con una banderola roja restallando al viento. Dos soldados se alzaban en los guardabarros, con pistolas sujetas por cordones alrededor del cuello. En la parte posterior asomaba por el vidrio roto el cañón de una ametralladora. Sorprendida, Xenia retrocedió de un salto y resbaló sobre una placa de hielo. Desde el inicio de la revolución las calles ya no se arenaban. Sus magras adquisiciones quedaron esparcidas por el suelo y los huevos tan cuidadosamente envueltos en un número de *Izvestia*, el diario del partido de los obreros, se rompieron por el impacto. De rodillas sobre la acera, un sentimiento de ridículo y de humillación hizo que los ojos se le llenaran de lágrimas.

—Total, para lo que había encontrado... —gruñó limpiándoselas con un gesto de rabia.

Jamás habría pensado que un par de coles, unas patatas y una hogaza de pan gris pudiesen tener tanta importancia. Como Masha le había rogado que trajera alguna golosina, había escuchado a la vendedora decirle con acritud que no le quedaba mantequilla y exigirle un precio exorbitante por unos gramos de azúcar. Se levantó, se abrochó el abrigo y reemprendió el camino. La mayor parte de las tiendas había cerrado. Algunas mujeres con manto se apresuraban a volver a sus casas para alimentar a sus familias. Igual que Xenia, caminaban a ras de los muros. La joven había aprendido a evitar las concentraciones de hombres que le parecían sospechosos. En aquellos días las calles eran de los marineros y de los soldados ociosos. Y, lo que era peor todavía, miles de prisioneros comunes liberados erraban por las calles blandiendo armas robadas en el arsenal. En los puentes, vendedores clandestinos ofrecían revólveres, fusiles o sables.

Aliviada, llegó a la esquina de su calle. Deseaba a toda costa entrar en casa y encerrarse tras la puerta que había conseguido que repararan. Unas sólidas planchas, clavadas en el lugar de la ventana, le daban al vestíbulo un aire siniestro de gruta. Sabía que aquella era una protección ilusoria, pero de cualquier modo se sentía tranquila. Cuando percibió la silueta de Niania esperándola en la escalinata, envuelta en su abrigo de paño gris ante la puerta, sintió miedo.

—¿Ocurre algo malo? —preguntó precipitadamente.

—Es tu madre. Tienes que ir a buscar un médico cuanto antes.

—¿Qué le ocurre ahora? —quiso saber Xenia, enfadada—. Llevo caminando más de dos horas, y he pasado la madrugada haciendo cola.

—Es por el bebé. Es absolutamente necesario que el médico la visite, y el teléfono no funciona.

Unos disparos sonaron a lo lejos, pero ninguna de las dos mujeres volvió la cabeza. En pocas semanas se habían acostumbrado a valorar los peligros reales de una ciudad que se había vuelto frenética y hostil.

—¿El bebé? ¿De qué hablas? —le preguntó Xenia con voz ahogada.

Tenía la horrible sensación de haber caído en un mundo irreal en el que ya nada tenía sentido.

—Tu madre espera un hijo, por eso está tan débil. Pero deja de pensar, pequeña, y corre a buscar al doctor —insistió Niania tirándole del brazo—. Ha perdido sangre y eso me inquieta.

Xenia sintió que le faltaba el aire. ¿Con qué derecho se lo había ocultado su madre? ¿Qué pecado había cometido para que no le permitieran conocer algo tan importante, hasta el punto de verse reducida a descubrirlo en plena calle, como una vulgar extranjera que estuviera de paso? Sintió una punzada en el corazón. Y su padre, ¿lo supo antes de morir?

Ignoraba lo que resultaba más perturbador, esa noticia que caía del cielo y de la que presentía que iba a pesar sobre el futuro de todos, o la angustia que se reflejaba en la mirada gastada de su Niania, cuando esa sólida campesina rusa no temía nada ni a nadie, excepto a Dios todopoderoso. Sin reflexionar más, Xenia le puso la cesta en las manos y luego salió corriendo.

Unas horas más tarde el médico cerraba tras él la puerta de la habitación de Nina Petrovna.

—Es preocupante —anunció con aire grave—. Si viviéramos en una época menos turbulenta no me lo parecería tanto, pero con todo lo que está ocurriendo...

Xenia estuvo a punto de tropezar en un escalón mientras descendía junto a él.

—Si quiere conservar al niño, su madre tendrá que permanecer acostada durante el mayor tiempo posible. Necesita reposo absoluto. Por fortuna, su estado general es bueno, no hay nada perdido. Dentro de unos días volveré a verla.

—Pero tenemos que partir, doctor —protestó la joven—. No podemos quedarnos aquí. Es demasiado peligroso. Queremos ir a nuestra casa, en Crimea. Allí mamá podrá reposar cuanto quiera y no le faltará nada, se lo aseguro.

—Eso sería fatal para el niño —explicó él con aire cansado mientras se abrochaba el abrigo—. Los viajes se han vuelto agotadores: trenes a reventar, sin ninguna garantía de la hora de llegada o de salida. ¿Quién cuidaría de su madre si tuviera un aborto durante el trayecto? No, no, condesa, es imposible, lo siento muchísimo.

Levantó la cabeza hacia la araña destrozada. En la pared, una mancha descolorida marcaba el lugar que había ocupado un cuadro. Su largo y delgado cuerpo pareció replegarse sobre sí mismo.

—De verdad, de verdad que lo siento —añadió en voz baja.

Xenia comprendió que no era solamente el estado de salud de la condesa Osolin lo que lo agobiaba, ni tampoco el asesinato del general, sino el destino de toda Rusia. Algo en esa resignación la irritó. En silencio, descorrió los cerrojos de la puerta y lo vio subir al coche. En calidad de médico, había obtenido un permiso de circulación. Se alejó dejando atrás a un comerciante que tiraba de un trineo cargado con vasijas de leche.

La joven tenía la sensación de estar aprisionada en una trampa. No se le daba ninguna opción. Iba a verse obligada a permanecer allí, en esa ciudad que se había vuelto loca, con una madre frágil y en cama, con su Niania fiel pero envejecida y la pequeña Masha. En cuanto la puerta volvió a cerrarse se apoyó en ella un instante y luego las fuerzas la abandonaron y se dejó caer hasta el suelo. La mayor parte de sus primos había huido, y los amigos más próximos ya tenían bastantes problemas como para solucionarles los suyos. Sofia y sus padres se habían refugiado en Kiev. Xenia había escrito varias cartas al tío Sasha, pero hacía ya meses que no tenía noticias suyas. Desde el 1 de marzo la disciplina del ejército ruso había estallado en mil pedazos. El sóviet de los obreros y soldados había promulgado una ley, la *Prikaz* n.º 1, que abolía los grados militares, lo mismo que la obediencia y el respeto. A partir de aquel momento, los oficiales debían ser elegidos por comités de soldados que controlaban tanto las armas como los vehículos. Un oficial tenía menos posibilidades de caer bajo las balas del enemigo que bajo las de sus propios hombres. Conociendo el temperamento vehemente de Sasha, y sus maneras a veces bruscas, Xenia dudaba de que fuera a doblegarse con buena disposición a esas nuevas exigencias, y temía lo peor. Sola en la entrada helada, enlazó las piernas entre sus brazos y apoyó la frente en las rodillas. En ocasiones se olvidaba de respirar y se quedaba unos instantes como en suspenso, con la extraña impresión de no sentir ni siquiera los contornos de su propio cuerpo.

—Xenia, ¿te encuentras bien? ¿Qué haces en el suelo?

Una manita se posó en su hombro.

Xenia no había oído acercarse a su hermana. Enseguida levantó la cabeza y se obligó a sonreír. Masha la miraba con ansiedad mientras mordisqueaba la punta de su trenza, un tic nervioso que no conseguía dominar a pesar de las reprimendas. La pequeña se había agachado para ponerse a la altura de su hermana mayor. Xenia abrió los brazos y la niña se refugió en ellos. No había nada que decir. Las palabras se habían vuelto irrisorias. Con gesto tierno, retiró la trenza de Masha de su boca, se la puso en la espalda y empezó a acunarla. El vestíbulo devastado de los Osolin estaba sumido en la oscuridad y hacía frío. En las paredes, los impactos de las balas constituían otras tantas cicatrices.

La primavera había sido templada y patriotera. Las calles se habían cubierto de planchas para preservar del fango a la multitud entusiasta que invocaba la paz y la fraternidad de los pueblos salmodiando *La Marsellesa* con ritmo monótono. Y a aquella le había sucedido un verano áspero y luminoso. El zar y su familia se encontraban exiliados en Tobolsk, en Siberia, país de forzados y proscritos. En cada barrio de Petrogrado cualquier *tovarich* se armaba de ínfulas de orador en salas de reunión llenas de humo y criticaba al gobierno provisional. En pocos meses, con su voz nasal y sus poses teatrales, Kerenski había conseguido que todo el mundo se alzara contra él. Tras golpes de Estado abortados y combates esporádicos que dejaban abandonados cadáveres en las plazas y las vastas avenidas, Lenin se había instalado en el palacio de la Kshesinskaya, la célebre bailarina que había sido amiga íntima del zar cuando no era más que gran duque. Todos los días aparecía en el balcón para arengar al pueblo fascinado y exigir «la paz en los chamizos y la guerra en los palacios». Botones de brillantes adornaban sus puños y se murmuraba que los sastres de París y Berlín vestían a su mujer.

Ese día la nieve había empezado a caer hacía ya unas horas. Los copos concentrados y tenaces se depositaban sobre los techos, las balaustradas, los atlantes gigantescos que adornaban las fachadas de los palacios y que soportaban el peso del mundo. Xenia pensó que era la primera vez que ese velo inmaculado, vestidura natural de una ciudad que soñaba en sus inviernos, le parecía un sudario.

Con mano cansada dejó que volviera a caer la espesa cortina festoneada. En la habitación reinaba un calor asfixiante. Un montón de trapos limpios yacía sobre una mesa. Habían apartado los veladores y las sillas molestas. En una esquina, una sencilla cesta de ropa esperaba la llegada del recién nacido. Por superstición, se evitaba preparar una cuna antes del nacimiento. La madre estaba echada en la cama, con el vientre cubierto por un paño de lino bordado con el monograma de la familia. Con la cara sudorosa, abría sus grandes ojos y miraba al vacío. ¿Cuánto tiempo faltaba todavía?, se preguntaba la joven. ¿Cuánto tiempo podría soportar su madre esas oleadas de contracciones que no llevaban a ninguna parte? Hacía más de doce horas que sufría.

Mojó un trapo en agua fresca y se lo aplicó en la frente.

—¡Qué buena eres conmigo! ¡Un ángel! —murmuró Nina Petrovna con voz ronca mientras intentaba tomarle la mano.

Nerviosa, Xenia fingió arreglar las sábanas para esquivar su gesto.

—Mamá, te equivocas, hago lo que debo y se acabó. Pronto traerás un niño al mundo y todo irá bien. No te preocupes.

Cuando su madre le acarició la cabeza, Xenia cerró los ojos, intentando no estremecerse. Ya no soportaba su ternura, ni su eterna sumisión a las siniestras vueltas del destino. Mientras su cuerpo martirizado temblaba en ese lecho de desgracia, Nina Petrovna no había proferido más que algunos gemidos, casi pidiendo perdón. Xenia habría preferido que se pusiera a gritar, a maldecir a Dios y los santos, a clamar que todo aquello era injusto, el asesinato de su marido y todos esos sufrimientos. Pero cuando buscaba en vano en su madre una revuelta, como un eco de ella misma, no encontraba más que silencio.

La puerta se abrió. Niania la empujó con el pie y entró con una olla de agua hirviendo. Llevaba un delantal limpio y el pelo atado con una cinta que le tiraba de la piel. Xenia la ayudó a dejar el recipiente junto a la estufa.

—Creo que no tardará mucho —murmuró la anciana mirando con atención a su ama.

—Hace doce horas que repites lo mismo —gruñó Xenia.

—Sí, ya sé que tienes miedo, pero el bebé se presenta bien.

—¡No tengo miedo! —respondió Xenia apretando los dientes—. Lo único que quiero es que el niño venga al mundo y acabemos de una vez.

—Hazle compañía a Masha un rato en la cocina, ¿quieres? Sé que le gustaría ver a su madre, pero es muy probable que todo esto la asuste. Mi pichoncito ya tiene bastantes pesadillas.

Xenia asintió con la cabeza y salió de la estancia. En el pasillo, la humedad le pareció heladora al dejar atrás el calor irrespirable de la habitación. Bajó a la cocina y allí encontró a Masha, sentada a la gran mesa de madera en actitud soñadora ante un libro abierto. Las cazuelas de cobre, a las que hacía mucho que no se les sacaba brillo, colgaban tristemente de las paredes y los platos sucios de la comida seguían apilados en el fregadero.

—¿Cómo está mamá? —preguntó la niña mientras Xenia volvía el libro puesto del revés.

—Mentiría si te dijera que todo va bien, pero mamá es valiente. Niania me asegura que pronto tendremos una hermanita o un hermanito.

—Creo que *mamoshka* preferiría un hijo. Es por papá, ¿entiendes? —murmuró Masha.

A la niña le costaba hablar de su padre. Sin embargo, no había visto su cadáver destrozado. La última imagen que Masha conservaba de su padre era la de cuando había ido a darle un beso antes de que ella se durmiera. Xenia le envidiaba esa libertad. Ella había llegado a salir descalza a la nieve intentando confusamente borrar la sangre, como si estuviera condenada a llevar en su carne, impregnados para siempre, los estigmas del horror.

El samovar silbaba. Xenia llenó dos tazas de té.

—Y tú, Masha, ¿quieres tener un hermanito?

La niña se encogió de hombros, mojó los labios en la bebida amarga e hizo una mueca.

—A mí me da igual. Lo que quiero es que mamá esté bien. Nianiushka me ha pedido que rece, y aunque no dejo de hacerlo no sirve de nada. Quizá si rezaras conmigo todo iría más rápido. Si somos dos se nos oirá mejor, ¿no crees? —añadió con una expresión llena de esperanza.

Xenia apartó la mirada. Desde cierta noche de febrero ya no creía en casi nada, pero prefería guardarse las reticencias. Como todas las *nianias* rusas, la suya tenía la fe ensamblada al cuerpo. En su pequeña habitación una vela estaba siempre encendida ante el icono de la virgen de Kazán. Se hubiera llevado un gran disgusto si supiera que Xenia no rezaba desde hacía meses.

—Claro, querida —respondió cogiéndole las manitas entre las suyas—. Cerremos los ojos y recemos para que el ángel de la guarda de mamá la proteja.

—Y papá también.

—Sí, claro, papá también, eso no hay ni que decirlo.

Inclinaron la cabeza. Xenia miró furtivamente a Masha, que se concentraba con todas sus fuerzas.

De pronto, unos golpes violentos en la puerta las sobresaltaron. La niña palideció y sus ojos azules se abrieron desmesuradamente.

—¿Qué ocurre?

—No lo sé —dijo Xenia levantándose.

Abrió la puerta de un armario y sacó la gran cesta de mimbre que había servido para guardar la leña.

—Escóndete ahí detrás.

—¡Pero ahí hay muchas arañas...! —se quejó Masha temblando de la cabeza a los pies.

Los golpes en la puerta redoblaron su intensidad. Xenia sabía que no le cabía ninguna otra opción. Tenía que proteger a su hermanita y no podía subirla a la habitación de su madre, quien quizá estuviera pariendo. Solamente Dios sabía lo que podía ocurrir.

—Las arañas no te harán ningún daño. Voy a darte tu muñeca. ¡Vamos, Masha, date prisa!

Agarró a su hermana por el hombro y la empujó al rincón polvoriento. Agachada en la penumbra, con los labios temblorosos, Masha daba pena. Su pequeño rostro oval lucía como una luna exangüe. Xenia le hizo coger la vieja muñeca presionándola contra ella.

—Sobre todo no hagas ruido. Voy a ver qué ocurre y vuelvo enseguida —añadió poniendo la cesta en su sitio y corriendo las puertas del armario sin cerrarlas del todo.

Se precipitó hacia el vestíbulo. No serviría de nada no abrir. Los guardias rojos y otros bolcheviques no se andaban con consideraciones al penetrar en las viviendas y someterlas al pillaje o a las llamas. A sus ojos no había nada que fuera sagrado. Lo suyo era la violación permanente de lo privado. Las extorsiones se habían convertido en moneda corriente, pero desde que había empezado el mes de octubre la situación se había puesto todavía más tensa. Siniestros rumores hablaban de acabar de una vez por todas con los burgueses y los opresores del pueblo. Confrontado a la determinación rencorosa de los bolcheviques, el gobierno de Kerenski vacilaba como un barco a la deriva.

Con el miedo en el estómago, Xenia verificó que el revólver con culata de nácar que había heredado de su abuela se hallaba en el fondo de su bolsillo, y luego descorrió el cerrojo. No era la primera vez desde la muerte del general que los revolucionarios irrumpían en la casa. Durante las primeras semanas de la insurrección habían vuelto incluso varias veces en un mismo día, buscando a policías escondidos, armas u oficiales traidores, y siempre aprovechaban para robar en la bodega, en la que se hallaban depositados los borgoñas de su abuelo. Sin embargo, ella sentía siempre el mismo terror glacial.

Puso cuidado en abrir de par en par y se irguió. Un hombre estaba plantado ante ella, con un abrigo de cuero negro cruzado por cartucheras y un brazalete rojo alrededor del brazo. La gorra echada hacia atrás enmarcaba un rostro ancho de carrillos prominentes, mejillas devoradas por una barba incipiente y labios gruesos. La contemplaba con una mirada oscura en la que brilló por un instante la incertidumbre, como si le hubiese sorprendido que abriera la puerta una joven con botas y pantalones, con un abrigo de hombre ceñido por la cintura, que lo miraba desafiante.

—¿Sí? —dijo ella.

Él recuperó la compostura y esbozó una mueca de desdén.

—Venimos a hacer una inspección.

—Pierden el tiempo. Aquí ya no queda nada. La bodega está vacía y no tenemos armas. En esta casa no encontrarán más que mujeres.

—Eso lo dirá usted —gritó un soldado andrajoso de cabellos rubios y revueltos.

Eran una decena, lo que no sorprendió a Xenia, pues siempre se desplazaban en grupo. Bajo el gorro de piel de cordero mostraban un aspecto socarrón, con ojos afilados a la manera de los asiáticos. La indumentaria era descuidada y variopinta, con abrigos sucios y pesadas botas deformes. Llevaban varias armas colgando del cuello o alrededor de la cintura. Al cabo de los meses Xenia había comprendido el juego del poder que imperaba entre los salteadores. Como en todas las jaurías, siempre había un macho dominante, pero su autoridad no podía darse nunca por adquirida. La creación de sóviets en las situaciones más absurdas representaba poner permanentemente en tela de juicio a la autoridad. Aquello se había convertido en el reino del absurdo. En el hospital se había confrontado al sóviet de los pacientes que sometían a votación las decisiones de los propios médicos. Si los medicamentos no les gustaban, rechazaban tomarlos. Por esta razón, Xenia sabía que el dominio del jefe sobre la banda podía cambiar de manos en unos instantes. Bastaba con saber qué papel se había atribuido cada uno e intentar sembrar las dudas poniéndolos a unos contra otros. En un grupo como ese, solamente dos o tres de los hombres eran capaces de imponerse a sus camaradas, que se sometían como larvas.

—Vamos a comprobarlo por nosotros mismos —dijo el guardia rojo apartándola a un lado.

Los revolucionarios se adentraron en el vestíbulo. Solo en esos momentos Xenia se alegraba del aspecto miserable de la residencia de los Osolin. Con la ayuda de Niania y de Masha, había hecho que las habitaciones de la planta baja parecieran más desoladas todavía: habían arrancado las tapicerías de los sillones, descolgado algunos cuadros y roto algunos platos de porcelana. Xenia esperaba que eso desanimara a otros visitantes indeseables, pero no podía estar segura de nada. El humor de esa nueva raza de hombres era caprichoso. Del mismo modo que unas carcajadas podían provocar una ráfaga de ametralladora, bajo ciertos aires rudos se escondían a veces almas simples en las que una emoción súbita revelaba a veces una bondad infantil.

Los hombres empujaron algunas puertas sin poner mucho interés. Hablaban en voz alta, lanzaban sus consignas preferidas y escupían cáscaras de pipas de girasol. Xenia seguía al jefe del abrigo de cuero sin perderlo de vista. La llave maestra era él.

—¿Quién hay allí arriba? —preguntó subiendo los peldaños de las escaleras de dos en dos.

Con un nudo en la garganta, Xenia lo seguía muy de cerca.

—Mi madre y la comadrona. Está dando a luz. No pueden entrar en su habitación.

—¿Y por qué no? —preguntó con tono irónico—. ¿Cree que entre nosotros hacemos mucha ceremonia para parir? No tenemos tiempo para eso, camarada. Su madre no vale más que las demás mujeres rusas. ¿Por qué iba a tener privilegios?

Abrió la puerta de una habitación desocupada. Xenia se le adelantó y se plantó ante la habitación de su madre. El corazón le latía con fuerza.

—¡Le prohíbo que entre!

El soldado rubio la empujó a un lado con tanta brutalidad que le faltó poco para perder el equilibrio. De un puntapié abrió la puerta, que impactó contra la pared. Horrorizada, Xenia vio a su madre echada, con las piernas abiertas y a Niania inclinada entre sus muslos. Un olor dulzón y desagradable se prendió en su garganta. Nina Petrovna tenía el rostro congestionado, con mechones rubios pegados a la frente. Con gran presteza, la anciana se levantó y cubrió con la sábana el cuerpo de su ama.

—¡Salid de aquí, desgraciados! —gritó acercándose a los dos hombres que se habían colado en la habitación—. ¿Cómo os atrevéis a molestar a esta mujer que da la vida? ¿No teméis la maldición de Dios? ¿Qué diría vuestra madre si viese a sus hijos cometer semejante ultraje? ¡Salid de aquí inmediatamente, malvados!

Le llegaba solamente a los hombros, pero se plantó ante él y empezó a darle golpes con los puños cerrados. Xenia tuvo la curiosa impresión de que asistía al enfrentamiento entre dos Rusias salidas del pueblo, una proveniente de los siglos, toda devoción y obediencia, a menudo sometida y resignada; la otra ciega y brutal, desfigurada por el odio, que nacía entre los sobresaltos de una revolución sanguinaria y de la que no se sabía gran cosa, excepto que era despiadada.

De pronto, Nina Petrovna echó la cabeza atrás y se puso a gritar, con unos alaridos atroces y estrangulados. Los dolores del parto debían de superar cuanto eran capaces de contemplar los dos brutos, porque retrocedieron un paso, fascinados por esa mujer que ni les veía ni les oía, consumida por el hijo al que iba a dar la vida con peligro de la suya.

El guardia había palidecido. Tras volverse sobre sus talones, salió de la habitación seguido de su camarada. Niania cerró la puerta con fuerza tras ellos, pero los gritos de la parturienta continuaron perforando los muros, mientras los hombres bajaban las escaleras.

—Aquí no hay nada, nos vamos —anunció el guardia con voz gutural.

Los ruidos de las botas resonaron por el parquet. Xenia los observó mientras salían, preguntándose qué se podían haber metido en los bolsillos esta vez. En cada una de sus amables visitas desaparecían objetos: un reloj, una figura decorativa, una cuchara de plata. Corrió a liberar a Masha, que se abrazó a ella llorando. Hizo todo lo que pudo por consolarla y le preparó leche caliente con un poco de la preciosa miel que guardaban. A la pequeña le costó beber, porque le castañeteaban los dientes. Después, como Masha no quería quedarse sola en la cocina, ambas subieron al primer piso.

Cuando Xenia llamó a la puerta, Niania acudió a abrir. La anciana se había quitado la cinta del pelo. Parecía agotada, pero su mirada era serena. Llevaba en brazos a un bebé firmemente sujeto con pañales del que solo se veía una cara redonda y arrugada.

—¡Gracias, Dios mío! —murmuró la joven santiguándose, a la vez aliviada e impresionada por la fragilidad del recién nacido—. ¿Cómo está mamá? —añadió, inquieta, porque la habitación le parecía extrañamente tranquila.

—La *barinia* está descansando en estos momentos, pero podréis verla enseguida. Tened, amores míos, este es vuestro hermanito. Vuestra madre desea que se le bautice como Kiril.

El silencio despertó a Xenia. Con boca pastosa y el cuerpo anquilosado, comprendió que debía de haberse dormido durante unos minutos. Estaba sentada en la mecedora de su habitación con el bebé en brazos. Por una vez no lloraba, sino que la observaba con aire interrogador. Algo sorprendida por esa tranquilidad inesperada, verificó que no le ocurría nada y le depositó un beso en lo alto de la cabeza.

Kiril las mantenía despiertas, a Niania y a ella, durante gran parte de la noche. Xenia quería ocuparse de él a toda costa, porque deseaba que la anciana reposara de vez en cuando. Niania no solo cuidaba de él, sino que también velaba a Nina Petrovna, que no acababa de recuperarse del parto. Había perdido mucha sangre y una fatiga febril le impedía recobrar las fuerzas. En esos días Xenia se dormía inopinadamente en cualquier momento de la jornada, apoyada en el muro de una barraca en Gostini Dvor, en la mesa antes de comer, en la silla de madera de casa del médico, robando esos preciosos instantes de sueño como una ladrona de escaparates.

Un grito de alegría resonó en la entrada e hizo que se sobresaltara. Unos instantes más tarde, los pasos apresurados de Masha resonaron en la escalera y la pequeña entró en la estancia. Dos manchas rojas iluminaban sus carrillos, una sonrisa radiante le invadía los rasgos. Una punzada en el corazón hizo que Xenia comprendiera que hacía meses que no había visto ese entusiasmo tan natural en su hermana, y eso casi le dio miedo.

—¿A que no sabes quién ha venido? —exclamó Masha.

Aunque no había pensado en él desde hacía meses, Ígor Kunin surgió en su imaginación, vestido con su uniforme, con su medio caftán, pantalones abombachados, camisa rusa de color frambuesa a juego con el reverso de cuero frambuesa de sus botas lustrosas. El rostro de rasgos regulares le observaba con aire grave. Su mirada era tierna. Se diría que surgía de otro mundo. ¿Cómo había podido olvidar hasta ese punto a alguien que le había parecido indispensable durante meses? Sintió vértigo.

—¡Ven, corre! —añadió Masha tomándole la mano para obligarla a levantarse—. No te diré nada. Tiene que ser una sorpresa.

Xenia tendió el bebé a su hermana, que ya abría los brazos. La pequeña Masha sentía por su hermano un amor posesivo y celoso. Si se lo hubieran permitido, no lo habría dejado ni de noche ni de día. A tenor de la alegría de la niña, aquella no podía ser más que una buena noticia, pero en el transcurso de los últimos meses Xenia había perdido el gusto de la felicidad, se había convertido en desconfiada e inflexible, y cuando algo lograba provocarle una sonrisa, sentía la extraña sensación de que la piel se le desgarraba. Con mano febril, quiso poner un poco de orden en su cabellera.

Sin pensarlo más se desplazó hasta la cocina, que se había convertido en el lugar en que vivían. Se refugiaban allí porque era más fácil de calentar, mientras que los salones habían tomado aspecto de navíos naufragados. En el colgador, un capote militar con galones arrancados perdía su capa de escarcha sobre el embaldosado. Un hombre estaba sentado a la mesa, inclinado sobre un cuenco de sopa que sorbía con gran escándalo. Los cabellos revueltos caían sobre el cuello de su chaqueta. Con los brazos cruzados, Niania estaba plantada cerca de la estufa, con aire a la vez preocupado y satisfecho. Como si hubiera adivinado la presencia de Xenia, el hombre se volvió y se levantó lentamente.

—¡Tío Sasha! —dijo ella, perpleja.

Las vestiduras de aire militar, con manchas sospechosas, zurcidas y remendadas, colgaban de sus hombros. Tenía los rasgos afilados a cuchillo; una fea herida le cruzaba la frente y tenía las mejillas hundidas.

—Xenia, por fin...

Tenía la voz cascada y estaba encorvado. Ella lo miró con avidez, buscando en ese hombre abatido a quien había sido el compañero preferido de sus juegos infantiles. Diez años mayor que ella, Sasha había cumplido a la perfección el papel precioso de ídolo. En ese momento, sin embargo, se sentía casi intimidada ante ese desconocido, pero cuando este por fin esbozó una sonrisa, un brillo travieso iluminó por un instante su mirada apagada. Ella se echó a sus brazos. Desprendía un olor acre a sudor y a lana húmeda, y ella lo estrechó todavía más, como para retener en ese cuerpo enflaquecido el recuerdo de su tío, ese hombre vigoroso al que ella había amado en otros tiempos.

Él hizo un gesto para contenerla.

—Lamento estar tan poco presentable, pero...

—Tío Sasha, ya sabes que papá...

Una tristeza infinita endulzó sus facciones y una mano rugosa le acarició la mejilla.

—Niániushka me lo ha explicado. No tengo palabras para expresar lo muchísimo que lo siento. Era un hombre maravilloso y ya sabes cuánto lo quería. Pero ha habido tantas masacres... El general Stackelberg fue asesinado frente a su mujer, y tiraron su cadáver al Neva. Esos monstruos no tienen ningún respeto por la vida ni por la muerte.

Un escalofrío recorrió el cuerpo de la joven. Las piernas le temblaron. Tuvo miedo de que su tío no pudiese sostenerse si perdía el equilibrio y decidió apartarse.

—Tienes que comer —murmuró ella intentando superar su angustia—. Después te haré una cura. No temas, sé cómo hacerlo. En el hospital me confían las heridas superficiales. Todavía voy una vez por semana, con lo complicado que se ha vuelto todo por aquí... ¡No puedes ni imaginártelo! Hay que luchar por todo: para comer, para calentarse, para cuidar a mamá y al bebé. Tenemos un hermanito. Enseguida te llevaré a verlo. Pero

¿y tú? ¿Qué ocurrió contigo? Te escribí, pero no me respondiste, y entonces imaginé lo peor...

Al contemplar la mirada vidriosa de su tío se dio cuenta de que no paraba de hablar, y se calló. Sasha pareció aliviado. Volvió a sentarse, tomó la cuchara y encorvó los hombros por encima del cazo. De golpe, fue como si nada existiera a su alrededor: ni su sobrina ni su Niania ni la cocina desordenada pero calurosa con el samovar de vientre abombado, las libretas de escuela de Masha, las ropas de bebé que Niania confeccionaba aprovechando los vestidos viejos de las niñas porque no había nada en la ciudad con que vestirlo. Con una voracidad que endurecía los rasgos de su rostro, Sasha desmenuzaba el pan con los dientes, mojaba un trozo en el *borsch*, se lo metía en la boca, se lamía los dedos, bebía vino tinto a grandes tragos. Las manos sucias manchaban el vaso de cristal fino. Algunas gotas de la sopa de remolacha lucían sobre su barbilla, que limpió con el reverso de la manga. «Así que también esto es la revolución», pensó Xenia estupefacta.

Niania ordenó que sacaran las ropas de Sasha para que el frío matara los piojos que infestaban las costuras de su uniforme. Al día siguiente quemarían la camisa de batista y los harapos que le hacían las veces de calcetines. Xenia subió a las habitaciones de su padre para buscar con qué vestirlo dignamente. Era la primera vez que abría esos armarios y el perfume de colonia se le subió a la cabeza. Se apoyó en la puerta del armario y se llevó una chaqueta a la cara. Enseguida volvió a ser la niña traviesa que corría a lanzarse en brazos de su padre, que la volteaba mientras reían, reían... ¿Qué quedaba de todo aquello? Ahora solo vivía con el miedo en el estómago, día y noche...

En tres jornadas, y sin combates espectaculares, los bolcheviques se habían hecho con el poder. El crucero *Aurora* había remontado el Neva, la Fortaleza de Pedro y Pablo había disparado algunos cañonazos contra el Palacio de Invierno, y la sede del gobierno provisional, a pesar de su defensa por parte de un valiente batallón de mujeres y hombres heroicos, fue tomada al asalto por los revolucionarios en la noche del 25 de octubre. Kerenski había huido como un ladrón y habían elegido a Lenin como presidente de un consejo de comisarios del pueblo. En unas cuantas horas la situación se había vuelto caótica. Los sublevados y los soldados habían bajado a la ciudad para beber y someterla al pillaje, entre los cadáveres desmembrados de alumnos oficiales que cubrían las calles. Ya ni se contaban los robos ni las agresiones. Desde hacía varias semanas, Xenia solo podía concederse una pausa cuando se refugiaba, vencida por la fatiga, en un sueño de piedra.

El agua que calentaba para el baño de Sasha llenaba de vapor la cocina. Los cabellos de la joven se rizaban alrededor de sus sienes. Echó el último cubo en una gran vasija, y después desplazó una cortina para darle un poco de intimidad y permitir que Nianiushka lo mimara. Era evidente que necesitaba de los gestos a la vez decididos y tiernos de esa mujer que lo había acunado a través de los temores de la infancia, que accedía a escondidas a su habitación para deslizarle en la boca una cucharada de *kasha* al alforfón cuando pensaba que no había comido lo suficiente. Esa noche necesitaba el amor incondicional de esa campesina rusa analfabeta, que había entrado al servicio de su familia cuando no tenía ni veinte años, para borrar por lo menos las marcas de su cuerpo, ya que no los tormentos del alma.

En cuanto quedó envuelto en un albornoz, con los cabellos húmedos cuidadosamente peinados, Niania colocó ante él un vaso y una botella de vodka antes de desaparecer para regresar con su ama. Xenia se encontró a solas con su tío. Armada con alcohol y algodón, se puso a desinfectarle la herida de la cara.

—Voy a seguir luchando —anunció Sasha haciendo una mueca mientras ella le aplicaba la compresa en la frente.

—¿Contra quién? —preguntó ella, irónica—. ¿Contra los alemanes o contra los bolcheviques? Al final una se pierde. Lo que es yo, me cruzo todos los días con mis enemigos en esta misma esquina. Algunos pasean la cabeza de sus víctimas colgada del extremo de sus bayonetas.

Él sonrió con amargura.

—Sí, te comprendo. Al principio no me oponía al gobierno provisional. No soportaba a la banda de inútiles que rodeaba al zar, pero esos malditos políticos nos han traicionado. Han dejado que los verdugos y los traidores se hagan con el poder. ¡Ay! ¡No tan fuerte, me haces daño! Lenin y Trotski son temibles. Esos asquerosos reclaman a todas horas una paz separada... Es para vomitar —añadió antes de beberse el vaso de vodka de un trago.

Ella acabó de limpiar la herida mientras él gruñía de desagrado y le colocó un apósito limpio. Seguramente le quedaría una cicatriz, y las mujeres lo encontrarían todavía más seductor.

—El general Alekséyev se ha retirado al Don —continuó explicando—. Por lo visto algunos centenares de oficiales ya se han unido a él. Kornílov ha llamado a voluntarios para crear un ejército antibolchevique. Yo formaré parte de él, evidentemente.

—¡Se trata de una cuestión de honor, claro! —dijo Xenia apretando los labios, sin comprender de dónde le venían las ganas de bromear.

De pronto se sintió agotada. Había perdido la costumbre de tener a un hombre frente a ella. En ese momento, ahora que Sasha había vuelto a recuperar su forma humana, se daba de bruces con esa belleza viril que tanto había seducido a las jóvenes de San Petersburgo antes de la guerra. En esa época no era más que una niña, insensible a esos detalles. Pero ya sabía reconocer en un hombre, aunque fuera un miembro de su familia, ese magnetismo que suscitaba el interés de las mujeres y que, más allá de una disposición armoniosa de los rasgos, provenía del misterio. A pesar de su fatiga, Sasha era guapo; las líneas de su rostro, afiladas, y su mirada, más penetrante desde que había recuperado las fuerzas. Y como muchos hombres conscientes de su prestancia, en esos momentos ocupaba todo el espacio.

Quería seguir luchando y ella no podía más que felicitarlo. Pero Xenia tenía otras preocupaciones: costara lo que costase debía sacar de esa ciudad librada a hordas salvajes a cuatro personas. Curiosamente, no conseguía confiar en ese hombre joven que estaba sentado frente a ella, que se servía un vaso de vodka mientras con toda probabilidad soñaba en combates gloriosos y en improbables victorias. A sus quince años, Xenia ya se sentía vieja, convencida de que la realidad de los hombres no era la misma que la de las mujeres.

Cuando vio que ella sacaba un vaso del armario, Sasha se echó a reír.

—¡Pero bueno, eso no es propio de tu edad!

Un brillo de irritación aguzó la mirada de Xenia. ¿Por quién se tomaba, así, de repente? Sacó el revólver de su bolsillo y lo colocó sobre la mesa.

—¿Todavía no lo has entendido? —le dijo secamente—. La edad ha dejado de tener importancia en el mundo nuevo que nos promete el camarada Lenin. Además, nunca ha habido una edad para morir, ¿verdad? Pero lo peor del caso es que yo no tengo ese derecho. Está mi madre, Masha, Kiril, Nianiushka... Y tengo que llevármelos lejos de aquí, aunque los viajes se hayan convertido en un infierno y no sepa lo que nos espera en Crimea. ¡Así que sírveme de ese vodka, te lo ruego! ¡Me lo merezco y lo necesito!

Con gesto perentorio, hizo chocar en la mesa, ante él, el vasito de cristal. Desconcertado, Sasha la obedeció.

—Sí, es cierto, hay que partir —convino con tono conciliador—. De hecho, no comprendo por qué seguís aquí. He llegado casi por azar, pensando que la casa estaría vacía...

—Mamá no podía viajar sin correr el riesgo de perder al bebé. Esperaba que pudiéramos partir en cuanto Kiril naciera, pero ella sigue demasiado débil. Sin embargo, no nos cabe ninguna otra elección. Ya no es lo mismo que en febrero. Los comisarios se han vuelto peligrosos. Ahora que se ha abolido la propiedad privada, Dios sabe lo que va a ocurrir con esta casa —dijo mirando a su alrededor con expresión sombría—. Pueden quitárnosla y entregarla a otras personas. Las casas de algunos de mis amigos han sido completamente saqueadas. En esta los guardias rojos entran y salen como mejor les parece. Es una locura pensar que ya no hay nada de todo esto que nos pertenezca. La verdad, duermo vestida para que no puedan sorprenderme nunca.

Vació su vaso de un trago. El alcohol dejó en su garganta un rastro agradable de fuego y la presión que sentía en el cuello se aligeró.

—Está todo listo —prosiguió—. He sacado del banco todo el dinero que he podido, pero ahora las cuentas han quedado bloqueadas. Las joyas están escondidas en la muñeca de Masha, los dobladillos de Niania y los pañales de Kiril. He desmontado el collar de esmeraldas y he confeccionado ropa de hombre para mí. Voy a intentar hacerme pasar por recluta. Así tendré más posibilidades de protegerlas. He decidido que partiremos dentro de diez días, pase lo que pase. Mamá estará mejor. No nos queda más remedio.

Algo perplejo, Aleksandr Petrovich contemplaba a su sobrina sentada frente a él. No conseguía reconciliar la imagen de la joven resuelta y agresiva, vestida con un jersey de hombre arremangado y un pantalón ceñido a la cintura con un pesado cinturón de cuero, con el recuerdo de la niña que ayer mismo saltaba en sus rodillas. Pensaba que a Xenia le habían arrebatado ese período que hubiera tenido que ser el de la despreocupación, y se preguntó si ella iba a perdonárselo un día al destino, o bien si pasaría el resto de la vida intentando vengarse.

—Haremos el viaje juntos —dijo—. Nadie te tomaría nunca por un soldado, eso es ridículo.

—¿Y crees que te resultará más fácil con tus aires de aristócrata? —respondió Xenia, irritada por el tono sentencioso—. Sabes tan bien como yo que obligan a bajar a todos los hombres en cada parada y que los comités revolucionarios les miran las manos para determinar si se trata de oficiales o de soldados del pueblo. Si tienen dudas, los fusilan.

—En tal caso no correría peligro, ¿no crees? —dijo mostrándole las manos estropeadas por la guerra—. Ya me he sacrificado bastante.

Ella contempló las heridas negruzcas y las marcas mal cicatrizadas, pero los dedos seguían siendo finos, elegantes, distinguidos. Nadie iba a tomar las manos de Sasha por las de un hombre del pueblo, del mismo modo que bastaba con mirar a Nina Petrovna para comprender que era una de esas burguesas que ahora tenían que exponerse al oprobio. Era desesperante que la distinción quedara grabada en los rasgos.

Xenia se echó a reír.

—¡Hay que ver! Estamos aquí sentados preguntándonos cómo podríamos parecernos a unos campesinos y lamentando no ser vulgares ni contrahechos. Si la situación no fuera tan desesperada, resultaría cómico.

El tío Sasha esbozó una sonrisa sin compartir su humor. Sabía que Xenia se había enfrentado a dramas terribles. La idea de que fuera ella quien había descubierto el cadáver de su padre lo emocionaba, pero su sobrina no era consciente de la bestialidad en la que había caído Rusia. Los gruesos muros de esa casa familiar, aunque estuvieran acribillados por las balas, la habían preservado de lo peor.

Cuando Sasha volvió a llenarse el vaso, su mano tembló. La crudeza con la que los revolucionarios clavaban los galones de los oficiales en sus cuerpos martirizados, despedazaban a sus enemigos, los desmembraban, les arrancaban los ojos, mutilaban y desacralizaban los cadáveres, todo eso seguía atormentándolo. Y tampoco dudaban en tomarla con los civiles. En todo eso había como una negación del alma. Sin embargo, Rusia era un país profundamente religioso. Volvió a pensar en el día de su juramento. Ese día hacía buen tiempo y las banderas restallaban al viento. Alineados según su religión, los jóvenes reclutas ortodoxos, católicos, luteranos, judíos o musulmanes habían prestado juramento en presencia de los representantes de sus cultos. Incluso había dos soldados que lo habían hecho sobre sus ídolos de madera colocados sobre una mesa. ¿Qué quedaba de ese respeto que, más allá de la religión establecida, concernía a la esencia misma del hombre?

Sasha se preguntaba si la apatía que detectaba entre muchos de sus amigos oficiales no provenía de algún tipo de parálisis interna, nacida de la estupefacción ante la energía que animaba a sus adversarios. ¿Habrían agotado sus fuerzas luchando con coraje, con armas miserables en la mano, muriendo por centenas de millares en los campos de batalla desde la declaración de guerra en 1914? ¿Cómo podía ser que no se reaccionara contra el golpe de fuerza bolchevique? No se trataba ya de restablecer la monarquía, que había quedado desacreditada en los últimos años del reinado de Nicolás II, sino de permitir el alumbramiento de un régimen democrático. La resignación de muchos le hacía temer lo peor.

Había oído decir que si bien millares de oficiales se habían refugiado en Rostov y Novocherkassk, solo algunos centenares estaban dispuestos a proseguir la lucha. ¿Cómo podían dejar que la santa Rusia se deshonrara no solo a ojos de sus aliados, proponiendo una paz infame con la Alemania detestada, sino también a los de sus propios hijos, entregando el país a la locura sanguinaria de un puñado de revolucionarios, en gran parte judíos y venidos de Letonia, del Cáucaso, de Polonia o de Alemania, en una palabra, de todas partes, pero tan pocos de Rusia? En eso había una carencia de humor tan profunda que se convertía en un pecado contra el espíritu.

—Dos mil verstas —murmuró Xenia, sacándolo del ensueño—. Vas a tener que viajar a más de dos mil verstas para volver a tu territorio del Don, y nosotras todavía más, hasta Yalta. Hay momentos en los que no puedo creer más en lo imposible.

—No tenemos elección, Xenia. Tú misma lo has dicho. No hay que quedarse aquí. Es demasiado peligroso. Esa gente no respeta a nadie. Hoy la bestia devora a sus enemigos, pero mañana se volverá contra ella misma.

Pero Xenia ya no lo escuchaba. Estaba lejos, en las estaciones abiertas a los cuatro vientos, por entre las hordas de desgraciados a los que había visto apretarse en los compartimentos, sometida a las miradas desafiantes, a los controles rigurosos pero irracionales de comisarios y de sóviets borrachos de poder y sedientos de venganza. Tenía que partir de su ciudad natal, de esa casa tan amada pero herida para siempre por la sangre de su padre que se había esparcido por las paredes. Aun así, en ese momento sentía que temía esa partida tan ardientemente deseada unos meses antes.

Partiría sin llevarse nada, excepto una pequeña maleta de cuero, uno o dos recuerdos de su padre, de su infancia, de sus sueños de mujercita. Al abandonar Petrogrado iba a dejar atrás una parte de sí misma. Confusamente, adivinaba que no iba a ser otra vez ella hasta que volviera. Pero ¿cuánto tiempo iba a durar esa separación? ¿Semanas, meses, años, lo mismo que esa guerra interminable? ¿Cuánto tiempo tardarían Sasha y los suyos en vencer a los rojos?

Esa misma noche, antes de acostarse, Xenia atravesó el salón silencioso para contemplar por la ventana el canal que empezaba a verse invadido por los hielos. La luna bañaba de luz las fachadas de los palacios de colores ajados. La noche era extrañamente tranquila, algunas estrellas punteaban el cielo de terciopelo oscuro. Mientras miraba en dirección al puente que atravesarían para dirigirse a la estación, pensó que siempre existiría en su hogar, en San Petersburgo, un león de piedra que vigilaría bajo su melena de nieve.

Odessa, febrero de 1920

Los Osolin no llegaron nunca a Yalta. La casa de la familia, con sus columnas blancas y sus terrazas floridas sobre el mar, se había convertido en una especie de quimera, hasta tal punto que Xenia se preguntaba a veces, en sus insomnios, si la residencia existía en realidad o si no era más que un sueño de su infancia.

Con documentación falsa y ropa civil, Sasha había conseguido acompañarlas hasta Rostov. Xenia había tenido la intención de quedarse unos días para permitir a su madre recuperar las fuerzas antes de proseguir el camino, pero las semanas se habían convertido en meses, y las mujeres con su bebé habían recalado de ciudad en ciudad, al capricho de las ofensivas y de las contraofensivas, para acabar por fin en Odessa, en el muelle de ese puerto al que afluían millares de refugiados asustados, perseguidos por los cañonazos, las explosiones de granadas y el crepitar de las ametralladoras que resonaba a lo largo de toda la costa.

Xenia agarraba tan fuerte la mano de su hermana que le hacía daño y la niña lloraba de dolor y la brisa helaba las lágrimas sobre sus mejillas pálidas. Se aseguró de que Niania seguía detrás de ella, con Kiril en brazos. El niño estaba envuelto en una manta gris y gastada que reflejaba un cielo de acero. En el rostro rígido de la vieja rusa solo sus ojillos vivos permanecían animados por un hálito de vida. Envuelta en dos abrigos y con el pañuelo anudado bajo el mentón, parecía transformada en estatua de sal y su determinación le daba el perfil de un ave de presa. Xenia sabía que sacrificaría su vida para proteger al pequeño, lo que la hacía sentirse agradecida. Era la única persona en la que podía confiar, no para tomar decisiones importantes, sino para ejecutarlas sin rechistar. Desde que habían salido de Petrogrado sus sentimientos hacia la vieja campesina no eran solo de ternura, sino también de respeto.

Su madre estaba sentada en una maleta, apoyada en la rueda de un carro. Xenia había intentado protegerla del frío con la lona, pero la nieve se incrustaba en los pliegues de su capa. De vez en cuando, un acceso de tos le desgarraba los pulmones y sus ojos claros brillaban de fiebre. Era evidente que le costaba tragar y la joven lamentó no disponer de jarabe para aliviarla. Estaba preocupada. Aunque había luchado para mantener su miserable guarida escrupulosamente limpia, persiguiendo los piojos y las chinches con el fin de evitar la propagación de enfermedades contagiosas, no había podido impedir que su madre se resfriara. Y ahora esa bronquitis podía asustar a los marineros e inclinarlos a rechazar el embarque de la enferma.

En realidad, Nina Petrovna no se había acabado de recuperar del nacimiento de Kiril. El viaje en tren había resultado un calvario. En las paradas Xenia había comprado huevos, leche y carne que vendían las campesinas, pero su madre comía como un pajarito. La situación había mejorado al llegar a Rostov. Nina había vuelto a sonreír, aunque su belleza frágil se volvía cada vez más etérea, y su piel más traslúcida. Parecía frágil como el cristal, pero no pedía nada, se mostraba paciente con Masha, que reclamaba sin cesar afecto y mostraba el carácter impetuoso de su hija mayor. La mayor parte de su tiempo se lo dedicaba a su hijo: lo miraba durante horas, le cantaba nanas, se dormía envolviéndolo, consagrada por entero a ese hijo que había traído al mundo con la energía de la desesperación. Observando a su madre, y a veces su mirada ausente, Xenia había acabado por pensar que esta se había agotado al darle la vida a Kiril y que iba a necesitar tiempo para volver a ser ella misma.

Un violento cañonazo retumbó y el suelo tembló de nuevo bajo sus pies. Una nube de polvo se levantó en el cielo, mientras la fachada de una casa se derrumbaba entre siniestros crujidos. Los bolcheviques estaban a las puertas de Odessa, y sus adversarios, atrapados en una ratonera. Presa del pánico, la multitud se revolvió, pero unos y otros estaban tan apretados que no podían huir demasiado lejos. Desde que habían llegado a los muelles, Xenia había comprendido que era mejor no acercarse demasiado al agua, en la que flotaban trozos de hielo, para evitar el peligro de caer entre el embarcadero y el casco de los navíos.

Algunas mujeres empezaron a lamentarse y un sacerdote reinició la letanía de oraciones que acababa de interrumpir. Unas voces roncas de tanto gritar se elevaron para exigir el embarque sin más tardanza en los dos barcos ingleses que tenían que llevarlos a un lugar seguro, a Constantinopla, primera etapa del exilio. El miedo afilaba los rostros, roía los intestinos, provocaba crisis de histeria. Las tropas del Ejército Rojo no vacilaban a la hora de masacrar a los civiles. Con los oficiales del antiguo ejército imperial, encuadrados por comisarios políticos que torturaban a la mínima sospecha de acción contrarrevolucionaria; con los proscritos y los antiguos forzados, con el dedo sobre el gatillo del revólver; con los soldados enrolados a la fuerza que arrasaban las poblaciones, mutilaban a los rehenes antes de lanzarlos agonizantes en fosas comunes, la hidra de este nuevo ejército forjado por Trotski solo tenía un objetivo final: el triunfo de la dictadura del proletariado y la eliminación física de todos los «enemigos de clase». En su punto de mira se encontraban los antiguos oficiales de la Guardia Imperial, los burgueses, médicos o intelectuales, los campesinos libres propietarios de algunas pequeñas parcelas de terreno, los nobles, los cosacos separatistas... ¿Cuántos eran, amontonados en el puerto, aterrorizados, agotados por el hambre y el frío, los que del enemigo no esperaban sino la muerte?

Xenia miró a su alrededor. Los alaridos y sollozos resonaban por doquier. Nadie podía hacerse oír entre las mujeres andrajosas, con cuerdas que sujetaban sus últimas vestiduras calientes, los niños aterrorizados, los ancianos o los bebés yacientes en cestas de mimbre. Los soldados del ejército blanco permanecían postrados, con vendas ensangrentadas alrededor de la cabeza o de una pierna. Algunos coches con los cristales rotos ofrecían improbables abrigos a las camillas. Los hatillos se amontonaban unos sobre otros. En las carretillas cargadas de paquetes flotaba a veces un objeto incongruente, como esa caja para sombreros de una modista de Petrogrado que debía de contener algo diferente a una prenda de vestir.

Los marinos ingleses se alineaban al pie de pasarelas de madera instaladas apresuradamente y verificaban las identidades. Un hombre de rodillas en la nieve suplicaba que los embarcaran a él y a su mujer. Cuando lo vio, Xenia apartó la mirada, avergonzada. Ella nunca se rebajaría hasta ese punto, jamás. «Pero por ellos lo harías —pensó con amargura—. Por mamá, por Kiril y por Masha estarías dispuesta a todo. A eso nos hemos visto reducidos: a mendigar por nuestras vidas porque es lo último que nos queda.» ¿Cómo iba a encontrarlos Sasha entre esa marea humana? Golpeó el suelo con los pies para calentarse y sintió el peso reconfortante del arma contra la cadera. Después palpó con mano nerviosa el fondo del bolsillo de su redingote militar en donde guardaba sus preciosos papeles enrollados en el interior de una tela encerada. Se había convertido en una manía. Por la noche dormía con esos documentos contra la piel. Había tenido que separarse de sus últimos rublos para obtener los pasaportes después de horas y horas de espera en tres agencias gubernamentales rusas, antes de aguardar en el consulado francés durante dos días para que le facilitaran los visados.

En las salas malolientes por las emanaciones de sudor y de las vestimentas húmedas, las colas le habían parecido interminables, casi inhumanas, porque cada uno defendía allí su propia piel. Había admirado la calma de un funcionario francés que escuchaba a los rusos discutir, argumentar, vociferar, explicar, cuestionar, exigir, implorar... El hambre le hacía sufrir vértigos durante los cuales su cuerpo se elevaba en una extraña ingravidez, su discernimiento se embarullaba y el torrente incesante de palabras de sus compatriotas resonaba en su cerebro hasta causarle náuseas.

De puntillas, intentó en vano ver a su tío. ¿Dónde diablos estaría? ¿Acaso no le había pedido que no se alejara de su lado? Muchas familias se habían separado: algunas mujeres habían perdido a sus maridos entre la multitud y, en plena agitación, Xenia había visto cómo un niño de cinco años era arrancado de las faldas de su aya. Al bajar esta del barco para rescatarlo ambos habían quedado olvidados en el muelle.

—¡Xenia! —llamó una voz ronca detrás de ella.

Se volvió, sin dejar de apretar la mano de Masha.

—¡Por fin! ¡No vuelvas a hacerme sufrir tanto, tío Sasha! ¡Tenemos que permanecer juntos! ¿No ves que la fila sigue avanzando? Pronto será nuestro turno para embarcar.

—Yo me quedo.

Xenia sintió un zumbido en los oídos y durante un instante se preguntó si tal vez había perdido la razón. Con ojos desorbitados miró a su tío, vestido con el largo capote forrado y con viejos retales zurcidos en lugar de los galones. En su gorra roja de visera negra una banda blanca indicaba su pertenencia al ejército de voluntarios.

—Pero ¿qué dices? —preguntó ella en un tono en el que se reflejaba una terrible angustia.

—No puedo marcharme. No puedo abandonar nuestra tierra. ¿Cómo crees que puedo irme de Rusia? ¡Eso es imposible! ¿No lo comprendes?

—¡No, no lo comprendo! —exclamó ella, furiosa—. Has arriesgado tu vida. Has seguido a Kornílov, tal como habías deseado. Has sobrevivido a la campaña de hielo. Incluso te han condecorado —añadió ella apoyando el dedo en el lugar del pecho en donde prendía la insignia de la espada en su corona de espinas—. Has cumplido con tu deber. Ya no puedes hacer nada más. ¡Mira a tu alrededor, por Dios! Míranos... ¿Qué más quieres? Hemos perdido, ¿me oyes? ¡Hemos perdido!

—¡Calla, Xenia Fiódorovna! —replicó él con expresión fría—. ¿Cómo te atreves a decir estas cosas cuando seguimos luchando en Crimea, en el Cáucaso, en Kuban, en el sur de Ucrania, en Siberia...? Nuestros jefes siguen ahí: Denikin, Wrangel,

Kolchak. Con sus hombres. Hemos sufrido reveses, eso es cierto, pero mientras nos quede una brizna de aliento el combate no estará perdido. Es algo visceral, ¿entiendes? Nunca podrás arrebatarme a Rusia del alma, ni tampoco podrás arrebatarme la fe. Las dos van unidas y existo a través de ellas.

Apretaba los puños como un niño enfadado. La barba rubia le comía las mejillas, disimulando la delgadez de un rostro cuyos ojos lanzaban destellos.

—Tu deber es permanecer junto a nosotros. ¿Cómo pretendes que me las arregle sola? No puedes dejarnos. ¡Quien ahora te necesitan son los tuyos, no Rusia!

Sasha sacudió la cabeza, se llevó las manos a los oídos, como si esas palabras le resultaran insoportables.

—Lo lamento, Xenia. Mi deber es combatir aquí, en nuestra tierra, por nuestra patria. No es posible dejar el país en manos de bárbaros sanguinarios. Han matado al zar, a la emperatriz, a sus hijos... Arrojan a inocentes vivos a fosas inmundas. Si Rusia se hunde todo dejará de tener sentido y no merecerá la pena vivir la vida.

Xenia soltó a Masha de la mano y agarró a su tío por las solapas de la guerrera. Un terror sordo la invadía al pensar en tener que subir a un barco extraño con su familia cuando ignoraba si el navío iba a conseguir cruzar el mar Negro hasta Constantinopla sin explotar sobre las minas que todavía trufaban los estrechos. En ese preciso instante odiaba a Sasha porque la forzaba a mirar el miedo de cara y a admitir su debilidad.

—Kiril todavía es un bebé. ¿Cómo osas decir en presencia de un niño que la vida no merece la pena? Y yo, yo también quiero vivir, ¿me oyes? ¡Quiero vivir! Por eso tengo que subir a este barco y te necesito para ayudarme. No puedo hacerlo sola.

—Lo siento, lo siento mucho...

Sasha lloraba y Xenia sintió que un puñal le rasgaba el corazón. Su tío era un héroe que había combatido con valentía desde que habían recuperado el territorio del Don dos años antes. Bajo el estandarte de la Gran Rusia había caminado durante más de mil kilómetros junto a sus compañeros vestidos con uniformes dispares, oficiales convertidos en simples soldados, con la mano crispada sobre la culata de sus fusiles, el estómago vacío, los dientes oscurecidos por las galletas de bellotas trituradas, llevados por una sola obsesión: pelear por su tierra y para servir a la causa de un pueblo que no tenía que sufrir el yugo del populacho, como había clamado ante ellos el general Denikin.

Xenia se puso de puntillas y acercó su rostro al de su tío. Los copos de nieve se depositaron sobre su frente, sus cejas, sus labios.

—Si nos abandonas ahora, tío Sasha, nunca te lo perdonaré.

—Que Dios nos asista —respondió apretándola contra él—. Tengo confianza en ti, Xenia. Eres fuerte y valiente. Nunca he conocido a una mujer como tú. Si fueras de otra manera, me vería en la obligación de embarcarme; pero eres igual que yo, no me necesitas y yo todavía puedo servir a mis hermanos de armas. Tengo que permanecer aquí y combatir hasta mi último aliento. Si nuestro Señor lo desea, venceremos. Y tú volverás a casa, y yo te imploraré de rodillas que me perdones.

Furiosa, ella temblaba de la cabeza a los pies.

—Y si mueres, ¿de qué nos servirá?

—Pongo mi vida en manos de Dios.

Comprendió por su mirada decidida que no iba a convencerlo. Para Sasha era inconcebible abandonar su tierra natal en esos días dolorosos. Sería como si lo excomulgaran, como si traicionara todo lo que daba sentido a su vida, como fallar al honor y a la lealtad hacia su patria. Sería condenarlo a una lenta agonía. Xenia tenía ganas de pegarle con sus puños, de gritarle que lo detestaba por su egoísmo, pero no lograba hablar. Tenía un nudo en la garganta y los ojos secos.

—Todo irá bien, ya lo verás —dijo él con voz suave—. Voy a ayudaros. Venid, pronto será vuestro turno.

Ella quiso ordenarle que se fuera enseguida y que la dejara arreglárselas sola, ya que ese era el castigo que le infligía, pero Sasha se había inclinado hacia su hermana con la intención de tranquilizarla. Nina Petrovna levantó hacia él su rostro liso que se distinguía de la multitud por su angélica pureza. Ella lo escuchó asintiendo con la cabeza y sus dedos se entrelazaron como si rezase.

—Lo entiendo, Sasha —dijo—. Pero sé prudente, te lo suplico. Ya casi no me queda nadie. No soportaría perderte también, después de Fiódor, Misha, Kostia...

Su voz se quebró. La joven condesa había perdido a su marido y a dos de sus hermanos al principio de la guerra y se encontraba ahora a punto de abandonar el país. Pero se sometía a la decisión de su hermano menor. Ni se le pasaba por la cabeza protestar, ni intentar retenerlo. Xenia sintió una punzada de irritación. ¿Habrían podido convencerlo si las dos se hubiesen puesto de acuerdo en insistir?

—Permite que Sasha nos ayude a embarcar, palomita —solicitó Niania, como si le hubiera adivinado los pensamientos—. Deja tu orgullo a un lado y toma de la mano a tu hermana, no vaya a ser que la pierdas. Es la hora.

Sin pronunciar palabra, Xenia se inclinó para recoger el saco, que se puso en bandolera. Tomó después su pequeña maleta, tendió la mano a su hermana y siguió a la alta silueta de su tío, que daba el brazo a su madre mientras se dirigía al oficial británico apostado al pie de la pasarela.

Tras dos días de tempestad durante los cuales Xenia había permanecido encerrada en un camarote sin ventana, sujeta con los suyos a las literas de madera, por fin subió al puente. Las piernas apenas la sostenían. Aturdida, tenía la impresión de que habían lijado sus entrañas con alambre. El aire glacial le cortó la respiración, pero inspiró profundamente para expulsar el olor fétido del interior del navío. Había pasado por encima de los cuerpos de los refugiados tendidos en los pasillos sin posar la mirada en los rostros demacrados y procurando ignorar las toses roncas y los gemidos. Una joven había intentado en vano acallar las protestas incoherentes de un anciano que debía de ser su padre. No había sitio suficiente para aislar a los enfermos y los contagios se multiplicaban en tal promiscuidad. El médico militar recorría los diferentes niveles, constataba los fallecimientos, impotente para tratar los casos de tifus cuyas subidas brutales de fiebre deshidrataban a las víctimas y las dejaba paralizadas en su estupor.

Una borrasca de nieve azotó el cuerpo y el rostro de Xenia, que luchó para mantener el equilibrio. El barco navegaba en medio de una niebla espesa, un mundo fantasmagórico, sin contornos ni límites, en donde las crestas de las olas dibujaban rastros de espuma sobre un mar gris. ¿Se sentía tan frágil porque no había comido nada en muchos días o porque ninguna amarra la retenía ya a parte alguna? Cada dos minutos resonaba un largo silbido estridente. «Es el estertor de la agonía», pensó ella con el ánimo encogido por el sonido lúgubre.

Apoyó los codos en la barandilla, angustiada por la idea de avanzar a ciegas sabiendo que otros barcos se habían hundido en esa misma zona después de topar con minas flotantes. Añoraba la tierra firme. Siempre, incluso bajo el fuego de los cañones, había tenido la impresión de que podía actuar para defenderse. En aquel momento, en cambio, le parecía que era impotente, que estaba a merced de un capitán y de una tripulación desconocidos. Hundió la mano en el bolsillo vacío de su grueso capote militar. En el momento del embarque, un marino había exigido que los pasajeros le entregaran las armas, que se habían amontonado en medio del puente, como un botín de guerra. Desprovista de su revólver, la joven se sentía extrañamente desnuda. Esbozó una mueca irónica. ¿En qué se había convertido, pues, si buscaba el socorro de un arma de fuego?

En esos últimos tiempos había vivido sin hacerse preguntas, afrontando los problemas uno tras otro, sin pensar en el mañana. Ahora, sin embargo, estaba obligada a interrogarse sobre el futuro. Dejaba Rusia por Constantinopla, una ciudad de la que no sabía nada, que imaginaba por lo que había leído llena de mosaicos bizantinos, de minaretes y de cúpulas doradas, esplendor híbrido y ruidoso, con sus perfumes especiados y sus aromas obsesivos, engastada entre Oriente y Occidente. Pero la ciudad de los califas había sido vencida y ocupada por los ingleses. El Imperio otomano había perdido la guerra, los aliados controlaban el Bósforo y los Dardanelos. ¿Y luego qué? ¿Qué ocurriría? El dinero escaseaba y la situación en un país extranjero solo podía empeorar. El pánico se adueñó de ella, empapando su cuerpo helado en una fina capa de sudor. No sabía hacer nada, no tenía un talento particular ni un oficio. Le habían ofrecido una educación perfecta. Hablaba con fluidez tres lenguas extranjeras: inglés, francés y alemán. Conocía la historia, la literatura y la poesía, tocaba mal el piano pero estaba dotada para los bordados y sabía dirigir una casa con decenas de criados, como todas esas mujeres de mundo amontonadas en ese barco de miseria. Pero ¿para qué iba a servirle eso? ¿Cómo iba a sobrevivir? Sintió náuseas y se asomó por la borda, pero no tenía nada en el estómago, nada que no fuera bilis y miedo.

Las autoridades no dieron permiso para que los enfermos desembarcaran en Constantinopla. A causa de la suciedad y de la falta de higiene, en pocos días el tifus se había extendido por todo el barco. Algunos de los cosacos supervivientes también sufrían disentería. El hedor era insoportable en cualquier rincón. El capitán había ordenado que se limpiaran los puentes y se desinfectaran los camarotes y las bodegas, pero la lucha era desigual. El médico militar disponía de medios irrisorios. Sin medicamentos se las arreglaba como podía, pero mantener a raya la epidemia era completamente imposible.

Xenia temía los miasmas y pensaba que el frío era ciertamente odioso, pero menos peligroso que el contagio. Si por ella hubiera sido habría instalado a su familia en el puente, pero las fuerzas de Nina Petrovna la abandonaban. Permanecía postrada, temblando de fiebre bajo las mantas que Xenia había conseguido encontrar. La joven logró que el médico viniera a visitar a su madre. Se agachó a su lado, la auscultó rápidamente, constatando las erupciones rojas en el torso y en los brazos. Xenia tuvo un mal presentimiento por el movimiento de los hombros del médico, por su nuca curvada... Se incorporó con la prudencia de un anciano. En su rostro demacrado por la fatiga se veía que estaba agotado. Tomó a la joven del brazo y la obligó a salir al pasillo.

—Señorita, no puedo ocultarle nada... —murmuró.

—¿No tendría usted nada para atajarle la bronquitis, doctor? —le interrumpió ella—. Desde que nació mi hermano pequeño mi madre nos ha dado unos cuantos sustos como este, pero es una mujer fuerte, ¿sabe usted? Siempre se recupera.

El hombre sacudió la cabeza con aire abatido, se apoyó en la pared y cerró los ojos, como si quisiera arañarle algunos segundos al sueño.

—No se trata de bronquitis. Es tifus. No puedo hacer nada por ella, lamentablemente. Ni por ella ni por todos esos otros desgraciados. No dispongo de medicamentos ni de medios para cuidar a los enfermos. Mire a su alrededor... Es espantoso. Y yo no puedo hacer nada de nada. Es para volverse loco —añadió a media voz.

—Pero ¡habrá algo que podamos hacer! —protestó Xenia—. ¿Y si nos instalamos en el puente, al aire libre? Quizá...

—Eso no cambiaría nada, señorita. Lo siento.

Un marinero se acercó a él. Solicitaban ya su presencia en otro lugar. Miró a Xenia para disculparse y finalmente se alejó con el paso pesado de un condenado.

La joven permaneció en pie y con los puños apretados. No quería admitirlo. El destino no podía encarnizarse en ellos hasta ese punto. ¡No iba a perder a su madre en pleno Bósforo, a unos cables de Constantinopla, cuando se les negaba el permiso para bajar a tierra, cuando los militares hablaban de cuarentena, de barcos sanitarios en aislamiento, de campos de refugiados en la isla de Lemnos o en la península de Gallípoli!

Se frotó la nuca, intentando en vano aliviar la presión que le comprimía la parte alta de la espalda. Haría falta un milagro para salir de esa pesadilla sin fin y llegar hasta París, el destino final por el que tanto había luchado en Odessa, prefiriendo Francia a Inglaterra por una razón oscura, quizá ligada a la infancia. Guardaba en la memoria el recuerdo de su aya francesa, con su elegante moño, sus maneras amables, su espíritu chispeante. Morena y esbelta, mademoiselle Verdière era de naturaleza ardiente. Nina Petrovna había incluso mostrado su inquietud a su marido, pues encontraba a la señorita algo impertinente, pero el general había apreciado su vivacidad. Había pasado entre ellos dos años, antes de volver a su casa en cuanto estalló la guerra.

Xenia ignoraba qué había sido de ella. Quizá le escribiera en cuanto llegara a París... Pero la capital francesa adquiría ahora las propiedades de un espejismo que se alejaba a medida que ella se acercaba. No sin cierta angustia, se preguntó si estaría condenada a ir a la deriva en ese navío maldito que no podía permanecer en ningún puerto, sin atracar hasta que los pasajeros y la tripulación murieran unos tras otros y el navío fantasma no fuera más que un enorme ataúd flotante.

Nina Petrovna Osolin no tuvo derecho a ningún ataúd. Su cuerpo fue envuelto en una sábana blanca y colocado sobre una plancha de madera. Cinco marineros se empleaban en las ceremonias fúnebres que se sucedían a lo largo de la jornada. Uno de ellos había tocado unas cuantas notas del toque de oración, sus largos lamentos prolongándose con crueldad mientras sus camaradas permanecían firmes.

Hacía buen tiempo. El sol brillaba en uno de esos cielos de invierno cuya luminosidad despiadada hiere la mirada. Las lonas, la bandera inglesa y los banderines restallaban al viento. El navío crujía por todas partes en medio de un aire pulido como el cristal. El sacerdote recitaba el oficio de difuntos. Algunos pasajeros cantaban: «Acógela, Señor, acoge a tu sierva Nina junto a tus santos...».

Con Kiril apoyado en la cadera, Xenia daba la mano a Masha. Con los hombros hacia atrás, se mantenía muy derecha y miraba a lo lejos la línea del horizonte. Bajo sus botas sentía el balanceo del barco. Tenía las manos y el corazón helados.

Mechones de cabello escapados de la trenza revoloteaban alrededor de su rostro. Se sentía desposeída, porque no enterraba a su madre en el panteón familiar de los Osolin en Petrogrado, junto a su padre, rodeada de sus familiares y amigos, lo que habría sido natural y digno, sino que entregaba su cuerpo al mar, a los monstruos de las profundidades; su madre iba a desaparecer de una manera definitiva y absoluta, y no habría ningún lugar al que acudir a recogerse. Ese gesto le parecía tan incongruente, tan insensato, que ni siquiera era capaz de rezar en ese mundo que se había vuelto loco.

Niania estaba al otro lado de Masha. Las lágrimas se derramaban por su rostro, se perdían en sus arrugas, y ella no tenía intención de retenerlas. La muerte de Nina Petrovna había roto algo en la vieja criada. Con la espalda encorvada, sus gestos eran lentos, casi apáticos.

El marino hizo resonar una última nota doliente, y luego hubo un momento de silencio. Xenia mantenía los ojos encadenados a su madre: distinguía la cabeza, los hombros y las piernas. Una multitud de imágenes felices fluyó en su memoria. Los brazos abiertos de su madre, su sonrisa, la risa cristalina, su infinita dulzura, la gracia, esa manera de comprenderlo todo, de perdonarlo todo, la certeza de un amor entero y de encontrar siempre un refugio a su lado, ocurriera lo que ocurriese. De pronto, todo lo que la había exasperado en esos últimos tiempos ya no contaba. Su madre estaba muerta y, con ella, Xenia entregaba al olvido una parte de sí misma.

Una gaviota gritó con estridencia sobre sus cabezas. La joven contuvo el aliento. Dos marinos inclinaron la plancha con un movimiento brusco y el cuerpo se deslizó hacia el mar. Cuando la joven condesa Osolin chocó contra el agua con un sonido sordo, Niania lanzó un grito de dolor que hizo estremecer a quienes se hallaban junto a ella. Agitada por los sollozos, Masha ocultó su rostro en el abrigo de su hermana. Xenia agarró un poco más fuerte a Kiril y rodeó con un brazo los hombros de la niña. Mantenía la mandíbula tan apretada que ya no podía separar los dientes.

La víspera, mientras su madre moría y Niania recitaba unas plegarias, Xenia había descosido las joyas escondidas en las vestiduras de la agonizante. Con manos temblorosas, se había cortado diversas veces con las tijeras. Tenía las uñas mordidas, los dedos rugosos. Un morado le marcaba el hombro, allí donde se había golpeado en el exiguo camarote. Sentía el cuerpo como si la hubieran molido a golpes, casi había sentido vergüenza de ocuparse en esas tareas en un momento que debía haber sido de recogimiento, pero también la habían privado de eso, de esos últimos instantes en la cabecera de su madre. Ya tenía que pensar en el día siguiente, inquietarse por preservar esas piedras preciosas indispensables para su supervivencia.

Xenia no lloraba. Eso sería más tarde, meses o años después. Nunca, quizá. La emoción abarcaba demasiado. Era un lujo que ya no podía permitirse. Tenía que volver a recuperarse agarrándose a las únicas realidades tangibles, a las joyas que habían subrayado la belleza de Nina Petrovna en los bailes de la corte imperial —y que ella sentía alrededor de su cintura—, pero también a los brazos de Kiril que le rodeaban el cuello, al aliento del hermano pequeño en la mejilla, y al cuerpo de Masha pegado al suyo con toda la violencia de su pena, como si la niña quisiera fundirse en ella, desaparecer.

El navío continuaba avanzando. El lienzo blanco flotó por unos instantes en el mar arañado por la espuma antes de alejarse al compás de las olas. Con los ojos secos, Xenia Fiódorovna se obligó a volver la cabeza. A lo lejos se levantaban las colinas ásperas y batidas por el viento de la isla de Lemnos.

SEGUNDA PARTE

Berlín, abril de 1924

Max von Passau era un hombre feliz. La primavera se había manifestado de golpe y había relegado el invierno y sus días macilentos con resabios de inflación delirante, miseria y desconcierto, al cortejo de los malos recuerdos. El aroma del aire era cálido y prometedor, las hojas de un verde tierno destacaban contra el azul del cielo. Tras las vallas cubiertas de carteles publicitarios, un golpe de viento levantó una nube de polvo de una obra de la que provenía un estruendo de martillos sobre vigas metálicas. Abandonó de un salto el tranvía en la avenida de Kurfürstendamm y un autobús imperial estuvo a punto de arrollarlo porque se había aventurado sobre la calzada distraídamente. Un automovilista, irritado por su imprudencia, lo llamó al orden tocando el claxon.

¡Dios, qué bella era la vida! En ese atardecer los despachos y las tiendas vertían sobre las aceras una multitud de hermosas empleadas que desvelaban preciosos tobillos bajo sus faldas ligeras. Chales de muselina ceñían sus cuellos liberados por los cabellos cortos mientras ellas martilleaban el asfalto con sus tacones. Los picaportes de cobre de bares y cabarés brillaban al sol. Un joven camarero barría la entrada de un restaurante de cristales deslumbrantes y los rótulos luminosos esperaban el crepúsculo para empezar a parpadear. Como siempre, la noche iba a ser larga y desenfrenada.

Berlín se reencontraba con el gusto acidulado de la esperanza y el joven Maximilian freiherr von Passau con el de la despreocupación. No solo la espiral infernal de la inflación acababa de ser guillotinada por la reforma monetaria de Gustav Stresemann, sino que también acababan de retribuirlo por sus últimos retratos, con una suma bastante considerable en reichsmark nuevos garantizados con oro que ya no perdían su valor incluso antes de haberlos ingresado en el banco. Por fin iba a poder pagarse algunas comidas dignas de ese nombre. Ya empezaba a cansarse de las patatas, las conservas insípidas y las pastillas de caldo.

Empujó la puerta del Romanische Café, en donde le acogió una algarabía de voces fuertes, graves o estridentes, puntuadas por estallidos de risas. Volutas de humo se elevaban hacia las altas bóvedas de estilo románico. La efervescencia era casi palpable. Todos los que eran alguien entre los círculos literarios y artísticos de la ciudad acudían allí para intercambiar ideas y estructurar teorías. Era inconcebible no mostrarse allí. Los rostros empolvados de blanco de las bailarinas subrayaban sus labios de un rojo rubí, jóvenes actrices desconocidas intentaban llamar la atención de agentes artísticos, mientras que los periodistas de los consorcios de prensa Mosse o Ullstein arreglaban el mundo.

La mayor parte de las mesitas redondas estaban ocupadas y los vasos entrechocaban en los veladores de mármol. Max constató con aire divertido que la reina del lugar, la poeta Else Lasker-Schüler, adepta a las indumentarias masculinas, ese día había acudido vestida de mujer. Con una toca de astracán encaramada en los cabellos, garabateaba en una libreta, con una taza de café ante ella, mientras la otra mano jugueteaba con los collares que adornaban su camisa blanca de encaje.

Uno de los camareros con largo delantal blanco esquivó a Max con gracia de equilibrista mientras transportaba una bandeja de jarras de cerveza sobre el hombro. El joven siguió buscando algún lugar libre. Los pretendientes a la notoriedad llenaban la primera sala, a la que se había puesto el nombre de «el estanquito», mientras que, a la izquierda, las celebridades disponían de sus mesas de habituales en «la piscina». A pesar de la decoración impersonal, con aires de vestíbulo de estación ferroviaria, Max se sentía como pez en el agua.

—¡Max, aquí! —lo llamó una voz.

Sentada sobre una banqueta pero en actitud de reina, una joven morena y de ojos negros agitaba la mano. Max colgó su sombrero de fieltro blando en uno de los percheros y se dirigió hacia su hermana Marietta, que lo observaba con aire burlón, sus ojos de gata afilados bajo la línea impecable de las cejas. Unos largos pendientes asomaban bajo el corte *à la garçonne* que entre sus mechas subrayaba el rostro puntiagudo con la nitidez de una navaja. Se encontraba rodeada por su corte, dos o tres hombres despreocupados seducidos por su cinismo y encantados de acatar sus órdenes, y algunas chicas tan lánguidas y desdeñosas como su inspiradora.

—Échate a un lado, Milo, deja que mi hermanito se siente —dijo ella a su vecino dándole una palmada en la espalda—. ¿De qué brazos deliciosos vienes, corazón mío? Te brillan los ojos como al gato que por fin se zampa al canario. Hoy te veo particularmente seductor. Esta indumentaria tan despreocupada te sienta la mar de bien. El pantalón ancho, los cabellos algo largos... Encantador. Solo te falta una barba como las de los poetas que nos rodean. Qué lástima que tengamos la misma sangre, habríamos formado una bonita pareja, ¿no crees? Pero cuéntanos, cariño. Queremos saberlo todo. Me da la impresión de que no nos vemos desde hace siglos. ¿Cómo van tus romances? Precisamente Milo quería recordar la última vez que se encontró con una virgen. Quizá sea la mercancía más excepcional en el Berlín de nuestros días, ¿no crees?

Marietta hablaba mucho, y en mayúsculas, con voz ronca y sensual. Como había abandonado en el armario de los viejos oropeles las convenciones y el formalismo de su educación prusiana, la joven irreverente decía lo que le pasaba por la cabeza sin discernir sus pensamientos, lo que en ocasiones daba lugar a discursos sorprendentes, y muy a menudo fútiles, pero que permitían vislumbrar una intuición fulgurante.

Max aceptó la plaza liberada por uno de los pretendientes de su hermana, un chico de mentón huidizo, sufriente y enamorado perdido de Marietta desde que en una ocasión le había tirado del pelo y ella le había largado un puñetazo que le había roto la nariz. Y eso que, a los diez años, todavía no había tomado lecciones de boxeo.

Marietta se acurrucó contra él. El amplio abrigo de noche con forro de chinchilla se deslizó sobre su hombro, dejando al descubierto una clavícula y el fino tirante de su vestido de tisú que se desparramaba sobre su silueta andrógina. A sus veintiséis años, era un año mayor que él, pero alternaba las actitudes infantiles con poses de mujer fatal. Todo dependía de su humor y de cómo había pasado la noche anterior. Max se fijó en que no tenía arrugas y parecía más bien alegre. Con gesto protector, le colocó bien el abrigo. A menudo Marietta era insensible al frío o a las corrientes de aire.

—Tengo un hambre de lobo y no tardaré en ir a cenar —anunció él—. Por una vez tengo con qué pagar. Esta ronda corre de mi cuenta.

—¡No tendrás que repetírnoslo! —exclamó Ferdinand Havel levantando una mano para llamar a un camarero—. ¿Qué celebramos? —añadió empujando con el dedo las gafitas redondas escoradas en su nariz.

A Max le sorprendió encontrar a su mejor amigo entre los acólitos de Marietta, porque el joven estudiante de Derecho tenía una opinión severa sobre esa juventud extravagante que se había habituado a una riqueza fácil el año precedente, cuando los más listos especulaban con el curso de las acciones de la Bolsa, bebían champán como si de agua se tratara y se ponían chalinas para darse aires de poeta maldito. Ferdinand no tenía tiempo para hacerse el diletante. Su padre, un destacado jurista, se había arruinado durante los años de inflación, puesto que los ahorros se habían fundido como la nieve al sol. A partir de entonces había ayudado a sus padres a pesar de que lo que ganaba apenas bastaba para alimentarlo a él. A diferencia de los pretendientes de Marietta que lucían ya su esmoquin y la camisa blanca almidonada en previsión de la velada, llevaba su único traje gris de mangas lustrosas, y la limpieza de su cuello duro no estaba clara. Sin duda Marietta lo habría arponeado a su llegada.

—Soy un fotógrafo satisfecho —dijo Max—. He vendido una serie de retratos a un cliente exigente, de ahí mis prodigalidades de esta noche. Además, he convencido a unos de los directores de Ullstein de que les era indispensable...

—¡Ah, la prensa y sus innumerables avatares de los que ya nunca podríamos prescindir! —exclamó Marietta haciendo un gesto al botones que pasaba ante ellos con los brazos cargados de diarios—. ¿Y qué querías hacer, cariño? ¿Publicidad, reportajes? ¡Eres tan habilidoso! Manejas todos esos aparatos tan complicados con dedos de hada. Y me encanta cuando te encierras en tu laboratorio entre tantos frascos y cubetas. Se diría que eres un mago que elabora sus pociones mágicas.

—Queridos amigos: ante vosotros tenéis al nuevo colaborador de *Die Dame* y del *Berliner Illustrirte*.

—¡Bravo! —se alegró ella tomándole la cara con las manos y besándole sonoramente en los labios—. ¡Camarero, champán para todo el mundo! La velada no ha hecho más que empezar.

Max, algo apurado, se preguntó si ella lo habría escuchado realmente. Como tenía que ganarse la vida, no podía consagrarse enteramente a sus investigaciones artísticas y el universo de la moda le permitiría sobrevivir, como a la mayor parte de sus amigos fotógrafos. Si París se vanagloriaba de ser la capital indiscutible de la moda, Berlín era la de la confección, que constituía una de las ramas más rentables de la economía alemana desde hacía más de un siglo. Se contabilizaban cerca de seiscientos talleres diseminados alrededor de la Hausvogteiplatz. Tras las restricciones debidas a la guerra, la mujer berlinesa quería volver a ser tan elegante como la parisina. Los peinados, el maquillaje y las últimas tendencias interesaban incluso a filósofos y escritores. Mientras los pintores famosos colaboraban con sus ilustraciones en las revistas, las actrices hacían de maniquíes para los fotógrafos. A ojos de los artistas que afluían a la ciudad, la moda estaba en el centro del debate sobre la modernidad y Berlín estaba en el corazón del mundo. Pero ¿cómo explicarle todo esto a Marietta, que no escuchaba más que por una oreja? A veces tanta desenvoltura le resultaba penosa. Su hermana no poseía ninguna escala de valores. Cualquier emoción convenía para tomarla y luego descartarla, ya se tratara de una pena o de una alegría, del mismo modo que un amante venía a ser lo mismo que otro. De hecho, ¿notaba ella alguna diferencia?

—Será mejor que te limpies la cara —declaró Ferdinand tendiéndole un pañuelo—. Te ha bautizado con carmín. Te felicito, amigo mío. Nunca he dudado de tus capacidades.

—¿Ah, no? —dijo Max, irónico—. Creía recordar que te mostraste más bien escéptico cuando os dije que me iba a Weimar.

—¡Yo creía que papá iba a sufrir una crisis de apoplejía! —se defendió Marietta—. Tú, el hijo único, destinado como él a una brillante carrera en la diplomacia, osabas perderte en la Bauhaus, una escuela de artes aplicadas de la que no se sabía gran cosa, aparte de que preconizaba teorías de vanguardia como integrar el arte a la vida. Había allí incluso comunistas. ¡Qué horror! —bromeó levantando los ojos al cielo—. Recuerdo que pidió informes sobre Walter Gropius porque le parecían poco satisfactorias sus investigaciones sobre arquitectura. ¡Ah, el champán, por fin! ¡Ya era hora! ¡Me muero de sed! ¿Dónde iremos a cenar esta noche? Milo, pásame una copa. ¡Venga!

—¡Por tus éxitos y tus amores, mi querido Max! —declamó Milo levantándose y entrechocando los talones.

—Es absolutamente necesario que me fotografíes. Pronto serás tan famoso que ni nos dirigirás la palabra —suplicó Asta, la mejor amiga de Marietta, una rubia de mirada descarada y con las uñas pintadas de verde.

Para que lo dejara en paz, Max le prometió que podría posar en su estudio. Asta podía mostrarse insistente, de modo que más valía ceder enseguida a un capricho que probablemente habría olvidado unas horas más tarde. Su breve relación le había dejado un recuerdo amargo. Asta no entregaba su cuerpo, sino que lo prestaba. Y más bien de mala gana. Raramente había sentido una insatisfacción tan grande después de hacer el amor con una mujer, aunque se la considerara una de las chicas más bonitas de Berlín. Delgada y musculosa, desprovista de senos y de caderas, su silueta respondía a los criterios de la moda. Era lo bastante rica como para vestirse en las mejores casas, en Friedländer o en Alfred-Marie, lo que no dejaba de suscitar cierta envidia en Marietta, quien no podía rivalizar con su monedero. Asta pasaba las mañanas retozando en la cama antes de ordenar al chófer que la llevara a su club de tenis, recorría las tiendas por la tarde, se cambiaba una primera vez para el té con baile de las cinco, luego para ir a jugar al bridge y por fin para asistir al teatro. La vida se le escapaba entre los dedos como la arena, pero la joven no disponía nunca ni de un minuto. Cuando ella le rodeó los hombros con el brazo y le mordisqueó la oreja, Max inclinó la cabeza y la miró a los ojos.

—Te voy a confesar un secreto, Asta. Lo nuestro terminó.

—Tienes talento, pero también eres odioso, Maximilian —replicó ella con una mueca y blandiendo su boquilla como si fuera una espada—. Hice muy bien en romper contigo.

Max tuvo una sensación de hastío. Se había levantado al alba para verificar los retoques de las fotos que había entregado a la hora de comer, no había comido nada desde el día anterior y los caprichos de su hermana y sus amigos empezaban a cansarlo. Vació de un trago la copa de champán y sintió que se le subía a la cabeza.

—Bueno, ya es hora de que vayáis a divertiros, ¿no? —propuso con alegría—. Seguramente tenéis por delante una larga noche esperándoos. Dejad que los pobres trabajadores como Ferdinand y yo demos un bocado antes de volver a nuestras camas.

—¡Es sobrecogedor lo aguafiestas que puedes llegar a ser, querido Max! —protestó Marietta con aire consternado—. A veces me recuerdas a papá. Insisto en que esta noche tienes que acompañarnos. ¡La vida es tan corta! —exclamó—. Piensa en nuestro pobre Erich y en todos esos desgraciados muertos. Para ellos sí que se ha acabado. Ya está.

Durante un instante, sus ojos se velaron de lágrimas, los labios le temblaron y finalmente sacudió la cabeza con una risa febril.

—Deja que te alimente como cuando eras pequeño. ¡Vamos, hazme ese favor! Eras mi muñeca preferida, cariño. ¿Recuerdas cómo jugábamos juntos? Y luego iremos a bailar. ¿Cómo puede sobrevivirse a una noche sin bailar?

Una sombra se cernió sobre la mesa y Max levantó la cabeza. En un instante, el inicio de aquella noche que había parecido tan prometedor adquirió un regusto amargo. Con la nuca tensa, Ferdinand pareció de pronto vivamente interesado en la etiqueta de la botella de champán que tenía delante. Aunque había estado a punto de ceder a las peticiones de su hermana, Max esperaba que Marietta y su cuadrilla se fueran enseguida, porque no estaba de humor para una conversación con Kurt Eisenschacht.

—Buenas noches —saludó el recién llegado.

Su voz era grave y cadenciosa, el rostro de rasgos regulares aunque un tanto pesados que con el paso del tiempo amenazarían con abotargarse, cejas en desorden, labios espesos. Su mirada clara se posó sobre cada uno de ellos por unos segundos, como si quisiera fijar en su memoria el más mínimo detalle de sus caras. Permaneció en pie, anclado en el suelo, con sus anchos hombros subrayados por un traje de franela a medida. El nudo de su corbata de seda era de lo más atildado. Ocupaba el espacio de una manera particular, diferente a la de un Milo en continuo movimiento o a la de un Ferdinand de mejillas hundidas y acurrucado en su silla. Poseía esa serenidad implacable propia de los seductores, la seguridad de los hombres afortunados, él que había aprovechado los años de inflación para forjar un imperio periodístico e inmobiliario. Nadie sabía exactamente cuántos diarios ni cuántos inmuebles poseía Eisenschacht, pero todos adivinaban que conocía hasta el último falso cuello de sus empleados. El hombre desprendía esa calma equívoca de los grandes fondos marinos en donde perezosos tiburones se deslizan en la penumbra.

«Lo detesto —pensó Max—. Y él lo sabe.»

—Kurt —dijo Marietta—, ¿cómo está?

—Marietta, estoy contento de verla —respondió él, fijando sus ojos en ella como si estuviese sola en el mundo—. Hacía demasiado tiempo, ¿verdad?

Ella se había erguido, de tal modo que su espalda ya no tocaba la banqueta. Su abrigo había vuelto a deslizarse y lo retenía con una mano a la altura del pecho. Con los ojos fijos en Eisenschacht, permanecía inmóvil, vigilante y silenciosa. «Casi frágil», pensó Max. Sí, frágil, ella, Marietta von Passau, con sus párpados oscuros, sus pestañas orladas con rímel, sus labios húmedos y ligeramente entreabiertos. Y Max comprendió de pronto, con un estupor que le heló el espinazo, que su hermana había encontrado a su amo. ¿Cómo era posible? ¿Acaso no era la encarnación de la mujer moderna, emancipada e incisiva? Depositaba su papeleta de voto en la urna, conducía su automóvil a toda velocidad, desafiaba a la novelista Vicki Baum en el ring de Sabri Mahir, el profesor turco de boxeo más famoso de la ciudad, tras la Tauentzienstrasse. Su vida amorosa no era un secreto para nadie. Devoraba a los hombres a dos carrillos, no creía ni en la virginidad antes del matrimonio ni en la fidelidad a un compromiso que solo le inspiraba un temor difuso. Sin embargo, allí estaba, desconcertada, prisionera del magnetismo que desprendía el hombre que se alzaba ante ella. Bajo el maquillaje, el vestido deslumbrante y las medias de seda, tras las palabras insolentes y el desafío cotidiano que le lanzaba a la vida, no quedaba más que una joven mujer con finas venas azuladas que le corrían bajo la piel. Marietta se repuso y su rostro recuperó su expresividad habitual. Un brillo burlón se deslizó hasta su mirada. Jugó con su abrigo, inclinó un hombro hacia delante. Las lentejuelas captaron la luz. El movimiento de su cuerpo indicaba a Eisenschacht que estaba interesada.

—¿Y a qué viene por aquí, Kurt?

—Pues a llevármela a cenar, ¿a qué si no, Marietta? Mi coche espera fuera. ¿Me acompaña?

Un estremecimiento recorrió el círculo de amigos de la joven. De un solo golpe la noche se había visto alterada, se habían roto las reglas. La libertad campaba a sus anchas en el Berlín de la República de Weimar y todo estaba permitido: los cambios de humor y de pareja, las excentricidades más desenfrenadas, los sobresaltos revolucionarios que estallaban como accesos de fiebre.

Pero Kurt Eisenschacht amenazaba el equilibrio tácito de la pequeña pandilla de amigos de manera demasiado perniciosa como para ser honesta. Al arrebatarles a Marietta sin ni siquiera concederles una mirada, como si no merecieran más que su desdén, los privaba del alma de su grupo. En cierto modo, los decapitaba.

—En efecto, ¿por qué no? —respondió ella con una sonrisa algo forzada—. Vamos, hermanito, levanta tus posaderas y déjame pasar. No me lo tengáis en cuenta si os abandono, tesoros míos, pero enseguida volveremos a encontrarnos, o quizá mañana, ¿quién sabe? Pasadlo bien. Y te felicito otra vez, Max, estoy orgullosa de ti.

Distribuyó sus besos por todo el grupo antes de dirigirse a la puerta, deslizándose por entre las mesas con la gracia de un funámbulo. Los hombres levantaban la cabeza a su paso, mientras que las mujeres la descifraban con ojos escrutadores. Con una sonrisa en los labios, Eisenschacht inclinó la cabeza para saludarles y salió tras ella.

Todo aquello no era demasiado grave, pensó Max volviendo a sentarse. Después de todo, no se trataba más que de una cena. A continuación lo más probable era que fuesen a bailar, y luego harían el amor en la villa de Eisenschacht en Grunewald. Era soltero, rico y seductor. A Marietta le gustaba divertirse. ¿Por qué iba a privarse? Aun así, al observar las expresiones preocupadas en los rostros de Milo o de Asta o los rasgos rígidos de Ferdinand, Max tuvo un mal presentimiento.

Hacía calor en el estudio a causa de las lámparas dispuestas alrededor de la escena. La camisa blanca se le pegaba a la piel. Max se puso unos espesos guantes de cuero y se ajustó las gafas de motociclista para protegerse los ojos, y luego se subió al taburete para luchar contra el gran proyector. En cuanto lo hubo inclinado de manera satisfactoria lo acercó a los objetos que había dispuesto en el círculo de luz.

Le intrigaba la reja que había descubierto en la calle al volver a casa. Iluminado de lado, el objeto proyectaba un interesante entrelazado de sombras sobre la tela blanca. Una silla de paja trenzada y un tronco añadían una nota rústica a la decoración. Los materiales eran ásperos, rugosos, y desprendían una fuerza primitiva. Miró a través del objetivo e hizo los ajustes necesarios. No tenía una idea precisa en mente. Ese conjunto no era más que un primer borrador. Trabajaba así, por instinto, atento a una exigencia que lo invadía. Pero faltaba algo. Una oposición. Sombras redondeadas para subrayar los elementos rectilíneos. Frunciendo el ceño, miró a su alrededor.

Encajada bajo el techo del inmueble, la vasta pieza de ventanas ocultas por estores era de paredes altas. Le servía como espacio de trabajo pero también como salón, pues allí era donde recibía a sus clientes. En un rincón, dos maniquíes de cera de siluetas desnudas danzaban una extraña zarabanda entre las grandes cámaras técnicas de madera, las placas de vidrio y las pantallas de seda de China. Al pie de un reflector se amontonaban los cojines que le permitían mejorar los drapeados. Sobre los estantes, los objetos metálicos se alineaban junto a bolas de cristal, mientras unas fundas de algodón protegían los rollos de tul o de encaje. Tal desorden había alarmado a más de un ayudante, pero Max se orientaba muy bien en él.

En el piso inferior, una habitación y un baño le servían de vivienda. El inmueble pertenecía a uno de sus tíos maternos, un soltero esteta y generoso que apreciaba a su joven sobrino y que se lo alquilaba todo por un precio ridículo, si bien acudía regularmente a observar a los modelos masculinos que a veces posaban para Max. Este le concedía gustoso el favor a cambio de tanta libertad, y a veces incluso alquilaba o prestaba esa instalación tan costosa a otros colegas con menos suerte.

«¡Fotógrafo! —había exclamado su padre—. ¿Es una broma, Maximilian? En nuestra familia no nos hacemos artistas. ¿De qué vas a vivir? ¿Cómo podrás mantener tu rango?» La mirada expresaba apuro, casi conmiseración. «De cualquier modo, no seré yo quien te financie, de eso puedes estar seguro», había añadido apretando los labios.

En su villa del barrio opulento de Dahlem, con su salón de terciopelos rojos, sus candelabros y su colección de porcelanas de Meissen que se aburrían en las vitrinas, el joven Max volvía ese día de un curso de dibujo. Tenía los dedos manchados de tinta, la camisa arrugada y los zapatos polvorientos. Su padre había conseguido que tuviera siempre la impresión de ser a la vez muy joven y muy estúpido. Su mirada se había posado en la fotografía de su hermano mayor en uniforme. El marco de plata estaba adornado con una cinta negra, en homenaje a uno de los ases de la aviación de guerra, condecorado con la más prestigiosa distinción prusiana, la cruz de esmalte azul de la Orden del Mérito y abatido en pleno vuelo durante un combate aéreo. Max había encontrado la expresión estática, el bello rostro inerte. Nada desvelaba el alma de Erich von Passau. Al contemplar este retrato mediocre, no se adivinaba que su hermano hubiera sido uno de los hombres deslumbrantes cuya muerte súbita le devuelve brutalmente a uno a su propia insuficiencia.

«Ahora que tu hermano ha muerto tienes responsabilidades, Maximilian. Tanto en lo que concierne al honor de tu familia como al de la patria. Te pido que reflexiones seriamente. Al contrario de lo que pareces pensar, la vida no es una partida de placer», había concluido el freiherr Von Passau.

De cuerpo seco y sienes blancas, era un hombre esbelto con prestancia de caballero y modulaba a la perfección las inflexiones de su voz de barítono para convencer a su auditorio. En el siglo XIV su familia había reinado en un territorio de llanuras y de lagos barrido por el viento del Báltico. La antigüedad y el prestigio de su apellido le habían dado seguridad; su educación, maneras exquisitas; su matrimonio con una joven afortunada de la alta burguesía, desahogo financiero. Era uno de esos diplomáticos de la vieja escuela bismarckiana, toda finura y seducción. Si bien la ambición no era una disposición que le interesase para él mismo, la personalidad de su hijo mayor no lo había dejado indiferente.

Violinista de talento, aficionado a las mujeres bellas, inteligente y buen vividor, Erich había colmado todas las esperanzas paternas. Lo habían abatido en plena juventud, aureolado con diecisiete victorias homologadas, y su muerte había rasgado el velo, revelando al hijo menor que había crecido a la sombra del mayor, silencioso y soñador, de cabellos castaños y mirada oscura, herencia de una antepasada piamontesa, tan diferentes al rubio insolente de Erich. Sin embargo, aunque los dos hermanos compartieran la misma prestancia física, el perfil resuelto, las líneas vigorosas, los labios golosos, nadie iba a remplazar nunca a Erich. Se había distinguido en el combate en la escuadrilla del Barón Rojo, Manfred freiherr von Richthofen, lo mismo que su camarada Hermann Goering, que le había rendido un vibrante homenaje tras el anuncio de su muerte. Ese día, al ver por primera vez el cuerpo de su padre ceder a los efectos de la pena, Max había adivinado que a partir de entonces estaría condenado a vivir por los dos y que la trampa se cerraba a su alrededor.

Conservaba de su infancia rigurosa un recuerdo que deseaba mantener deliberadamente en el terreno de la imprecisión. Aunque no se lo había confesado nunca a nadie, no había sido feliz.

Padres distantes, una madre poco expresiva que había sucumbido a la gripe española después de la guerra, preceptores competentes, un pensionado de horarios rígidos con dormitorios de cuarenta camas y una alimentación insuficiente, la ausencia de cualquier amistad armoniosa para iluminar los días sombríos. Más tarde comprendería que había construido su juventud por defecto. Su armazón se sostenía solo mediante las lecturas, mediante sus ensoñaciones, mediante una energía que adivinaba como propia pero que le asustaba, porque no se parecía a la de los demás niños.

Contrariamente a sus compañeros, Max no se había sentido fascinado por el conflicto. No contabilizaba las victorias alemanas, el número de muertos y de prisioneros, las ofensivas y las contraofensivas, no leía el comunicado del frente que el profesor colgaba cada mañana en la pizarra. Para muchos de entre ellos, este desencadenamiento a nivel planetario había sido un juego de mesa a tamaño natural, a la vez exaltador y mareante. Una forma de ebriedad, la primera de sus vidas y por tanto la que más los había marcado. Él, en cambio, había vivido la guerra como un castigo adicional, pues le había privado del único lugar en el que se había sentido existir, la propiedad familiar en Prusia oriental, con sus cielos caprichosos que se reflejaban sobre lagos pulidos como espejos, el grito de las ocas salvajes, el perfume agreste del mar Báltico, el murmullo del viento entre las cañas, y esa borrachera de libertad cuyo recuerdo guardaba en lo más hondo de su corazón.

Max se había opuesto firmemente a la voluntad de su padre y había terminado su etapa escolar tomando cursos de dibujo antes de ingresar en la Bauhaus. Entre la efervescencia de los estudiantes, con el contacto con profesores exiliados de una Hungría demasiado autoritaria, como Moholy-Nagy, que defendía una «nueva visión», el fotomontaje o las tomas de vistas espectaculares, había aprendido a liberarse de su caparazón, y eso constituía en cada ocasión una victoria sobre el niño solitario. Para sorpresa suya, su padre no le había vuelto la espalda. ¿Ocurría eso también por defecto, porque Erich estaba muerto y el freiherr Von Passau no podía concebir la idea de perder otro hijo? Continuaban viéndose, y sus relaciones eran tensas, ceremoniosas, marcadas por una perfecta cortesía, lo que no dejaba de divertir a Marietta con ocasión de las comidas familiares. Por el contrario, el barón había mantenido su palabra: no otorgaba ni un pfennig a su hijo.

De pronto, Max miró su reloj y se puso en pie de un salto. Tenía una cita importante. *Die Dame* le había encargado fotografías de las creaciones de una tal Sara Lindner que desde hacía unos meses entusiasmaban a las jóvenes berlinesas. A fuerza de divagar con sus pensamientos iba a llegar tarde y su prometedora carrera acabaría abruptamente antes incluso de haber empezado.

Una hora más tarde, Max bajaba a paso ligero por la Wilhelmstrasse, con un cartapacio bajo el brazo con algunas de sus pruebas. Pensó que su padre pasaba sus jornadas en ese barrio de inmuebles oficiales con fachadas marrón claro en donde la cancillería se codeaba con los ministerios de Finanzas y de Asuntos Exteriores. No lejos del Reichstag y de la Puerta de Brandenburgo, tranquila y discreta bajo las farolas, la calle del poder parecía tranquila, casi provinciana. Se sentía muy agitado. ¿Qué tipo de persona sería Sara Lindner? ¿Le complicaría su trabajo? Desde que se había lanzado bajo la protección del gran establecimiento de su padre había cosechado un éxito fulgurante. Temía enfrentarse a una mujer caprichosa, dotada para el diseño de vestidos, quizá con talento a la hora de coser, pero que no conocería nada de su oficio y que lo querría influenciar.

Lo mantenía en secreto, pero de hecho Max desconfiaba de las mujeres. Siempre alertas, insaciables, llenas de seguridad, apresuradas, no había manera de que se estuvieran quietas. Cuando frecuentaba a Marietta y sus amigas a veces tenía la impresión de quedarse sin aliento. Las mujeres de la República de Weimar bailaban en los cabarés, fumaban solas en las terrazas de los cafés, no disimulaban sus *ménages à trois* o se mostraban con ostentación en clubes reservados a las damas. Estudiantes o empleadas, artistas o médicos, cineastas, vendedoras, bailarinas de revista, mecanógrafas, telefonistas, fotógrafas, modistas, eran el alma de la metrópoli. Les gustaban los automóviles rápidos, el *shimmy* y el fox-trot. Los amantes eficaces. Con sus piernas eróticas y sus labios encarnados, eran a la vez temibles e imperiosas. Y sin embargo, a pesar de tanto frenesí, no tenían nada de despreocupadas, y eso era probablemente lo que las hacía más intrigantes. «Será mejor que esta chica me deje trabajar en paz», se dijo preocupado.

Unas calles más allá fue a dar ante la imponente fachada de la casa Lindner. Porteros con galones se apostaban ante las numerosas puertas giratorias y los peatones se detenían para admirar las vitrinas. Los Lindner habían sido de los primeros en comprender la importancia de la puesta en escena de la mercancía. Cada objeto, desde el pintalabios hasta el gabán para hombre, se trataba con la misma consideración. Se decía de los Lindner que eran unos visionarios que llevaban la intuición por los negocios en la sangre, lo que supone audacia, tenacidad y suerte. Su última ocurrencia: un restaurante en el último piso donde tocaba una de las mejores orquestas de jazz de la ciudad.

Max penetró en el gran vestíbulo del edificio de seis pisos. En su centro, iluminada por el tragaluz del tejado, se alzaba una sorprendente pirámide de cristal. Se distinguían en ella cristales de Bohemia con incrustaciones de esmalte, copas de champán, vasos, garrafas con cuello de plata para el whisky o el oporto y pedazos de amatista y de cristal de roca. La composición era sutil y estaba maravillosamente iluminada, de manera que permaneció admirándola unos instantes. Una vendedora, reconocible por su estricto vestido negro y por el broche de pasta de vidrio en forma de peonía que constituía el emblema de la tienda, se ofreció por si podía ayudarle. Cuando él le explicó que tenía cita con fräulein Lindner, la joven quiso acompañarlo al sexto piso, en la parte reservada a las oficinas. Él le aseguró que ya lo encontraría y subió por una de las escaleras mecánicas.

Una solemne doble puerta de paneles incrustados de nácar separaba el dominio de los Lindner de la efervescencia que reinaba en la tienda. En cuanto se hubo anunciado, una secretaria lo guió al otro extremo de un pasillo adornado con marquetería. La espesa moqueta beis ahogaba el sonido de los pasos. Lo hizo entrar en una gran estancia decorada con un ramo de flores, un canapé y algunas sillas, y luego salió, dejando la puerta abierta. En la pared colgaba una magnífica naturaleza muerta que representaba una cesta de frutas. Creyó reconocer en ella una obra de Cézanne. Reinaba allí algo semejante a un recogimiento que le sorprendió, pues se había esperado algo más chillón. ¿No se decía que los judíos eran gentes exuberantes que no dudaban en mostrar su fortuna? A juzgar por esa elegancia discreta, los Lindner habrían podido ser unos burgueses protestantes al cien por cien. La vista sobre los techos y las grandes arterias de la ciudad era soberbia. A lo lejos se adivinaba el tumulto de la Potsdamer Platz. Sobre un velador se disponían los diarios. Con mirada distraída, leyó los titulares. Se anunciaba el veredicto de un proceso que se había desarrollado en Múnich y que condenaba a penas de prisión a los responsables de una tentativa de golpe de Estado en Baviera. Entre ellos se encontraba un tal Adolf Hitler, cabeza de uno de los innumerables pequeños partidos políticos armados al que se había unido Hermann Goering. Al ojear el artículo Max se enteró de que el antiguo compañero de escuadrilla de su hermano había sido gravemente herido en el curso de unos enfrentamientos y que se había refugiado en Austria.

—¿El señor Von Passau? —preguntó una voz melodiosa.

Max siempre había concedido importancia a las primeras impresiones. Se dice de ellas que no engañan, y como era alguien instintivo le gustaba creer en el ardor de la primera mirada, cuando todavía permanece desprovista de cualquier artificio o cálculo, marcada por la curiosidad y a veces por la inquietud, ese instante en que la mirada del tímido se parece a la del aventurero y se apropia de la persona o del paisaje que se ofrece ante él.

Nunca olvidaría la primera vez que vio a Sara Lindner.

Unos ojos inmensos, brillantes, posaron sobre él una mirada intensa, de viva inteligencia. Ella llevaba un vestido en crepé de China gris pálido de mangas ajustadas, cuya falda plisada le llegaba hasta encima de la rodilla, revelando unas piernas delicadas. Un collar largo de perlas finas resaltaba la elegancia de su cuello. Sus rasgos poseían carácter, por mucho que el rostro no fuera perfecto: una nariz marcada, un labio superior un poco demasiado fino, mejillas chatas... Pero aun así, la viveza de aquella expresión le contagió de ganas de tomar la cámara para fijarla en la película. Era una de esas mujeres inspiradoras que ofrecen de golpe perspectivas inéditas. A su lado todo se hace posible de pronto, y eso las convierte en irresistibles.

—Señor Von Passau, ¿verdad? A menos que me equivoque —añadió con cierta malicia acercándose a él.

Max se dio cuenta de que se había quedado en pie mirándola como un patán y de que el corazón le latía a cien por hora.

—Perdóneme. Usted debe de ser fräulein Lindner.

Ella le tendió la mano y a él, que quería cambiar el pesado cartapacio de lado para responder al saludo, este se le abrió por un lado y una lluvia de fotografías se desparramó por el suelo. Avergonzado, se agachó para recogerlas.

—Lo siento, lo siento mucho...

Una fragancia le impactó en los sentidos, unas notas floridas pero discretas bajo las cuales se percibía un toque de atención. Sara Lindner se había agachado para ayudarlo. Sus cabellos oscuros se recogían muy formales en la nuca, sin dejar escapar ni un mechón. Él sintió el súbito deseo de deslizar en ellos sus dedos. Las manos de aquella muchacha eran exquisitas, desprovistas de anillos, con dedos finos y una laca de uñas de un rosa muy pálido. Como no se atrevía a mirarla, contempló sus manos y aspiró su perfume.

—Enséñemelas —dijo ella disponiendo las fotos a su alrededor en un círculo.

Las estudió con aire grave, en silencio, dejando pasar largos segundos entre una y otra. Él no osó interrumpirla y le tendió una a una las que tenía en la mano. Nunca había temido tanto el veredicto de alguien. Hasta la opinión del director artístico de Ullstein le había parecido menos importante. Escrutaba su rostro e intentaba descubrir un indicio en los labios o en la mirada oscura orlada de pestañas negras. No la conocía, pero necesitaba su aprobación, y sabía de algún modo que no solo estaba en juego su trabajo, sino también él mismo, su personalidad, sus esperanzas, los sueños más absurdos, sus miedos, sus chifladuras secretas, sus mañanas... Todo dependía de ella, de esa joven desconocida sentada sobre sus talones con toda simplicidad, en esa gran estancia abierta sobre el cielo de Berlín.

Por fin levantó la cabeza y Max contuvo el aliento.

—*J'aime* —dijo con una sonrisa calmada que le iluminaba la mirada.

Él se estremeció. Por una razón que se le escapaba había hablado en francés, como si el verbo *aimer* encarnara alguna cosa distinta que su equivalente alemán, como si solo el francés le permitiera expresar lo que sentía. Era algo tan inesperado que lo sobrecogió. Adivinaba que Sara Lindner era una mujer de emociones que no sentía ningún miedo a buscar la palabra justa, probablemente con el mismo rigor del que hacía gala cuando dibujaba. Y de este modo, mediante esta sola palabra, le había hecho el más precioso de los regalos. Había comprendido, simplemente.

Sara le propuso visitar el edificio. Él se mostró sensible al esteticismo de ese universo de departamentos organizados con esmero, mostradores acristalados o metálicos para presentar los cosméticos, espacio abovedado donde se levantaba una sorprendente fuente de perfumes, ambiente aterciopelado de *boudoir* en el espacio dedicado a la lencería. El piso reservado a los hombres reflejaba el ambiente de un club inglés, con sillones de cuero, dispensadores para cavas de cigarros y navajas y brochas de afeitar importados de Londres. Lo más impresionante era sin duda el refinamiento y el estilo escogido para vestir a las mujeres. Antes de la guerra las clientas habían sido en esencia las aristócratas rusas, así como las esposas de ricos industriales y terratenientes llegados de Pomerania y Prusia oriental. En esos días, aunque la clientela se hubiese diversificado, se respiraba todavía esa serenidad que provenía del aire enrarecido del lujo.

—Cuando uno piensa que empezamos comerciando con vestidos usados... —comentó Sara en tono divertido al verlo tan impresionado.

Parecía claro que la intención era demostrarle que los delirios de grandeza no iban con ella. Desde la Edad Media, en efecto, cuando habían empezado a instalarse en Europa central, y a pesar de numerosas prohibiciones, los judíos habían tenido derecho a vender y a comprar ropa usada. En el siglo XVII, después de la penuria causada por la guerra de los Treinta Años, el elector de Brandenburgo había concedido a cincuenta familias judías bajo su protección el permiso de vender tejidos y vestidos a los cristianos. Nacía así lo que luego se convertiría en la floreciente industria de la confección. Con posterioridad, Federico Guillermo de Prusia había exigido que sus soldados se compraran cada año un nuevo uniforme, al tiempo que prohibía la importación de textiles y toda confección extranjera. Algunas familias habían hecho fortuna a partir del siglo XVIII. Con el correr del tiempo y de la emancipación acabarían abriendo almacenes destinados a la venta de objetos de lujo, vestidos fabricados en serie, levitas para los hombres o esclavinas para las mujeres. Nathan Lindner y dos de sus hermanos habían fundado la casa Lindner en 1839, el año de la expansión de la confección berlinesa. Una década más tarde la producción había aumentado con el desarrollo de la máquina de coser por el empresario Isaac Merrit Singer. A principios de siglo, Berlín exportaba a toda Europa y a Estados Unidos, tras haber conquistado —por medio de la calidad y los precios asequibles— a las clases medias y obreras.

—Los Lindner han levantado una empresa formidable. Estoy maravillado.

—A mí también me admira —convino Sara—. Mis antepasados eran personas creativas e inspiradas. Contribuyeron a hacer que este país entrara en los tiempos modernos. Pero nosotros nunca podemos pensar que hemos ganado nada.

—¿Por qué dice eso?

Un velo de tristeza ensombreció su mirada.

—Perdóneme, eso no venía a cuento. Acompáñeme —añadió con un tono más alegre—, voy a mostrarle mi estudio y algunas de mis creaciones.

Habían vuelto al piso de las oficinas cuando una joven empleada de cabello negro y rizado se acercó a Sara y le mostró una factura. Parecía inquieta y dos manchas rojas encendían sus mejillas. Intercambiaron algunas palabras en voz baja antes de que Sara firmara con un suspiro de resignación.

—Son los refugiados rusos —le explicó a Max—. Les concedemos crédito, y algunos acaban por pagar sus facturas con los botones de sus uniformes. No me atrevo a rechazarlos porque lo difícil de su situación me duele en lo más hondo, pero mi colección de botones de los diferentes regimientos de la antigua Rusia imperial empieza a ser impresionante —confesó con una sonrisa.

Bajaron algunos escalones y penetraron en una gran estancia luminosa en donde reinaba la actividad propia de una colmena. Unas costureras con blusa blanca y un metro alrededor del cuello se inclinaban sobre máquinas de coser instaladas en largas mesas de trabajo. De vez en cuando se oía alguna risa juvenil. Aquí y allá una u otra se levantaba con la boca llena de alfileres para ajustar sobre los maniquíes los esbozos de indumentarias a las que faltaba un cuello o una manga. Sara respondió a algunas preguntas e inspeccionó el trabajo de una bordadora a la que cumplimentó antes de reñir a una muchacha por la calidad de sus puntos y ordenarle que volviera a empezar. Si se trataba de su trabajo se la veía concentrada, y su mirada era implacable. Se percibía que no toleraba las imprecisiones, y sus empleadas parecían a la vez intimidadas y respetuosas.

Sara hizo pasar a Max a su despacho. Libros de arte y carpetas de informes se amontonaban a un lado, en la biblioteca. Sobre la trabajada mesa de madera de arce había una lámpara en arco, lápices de colores, unas grandes tijeras y muchos dibujos. En el rincón había un maniquí con un vestido de perlas incrustadas cuyo dobladillo de flecos le pareció todavía más corto que el que llevaban Marietta o Asta. Dos sillones de tubos de metal y cuero marrón se disponían a uno y otro lado de una mesa baja sobre la que reposaba una orquídea blanca.

—¿Puedo ofrecerle un café, alguna pasta? —preguntó ella.

—¿Le parecería una grosería si le pido un whisky?

Echando la cabeza atrás ella se puso a reír, con una risa vigorosa que contrastaba con su cuerpo grácil.

—Al contrario. Es más, voy a acompañarlo.

Descolgó el teléfono y pidió que trajeran unos licores. Luego se sentó en uno de los sillones y cruzó las piernas. Para infundirse algo de aplomo Max sacó un paquete de cigarrillos y le ofreció uno. Cuando ella se inclinó hacia el encendedor y rozó su mano sintió un estremecimiento, y eso lo irritó. Estaba allí para trabajar con Sara Lindner, no para dejarse distraer.

—Me siento muy honrada de que *Die Dame* me haya escogido para que figure en su nueva sección. Le confesaré que prefiero las fotografías de moda a la ilustración. Me parece que le hacen más justicia a la ropa. ¿Trabaja para ellos desde hace mucho?

—No. De hecho se trata de mi primer encargo.

—Estoy encantada. Por lo que me ha enseñado creo que tiene usted mucho talento. Me gusta su manera de abordar el tema, sin florituras. Nada de imágenes borrosas y pretendidamente artísticas, sino líneas limpias y rigurosas que subrayan la ropa y la intensidad del modelo.

—Si tengo que atenerme a lo que dice mi hermana, aquí la que tiene talento es usted. De un tiempo a esta parte solo jura por Sara Lindner. Ya ni siquiera hace caso de los modistos parisinos.

La joven mostró una sonrisa radiante.

—Probablemente también se deba al boicot que siguió a la ocupación del Ruhr. El año pasado la Asociación de la Industria de la Moda Alemana decretó que no volveríamos a las colecciones de París mientras nuestros conciudadanos fueran perseguidos. En ese mismo momento muchas clientas decidieron que los berlineses las podían vestir igual de bien. Su hermana quizá formara parte de este grupo. Ahora la verdad es que seguimos inspirándonos en los franceses, pero ya no tenemos complejos. La rivalidad no es cosa de ayer, como usted sabrá. En mi opinión, París conservará siempre una superioridad indiscutible en lo que concierne a la alta costura. Mire esta audacia —le indicó mostrándole la fotografía de una revista ilustrada en la que una modelo lucía un suéter en el que Max reconoció a la célebre Gabrielle Chanel—. Esta mujer tiene un talento increíble, aunque eso todavía no se le reconozca entre nosotros.

Llamaron a la puerta. Un camarero puso sobre un velador el whisky y demás licores e inmediatamente dio media vuelta y volvió a cerrar la puerta al salir.

—La guerra nos ha forzado a aislarnos de París y a convertirnos en independientes. Tengo mucha suerte. Mis creaciones gustan. Y eso que mi padre tenía sus dudas cuando le dije que quería lanzarme a esta aventura. Probablemente temiera que no iba a estar a la altura.

—Los padres siempre tienen miedo de que no estemos a la altura, ¿no cree?

Ella lo miró con atención.

—Capto cierta amargura en sus palabras. Pero ese no es mi caso. Mi padre es un hombre notable. Su único defecto sería el de querer protegerme más allá de lo razonable. Aunque ha insistido para que siguiera mis estudios y aunque me haya animado a trabajar a su lado, espera que me case y que le dé nietos. Pero las mujeres emancipadas de hoy ya no necesitan la protección de un hombre, han aprendido a apañárselas solitas. Creo que incluso le dan algo de miedo.

Max esbozó una sonrisa.

—No es el único —reconoció.

Esa confesión casi tímida que desvelaba una fragilidad insospechada en el joven seductor enterneció a Sara Lindner.

—¿Cómo prefiere el whisky? *Straight, on the rocks?*

Advertido ya de que las sorpresas con aquella mujer podían ser continuas, no le extrañó que empleara los términos de un barman con experiencia.

—Con hielo pero sin agua, gracias.

—Por nosotros, Max —brindó ella con aire malicioso tendiéndole el vaso—. ¿Me permite que le llame Max?

—Claro que sí.

—Por nuestra colaboración. Por nuestro éxito.

—Por nuestra amistad, Sara. Sobre todo, por nuestra amistad.

Max, arremangado, se batía contra las sombras. Para evitar que los cabellos le cayeran sobre los ojos se había anudado una cinta alrededor de la frente. Trabajaba solo, ya que su ayudante le había fallado en el último momento. El día era gris, lo que daba un grano particular a la luminosidad del estudio.

Tras varias tentativas infructuosas, había acabado por escoger una decoración neutra y utilizaba uno de los maniquíes en papel maché imaginados por el escultor Rudolf Belling, como los que adornaban los escaparates de los grandes almacenes. La figura pintada en bronce dorado poseía una extraña belleza onírica. La ausencia de cara y la abstracción refinada del torso femenino de brazos afilados que acababan en pequeñas esferas creaban un contrapunto interesante para la capa y los juegos de luz de las lentejuelas plateadas que la adornaban.

Max utilizaba un viejo aparato con placas de emulsión lenta. Después de verificar por última vez la puesta a punto y el diafragma elegido, cerró el obturador, insertó la placa y luego retiró la cubierta del portaplacas y esperó el tiempo de exposición. Un cuarto de hora más tarde, una vez satisfecho de su serie de fotografías, apagó las lámparas y se volvió hacia un vestido de seda colgado de una percha. ¿Cómo podría resaltarlo? Encendió un cigarrillo y se sentó a horcajadas en una silla. Las gotas de lluvia rebotaban en la cristalera con un sordo rumor regular. El vestido tubo con perlas era recto, sin mangas, con un profundo escote en la espalda y un dobladillo de largos flecos. Allá, en su colgador metálico, aquella pieza plateada parecía huérfana. Estudió el trabajo remarcable de los bordados que semejaban una cota de malla. ¿Y si resultaba que, a pesar de tanta seguridad a menudo insolente, las mujeres se protegían? No quería ninguna foto estática. Nada de neoclasicismo aburrido ni de decoración sobrecargada. Ese vestido merecía ser tomado en movimiento sobre una pista de baile y no encerrado en un estudio entre cuatro muros. ¡Oh, qué temibles eran los límites que imponía la técnica! Max se frotó la frente, con aire contrariado. Necesitaba alguna dinámica para darle vida y subrayar al mismo tiempo la exuberancia de la mujer nueva, esa de expresión enérgica, esa que bailaba sobre los volcanes...

—¡Cuánta razón tiene, Max! A los berlineses les encanta bailar sobre los volcanes.

Él dio un respingo y comprendió que debía de haber estado pensando en voz alta. Era una mala costumbre que tenía a veces, sobre todo si estaba muy concentrado.

Sara se había quedado en el umbral del estudio, sujetando una caja de cartón. Llevaba un traje de chaqueta color burdeos, una blusa de seda blanca y guantes de ante con puños vueltos. El sombrero estrecho de fieltro ornado con un broche le ocultaba la frente y subrayaba su mirada.

—He llamado, pero quizá no me haya oído... —se excusó ella.

—Sí, en efecto —confirmó él mientras se levantaba—. Cuando trabajo me vuelvo sordo. Es terrible, ¿verdad? Hasta dejo de oír el teléfono. Pero adelante, entre, se lo ruego. Lo que pasa es que no la esperaba. De haberlo sabido la hubiera agasajado mejor...

—Perdóneme —se disculpó ella ruborizándose—. No era mi intención molestarlo, pero he pensado que si le traía los dos vestidos que faltaban podría visitar su estudio. Tendría que haberlo avisado. Desembarcar en un sitio así, de improviso, es de mala educación. Le dejo el paquete y me voy.

—¡De eso nada! Ahora que ya está aquí... ¡Estoy encantado! Espere, voy a hacer un poco de sitio.

Empezó a desplazarse de aquí para allá, ordenando la parte del estudio que hacía las veces de salón. Los dos sillones habían desaparecido bajo un amontonamiento heteróclito. Una pila de revistas amenazaba con derrumbarse.

—No entiendo de dónde sale todo este caos. Cuanto más me esfuerzo en poner orden menos lo consigo, siempre es lo mismo —precisó mientras intentaba hacer desaparecer unos vasos sucios y un cenicero rebosante de colillas.

Ella lo miraba sonriendo. En Max von Passau había algo sincero y enternecedor. De pronto, al darse cuenta de que llevaba una cinta alrededor de la frente, se la quitó con gesto brusco y se la metió en el bolsillo. Los cabellos revueltos le daban un aspecto juvenil, aunque a Sara aquellos rasgos le parecían más marcados que la última vez que se habían visto. ¿Tal vez eran los efectos de una noche en blanco? Le sorprendía sentir tanta curiosidad. La camisa desabrochada desvelaba un triángulo de piel clara. Era un cuerpo de deportista, bien proporcionado, de manos finas. Siempre miraba las manos de los hombres que le gustaban. Pero como no quería parecer indiscreta, la joven se volvió.

Sobre un panel había clavadas fotos recortadas de revistas. Sara reconoció obras del célebre barón Adolf de Meyer, al que algunos consideraban el precursor de la fotografía de moda. Desde 1913 reinaba en *Vogue*, la revista americana lanzada por Condé Nast y que se había hecho imprescindible para las mujeres elegantes. Maestro del contraluz, Meyer dominaba los efectos irisados que creaban una atmósfera vaporosa. Tomadas de perfil, con una mano en la cadera, las actrices o las mujeres de mundo estaban aureoladas por una atmósfera poética, pero la joven estilista encontraba el romanticismo de esas imágenes de contornos indefinidos algo irritante. Otras fotografías le llamaron la atención. Las líneas eran precisas; el juego de sombras, audaz; las modelos parecían llenas de seguridad. El ambiente se pretendía singular, casi dramático. Intrigada, se acercó para examinarlas mejor.

—Son fotografías de Edward Steichen —explicó Max—. Soy uno de sus adeptos. Lo han contratado en Nueva York como responsable de fotografía en *Vogue* y *Vanity Fair*.

—¿Para sustituir a Meyer? —quiso saber ella, sorprendida—. Ni me había dado cuenta, pero reconozco que en estos últimos tiempos he estado desbordada. Será por eso que he prestado menos atención a las revistas.

—Aunque Adolf de Meyer continúa siendo un artista de gran talento, tengo la sensación de que no comprende demasiado bien a la mujer de hoy en día. Sus obras no llegan a evolucionar. En cambio, todo se acelera. La moda es el espejo de un estado de ánimo en un momento dado, y esto es lo que los fotógrafos tienen que conseguir captar. «Dime cómo vistes y te diré quién eres...» Pero eso no es nada que le tenga que explicar, ¿verdad, Sara?

—¿Recuerda esas caricaturas francesas que aparecían durante la guerra? Se veía a una mujer alemana enorme, con un pecho gigantesco, horriblemente vestida, mientras que la francesa era encantadora, menuda, de una elegancia absoluta.

—Y a menudo con los senos desnudos —añadió él con aire divertido—. Como toda Marianne que se precie.

Ella sonrió.

—Es una confirmación más de que nunca hay que generalizar. Y sobre todo cuando se trata de personas. Conozco innumerables berlinesas de una elegancia inigualable que no tienen nada que envidiar a las francesas. Basta con ir a tomar un té en el hotel Adlon para darse cuenta. Ahora mismo vengo de allí, y he pasado un rato delicioso admirándolas.

—¿Llevaban la etiqueta de Sara Lindner?

—Algunas sí... ¡Afortunadamente! —dijo ella con una mueca maliciosa.

—Las que están en la vanguardia de la moda.

—También me interesan las mujeres más modestas —se apresuró a añadir Sara—. Hoy en día son muchas las berlinesas que se han convertido en empleadas. Ahora que han adquirido cierta independencia son todavía más coquetas y exigentes. Miran cómo se visten sus actrices favoritas, se mantienen al tanto de las últimas tendencias. Nosotros proponemos vestidos y accesorios al alcance de todos los bolsillos.

—Así se evita no tener como público más que a grandes duquesas que pagan con joyas o botones de uniforme.

Ella se echó a reír.

—¡Siempre es mejor que esas terribles carretas de marcos sin valor que todos habíamos empujado no hace tanto tiempo!

Él tendió la mano para que le entregara la caja.

—Veamos qué cosas bonitas me ha traído.

—¿Cómo es que los hombres no tienen nunca la paciencia de deshacer un paquete? —dijo ella divertida al verlo luchar con las cintas—. Déjeme que lo ayude, porque si no ya veo que se va a poner nervioso.

Ella se quitó los guantes mientras él volvía a sentarse a horcajadas en la silla y cruzaba los brazos sobre el respaldo. Max respiró su perfume sin perder detalle de sus gestos gráciles. Sara Lindner no poseía la febrilidad de Marietta ni de Asta, esas jóvenes mujeres eléctricas de movimientos vivos que sin duda alguna habrían arrancado la cinta antes de desgarrar el envoltorio. En ella se percibía una tranquilidad seria, una intensidad casi desconcertante, y sin embargo siempre estaba alegre y sonriente. Su mirada oscura chispeaba. Esos contrastes fascinaban al fotógrafo.

—El envoltorio es tan bonito que casi da miedo estropearlo.

—¡Ah, este es uno de los secretos del éxito de Lindner! Mi abuelo lo comprendió antes que muchos otros. Siempre es necesario que para el cliente resulte un placer exhibir un paquete de nuestro establecimiento, aunque la compra que haya hecho sea modesta. Las vendedoras reciben consignas estrictas sobre este tema. Tendría que ver los paquetes que hacemos en Navidad. Los hay que vuelven cada año solo por eso.

Acabó de deshacer los nudos, levantó la tapa y luego le quitó el papel de seda a un vestido tubo azul de busto plisado con un chal-cola.

—He traído dos de este estilo. Es la colección del invierno que viene. ¿Le resulta útil o prefiere algo más informal?

De pronto estaba sumida en tantas dudas que empezó a morderse el labio. Max sintió deseos de abrazarla.

—Así está muy bien —asintió él sin ni siquiera mirar el vestido—. Pero empiezo a estar harto de trabajar. Desde esta mañana que no salgo de aquí. ¿Dispone de tiempo para ir a tomar algo? ¿Y para comer?

Ella dudó.

—Tenía previsto volver a casa después de dejar el paquete. Me esperan.

—¿Su marido, quizá?

Max quería despejar esa duda. Aunque la trataran de «señorita» en su trabajo, era posible que estuviera casada. Quizá se quitaba los anillos para trabajar... ¿y el de boda también? No quería a ningún marido espiando entre bastidores como un pájaro de mal agüero. Y a un novio menos todavía. Con los maridos siempre queda la esperanza del hastío. Los novios, en cambio, suponen un amor nuevo que se pretende invulnerable.

—No, no tengo marido. Mis padres, simplemente —precisó ella con voz suave.

—Podría decirles que tiene una cita imprevista de la que depende el éxito de su próxima colección —propuso levantándose—. Podríamos inventarnos una entrevista con un futuro cliente. Alguien que fuera muy importante...

—A mí no me gusta mentir.

Max la contempló con aire grave, sintiendo que le palpitaba el corazón.

—En ese caso, dígales la verdad. Dígales que necesito pasar un tiempo con usted, porque desde que ha entrado en mi vida, hace dos días, no dejo de pensar en usted.

Ella pareció algo sorprendida, reculó. En su mirada Max vio desconfianza, pero también algo semejante a la curiosidad. Mantenía el vestido ante ella, como un escudo.

—¿Por qué?

—¿Hace falta tener alguna razón? ¿Qué quiere que invente para convencerla? Usted me gusta, eso es todo.

—Pero entonces, ¿por qué está tan enfadado?

—No juzgue como enfado lo que no es más que impaciencia, deseo. Y también miedo. Usted me impresiona, y entonces digo cualquier cosa, como ahora. Si fuese un tipo inteligente no se lo habría confesado. Habría fingido estar seguro de mí mismo. Un hombre tiene que parecer siempre seguro, ¿no? Pero usted me intimida, no puedo evitarlo.

Max se encogió de hombros.

—¿Qué espera de mí? —preguntó ella.

—Todavía no lo sé.

La inspeccionaba con una mirada sin concesiones y su franqueza no le sorprendía. Educada por padres liberales que defendían la tolerancia y el humanismo, Sara era una mujer de su época. Ya había tenido un amante. Aquella relación había durado unos meses, pero ella había preferido romper, porque había acabado por encontrarlo aburrido. En Berlín el romanticismo ya no tenía buena prensa. Tras el fin de la guerra y con la revolución abortada, en esa ciudad entregada al placer, lo único que ya no se maquillaba era el deseo.

Ella ni pestañeó, y se irguió aún más. Un brillo severo aguzó su mirada.

—Usted también me interesa. Tiene algo que me intriga. Pero ya sabe quién soy y de dónde vengo. Me llamo Sara, el nombre que llevo es emblemático. Soy judía, barón.

Max no se sorprendió por esta reflexión. Tras estas palabras le parecía que resonaba el odio de las multitudes que criticaban a los judíos desde generaciones atrás. Últimamente se los acusaba de no haber combatido durante la guerra, de haber propagado los fermentos de la derrota y del inicuo tratado de Versalles que había puesto al país de rodillas. Algunos reprochaban a familias como los Lindner, que tenían el control sobre la moda, la confección y los grandes almacenes de la ciudad, de quitarle el pan de la boca a los honestos comerciantes alemanes. Max ya sabía todo eso, claro que lo sabía. ¿Cómo ignorarlo? Diarios, nacionalistas antisemitas y una gran parte de la opinión pública eran propagadores de este tipo de opiniones. Sin embargo, entre los judíos que frecuentaba desde hacía años se contaban profesores inspirados, artistas brillantes y amigos fieles.

Se acercó a ella con solemnidad y le tomó una mano que se llevó a los labios.

—Pues yo me llamo Max y estoy enamorado.

Se habían convertido en amantes con toda naturalidad, porque no podía ser de otro modo. Libres y generosos, compartían un mismo apetito por la vida. Todo les resultaba curioso, lo mismo el cuerpo del otro que sus pensamientos, sus apetencias, sus expectativas. Visitaban las exposiciones de pintura, los conciertos y los espectáculos de revista.

El cuerpo de Sara era ligero, de gestos delicados y piel embriagadora. Ella se ofrecía a él y él nunca tenía bastante. Era la primera vez que se unía hasta ese punto con una mujer. Más allá de Sara, tenía la impresión de besar al mundo entero. Se amaban en la habitación de Max, con la ventana abierta al cielo. Como ocurría a menudo en los países del norte, el verano pretendía ser una promesa y los bonitos atardeceres se prolongaban, perezosos y sensuales, más preciosos todavía si se consideraba que estaban destinados a desaparecer tras unas semanas demasiado cortas. Dormían poco, apenas unas horas, demasiado impacientes y ávidos, y sin embargo nunca se habían mostrado tan incisivos en sus respectivos trabajos. Una fiebre avivaba la sangre en sus venas. De pronto, todo les parecía más luminoso. Max ya no tergiversaba. Le decía a Sara que ella le inspiraba, pero ella sabía que era sobre todo porque el amor le daba confianza y de este modo no temía equivocarse.

Al cabo del día, la joven vigilaba el péndulo que colgaba sobre la mesa, y en cuanto las agujas marcaban las seis se levantaba de un salto, cogía su sombrero, sus guantes y su bolso. No tenía la suficiente paciencia como para esperar al ascensor y bajaba por la escalera. Max la aguardaba fuera, apoyado siempre en la misma farola. Ella llegaba jadeante, sonrojada. Se miraban un instante y sonreían, sin decir nada, como si no llegaran a creer que el otro estaba de verdad allí. Sus dedos se entrecruzaban, y en cada una de las ocasiones el deslumbramiento volvía a ser el mismo.

—Voy a casarme, Max.

Estaba tendido de espaldas a la orilla del Wannsee, ofreciendo la cara al sol. Sentía su cuerpo pesado y saboreaba la languidez. Unas cuantas pelotas rebotaban en una pista de tenis. A lo lejos, los remos batían el agua del lago. El bote del vendedor de helados con su lona rayada acababa de atracar en el muelle, para gran alegría de los niños. Era domingo, y el día era para ellos, rico en toda clase de posibilidades. No tenía ganas de contestar a su hermana. Presentía que esa conversación iba a ser desagradable, y le daba rabia que con ella estropeara ese momento de perfecta plenitud.

—¿Y eso tiene que alegrarme o más bien debería inquietarme?

—¡Debes alegrarte, claro que sí, corazón mío! Será un momento formidable, el día más feliz de mi vida. Y Sara me hará un vestido soberbio, estoy segura. ¿Verdad que sí, Sara?

—Pondré todo mi empeño, Marietta —respondió ella.

Max suspiró profundamente y se incorporó sobre el costado. No veía la cara de su hermana bajo el gran sombrero de paja. Contrariamente a la mayor parte de sus amigas, Marietta quería mantener la tez blanca a toda costa.

—¿Y por qué tanta precipitación? Dudo que estés encinta.

—¿Por qué se casa la gente, en tu opinión? —replicó ella secamente—. Lo amo, eso es todo. ¿No es esta la mejor razón del mundo?

—No te creo. No puedes amar a un tipo como él. A mí me da escalofríos.

—Es encantador, divertido, inteligente, y como amante es excelente.

—Y sobre todo es extremadamente rico.

Sara tomó su gorro de baño y se levantó. Se adivinaba que la conversación estaba tomando un cariz que le disgustaba.

—Voy a bañarme —dijo, casi excusándose.

Max la observó mientras se alejaba. Un niño le lanzó la pelota a los pies y ella se inclinó sonriente para devolvérsela y le acarició los cabellos.

—Creo que cometes un error, Marietta —insistió—. Resultaría demasiado largo repasar la lista de argumentos, y además seguro que Ferdinand lo hace mejor que yo... Entonces, amigo, ¿nos das tu opinión? —añadió dándole un codazo a su amigo, que tenía la nariz metida en un diario.

—Prefiero abstenerme, si no ves ningún inconveniente —respondió Ferdinand ajustándose el *canotier* a la cabeza.

—¡Oye, que no estoy en ningún tribunal! —protestó Marietta—. Quiero a un hombre y me ha pedido en matrimonio. No veo por qué iba a decir que no.

—Vamos a ver, ¿por dónde empiezo? —dijo Max y comenzó a contar con los dedos—. No sabemos nada de sus orígenes. Tiene la reputación de ser brutal en los negocios. Se aprovechó de la guerra y amasó su fortuna de manera harto sospechosa. Está en contra de la democracia y quiere la muerte de la República. Y a juzgar por los artículos que aparecen en sus periódicos, dudo mucho que permita que una joven judía diseñe el vestido de boda de su novia —concluyó—. Esa será vuestra primera pelea.

—¡Eres ridículo, Maximilian! —soltó Marietta—. Ni siquiera lo conoces. Nunca vienes a comer con nosotros cuando te invitamos. Sí, es cierto que ha surgido de la nada. Su padre era zapatero, ¿y qué? Durante la guerra lo condecoraron e hizo fortuna. Nadie lo ayudó. No nació entre peces gordos.

—Lo que me molesta no son sus orígenes sociales, sino sus opiniones políticas. Se hace eco de extremistas antirrepublicanos fanáticos. Él solito es toda una unidad de combate.

—No quiero proseguir esta conversación contigo —exclamó ella—. Por lo menos podrías alegrarte por mí, en lugar de pontificar como un mocoso. ¡Si continúas, ni siquiera te invitaré a la ceremonia! Voy a casarme con Kurt Eisenschacht, te guste o no.

Exasperada, dobló su servilleta y la lanzó a una cesta. Max se incorporó aún más y la tomó por la muñeca. De pronto, ya no tenía más ganas de bromear. Los grandes ojos oscuros de su hermana dominaban su rostro. En las comisuras de los labios distinguía pequeñas arrugas y la arista de la nariz surgía de un rostro enflaquecido.

—Dame una buena razón, Marietta. Una sola.

Ella se quedó inmóvil, prisionera de su presa. Sintió que su cuerpo se estremecía. Marietta seguía siendo un enigma para él. Lo tenía todo para complacer: un nombre de familia prestigioso, una belleza reconocida, un ingenio chispeante que disimulaba bajo impulsos súbitos, pero parecía vivir en una perpetua huida.

—Con él no me aburro —murmuró—. Y para mí el aburrimiento es la muerte.

Se soltó de su presa de un tirón, se levantó y se alejó en dirección a las casetas en las que uno podía cambiarse de ropa. Más arriba se adivinaba el techo y las chimeneas de una de las bonitas villas señoriales construidas al borde del lago. Tendido sobre su estómago, Max inclinó la cabeza a un lado, formó un objetivo con sus dedos y capturó a su hermana en el visor imaginario.

—¿Y qué dice vuestro padre de este asunto? —preguntó Ferdinand mientras doblaba su periódico.

—El estimado freiherr Von Passau tenía perspectivas mucho mejores para su hija, pero no puede hacer nada. ¿Qué quieres que haga? ¿Que rechace recibirlos? ¿Que repudie a su hija o la encierre con dos vueltas de llave en su habitación? Ya ha pasado la edad para que la traten como a una cría, y de cualquier modo Eisenschacht no lo toleraría.

—Quizá no sea tan terrible como piensas —se aventuró a decir Ferdinand con la intención de tranquilizar a su amigo—. Después de todo, las opiniones políticas no son lo que constituye la felicidad de una pareja. Marietta tiene necesidad de un hombre estable. Últimamente abusa demasiado de la cocaína. Puede que él la tranquilice, la haga feliz. ¿Quién sabe? No sirve de nada discutir con ella. Los dos os mantenéis en vuestros trece y no hay nada que hacer. A mi entender, todavía te necesitará más cuando se convierta en frau Eisenschacht. Aquí, el que va a llevarse un buen golpe es Milo.

—Milo es un estúpido, pero lo hubiera preferido mil veces como cuñado.

Irritado, Max lanzó un suspiro y se levantó sobre los codos para contemplar a Sara, que volvía hacia la orilla. Su cuerpo avanzaba en línea recta. Sus largos brazos hendían las aguas en un estilo crol regular. El viento rumoreaba en los árboles que levantaban una barrera de un verde profundo, el muelle dibujaba una línea que parecía abrirse paso hacia el cielo desprovisto de nubes. La joven se levantó y salió del agua. Su traje de baño de lana se le pegaba al cuerpo. Sonreía, llena de vitalidad. En un solo gesto se sacó el gorro, sacudió la cabeza y sus cabellos oscuros se desparramaron sobre sus hombros. Él pensó que era muy hermosa y deseó hacerle el amor.

París, abril de 1925

Xenia Fiódorovna tenía una bestia negra que le envenenaba la existencia a finales de cada trimestre. Seca, con el pelo recogido en un moño anticuado, aquella mujer apenas le llegaba al hombro. Vigilante y tenaz, la señora Grandin era la portera del miserable edificio que la familia habitaba en una callejuela del distrito XV, no lejos de una plazoleta donde algunos castaños crecían con desgana.

En esa primera jornada de abril algunas nubes bajas cubrían París. Bajo aquella lluvia fina a la joven todo le parecía gris. De un gris ingrato, apagado y sin imaginación, el de las almas abandonadas y el de los sueños incumplidos. Volvía a pie desde la parada del tranvía. A medio camino empezó a cojear ligeramente. La suela del botín derecho golpeaba el macadán a contratiempo y no le quedaba ni un céntimo para que el zapatero se la arreglara. Y pensar en comprarse un par nuevo era una quimera. Cuando eso fuese posible ya habría encanecido. Una vez más iba a tener que implorar a Iliá Antónovich para que le concediera el crédito de un pedazo de cuero. El cosaco mantenía un pequeño comercio de quincallería que los rusos del barrio consideraban la cueva de Alí Babá. Allí podían encontrarse tanto clavos y botones para los vestidos como abrelatas o tapones de corcho. En sus numerosos cajones amasaba lo que las abuelas llamaban en otros tiempos, entre risas, «los trozos de cordón que no sirven para nada» y para los que la clientela indigente hallaba toda clase de usos ingeniosos. En cuanto se le pedía algo insólito, siempre se divertía voceando: «"Imposible" no es francés ni ruso». Por otra parte era una de las pocas frases que pronunciaba en un francés inteligible y con erres guturales. La joven echó un vistazo a su mostrador al pasar por delante de la tienda. Sus deudas con Iliá empezaban a parecerse a los empréstitos rusos.* ¿Cuándo iba a disponer de medios para reembolsárselas?

Para gran desesperación suya, la situación financiera de los Osolin se había deteriorado aún más. A veces incluso llegaba a pedir prestado a unos para pagar a los otros, de tal manera que tenía que llevar las cuentas en una libretita negra. Por desgracia, el apoyo de la Cruz Roja rusa o de la asociación caritativa del comité Zemgor, que indicaban a los refugiados dónde procurarse una asistencia jurídica o material, se dirigía a guarderías o asilos para ancianos, camas de hospital y becas para ciertos escolares, no alimentaba a la familia.

Y eso que Xenia había pensado que todo iba a arreglarse al llegar a París. Había soñado con esta ciudad intensamente durante los años erráticos, cuando la soledad se hacía demasiado desgarradora y el invierno entraba por debajo de su tienda en Lemnos y las mantas rugosas permanecían desesperadamente húmedas. Y más tarde todavía, en las noches de verano, bajo el cielo mediterráneo hendido por las estrellas, cuando el camisón se le pegaba a la piel y el aire se posaba como un peso muerto en sus muslos y en su vientre; y luego en pleno viento, en el puente del vapor griego que los había transportado hasta Marsella en un mes de diciembre despiadado, con el pasaje transido por no haber recibido nada caliente que comer durante los ocho días que había durado la travesía. Había soñado con París con fervor, con desesperación. Era necesario creer en algo, tranquilizarse con la idea de mañanas mejores, decirse que por fin podría descansar un poco, echarse y dormir. Simplemente dormir.

* Alusión a los empréstitos abonados por los ahorros de los franceses a partir de 1888 en operaciones financieras apoyadas por el gobierno para ayudar al desarrollo industrial de Rusia. Llegaron a suponer la inversión de un tercio de los ahorros de Francia en lo que se consideraba una operación rentable y segura. Al subir al poder los bolcheviques en 1918, estos repudiaron el préstamo, precipitando a familias y muchos ahorradores a la ruina. *(N. del T.)*

La realidad la había golpeado como una bofetada en plena cara. En la capital, los alquileres y los alimentos eran caros. En cuanto llegaron tuvo que vender las últimas joyas de su madre por una suma irrisoria. Cuando se sacó del bolsillo, cuidadosamente envueltos en un pañuelo, los pendientes de esmeraldas y diamantes, un regalo de Catalina la Grande a su antepasado que había ayudado a la toma de Crimea en el siglo XVIII, Xenia no pudo evitar que le temblaran los dedos. Toda su infancia le había vuelto a la memoria, el recuerdo de su ciudad natal, *El jinete de bronce* y los leones de piedra hieráticos, esa ciudad en donde la desmesura incitaba a la exaltación y a la locura, y le había parecido oír el crujido siniestro del deshielo en el Neva. Había colocado los pendientes con reverencia sobre el fieltro ante el joyero, imbuida del odioso sentimiento de estar fallando al recuerdo de su padre. El adorno había estado destinado a Kiril, para que en su día lo transmitiera a su hijo mayor, y así sucesivamente, hasta el fin de los tiempos. Pero todas esas tradiciones no eran ya más que viento.

Con una pequeña lupa a modo de monóculo, el hombre había examinado los pendientes detalladamente. Sus dedos eran gruesos y peludos, y una alianza le hendía la carne. «No puedo ofrecerle gran cosa, señora. El mercado está saturado, ¿sabe usted?», había declarado con expresión falsamente compungida. En efecto, eran innumerables las diademas, los collares, los anillos o brazaletes que los emigrados vendían para sobrevivir. En el monte de piedad pasaban por la humillación de ver sus joyas calificadas de «oro bajo». Y la letanía siempre era la misma: no querían saber nada de cabujones de rubí o de esmeralda, solo deseaban diamantes en tallas de brillantes, y a veces ni siquiera eso, pues todo dependía de la proporción de las facetas. El joyero era el amo y señor, de manera que a Xenia no le quedaba más remedio que doblegarse ante él.

Al llegar a la plaza Vendôme, tan modesta y provinciana en comparación con aquellas en las que había crecido, le invadió una sensación de vértigo. Perder el país y las referencias es hallarse de pie en pleno viento, con las manos vacías, desposeído de la verdad y de todas sus certezas. Cada uno tenía que aprender a reinventarse. Algunos lo intentaban con valentía, otros sobrevivían día a día, cansados de una vida que les parecía un castigo divino. Y otros no soportaban ese desgarro íntimo entre el alma y el cuerpo, y no encontraban más salida que el suicidio.

Los exiliados rusos se habían reagrupado en determinados barrios de la ciudad. La calle de los Osolin, con carteles en cirílico, la tienda de comestibles con olor a pepinillos salados y a pescado ahumado, los viandantes de carrillos aguzados, las voces que escapaban por la ventana entreabierta, ofrecía un ambiente plenamente ruso. Se iba a la cantina a calentarse las comidas entre los servicios de mediodía y de la noche. En los apartamentos miserables o en los hoteles de tercera categoría los que trabajaban de día compartían las camas siempre ocupadas por los trabajadores nocturnos. Para muchos Rusia, o al menos esa Rusia que se imaginaban los franceses y los turistas, se había convertido en su manera de ganarse el pan. En la ciudad se habían abierto incontables restaurantes con ambientación, orquestas cíngaras, cabarés y espectáculos ecuestres animados por jinetes cosacos. A Xenia a veces le parecía humillante ver su país reducido a un folclore coloreado para atraer a la clientela. Lo que la unía a su patria le parecía infinitamente más visceral. Era una cuestión de corazón, un perfume del alma.

Arrojados a las orillas del Sena, del mismo modo que muchos de sus compatriotas habían ido a parar a Berlín, los exiliados se cruzaban en los rellanos y en las aceras, en las escaleras de caracol que olían a orines de gato, en las cadenas de montaje de Renault o de Citroën. A menudo eran las mujeres las que aportaban los primeros fondos a la familia. La mayor parte de ellas bordaban, cosían, tricotaban, dibujaban pinturas sobre seda de colores vivos, se ofrecían como maniquíes en las casas de costura. Abrían algunos establecimientos en el Faubourg Saint-Honoré en los que cosían, fabricaban sombreros o *kokoshniks*, esos tocados decorados con pedrería que habían inspirado a Jeanne Lanvin en muchas de sus colecciones. Los hombres rondaban durante horas los cafés, jugaban al ajedrez, evocaban los combates perdidos, el asesinato del almirante Kolchak en Siberia, la evacuación de los soldados de Wrangel, esos últimos combatientes del ejército blanco en salir de Crimea a los que se había agrupado en condiciones inhumanas en Gallípoli. Todos recordaban incansablemente la tierra rusa, negra y pesada, y el perfume de las lilas, mientras las viejas maletas permanecían en las habitaciones a la espera de un retorno inminente.

Se organizaba la nueva vida, precaria y ansiosa. Niania apenas salía de la buhardilla que ocupaban. Se sentía aliviada de poder hacer sus compras sin abandonar la manzana de casas. No le interesaba París, ni tampoco Francia. Velaba por sus pequeños, su único punto de anclaje. Como única excepción a la regla, el domingo se ponía su traje de chaqueta azul marino con su falda larga, se anudaba el pañuelo en la cabeza e iba al oficio. Atravesaba la plazoleta, caminaba a lo largo de calles todavía adormecidas y llegaba a la parroquia ortodoxa, instalada en el local de un antiguo garaje. Con ocasión de la Pascua rusa, tomaba del brazo a Xenia, de la mano a Masha y se aventuraba al otro lado del Sena, hasta la rue Daru y la iglesia de San Aleksandr Nevski.

Al acercarse a casa, Xenia aminoró el paso. Para no ser vista al pasar frente a la portería, tenía la esperanza de coincidir con algún inquilino que gritara: «*Cordon, s'il vous plaît*», para que la portera abriera y así poder entrar en el inmueble con él. Después de tanto jugar al ratón y al gato con la vieja Grandin ya se le había acabado el repertorio de mentiras.

Una silueta masculina apareció por la esquina, con una gorra en la cabeza. Cuando Vasili Borísovich la vio se detuvo ante la puerta de entrada. Con las manos enrojecidas, apuraba con nerviosismo un cigarrillo. Encargado en los grandes almacenes La Samaritaine, había concluido su jornada y aprovechaba un corto respiro antes de desplazarse a la Gare de l'Est, donde trabajaba como mozo de noche. Ingeniero de formación, el moscovita no le ocultaba a Xenia que estaba enamorado y que esperaba casarse con ella. Xenia le respondía diciendo que no tenía previsto contraer matrimonio, y con él todavía menos. Después de algún que otro crujir de dientes y de la cólera de la joven una noche en la que él se había mostrado demasiado osado, habían firmado una tregua. De hecho, alguna que otra vez la invitaba al cine.

—Buenos días, elegida de mi corazón —lanzó él con aire sarcástico.

—Tiene que ayudarme a evitar a la Grandin.

—Sus deseos son órdenes para mí —dijo él inclinando el pecho con un movimiento seco—. ¿Qué debo hacer, querida condesa? ¿Meterla en el bolsillo de mi abrigo?

—Me pondré entre la pared y usted, Vasili. Como no ocupo mucho podré pasar desapercibida. Utilice esto como pantalla —dijo ella tendiéndole un grueso paquete de papel marrón.

—¿Qué es?

—¿Qué piensa que puede ser? —replicó ella, irritada—. Más blusas para bordar que van a destrozarme la vista durante toda la noche. ¡Venga, vamos, que tengo frío!

Entraron en el edificio. Vasili lo hizo lo mejor que pudo intentando hinchar el torso y manteniendo el voluminoso paquete ante él. Xenia ocultó la cabeza entre los hombros y avanzó con pasos sigilosos. Había alcanzado la escalera y subía por los primeros escalones de dos en dos cuando la llamó una voz severa.

—¡Señorita Osolin! —Enseguida irguió la espalda, como si una bala le hubiera alcanzado entre los omoplatos—. Estamos a primero de mes, señorita. ¿Tengo que recordarle que hoy tiene que pagar el alquiler? ¿Y que todavía tiene que satisfacer los retrasos del trimestre anterior? El propietario del piso empieza a perder la paciencia.

Con paso arrastrado, Xenia se volvió hacia ella.

—Precisamente, señora Grandin, quería pedirle que...

—El alquiler, señorita —exigió la portera tendiendo la mano con gesto perentorio—. Esta vez no dejaré que se vaya.

Humillada por la presencia de Vasili, que contemplaba la escena desde la rampa de la escalera, Xenia buscó en su bolso y sacó un sobre. Esa misma mañana, como se temía el fatal desenlace, había preferido adelantarse.

—Aquí tiene, señora. Ya le había explicado que saldaría mi cuenta sin falta de aquí al mes que viene.

La señora Grandin se metió el sobre en el bolsillo, ahorrándole por lo menos la vejación de verificar ante ella la exactitud de la suma.

—Siempre me dice lo mismo, señorita. Tiene usted una curiosa noción del tiempo. A partir de hoy dispone de cuatro semanas para satisfacer sus atrasos. Hace un año que vive en este edificio y nunca está al corriente de los pagos. Ya es hora de poner remedio a este asunto.

—Muy bien, no se preocupe, lo haré.

La portera le cerró la puerta en las narices. Con las mejillas encendidas, Xenia apretó los puños. ¿Por quién la tomaba esa odiosa arpía? ¿Con qué derecho la trataba como a una indeseable? Xenia Fiódorovna creía en el poder de las maldiciones. ¡Si la maldita señora Grandin pudiera morir ahí, en ese mismo momento, fulminada, de un ataque al corazón, a ser posible entre sufrimientos atroces...! Se concedió una alegría malsana imaginándose a su víctima presa de mortíferas convulsiones antes de girar los talones.

—Me gustaría ayudarla —murmuró Vasili—. Esta mañana he recibido la paga, puedo prestarle...

—No, por favor —se negó ella con voz cansada al tiempo que recuperaba el envoltorio—. Ya me resulta todo bastante desagradable. En esta casa desgraciada todos estamos igual. Además, no debería quejarme, porque al menos tenemos un techo sobre la cabeza.

La escalera era estrecha y los peldaños de madera, desiguales. El olor a grasa y a humedad impregnaba las paredes. A veces odiaba ese lugar con una virulencia que llegaba a darle náuseas.

—Gracias de todos modos —añadió con una sonrisa crispada cuando se detuvo en el tercero—. Buenas noches a usted y a los suyos.

Mientras seguía subiendo, Xenia sentía el peso de la mirada intensa de Vasili. El deseo era en él tan evidente que caía en el ridículo. ¿Cómo podía desearla un hombre, con esa piel áspera, esa expresión de cansancio, esa indumentaria de espantajo? El joven ruso siempre mostraba el mismo aire de perro maltratado, que lo mismo esperaba una caricia que un puntapié. Xenia se sentía cansada, tan cansada que el cuerpo entero le dolía.

Al llegar al último rellano, avanzó por el pasillo y empujó la puerta. Como consecuencia de los alquileres impagados les habían cortado la electricidad y unas velas iluminaban la mesa de madera, las camas sin colchón y las maletas apiladas en un rincón. En el techo, unas cuerdas permitían que se secara la ropa y extender una tela para separar la habitación en dos espacios durante la noche, para crear una ilusión de intimidad. La pobreza se adivinaba en la importancia que revestía el menor objeto: la sartén, la plancha, el juego de sábanas... Cuidadosamente colocada sobre un trapo limpio reinaba una pila de refinados bolsos de noche que Niania había estado bordando. Colgado de una percha, un vestido de muselina de seda con lentejuelas dibujaba una silueta incongruente en la desolada buhardilla.

Confrontados a una penuria de tejidos trabajados después de la guerra, los modistos habían comprendido el partido que podía sacarse de los acabados delicados en sus artículos. El flujo de emigrantes rusas que sabían manejar la aguja, puesto que los bordados habían formado parte esencial de su educación, se había convertido para ellos en una ganga. Gabrielle Chanel, que había tenido como amante a un primo del zar, el gran duque Dmitri Pávlovich, incluso se había inspirado para sus colecciones en la guerrera de los soldados de la infantería rusa y en las largas blusas con cinturón de los *mujiks*.

Masha estaba instalada en la gran cama que compartía con Niania y Kiril. Con las piernas cruzadas y la nariz sumergida en un libro, la joven ni se movió al llegar su hermana. Sentada junto al calorífero con un chal sobre los hombros, Nianiushka dejó el bordado en el que estaba trabajando y su rostro se iluminó con una sonrisa.

—Corre, entra, mi palomita, que seguro que traes frío —le dijo antes de ayudar a Xenia a sacarse el abrigo y el sombrero de fieltro—. Tienes ojeras —le reprochó poniéndose de puntillas para observarla mejor—. Conociéndote como te conozco, diría que has vuelto a privarte del desayuno. Y eso que necesitas estar fuerte para trabajar. No está bien lo que estás haciendo, corazón mío.

Xenia sonrió, acunada por estas muestras de afecto. Que la anciana estuviera allí siempre que volvía, tierna y afectuosa, tenía algo de maravillosamente dulce. Nianiushka puso el hervidor de esmalte en la estufa y empezó a calentar la comida. El olor a col y a cebolla se extendió por la pieza.

—¿Dónde está Kiril? —preguntó Xenia.

—¿No ves que es jueves? Todavía está en la escuela, pero ya no tardará mucho.

A sus siete años, Kiril iba a la escuela francesa, pero todos los jueves recibía cursos en ruso organizados por la parroquia ortodoxa. Algunos voluntarios ofrecían clases de historia, de geografía y de instrucción religiosa para que los niños exiliados no se sintieran desorientados a su regreso a casa. Nadie dudaba ni por un segundo que esa etapa en París no era más que un paréntesis doloroso que iba a volver a cerrarse sin mucha demora. Nadie, excepto quizá Xenia Fiódorovna. Había vislumbrado una chispa de esperanza con la muerte de Lenin en enero de 1924, pero desde entonces no les había llegado de la Unión Soviética ningún signo que permitiera hacerse ilusiones.

Se estremeció. La humedad le había helado la sangre en las venas. ¡Si pudiera tomarse un baño caliente! Le vino a la memoria la sala de baño embaldosada de su casa, con su gran bañera con patas, los restallidos del vapor que subía por las tuberías, las espesas toallas que las doncellas traían después de haberlas calentado en la cocina. Molesta, se volvió y tomó los cubiertos colocados sobre un estante. Detestaba esos recuerdos que la sumían en la melancolía. La felicidad del pasado se parecía a una gangrena. Si dejaba que se apropiara de ella, estaba perdida.

Puso la mesa como una autómata. Cada cosa tenía su lugar en la buhardilla y Xenia no toleraba ningún desorden. El espacio era tan reducido que bastaba con dar tres pasos para alcanzar cualquier objeto, por insignificante que fuera. Mientras ponía los platos y las cucharas cayó en la cuenta de que su hermana seguía sin moverse. En una mano sostenía una vela para ver mejor, y pasó una página de su libro sin levantar la vista. Era evidente que la señorita estaba de mal humor. Si no hubiese estado tan cansada, Xenia le habría dicho que la ayudara, por muy bien que pudiera apañárselas solita. Era una cuestión de principios. Había educado a Masha tan bien como había podido, pero estaba convencida de que su hermana le recriminaba confusamente haber ocupado el lugar de su madre. En los primeros años después del drama, Masha le había obedecido porque no podía hacer ninguna otra cosa, y porque todo era demasiado terrorífico para rebelarse, pero en esos días, a los dieciocho años, intentaba no atender a nada que no fuera su propia cabeza.

Xenia tuvo un sobresalto cuando la puerta se abrió de golpe. Con una bufanda roja al cuello, la gorra echada atrás mostrando su frente terca, sus ojos claros y sus mejillas prominentes, Kiril corrió hacia ella, le echó los brazos a la cintura y la apretó con fuerza. Ella sonrió. Kiril era un don de Dios, una gracia absoluta. Desde el día en que, agarrado a su cuello, su hermano pequeño había visto cómo el cuerpo de su madre desaparecía en las aguas del Bósforo, nadie había oído una queja de la boca de ese niño. Había soportado el frío, el hambre, las privaciones. En el transcurso del éxodo había percibido la cólera de su hermana mayor, los llantos de Masha, había adivinado la angustia de su Nianiushka y había intentado reconfortarla. Y cuando se daba uno de esos momentos de felicidad, tan preciosos como inesperados, Kiril era el primero en reírse a carcajadas. Era un chico tierno a quien le gustaba dibujar y recitar poemas y que, sin embargo, no tenía nada de débil. En el recreo se peleaba a menudo cuando los compañeros lo llamaban «sucio ruso» o «maldito extranjero». El niño echó atrás la cabeza para contemplarla mejor y su expresión se volvió más incisiva.

—Xenia, ¿qué es un apátrida? —preguntó con un hilo de voz—. ¿Es verdad que somos vagabundos como los gitanos?

—¿Qué dices? ¿Quién te ha contado esas simplezas?

—Los chicos del colegio. Yo no he sabido qué decirles.

Bruscamente, se volvió y se quitó el abrigo. Quería disimular su emoción, pues no le gustaba mostrar debilidad, fuera del tipo que fuera, frente a su hermana mayor. Pero Xenia le tomó las manos y vio los rasguños que marcaban sus falanges. Suspiró, consciente de que muy pronto la convocaría la directora y que una vez más acusaría a Kiril de ser un niño demasiado turbulento. Le hizo un ademán a su hermano para que se sentara a la mesa y se agachó para alcanzar la caja colocada al fondo del armario que contenía sus papeles. Con cuidado, sacó sus pasaportes de dieciocho páginas que se desplegaban en acordeón y llevaban, en la cubierta naranja, la apelación «pasaporte Nansen».

—¿Lo ves? —dijo ella con voz dulce—. Estos documentos son la obra de un hombre que se llama Fridtjof Nansen. Es un noruego, como esos exploradores que tanto te gustan. Fue el primero en llegar a una latitud extrema en el Ártico. Hace unos años, la Sociedad de Naciones le encargó que elaborara un estatuto para los rusos como nosotros que nos habíamos convertido en apátridas cuando el gobierno bolchevique privó de su nacionalidad a «ciertas categorías de personas residentes en el extranjero», como nos llamaron esos canallas.

Se mantuvo en silencio unos instantes, mientras pensaba en la horrible sensación de incertidumbre que la había invadido en aquella época. Privados de estatuto legal, esos hombres, mujeres y niños habían dejado de existir a ojos de la ley, y ninguna autoridad protegía ya a los refugiados, convertidos en seres transparentes.

—Era necesario remediar esa situación intolerable —prosiguió Xenia—. Los que errábamos por Europa éramos centenares de miles, sobre todo súbditos del antiguo Imperio ruso, pero también de otras naciones. Ese pasaporte nos volvió a dar un estatus. El año pasado diversos estados, y entre ellos Francia, lo reconocieron oficialmente. De este modo, ahora somos «personas de origen ruso que no han adquirido ninguna nacionalidad»,

¿lo ves? Y Francia nos protege puesto que hemos elegido vivir aquí.

Acurrucado en su silla, con los puños cubiertos de heridas, Kiril hojeaba con cuidado los pasaportes. La mirada transmitía a su pesar una desesperación que ella no le conocía. De pronto su hermano, tan valiente, le pareció terriblemente frágil.

—Pero de todos modos somos rusos, ¿verdad, Xenia? Estás segura, ¿eh?

Conmovida, Xenia se arrodilló al lado de la silla y le tomó la cara entre las manos.

—Para siempre, Kiril Fiódorovich, rusos para siempre.

En la expresión más tranquila del niño se apuntó una sonrisa y su hermana Xenia lo estrechó con todas sus fuerzas entre los brazos.

—Bueno —dijo en tono alegre al incorporarse—, ahora tienes que explicarnos cómo ha ido el día. ¿Has aprendido cosas interesantes?

Mientras Xenia escuchaba distraídamente a Kiril y devolvía a su sitio los preciosos documentos, Niania trajo la cazuela para servirle a cada uno la sopa.

—Ven a comer ahora que está caliente, Masha —dijo la vieja mujer.

—No tengo hambre.

—Pero tienes que comer, cariño. Vamos, date prisa.

—Te digo que no tengo hambre. ¡Y déjame tranquila, vejestorio!

Xenia levantó la cabeza, con aire sombrío.

—¿Qué pasa, Masha? ¡Haz el favor de pedir perdón inmediatamente! Y ven a sentarte, es la hora de cenar.

Irritada, Masha cerró su libro con un chasquido seco. Sus mejillas rollizas, la mueca de enfado y sus gestos todavía torpes revelaban un resto de infancia, pero la severidad de su mirada azul no tenía nada que envidiar a la de su hermana mayor.

—¡No son ni las seis y media! Aún falta mucho para que el día se termine. ¿De verdad crees que es una hora decente para cenar?

—Sabes que cenamos pronto porque necesitamos la mesa para trabajar y porque de otro modo a Kiril se le haría demasiado tarde —replicó Xenia, molesta por una actitud que le parecía infantil—. ¿Dónde crees que estás, para pensar que tienes derecho a exigir un horario conforme a tus deseos?

—¡No creo que esté en ninguna parte, precisamente, ese es el problema! ¡No, no estoy en ninguna parte! —repitió Masha abriendo los brazos en un gesto teatral—. ¿Qué puedo esperar de esta habitación que apesta a humedad? ¿Y de ese puñado de francos que ganamos después de coser toda la noche?

—No me había parecido que te esforzaras tanto. Si fuera por ti, estaríamos todos muertos de hambre.

Masha se levantó de un salto. Era alta, tan delgada como su hermana, pero con rasgos menos finos, más irregulares. Tenía los ojos demasiado juntos y un mohín permanente en la boca. Llevaba un vestido recto, con un fular frambuesa envuelto sobre las caderas. Sus cursos de costura y pintura en la Escuela de Arte rusa afinaban su gusto artístico, y tenía un don para vestirse con cualquier pedazo de tela. Era una pena, pero si Masha devoraba las revistas como *Femina* no era para encontrar ideas inspiradoras. No, la joven quería un marido afortunado y llevar de nuevo la vida confortable de la que la habían desposeído de forma brutal cuando tan solo contaba diez años. Su irritación vibraba en el espacio y la habitación pareció encoger todavía más.

—Tú te empeñas en hacerme reproches, pero yo no quiero resignarme a ser una costurera desgraciada. Tú te contentas con eso, como todas esas mujeres distinguidas que hay a nuestro alrededor. ¡Mejor para ti! No aspiras más que a levantarte por la mañana para ir a trabajar con Maria Pávlovna, que paga un sueldo de miseria por bordar vestidos que luego Chanel vende por una fortuna. Y encima traes una montaña de trabajo a casa para Niania y para mí.

—¡Te prohíbo que hables de la gran duquesa en ese tono! Me ha acogido en su taller y yo se lo agradeceré siempre. Gracias a ella tienes pan en tu plato. Te recuerdo también que algunas de esas mujeres que desprecias son mucho más instruidas que tú. Conozco a institutrices, a físicas y a concertistas de talento que no ponen mala cara a la hora de ganarse la vida modestamente. Tenemos la suerte de que la moda valore todo lo que es ruso, porque así tenemos un trabajo que nos permite sobrevivir.

—¡Trabajo! ¡Trabajo! Solo tienes esa palabra en la boca. Contigo nunca se tiene el derecho a divertirse. Eres autoritaria y egoísta. Nunca nos pides nuestra opinión. También tenemos cerebro, ¿sabes? Pero debemos inclinarnos ante tus órdenes sin pestañear.

Niania y Kiril evitaban enfrentarse a su mirada, como si dieran la razón a Masha sin atreverse a decirlo. Aunque eso la hería profundamente, Xenia tuvo que reconocer que ya no conseguía divertirse. Había olvidado el placer de la despreocupación. Pensó en la joven de quince años, traviesa y desenvuelta, que se aburría en la escuela y que garabateaba los nombres de los chicos seductores con tinta violeta en los márgenes de sus cuadernos. Esa Xenia se había convertido en una extranjera, parecida a esas amigas de otro tiempo que se ven en viejas fotografías amarillentas y de las que se ha olvidado hasta el nombre.

—¡Si piensas que voy a pasarme todo el día castigándome la vista para coser trajes tradicionales de muñecas ridículas, estás muy equivocada! Vivir así no merece la pena y además no lleva a ninguna parte. ¡Como si no hubiera nada más que hacer!

Sin saber si reírse o enfadarse de verdad, Xenia pensó que todo el piso debía estar al corriente del último estallido de Masha. Si su hermana supiera que proclamaba en voz alta lo que Xenia pensaba en silencio, cada noche, cuando se echaba en su camastro...

—Espero tus disculpas, Masha —declaró fríamente mientras su hermana la miraba desafiante, con los brazos cruzados.

Esas disputas dejaban a Xenia agotada. Todas las mañanas, en efecto, se desplazaba hasta el número siete de la rue Montaigne, no lejos de los Campos Elíseos, a la casa Kitmir fundada por la gran duquesa Maria Pávlovna, una prima del zar Nicolás II. La princesa, morena y distinguida, de mirada melancólica y mandíbula cuadrada que acentuaba una expresión decidida, la había contratado sin hacerse de rogar. En su taller empleaba sobre todo a rusas, y no le faltaba trabajo. El éxito de la influencia rusa databa de principios de siglo, cuando los ballets de Serguéi Diáguilev habían impresionado en Europa occidental por su insolencia y sus audaces combinaciones de colores. Por fortuna, los años de guerra no habían ahogado ese gusto por la fantasía y el exotismo.

—No es nada —murmuró Niania, poniendo una mano sobre la de Xenia para intentar tranquilizarla—. Olvidemos todo esto. Ahora lo que hay que hacer es comer.

—De ninguna manera. Masha te ha faltado al respeto, cuando lo que tendría que hacer es darte las gracias de rodillas por todo lo que haces por ella.

La anciana bajó los ojos con aire compungido. Un rubor propio de jovenzuela estalló en sus mejillas surcadas por las arrugas. Los cumplidos la hacían sentir incómoda. Pero, por cierto, ¿cómo hubieran podido salir adelante sin ella?, se preguntaba Xenia. Al elegir seguirlos hacia el exilio, Nianiushka había renunciado a todo, ella que no hablaba más que su lengua natal y no sabía nada de Occidente. Se había sacrificado por amor. ¿Cuántas veces esa mujer ya tan mayor se había levantado durante la noche para velar por los niños Osolin? ¿Cuántas veces los había consolado? Cuando Xenia iba a sus cursos para aprender a usar las máquinas de coser, Nianiushka había cosido día y noche para poder comprar alimentos. Justo el día anterior, la joven se había pinchado el dedo sobre una seda blanca, y habían precisado de toda su maña para disimular la mancha sobre el precioso tejido.

—Bien, ya he escuchado bastante, Maria Fiódorovna —dijo secamente Xenia dirigiéndose a su hermana—. Tu ingratitud empieza a cansarme. Ya es hora de que aprendas a dominar tus caprichos de niña pequeña y te conviertas en una adulta. Así que ve a tomar el fresco, y a la vuelta nos presentas tus disculpas. Te mantendremos el plato caliente. Si a pesar de todo sigues sin querer comer, peor para ti. Ya te las apañarás para comer, puesto que siempre sabes hacerlo todo mejor que nosotras.

Con los puños sobre las caderas y la cara tensa por la rabia y la amargura, Masha contenía el llanto.

—Puedo arreglármelas sola perfectamente. Pero quizá no te gustaría demasiado saber cómo.

—¡Ya basta! —exclamó Xenia empujando su silla—. ¡Estoy harta de tu mal humor y de este chantaje ridículo! Lo que te mereces es una buena azotaina. ¡Fuera! —le ordenó señalando la puerta—. Vete con tus amigos artistas de Montparnasse, vete a bailar desnuda en los cabarés, si es lo que quieres. Ya sé cuánto te gusta ir a esos lugares. A mí me da exactamente lo mismo.

—¡Te odio, Xenia! —gritó la joven antes de estallar en sollozos.

Masha tomó su abrigo y su sombrero y salió en tromba de la pieza. Las llamas de las velas vacilaron en la corriente de aire, confiriendo un ambiente fantasmagórico a la buhardilla. Tras unos instantes de silencio, Kiril bajó de su silla y volvió a cerrar la puerta. Su expresión crispada mostraba hasta qué punto detestaba esas peleas entre hermanas.

Agotada, Xenia pasó una mano temblorosa por su frente.

—Lo siento, pero a veces me saca de mis casillas.

—Es joven —murmuró Niania—. Para ella es muy duro.

—¿Y para mí, acaso no es duro para mí? —replicó secamente Xenia.

—Tú eres fuerte.

Xenia se mordió el labio inferior para no contestarle. Kiril no dejaba de mirarla y ella no quería asustarlo más prosiguiendo aquella disputa. «Eres fuerte.» ¿Cuántas veces había oído aquella frase devastadora que pretendía ser un cumplido? Su madre se la había murmurado, agradecida, fervorosa, en una habitación infecta de un pueblo sobre el Don donde las cucarachas cruzaban el suelo sin cesar. «Eres fuerte.» Con esas mismas palabras su tío Sasha la había abandonado en el muelle de Odessa, en plena tormenta, porque prefería pelear por su patria en el momento en que su familia se embarcaba hacia lo desconocido y la muerte. Esas malditas palabras la perseguían, pero Xenia no quería saber nada de esa admiración que la estrangulaba. «Eres fuerte.» «Sabrás cómo superar todos los obstáculos, a ti se te puede pedir todo, todo lo aguantas...»

Volvió a ocupar su sitio en la mesa y se llevó a la boca una cucharada de sopa que le quemó los labios.

Llevaban dos días sin noticias de Masha. Nianiushka no dormía. Con ojos enrojecidos, murmuraba plegarias con pequeños chasquidos de lengua. Kiril volvía de la escuela corriendo, con la esperanza de encontrar a su hermana en casa, y su cara palidecía cuando se enteraba de que seguía sin dar señales de vida. En cuanto a Xenia, oscilaba entre la cólera y el abatimiento. Dormía mal, arrancando a la noche algunas horas de sueño sin lograr reposar. A veces sentía el impulso de ir a la comisaría para señalar la desaparición de su hermana menor, pero temía atraer la atención de las autoridades. Un emigrante siempre teme a la policía, aunque no tenga nada que reprocharse.

Había recorrido el barrio de arriba abajo, había interrogado a algunas amigas de Masha, sin éxito. En la escuela, sus profesores no habían tenido ninguna noticia. Ni siquiera Iliá Antónovich la había visto, y eso que a su hermana le gustaba refugiarse en su tienducha porque siempre le daba caramelos Moskva que le traían recuerdos de su infancia. Con las mejillas enrojecidas, a Xenia le había dado vergüenza pedir ayuda, porque era como si hubiera faltado a sus obligaciones. Una de dos: o alguien le mentía por extraños motivos o la joven había decidido realmente desaparecer para infligirle una lección. Ella pensaba que ese era un gesto muy egoísta. Peor aún: tenía que reconocer que realmente se sentía herida. Sí, quizá discutían a menudo, pero las dos hermanas siempre se habían respetado la una a la otra. La actitud de Masha le parecía tan irresponsable como injusta.

Tras su jornada de trabajo, Xenia acababa de comer sola con Kiril. Habían vuelto a conectarles la electricidad, de modo que el ambiente de la buhardilla era algo más alegre. El pequeño comía en silencio, con los ojos puestos en el plato. Sentada en la cama, Niania bordaba largas bandas de tela en punto de cruz. Desde la desaparición de Masha, había perdido el apetito. Con las mejillas hundidas, sus pupilas oscuras brillaban como las cabezas de dos alfileres. Xenia había acabado por asustarse y había reñido a la vieja sirvienta para que al menos aceptara beber el té negro con azúcar. El silencio se hacía insoportable.

—Iré a buscarla a Montparnasse —anunció de pronto Xenia.

—¿Ahora? —preguntó Niania levantando la cabeza con expresión asustada—. Pero está a punto de anochecer. No puedes salir sola.

—¡Pues claro que puedo! Me he enfrentado a gente mucho peor que a unos cuantos artistas achispados. Seguro que está por allí abajo. Es su barrio preferido. Me juego algo a que tiene amigos de los que nunca nos ha hablado y que deben de estar encantados de alojarla.

La mirada de Niania se veló por las lágrimas y se llevó una mano temblorosa a los labios.

—No sé por qué, pero de un tiempo a esta parte está tan triste... Por la noche a veces la he oído llorar. ¿Y si...?

—No, seguro que no, ¡vamos! —saltó Xenia, consciente de que a Niania le había afectado el suicidio de un vecino unas semanas antes—. Masha es incapaz de hacerse daño. Se quiere demasiado. Bueno, no me esperéis levantados. Es bastante posible que vuelva tarde.

—Bastaría con que le pidieras a Vasili Borísovich que te acompañara —se lamentó la anciana señora.

—Está trabajando, Nianiushka. Día y noche, como muchos de nosotros. Apuesto lo que quieras a que Masha está divirtiéndose, y que se pondrá furiosa en cuanto me vea aparecer y estropearle la fiesta... Pórtate bien, ángel mío —añadió inclinándose para besar a su hermano en la frente—. Os la traeré agarrada por el pescuezo, ya veréis.

Xenia los dejó con una sonrisa que se esfumó en cuanto cerró la puerta. Había mentido: ¿cómo no temerse lo peor cuando no se tienen noticias de alguien? A pesar de sus aires envalentonados, Masha seguía siendo una niña. Quizá se hubiera dejado engañar por un hombre poco escrupuloso, o la habían agredido, o violado. A menos que se hubiese echado en manos de un desconocido para darle una lección a su hermana mayor y probarle que era una mujer, ella que siempre le reprochaba a Xenia que la tratara con demasiada severidad. ¿O bien simplemente le daba miedo volver a casa porque había hecho una tontería?

Ya en la calle, el crepúsculo se posaba sobre París y alargaba las sombras. Los brotes estallaban en las ramas de los castaños y los geranios avivaban los balcones de los inmuebles de ladrillo rojo. La luna creciente se dibujaba sobre los tejados y su multitud de chimeneas. El día había sido luminoso, el aire azulado ofrecía esa cualidad particular de la primavera parisina, una ingravidez delicada y llena de promesas. Y de equívocos también, pensó Xenia mientras apresuraba el paso.

La Rotonde, como siempre, estaba a rebosar. En el café del bulevar de Montparnasse se gritaba, se gesticulaba y se increpaba con un fervor eléctrico y en todas las lenguas. En las paredes, los lienzos ofrecidos al patrón se solapaban como otras tantas visiones enfebrecidas. Pintores, poetas inspirados, escultores, artistas carentes de cualquier talento, iluminados y genios convivían en alegre desorden. Algunos discutían con intensidad en voz baja, inclinados sobre pequeñas mesas apretadas unas junto a otras, entre las copas de vino y las tazas de café.

Una mujer de perfil singular, frente abombada bajo el flequillo y nariz aguileña, verificaba en la polvera el carmín que resaltaba su boca de ogresa. Insólitas plumas oscilaban en su cabellera. Dos estudiantes jugaban una partida de *mahjong*. En una esquina, con la cabeza apoyada en los antebrazos, dormía un hombre, y nadie parecía dispuesto a importunarlo. Su chaqueta estaba tan gastada a la altura de los codos que se adivinaba la camisa. Era evidente que todo aquel jaleo no le molestaba. Max von Passau lo observaba desde hacía más de un cuarto de hora, fascinado por esa inercia.

El joven berlinés había escogido un hotel en ese barrio parisino que simbolizaba a ojos de todos los artistas un sueño que se vivía despierto. Algunos incluso hablaban de la «tierra prometida». Enviado por su revista para cubrir la inauguración de la Exposición Internacional de las Artes Decorativas, había llegado esa misma mañana a la Gare de l'Est. Al bajar al andén entre los resoplidos de vapor de la locomotora, tras una noche de balanceo en tren, sus piernas le habían flaqueado como si hubiera viajado por mar.

Con su acreditación de periodista en el bolsillo, se había paseado todo el día desde los Campos Elíseos a la explanada de los Invalides, de la Concorde al Alma, alrededor del Grand Palais y a lo largo de las orillas del Sena. Quería impregnarse de la efervescencia que reinaba en el centenar de pabellones. Se oía el resonar de los martillazos de los obreros que iban con retraso. Algunos de los expositores vociferaban porque no iban a estar listos a tiempo. En lo que pretendía ser una celebración de arte moderno, la mayor parte de los países tenía un pabellón, con la excepción de Alemania, el país vencido, que según declaraba había recibido la invitación demasiado tarde, y Estados Unidos, que había juzgado que la estética nueva que exigían los organizadores en su carta limitaba su libertad. La única consigna era la innovación. Se prohibía reproducir o imitar los estilos antiguos. La decoración levantaba su templo en una de las más bellas ciudades del mundo y, como antiguo alumno de la Bauhaus, a Max le había entusiasmado: se respiraba imaginación a raudales, color y provocación en medio de ángulos incisivos y líneas afiladas.

Al llegar la noche se había desplazado hasta el célebre café de Victor Libion para entregarse a su ocupación favorita, que consistía en examinar a las personas que lo rodeaban. Era un lugar en el que podían estudiarse los rostros, y de cada uno podía hacerse un retrato penetrante. Abundaban rasgos orientales, cabellos oscuros y rizados, pieles claras que se habían hecho casi traslúcidas por la miseria o la necesidad, fisonomías absolutamente parisinas, afiladas, de nariz fina y de labios tersos, como subrayados con una regla, o bien caras de mejillas espesadas por la fatiga, frentes febriles, arrugas sensuales bajo los párpados demasiado maquillados de una muchacha demasiado joven.

Desde que había adquirido una de las primeras Leica, ese pequeño aparato milagroso inventado por un ingeniero alemán, que funcionaba con carretes de 35 mm y que le permitía hacer treinta y seis fotos sin recargar, su vida había cambiado. El formalismo del trabajo en estudio lo reservaba ya a los retratos que exigían tiempo y reflexión. Pero la calle era suya. No hacía más que empezar a calibrar la amplitud de las posibilidades que el aparato le ofrecía, con esa impresión de tocar con el dedo lo que constituía la esencia misma de la vida, un vagabundo dormido sobre un banco, una transeúnte arrebatada por el viento, una gama de sombras en un parque público. Esta nueva libertad técnica avivaba su pasión por la simple libertad.

Encargó al camarero otra jarra, pero su voz quedó ahogada por la música de un acordeonista que tocaba en la acera. Alguien acababa de empujar la puerta del café. Una joven se plantó en la entrada. Hizo ademán de retroceder al ver semejante multitud reunida en la sala, frunció el ceño y después, con gesto inconsciente, echó atrás los hombros y se puso a recorrer la clientela con los ojos, como si buscase a alguien. Bajo el sombrero de campana de fieltro verde, su rostro presentaba un perfil muy puro. Era espigada, delgada y con clase. Vestida con un sencillo conjunto negro que resaltaban el esmeralda de la blusa y de los adornos del cuello, llevaba unos zapatos de broche gastados y apretaba entre los brazos un bolso de mano. Avanzó unos pasos y empezó a contornear por la sala. Caderas estrechas, pantorrillas finas, tobillos delicados.

Max no dejaba de mirarla, seducido por la curiosa mezcla de seguridad y de timidez con que escrutaba a las personas presentes. Algunos hombres no dudaban en mirarla con expresión interesada. Esquivó el gesto torpe de un cliente beodo que intentaba volver a su mesa. Cuando este se excusó la joven esbozó una sonrisa, pero por la frialdad de su actitud se adivinaba que no iba a dejar que la importunasen más. ¿Qué andaría buscando? Max estaba intrigado. ¿Amigos? ¿A su amante? Se hacía tarde y la noche iniciaba su reinado. Le había sorprendido verla entrar sola, pues a esa hora la mayor parte de las mujeres no salía sin compañía.

Cuando la chica volvió lentamente al punto de salida, Max se sorprendió esperando con cierta excitación el momento en que sus miradas se cruzaran. En esa sala llena de humo, entre el fragor de los comensales, las risas, las bromas descaradas, los pedidos que los camareros lanzaban al barman y a las cocinas, la desconocida era ineludible y a la vez estaba intensamente sola. Se detuvo a dos pasos de él, ante el hombre dormido en la banqueta. Era evidente que estaba tan intrigada como Max.

—Creo que está muerto, pero nadie se atreve a decirlo —le dijo en francés.

Ella se volvió inmediatamente y él, al verla de frente por primera vez, se quedó impresionado por la estructura armoniosa de sus rasgos. La mirada penetrante lo desconcertó tanto que contuvo el aliento. Era una mirada de tormentas, una mirada de vértigo. Las ojeras delataban su fatiga y los ojos pálidos le devoraban el rostro. Todavía era muy joven, pero tanta gravedad le otorgaba una intensidad de otra época. Experimentó la necesidad inesperada, imperiosa, de tocarla, de tomar esas manos que sabía heladas y de atraer ese cuerpo que se erigía ante él como en posición de firmes.

—Perdóneme, señorita —dijo levantándose del taburete de bar—. No era mi intención asustarla. La he visto entrar y me ha parecido que buscaba a alguien. Como estoy aquí desde hace rato quizá pueda ayudarla, ¿no le parece?

Ella lo miraba sin moverse. Contrariamente a las demás mujeres, en su boca no había maquillaje, de modo que su belleza natural era todavía más cautivadora. Resultaba evidente que algo no iba bien. Su mirada se enturbió, las mejillas palidecieron. Él tendió una mano para sujetarla por el brazo.

—¿Se encuentra usted bien? —le preguntó inquieto—. Tome, siéntese un momento.

—Se lo agradezco, pero es inútil —le respondió ella con voz ronca.

—Insisto. Parece agotada. ¿Le apetece beber algo? ¿Un vaso de agua, quizá?

Una vocecilla le murmuraba a Xenia que tenía que irse, que no conocía a ese hombre, que no podía hablar con un desconocido en un lugar público a esas horas de la noche, que de hecho no había que hablar nunca con desconocidos, ni de día ni de noche. Pero ¿qué sentido tenían en realidad todas esas lecciones de decoro que protegían a una muchacha del mal, como si detrás de cada extraño se escondiera un monstruo perverso? ¿Qué sentido tenían esas reglas, esa educación implantada con insistencia desde aquella primera infancia en un temperadísimo cuarto para niños en cuyos espejos se reflejaban las luces de las aguas en danza de un canal? ¿Qué sentido tenía todo eso cuando asesinan a tu padre, cuando tu familia se ha dispersado por los cuatro extremos del mundo, cuando se sobrevive en una buhardilla miserable, luchando por ganar cuatro perras para no morir de hambre, cuando buscas en vano a tu hermana pequeña en los cafés y bares, recorriendo las calles de París durante horas, con el corazón en un puño, con las piernas vacilantes por la fatiga y la angustia? ¿Qué sentido tenía?

Con mano suave pero firme, el hombre la obligó a sentarse en el taburete. Ella se dejó hacer, demasiado agotada para reaccionar. Iba a quedarse sentada tan solo unos minutos, el tiempo necesario para recobrar el aliento.

—Me he tomado la libertad de pedirle coñac con agua. Se diría que necesita un reconstituyente, y no es una bebida muy fuerte.

Agradecida por la galantería, le correspondió con una sonrisa cansada, ella que podía echarse al coleto sin pestañear una copa de vodka tras otra a palo seco.

—Usted no es francés, ¿verdad?

—¡Vaya, mi acento ha vuelto a traicionarme! —bromeó él—. Tiene razón. Vengo de Berlín.

—¿Y qué le trae por aquí?

—La exposición. Soy fotógrafo de moda y me envían para que haga un reportaje. No son temas lo que me falta. Ya he visitado la sala del vestido en el Grand Palais, y el pabellón de la Elegancia. Un himno a la belleza francesa. Y el modisto Paul Poiret ha hecho arreglar tres gabarras a lo largo del Quai d'Orsay. ¿Sabe usted que las había llamado *Amours*, *Délices* y *Orgues*? Me pregunto por qué.

—Es una regla de gramática. Son palabras masculinas en singular y femeninas en plural.

—¿Ah, sí? —dijo sorprendido—. ¡Vaya, hay que ser francés para inventar algo parecido! Dicen que al concebirlas ha pensado en dedicarle un homenaje a la mujer. Es algo prometedor, ¿no le parece?

El camarero trajo sus dos coñacs con agua en copas balón. El coñac presentaba un bonito color dorado.

—Verá qué bien le sienta. Es un remedio eficaz.

—¿Contra qué? —dijo ella sonriente.

—Contra todo lo que le preocupa, todo eso que a mí me gustaría eliminar con una varita mágica.

—Yo no creo en varitas mágicas.

—Pues hace mal. Hay que creer en los milagros.

Algo irritada, Xenia se preguntó si ese hombre se burlaba de ella. Sin embargo, cuando levantó la copa para brindar con una sonrisa cómplice, ella se sintió desconcertada por la sinceridad de su mirada. Un escalofrío le recorrió la espalda y lo examinó de verdad por primera vez: reparó entonces en los espesos cabellos oscuros y el mechón rebelde que le caía sobre la frente, los rasgos regulares a pesar de una mandíbula demasiado pronunciada, la boca de labios gruesos. Vestía sin pretensiones. Una chaqueta de franela de bolsillos deformes, una camisa blanca de cuello blando, una corbata suelta. Acodado sobre la barra con despreocupación, parecía en paz consigo mismo. Al observarlo, olvidó la febrilidad que reinaba a su alrededor, así como el ligero dolor de cabeza que le comprimía las sienes. Percibió también placer en someterse a su mirada. Los rusos como Vasili que la cortejaban eran muchos, pero en ellos hallaba una forma de desesperación que le recordaba demasiado a la suya. Los exiliados no podían concebir ninguna vida exterior a la de su comunidad. Por temor a no poder conservar su rango, estigmatizados por su indigencia y por su religión ortodoxa, se casaban entre ellos y educaban a sus hijos en el amor a la Rusia eterna, persuadidos de que pronto podrían volver a casa. Xenia, en cambio, en la intimidad de su corazón, sin que apenas pudiera confesárselo, no esperaba nada de todo eso. Cuando oía hablar de futuro se sorprendía por el sentimiento de vacío que la invadía, hasta tal punto que se sentía doblemente exiliada. «No soy más que tierra quemada», se dijo, asustada.

Al contemplar a ese desconocido, Xenia Fiódorovna tuvo el extraño presentimiento de que iba a tener un papel importante en su vida. ¿Qué podía hacerle creer semejante absurdidad? ¿Tal vez las súbitas ansias de huir, surgidas de no se sabía dónde? El corazón le latía con fuerza. Se había equivocado al dejarse convencer y sentarse a su lado. Las lecciones de decoro no andaban erradas: los desconocidos eran peligrosos, pero no necesariamente en el sentido que ella creía. Lo mejor que podía hacer era irse de allí enseguida, sin decirle cuál era su nombre, sin saber cómo se llamaba él... Y sin embargo se quedó allí, inmóvil, mirándolo.

De vez en cuando la vida nos abandona en el cruce de todas las posibilidades. Xenia era una fatalista. Pensaba que la providencia conduce ineluctablemente a cada uno hacia su destino, con independencia de lo que uno elija. Esa noche quería creer que todavía estaba a tiempo de impedirlo, puesto que era insumisa y no disponía de sitio para ese hombre en su vida. Después de años de sentirse zarandeada, por lo menos tenía la esperanza de poder escoger a un amante en completa libertad, sin que el destino se lo impusiera. Sin embargo, comprendió que era demasiado tarde, que el azar la había conducido al corazón de Montparnasse en una cálida noche de la primavera de París, en busca de una hermana rebelde y al encuentro de ese joven alemán que la contemplaba con una mirada intensa y preocupada. Más tarde, cuando Nianiushka le preguntara, con los puños sobre las caderas y expresión de enfado, cómo había podido confiarse a un perfecto desconocido, Xenia replicaría que para ella se había tratado de una evidencia.

Xenia no sabía nada o casi nada de él, ni siquiera cómo se llamaba, apenas algunas migajas de su existencia. Sabía dónde había nacido y su trabajo; había adivinado su inteligencia, así como una generosidad desprovista de afectación que le parecía preciosa por lo que tenía de inesperada. La joven no deseaba saber nada más. Con su presencia le bastaba: aquellos hombros anchos, las piernas largas, una silueta más densa que la propia de los franceses que a veces parecían enclenques a ojos de la extranjera acostumbrada a los hombres del norte. Poco a poco fue bajando la guardia, ella que era tan combativa, pero a los guerreros no se les perdonan los momentos de reposo, la vida se encarga de hacérselos pagar. Y eso era algo que Xenia Fiódorovna no podía adivinar, cuando se sentía tan bien esa noche, instalada en ese taburete de bar, ante un coñac con agua. Durante un buen rato pudo olvidar ese miedo al mañana que a veces le helaba la sangre. Hablar con ese desconocido le proporcionaba una sensación de ligereza embriagadora, pues no intentaba sitiarlo, ni saberlo todo de él en esa actitud tan policial que no hace más que apropiarse del otro, aprisionarlo... Xenia adquiría conciencia de sus más pequeños gestos: su manera de llevarse la copa a los labios, de sacar un cigarrillo de un paquete arrugado abandonado sobre la barra, de no mostrar ninguna reacción cuando las carcajadas estallaban a su espalda con estruendo. Permanecía a la escucha. Le daban ganas de cerrar los ojos y callarse, solo para saborear plenamente su presencia a su lado.

Como el tiempo pasaba, acabó por decirle que tenía que continuar buscando a su hermana desaparecida. Él le propuso acompañarla en dirección a Saint-Germain-des-Prés. Las farolas de la calle perforaban la oscuridad con círculos de luz, y los faros de los automóviles barrían las aceras. Un perro perdido avanzaba junto a las fachadas con el morro pegado al suelo. De vez en cuando se oían las voces de algún borracho que ponía al mundo por testigo.

—Soy a la vez su padre y su madre —dijo Xenia, sorprendida al sentir que la emoción surgía de su interior, y aliviada de que la penumbra la disimulara—. Masha recuerda muy bien aquella época en que su vida era tranquila, cuando su destino estaba trazado por completo. Lo recuerda y no me lo perdona.

—¿No querrá decirme con eso que la hace responsable de su exilio, verdad?

—No, pero se siente perdida, porque estaba hecha para la felicidad y se la han robado.

—Cada uno de nosotros es responsable de su propia felicidad. Ese no es un derecho adquirido de nacimiento. En mi opinión la merecemos a base de renuncias.

—¡Pues vaya una visión más austera! ¿Deberíamos entonces resignarnos a sacrificios permanentes? Las personas como Masha no lo ven así. Esas personas no lucharán por algo que consideran que se les debe. Masha solo puede alcanzar su plenitud en un entorno que la proteja y la halague. Si nota que alguien no la quiere, mi hermana languidece. Nuestra madre era la bondad personificada y nuestro padre estaba hechizado por los encantos de su hija pequeña. Se lo permitían todo. Y yo soy violenta, severa, a menudo intransigente.

—Ahí me parece que exagera un poco. Por lo que me dice, la ha traído hasta esta ciudad sana y salva. Más bien diría que tendría que estarle agradecida.

Xenia se encogió de hombros.

—Los rusos son unos sentimentales, ¿sabe usted? Yo, por mi parte, no tengo ninguna paciencia con los malos humores. El chantaje afectivo no tiene ningún poder sobre mí. Es el drama de Masha. No está segura de mi amor. Me cree indiferente.

—Y eso que no lo es. Estoy seguro de que quiere mucho a su hermana.

Ella levantó el rostro hacia él con una expresión burlona.

—Soy responsable de Masha, y arriesgaría mi vida para protegerla, pero ¿de verdad la quiero? No lo sé. Nunca he tenido tiempo de hacerme esa pregunta. De todos modos, eso no es lo que se me pide, ¿verdad?

Tanta franqueza sorprendió a Max. Ya hacía más de una hora que hablaban y la joven desconocida se mostraba tan feroz como insólita. Nunca había coincidido con nadie tan desconcertante.

—¿Y no existirá en la familia ningún miembro que pudiera ejercer sobre ella una autoridad masculina? —preguntó cuando llegaban a la plazuela de delante de Saint-Germain-des-Prés.

Xenia pensó enseguida en Sasha, que había vuelto con los últimos combatientes de las diezmadas tropas del general Wrangel, uno de los escasos soldados que habían llegado a París sanos y salvos tras un espantoso periplo.

—Sí, está nuestro tío Sasha, pero no puedo contar con él. Vive en el pasado y solo está pendiente de una cosa: volver a Rusia y luchar para expulsar a los bolcheviques. Masha necesitaría a alguien que se proyectara en el futuro, pero resulta evidente que yo ya no le sirvo.

—Yo también tengo una hermana —anunció él de pronto.

—¿Y se llevan bien?

Max pensó en el carácter versátil de Marietta, en sus caprichos a veces irritantes, en esa manera que tenía de sacar las garras cuando temía verse utilizada. Se preguntó de dónde le venía ese sentimiento de inseguridad que la empujaba constantemente a probarse a sí misma.

—Marietta es adorable. Es una chica llena de vida con el corazón en la mano, pero también es muy frágil. Es muy curioso, pero ya desde niño he tenido siempre el sentimiento de que era necesario que la protegiera. Pero como soy un año menor que ella no quiere ni escucharme.

Su expresión se endureció. Al hablar de Marietta no pudo evitar pensar en su cuñado. Desde que se había casado con gran pompa, en un derroche de organza y flores de azahar, de champán y discursos bien regados, la veía menos a menudo. La villa de los Eisenschacht se había convertido en un lugar de visita obligada para los mundanos. Allí se coincidía con las figuras habituales en los salones berlineses, esos círculos privados más o menos restringidos en donde se citaban industriales nacionalistas y antisemitas, diplomáticos, financieros, miembros de la aristocracia conservadora con vínculos de parentesco con los Von Passau y algunos artistas adulados por el interés de Kurt Eisenschacht en su obra. Las recepciones eran fastuosas, pero la elección de los invitados no era de su gusto.

Eran casi las dos de la madrugada, pero la calle estaba muy animada. Mientras en Berlín el invierno seguía infundiendo el desánimo entre los ciudadanos con las últimas borrascas de nieve, en París empezaban a percibirse las dulzuras primaverales que incitaban a los noctámbulos a deambular por las calles. La joven perdió pie entre los adoquines y Max tendió una mano para sujetarla. Cuando ella cayó hacia él, percibió el peso de su cuerpo y se sorprendió de sentirla tan ligera. Surgió la atracción entre ellos, visceral, plena y entera. Se quedaron inmóviles, mirándose fijamente, casi asustados. Cuando dos cuerpos se desean, se reconocen enseguida. Las pieles queman de pronto por el deseo de tocarse, todo lo que las separa se hace insoportable. El instante queda suspendido, incandescente, mágico y terrible a la vez. Por otra parte se quiere todo, inmediatamente, una rendición absoluta, de ahí esa violencia del beso que a veces se convierte en mordisco, porque es necesario a la vez poseer, estrechar, abrazar, empezando por la cara y los labios, naturalmente, primero la boca, siempre, para probar la piel del otro que se ha hecho irresistible, descubrir su sabor particular y único, el perfume de su carne, y en ese mismo momento surge la angustia, un tormento desordenado, cuando la exigencia resuena en lo más hondo de las venas.

Cuando ella se apartó con un movimiento brusco, Max tuvo la impresión de partir a la deriva. Un taxi negro se detuvo justo ante ellos. Su linterna encendida brillaba como un faro en la noche. El habitáculo destinado a los viajeros estaba vacío.

—¡Xenia Fiódorovna! —gritó el cochero con un fuerte acento ruso.

Así supo Max cómo se llamaba ella, y ese nombre se le quedó grabado en la mente. La joven corrió hacia la puerta del coche. El hombre mofletudo de triunfante bigote se puso a hablarle en ruso con aire agitado. Ella le hizo algunas preguntas a las que él respondió asintiendo con la cabeza. Finalmente, Xenia se volvió hacia Max.

—Mi hermana ha vuelto a casa. Han enviado a Yuri para que me avise. Hace una hora que me busca dando vueltas de aquí a Montparnasse.

—¿Está bien su hermana?

—Perfectamente. Se ha salido con la suya, como de costumbre. Ha dormido en casa de una de sus amigas pintoras. En cuanto ha considerado que ya me había dado una buena lección, la señorita ha vuelto. ¡Ahora verá lo que es bueno!

Pero era evidente que estaba aliviada, pues no podía evitar sonreír, lo que la rejuvenecía.

—Voy a volver a casa. Mañana tengo que levantarme temprano para ir a trabajar. Yuri me acompaña... La ventaja de que haya tantos chóferes rusos en París es que a menudo puedo disfrutar de carreras gratuitas —añadió en tono divertido.

Max pensó que ese humor podía endulzar admirablemente las dificultades del exilio. Pero no era ningún imbécil, ni un frívolo. Era consciente de hasta qué punto cada instante de exilio constituía un drama. De pronto, ella volvió a adquirir una expresión seria y él se maravilló de la miríada de emociones que desfilaban en esa cara tan expresiva.

—Gracias —dijo ella.

—¿Gracias?

—Sí, gracias por este momento que he pasado con usted.

El chófer había bajado del coche y mantenía abierta la portezuela. Llevaba una gorra con visera de cuero y un grueso guardapolvos que le azotaba los tobillos. Ese coloso de aire sombrío habría sido seguramente un antiguo oficial del ejército imperial. A Max le complació que Xenia no se internara sola en la noche y que tuviera una red de protectores a su alrededor, pero también se sentía curiosamente irritado porque ese hombre había levantado de pronto un obstáculo entre ellos. Xenia subió a la parte posterior del coche.

—No puedo dejarla así —dijo él, alarmado de pronto por la idea de que desapareciese para siempre—. Espere un segundo...

hace falta que uno de los dos pueda reunirse con el otro. Me comprende, ¿verdad?

Buscó en su bolsillo, encontró su libreta de notas, de la que arrancó una página para garabatear su nombre y el de su hotel.

—Tenga. Ahora todo depende de usted —dijo apretándole el papel en la mano—. Hasta final de mes estaré en París.

El chófer cerró la puerta y volvió a su lugar tras el volante. A través del cristal, el rostro de la joven se veía pálido, el perfil aguzado, la expresión distante, casi altiva... Pero Max no pudo evitar sentir un cosquilleo de satisfacción cuando ella volvió la cabeza sin dejar de mirarlo mientras el coche se alejaba en dirección al Sena.

Xenia corría por la rue Montaigne, aguantándose la toca con una mano. Llegó sin aliento a la casa Kitmir, pasó bajo el cartel con letras doradas que conducía al patio interior del edificio y se internó en la escalera. Llevaba un cuarto de hora de retraso. Seguro que la encargada de taller tendría alguna cosa que decirle. En el piso, dos repartidores permanecían frente al despacho de la gran duquesa Maria Pávlovna. Una nueva entrega de cartones se amontonaba contra el muro: perlas multicolores, lentejuelas, virutas de metal, placas de nácar, redondeles de espejo, encajes, trencillas e hilo de cobre o de aluminio... Con la cabeza gacha, cogió su bata blanca y la abotonó con dedos temblorosos.

Nadie parecía haber reparado en su retraso. Sus dos vecinas estaban inclinadas sobre su labor y ni siquiera levantaron la cabeza cuando ocupó su sitio. Como estaba acostumbrada a la indiferencia, no se ofendió. Desde que llegó al taller, no había conseguido hacer amigas. La mayor parte de las mujeres eran mayores que ella, madres de familia que no pensaban en nada que no fuera volver a Rusia. Habían llorado amargamente con el reconocimiento de la Unión Soviética por parte de Édouard Herriot y el Cartel des Gauches, heridas por lo que consideraban una traición de Francia. En cuanto a las más jóvenes, no pensaban más que en casarse, y tanto sentimentalismo irritaba a Xenia, puesto que desde hacía mucho tiempo no creía en el príncipe azul. De hecho, su cinismo exasperaba a sus compañeras.

Una efervescencia particular reinaba en el palacete. La cincuentena de bordadoras trabajaba sin descanso, puesto que la gran duquesa había decidido participar en la Exposición de las Artes Decorativas. Bajo la presidencia de Jeanne Lanvin, única mujer que ostentaba este rango en el seno del comisariado general, la costura ocupaba un lugar privilegiado. Maria Pávlovna había insistido en unirse a las demás casas de costura al enterarse de que la Unión Soviética había reservado un pabellón entero para la promoción del arte soviético. Era una cuestión de orgullo. La descendiente de los Romanov quería mostrar al gran público el talento de los refugiados.

Xenia examinó el vestido en seda de crepé *georgette* colgado sobre el maniquí. Sobre el fondo de lentejuelas gris y negro estallaban algunas manchas de color semejantes a fuegos artificiales. Ella se había encargado de terminar los flecos perlados, muy apreciados por una clientela adepta al charlestón y que desde hacía tiempo habían cimentado la fama de la casa.

—Señorita Xenia —dijo la encargada de taller, con sus gafas de montura de oro apoyadas en la nariz—, creo que ha llegado usted tarde, pero hay que entregarle el encargo a la clienta a primera hora de la tarde. Necesita el vestido para esta noche.

—¡Como si no tuviera decenas y decenas de vestidos más! —murmuró a media voz la joven.

—¿Cómo dice?

—Nada, nada. No se preocupe, estará acabado.

—Espero que así sea —dijo la bordadora con expresión severa—. Desde hace unos días me parece que no pone usted la misma atención, señorita. Ya es hora de que vuelva a concentrarse en su trabajo.

Xenia apretó los dientes. ¿Qué podía responderle? ¿Que apenas había dormido en el transcurso de los últimos días por culpa de la desobediente de su hermana? ¿Que se sentía cansada y de mal humor y que por encima de todo deseaba que la dejaran en paz? Pero las excusas no servían de nada. Ninguna de las empleadas llevaba una vida fácil. No tenían tiempo ni de compadecerse unas de otras. Así que agachó dócilmente la cabeza. Tenía que bordar hebra a hebra para preservar la fluidez de la tela. De vez en cuando se pinchaba los dedos con la aguja. El movimiento repetitivo seguramente le produciría un dolor de espalda renovado. Una diseñadora atravesó la sala con rollos de papel de calco bajo el brazo. En una estancia vecina, el teléfono no paraba de sonar. A pesar de alguna desavenencia con Gabrielle Chanel, que exigía un contrato de exclusividad, Kitmir era un negocio floreciente y llevaba a cabo encargos para casas tan célebres como Lanvin o Patou, mientras que el buen nombre de la fama de sus bordados de seda y oro, de perlas o lentejuelas, se extendía hasta Estados Unidos. Concentradas, las mujeres cosían en silencio, susurrándose a veces unas confidencias de las que Xenia quedaba excluida.

En el exterior reinaba por fin la primavera. Cada vez que se levantaba para ajustar los rebordes del vestido, la joven miraba con ansia el cielo azul. Prisionera de esas cuatro paredes, tenía la impresión de que iba a ahogarse y detestaba los arrebatos de nostalgia que le inspiraba ese taller. ¿Cómo no iba a pensar en el guardarropa de su madre? La condesa Osolin había sido clienta de los más grandes modistos de París, y también de la única estilista profesional de Rusia, la célebre Nadejda Lamanova, cuyos vestidos de líneas depuradas habían causado sensación en la corte imperial. Y ahora la hija mayor descubría el otro lado del decorado. ¿Cuántas veces se había quemado ya las manos con la plancha al aplicar un tejido impreso sobre una muselina? Movió las articulaciones de los dedos para aliviar los calambres. En ocasiones le subían por las venas oleadas de fuego.

Unas horas más tarde, sonó la campanilla que señalaba la hora de la comida. En ese mismo momento resonó un griterío desde las diversas estancias. Las bordadoras se apresuraron a recuperar sus sombreros y empezar a descender la escalera, con los tacones martilleando los escalones de madera. Con un suspiro de alivio, Xenia se deshizo de la bata y la dejó sobre la silla.

—Entonces, ¿ha terminado? —le preguntó la encargada de taller.

—Sí, señora.

—Déjeme verlo —dijo examinando el trabajo—. Sí, no está mal. Menos aquí, ¿ve? Hay que rehacer estos dos rebordes. No se ha respetado la simetría. Vaya a comer y dese prisa. Quiero que el vestido esté listo a las dos en punto.

Discretamente, Xenia levantó los ojos al cielo. Bien, de cualquier modo comer no le llevaría demasiado tiempo, Nianiushka le había preparado una loncha de jamón, algunos pepinillos y galletas. Cuando hacía buen tiempo le gustaba sentarse sobre un banco en cualquiera de los jardines que rodean el Grand Palais, pero los preparativos para la exposición habían puesto el barrio patas arriba. Al pasar por delante del despacho de la gran duquesa chocó con un hombre que salía precipitadamente de él.

—Perdóneme, señorita —dijo antes de mirarla de la cabeza a los pies.

Ella percibió un olor picante a vetiver y se sintió molesta por esa mirada insistente. De baja estatura, hasta tal punto que ella le superaba en más de una cabeza, el hombre intentaba disimular su tendencia a la obesidad bajo un traje perfectamente cortado, y llevaba una flor de aciano en el ojal. Un cuello almidonado servía de pedestal a su doble mentón. Los cabellos teñidos no conseguían ocultar la incipiente calvicie y un fino bigote enmarcaba el labio superior. Sujetaba un bastón con empuñadura de marfil en una mano. Ella se excusó y lo rodeó, irritada por ese obstáculo en su camino, pues estaba hambrienta y no tenía mucho tiempo que perder. Siguió avanzando por el pasillo, cuando el desconocido lanzó un grito.

—¡Es ella, alteza! ¡Creo que ya la he encontrado! ¡Gracias, Dios mío! ¡Oh, qué inesperado!

Xenia se volvió, preguntándose si ese extraño hombrecillo estaba en sus cabales. Maria Pávlovna apareció en el marco de la puerta. Llevaba un vestido gris oscuro, de corte elegante pero austero, amenizado por un largo collar de perlas. La mirada oscura de la gran duquesa, que como siempre transmitía una indecible nostalgia, se posó sobre ella con dulzura.

—¡Buenos días, Xenia Fiódorovna!

—Alteza...

—No hay duda, es a ella a quien necesitamos —volvió a insistir el energúmeno—. Cumple todos los requisitos, ¡estoy seguro! Señorita, la necesito, ¡enseguida! Tiene que venir conmigo, es una cuestión de vida o muerte, ¿no es así, alteza? No exagero en absoluto, lo sabe usted muy bien. Si me la presta, si me la da, le quedaré muy agradecido.

—No soy ningún objeto, señor —argumentó Xenia, enfadada por esa excitación que le parecía tan excesiva como ridícula.

La gran duquesa sonrió.

—El señor Rivière busca a una modelo muy particular para el desfile de su próxima colección —explicó ella—. Se está volviendo un poco loco porque no encuentra lo que necesita. Después de filtrar todas las ofertas de la rue Daru se ha visto obligado a venir a vernos, con la esperanza de encontrar aquí esa perla tan rara.

—Ya sabrá usted que la alta costura parisina ha abierto sus brazos a los rusos —declaró el hombre agitando unas manos repletas de anillos—. ¿Qué haríamos sin ustedes, señoras mías? No solo saben decorar las telas como nadie, con dedos propios de hada, sino que además, de entre las mujeres con las que tenemos la suerte de poder contar, son ustedes las más bellas. Y ahora que la he conocido, querida señora, ya no la dejaré. ¿Aceptaría trabajar para mí?

—¿Como modelo? —preguntó Xenia, un poco extrañada—. Pero nunca he hecho nada parecido.

Pasó una mano nerviosa por sus cabellos desgreñados. Sabía que debería sentirse halagada, pero en cambio se sentía incómoda. No ignoraba que numerosas aristócratas rusas se habían convertido en maniquíes. Graciosas y distinguidas, de maneras irreprochables que les permitían conversar con las clientas durante los desfiles, aportaban al oficio sus primeras cartas de nobleza. Hasta ese momento solo las actrices de renombre o las mujeres de mundo ponían de relieve las creaciones de sus modistos favoritos. Pero ¿qué podía encontrarle ese Rivière a ella? Grotesca en su viejo traje de chaqueta raído, cuya parte superior, demasiado larga, caía sobre una falda plisada, con ojos cansados y uñas comidas, no se parecía en nada a la magnífica princesa Maria Eristova, ni a la bella Gali Bajenova, ni a la exquisita condesa Liza Grabbe, que lucían espectaculares en las páginas de *Femina* o de *Vogue*.

—Creo que deberías intentarlo, Xenia —intervino la gran duquesa con voz suave—. Este trabajo de costurera te resulta pesado. Intentas ocultarlo, y yo admiro tu determinación, pero aquí no estás contenta. Quizá sea una oportunidad para que intentes algo nuevo. El señor Rivière es un profesional de gran talento, como ya sabes.

—Vuestra alteza me halaga —aseguró él inclinándose de manera casi cómica—. Le agradezco infinitamente tanta confianza y haré lo posible para ser digno de ella. Acompáñeme, señorita, se lo suplico. Por mi mediación le aseguro que podrá hacer una gran carrera.

La notoriedad de Jacques Rivière no era flor de un día. A la manera de un Paul Poiret o de un Lucien Lelong, encandilaba a las clientas por sus cortes inspirados, la búsqueda de novedades, el modernismo en el grafismo y la elección de los tejidos. Tenía fama por lo mucho que le gustaba hablar, pero no era ningún granuja. La gran duquesa no le hubiera recomendado nunca a Xenia que escuchara aquella proposición sin tener una absoluta confianza en sus cualidades como ser humano. Por otra parte, algunos consideraban el oficio de maniquí poco recomendable. La puesta en escena del cuerpo molestaba a ciertas sensibilidades, pero no asustaba en absoluto a la joven. De pronto, Xenia percibía una puerta de salida a esa vía tan estrecha y sintió una bocanada de aire fresco y esperanzado. Pero tampoco quería parecer ingrata a ojos de Maria Pávlovna, de quien admiraba el coraje y el espíritu independiente.

—Ahora no puedo irme. Tengo trabajo que terminar.

—¡Oh, Señor! —exclamó Rivière entrecerrando los ojos—. ¡Claro, tenía que ser concienzuda! Pero lo entiendo, por supuesto. ¿Cuándo estará usted libre, señorita?

—¿Qué le parecería el fin de semana, mi querido Jacques? —le propuso la gran duquesa, visiblemente divertida por la situación.

—¡Mañana, alteza! ¡Se lo ruego! ¡Deje que venga a partir de mañana! —insistió juntando las manos—. Tendré que enseñarle a caminar, y ya se sabe que eso no es nada fácil.

—¡Pero si ya sé caminar! —replicó Xenia, ofuscada.

—Desengáñese, querida —dijo él fríamente—. La he visto avanzar por este pasillo con los aires propios de un soldado de tropa, cuando resulta que a mí me hace falta un hada. Pero con unas horas bastará, no se preocupe. Aquí tiene mi tarjeta. La espero mañana por la mañana a las ocho. No queda lejos de aquí, rue François Ier, así no se desorientará, ¿verdad? Alteza, me ha salvado, pero ya sabía yo que íbamos a arreglarlo —añadió besándole la mano—. Mis empleados le traerán mañana las batas que hay que bordar, como le he dicho. No lo olvide, necesito un motivo de inspiración egipcia. Piense en los dibujos de esos bajorrelieves que le he enseñado. Confío en usted. Adiós, señoras.

Al sorprender en él una mirada penetrante de hombre de negocios que le lanzó a la gran duquesa, Xenia comprendió que Rivière representaba maravillosamente la comedia del artista antojadizo, cuando en realidad era muy listo y tenía una gran determinación. Tras su partida, las dos mujeres se quedaron un momento aturdidas, y finalmente la princesa se echó a reír.

—Tiene algo de niño caprichoso —comentó divertida—. No te preocupes, Xenia, ir a su casa no representa ningún riesgo. Paga bien a sus maniquíes, incluso mejor que algunos cuyo nombre no voy a citar. Estoy contenta por ti... Bueno. Ahora ve a comer, y luego termina tu trabajo. Ya me dirás cómo te ha ido, ¿verdad?

Con gesto maternal, la gran duquesa le rozó la mejilla. Esta ternura inesperada tomó a Xenia por sorpresa. Casi tuvo un gesto de rechazo, aunque al mismo tiempo deseaba echarse en sus brazos. Bruscamente, su madre le faltaba de una manera tan feroz que sintió que se le cortaba la respiración.

¿Había hecho bien en aceptar? Después de tomar la decisión con tanta rapidez, sin reflexionar, se puso a pensar qué ocurriría si Rivière acababa por detestarla. Con los hombres lunáticos había que estar preparada para todo. Seguramente era capaz de prescindir de quien fuera con un gesto, sin pensárselo más. Si la juzgaba demasiado torpe o demasiado fea para llevar sus creaciones, ¿la echaría a la calle?

—¿Podré seguir bordando para usted, alteza? —preguntó Xenia, al tiempo que se daba cuenta, horrorizada, de que tenía lágrimas en los ojos—. Mi salario quizá no baste para el alquiler y el sustento de mi familia.

Maria Pávlovna la atrajo con suavidad hacia sí y la besó en la frente.

—Pues claro, querida. Te daré trabajo para que puedas hacerlo en casa. Ya has oído lo que ha dicho Rivière, ¿verdad? Ahora tenemos que orientarnos hacia el estilo egipcio. Quizá motivos con escarabajos, o flores de loto... ¿Tú qué crees? A mí las flores de loto me gustan mucho. Será necesario que vaya al Louvre para ver qué hay allí sobre el tema —añadió con aire preocupado mientras sonaba el teléfono de su despacho—. Bueno, y ahora corre. Al final del día ven a verme, que te daré la paga.

Xenia le hizo una profunda reverencia y luego se puso la toca para salir a la calle. Una vez fuera se dirigió hacia el Sena a paso vivo. Los rayos del sol se reflejaban en los cromados de los coches y otorgaban ligereza a los andares de los peatones. Un viento fresco agitaba las hojas de los castaños y pequeñas mesas redondas se alineaban en las terrazas de los cafés. París volvía a tomar posesión de sus aceras.

Se le ofrecía una ocasión inesperada. Al pasar por delante de la puerta acristalada de un restaurante se contempló por un momento, algo perpleja. Se veía rubia, alta y delgada —demasiado flaca, lamentaba siempre Niania—, y en asuntos de moda se prestaba más atención a las morenas. Se decía de ella que era bella, pero eso no llegaba a creérselo. No la habían educado para pensar de esa manera. Sus primas de Rusia le habían parecido siempre mucho más elegantes y refinadas, y la belleza de su madre había sido célebre en la misma corte imperial. En la familia la coqueta era Masha, a ella sí que le gustaba pasarse horas y horas mirándose en el espejo.

Dos bordadoras que trabajaban en la casa Kitmir pasaron agarradas del brazo. Parecían contentas, con las mejillas sonrosadas y la mirada chispeante. Xenia también hubiera debido sentirse alegre, pero en cambio estaba abatida. Atravesó la plaza lentamente, se asomó a la baranda del puente de Alma y observó la dentada Torre Eiffel elevándose hacia el cielo. No tenía ninguna amiga a la que confesarle esa aprensión mezclada con excitación que le traía un gusto ácido a la boca. ¡Hacía ya tanto tiempo que tomaba las decisiones a solas! La vuelta de su tío Sasha no había hecho que eso cambiara en absoluto. Xenia comprendía aquel combate que mantenía por la patria, pero no podía perdonarle que la hubiera abandonado aquel día en Odessa. La confianza que le tenía Xenia se había visto quebrantada, y ahora él solo podía esperar de ella un afecto distante. Las amistades que había tenido en tiempos le faltaban y no había conseguido sustituirlas. La vida la había convertido en una salvaje. Para sobrevivir se había creado un caparazón que poco a poco parecía transformarse en una cárcel.

Ciertamente, contaba con Nianiushka, pero la anciana sirvienta solícita era más una aliada que una confidente. Había que tranquilizarla de continuo. Al igual que Kiril. En cuanto les diera la noticia ambos la mirarían con preocupación. Tendría que sonreírles y asegurarles que todo iba a salir bien. En cuanto a Masha, lo más probable era que se mostrara celosa. Quizá le echara en cara a Xenia su prohibición un año antes, cuando la pequeña había querido ir a trabajar con Jeanne Lanvin. En aquella ocasión, Xenia había pensado que todavía era demasiado joven y había insistido en que se inscribiera en la Escuela de Arte rusa, dado que Masha tenía dotes para el dibujo. Su hermana no le había dirigido la palabra en dos días.

Desde hacía un tiempo, Xenia tenía la impresión de llevar un camino equivocado con Masha. Constantemente se enzarzaban en mil disputas. ¿Quizá debía cambiar de actitud? Masha se estaba convirtiendo en una mujer adulta, y le convenía disfrutar de su confianza para vivir su vida, con riesgos incluidos. Se dice de las madres que sufren cuando ven alejarse a sus hijos. Masha no era su hija, pero en el fondo de su corazón Xenia conservaba la herida secreta de una manita helada apretada en la suya en aquel muelle devastado de Crimea.

Sorprendida, sintió algo mojado en sus mejillas y se limpió con rabia aquellas lágrimas traidoras. ¡Menuda tonta! ¿Por qué lloraba en lugar de alegrarse? Se sacó un pañuelo del bolsillo. ¡Vamos, un poco de nervio! Con la primera paga del señor Rivière compraría una botella de champán. Por una vez, quizá a Masha le pareciera bien.

A la mañana siguiente, Xenia estaba a las ocho en punto en casa de Jacques Rivière. Se había puesto su túnica de los domingos, alegrada por unos encajes en el cuello y los puños, y sostenía los guantes en una mano. Una vez delante del palacete se detuvo un instante para recuperar el aliento. Con la boca seca, se sentía rara, abotargada.

El atardecer de la víspera Maria Pávlovna había ido a su encuentro.

—Tengo un regalo de despedida para ti —le había confiado—. La señorita Chanel me dijo un día que siempre hay que procurar presentar un aspecto adecuado cuando se trata de obtener un empleo. En lo que a ti concierne, pequeña, esos cabellos necesitan un corte de unas tijeras que no estén en manos de tu Nianiushka.

De ese modo se había encontrado en un salón de peluquería, con jabón hasta en las orejas. Una manicura se había apoderado de sus manos para darle una forma decente a esas uñas maltratadas. Mientras le depilaba las cejas para no dejar de ellas más que un arco delicado, no había dejado de estornudar. Luego, aturdida por el restallido de las tijeras que le cincelaban un casco luminoso, Xenia había contemplado cómo sus mechones se esparcían por el suelo, uno tras otro. Muda, con el cuerpo tenso, se había observado en el espejo en silencio. Tras cada tijeretazo, su rostro aparecía un poco más desnudo. Desde su llegada a París, había retardado inconscientemente ese momento, pero por fin se había sometido, y la corriente de aire que rozaba su piel no revelaba solo una nuca convertida en vulnerable. De inmediato se impuso el rostro de una mujer nueva, de cabello rubio, liso y con las puntas desfiladas, que subrayaba la frente alta, la nariz fina, los pómulos pronunciados, los labios carnosos y el misterio de su mirada.

—¡No va a reconocerse, señorita! —le susurró el peluquero, encantado.

Se equivocaba. Xenia Fiódorovna conocía a esa mujer desde hacía mucho tiempo, pero se había empeñado en disimularla, demasiado preocupada por luchar a cada instante, quizá demasiado asustada para aceptar que también ella había crecido, lo mismo que su hermano pequeño o su hermana.

Para reconocerse en cada etapa de la vida hace falta cierta temeridad, ponerle un nombre a las victorias y admitir los fracasos. La vida nos da forma a grandes golpes de espada. Esa mujer llevaba en su interior, en ese mismo momento, a la niña consentida e imperiosa de San Petersburgo, lo mismo que a la que había descubierto el cuerpo destrozado de su padre. Llevaba también a la combatiente de un ejército en retirada, a la que había tenido que abandonar a su madre en las profundidades marinas, y a la exiliada a la que no le quedaba nada, nada más que el cuerpo azotado por el viento en los días de tormenta y los destellos de memoria de un mundo devastado.

De entre todas las valentías que poseía Xenia, esta era la que quizá le faltara todavía. Le había llegado el momento de hacer frente a un nuevo desafío, uno de los más peligrosos, el de convertirse en mujer. Xenia Fiódorovna Osolin franqueó ese día el umbral de la casa de costura de Jacques Rivière con la cabeza bien alta y sin adivinar que los fotógrafos pronto se disputarían ese rostro exquisito de tono pálido, a la vez cautivador e impenetrable, ese cuerpo delicado de garbo inimitable, y se pondrían a prueba uno detrás de otro, de Man Ray a George Hoyningen-Huene, de Edward Steichen a Max von Passau, para captar en ella lo inaprensible.

Berlín, julio de 1925

Habían pasado tres meses, pero Max no conseguía olvidarla. La joven desconocida a la que había conocido en un café de Montparnasse se había impuesto en él con una fuerza que a veces lo despertaba en plena noche.

Max había partido de París sin que ella diera señales de vida. Después, llevado por algo semejante a la impaciencia, por un sentimiento que lo volvía irascible, la buscaba por todas partes en el mismo Berlín, en la encrucijada tumultuosa de la Potsdamer Platz, bajo las ordenadas filas de tilos de la avenida Unter den Linden, entre las calles agitadas de Charlottenburg, el barrio preferido de los rusos exiliados cuyos cabarés frecuentaba, donde escuchaba a los músicos que tocaban la balalaica y observaba a esas actrices de cine de pálidas caras y párpados ensombrecidos por las quimeras. Cuando el alba despuntaba, con la cabeza aturdida por el vodka, devoraba pastelitos de hojaldre que le quemaban los dedos antes de volver a casa y derrumbarse en la cama. Una silueta, un perfil, unos andares, y se volvía a mirar a una completa desconocida. Era absurdo, casi humillante, más cuando no había ninguna razón que pudiera llevarlo a pensar que ella se hallaba en Berlín. Poseído por su recuerdo, revivía cada instante de esa corta velada pasada junto a ella, oía las inflexiones de su voz, el estallido resplandeciente de aquella risa que había dejado escapar una o dos veces, como por descuido. Volvía a ver su mirada grave, la fluidez de sus gestos, percibía la presión de su cuerpo cuando había tropezado en la calle. Nunca había sentido semejante exigencia.

Se sentía culpable ante Sara, aunque su relación ya no era tan intensa como cuando se marchó de viaje a París. Notaba en la joven un comedimiento nuevo que respondía como un eco a un desapego que todavía no se atrevía a confesar abiertamente. Poco después de su encuentro habían pensado en casarse, pero se habían contentado con tratar el tema por encima, como si intentaran ante todo hacerse un cumplido. Desde hacía unos meses se veían menos a menudo, y cuando hacían el amor sus gestos tenían la languidez despreocupada de unos amantes demasiado desenvueltos. A pesar de ello, todavía los unía una ternura sincera, como si temieran no poder alejarse sin perderse.

—¿Qué te preocupa, Max?

Se dio cuenta de que tenía la cabeza en otra parte. Sara le hablaba desde hacía un buen rato, pero habría sido incapaz de repetir lo que le había dicho.

—Perdona —respondió al tiempo que se encendía un cigarrillo—. Sí, estoy preocupado. Asuntos de trabajo.

Se hallaban en el gran jardín de los Lindner, junto a una mesa puesta a la sombra de un roble. Una criada acababa de traerles una jarra de limonada con cubitos de hielo. Sara se inclinó para llenar dos vasos. Su indumentaria blanca para jugar al tenis resaltaba su piel tostada por el sol. Le entregó la bebida y luego cruzó sus largas piernas. Tendido a sus pies, su king charles spaniel jadeaba, con la lengua colgando, derrotado por el calor del mes de julio.

—No hace falta que nos rebajemos hasta ese punto, Max. No es digno de nosotros.

—¿De qué quieres que hablemos? —preguntó él con impaciencia, llevándose el vaso a la frente para intentar refrescarse.

—No empecemos a mentirnos, sería una lástima.

—¡Pero si yo no miento!

—Si tú lo dices... —contestó ella encogiéndose levemente de hombros—. Entonces explícame las preocupaciones de Max von Passau, a quien todas las críticas acaban de ensalzar por su exposición en la galería Holländer, en la que ha vendido todas sus obras por sumas respetables. En seis meses te has convertido en uno de los personajes preferidos de Berlín y, como todo el mundo sabe, conquistar Berlín equivale a conquistar el mundo, ¿no es así? —concluyó en un tono burlón.

Si no la conociese tan bien, habría dicho que percibía cierto tono de envidia en su voz. En efecto, en unos cuantos meses Max había tenido un éxito fulminante. Sus reportajes de moda suscitaban la admiración de los directores artísticos por su originalidad, y el desencuadre insólito de los rostros en sus retratos incitaba a las personalidades más diversas a posar para él. Había tenido que contratar a un segundo ayudante y a una secretaria para que organizara los pedidos. Esta súbita notoriedad lo sorprendía y lo halagaba a la vez.

La joven cruzó las manos tras la nuca y levantó los ojos hacia las frondosidades que ninguna brisa inquietaba. Una sonrisa se dibujaba en sus labios. Max se sintió aliviado al ver que Sara no parecía ni triste ni enfadada.

—¿No dices nada? —prosiguió ella—. Es raro eso que hacen los hombres de hablar tanto y durante tanto tiempo de cosas fútiles, y en cambio tan poco de los asuntos del corazón. Nuestra bonita historia llega a su fin, ¿no es así, Max? Los dos lo sabemos desde hace algún tiempo, pero todavía no hemos encontrado palabras para decirlo. Quizá sea por pereza, seguramente por falta de ardor... Probablemente por miedo también —añadió a media voz—. Sin embargo, me gustaría que hiciéramos el esfuerzo de buscar esas palabras. No querría que nuestra historia se enfangara. Tiene que seguir siendo ligera, como en sus inicios. Ligera, bella y memorable.

Un escalofrío recorrió la espalda del joven, que a duras penas reprimió un movimiento de impaciencia. En cierto modo estaba enfadado con Sara por apremiarlo. ¿Qué sentido tenía echarlo todo a perder si no existía ninguna razón válida? Le parecía que en eso había algo semejante a una grosería.

—Pero yo te quiero, Sara.

—¡Sí, claro! —dijo ella incorporándose para mirarlo a los ojos—. Y siempre habrá una parte de ti que me querrá, y en mi corazón siempre ocuparás un sitio especial. Pero nuestro amor ya ha vivido su tiempo, ¿entiendes? No puede hacerse más grande, no puede dilatarse. A partir de aquí solo le queda desmoronarse poco a poco, y yo no quiero que eso ocurra.

—Pero ¿por qué? —gritó él, ofendido—. ¿Qué te hace decir esas cosas hoy que todo está tan bien?

Hizo un gesto con el brazo que abarcó todo el jardín, la fachada de la bonita villa y la terraza en la que la criada disponía la mesa para el almuerzo. Por las puertas cristaleras abiertas resonaban algunas notas de una sonata de Beethoven que la madre de Sara tocaba al piano.

—Porque es la verdad, Max. Nuestra verdad. ¿Acaso no lo comprendes? Tenemos que devolvernos nuestra libertad, de otro modo empezaremos a inventarnos mentiras más o menos mezquinas, como esta de hoy, cometeremos pequeñas cobardías banales y mediocres todos los días. Y todo con la excusa de no hacernos daño —arguyó ella sacudiendo la cabeza con aire de hastío, con lo que se soltaron algunos mechones de su cabello recogido con una cinta de satén blanco—. Así podemos llegar a engañarnos mutuamente, y el paso siguiente es la traición. ¿Por qué no reconocer con valentía que lo nuestro se ha terminado, que nuestra historia ha sido breve e intensa, pero que nuestros caminos se separan? ¿Por qué no ponerle término hoy que todo está tranquilo a nuestro alrededor, después de habernos amado tanto anoche mismo?

En el rostro de Sara había tanta dulzura que Max se quedó desconcertado. Tenía la angustiante sensación de alejarse poco a poco de una orilla en una barca sin amarras. Cuando Sara se arregló el peinado, sus brazos finos y musculosos jugaron en la luz y el sol prendió en los eslabones de su brazalete de oro. Vio que sus senos se tensaban bajo la tela ligera y le sorprendió comprobar que no sentía deseo, sino una ternura infinita hacia esa mujer que poseía un coraje del que él carecía.

No lejos de allí, un jardinero empujaba una carretilla llena de flores por el camino de grava. Con la tarde ya avanzada, cuando las sombras se alargaran, unos aspersores automáticos susurrarían su melodía tranquilizadora. El padre de Sara trabajaba de la mañana a la noche, seis días de cada siete, en la efervescencia de la ciudad, y quería que tras las altas verjas de su vivienda se preservara un remanso de paz. Max se preguntó si la joven obtenía su equilibrio de esa armonía que se reflejaba entre los Lindner lo mismo en sus maneras discretas que en la decoración de la casa: los artesonados elegantes, los retratos de antepasados, los muebles de marquetería, las encuadernaciones en zapa y en marroquinería de la biblioteca, el refinamiento de una vajilla de plata o de porcelana. En su mesa los vinos eran siempre exquisitos y la conversación, espiritual.

—¿De dónde te viene esta sabiduría, Sara? Siempre pareces tan imperturbable, tan segura de lo que hay que hacer... Mientras que yo dudo, me hago preguntas y nunca estoy seguro de nada. A tu lado a veces me da la impresión de ser un niño.

Ella mostró esa sonrisa tranquila que le había impresionado tanto en su primer encuentro. Sus ojos oscuros se posaron sobre él con algo de malicia.

—Tú de niño no tienes nada, te lo puedo asegurar —aseveró riendo antes de volver a ponerse seria—. Qué quieres que te diga, no tengo un temperamento apasionado. Soy lo contrario de una mujer impulsiva. Hago mis elecciones después de haber reflexionado. Pero reflexiono deprisa, eso sí. Cuando algo no funciona, ya sea un asunto con mis empleadas, o el diseño de un vestido, o los preparativos para un desfile, o con mi familia, tomo las riendas y actúo. La pasividad no me gusta. Y dejar que las cosas se estropeen todavía me gusta menos. Nuestra historia es algo que me llega demasiado al corazón como para transformarla en una relación desastrosa que nunca acabará de morir.

—Sigues hablando de ella en presente.

—He aprendido que el amor es una cosa mucho más compleja de lo que imaginamos cuando somos muy jóvenes y muy idealistas. Te sigo amando, Max, y ya ves que no tengo ni escrúpulos ni falso pudor y te lo confieso así mismo, pero ya no te quiero como amante.

—Pues muy comprensible no es, la verdad —protestó él, enfadado.

—Y sin embargo está muy claro. Tenemos la misma edad pero no esperamos lo mismo de la vida. Tú empiezas una carrera brillante, y necesitas libertad de movimiento y de acción. En cuanto a mí, yo también querría seguir con mi trabajo, pero al mismo tiempo deseo no esperar mucho más para tener hijos. Si uno de nosotros renunciara a su propio destino a causa de una falsa idea del amor que el otro le merece sería como abocar nuestra relación a un fin desastroso.

Sara hizo una pausa y su rostro adquirió una expresión algo trágica. Dos arrugas se formaron a ambos lados de su boca. Max comprendió que tras esas palabras razonables había una mujer que sufría.

—También es la única manera de separarnos guardando intacta nuestra amistad —añadió ella con una sonrisa triste—. Si persistimos en esta situación sin salida al cabo de un tiempo no habrá entre nosotros nada más que remordimientos. Y ninguna amistad puede sobrevivir a los remordimientos.

Oyeron el crujir de los neumáticos sobre la grava de un coche que subía por el camino de entrada para estacionarse ante la escalinata. Sara se levantó de un salto y el perro alzó la cabeza y soltó un ladrido de sorpresa.

—Es mi padre. Vuelve del despacho, así que se acerca la hora de comer. Voy a ir a cambiarme. Seguro que a papá le gustará hablar contigo, si es que quieres dedicarle un rato. Ya sabes lo mucho que te aprecia.

Se alzó ante él a contraluz. A través de las transparencias de la ropa distinguía sus piernas torneadas, sus caderas algo anchas, su fina cintura, un cuerpo que se sabía de memoria por todas las veces que lo había llevado al goce, por haberse perdido en él en incontables ocasiones. Cuando Sara se inclinó hacia él, cerró los ojos y aspiró su perfume. Se sentía a la vez triste y cobardemente aliviado. La decisión de Sara tenía algo de agridulce, pero admiraba su claridad. Sintió que los labios de la joven le rozaban la mejilla y él le tomó la mano y posó un beso emocionado sobre una piel que, ese día, exhalaba fragancias cítricas. Ella apoyó una palma fresca contra su mejilla, antes de escaparse y subir corriendo hacia la casa, con el perro pisándole los talones.

El padre de Sara venía hacia él, con un *canotier* inclinado hacia delante y un bastón en la mano. Había algo penoso en su manera de andar. Sin saber por qué, Max sintió una punzada en el corazón y se levantó de la *chaise longue*. Saul Lindner era uno de esos patriarcas que suscitan respeto porque parecen albergar toda la sabiduría del mundo. Su indumentaria se adaptaba a su corpulencia. Los cabellos blancos se rizaban en la nuca y contrastaban con unas cejas negras y revueltas. En el rostro de redondas mejillas un buen bigote ocultaba unos labios finos, y una mirada penetrante consideraba sin piedad a su interlocutor. Desde que Sara los había presentado habían pasado largas veladas conversando. Saul Lindner era de la misma generación que el padre de Max, pero el joven hallaba en él mayor receptividad.

—¡Hombre, Max! —exclamó Lindner al verlo—. ¡Qué alegría! Había olvidado que hoy comía con nosotros. ¿Eso que bebe es refrescante? Hace un calor terrible, ¿no cree?

—Buenos días. Es limonada. ¿Quiere?

—A mi mujer seguro que no le parecería bien, porque debo tener cuidado con el azúcar, pero voy a saltarme las normas —bromeó el hombre—. Sírvame en el vaso de mi hija... Porque supongo que Sara estaba aquí con usted, ¿no?

—Sí, señor. Ha subido a cambiarse para el almuerzo.

Lindner se sentó en la *chaise longue* y se quitó el *canotier*, que mantuvo en equilibrio sobre la rodilla. Bebió un largo trago y luego se secó los labios con un pañuelo. Sus rasgos eran marcados, con grandes ojeras. El piano del interior de la villa se había callado. Se oía el zumbido de algunas abejas y el restallido de las tijeras de podar del invisible jardinero.

—Lo encuentro preocupado, señor —comentó Max—. ¿Algo va mal?

—Al contrario, todo va demasiado bien.

Max, sorprendido, lo miró con mayor atención.

—¿Se refiere a los negocios?

—Los negocios, la vida cotidiana, los amores... —enumeró Lindner describiendo un gesto negligente con la mano—. La era Stresemann es tranquila y aburrida, y el alemán no es hombre a quien haya que dejar aburrirse. No está hecho para vivir una existencia de quietud, porque le falta la imaginación necesaria para colmarla.

—Sin embargo es maravilloso estar tranquilo, ¿no? Con todo lo que hemos sufrido en estos últimos años, con la guerra y esa inflación que nos dejó exhaustos... Cuando era pequeño a todo el mundo le obsesionaban los movimientos de tropas. Después malgastamos nuestra energía buscando millones con los que poder comprar un mendrugo. No existía una libertad que permitiera consagrarse a las cosas importantes de la vida.

—¿Y cuáles son esas cosas según usted? —preguntó Lindner con una expresión tan interesada que el joven fotógrafo se sintió intimidado.

—No sé... De momento, diría que sobre todo mi trabajo. Por la mañana, cuando cojo mi cámara, tengo la impresión de que parto a la aventura. Seguramente suene pretencioso, pero creo que sigo el rastro de algo, de una forma de vida, quizá... Y luego está el amor —añadió después de una pausa—. ¿Cómo olvidarlo?

—Sí, claro —respondió Lindner en tono pensativo—. Es usted un joven inteligente y curioso, un artista con mucha vida interior. Un verdadero individuo, como Sara o como yo, pero desde hace algún tiempo tengo la impresión de que pertenecemos a una especie de élite del espíritu. Cuando estudio a mis compatriotas me parece que la mayor parte de los alemanes solo se sienten vivos si lo hacen en el seno de una colectividad. Perdimos a más de un millón y medio de hombres en la guerra, sin olvidar los cuatro millones de lisiados marcados de por vida. Se han destruido familias, se han roto existencias, pero la guerra les proporcionaba impulso y entusiasmo. En estos días son muchos los que se sienten huérfanos de un ideal y se aburren. Vuelven a rumiar rencores que alimentaron quienes firmaron los tratados, ya fuera por ceguera o por interés. Y tarde o temprano me temo que aparezca alguien que quiera proponerles otro.

Sin comprender demasiado bien adónde quería llegar Lindner, Max pensó en su hermana Marietta. «Con él no me aburro...», había dicho cuando Max le preguntó qué veía en ese odioso arribista que se había convertido en su esposo. Y ahora Marietta brillaba en las recepciones mundanas, recibía varias veces al mes en su villa, bastante cercana a la de los Lindner, y no reparaba en gastos. A ojos de todos era la esposa elegante y caprichosa de un hombre poderoso que no escondía sus opiniones políticas nacionalistas y antisemitas.

—¿Qué le lleva a decir esto, señor? —insistió Max.

—La elección del mariscal Hindenburg a la presidencia es un aviso. Ese viejecillo influenciable representa a las fuerzas oscuras de este país podrido de resentimiento. Es un soldado y un monárquico convencido. Y una amenaza muy seria para una república que nunca ha tragado. No olvide que en 1919 se ganó su reputación defendiendo la idea de «la puñalada por la espalda». Es una lástima, pero la verdad es que somos una república sin republicanos. Los comunistas quieren una república vacía de contenido, y las derechas nacionales el retorno del káiser y el fin de eso que llaman «la dominación judía». El otro día lo hablaba con Stresemann en el curso de una cena. Nuestro ministro de Asuntos Exteriores hizo todo lo que pudo para impedir esa elección, pero fue en vano.

Se secó el sudor de la frente con un suspiro. Max, respetuoso, le permitió continuar.

—Por otra parte, acabo de leer un libro que no debería poder leerse si uno no dispone de guantes, hasta tal punto desborda odio y fanatismo. El Partido Nacionalsocialista había sido prohibido, pero volvió a ser legal en febrero, y me quedé helado por los escritos de ese miserable agitador que es Adolf Hitler. Lo habían condenado a cinco años de prisión, pero al cabo de unos cuantos meses lo soltaron. Las palabras de ese libro son muy angustiosas para cualquiera que sepa leer entre líneas.

—Pero no irá a creer que ese tipo pueda tener alguna clase de influencia, ¿verdad? Los alemanes no otorgarán su confianza a un personaje tan grotesco. Es un cabo austríaco que se agita como una marioneta.

Lindner echó la cabeza hacia atrás. El sol que se escurría entre las hojas jugaba en su cara.

—Ha decidido combatir nuestra república con sus propias armas, de manera legal, y no tomar el país por la fuerza. Ni él ni sus acólitos lo ocultan. Tengo un amigo que lo oyó hablar en Múnich hace tres años. Es un demagogo y un orador temible. Piense en los griegos. La elocuencia es tanto un talento como un arma.

—Ciertamente, pero los griegos eran demócratas.

—Lo cual no puede afirmarse de ese cabo disfrazado con pantalones de cuero bávaros —dijo Lindner esbozando una sonrisa—. Yo amo profundamente a mi país, Max. Mi único hijo fue condecorado con la Cruz de Hierro y dio su vida por esta nación, pero uno puede amar a su patria y conocer sus debilidades. Espero equivocarme. Espero que Alemania sepa superar sus viejos demonios y que nuestra joven democracia se haga adulta. Pero no todas las personas son como usted y yo, que depositamos nuestro voto en las urnas. Y cuando pienso en el futuro me inquieta lo que ocurrió el otro día en las elecciones.

—¡La mesa está servida! —anunció Sara desde la terraza haciéndose bocina con las manos—. ¡Venid rápido, que me muero de hambre!

—El deber nos llama, mi querido Max —dijo Lindner mientras intentaba despegarse de la *chaise longue*—. No permitamos que un día tan estupendo se estropee con pensamientos siniestros. Sara se enfadaría conmigo, ¿verdad? —Max se levantó y le tendió la mano para ayudarlo a incorporarse—. Gracias, hijo. Se diría que me hago viejo. Quizá sea esta la razón de mis momentos de desencanto.

Mientras subían en silencio la cuesta hacia la villa, Saul Lindner puso una mano afectuosa en el hombro de su compañero.

Marietta Eisenschacht bajaba por la avenida Unter den Linden a considerable velocidad, al volante de su Talbot descapotable, con el chófer al lado. A su marido no le gustaban las mujeres que conducían, y además consideraba que su manera de hacerlo por la ciudad era irresponsable, pero la joven rechazaba obedecerlo y había hecho prometer al chófer que no la traicionaría. Con los labios apretados y agarrándose con una mano a la puerta, este miraba fijamente ante sí las columnas dóricas de la Puerta de Brandenburgo, coronadas por la estatua de la Victoria y los cuatro caballos de su carro. Como solía suceder, Marietta llegaba tarde. Rodeó la Pariser Platz y frenó en seco ante el hotel Adlon con tanta brusquedad que su pasajero tuvo que sujetarse a una manilla para no darse de narices con el parabrisas. El encargado del hotel acudió corriendo a abrirle la puerta y ella le dio permiso a su joven chófer para que fuera a tomar un café que le permitiera recuperarse de tantas emociones.

Marietta adoraba el Adlon. Si hubiera podido se habría instalado allí durante todo el año, como algunos actores o cantantes líricos. El establecimiento, que pasaba por ser el hotel más moderno y suntuoso de Europa desde su inauguración en 1907, se levantaba orgulloso en el lugar que antiguamente ocupaba el palacio Redern. Era un lugar de visita obligada para los que deseaban ver y ser vistos y al que afluían los visitantes distinguidos y la sociedad influyente de la ciudad. El té con baile se había convertido allí en una institución.

Subió con pasos precavidos los escalones alfombrados de rojo. El botones maniobró la puerta giratoria para dejarla pasar antes de hacer sonar con alegría la campana que señalaba la llegada de las personalidades. Bajo los frescos del techo, el vestíbulo bullía de actividad. Un mozo empujaba un carro en el que se amontonaban lujosas maletas de cuero. Dos hombres de negocios de tez bronceada esperaban ante las cabinas telefónicas. Un cliente en traje de noche, con el sombrero de copa en la mano, gesticulaba al hablar con el conserje mientras su esposa, con el cuello estrangulado por largas cuentas de esmeraldas, sostenía en brazos a un perrillo tembloroso. En ese joyero de dorados y de mármol rosa, donde flotaban los efluvios de los perfumes y de los ramos de flores, todos adoptaban esa mirada de miope, a la vez distante y concentrada, propia de los que se dan importancia. Algunos clientes incluso llegaban al extremo de bajar del ascensor en el primer piso para poder hacer su entrada bajando por la gran escalinata. Pero Marietta no se distrajo ni un momento. Estaba impaciente por coincidir con Asta, que volvía de su viaje de bodas por Italia. Su amiga le había enviado algunas postales lacónicas, acribilladas de puntos de exclamación, pero Marietta estaba ávida de noticias más frescas.

Algunas parejas se deslizaban por la pista de baile al son de un fox-trot, entre ellas dos mujeres enlazadas que evolucionaban ante la orquesta con actitud altiva. Marietta paseó la mirada por la sala y reconoció a algunas actrices del cine mudo que sin duda volvían de una jornada de rodaje en los estudios de Babelsberg, bailarines mundanos de cabellos engominados y aire demasiado serio como para ser honrados y personajes que ella recibía en casa, a petición de su marido, pero cuyos nombres confundía porque no despertaban su interés. Había diseñado una defensa eficaz poniéndoles motes afectuosos e intercambiables que no la comprometían y que daban a sus huéspedes la impresión de que los apreciaba. De este modo complacía a sus invitados al tiempo que hacía feliz a Kurt.

Desparramada en uno de los sillones, Asta parecía un insecto exótico. Sus piernas y brazos eran tan largos y filiformes que uno se preguntaba siempre si sería capaz de doblarlos sin romperlos. Su vestido rojo presentaba sorprendentes bordados de inspiración azteca que Marietta le envidió inmediatamente. Sobre su frente brillaba una fina cinta. Hablaba con una mujer rubia de mirada azul pálido y silueta agradable, pero que no podía rivalizar con la luminosidad de Asta.

—¡Por fin, querida! —exclamó Asta mientras se levantaba para acoger a Marietta entre sus brazos y rozarle los labios con un beso—. Me da la impresión de que llevamos siglos sin vernos. ¿Todavía me recuerdas?

—¡Asta, pero si no te has ido más que un mes! Se me ha hecho largo, pero lo he podido soportar.

—¡Tengo tantas cosas que contarte! Ha sido muy romántico. Cuando me muera quiero que esparzan mis cenizas en el Gran Canal... Mira, precisamente hablábamos de eso con Magda —añadió volviéndose hacia la joven—. Ella también fue a Italia en su viaje de bodas, pero por desgracia tuvieron que acortarlo porque su marido trabaja demasiado, mira tú qué malo. ¿Os conocéis? Magda Quandt, Marietta Eisenschacht. Menos mal que mi querido marido no es tan serio como el tuyo, Magda, no soportaría vivir con un aguafiestas ni un segundo. La vida es tan corta...

Mientras Marietta escuchaba con una oreja a la joven casada explicar anécdotas sin interés, se preguntó de dónde había sacado Asta a esa frau Quandt que chupaba la boquilla de su cigarrillo sin ni siquiera probar las irresistibles delicatessen, y que parecía demasiado reservada para que la admitieran en su camarilla. Había preferido pedir un té mientras Asta y Marietta optaban por cócteles de licores exóticos que el barman preparaba de nuevo en cuanto le hacían la más mínima señal. Un rato más tarde, frau Quandt se excusó educadamente, prometiendo a Asta que la visitaría en una de sus recepciones con su esposo. Con los párpados entornados, Marietta contempló su partida.

—¿Por qué te interesas por ella? —preguntó intrigada—. Es mona, pero un poco sosa, ¿no te parece?

—Su marido es casi tan rico como el tuyo —explicó Asta a media voz—. Un industrial veinte años mayor que ella. Uno de esos buenos burgueses protestantes austeros y trabajadores con el que se aburre a morir. Tienen un niño... ¿Crees que vamos a quedarnos embarazadas pronto, Marietta? —preguntó de repente, con aire ávido e incorporándose en su sillón—. ¿Tú tienes ganas? Lo que es a mí, me da cierto miedo. Realmente es casi increíble que un bebé quepa en mi vientre. ¿Cuánto tiempo crees que hace falta para recuperar la línea después del parto?

Era una pregunta que Marietta se hacía desde la boda. Kurt quería una familia numerosa. Era hijo único, y por lo que decía su infancia había sido muy triste. Quería tener muchos hijos, sobre todo niños. «También es un deber para con nuestro país», precisaba, con lo que Marietta se preguntaba siempre de qué modo su progenitura podía influir en el destino de Alemania. Estaba dispuesta a ofrecerle uno o dos hijos, preferentemente hijas, pero no quería pasar de ahí para no acabar con un cuerpo deteriorado. Por toda respuesta, se contentaba con sonreír a su marido, pues lo encontraba guapo y le seducían esas maneras decididas que la hacían sentirse protegida. Eisenschacht tenía dos pasiones en su vida: el trabajo y su esposa. Como se hacía perdonar su obsesión profesional mediante imaginativos regalos, Marietta se mostraba conciliadora con esa amante que no le hacía sombra.

—¿Marietta? —dijo una voz indecisa.

Ella dio un respingo, pues estaba perdida en sus pensamientos.

—¡Mi querido Milo! ¿Cómo estás? —preguntó al descubrir la cara mofletuda de uno de sus más asiduos adoradores.

El joven pertenecía a una de esas innumerables familias principescas alemanas, con sus blasones y sus oriflamas, sus castillos de torres almenadas y de vastos salones adornados con tapices en los que flotaban aromas de cigarro y de pergamino, con sus antepasados muertos en campos de batalla cuyos nombres se distribuían a lo largo de los libros de historia. Sin embargo, mirar a Milo equivalía a preguntarse si el vigor que se vertía en la sangre de sus antepasados no había acabado por secarse con el transcurso de los siglos. Con esa barbilla huidiza, ese pelo de estopa y esa mirada lastimera, poseía una indolencia propia de la crema de la sociedad que exasperaba a Marietta y que siempre le había impedido tratarlo de otra manera que no fuera con cierto desprecio teñido de irritación.

—Estoy bien. Extremadamente bien, incluso. Estoy enamorado —proclamó irguiendo los hombros, como si le anunciara una victoria.

—¡No me digas! —exclamó ella con una sonrisita burlona.

Ese muchacho, el mismo que había escrito a Marietta una carta terrible unos días antes de la boda para decirle que le rompía el corazón, ¿había dado con una que la remplazara? Se sintió un poco decepcionada. Siempre resultaba halagador imaginarse a un hombre enamorado hasta el punto de convertirse en un solitario.

—¿Quién es? ¿La conocemos?

—Se llama Sofia. Es rusa.

—¿Rusa? ¡Pues vaya una idea! ¿Dónde tuviste que ir para pescarla?

—Es una amiga de Ferdinand. La conoció en la facultad de Derecho, estudia allí, en los cursos nocturnos. Su padre era abogado antes de la revolución bolchevique. Es una joven muy brillante —concluyó con orgullo.

—No como yo, ¿verdad? —dijo Marietta por divertirse lanzando indirectas—. ¿Dónde está? ¿Nos la presentarás?

—No tardará en llegar. Durante el día trabaja de secretaria con los Lindner. Tiene que ganarse la vida. ¡Es tan valiente! Como comprenderás, el exilio...

Y en su mirada brilló tal luz, tal abandono, que Marietta sintió un aguijonazo en su amor propio.

—¡Madre mía! —ironizó—. ¡Pero si es un dechado de virtudes, esa mujer! ¿De verdad crees que somos dignas de conocerla? ¿Tú qué piensas, Asta?

—Lo que pienso es que eres mala, Marietta, y que Milo merece ser feliz. En este mismo momento quiero que todo el mundo a mi alrededor sea feliz. Siéntate, pequeñín —añadió Asta dando unos golpecitos en la silla vacía que tenía al lado—. Y no dejes que Marietta se meta contigo. Ya sabes lo deliciosamente pérfida que puede llegar a ser.

Milo obedeció y encargó un coñac al maître del hotel.

—¡Qué maravilla que los amigos volvamos a encontrarnos! —exclamó Asta—. ¡Brindemos por el amor! ¡Por el futuro!

Marietta se bebió el cóctel de un trago para anestesiar el aguijonazo de insatisfacción que la había atenazado de pronto. Después intentó alcanzar con el dedo la guinda que había quedado en el fondo. Ya conocía de sobra esa impaciencia que a veces inflamaba sus nervios, infligiéndole la detestable sensación de convertirse en transparente para sí misma. En esos momentos, la angustia la volvía agresiva, le daba ganas de morder o de arañar. Una oleada de calor la recorrió de la cabeza a los pies. La música festiva de la orquesta le resultaba insoportable. Cuando ya había decidido que tenía que volver a su casa inmediatamente, vio que la silueta de su marido se recortaba en la puerta de la sala. No le sorprendió verlo. El barrio de los diarios y de las editoriales, situado alrededor de la Leipzigerstrasse y la Friedrichstrasse, no quedaba demasiado lejos. Kurt sabía que ella acudía varias veces por semana a beber los cócteles del Adlon. Era como si hubiese presentido su malestar, y ella encontró que constituía casi un milagro verlo aparecer en el mismo momento en que ella se desmoronaba sin saber por qué. Con sus anchos hombros y su mirada impenetrable, su marido le pareció tan sólido que el torno que le comprimía las sienes aflojó su presa.

—Os dejo —anunció Marietta levantándose con tanta brusquedad que a punto estuvo de volcar los vasos de la mesa—. Asta, ¿quedamos mañana para comer en Horcher? Ya me lo explicarás todo, ¿verdad? Hasta pronto, Milo. Ven un día a casa con tu novia. Me encantaría conocerla.

Con los ojos fijos en Kurt, atravesó la pista de baile para reunirse con él, de modo que interrumpió las trayectorias de las parejas y suscitó miradas de indignación.

En el hall de entrada del Adlon, Max pidió al conserje que lo anunciara a fräulein Anita Berber. Una expresión de pánico cruzó por un momento por el rostro del hombre ascético constreñido en su chaqué. Max sabía muy bien qué lo inquietaba. También él había estado presente en el comedor del hotel cuando la famosa bailarina había entrado con su abrigo de pieles y unos zapatos dorados de vertiginosos tacones. Le había parecido extraño que no llevara medias, hasta que ella había pedido una botella de champán y había dejado caer el abrigo bajo el cual estaba completamente desnuda. Max ignoraba todavía qué le había parecido más admirable: si la provocación de la Berber, ese símbolo sexual de la República de Weimar, bailarina y actriz reputada, cocainómana, morfinómana, devoradora de hombres y de mujeres, que bailaba desnuda en los cabarés y posaba con ropas elegantes para las páginas de moda de *Die Dame;* o bien la impasibilidad del maître, que se había limitado a recoger el abrigo y ponerlo sobre los hombros de su clienta antes de acompañarla a la puerta.

Esa mujer, que aún no había cumplido los treinta años, no temía ni a Dios ni al diablo. Otto Dix tenía previsto hacerle un retrato y ella había llamado a Max para que le hiciera algunos, pues la mujer se estaba preparando para presentar una nueva coreografía. La había visto expresar en escena los sufrimientos de la enfermedad, del parto o de la muerte, pero desde un tiempo a esta parte la actriz se debatía al borde de un abismo. El Berlín de la inflación delirante, de la sexualidad desbocada sobre el que había reinado cuando era tan joven se transformaba y volvía a una mayor prudencia y compostura, con lo que la Berber ya no hallaba su lugar. A Max le interesaba precisamente ese momento en concreto de la vida de la artista. A él le convenía revelar, bajo la máscara de maquillaje blanco de esa cara de gato, la soledad y el desamparo que disimulaban unos párpados cargados de tempestades.

—Fräulein Berber todavía no ha llegado —explicó el conserje—. Si el señor barón desea esperarla...

Max tenía la esperanza de que no se retrasara demasiado, con más razón cuando sabía por los directores de cine que a veces llegaba media jornada tarde. Compró algunos diarios en el quiosco, así como un paquete de cigarrillos, y se instaló en uno de los sillones. El agua saciaba los elefantes de bronce de la fuente. Cuando vio a su hermana y a su cuñado lamentó no haberse refugiado en un salón más discreto. Decididamente en el Adlon era imposible pasar desapercibido. Cruzó la mirada con Kurt Eisenschacht y se levantó con aire resignado.

Le pareció que Marietta tenía mal aspecto. La palidez resaltaba el brillo de los rojos labios. Se preguntó si tendría fiebre. Como de costumbre, su hermana le echó los brazos al cuello. Tanta excitación no le resultaba extraña. Recordó la infancia de su hermana, esos caprichos que acababan en crisis de llanto que calmaba el aya. Más tarde había sido él quien había intentado calmar esos mismos impulsos que llevaban a la joven a beber, a fumar opio o a buscar en la cocaína una distracción pasajera. La única cualidad que Max reconocía en Kurt Eisenschacht era que se mostraba infinitamente paciente con su joven esposa. Marietta parecía hallar en él un consuelo que nunca antes había conocido, ni con sus padres ni con los hombres con los que se había relacionado hasta entonces.

—Kurt —le dijo a modo de saludo con un apretón de manos decidido.

—Hola, Max. Felicidades por su última exposición. He leído críticas entusiásticas en mis diarios.

—Espero que esos artículos fueran sinceros.

Eisenschacht sonrió.

—Puede estar tranquilo. No había dado ninguna consigna concerniente a mi cuñado. Usted ya sabe que no tolero más que la estricta verdad en mis páginas, ya sean culturales o políticas. Por eso conservo la fidelidad de mis lectores.

Max mantuvo inalterable la expresión de su rostro. A su parecer, las páginas políticas que llevaban la marca Eisenschacht dejaban mucho que desear. Se propugnaba el renacimiento de una Alemania que se decía auténtica y el desarrollo de una comunidad jerarquizada. Se criticaba al Occidente decadente, se celebraban las nociones de «sangre» y «territorio». Cuando liberaron al agitador Adolf Hitler, un retrato de este saliendo de la cárcel se había impreso a toda página. Eisenschacht utilizaba sus editoriales y sus decenas de cabeceras de prensa diaria y gráfica para ejercer una notoria influencia. Era un hombre inteligente, que creía en la publicidad y en los medios de comunicación modernos, como la radio o la fotografía. Sin embargo, la guerra, los estallidos revolucionarios y las crisis políticas sucesivas habían politizado a una gran parte de la población que seguía ansiosa de informaciones.

—¿Sabías que Kurt ha comprado algunas de las obras de tu exposición? —dijo con orgullo Marietta.

Algo cáustico, Max se preguntó si tenía que alegrarse de ello o no.

—No, lo ignoraba.

—La discreción a veces tiene cosas buenas —murmuró Eisenschacht con aire falsamente modesto.

—Supongo que es un halago para mí. Ya me han dicho que posee una buena colección.

—¡Y qué quiere, amigo mío! Aprecio su estilo. La geometría de las formas, la dramatización del retrato... En usted se da una cierta idea de fuerza y orden que no me desagrada. Tiene auténtica sensibilidad. Se nota que no se ha convertido en fotógrafo por casualidad, sino por vocación.

A Max le gustó ese cumplido, muy a su pesar. Desvió la mirada, algo avergonzado. En ese mismo momento la campana de la entrada redobló y Marietta se volvió para ver quién llegaba.

—¡Vaya, es Anita Berber! —exclamó con voz alegre—. Dicen que está preparando un nuevo espectáculo. Tendremos que ir a verlo. La encuentro formidable.

—Ya veremos —dijo Eisenschacht fríamente—. En mi opinión esas gesticulaciones tan vulgares carecen de interés. Ya lleva demasiado tiempo en el candelero. Haría bien en desaparecer, así no se hablaría más de ella... Bien, hasta pronto, Max —añadió tomando por el brazo a su mujer, la cual envió un beso a su hermano con la punta de los dedos.

Max observaba a la artista que iba a posar para él cuando un joven botones se acercó a ella y le anunció que la esperaba. La joven se volvió hacia él y la corta capa de seda resbaló desde su hombro. Max quedó cautivado de inmediato por aquella sonrisa traviesa.

Xenia dejó el albornoz en el canapé del baño y comprobó la temperatura del agua. Un pequeño letrero advertía al cliente que había que ir con cuidado porque la bañera se llenaba en tan solo unos minutos. La primera vez que lo había leído se rió. Con un suspiro de satisfacción se metió en el agua perfumada y se sumergió hasta la barbilla.

Una de las cosas que más echaba en falta en París era el lujo de una intimidad así. Allí el baño enmohecido olía a humedad, y la puerta del retrete casi siempre estaba rota y había que aguantarla con una mano. Desde que había llegado al Adlon tomaba dos baños al día y no se cansaba de hacerlo. Jacques Rivière había reservado habitaciones modestas para la decena de modelos que había traído consigo desde París para su desfile, pero incluso esta pequeña habitación del Adlon, con sus cortinas amarillas, sus muebles de caoba cubana y sus grabados de la ciudad de Berlín, le traía a Xenia el recuerdo de unos fastos olvidados.

No había necesitado demasiado tiempo para convertirse en una de las modelos más afamadas de Rivière, una de las que se conocían como «las volantes» porque participaban en los viajes al extranjero. Le habían enseñado a caminar, a girar sobre los talones, a remolinear. Aunque el aire altivo era propio de ella, lo utilizaba sobre todo como escudo para protegerse de las miradas admirativas o ávidas. Se había acordado de los cursos de compostura de su infancia, con libros en equilibrio sobre la cabeza, las profundas reverencias que habría tenido que hacer en la corte imperial si el destino así lo hubiese querido. Durante algunos años se había paseado no con un abanico y unos guantes blancos abotonados hasta el codo, sino con una pistola en el fondo del bolsillo. Había llevado chaquetones militares, pantalones ásperos, botas gruesas. Aun así, enseguida había recuperado el gusto por las cosas bellas. De hecho, a veces pensaba que había resultado incluso demasiado fácil.

Los primeros días le había parecido humillante que le pidieran que mostrara las piernas o que arqueara el tronco. Rivière había hecho algunas pruebas de vestidos directamente sobre ella, prendiendo las telas con alfileres, con lo que le había pinchado en el hombro, o un pecho, o un muslo. Había aprendido a permanecer en pie durante horas, mientras las costureras revoloteaban a su alrededor con gestos vivos y precisos. La habían criticado y luego le habían hecho cumplidos extrañamente desenvueltos, con lo que había entendido que a sus ojos su cuerpo no era más que un instrumento. Esa idea no le había disgustado. En cierto modo, todo era más fácil.

Oyó que se abría la doble puerta de la habitación, y luego una voz alegre la llamó en ruso.

—¡No me irás a decir que vuelves a tomar un baño! Acabarás por arrugarte la piel.

—Déjame en paz, Tania. ¿Te digo yo algo cuando comes todos esos pasteles? Si sigues así, ni siquiera te podrás poner los vestidos y tendrás que despedirte de todo esto.

—¡Dios mío! ¿Lo dices en serio? —preguntó nerviosa su joven compañera de habitación mientras inspeccionaba su perfil en el espejo de pie.

—Estaba bromeando, Tania —refunfuñó Xenia—. ¿Has preguntado al señor Rivière a qué hora tenemos que estar listas?

—¡Claro, mi general! Nos espera dentro de una hora. Por lo visto no queda ni una plaza libre para esta noche. No me extraña. Desde los desfiles de Poiret de antes de la guerra, los alemanes no se pierden la ocasión cuando se trata de ver alta costura parisina. Bueno, te dejo, que si no volverás a ponerte de un humor de perros.

—Buena idea —murmuró Xenia.

Unos minutos más tarde salía del baño y se envolvía en el albornoz antes de entrar descalza en la habitación. Abrió la ventana para contemplar la animación en Wilhelmstrasse. El aire era un poco más fresco ahora, al anochecer; resultaba picante, casi como pimienta: una mezcla de gasolina, carbón y polvo que surgía de las obras en curso.

Berlín le gustaba. Le gustaba ese tumulto eléctrico, la Potsdamer Platz que no tenía nada de plaza y todo de encrucijada alucinada, las carretillas abigarradas de las vendedoras de flores, la iluminación deslumbrante en cuanto caía la noche, la Alexanderplatz, desde donde partían callejuelas pintorescas de leprosas fachadas, el tintineo de los tranvías y los cláxones de los coches, el denso follaje de Tiergarten, el Spree que serpenteaba entre los canales, las columnas Morris cubiertas de anuncios de representaciones teatrales y de conciertos, operetas, películas y cabarés. Reinaba el placer, y también el crimen. Era la ciudad de la revolución espartaquista abortada, de las sublevaciones que acababan en derramamiento de sangre. Todo resultaba más áspero que en otros sitios, lo mismo la violencia que la búsqueda del placer o del olvido. No era lugar para tímidos, sino una ciudad que le lanzaba a uno el guante a la cara, como en un desafío. Berlín era voraz; su multitud, densa e impaciente, y sus ganas de vivir se elevaban desde sus calles enfebrecidas.

Xenia sentía que el corazón le latía algo más deprisa. Con un escalofrío pensó: «Soy libre», casi maravillada. Y, por primera vez desde hacía años, le pareció que un peso sobre los hombros la abandonaba. Nianiushka, Masha, Kiril, el tío Sasha... Estaban lejos, fuera de su alcance. Ocurriera lo que ocurriese, no podía hacer nada por ellos. Ni esa tarde, ni esa noche. Todo quedaba lejos: la buhardilla angosta, la lucha por obtener los permisos de trabajo o residencia, las colas en la prefectura, los alquileres impagados, las deudas. En ese momento ya no era más que una joven de veintitrés años aturdida por una ciudad de rostros desconcertantes donde se habían refugiado más de cien mil compatriotas, una ciudad cosmopolita y talentosa, insólita e insumisa en la que se había sentido un poco como en su casa desde que había puesto el pie en el andén de la estación.

Con una sonrisa, envió un beso desde la ventana, como si una multitud imaginaria la aclamara, antes de abrir el gran armario para vestirse. Después del desfile, Rivière les había prometido que las llevaría al Oiseau Bleu, uno de los cabarés rusos más famosos de la ciudad. Esa noche la joven no iba a razonar, contar, analizar, ni se acomodaría con estos ni con aquellos... Esa noche Xenia Fiódorovna Osolin iba a dedicarse a vivir.

En el gran salón sumido en una semipenumbra, las maniquíes que evolucionaban sobre la pasarela no distinguían de los espectadores más que las pecheras blancas de los hombres con esmoquin, los extremos rojos de los cigarrillos o los reflejos de las cintas bordadas con lentejuelas que ceñían la frente de las mujeres. Los aplausos estallaban a la manera esporádica de los fuegos artificiales.

Jacques Rivière había compuesto su desfile alrededor del personaje de Xenia. El hombre se agitaba entre bastidores, con las gafas de través sobre la nariz, pues se le habían roto minutos antes de que empezara la presentación, lo que ese supersticioso se había tomado como un mal presagio. «No es más que cristal blanco, señor —le había dicho Xenia—. Así que es todo lo contrario: romper un cristal es sinónimo de alegría.» «¡Que Dios la oiga, pequeña mía!», había replicado él, apenas tranquilizado. Pero la rusa tenía razón: el desfile había sido un éxito.

Instalados en un rincón, los ilustradores esbozaban con sus lápices los croquis que al día siguiente aparecerían en los diarios. Las clientas estadounidenses de paso habían aprovechado ese momento excepcional para acudir a admirar la última colección de Rivière. Las berlinesas, que en esos últimos tiempos habían parecido preferir sus propias casas de costura, como Gerson, Manheimer o Lindner, también se dejaban seducir. Tras sus abanicos murmuraban que, a pesar del talento de los estilistas alemanes, el chic francés seguía siendo inimitable.

Después de diversos pases, Xenia salió por última vez. En algunas apariciones había sabido instaurar una extraña connivencia con el público. Para dominar su miedo siempre se imaginaba en la piel de personajes dignos de los cuentos de Pushkin. Ella era quien concluía el espectáculo, con su vestido de novia en lamé plateado cuya audacia provocó algunas exclamaciones. Las mangas transparentes armonizaban con la finura del velo de encaje. Caminó hasta el extremo de la pasarela, se quedó quieta, con la mirada distante bajo su diadema en forma de yelmo, para finalmente pivotar y regresar lentamente hacia el telón rojo en el que se entrelazaban las iniciales del modisto. Sus andares eran tan fluidos que parecía flotar sobre el suelo. Se volvió para dejar sobrevolar entre el público una última mirada irritada, como si hubiera venido a buscar a alguien pero no lo hubiera encontrado todavía. La asamblea contuvo el aliento, suspendida en el círculo de luz que rodeaba con su halo a Xenia. La totalidad de los hombres presentes habría querido colmar la aparente insatisfacción de esa mujer sublime, y Xenia percibía la avidez de sus miradas. Sonrió enigmáticamente y luego, con un movimiento de muñeca, lanzó su ramo de casada hacia el público. El proyector se apagó de golpe y la multitud quedó huérfana durante unos segundos, antes de prorrumpir en aplausos.

Al otro lado de la cortina, Xenia bajó los escalones con cuidado. Ante ella veía unos puntos luminosos que bailaban, porque la intensidad de los proyectores había sido demasiado fuerte. La excitación del instante le cortaba la respiración y hacía que la sangre le palpitara en las sienes. Detrás del escenario el ambiente era de euforia. Había besos y felicitaciones, se revivían los momentos más intensos, cuando Tania se había torcido el tobillo antes de subir al estrado, cuando un electricista había reparado la falta de corriente apagando provisionalmente las luces de algunos salones del hotel, por no hablar de la cinta traidora que había caído sobre los ojos de Xenia... Todos esos pequeños tropiezos que constituyen los secretos de un espectáculo, su parte de verdad, su parte de drama, y que el público no adivina.

—Buenas noches, Xenia Fiódorovna. Nos volvemos a encontrar.

Un poco sorprendida, volvió la cabeza y lo reconoció enseguida. Era más corpulento que en su recuerdo y llevaba un esmoquin con solapas de seda. La pajarita resaltaba en el cuello almidonado. Apoyado en la pared de manera despreocupada, con una cámara fotográfica en la mano, Max von Passau le sonreía con aire travieso.

—Pues creía que había cambiado mucho desde la última vez que nos vimos —dijo ella, sorprendida y contenta a la vez de volver a verlo.

—¿Acaso no sabe que es inolvidable? Por mucho que se vista de novia, la he reconocido enseguida. Soy muy buen fisonomista, ¿sabe? Mi oficio lo requiere —bromeó antes de añadir con aire grave—: ¿Por qué no dio señales de vida después de nuestro encuentro? La esperé, y lamenté mucho que no viniera.

—Se me fue de la cabeza —respondió ella, que parecía un tanto incómoda.

—Pero eso que dice es terrible... —dijo él con indignación—. Me hiere en lo más hondo.

Ella no pudo evitar sonreír.

—¡Bueno, bueno! Estoy segura de que se recuperará.

—¡Nunca! Es una afrenta terrible. Tendrá que hacerse perdonar. Así que solo se me ocurre una solución: tiene que venir a cenar conmigo esta noche.

—Eso es imposible. El señor Rivière nos lleva a todas juntas. Por otra parte, no lo conozco.

—Y, sin embargo, no dudó en pasear conmigo por las calles de París en plena noche —comentó antes de erguirse—. No querría parecer pretencioso, pero le informo de que mi familia es bastante conocida en esta región. Mi padre es un diplomático a quien encuentro difícil de soportar. Mi hermana se ha casado con un bruto riquísimo. Yo, por suerte, tengo cierto éxito con este aparato que tengo en la mano, pero sigo sin un céntimo. Mi mejor amigo se llama Ferdinand y es un abogado prometedor. Detesto los postres de chocolate y el conformismo, pero me encanta esquiar. Las mujeres guapas me intimidan y el corazón se me acelera cuando les hablo. En la escuela decían de mí que era un chico serio, pero demasiado solitario, y que me faltaba espíritu de grupo. Y ya está —terminó por fin, sin aliento y abriendo las manos a modo de excusa—. Ahora que hemos acabado con todas estas informaciones sin importancia, ¿podemos pasar a asuntos más serios e irnos a cenar, que me muero de hambre?

«¡Oh, Dios mío, qué guapo es!», pensó Xenia.

Era una pequeña taberna típica, con dos salas con artesonado oscuro, vigas bajas, fotografías de artistas firmadas en las paredes, y una patrona de pechos insolentes y cabello decolorado. Sobre una mesa se amontonaban los periódicos del día. La cerveza espumosa era acidulada, endulzada por jarabe de frambuesa o de asperilla, lo que le daba un tono rosa o verde. Algunos clientes comían platos roborativos, pero Xenia no tenía hambre y Max parecía haber perdido el apetito por el camino.

Eran los únicos que llevaban trajes de noche, pero nadie parecía reparar en ello. La patrona los había instalado en una mesa esquinera y las rodillas de Max estaban apretadas contra las de Xenia. Como los vecinos de mesa hablaban muy alto, él se inclinaba hacia ella para hacerse oír y ella no se cansaba de contemplar su cara, la arista de su nariz, sus mejillas, su mentón vigoroso. La mirada oscura con toques de ámbar era luminosa y penetrante. En cuanto entraron en aquella sala llena de humo, ella se dio cuenta de que él se preguntaba si el lugar no resultaba demasiado rústico para su gusto, y se había sentido halagada por esa delicadeza.

Enseguida había recuperado esa resonancia que había sentido junto a él en París. ¿Cómo era posible sentir tal plenitud con un desconocido que acababa de entrar en su vida por casualidad? Pero Xenia pensó que el azar no existía mientras miraba de soslayo la boca de Max, sin osar fijar la vista en ella, por pudor... Y por miedo también, porque ya lo había entendido, porque todavía necesitaba algo de tiempo para aceptarlo.

Solo existen los cruces de caminos y la elección que hay que hacer en ciertos momentos de la vida: la de aceptar o no el deseo creciente. De este modo, Xenia permanecía silenciosa y atenta al deseo por ese hombre que crecía como una fuerza rebelde y libre, una exigencia insumisa, soberana, que barría todos sus miedos y penas. Max hablaba, pero ella no lo escuchaba. Estaba lejos, rehaciendo el doloroso camino que la había guiado hasta esa mesa de una taberna berlinesa. Siguió con un dedo las marcas de la madera. ¿Hendiduras de navaja, de puñal? En esa tensa atención descubría otra faceta de ella misma, aceptaba reconocer a la mujer en que se había convertido, una mujer de carne y hueso, que tenía ganas de acariciar la mejilla de ese hombre, de deslizar los dedos entre sus tupidos cabellos, de probar su boca, de sentir el tacto de esa piel bajo sus manos y sus labios.

Ella sabía que Max la deseaba. Lo adivinaba en su mirada tumultuosa, en su vacilación, en la contención con que había posado la mano en su espalda para ayudarla a subir al coche, en la manera de morderse el labio inferior. Lo oía en su voz profunda, ronca en ciertas frases, en las palabras que a veces chocaban contra sus labios. Por momentos retenía el aliento y disimulaba con una ocurrencia sus ganas de ella.

Xenia apreciaba que la deseara, se sentía emocionada, y orgullosa también de ese sentimiento de poder cuando la vida no había hecho más que maltratarla desde hacía demasiado tiempo. Había llegado el momento. Ya no deseaba seguir disimulando. Quería a ese hombre, lo quería en sus brazos, piel contra piel, quería sus caricias, su vigor, su ternura, quería convertirse en mujer con él, abandonarse y descubrirse. De pronto, le tomó la mano y se inclinó hacia él.

—Dejemos de perder tiempo, ¿no le parece? —le murmuró en el oído, respirando un perfume con notas de cuero y madera de sándalo que se le subió a la cabeza—. Los dos sabemos qué queremos, así que ¿por qué esperar más?

Max se quedó perplejo, con el corazón palpitante, preso de la intensidad de la mirada de Xenia. «Las mujeres intrépidas pueden ser terribles», se dijo al tiempo que se sentía prisionero de una mano delicada puesta sobre la suya y que le parecía extrañamente ardiente. Ya no era la joven desorientada de cabello revuelto y vestido remendado que buscaba a su hermana por los bares de Montparnasse, sino una belleza exigente, y él se sentía desconcertado.

—¿Cree que debemos?

—No lo creo, Max. Lo sé.

Parecía tan contenta, tan determinada, que él le devolvió la sonrisa, porque no hay nada más irresistible que una mujer que desea amar y ser amada. Con mano febril, sacó de su bolsillo un puñado de monedas que dejó sobre la mesa. Algunas rodaron por el suelo. Xenia se inclinó para recogerlas.

—¡Déjelas! —dijo él tomándole la mano, y sus labios estaban tan cerca que cada uno percibía la respiración del otro—. Tiene razón, Xenia. ¡Tiene tanta razón!

Salieron de la taberna riendo. De nuevo en la calle, Max la tomó por la cintura y paró un taxi. Le indicó la dirección al chófer y se sentó junto a ella. Las luces de la publicidad y de los carteles iluminaban intermitentemente el rostro de la joven, sus ojos inmensos, sus labios relucientes, su cabello rubio pegado al cráneo. Los pendientes oscilaban en sus orejas al vaivén de los baches. No se decían nada. No era necesaria palabra alguna. Más aún: quizá las palabras fueran peligrosas. Había que poner cuidado en no romper ese frágil equilibrio por el que se paseaban como funámbulos. Max pensó que no la conocía más que de una noche, y pensó también que era hermosa y que la deseaba intensamente. Con una mano le rozó la mejilla. Su piel era suave. Ella le sonreía con tal confianza, con tal felicidad, que él tenía que controlarse para no devorarla a besos, y prefería saborear esos instantes en los que todo quedaba por inventar.

Llegaron exhaustos a lo alto de la escalera que conducía a su casa. Empujó la puerta y la dejó pasar. El escote en V de la espalda desvelaba una nuca frágil, una piel de brillos opalinos. Los finos tirantes del vestido resaltaban la elegante constitución de sus hombros. De pronto se sintió inquieto al pensar que el lugar no era digno de ella. Un apartamento minúsculo, desordenado, con libros y revistas desparramados por el suelo, una camisa lanzada sobre el respaldo de una silla. Un lugar que no se había esforzado en ordenar, más una madriguera que otra cosa, donde pasaba poco tiempo pero que a él le gustaba por las vistas despejadas y la terraza que se abría al cielo.

En la habitación apenas había estirado la tela india que le servía de cubrecama. La almohada conservaba la huella de su cabeza desde la noche anterior. Lamentó a un tiempo no ser más ordenado y no habitar en un apartamento espacioso, amueblado según los designios de la moda, ese que había descubierto en las salas de exposición de París, con alfombras de punto de nudo sobre el parquet, sillones confortables, muebles de palisandro forrados de *galuchat*, o con plaqués de marfil o esmalte... Con este bullicio en la cabeza, se dio cuenta de que se sentía torpe y ridículo, y percibió algo semejante al vértigo. Xenia dejó los guantes y el bolso en la mesa. Max la contempló sin moverse, y fue ella quien avanzó hacia él y le sujetó la cara entre las manos. Sintió su aliento sobre su boca, y sus labios se rozaron. Ella apretó su cuerpo contra él, él la rodeó con los brazos, y esa angustia tan súbita como humillante se disipó. El mundo a su alrededor volvió a colocarse en su sitio, y todo estaba bien, y todo era justo.

¡Fue tan simple, tan evidente! Fue una verdad simple y llana. El milagro de las manos de Max que acariciaban a Xenia, las palmas rugosas, los dedos delgados, delicados, manos de músico bajo las cuales sentía que se embellecía. Gracias a él, sentía que descubría su cuerpo como nunca lo habría imaginado, sus hombros, sus senos, las aréolas endurecidas, su vientre casi cóncavo, la curva de una cadera, los repliegues húmedos de sus labios, el contorno de un muslo, la oquedad de una rodilla, un tobillo frágil. Con cada roce, con cada abrazo, su sangre afloraba, su piel despertaba a la vida, como un segundo nacimiento.

Xenia se maravillaba de sentir a su amante estremecerse bajo su tacto cuando ella estaba convencida de que Max ya había conocido a muchas mujeres. Sin embargo, parecía que le costaba contener su emoción, y la joven fue ganando confianza y partió a descubrir un mundo del que lo ignoraba todo, tanto de su insospechada tersura como de la fuerza domeñada de un cuerpo hasta tal punto más poderoso que el suyo.

Se inventaban respiraciones cuando sus alientos y salivas se entremezclaban. Se tomaban su tiempo, y eso que el tiempo ya no existía. De sus pieles húmedas y tornasoladas se elevaban perfumes inéditos, potentes, almizclados, aromas que hablaban del deseo de fundirse en el otro, de penetrar y de recibir. Su afán no sabía de rubores ni de pudores, sus movimientos eran ágiles y armoniosos mientras crecía el fervor, el apetito rebelde, y llegaba la violencia de un mordisco, unas uñas que arañaban un hombro y dejaban sobre la piel rastros rojos, pues no hay nada de anodino en darse así uno a otro. A medida que la fiebre se apoderaba de ellos, que la fiebre se deslizaba por sus flancos, adivinaban confusamente que se estaban marcando para siempre, que cada gesto, cada beso, cada herida les unía de manera ineluctable, y como era demasiado tarde para echarse atrás se dejaban llevar, y en eso también había valentía, mientras su deseo se transformaba por una extraña alquimia en ternura, sintonía y ardor.

Horas más tarde, incorporada sobre un codo, Xenia lo miraba dormir. Durante el sueño la cara de Max se relajaba, se volvía inocente, vulnerable, y ella sintió por él un impulso de ternura. Tras contemplarlo largamente se levantó, se envolvió en una sábana y salió a la terraza. Pegada a la pared, sintió que la piedra rugosa marcaba sus omoplatos. A sus pies Berlín dormía. Bajo el cielo aterciopelado, la mayoría de los edificios presentaban unas fachadas oscuras y serias. A lo lejos destellaban los carteles luminosos, recordando a quienes hubieran osado dudarlo que la fiesta continuaba.

Una fila de potentes automóviles se alineaba ante la escalinata de la mansión. Los metales brillaban a la luz de las antorchas. Un mayordomo en librea abrió la puerta del coche y tendió su mano enguantada a Xenia para ayudarla a bajar. Bajo el cielo salpicado de estrellas un perfume de hierba y follaje se elevaba desde los bosques de los alrededores. La luna dibujaba reflejos plateados en las aguas del lago.

Algunos invitados esperaban ante las dobles puertas abiertas de par en par desde las que Xenia percibía una parte del vestíbulo de entrada, una gran araña de cristal y un enorme ramo de flores colocado sobre una consola. Se oía la música de una orquesta. La joven sintió un escalofrío de aprensión. No conocía a nadie en esa fiesta de cumpleaños que se ofrecía en honor de la hermana de Max. ¿Por qué había aceptado esa invitación? De pronto le parecían de lo más deseables la habitación del hotel y los parloteos de Tania, y fue presa de un súbito deseo de huir.

Max la sujetó dulcemente por el codo y el calor de su palma la tranquilizó. En realidad se conocían hacía solo unos días, pero ya se comprendían sin tener que decirse nada. Les bastaba con una mirada, un roce de sus cuerpos, y ella se sorprendía de esa complicidad tan natural que descubría por primera vez.

—Nada nos obliga a quedarnos demasiado tiempo —le murmuró al oído—. Te agradezco que hayas venido conmigo, y estoy contento de que conozcas a Marietta. Pero lo que quiero sobre todo es que no te sientas incómoda.

—He perdido la costumbre de las recepciones —confesó ella—. La última a la que asistí fue la de mi propio cumpleaños. Tenía quince años. Fue en la víspera de la revolución. Fuimos al teatro, y después hubo una cena en casa. Era algo parecido a lo de esta noche, con las luces, la música y esta excitación, pero estábamos en plena guerra...

Le faltó el aliento al sentir que los recuerdos acudían a ella de golpe. El aire cristalino de Petrogrado en pleno invierno, el crujir de las ruedas sobre la nieve, su madre al bajar del coche, abrigada con sus pieles, su pálido perfil de virgen en el que destacaba el resplandor de los pendientes, los rastros de chocolate en la mejilla de Sofia, la mirada tierna de su padre al hacer un brindis a su salud, y la sangre, la sangre por todas partes, el rastro inmundo de la sangre que no dejaba de salpicar, allá donde fuera...

—Xenia, ¿estás bien? —preguntó Max con voz inquieta al ver que vacilaba.

Ella inspiró profundamente. Nada de desmayarse. Nada de huir como una cobarde. ¡Max había parecido tan satisfecho de que accediera a acompañarlo a esa fiesta! Xenia sabía que hubiera preferido evitar el incordio de ser el huésped de su cuñado, pero no quería que Marietta se sintiera apenada.

«Voy a entrar en esta casa, felicitaré a la hermana de Max por su cumpleaños y alzaré mi copa con el resto de invitados», se dijo con resolución. Estaba convencida de que Rivière iba a interrogarla sobre los detalles de la velada. Se había mostrado encantado de que la invitaran a una fiesta de personas tan eminentes, y le había prestado no solo el vestido de encaje negro perlado de estrás que constituía la pieza más importante de su colección y cuyas mangas flotantes y flecos delicados se prestaban admirablemente a la danza, sino también unos pendientes de rubíes. Un tanto nerviosa, se contuvo para no echarse a reír. Había algo humillante en desfilar así con ropas prestadas que tendría que devolver al día siguiente. «Y tenga cuidado, no lo estropee, se lo ruego, señorita.» No era más que una Cenicienta desgraciada que tenía derecho a participar en la fiesta a condición de volver sin falta a su buhardilla a la hora en que las carrozas se convierten en calabazas.

—Lo siento —se disculpó con una sonrisa, pues Max la miraba con expresión preocupada—. No es nada. Un momento de fatiga, pero ya estoy bien.

En cuanto él la tomó por el brazo, Xenia irguió los hombros. El mundo deslumbrante de las élites no la impresionaba. En otra vida ella también había conocido esos universos radiantes en los que los problemas y las necesidades que entraña la pobreza estaban prohibidos. Por lo demás, ¿qué había sabido ella de la realidad de la existencia cuando jugaba al abrigo de su cálido cuarto de juegos o corría por el parque de su casa de Crimea? Más tarde habían sido las miradas de admiración de los cadetes uniformados que a veces acudían a comer a la mesa de su padre. Durante toda su infancia la vida se había mostrado en sus aspectos más bellos. Conocía los usos y la magnificencia de esos círculos en los que se frecuentaban los grandes apellidos del ejército, de la nobleza, de las altas finanzas o de las artes, pero conocía también sus perfidias y sus pequeñas miserias. Era un divertimento cuyas reglas no se olvidaban, y Xenia Fiódorovna, con una sonrisa irónica en los labios, se dijo que volvía a estar dispuesta a jugar.

—¡Qué contenta estoy de conocerla! —exclamó Marietta Eisenschacht al tomar por el brazo a Xenia para llevarla hacia la terraza, apartándola de los invitados que llenaban ambos salones, la biblioteca y la carpa levantada al fondo del jardín—. Conozco a mi hermano como si fuera hijo mío, y me ha hablado de usted con verdadera emoción en la voz. Es exactamente el tipo de chica que le conviene —concluyó con una mueca y revisándola de pies a cabeza.

Xenia sintió cierta irritación al verse sometida a semejante inspección, y se preguntó por qué las cabezas de chorlito gustaban siempre tanto a los hombres. Con su vestido de inspiración Jeanne Lanvin, de corpiño ceñido y falda ahuecada adornada con lentejuelas que recordaba los miriñaques de antaño, Marietta se veía guapa y alegre, pero su fragilidad se adivinaba en aquel parpadeo nervioso, en esa risa a veces demasiado aguda, en las miradas que dirigía a su marido para tranquilizarse. En cierto modo, le recordaba a Masha. Ambas eran de esa clase de mujeres que necesitan el apoyo de un hombre, que no tienen ni la voluntad ni la imaginación necesarias para existir por ellas mismas y que buscan a un marido que constituya un pilar o un escudo. Xenia, en cambio, hacía ya mucho tiempo que no contaba con los hombres para protegerla, y aspiraba a encontrar un compañero con quien poder ser ella misma sin que eso le impidiera ser libre y soberana.

El rumor de las conversaciones se elevaba en el aire tibio de la noche. Las parejas se agitaban bajo la tienda al son de un charlestón endiablado. Los flecos de las bailarinas volaban alrededor de sus muslos torneados, sus largos brazos delgados se arremolinaban, mientras sus caballeros seguían como podían el tempo a base de molinetes de brazos y piernas.

—Así pues, ¿qué piensa de Max? —insistió Marietta después de alcanzar una copa de champán de la bandeja itinerante del camarero.

—Pienso que es encantador y que tiene mucho talento.

—¿Eso es todo? —respondió la otra con sorpresa.

—Prefiero no ser demasiado ambiciosa para no correr el riesgo de llevarme una decepción.

—Vive en París, ¿verdad? Imagino que debe de ser terrible tener que huir del propio país en circunstancias tan espantosas. En Berlín también hay muchos refugiados rusos. Yo adoro todo lo ruso: la música, la danza, las películas... Sus actrices son mujeres fatales temibles... ¡Y además ustedes sí que saben divertirse!

—Hace mucho que no tenemos motivos para divertirnos —replicó secamente Xenia.

Agitando su abanico con mano perezosa, Marietta enarcó una ceja y le lanzó una mirada sorprendida, pero Xenia ni pestañeó. Conocía muy bien ese juego de poder tan femenino que consiste en intentar imponerse al otro mediante una condescendencia sutil.

—En esa respuesta me parece detectar cierta amargura —señaló una voz grave.

Xenia se volvió. Inmóvil, casi al acecho, el dueño de la casa la observaba con expresión de intenso interés. Su cabello rubio peinado hacia atrás remarcaba un rostro inteligente de penetrantes ojos claros. Un aderezo de botones con diamantes engarzados lucía sobre la pechera blanca de su traje. Xenia sabía que era extremadamente rico y que había salido de la nada para hacer fortuna. Lo cierto era que ella, después de perderlo todo, ya no sentía por los nuevos ricos ese desdén propio de la alta sociedad, sino cierta estima.

—La amargura es una emoción que toleran los mediocres. Yo prefiero la cólera y la esperanza de que algún día se haga justicia. Hay crímenes que merecen su castigo.

Eisenschacht esbozó una sonrisa y un brillo de interés se filtró en su mirada.

—¡Cuánta razón tiene! Me reconozco completamente en sus palabras.

—En ese caso, me voy —dijo Marietta—. Xenia, no haga perder la cabeza a mi marido. Le gustan las mujeres hermosas y usted es mucho más que una cara bonita. En su caso no solo se trata de belleza, sino también de inteligencia. Es una aleación temible.

Acarició con una mano la mejilla de su marido y luego se alejó con un ligero movimiento de caderas.

—El bolchevismo es una plaga contra la que hay que luchar sin descanso —prosiguió Eisenschacht, como si su mujer no existiera—. Por fortuna, tras la guerra pudimos ahogar la codicia de nuestros propios judíos revolucionarios. Pero el peligro acecha y hay que seguir en estado de alerta. Solo los más fuertes resistirán a esta gangrena. ¿Cuánto tiempo se quedará en Berlín? Me habría gustado presentarle a algunos amigos que piensan como nosotros.

—Mañana por la noche regreso a París.

—¿Tan pronto? —dijo él enarcando las cejas—. ¡Qué lástima! El pobre de Max se quedará desamparado. Ya me he dado cuenta de cómo la miraba. Sin duda es lo que se dice un flechazo. Pero ¿cómo podría ser de otro modo? Es usted una de las mujeres más bellas que he visto.

Xenia no reaccionó a un cumplido que encontró fácil. Los seductores sin sutileza siempre la irritaban. Algo más lejos, de pie junto a las puertas cristaleras que daban al salón, Max hablaba con un hombrecillo rollizo de expresión jovial y nariz rosácea al que sobrepasaba en más de una cabeza.

—Es Heinrich Hoffmann —precisó Eisenschacht siguiéndole la mirada—. Un vividor y un fotógrafo excelente, como Max. Ha tenido clientes como su difunto zar, y también a la familia real de Baviera. Algunos de los mejores artistas de nuestra época han posado para él. Se interesa mucho por el trabajo de Max.

En ese momento Hoffmann se echó a reír. Max también sonreía, pero en cuanto volvió la cabeza y cruzó la mirada de Xenia, frunció el ceño. Concluyó delicadamente su conversación con Hoffmann y acudió junto a ellos.

—Hablando del rey de Roma... —bromeó Eisenschacht.

—Magnífica velada, Kurt —dijo Max—. Le felicito. Ha venido todo el mundo. Puede estar orgulloso.

—Viene usted muy poco por esta casa, mi querido Max. Si fuese susceptible, acabaría por preguntarme si pretende evitarnos. Le sorprendería ver la cantidad de amigos que tenemos Marietta y yo. Y ahora, si me disculpan, iré a comprobar que todo transcurre en su debida forma.

Se inclinó ante Xenia. Max siguió con los ojos a su cuñado mientras este se alejaba, y apretó la copa con tanta fuerza como si fuera a estallar en cualquier momento.

—Hace unos minutos parecía que te divertías —dijo Xenia, sorprendida—. ¿Qué te ocurre?

—Es Kurt. No lo soporto. Es algo epidérmico y ni siquiera sabría explicar por qué. Ya te habrás dado cuenta de esa manera que tiene de apropiarse de Marietta como si solo fuera un objeto. Sabe perfectamente que adoro a mi hermana, que quien me indispone es él, tanto su fatuidad como sus opiniones políticas.

—Detesta el comunismo. En eso no me parece que le falte razón.

—El comunismo, y a los judíos, la libertad de pensamiento... Lo siento, perdóname, ya sé que no puedes honrar a los que han masacrado a los tuyos, pero Eisenschacht ve ese problema de un modo que me parece peligroso. De cualquier modo, no hay más que mirar a nuestro alrededor. La mayor parte de la gente que ves por aquí sostiene como él al Partido Nacionalsocialista. Esa mujer de allá es la esposa del fabricante de pianos Bechstein. Me encargó su retrato el otro día. Regenta uno de los salones más importantes de la ciudad y fue ella quien introdujo a Adolf Hitler en la sociedad berlinesa. Cuando él habla, lo escucha como si fuera el Mesías. Y allá, el anciano con monóculo y esas patillas tan pasadas de moda es uno de los fabricantes de automóviles más importantes del país. Su primogénito se ha casado con Asta, la mejor amiga de Marietta. Y luego Hoffmann, ese con el que estaba hablando, es el fotógrafo habitual de Hitler, el primero que obtuvo permiso para fotografiarlo; el único, de hecho. Es un maestro de la puesta en escena... Pero no voy a hacer un catálogo de todas esas personas a las que no aprecio demasiado. Resulta deprimente.

—No entiendo por qué te lo tomas todo tan a pecho. En Alemania tenéis una república democrática. La situación económica ha mejorado mucho. ¿Por qué iban a llegar al poder esos extremistas? No es el mismo caso que los bolcheviques de mi país.

—Quizá lleves razón —dijo Max encogiéndose de hombros—. Será que me preocupo por nada. Bien, vayamos a bailar y pensemos en otra cosa, ¿te parece bien? Estás magnífica esta noche, Xenia. Tienes que posar para mí antes de irte. Jacques Rivière me ha dicho que estaba contento de mi trabajo contigo y las demás modelos, pero necesito hacerte algunos retratos. Me has prometido que vendrás mañana al estudio. No lo habrás olvidado, ¿verdad?

De pronto, Xenia agarró muy fuerte el antebrazo de Max.

—¡Dios mío, pero si es Sofia Dmítrievna! —exclamó, conmocionada.

—¿De quién me hablas?

—Esa mujer joven con el pelo moreno y rizado. Es una de mis amigas de infancia. ¡No me lo puedo creer! ¡Qué suerte! Perdimos el contacto tras el exilio. No tenía ni idea de que viviera en Berlín.

—Va del brazo de Milo Aschänger. Vayamos a saludarlos, si quieres.

El corazón de Xenia latía desbocado. No habría imaginado nunca que iba a encontrar a Sofia en esa lujosa villa de Grunewald. Feliz e inquieta, se sentía dividida entre la muchacha de quince años que había sido y la mujer en que se había convertido. Cuando Sofia vio a Xenia se ruborizó hasta la raíz del pelo. Abrió la boca y examinó a su amiga como para asegurarse de que no soñaba, y después las dos jóvenes cayeron una en brazos de la otra. Xenia le dio unas cuantas palmaditas en la espalda cuando Sofia rompió a llorar.

—¡Vaya, vaya! —exclamó Milo—. No me esperaba una escena tan emocionante en casa de los Eisenschacht. Normalmente aquí todo es muy envarado.

—Sí, de rigor absolutamente prusiano, ¿verdad? —bromeó Max, mientras Xenia parloteaba en ruso sin soltar las manos de su amiga.

—¡Y tan aburrido, amigo mío...! —recalcó Milo sonriendo—. Voy a confesarte un secreto: tengo la intención de pedir a Sofia en matrimonio, aunque pueda disgustar a mis padres. Siempre habían pensado que iba a casarme con Marietta, pero tu hermana ha preferido a otro. Me pregunto a quién le habrá afectado más, si a mi madre o a mí, aunque la providencia me ha permitido conocer a Sofia y no quiero dejar escapar la oportunidad de ser feliz.

—Eso que dices me alegra mucho, Milo —dijo Max dándole un golpe amistoso en el hombro.

Milo supo que la afirmación de Max era sincera. Miró a Xenia, que secaba las lágrimas de Sofia con un pañuelo. Las dos mujeres reían y reían, y por momentos no podían evitar abrazarse con efusión.

—¿Y tú, has encontrado a la mujer de tu vida? —preguntó Milo.

Esa pregunta anodina, lanzada con el tono burlón y simpático propio de las recepciones mundanas en las que solo cuenta lo trivial, sorprendió a Max. En la vida ocurre que las respuestas surgen con una simplicidad bíblica. Para reaccionar no hay necesidad ni de tiempo ni de reflexión. Basta con escuchar al propio instinto, esa mezcla de presciencia y corazón, pero a veces es necesaria cierta temeridad para admitir la verdad, pues puede trastornar el curso de una existencia. Toda revolución es un ángel a la vez exaltador y terrible.

Max no se consideraba ni romántico ni sentimental. Era un hombre que se guiaba por sus deseos y que amaba la vida, a las mujeres, a las personas con espíritu talentoso. Aunque había empezado su formación militar hacia el fin de la guerra, todavía era entonces demasiado joven para entrar en combate. No se podía decir, sin embargo, que hubiera salido indemne, pues le había quedado el sentimiento confuso de haber escapado a una masacre. Luego había hecho suya la esencia jubilosa de los años veinte, rechazando las contenciones de una educación rígida y de una herencia que le había parecido demasiado pesada tras la muerte de su hermano mayor. A riesgo de contrariar a su padre, había elegido seguir su propio camino y, a pesar de las dificultades, nunca lo había lamentado. Si creía en Dios, no tanto por convicción personal como por fidelidad a sus antepasados, creía también y sobre todo en la justicia y la tolerancia. En quien menos creía quizá era en sí mismo, pues amaba la excelencia y se consideraba insuficiente. Sin embargo, esa noche, por vez primera en su vida, sentía una certeza inspirada, esa exaltación que nace de la felicidad, del riesgo y de la embriaguez, que nos proporciona la certeza de que el mundo nos pertenece y nada es imposible.

—Sí, la he encontrado —murmuró con los ojos fijos en Xenia.

Pero Milo ya no estaba a su lado, puesto que Max había permanecido largo rato en silencio y ese tipo de reuniones no se prestan a las verdades esenciales. De ese modo, Max von Passau se quedó solo con su revelación, con el corazón palpitante, inspirado al tiempo que transportado.

Xenia levantó la cabeza en ese mismo instante y lo observó con preocupación, como si se inquietara por él, y luego una sonrisa arrolladora estalló en su cara y golpeó a Max como un látigo. Esa mujer tan joven, de incomparable mirada gris cargada de misterios y de rupturas, había atravesado su país a sangre y fuego, había combatido para salvar a los suyos y había afrontado el exilio. Sus mañanas tenían la precariedad de los que luchan con las manos desnudas, sin escudo ni muralla, pero nada en ella movía a la compasión ni a la piedad. La condesa Xenia Fiódorovna Osolin se erguía con orgullo. ¿De dónde le venía esa distinción? ¿De la armonía de los rasgos, de una herencia que se remontaba a siglos, de la fuerza de su carácter, de un coraje que incita al que tiene las dos rodillas en tierra a volverse a levantar, una vez más y siempre?

Era una de esas combatientes eternas, una de esas guerreras feroces y magníficas, y Max adivinaba que a su lado el amor sería un desafío constante. Xenia desvelaba su verdad de improviso, enmascaraba por elegancia los dolores demasiado secretos. En cambio su cuerpo se lo había ofrecido con un ardor que emborrachaba. Y, sin embargo, Xenia no se entregaría nunca completamente a un hombre, y nunca sería fiel más que a sí misma. Pero Max no tenía elección, esa mujer ya lo había marcado con su huella. Llevaba en él sus perfumes, sus heridas, esa esperanza que conservaba atada a su cuerpo. Max supo que tenía que dejar Berlín e ir a París, porque Xenia no podía volver a desenraizarse, y si la dejaba escapar sería como renunciar a una parte de su alma.

París, marzo de 1926

—Señorita Xenia, ¿dónde se ha metido? ¡La esperan en el salón! ¡Vamos, dese prisa, siempre se retrasa!

La voz nasal de la vendedora exasperó a Xenia, que fumaba un cigarrillo envuelta en un abrigo de pieles que se había echado descuidadamente sobre los hombros y sobre su única indumentaria: una combinación de seda. Se había ocultado en el balcón que daba al patio interior del inmueble de la rue François Ier. Aspiró una última bocanada salvadora, antes de lanzar la colilla por encima de la baranda haciendo muelle con los dedos. El señor Rivière tenía prohibido fumar en su casa de costura. No solo temía que una de sus obras maestras sufriera un desgraciado accidente, sino que además pensaba que el aliento de una mujer tenía que ser siempre irreprochable. Incluso había llegado al extremo de despedir a una de sus oficialas de costura que había tenido la desgracia de oler a ajo.

—Ah, aquí está —se quejó la señora Jeanne con los labios apretados—. Mi clienta no tiene tiempo que perder. Vístase, se lo ruego.

—Ya voy —refunfuñó Xenia.

Estaba harta. Tenía un persistente dolor de cabeza aprisionado entre las sienes. Su jornada de trabajo había empezado a las nueve. Había pasado la mañana en pie, lo más quieta posible, mientras una encargada sujetaba telas con alfileres antes de hacerle probar diversos patrones de tela. Como siempre, Xenia se había aburrido mortalmente. Esa posición estática, contra natura, la irritaba hasta tal punto que sentía cómo hormigas caníbales trepaban por sus piernas. Había dejado vagar la imaginación contando y recontando los rollos de tela alineados en los estantes. En algunos momentos sentía que sus párpados se volvían más y más pesados y había estado a punto de quedarse dormida. Desde que Max había llegado a París dormía poco. A él le encantaba la vida nocturna, y se había encaprichado por el Jockey, una boîte de Montparnasse cuya fachada estaba pintada con indios y *cowboys*. El barrio en que había elegido residir parecía un pueblo en el que todo el mundo se conocía: pintores, escultores, fotógrafos, poetas, cineastas, cantantes, modelos, bailarinas, todos llenaban los cafés, salían por la noche, entusiastas y sin dinero. A menudo Xenia se encontraba con que la acompañaban una decena de personas, entre ellos rusos que conocían a Masha y pasaban horas en La Rotonde, sentados a las mesillas ante cafés con leche de a veinte céntimos.

Ese día, como no tenía ganas de salir, Xenia se había quedado a almorzar en el comedor de los talleres. El puré le pareció soso y la carne, fibrosa. También encontró insípidas las conversaciones de costureras y maniquíes que escuchaba distraídamente. Los años de exilio no le habían servido, como ocurría en otros muchos casos, para hacer amistades. Se seguía diciendo de ella que era una cínica y la mordacidad de sus frases se consideraba excesiva. A decir verdad, no soportaba ni la tontería ni la credulidad. No se guardaba tampoco de decir lo que pensaba, y tanta franqueza a veces le jugaba malas pasadas. De este modo, no había dudado en darle su opinión al señor Rivière sobre ciertos vestidos cuando él se la había pedido y le había sorprendido que montase en cólera, pero al fin comprendió que no esperaba de ella su opinión sincera, sino halagos y más halagos.

—Tienes que aprender a ser más flexible —le había dicho Tania.

—¿A mentir, quieres decir? —le había replicado ella.

Todas las tardes, maquillada y peinada, Xenia tenía que exhibirse a las tres en punto en uno de los salones de presentación provistos de espejos que se elevaban hasta el techo y en los que se reflejaban las luces de las arañas de cristal. Sentadas en pequeñas sillas acolchadas, las clientas admiraban la última colección bajo la vigilancia de la vendedora que se les había designado. Ángeles guardianes de la elegancia, estas empleadas se sabían de memoria los gustos y las aprensiones de sus protegidas, deslizaban una palabra de ánimo para incitarlas a la audacia o, por el contrario, restablecían la cordura de las clientas que se dejaban conquistar por vestimentas que no les convenían.

Xenia, hierática, se mostraba en vestido de tarde, traje sastre, chaqueta de punto, abrigo o vestido de etiqueta. Su mirada pasaba por encima de las caras empolvadas sin verlas. Pensaba en cosas bastante diferentes: en las últimas lecciones de Kiril, en la tos tan fea de Nianiushka, en la impaciencia de Masha, en las manos de Max sobre su cuerpo. Los maridos rara vez acompañaban a sus mujeres en estas presentaciones. A veces acudía un *gigolo*, o un amante riquísimo. El hombre llamó la atención de Xenia no por su apariencia física, que no tenía nada de particular, ni por su actitud, puesto que observaba el desfile en silencio, sino porque acompañaba a Josephine Baker, la bailarina negra a la que Xenia había conocido cuando Max la había llevado a ver *La Revue nègre*. En cuanto vio a Xenia, una sonrisa de niña traviesa iluminó la cara de la norteamericana. Agitó una mano de uñas plateadas y sus numerosos brazaletes tintinearon en su muñeca.

—*Hello, Xenia!* —susurró inclinándose hacia delante—. *You are so beautiful!*

Había intentado decirlo en voz baja, pero todo el mundo lo oyó. Por una vez, Xenia abandonó su máscara impasible. El buen humor de la artista que inflamaba París por sus danzas desbocadas resultaba irresistible. Una semana antes, la joven mestiza, que no tenía ni veinte años, había posado para Max. Su rostro expresivo, sus labios carnosos y su cuerpo elástico ofrecían resultados extraordinarios para el objetivo. A continuación la había acompañado al teatro de los Campos Elíseos y allí Xenia había coincidido con ellos. A las diez y cuarto de la noche se había alzado el telón gris perla para revelar un festival de colores, una decoración de buques de carga en un improbable puerto, mujeres con la cabeza cubierta por madrás y la perla negra, dislocada y felina, que se agitaba, palpitaba, bullía al son de saxófonos y banjos. Desnuda, con un fino collar de plumas rojas y azules alrededor de la cintura y otro al cuello, en sus movimientos frenéticos había tal liberación, tal alegría explosiva, que el público se ponía en pie y aplaudía, pateaba, silbaba y gritaba. Caían todas las barreras. En la sala solo permanecían los que se dejaban hechizar por la música sincopada y las danzas exóticas. Los demás, los conformistas, los estrechos, los que execraban el júbilo de los sentidos porque les daba miedo, se mostraban escandalizados y denunciaban la barbarie de esa animalidad frenética, del mismo modo que unos años antes habían rechazado la extravagancia de los ballets rusos. Esa noche, Max y Xenia habían acabado cenando en un *bistrot* con la bailarina y su círculo, prometiéndose amistad eterna y brindando con cerveza, la única bebida que se permitía Josephine, con la risa a flor de piel.

—¡Camina, Xenia! —susurró Tania entre dientes.

De pronto, Xenia se dio cuenta de que la sorpresa la había llevado a quedarse inmóvil en medio del escenario mientras las demás maniquíes proseguían su majestuoso ritual. Josephine hinchó los carrillos e hizo rodar los ojos con una mímica tan divertida que Xenia no pudo evitar echarse a reír. Pero al advertir la mirada furiosa de la vendedora que se alzaba tras su clienta, giró sobre sus talones para ir a ponerse la ropa del segundo pase.

—*I want this and this and this, mister Rivière* —clamó la Baker una hora más tarde al escoger sus prendas preferidas.

Vestida con bata de seda, Xenia oía la voz alegre mientras acababa de desmaquillarse ante el espejo. Unos instantes más tarde, la bailarina entró como un torbellino en la estancia y se tumbó en un sofá a esperarla, sin dejar de hablar y explicándole que tenía un hambre atroz y una necesidad absoluta de comer un plato de espaguetis con pimentón antes de volver al teatro. Las demás chicas miraban a Xenia con envidia, fascinadas por esa connivencia inesperada con la artista de más éxito en la capital. Allí la tenían, descalzándose y recogiendo las piernas para estar más cómoda. Mientras Xenia se vestía, una tras otra le pidieron un autógrafo. Algunas costureras con sus batas blancas acudieron a echarle un vistazo al fenómeno y se morían de risa cuando Josephine hacía una mueca para divertirlas. En cuanto Xenia estuvo lista, la bailarina se levantó de un salto, tomó sus zapatos por la brida y comentó que le dolían los pies y que las francesas llevaban tacones demasiado altos. Luego agarró a Xenia por el brazo y la arrastró al pasillo. El hombre de traje gris esperaba en el salón ahora desierto, con un sombrero de fieltro en las manos.

—¡Gabriel, tengo hambre! ¡Espaguetis, enseguida! —exclamó Josephine—. *This is my friend Xenia* —añadió con un gesto de la muñeca—. *Let's go!*

Sin esperar más, se precipitó escalera abajo, saltando de un escalón a otro.

—No se preocupe, no vamos a perderla. Al menos necesitará dos minutos para volver a ponerse los zapatos antes de salir a la calle —bromeó el desconocido con una amplia sonrisa—. Permítame que me presente, señorita. Soy Gabriel Vaudoyer.

Se mantenía algo encorvado, como si le intimidara su propia estatura. De pelo castaño, boca expresiva, mejillas redondeadas y arrugas en la comisura de los párpados, su rostro era de esos que inspiran confianza. La observaba con aire tranquilo y una mirada teñida de curiosidad.

—Conozco un pequeño restaurante italiano no lejos de aquí. Quizá el dueño acceda a preparar un plato de pasta para Josephine. Dudo que tenga usted hambre; no son más de las cinco de la tarde.

—Sí, es algo pronto, en efecto —dijo Xenia sonriendo mientras empezaban a bajar por la escalera.

—En cambio, estoy seguro de que un postre sí que le apetecerá, y no me diga que tiene que cuidar su figura. La vida es demasiado corta para privarse de las cosas buenas, ¿no cree?

Mientras conversaban, Xenia se enteró de que Vaudoyer era un abogado reconocido en París. Conquistado por el espectáculo de la revista, había pedido al director del teatro, que se contaba entre sus amigos, que le presentara a la artista. Josephine tenía ciertas complicaciones administrativas, de modo que no había dudado en ayudarla. Desde entonces, a ella le gustaba emplearlo como *chevalier servant*. Una hora más tarde se despedían. Vaudoyer llevó a la bailarina al teatro y Xenia se internó en el metro para acudir a su cita con Max.

Vestido con un pantalón de pana gastado y con la camisa blanca desabotonada, Max le abrió los brazos al verla llegar a su taller. Resplandecía de dicha. Puede que Xenia empezara a estar agotada a causa de sus largas noches, pero Max incluso había engordado un poco desde su llegada. Se atiborraba de vida. La exaltación hacía que sus ojos brillaran y su inspiración no tenía límites. Diversos directores de revistas prestigiosas lo solicitaban. A todos les gustaban el rigor y la pureza de líneas de sus composiciones, el talento para captar la magia de la materia, la elegancia de un vestido o la finura de un tejido. El joven otorgaba una gran importancia al revelado de sus carretes: a veces se metía en el estudio a las once de la noche y no volvía a salir hasta el alba. Por otra parte, la sobriedad de sus retratos ofrecía a sus protagonistas un alma adicional. Para hacerse conocer y obtener encargos tenía que llevar a cabo una activa vida social, lo que no lo disgustaba, y a Maximilian freiherr von Passau no le costaba que lo acogieran en el mundo. Personalidades tan excéntricas como la marquesa Casati desfilaban por su estudio. La aristócrata italiana de ojos enormes cercados con khol se había presentado en su taller con una serpiente viva a guisa de collar, lo que había causado cierta conmoción en el barrio.

Abrazó con fuerza a Xenia, la besó fogosamente y empezó a acariciarle las caderas y la espalda. Ella, irritada, lo rechazó.

—¿Qué ocurre? ¿Algo va mal? —preguntó él, sorprendido.

—Acabo de llegar y ya te lanzas sobre mí. He trabajado todo el día. Estoy cansada. Ahora no tengo ganas de hacer el amor. No es tan difícil de entender, ¿no te parece?

—¡Pero si yo no te pido nada! —protestó él, abriendo las manos como si ella lo hubiera agredido—. Estoy contento de volver a estar contigo, eso es todo. Hacía tres días que no nos veíamos. Te he echado de menos.

Con un suspiro, ella se quitó el sombrero, se desabrochó el abrigo y se sentó en un sillón. Con la cabeza echada hacia atrás, cerró los ojos. Cuando Max desembarcó en París ella había sido feliz. Un atardecer, cuando salía de casa del modisto, lo había encontrado sentado en un banco, con un ramo de flores en la mano y algo intimidado, como si temiera la reacción de Xenia. Ella se había echado en sus brazos y luego había pasado la noche en la habitación del hotel de Max, con lo que no había vuelto a casa hasta el alba. Con anterioridad había prevenido a Niania de que salía a cenar. Eso no había sorprendido a la anciana, porque desde que había tenido tanto éxito en su viaje a Berlín, al señor Rivière le gustaba que Xenia asistiera a veladas caritativas o que aceptara invitaciones a las casas de los que movían los hilos de la vida parisina. Convertida en su maniquí-vedette, había negociado un aumento salarial que Rivière, con la expresión de quien va a someterse a una extracción dental, le había concedido por fin.

Durante los primeros meses ella se había dejado aturdir por esa efervescencia. Junto a Max se sentía segura. Él se mostraba espontáneo, sincero, enamorado. Cuando la miraba, ella tenía la impresión de ser el centro del mundo, y cuando despertaba en la buhardilla, en su estrecho camastro, a veces conservaba la sonrisa en los labios. «Soy feliz», se decía, casi desafiante. Entre ellos todo era justo, sin asperezas ni malentendidos. Cuando se adormecían enlazados después de hacer el amor, ella apoyaba la mejilla sobre su torso y escuchaba los latidos sordos de su corazón. Desde que lo había perdido todo era la primera vez que percibía tal sentimiento de plenitud, y Xenia lo vivía como una gracia. Sin embargo, no había hablado de Max a su familia. No tenía suficiente confianza en la vida para creer que eso podía durar, y saboreaba con avaricia los momentos felices que tan efímeros le parecían. A veces Max le reprochaba que fuera taciturna, que sucumbiera a los pensamientos negros que oscurecían su frente y velaban su mirada. La observación la molestaba, pero no sabía qué responder. Xenia adivinaba que su mutismo lo entristecía porque se sentía rechazado, pero ella permanecía en silencio. Existen dolores indecibles, jardines secretos por los que uno no se aventura inocentemente.

La primera vez que había posado para Max lo había hecho medio en broma. También quería complacerlo, por lo mucho que había insistido y después de que la prometida sesión de Berlín no hubiera tenido lugar. Bajo la luz natural que penetraba a raudales por la ventana, perdida bajo una camisa demasiado grande que le había tomado prestada, los cabellos húmedos pegados a la frente, la cara desnuda de todo artificio, reía y descubría sus dientes blancos, su cuello, el nacimiento de la garganta... Una vitalidad solar, llena de audacia y de insolencia. Venía de brazos de su amante: era una mujer colmada y nadie podía dudarlo.

Cuando Max reveló las fotografías por la noche contuvo el aliento. Esa espontaneidad, ese abandono, ese brillo... El artista había captado en Xenia Osolin algo milagroso. Le había pedido que posara desnuda para él y la joven no lo había dudado. Ya sabía jugar con las sombras y había aprendido a dibujar el cuerpo de Xenia mediante grandes golpes de luz. Los contrastes nacían de su deseo. Contrariamente a aquellos de entre sus contemporáneos que no toleraban un cuerpo desnudo más que si era inerte y monocromo, Max celebraba la belleza natural en lo que tenía de carne y de exigencia. Rechazaba la pura plasticidad, demasiado fría para ser humana. Si prestaba atención al encuadre y se interesaba en la «fragmentación», privilegiando tal o cual parte del cuerpo, evitaba hacer trampas. Buscaba la simple verdad, la piel que se rebela en el frío, unas gotas de agua que se deslizan sobre un seno, la infinita suavidad del pliegue de la ingle o del hueco de la rodilla, un vientre que ofrece el nacimiento del mundo, una palma de la mano abandonada, frágil, una región lumbar que se asemeja al vértigo...

Sublimaba a Xenia y ella respondía a su demanda muda. Cuando trabajaban no hablaban. En su intercambio no precisaban palabras. Se comprendían instintivamente. En silencio, con gestos graciosos, ella daba con una posición que asemejaba una ofrenda. Era de una generosidad sin igual que la volvía humilde, y sin embargo siempre había esa distancia, misteriosa, hechizadora. Su mirada gris estaba ausente, perdida en la lejanía, disimulada por los párpados cerrados..., o por el contrario era incisiva cuando fusilaba el objetivo. La intensidad de esas sesiones los dejaba agotados. Entonces se derrumbaban sobre la cama y se dormían, con brazos y piernas enmarañados, con los alientos mezclados.

Xenia abrió los ojos. Se sentía triste, prisionera en una red de tristeza que le comunicaba la impresión de que su cuerpo pesaba una tonelada. ¿De dónde le venía ese cansancio súbito? Max la observaba desde un taburete, con el mentón entre las manos. Con los cabellos desgreñados, la frente fruncida, tenía la mirada de los días malos, cuando se mostraba cortante en sus réplicas, desagradable y huidizo. Xenia se dio cuenta de que ambos tenían un carácter parecido. Nunca podrían contentarse con el más o menos, ni con lo mediocre. Un mismo ardor los impulsaba, pero Max podía expresarlo más fácilmente gracias a su oficio, mientras que en Xenia muchas, demasiadas cosas permanecían aferradas a ella, con toda su complejidad y su dolor.

Ella le tendió la mano, como si de una reconciliación o de una plegaria se tratara. Él se levantó enseguida para correr a arrodillarse junto al sillón y ponerse a su altura. Le tomó la cara entre las manos, aproximó la frente hasta tocar la suya y rebuscó en su mirada.

—Te amo, Xenia.

Y en el corazón de la joven se produjo algo semejante a un desgarro, un quejido ahogado, el roce de un ala negra. El amor de un hombre es algo magnífico y temible a la vez, porque lleva en él toda la acritud de la esperanza, las heridas de la infancia, el fardo de un pasado, las traiciones y los sueños por conseguir, y todos esos espejismos, las albas de los días siguientes, las certezas. Ya no es el cuerpo el que se desnuda, sino el alma. Dar el amor es un acto de fe. Aceptarlo, uno de bravura, porque siempre hay que renunciar a parte de uno mismo y consentir en bajar la guardia para dejar que llegue todo lo que nos es extraño, aunque creamos reconocernos en ello. Y así fue ese día, mientras una lluvia fina empezaba a deslizarse por los vidrios del taller, mientras la luminosidad se velaba y diluía los contornos de los objetos y confundía las pistas. Fue entonces cuando Xenia Fiódorovna comprendió que le faltaba valentía. Se quedó en silencio, con un nudo en la garganta, mientras las cálidas manos de su amante ceñían sus heladas mejillas. La joven se sentía cobarde e indigna de él, mutilada, huérfana de corazón... Se sentía perdida.

Unos años más tarde, con ocasión del entierro de su padre en Berlín, preso en un traje austero, Max volvería a pensar de manera fortuita en esa tarde húmeda y lluviosa en que le había expresado su amor a Xenia, dispuesto a todo, a casarse con ella y a ofrecerle hijos, a darse a ella en cuerpo y alma con todo el fervor y la inconsciencia de un hombre apasionado... Y volvería a pensar que ella se había quedado inmóvil en su sillón, con la mirada fija, sin pronunciar palabra. Ese día había descubierto que se podía amar sin ser amado, y había adivinado que esa es una herida que no se cierra nunca.

En aquel momento se habían mirado con temor, como si presintieran algo grave. Sus dedos se habían entrelazado, y luego Max había apretado a Xenia contra sí. Uno y otra habían comprendido que no podían dejar que creciera esa fisura inconcebible que procedía de la nada. Mientras la lluvia crepitaba sobre los techos de París y un olor a azufre se elevaba desde las aceras, se amaron con avidez, demasiado altivos, demasiado orgullosos para dudar de ellos mismos. Habían exprimido las certezas de la juventud que son, ante todo, las del cuerpo, las de sus perfumes y las de sus vértigos, las de esa insolente embriaguez amatoria. Xenia había querido hacerse perdonar por no ser digna de Max, por no poder responder a esa declaración cuyo valor apreciaba, mientras que él había querido tranquilizarla, rechazando la posibilidad de que ella lo hubiera herido. Confusamente, ya había adivinado que la amaba más allá de sus pudores, de sus silencios, que la amaba por ella misma y no por él, y la fuerza de su amor por Xenia casi le había dado miedo, porque eso le sucedía a él, alguien cuya máxima aspiración era despreocuparse.

Con un cesto en cada mano, Xenia bajaba lentamente la escalera. Se sentía culpable porque había hecho algunas locuras: había comprado caviar de berenjena, *pirojkis*, pepinillos *malossols*, melocotones, dulces de fruta y una buena botella de vino para celebrar el regreso de Kiril, que volvía a casa tras pasar un mes de colonias estivales en el Isère.

Le había costado lo suyo consentir que se marchara solo por primera vez, pero lo que contaba era que iba a salir de París para practicar deporte y jugar con chicos de su edad. A punto de cumplir los nueve años, era un niño inquieto, que tenía necesidad de espacio para crecer, y el minúsculo cubil ya no le bastaba. Nianiushka ya no tenía fuerzas para entretenerlo y él no soportaba quedarse todo el día encerrado con ella. Sin embargo, Xenia no quería que su hermano creciera en la calle, ni siquiera aunque los chicos del vecindario se hubieran apropiado de las callejuelas adoquinadas del barrio, con esa capacidad tan particular de los niños para reinventar los lugares más insólitos.

El futuro de Kiril le inquietaba. Ella consideraba que tenía que recibir una educación rigurosa, lo más cercana posible a la que habría tenido si hubieran podido permanecer en San Petersburgo. Era una cuestión de respeto hacia sus padres y su familia. Alrededor de París empezaban a abrir pensionados rusos, en los que se educaba a los hijos del exilio en el espíritu de su herencia y del respeto a la fe ortodoxa, a la vez que continuaban frecuentando los establecimientos escolares franceses para poder estar en pie de igualdad con los chicos del país si la vuelta a Rusia se revelara imposible. Esta solución le parecía la mejor. Era necesario hallar un equilibrio entre el apego a las raíces y una apertura hacia un destino incierto.

Kiril era el heredero Osolin, el hijo del milagro. Nianiushka lo miraba a veces con labios temblorosos, la mirada velada por la emoción, y murmuraba que se parecía a sus tíos como dos gotas de agua. Aun así, cuando Xenia contaba anécdotas de otros tiempos al niño, ponía cuidado en que el tono fuera despreocupado. Los antepasados gloriosos pueden volverse una carga y el pasado puede convertirte en su rehén. La joven no era ninguna nostálgica. Los rigores de la revolución, de la guerra y del exilio había endurecido a Xenia Fiódorovna, pero por lo menos ahora era una mujer libre. Esa era su única conquista. Rechazaba caer en la trampa de un pasado revuelto del que uno se obstinaba en no conservar más que los recuerdos felices, y ella no tenía intención de envenenar a su hermano pequeño con ilusiones vanas. Al contrario, lo que quería era darle todas las armas para que pudiera triunfar en la vida.

Perdida en estos pensamientos, estuvo a punto de topar con el cuerpo de un hombre acurrucado en los últimos peldaños que llevaban al pasillo del quinto piso. Parecía evidente que se había dormido allí, con la cabeza apoyada en la pared. Mientras se incorporaba no dejó de gruñir.

—¡Tío Sasha! Pero ¿qué haces aquí? —exclamó ella al reconocer su cara demacrada.

—Te estaba esperando —balbuceó él sin dejar de frotarse la dolorida nuca.

—¿Y por qué no has entrado en casa?

—He llamado, pero no hay nadie.

Xenia recordó que Niania había previsto pasarse por la parroquia para ayudar a adecentarla. Por lo visto la anciana todavía no había vuelto. En cuanto a Masha, lo más probable era que no la vieran en todo el día. Los meses de vacaciones eran los más peligrosos, puesto que Masha, como no tenía clases, aprovechaba la mínima ocasión para escaparse y reunirse con sus amigos en los cafés. Xenia ya no protestaba. Después de todo, Masha era una adulta. Solo exigía que los trabajos de costura se acabaran según el plazo convenido. Y sí, la desafiante insolencia de su hermana le resultaba desagradable, pero Xenia ya no se sentía con la legitimidad necesaria para hacerle reproches. Desde que Max vivía en París también ella desaparecía cuando ya era de noche con la excusa de alguna recepción mundana a la que Rivière le había pedido que acudiera. Aunque Niania no hacía ninguna pregunta, Masha no dejaba de esbozar una sonrisita irónica a la mañana siguiente.

—Ven, te daré algo de comer —le dijo a su tío con voz resignada—. Se te ve muy cansado.

Una vez en la buhardilla, abrió una ventana para ahuyentar el desagradable olor a cerrado. A pesar de sus esfuerzos, la vivienda siempre olía mal en pleno verano. Podía decirse que todo el tufo a grasa quemada del inmueble tenía una irritante tendencia a elevarse y concentrarse en su casa. Las tuberías del baño contiguo también solían tener escapes de agua, lo que creaba manchas de humedad en la pared. La ropa que había lavado antes de salir, tendida en una cuerda, se había secado. Apiló sobre la cama los pares de calcetines, la blusa, la falda negra de Niania y dos camisas de algodón.

Sasha se quitó la gorra y se dejó caer sobre una silla con un suspiro. Ella encendió la cocina de carbón para prepararle té, y comprobó que quedaba jamón y pan para la comida.

—Necesito dinero, Xenia.

Un escalofrío recorrió la espalda de la joven. Sasha siempre necesitaba dinero. En San Petersburgo se había ganado la fama de jugador. Como le gustaban las chicas bonitas y las carreras de caballos, no reparaba en gastos. Educado en la abundancia, nunca había ocultado su intención de casarse con una heredera. A sus ojos, el dinero era una herramienta insignificante, aunque necesaria, pero en cualquier caso era indigno de un aristócrata ocuparse de tales bajezas. Influenciado por unos amigos mucho más afortunados que él, se había distinguido por repartir propinas de una generosidad dispendiosa. Ahora era peón en la Renault, y ganaba apenas lo suficiente para alimentarse y pagar el alquiler del piso amueblado que compartía con dos amigos. Por lo menos, según bromeaba, la cama siempre estaba caliente. Se alimentaba mal y poco, pues prefería jugarse una parte del salario en el hipódromo. Xenia se lo había reprochado a menudo, a veces con tal enfado que había acabado con la voz ronca, pero era en vano, y a esas alturas ya había renunciado a luchar.

Puso un plato en la mesa y le sirvió el té a su tío. Este tenía las mejillas hundidas y las uñas negras. Los puños de su camisa revelaban unas muñecas gráciles. La mirada azul, tan llena de fuerza, se había vuelto tierna, y a veces se percibía en ella un brillo ácido de resentimiento. Sasha era un hombre vencido. Había abandonado su alma en algún lugar de su tierra natal, y en Francia solo sobrevivía el armazón vacío de su cuerpo. Con mucha amargura, Xenia constató que para él habría sido mejor morir con las armas en la mano antes que sufrir esa lenta bajada a los infiernos.

—¿Cuánto quieres esta vez?

—Mil francos.

—¿Mil francos? ¿Has perdido la cabeza? ¿De dónde crees que puedo conseguir semejante suma?

Xenia notó al mirarse las manos que se había puesto a temblar. Se volvió hacia la pila para llenarse un vaso de agua y se lo bebió de un trago. Sasha iba a volverla loca, todos iban a volverla loca.

—Me han echado —confesó con aire desafiante antes de meterse un pedazo de jamón y pan en la boca.

Consternada, ella se sentó con lentitud frente a él. Los labios blancos de Sasha se tensaban en una línea sombría. Su cabello pegajoso conservaba la huella de la gorra. Xenia sabía que el trabajo en la fábrica era duro, que había que soportar el calor infernal de los hornos en los que se vertían toneladas de acero en medio del estruendo de los martillos pilones y el silbido de las transmisiones. Muchos de los contratos se acababan al cabo de un año y los rusos derrengados buscaban otro empleo. Pero Sasha había rechazado seguir cursos de formación que le habrían permitido acceder a un puesto de especialista menos sacrificado. Había declarado que un hombre como él no iba a plegarse al sistema como un alfeñique. Y ya que era un obrero, mejor permanecer en lo más bajo de la cadena. «Pero el orgullo del pobre puede ser el último clavo de su ataúd», pensó Xenia, y cuando Sasha bajó la mirada sintió una oleada de piedad que no podía evitar mezclar con la cólera.

—¿Por qué? —preguntó ella secamente.

—He llegado tarde más veces de la cuenta —contestó él encogiéndose de hombros—. Al encargado no le ha gustado. Y encima no ha sido culpa mía. Ha sido Andréi, que no me ha despertado a tiempo.

—¡Por supuesto, tú no has tenido la culpa! —dijo ella, irónica—. Nunca nada es culpa tuya, ¿verdad? Después de todo no es tu responsabilidad preocuparte de levantarte por la mañana, y estar presentable y puntual en tu puesto de trabajo para ganarte la vida... ¡Ah, no! Es Andréi el que tiene que cuidar de ti como una *niania*, y a mí me toca cubrir tus deudas de juego. A menos que el responsable sea Dios, claro está... Porque podría tener la amabilidad de proporcionarte un despertador.

—¡No blasfemes, Xenia Fiódorovna! —gruñó su tío en tono severo para llamarla al orden.

—¡Yo no blasfemo, tío Sasha!, digo la verdad, quieras escucharla o no. Estoy hasta la coronilla de tus jeremiadas y de tu falta de seriedad. Hasta Kiril es más responsable que tú. Sí, has sido un soldado valiente. Sí, has combatido por la santa Rusia, y has caído herido defendiendo nuestra causa. Sí, la vida es injusta, nos ha reducido a esto —añadió con un gesto insolente que abarcó las cazuelas abolladas, los trapos colgados de un hilo, el icono y su lamparilla y la fotografía de Nicolás II clavada sobre la cama de Kiril. (Pero los cristales estaban limpios, y todo estaba en su sitio, y el suelo había sido barrido.)—. No soporto oír como te quejas y le echas la culpa a tu compañero de habitación —prosiguió en tono severo—. Tanta desfachatez es intolerable. Eres un adulto, no un niño, así que no te comportes como si lo fueras.

Él masticaba con el rostro impenetrable de los días malos. Ella sabía que no iba a sacarle ni una palabra. Quizá fuera eso lo que se le hacía más difícil soportar, ese mutismo obstinado en el que se refugiaba, sin mostrar el coraje suficiente para levantarle la voz.

—¿Y qué vas a hacer ahora? ¿Estás buscando ya otro empleo? De eso no falta. Afortunadamente la industria francesa está en plena expansión. Incluso os firman contratos sin conoceros, puesto que consideran que los rusos son una mano de obra cultivada y disciplinada. En lo que a ti concierne realmente cultura no te falta, pero soy más escéptica en lo que se refiere a la disciplina —soltó, no sin desprecio.

—¿No tienes azúcar?

Exasperada, levantó los ojos al cielo antes de traérsela.

—Tu regimiento tendría que ayudarte, ¿no? Las asociaciones de antiguos combatientes del ejército imperial abundan. Siempre andáis reuniéndoos. Hace pocos días estuve en una gala destinada a recaudar fondos. Por lo que sé hay una oficina de colocación para los veteranos de Gallípoli. No tienes más que ir a la rue de la Faisanderie. Allí te encontrarán trabajo.

—Sí, esos me ayudan... A su manera.

Se aplicaba en revolver con la cucharilla en la taza y aquel continuo tintineo acabó de sacar de quicio a Xenia. Él levantó la cabeza y echó un vistazo furtivo a su alrededor.

—¿Cuándo vuelve Kiril?

—Esta tarde. ¿Por qué?

—Por nada. Si hubiese seguido de vacaciones me preguntaba si podría dormir algunas noches aquí, hasta que encuentre una habitación...

—¿Me estás diciendo que Andréi también te ha echado?

—Estaba de mal humor, eso es todo. Ya se le pasará, es un buen tipo. Hacía tres meses que no le pagaba.

—Supongo que serán las deudas de juego otra vez, ¿no?

—Son pequeñas, te lo aseguro. Solo tengo que recuperarme antes de volver al trabajo.

Se desperezó e hizo chasquear las articulaciones de sus dedos. Xenia se levantó. Una mosca gorda y reluciente zumbaba contra el cristal. El ambiente era pesado, pegajoso. Parecía que una capa de polvo amarillento se hubiera posado sobre los tejados. Algunos geranios morían sin gracia en sus macetas. Durante todo el día un calor asfixiante había pesado como una tapadera sobre la ciudad. Los talleres de Rivière funcionaban a menor ritmo y a la espera de la nueva temporada Xenia había vuelto a trabajar para la gran duquesa, que no bajaba el ritmo de sus encargos para Kitmir con vistas a las colecciones de invierno. Los barrios elegantes parecían huérfanos, con las persianas cerradas, las calles tranquilas, abandonados a cambio de residencias en el campo, o villas en Normandía o en la Costa Azul. Xenia envidiaba a los que tenían esa suerte. Hacía ya mucho tiempo que no veía el mar. Imaginó el escándalo de las cigarras, aquellas olas de un azul insolente orlado de espuma, las largas hojas planas de las palmeras, las piedras calientes de una veranda bajo sus pies desnudos... Un viento tibio rozó sus mejillas sonrojadas por la cólera. Un olor a polvo y basura subía por el patio del inmueble... Solo le faltaba el aroma dulzón de las lilas en primavera para recordarle el sur de Rusia.

—Encontraré otro trabajo, Xenia —aseguró Sasha con una voz velada—. Te lo juro. En la fábrica no estaba contento. No era para mí, tú lo sabes. Seguro que hay algo en alguna parte que me convenga más... Solo me falta un poco más de energía. Tú tienes suerte, porque energía no te falta nunca —añadió en tono de reproche—. No sabes lo que es estar tumbado como una masa inerte, y no ser capaz de poner un pie en el suelo. A veces me da la impresión de que me han emparedado vivo.

En su voz había tanto cansancio, tanta angustia, que Xenia cerró los ojos y apoyó la frente contra el cristal. Buscaba palabras de consuelo y no las hallaba. No podía cargar con el fracaso de Sasha, con su humor depresivo, no podía devolverle lo que había perdido. Su tío la oprimía. ¿Qué sabía él de sus propias preocupaciones, de las dudas que la atenazaban? Sí, ella tenía energía. ¿Cómo podría arreglárselas de otro modo? No se hacía preguntas. Avanzaba sin considerar estado de ánimo alguno, mientras que él llevaba la tristeza como una condecoración en el pecho. Xenia pensó que odiaba la melancolía con todo lo que entraña de languidez, de apatía y de sometimiento al destino, y no podía evitar pensar que Sasha se complacía en ella.

—Si te sirve de algo, voy a ir a dormir a casa de una amiga unos días —dijo pensando en Max, con quien no había pasado todavía ninguna noche entera—. Pero no más de una semana, ¿lo entiendes? A partir de entonces tendrás que disponer de un sitio y encontrar un trabajo.

—¡Seguro que sí! —exclamó él con alegría—. Te lo agradezco, Xenia. ¡Eres mi salvación, paloma mía! Voy a buscar la maleta que he dejado en la quincallería de Iliá Antónovich.

Su fatiga había desaparecido como por ensalmo. Un nuevo vigor inflamaba sus mejillas y hacía que sus ojos brillaran. Volvía a tener ilusión, ese brillo que en otro tiempo había hecho de él uno de esos hombres sobre los que inevitablemente se detienen las miradas. La sujetó por los hombros y le dio dos sonoros besos en las mejillas. Mientras abría la puerta y se lanzaba escaleras abajo, Xenia pensó que había vuelto a engatusarla, pero era incapaz hasta de reprochárselo.

Con alfileres en la boca y ojos achicados, Jacques Rivière observaba con aire atento la caída de la muselina briscada. Rodeó lentamente a Xenia mientras ajustaba el drapeado con mano nerviosa. Las gotas de sudor perlaban la frente de la joven. Los elásticos que sujetaban el plisado le apretaban la piel de manera desagradable. Le parecía muy pesado eso de tener que llevar ropa de invierno en pleno verano, del mismo modo que a veces se estremecía de frío en diciembre con sus prendas estivales. Tenía ganas de tomarse una limonada, darse una ducha fresca y reunirse con Max, que había alquilado un coche para llevarla a comer a orillas del Marne. Por suerte, iba a pasar tres semanas de receso. El señor Rivière partía esa misma noche en tren con destino a la Riviera. «Es una lástima que no nos invite a su villa», pensó. La había visto en un reportaje: una casa de muros de enlucido rosa que dominaba el Mediterráneo, con un gran jardín en el que abundaban los pinos y las mimosas, con terrazas tomadas por los aromas del jazmín, habitaciones luminosas, suelos de mosaico y camas aureoladas por mosquiteras, abiertas al mar. Como no podía moverse, Xenia se puso a soñar.

—¡Tengo que ver a mi hermana enseguida!

La voz estalló, imperiosa y sonora, y la encargada de taller dio un respingo: sus gafas resbalaron y quedaron columpiándose en el extremo de su cadenilla dorada. Exasperado, el señor Rivière se quitó los alfileres de la boca y se incorporó con gran indignación.

—¿Qué ocurre ahora? —exclamó arrugando el boceto del vestido y lanzándolo por el suelo como un niño caprichoso—. ¿Cómo quieren que me concentre si continuamente se me interrumpe?

Xenia había reconocido la voz de Masha. Si no se hubiera sorprendido tanto, le habría divertido la reacción de Rivière, pues sospechaba que se sentía más bien aliviado por la interrupción. Desde hacía tres cuartos de hora, el modisto sufría un atasco de inspiración. Masha apareció en el marco de la puerta, con su vestido blanco que le daba aires de primera comunión y con un sombrero de paja adornado con una cinta roja. Miraba a su alrededor con una expresión a un tiempo preocupada y determinada.

—Es mi hermana, señor —aclaró Xenia—. ¿Podría perdonarme unos instantes?

—¡Es intolerable, señorita! —exclamó Rivière, con el torso hinchado por la indignación—. A lo mejor se imagina que una colección se hace así, chasqueando los dedos... ¡Bueno, de acuerdo, vaya, vaya! ¡Pero dese prisa! Le doy diez minutos y quiero volver a verla en su sitio. Señorita Solange, tráigame un vaso de agua al despacho.

En cuanto salió de la estancia, Xenia se levantó la muselina con una mano y se acercó a su hermana, con el corazón desbocado.

—¿Qué ocurre, Masha?

—Es tío Sasha.

Muy a su pesar, Xenia sintió un breve alivio, pues se había esperado lo peor: una indisposición de Nianiushka, un accidente de Kiril... Sin embargo, Masha no habría ido a buscarla si no se hubiera tratado de algo grave.

—¿Qué le ha pasado?

En un instante, los ojos de Masha se llenaron de lágrimas y sus labios se pusieron a temblar. Parecía completamente desorientada.

—¡Tienes que venir enseguida, Xenia! No sé qué hacer. Se ha peleado en la calle y los gendarmes se lo han llevado. No sé ni siquiera dónde está. Es horrible, ¡tengo tanto miedo!

—¿Qué ha hecho? —preguntó Xenia, estupefacta.

Los días de plazo que había concedido a su tío para que encontrara otra habitación habían pasado, pero Sasha seguía instalado en su casa. Según decía había encontrado un empleo en una imprenta, pero no iban a contratarlo hasta septiembre. Xenia no había querido humillarlo reclamándole su contrato de trabajo. De hecho, había preferido aprovechar esos momentos de libertad inesperados que le permitían pasar las noches en casa de Max, mientras que Tania había aceptado con mucha amabilidad servirle de coartada.

—Explícamelo —le ordenó a su hermana dirigiéndose con paso decidido hacia la estancia que servía de vestuario a las maniquíes.

Se despojó de la muselina con un movimiento de hombros y empezó a vestirse. Masha temblaba de la cabeza a los pies. Hablaba con voz entrecortada, como si hubiese corrido.

—Al principio no he visto nada, porque estaba en la habitación. Vasili ha venido a avisarme, y he bajado corriendo. Por lo visto dos hombres han agredido al tío Sasha por la calle. Han empezado a pelear. Tenía la cara llena de sangre, si lo hubieras visto... Era horrible, creo que le han roto la nariz. Estaba desfigurado. Me han dicho que tío Sasha ha disparado una vez con una pistola. Había un hombre tendido en el suelo. Tenía sangre en el pecho, y me ha parecido que estaba muerto.

—Pero ¿qué me estás diciendo? ¿De dónde puede haber sacado una pistola? ¿Qué historia es esta?

—Alguien ha llamado a un policía. El otro tipo ha huido. Al

herido se lo han llevado al hospital y al tío Sasha lo han detenido. ¡Oh, Dios mío, Xenia! ¿Qué le van a hacer? —lloriqueó Masha con voz quejumbrosa.

—¡Pero bueno, cálmate! Vamos a aclarar lo que ha pasado. Lo más probable es que se trate de un terrible malentendido... ¡Señorita Solange! —llamó Xenia asomándose por la puerta—. Le ruego que me disculpe ante el señor Rivière, pero ha ocurrido un grave accidente en mi familia y tengo que ocuparme del asunto inmediatamente.

—Señorita, pero usted no puede... —balbuceó la encargada de taller, con aire desolado.

—Tenga, aquí está el vestido —le dijo Xenia poniéndole la muselina llena de alfileres en las manos—. Dígale que lo siento muchísimo, pero es un caso de fuerza mayor. Le deseo unas felices vacaciones.

Después se puso el sombrero, tomó a su hermana de la mano y se precipitó corriendo hacia la calle.

La secretaria de Gabriel Vaudoyer era una mujercita seca de nariz afilada que llevaba una blusa abrochada hasta el cuello, una falda gris hasta media pantorrilla y un collar de perlas finas. Su coquetería contrastaba con su expresión severa. Cuando Xenia había llamado a la puerta del gabinete ella había abierto y le había indicado con un tono seco que esperara en el salón. La joven se había preguntado si quizá estaba enfadada con ella por retenerla cuando su jornada de trabajo ya había terminado.

La austeridad del parquet de castaño y de los muebles de madera oscura quedaba temperada por las paredes de color marfil sobre las que estallaban los colores alegres de grabados deportivos más bien insólitos en un lugar tan formal. Dos lámparas de pie de bronce plateado y alabastro encuadraban un canapé de cuero. Esta atmósfera tan serena tranquilizó hasta cierto punto a la joven, que se sentó en el borde del canapé y alisó con mano nerviosa los pliegues de su vestido. Tan arrugada y azorada, debía de tener un aspecto descompuesto. Al salir de casa nada le había permitido sospechar el curso que iba a tomar ese día odioso. Desde muy temprano no había dejado de correr, y se sentía sucia, impregnada por el tufo a tinta, a angustia y a colillas de las diferentes comisarías en las que había aterrizado. Impaciente, se levantó y se acercó a la ventana entreabierta. No había comido nada, pero no tenía hambre ni sed. Su cuerpo no reclamaba nada, solo su cerebro se rebelaba. Se preguntaba si iba a ser capaz de ser coherente con Gabriel Vaudoyer o si él iba a tomarla por una iluminada. También cayó en la cuenta, horrorizada de pronto, de que Max debía de estar esperándola y de que no había tenido tiempo de avisarlo.

—¡Señorita Osolin, qué placer volver a verla!

Vaudoyer avanzaba hacia ella, con los brazos abiertos como gesto de bienvenida. Tenía esa misma sonrisa incitante que le había llamado la atención en su primer encuentro. En su rostro brillaba su solícita disposición, y su traje de franela gris claro y la corbata de rayas le otorgaban una elegancia muy británica. Parecía fresco y reposado, como si volviera de una tarde en el campo. Le tomó la mano y se la llevó a los labios, mientras la observaba con expresión curiosa.

—Pase, pase a mi despacho, se lo ruego —le dijo guiándola a una pieza contigua antes de cerrar la puerta tras ellos.

La estancia estaba bañada por la luz oblicua del atardecer que penetraba por dos altos ventanales. Una imponente biblioteca ocupaba una pared, y algunas carpetas se apilaban ordenadamente sobre el despacho. Vaudoyer acercó un sillón y se sentó no lejos de ella.

—¿Cómo está usted, señorita? Estoy realmente encantado de volver a verla, pero imagino que si ha venido aquí es por una razón, y no querría hacerla esperar más. Tengo entendido que le ha dicho a mi secretaria que era urgente.

Le parecía tan robusto y riguroso, tan perfectamente dueño de sí mismo, que Xenia tuvo la impresión de que no había nada perdido y de que si tenía que suceder un milagro, sería gracias a Gabriel Vaudoyer. Su sosiego duró poco, porque enseguida volvió a tropezar con el obstáculo recurrente que le envenenaba la vida.

—Perdóneme, señor, pero me preguntaba... Sus honorarios... ¿Cómo decirlo? No dispongo de muchos medios e ignoro si...

Desolada, notó que su voz flaqueaba. Como era su costumbre cuando tenía que superar un momento humillante, levantó el mentón y lo miró directamente a los ojos. Él se inclinó hacia ella, le puso la mano en el brazo, entre el dobladillo de la ancha manga y el reverso de su guante de hilo, lo que la hizo estremecerse.

—Señorita, cuando escogí este oficio lo hice ante todo por amor a la equidad. No hablemos de dinero, se lo ruego. Seguramente tendremos ocasión de abordar temas de conversación más interesantes. Así que dígame, ¿qué le preocupa?

Durante un breve instante, Xenia no supo qué responder. No estaba acostumbrada a que la ayudaran y los salvadores eran para ella una especie desconocida. Confiarse a un hombre y dejarse llevar por él tenía algo de embriagador. Sintió una oleada de gratitud hacia Gabriel Vaudoyer por hacerle descubrir esos horizontes nuevos. Pero cuando pensó en lo que la había llevado hasta ese despacho, la gravedad de la situación volvió a manifestársele sin ambages. Sintió que palidecía. Había tenido que esperar durante horas en las comisarías, en sillas incómodas y en pasillos sombríos, la habían enviado de un despacho a otro, la habían tratado con indiferencia y suspicacia, hasta que por fin había dado con alguien competente que le había explicado en tono inflexible adónde habían llevado a su tío y por qué motivos lo mantenían entre rejas. Cuando un funcionario le dijo con aire lacónico que sin duda habría que llamar a un abogado de oficio, la imagen de Gabriel Vaudoyer le había venido a la mente como una evidencia, y ella replicó que no era necesario, que el abogado de su tío iba a ser informado del asunto. A continuación había tenido que buscar en una guía de teléfonos, y filtrar los nombres de los innumerables Vaudoyer que vivían en la capital, antes de dar por fin con la dirección que buscaba. En el sótano del café, con algunas fichas de teléfono dispuestas ante ella por si la operadora cortaba la comunicación, entre el hedor insoportable que procedía de los urinarios, había sostenido el auricular con las dos manos, rogando al cielo que el señor Gabriel Vaudoyer no fuera aficionado a los veraneos.

Xenia inspiró profundamente.

—Necesito que me ayude, señor. Han detenido a mi tío Aleksandr Petrovich Serebrov. Lo acusan de homicidio y es usted el único que puede salvarlo.

Xenia apenas guardaría un recuerdo confuso de las semanas que siguieron. Se habían sucedido las tormentas de verano que ahogaban las aceras en charcos infranqueables, haces de agua sucia que levantaban las ruedas de los automóviles, cielos lavados de toda impureza, luminosos e hirientes, la vuelta de las parisinas a sus calles elegantes, con la añoranza del rocío salado y de los cócteles exóticos en las maletas, la pizarra nueva de Kiril, la vuelta a las clases, la caída de las primeras hojas, las castañas rutilantes en sus peludos envoltorios, la toga negra adornada con un lazo rojo de Gabriel Vaudoyer que ondeaba al viento ante el Palacio de Justicia, la expresión inaccesible de Sasha, su actitud irreprochable ante los jueces, el cuerpo rígido y la mirada fija, temible en su ausencia.

Allí había estado Max, claro que sí, como una certeza, un refugio, y también esa exigencia del deseo que la llevaba ineluctablemente hacia él, con la excitación anudada a lo más profundo del vientre, con el cuerpo febril y el placer afilado como un cuchillo cuando la hacía gozar. Ya no era aquella eclosión de los primeros tiempos, la felicidad de la revelación, y en cierto sentido de la admiración, pues Max la hacía tomar conciencia de sí misma, le recordaba que existía a pesar de los demás. Ahora había en Xenia una forma de ardor que recordaba a una cólera sorda que no tenía que ver con él, sino con las pruebas que sin cesar le infligía el destino y contra las cuales ella había acabado por rebelarse. Ya no dejaba que el placer viniera a ella, con timidez, maravillada y agradecida; partía a su conquista pugnaz, decidida, arrancaba a la vida esos instantes de alegría en los que no buscaba más que el olvido, y sus gestos de amor se habían convertido en gestos de combate.

Max contemplaba a Xenia, tendida junto a él, con la cabeza reposando en su hombro y una pierna prisionera entre las suyas. Se había dormido, dolorida de calor, de savia y de pena. Desde que habían detenido a su tío y mientras la justicia desentrañaba la complicada trama de un jeroglífico en el que se mezclaban deudas de juego, usureros sin escrúpulos y pequeños truhanes armados y pagados para hacer los trabajos más sucios, había percibido a esa Xenia forjada a través de las dificultades. Tanta tenacidad forzaba al respeto, pero ella solo se volvía más distante, prisionera de una armadura de la que extraía fuerzas, pero que la aislaba.

Desde el momento mismo en que le había anunciado la mala noticia, él se había ofrecido para ayudarla en las gestiones. En vano. Xenia incluso eludía la mayoría de sus preguntas. «Tú estás ahí, y eso ya es algo inesperado», le había dicho con severidad, dándole la humillante impresión de que ella no lo necesitaba más que para el placer y para divertirse. Pero Max no era lo bastante aguerrido para comprender la complejidad de una mujer tan desorientadora. Como no osaba imponerse a ella, ni ofrecer resistencia, se dejaba vencer por la resolución de la joven rusa, toleraba que lo hiriera con sus réplicas lapidarias, se sometía a sus caprichos y a sus humores, y enloquecía de alegría cuando una sonrisa iluminaba el rostro de Xenia y esta parecía feliz de pronto... Y, como la amaba demasiado, la amaba mal.

La carta de Sara había quedado abierta sobre la mesa, cerca de la ventana. La había recibido el día anterior, y enseguida había reservado plaza en el tren nocturno que partía hacia Berlín. No le quedaban más que unas horas antes de cerrar la maleta. Había planeado decírselo a Xenia en cuanto llegara para comer, pero la había visto tan contenta que no había querido correr el riesgo de entristecerla. Max todavía era joven, pero no dejaba de ser un hombre. Prefería retardar lo inevitable, con la secreta esperanza de que los términos desfavorables se disiparan como por encanto. Habían comido deprisa unos huevos al plato y bebido una botella de Chiroubles en el *bistrot* de la esquina antes de volver a su casa, de la mano.

De pronto se sintió invadido por la impaciencia. El peso de Xenia le resultaba insoportable; su aliento apacible, casi un reproche. Ahogado por una súbita angustia, intentó deslizarse fuera de la cama sin estorbarla. Con un suspiro, Xenia rodó sobre sí misma y hundió la cara en la almohada arrastrando en el mismo movimiento las sábanas para ponérselas por encima de la cabeza. Pero enseguida volvió a bajarlas.

—¿Qué hora es?

—Más de las dos.

—¿Ya? ¡Tengo que irme!

Saltó fuera de la cama y se levantó desnuda ante él. Como siempre, el corazón de Max se encogió, y percibió el impulso irresistible que arrastraba su cuerpo hacia ella. Eran amantes desde hacía meses, pero él no se había saciado todavía. El aspecto de Xenia, el perfume de su piel, su carácter exasperante, su franqueza, su orgullo insensato, su humor, su valentía, su ternura que estallaba de pronto con una frescura conmovedora: era insaciable, inspiradora, y Max von Passau había resultado irremediablemente conquistado. Sin embargo, era imposible negar que había algo de intranquilo en su amor. Era una reticencia, contenida pero dolorosa. Xenia no había querido que conociera a los suyos, ni a su vieja Nianiushka, ni a Masha o Kiril, y secretamente eso le había dolido. «No quiero compartirte», decía ella, con un aire tan feroz que él se consolaba y sentía una punzada de orgullo.

A esas alturas creía que ya la conocía. Ella no lo tenía fácil a la hora de disimular sus impaciencias o preocupaciones. Él le perdonaba muchas cosas. Demasiadas, quizá, se decía a veces, sin saber cómo enmendar esta debilidad. En esos últimos tiempos, el rostro de la joven delataba una inquietud que ella no conseguía ocultar. El arresto de su tío la había tocado en lo más hondo, en un lugar perteneciente al orden del orgullo. «No irán a pensar que es un vulgar criminal, valemos más que eso», había murmurado, con la cabeza gacha, y Max había comprendido que ella estaba avergonzada, y que ese sentimiento le resultaba extraño. Él se había emocionado al verla batallar no solo con las instituciones, sino también con ella misma, rechazando la posibilidad de dejarse abatir, llevada por esa inteligencia desarrollada a través del sufrimiento que la hacía tan atractiva.

Estaban preparando una serie de fotografías con vistas a una exposición, pero aunque él le había propuesto interrumpir las sesiones, ella había rechazado tal posibilidad, pues sabía lo importante que ese trabajo era para él. En estas sesiones su rostro había adquirido un grano más denso, una gravedad que la hacía todavía más bella, y había concebido la decoración a su alrededor dejándola a veces entre sombras, para acentuar la ambigüedad de su personaje. Con la desagradable sensación de que la mujer que amaba lo mantenía a distancia, Max había escogido acercarse a ella de otro modo, desvelando su intimidad a través del ojo del objetivo. De este modo, sin que ella fuera plenamente consciente, había hecho caer las máscaras de Xenia, había desnudado sus emociones, y a través de ella fotografiaba a todas las mujeres, rendía pleitesía a su coraje y a su ardor, y también a su fragilidad.

—¿Qué te ocurre? —le preguntó ella en tono divertido al pasar por delante de él para meterse en el pequeño baño que también servía de cuarto oscuro.

En los primeros tiempos de su relación, Xenia había sido deliciosamente púdica, y se cubría con una sábana, con una camisa, con lo que tuviera más a mano, pero con el transcurso de los meses se había acostumbrado a su cuerpo, a su graciosa desnudez, y ya se movía con soltura. El gorgoteo del agua caliente en las tuberías impidió responder a Max. Una corriente de aire lo estremeció. Se vistió, encendió un cigarrillo que fumó a caladas cortas y nerviosas. Después se sirvió un coñac y se lo bebió de un trago. Xenia empezó a recoger sus cosas esparcidas por la estancia. Max pensó que cada uno de sus gestos era encantador. Ella canturreaba, radiante. Hacía muchos días que no la veía tan relajada, y eso lo hizo sentirse todavía peor.

—¿Nos vemos esta noche, como habíamos quedado? —preguntó ella.

—No te enfades, pero esta noche no puedo.

—¿Ah, no? ¿Y eso?

Se pasó una mano por el pelo. ¡Qué situación más absurda! Tenía la impresión de estar traicionándola, cuando no había hecho nada que pudiera reprocharse, aparte de esperar hasta el último segundo para darle una noticia que sin duda iba a apenarla.

—Tengo que regresar a Berlín y quedarme allí una temporada.

Ella se quedó inmóvil, boquiabierta.

—¿Cómo?

—Soy consciente de que te lo digo de manera un tanto abrupta, pero ayer por la mañana recibí carta de Sara, ya sabes, esa amiga de la que te hablé. Su padre ha tenido un ataque. Está en cama, y ella se encuentra sola al frente de los almacenes Lindner. Se siente perdida, y necesita apoyo.

Xenia miraba ora el rostro de Max, ora la carta que este blandía en la mano. Sin darse cuenta se había envarado y los rasgos de su cara se habían endurecido.

—¿Y tú eres el más apropiado para ayudarla?

—En el trabajo cotidiano no, claro. No sé nada de esos asuntos, y además Sara es una chica muy capaz. Pero creo que estará contenta de que me quede a su lado, simplemente para animarla —dijo encogiéndose de hombros.

—Y tú vas y dejas toda tu vida aquí para ir a su encuentro. Creía que estabas preparando una exposición. Hemos trabajado mucho estos últimos tiempos.

—Sí, lo sé. Has estado maravillosa a pesar de lo que estás pasando, y yo te lo agradezco. Pero en este momento lo que le ocurre a Sara me parece más importante. Saul Lindner es un hombre notable. Los médicos se reservan el pronóstico. En la vida hay que saber estar ahí cuando las personas nos necesitan. No querría que ella se sintiera abandonada.

—Pobrecilla —dijo Xenia mientras se ajustaba una media.

—Es alguien muy importante para mí —replicó Max, irritado por el desdén que había percibido en la voz de ella—. No quiero fallarle.

Xenia se abotonó el vestido en silencio, intentando dominar sus dedos febriles. El anuncio de esa partida imprevista la había dejado sin aliento. Estaba enfadada con ella misma por ser tan vulnerable. Max era un hombre libre, así que tenía derecho a regresar a su casa. ¿Acaso su familia no vivía en Berlín? Por otra parte, luego volvería a París. En cualquier caso, no hablaba de ruptura, y esa historia no tenía nada que ver con ella... Sí, todo era perfectamente razonable. Pero entonces, ¿por qué sentía ese vértigo?

—¿Por qué estás tan a la defensiva, Max? —preguntó mientras se ponía el abrigo—. Lo entiendo muy bien. Sara es afortunada, no todo el mundo puede contar con amigos así, con alguien que está dispuesto a dejarlo todo de pronto para acudir a tu lado.

—A eso se le llama amistad.

—Probablemente —concedió ella encogiéndose de hombros—. Pero no puedo saberlo. Yo no tengo amigos.

Max no reconocía esa sonrisa ácida. Le parecía ridículo que se lo situara en la picota cuando solo quería ayudar a una mujer a la que apreciaba y a la que había amado en otros tiempos. Sin embargo, también se sentía culpable por no hallar las palabras que pudieran tranquilizar a Xenia. Pensó en todas las ocasiones en las que ella lo había rechazado, no físicamente, claro está, pues Xenia era una amante generosa, pero en cualquier caso no tenía rival a la hora de ocultar su corazón. De pronto, Max se llenó de resentimiento por todos esos arañazos ínfimos que ella no había dejado de infligirle.

—¿Por qué te lo tomas así? —preguntó, irritado—. Reconozco que habría podido decírtelo antes, pero acabo de recibir la carta. Además, no tengo por qué justificarme. Por ti haría exactamente lo mismo.

—Ah, sí, ¡pero yo no chasqueo los dedos para que un hombre venga a socorrerme al menor contratiempo!

—¡Mejor para ti! ¿Qué esperas? ¿Quieres que te felicite? Ya sé que tú no tienes necesidad de nadie. Como siempre lo has afrontado todo sola, ni siquiera eres capaz de aceptar la ayuda de las personas que te quieren. Casi podría decirse que desprecias a los que desean ayudarte.

Max percibió un destello de tristeza en la mirada de Xenia, y sintió una alegría mezquina al pensar que había franqueado esa barrera que se erigía entre ella y los demás. Aun así, en ese mismo instante sintió también el impulso de tomarla en sus brazos, de decirle que la amaba y de pedirle perdón.

—En tal caso, no me queda más que desearte buen viaje. Estoy segura de que le serás de gran ayuda a tu querida Sara.

Solo entonces lo comprendió, y se reprochó no haber sido capaz de evitar esa disputa estúpida, surgida de la nada.

—¿No será que simplemente estás celosa, Xenia? —le preguntó con una sonrisa burlona y con esa condescendencia de los hombres siempre halagados por la idea de que una mujer pueda quedar resentida con otra a causa de ellos.

La joven alzó la cabeza con un movimiento brusco.

—Para estar celosa, Max, primero hay que estar enamorada.

Durante un instante le sostuvo la mirada. Despiadada. Inaccesible. Después, sin añadir nada más, abrió la puerta y salió al rellano. Él permaneció en pie, como un imbécil, con el corazón desbocado, mientras la puerta oscilaba en la corriente de aire y los tacones de Xenia restallaban en la escalera de madera. Pronto reinó el silencio y una sensación de soledad tan brutal que Max se echó a temblar.

Gabriel Vaudoyer era un hombre paciente. Se dice que la constancia es una cualidad, y a él siempre le había sobrado. De pequeño, los caprichos le habían resultado desconocidos. De muchacho, los compañeros de la escuela lo habían considerado como un ser curioso, ya que ellos eran más indisciplinados, de pasiones efímeras. Pues la paciencia lleva al dominio de uno mismo, y esta impasibilidad puede confundirse con el desprecio. En el fragor de la guerra, su determinación, aliada con la tenacidad y el cálculo, había hecho de él un oficial excelente. Y en su oficio de abogado no se sabía de nadie como él a la hora de atraer al adversario hasta sus redes.

Esa mañana, con una toalla anudada a la altura de los riñones, Gabriel silbaba mientras se examinaba en el espejo del baño. Acabó de alisarse el pelo con un peine. Había apurado el afeitado, los poros de la piel se habían cerrado y la tez tenía una apariencia fresca. A sus cuarenta y cuatro años le daba mucha importancia a su apariencia, pues consideraba que lo menos que podía hacerse era presentarse ante el mundo con buen aspecto. Acababa de concluir una hora de gimnasia con un profesor que venía a su domicilio para ayudarle a muscular una espalda que había sufrido los efectos de una mala caída de caballo unos años antes. Su cuerpo le otorgaba cierta prestancia y una reputación de seductor, cuando lo que buscaba por encima de todo era satisfacer un sentido muy personal del esteticismo.

Hasta donde se remontaban sus recuerdos, la fealdad siempre lo había indispuesto, lo mismo que la mediocridad, la estrechez de espíritu o los domingos por la tarde y su insoportable somnolencia. Pero había comprendido muy pronto que nadie a su alrededor compartía sus irritaciones. Su padre, funcionario de la instrucción pública, tenía una idea muy elevada de la República y de los ideales de la laicidad, de la igualdad y del mérito. Su madre había sido una mujer incolora, preocupada por su mundo interior, el bienestar de su marido y la educación de su único hijo. De su infancia, Gabriel conservaba el recuerdo de ese olor propio de las viviendas modestas, una mezcla de cera, comidas en común y el polvo que, infructuosamente, se perseguía con obstinación. En casa de los Vaudoyer se le dispensaba un gran cuidado a la ropa, y los manteles siempre se lavaban en agua hirviendo. Allí se abominaba de lo superfluo y del derroche, de la fantasía y de la exuberancia. Una noche, cuando tendría seis años, al levantar la nariz de su potaje, mientras escuchaba el tictac del péndulo y los ruidos del entrechocar de los cubiertos, Gabriel había tenido la impresión de que las paredes de la pieza se acercaban para ahogarlo. Mientras el sudor le cubría la frente, se juró escapar de aquella lenta sofocación.

En sus brillantes estudios de Derecho había escogido a sus amistades con discernimiento, había establecido contactos y frecuentado ciertos círculos de pensamiento, ascendiendo por los escalones del poder con una determinación inalterable, aunque sin hablar nunca a sus padres de sus triunfos. No los amaba, pero los respetaba, y no habría querido que se asustaran desvelándoles sus inclinaciones por universos tan insólitos como el jazz americano, el amor hacia los objetos artísticos o el dinero. Con el transcurso de los años, su madre le había hecho comprender que le habría gustado tener nietos, pero las dos únicas mujeres con las que Gabriel había pensado en casarse lo habían decepcionado con lo que podrían considerarse nimiedades: una tenía unos pies poco agraciados y la otra, una risa de hiena. Había preferido tomárselo con calma y arreglárselas con alguna amante. Cuando sus padres murieron, con algunos meses de diferencia, no le confesó a nadie que se había sentido más aliviado que triste.

Satisfecho por su buen aspecto, volvió a su habitación para vestirse. Amplias cortinas de seda beis enmarcaban las ventanas. La luz fría de enero subrayaba las paredes desnudas, los muebles de marquetería de mimbre barnizado, las maderas claras. La colcha de vicuña colgaba sobre la alfombra, desvelando las sábanas arrugadas y almohadas de pluma. Ajustó el nudo ancho de su corbata de seda, vertió en su pañuelo unas gotas de agua de colonia italiana que el perfumista le enviaba desde Parma y luego miró su reloj. Cinco horas de adelanto.

Al atravesar la antecámara, y luego el gran salón, sintió como siempre la gran satisfacción de ser propietario de ese bonito piso que daba a los jardines de Luxemburgo. Era un triunfo que solo se debía a sí mismo, y estaba orgulloso de él. Penetró en la pieza que empleaba como biblioteca y fumadero. El tufo a cigarro de la víspera le resultó desagradable. El frío le había impedido airear la pieza, y había pasado un buen rato estudiando el informe que todavía reposaba sobre el despacho de palisandro. En principio, un asunto criminal como el de Aleksandr Serebrov no era su especialidad, pues solía escoger casos más lucrativos, pero Gabriel no era hombre que dejara pasar las ocasiones. El azar lo había hecho bien, puesto que le había permitido volver a ver a Xenia Osolin sin él tener que dar ningún paso.

Desde el momento en que había puesto los ojos sobre la joven rusa en el salón del modisto, su imagen multiplicada hasta el infinito en los espejos, había comprendido que la suma de su paciencia y su ansia, de sus deseos efímeros por otras mujeres, de su búsqueda de una sola forma de belleza que pudiera tranquilizarlo, solo había tenido un objetivo: llevarlo hasta esa mujer única que se alzaba ante él con actitud altiva y una mano en la cadera. Enseguida había reconocido la naturaleza de su entusiasmo por esa desconocida. Deseoso de cierta forma de perfección, tanto en la organización de su vida cotidiana como en la de sus sentimientos, Gabriel era un hombre exigente y con buen olfato, y había comprendido que no hallaría descanso hasta que no consiguiera hacerla suya.

Tomó el grueso informe protegido por una carpeta de cartón y lo metió en la cartera. La fecha de la apelación se había fijado para unos meses más adelante, lo que resultaba satisfactorio si se tenía en cuenta la lentitud del aparato judicial, y tenía la intención de enviarle una nota a Xenia Osolin para anunciárselo e invitarla a cenar. Estaba seguro de que aceptaría. Salió de la estancia y llamó a su criado, al que encontró esperándolo en el vestíbulo, armado de un sombrero de hongo negro y de un abrigo con forro de piel.

—Buenos días, señor. ¿El señor ha dormido bien?

—Perfectamente, Julien. Esta noche no cenaré en casa. Avise a Madeleine, por favor.

—Muy bien, señor. Que pase un buen día, señor.

Gabriel Vaudoyer descartó el ascensor y bajó por las escaleras. Una vez fuera, se detuvo en la acera y levantó la nariz hacia el cielo opalescente. Ese día habría que ir con cuidado con las placas de hielo. Sonrió y se preguntó si la excitación que sentía se debía al aire picante que olía a nieve o a la deliciosa certeza de volver a ver a Xenia Osolin. Se ajustó los guantes forrados y se encaminó con paso decidido a la rue de Vaugirard.

Sentada a la mesa de la buhardilla, con un chal sobre los hombros y rodeando con las manos una taza de té con azúcar, Xenia había recogido los pies bajo las piernas con la esperanza de calentarlos, pero el frío que le helaba los huesos no tenía nada que ver con la temperatura exterior. Tenía un aspecto horrible, la tez grisácea y unas ojeras que empezaban a amoratarse. Desde hacía varios días no podía conciliar el sueño. Por la mañana se levantaba con las piernas pesadas y aturdida. La menor contrariedad la sacaba de quicio o hacía que le vinieran unas terribles ganas de llorar. Había reñido severamente a Kiril por una tontería y se había enfadado con Tania, que le había contestado que era insoportable. La encargada de taller había declarado que hablaría con el señor Rivière si las señoritas no dejaban de pelearse como colegialas.

Una tos bronca resonó en el pasillo. Unos y otros se iban a trabajar. Kiril se había echado la cartera a la espalda sin decirle adiós. No le perdonaba la injusticia de la víspera, y ella no podía tenérselo en cuenta. Pensó en reconciliarse con su hermano esa misma tarde, porque esa mañana no tenía fuerzas.

Hacía varias semanas que Masha no vivía con ellos. Tras mucho luchar había conseguido que su hermana le diera permiso para irse a vivir con dos amigas pintoras a un minúsculo piso de Montparnasse. Desde que había concluido sus estudios de dibujo trabajaba como ayudante de decoración para los ballets rusos. Se ganaba la vida; se había hecho adulta, contra viento y marea. Xenia la había dejado partir, no sin antes bendecirla con el signo de la cruz, lo que había hecho sonreír irónicamente a Masha al tiempo que los ojos se le llenaban de lágrimas. Con la partida de su hermana, la buhardilla se había vuelto algo más habitable.

Ahora que los ingresos eran mayores, Xenia se habría podido permitir alquilar una vivienda más espaciosa, pero prefería ahorrar. Había vivido demasiados años sin ninguna reserva en el banco. En esos momentos quería intentar anticiparse a las dificultades en lugar de sufrirlas. El futuro la inquietaba: había que contar con los estudios de Kiril y con la evolución de la salud de Nianiushka, tan deteriorada... Una dolorosa artritis impedía trabajar a la anciana, por lo que entraba un sueldo menos en casa. La vida había enseñado a Xenia a desconfiar. Ahora, aprovechando esos preciosos instantes de tranquilidad, pensaba que todavía habría tenido que fiarse menos.

—¿Cuánto tiempo pretendes ocultar la noticia, Xenia?

La joven se sobresaltó. Nianiushka estaba sentada en la cama, un bulto pequeño y encorvado, de manos nudosas y piel apergaminada. La suavidad de su voz la había atravesado como una aguja. Lentamente, la joven inclinó la cabeza hasta apoyar la frente sobre la mesa. Tenía ganas de replegarse sobre ella misma, de disolver ese cuerpo molesto que ocupaba tanto espacio y con el que ya no sabía qué hacer, ese cuerpo que pronto iba a tener que aprender a compartir.

—Ya lo sabías, claro. ¿Cómo he sido capaz de dudarlo? Hasta puede que lo hayas sabido antes que yo.

La anciana, vestida de negro, la examinaba con gravedad. Sus labios finos no sonreían. Seguía inmóvil, con el cabello blanco y ralo recogido en una trenza filiforme. Y en la mirada sombría de su Nianiushka, en la que compasión y pena convivían en disputa con la decepción, Xenia vio desfilar los benditos días de una infancia demasiado lejana en la que la menor pesadilla se había convertido en el pretexto para refugiarse en sus brazos tranquilizadores. La vergüenza la invadió y encendió sus mejillas. De pronto se sentía tan vulnerable que las corrientes de aire que penetraban por la ventana mal ajustada le laceraron la piel. Ella, que pretendía ser una mujer libre, que se había entregado a su amante con un ardor alborozado, con un apetito feroz, que se había soñado como conquistadora insumisa, descubría la angustia insondable, vertiginosa, de toda mujer joven que espera un hijo no deseado.

Sintió un escalofrío. Hincó las uñas en la palma de su mano, como para acercarse aún más a la realidad. Había llegado el momento de enfrentarse a ella. Su vientre apenas sobresalía, no sufría más que náuseas esporádicas... pero sus pechos empezaban a traicionarla, pues estaban hinchados, le dolían, el más mínimo roce de una tela los irritaba. La cuestión era que ese momento de tranquilidad no podía durar eternamente. Las costureras acabarían por darse cuenta, y Rivière también. Ya le parecía percibir miradas sesgadas y comentarios jocosos en los talleres. Y como no la apreciaban demasiado, las maledicencias todavía serían más envenenadas.

—¿Te casarás con él? —preguntó Niania.

Xenia se incorporó y desplegó las piernas. El té ardiente la reconfortó. ¿Casarse con Max? ¡Eso habría sido tan sencillo, tan evidente...! Él no la rechazaría. La amaba. ¿Acaso no se lo había probado ya con sus caricias, sus atenciones, sus palabras? Y de golpe tuvo la impresión de que lo tenía enfrente, con su mirada intensa, de que respiraba su olor, de que percibía la suavidad de su piel allí, justo debajo de la oreja; dibujó de memoria los detalles de su cuerpo que le parecían curiosamente vulnerables: la peca en el hombro, la línea de la nuca, la cicatriz en la rodilla derecha. Volvía a ver su sonrisa, esa manera de echar la cabeza atrás cuando el pelo le resbalaba sobre la frente, el movimiento de su torso al inclinarse sobre ella. La saciaba por completo, y sin embargo el corazón de Xenia seguía siendo de piedra, y eso la asustaba porque se sentía inhumana. Sí, a pesar de sus ojos secos, las lágrimas se deslizaban, tan corrosivas como el ácido, por alguna parte de ella.

—No —dijo por fin.

—Ya veo —murmuró la vieja rusa.

Puede que Nianiushka pensara que su amante estaba casado... A menos que considerara la posibilidad de que Xenia ignorara el nombre del padre de su hijo. No, era imposible haber caído tan bajo en la estima de su Niania, ella no podía infligirle el insulto de tomarla por una cualquiera. Irritada, la joven se levantó. ¡Que Nianiushka pensara lo que quisiera! No iba a justificarse. La piadosa campesina no podría comprender nunca por qué se sentía incapaz de pedirle al hombre que la amaba desde hacía más de un año que se casara con ella. Ni la misma Xenia lo entendía. Sentía un temor difuso, pero también algo que tenía que ver con el orgullo. Solo le quedaba una certeza: no quería estar en deuda con nadie por una decisión tan grave. Le resultaba imposible pedir ayuda por un acto del que solo ella era responsable. ¿Acaso no había escogido libremente ser la amante de Max? No iba a imponerle las consecuencias de su gesto, porque durante toda la vida se diría que él la había desposado por piedad. Y por otra parte, confusamente, Xenia debía admitir que lo tenía en demasiada consideración como para obligarlo a contraer un matrimonio de conveniencia.

—¿Ya has pensado en lo que le ocurrirá a tu hijo?

—¡Sí, claro, no soy ninguna irresponsable! —replicó Xenia mientras empezaba a vestirse—. Lo traeré al mundo, lo alimentaré, lo cuidaré y luego lo enviaré a la escuela, como se hace con todos los niños.

—¿Y cómo se llamará? —preguntó Niania en tono más cortante—. ¿Qué apellido llevará: el de su padre o el de su madre? ¿Ya eres consciente de la manera en que se trata a los bastardos en los patios de las escuelas y a lo largo de sus vidas? Nadie va a protegeros, ni a ti ni a tu hijo. Lo rechazarán, lo humillarán, y a ti te mirarán como si fueses menos que nada, no podrás...

—¡Basta! —gritó Xenia—. No soy idiota. No es necesario meter el dedo en la llaga. Sé lo que hago.

Niania sacudió la cabeza tercamente.

—No estoy tan segura. Me parece que no te das cuenta de lo que va a pasar. ¿Has pensado lo que dirán de Masha y de Kiril? ¿Cómo podrán conseguir buenos matrimonios si su hermana mayor es una madre soltera? El nombre de la familia quedará manchado para siempre. Si el pobre *barine* y la dulce *barinia* estuvieran aquí...

—¡Precisamente por eso, porque no están! ¡No están y no pueden ayudarme, ni a mí ni a nadie, puesto que están muertos! Así que me las voy a arreglar sola, como he hecho siempre. No te quejarás, ¿verdad? Masha y Kiril tampoco deberían quejarse. No hay más que oír a todos los que han huido del paraíso de los bolcheviques: en estos últimos tiempos millones de personas han muerto de hambre. Esos cerdos incluso han tenido que recurrir a obras caritativas extranjeras... Pero si no estáis contentos con la vida que llevamos aquí, podéis volver a casa —concluyó Xenia, haciendo un gesto de despecho con la mano.

Sabía que estaba diciendo lo primero que se le venía a la cabeza, pero le resultaba demasiado doloroso escuchar a Niania poner el dedo en la llaga de todas las angustias que la atormentaban.

—Siempre me decís que soy fuerte, ¿no? —ironizó inclinándose para atarse los botines—. Pues bien, seré lo bastante fuerte para educar a mi hijo sola, te guste o no.

—Tu hijo necesita a un padre, Xenia Fiódorovna —insistió la anciana mientras se santiguaba—. Lo siento en los huesos, en el corazón, en el alma. Él es inocente. No puedes infligirle semejante herida incluso antes de que vea la luz del día. Y todo porque eres demasiado orgullosa para atender a razones. Sería una cobardía, ¿me oyes? Tienes responsabilidades para con él.

—¡Calla! ¿Cómo te atreves a decirme eso, cuando no he dejado de sacrificarme por todo el mundo? Siempre he pensado en los demás, desde el día en que asesinaron a papá. ¿Puedes decirme cuándo me he preguntado lo que sería bueno para mí, cuándo he hecho algo solo por mi gusto?

La anciana le lanzó una mirada terrible.

—Al menos una vez: el tiempo que te llevó hacer ese niño.

Xenia se quedó boquiabierta mirando a su Niania, que se había levantado de la cama y se había quedado en pie, con el cuerpo tembloroso y la cara pálida. Tanta franqueza la ofendía, pero no podía reprochársela, no podía dejar de admirarla por su valentía. Nianiushka se había expresado con tanta claridad en raras ocasiones, y Xenia comprendió que la anciana defendía ya al hijo que ella llevaba en el vientre. Así eran las *nianias*, no reconocían como príncipes más que a los niños inocentes. Por ellos estaban dispuestas a sacrificarlo todo, tanto su libertad como su vida. La cólera de Xenia se derrumbó de golpe. Se acercó a la anciana que la desafiaba con expresión inalterable, le tomó las manos, acarició sus articulaciones deformes, las palmas ásperas que habían acunado a tantos bebés, que la habían reconfortado durante sus fiebres infantiles y en el transcurso de esos años dolorosos, y se las llevó a los labios para besarlas.

—Que Dios te bendiga, Xenia Fiódorovna —murmuró la anciana—. Que Él te guíe y te proteja. Que Él te muestre el camino de la verdad.

Sin decir palabra, Xenia se puso el abrigo, se anudó la bufanda alrededor del cuello y tomó su toca de piel. Esa mañana, al salir de la buhardilla, ignoraba que esas iban a ser las últimas palabras de su vieja Nianiushka. A su regreso al final del día la hallaría tendida en la cama, con la cabeza vuelta hacia la ventana y los ojos abiertos. «El corazón le ha fallado —le diría el doctor al certificar el fallecimiento—. Era una mujer muy mayor. ¿Sabe usted qué edad tenía?» Y Xenia le respondería que lo ignoraba, que las *nianias* eran intemporales, tan antiguas como el alma de la santa Rusia, auténticas y fieles. Irremplazables. Y por primera vez, la joven posaría una mano protectora sobre su vientre, con el pensamiento puesto en su hijo, que nacería en otro mundo, un mundo sin una Nianiushka que pudiera protegerlo de las tinieblas.

Llevaba un vestido negro de crepé de China, un largo collar de perlas que le llegaba a la cintura y unos pendientes de perlas barrocas. La luz brillaba sobre su cabello rubio severamente pegado al cráneo. Los brazos desnudos, la expresión grave, la mirada lejana. Gabriel Vaudoyer pensó que no había belleza más exquisita que una belleza enlutada. Y pensó también que deseaba hacerla sonreír de nuevo.

No había conseguido invitar a Xenia la noche que él deseaba. Ella le había informado de que su Niania acababa de morir. Al adivinar por su tono de voz que la desaparición de esa mujer tan mayor, en lugar de suponer un alivio, la había alterado profundamente, Gabriel se sorprendió un poco. No se imaginaba que una criada, por muy fiel que fuera, pudiera llegar a adquirir tal importancia en la existencia de alguien. Ahora que creía conocer ya a la joven después de haberla tratado en varias ocasiones en el curso del proceso de su tío, se dio cuenta de que la condesa Xenia Fiódorovna Osolin venía de un mundo diferente del suyo, que los impulsos de su corazón, sus cóleras, sus exasperaciones, lo mismo que sus tristezas, nacían de otras fuentes. Parecía tan distante en ese restaurante con las paredes forradas de terciopelo, sin prestar atención ni al baile de los camareros ni al fuego de la chimenea... Gabriel deseaba formar parte de su vida, pero adivinaba que penetraba en ella como un intruso y, para su mayúscula sorpresa, se sentía intimidado.

—No quiero hablar de eso —dijo ella después de que él le hubiese hecho algunas preguntas—. Ni de Nianiushka ni de mi vida anterior. Ahora todo eso pertenece al pasado. Lo que me importa es el futuro.

Gabriel vio que sus rasgos se habían tensado y distinguió un brillo febril en su mirada mientras, con dedos nerviosos, arrugaba el mantel.

—¿Y cómo ve usted su futuro?

Xenia esbozó una sonrisa amarga. ¿Cómo podía responder a una pregunta como aquella, tan anodina como espinosa? El futuro se había convertido en un abismo. No pensaba en él, no creía demasiado en el porvenir. El mundo se acababa todas las noches y renacía todas las mañanas. Volvió a pensar en la visita a la cárcel que había realizado esa misma tarde, en el cuerpo delgado de Sasha, tan extraño bajo la indumentaria de los prisioneros. En cada ocasión, le parecía que abandonaba jirones de su alma tras esos muros que rezumaban desesperación. Había querido comunicarle de viva voz la muerte de Nianiushka. Era una cuestión de respeto hacia la vieja mujer que siempre se lo había perdonado todo a su pequeño Sasha. Xenia estaba segura de que el drama de saberlo en la cárcel la había precipitado a la tumba, pero Nianiushka nunca había culpado a Sasha. Al conocer la noticia, una oleada de tristeza había sacudido a su tío. Su cuerpo se había derrumbado sobre la silla, había echado la cabeza atrás, como para tragarse las lágrimas, y luego su cara había adoptado de nuevo esa expresión impasible que mostraba desde que se encontraba tras los barrotes. Xenia se había sentido tan cansada que no habría dudado en tenderse en el suelo de cemento para dejarse morir.

Se había quedado en blanco. Los cristales de las vajillas, las velas de los candelabros de plata, el *canard au sang* que apenas había probado, todo se confundió ante sus ojos. Se llevó una mano temblorosa a la frente. ¿Dónde estaba? ¿En el locutorio helado de una prisión hedionda y miserable, en el canapé capitoneado de un restaurante en el que una orquesta tocaba con sordina? Bajo sus dedos, el vestido de alta costura tenía la textura áspera de un uniforme de recluso. Y Kiril, que dormía solo en la buhardilla, que de pronto se había hecho demasiado grande; y Nianiushka, enterrada tan lejos de Rusia; y ese niño que a veces se agitaba en ella y del que no quería saber nada. Xenia levantó los ojos hacia el hombre que la observaba con una expresión solícita, sin decir nada. Adivinó que ya no quería hacerle más preguntas, por temor a indisponerla, y ella le agradecía tal delicadeza.

—Me parece que no tiene usted más hambre —murmuró él señalando la carne que se había enfriado y las verduras coaguladas en su salsa.

—Lo siento —dijo ella replegando las manos sobre las rodillas.

Gabriel indicó al camarero que se llevara los platos.

—¿Desea un poco de queso, un postre?

Ella negó con la cabeza. Tenía un nudo en la garganta y unas ganas locas de salir de ese restaurante cuanto antes para caminar por la calle, como si el frío de la noche pudiera ayudarla a ver con claridad.

—Está preocupada por algo y me gustaría mucho ayudarla —dijo él con voz cálida—. Creo que hay momentos en la vida en que no podemos arreglárnoslas solos. A veces hay que aceptarlo y es necesario que nos abandonemos un poco. La veo tan tensa esta noche... Hace ya unos cuantos meses que nos conocemos. Ha atravesado momentos difíciles, y sin embargo nunca la había visto tan... tan...

Esbozó un gesto vago con la mano.

—¡Vaya! Es algo raro que un abogado se quede sin palabras, ¿no? —comentó ella con aire divertido.

—Cuando pienso en usted, las palabras me parecen irrisorias —replicó él con sinceridad—. Hábleme, Xenia, se lo ruego. Hágame ese honor. ¡Es usted tan arisca, tan inaccesible! Nunca me había sentido así con ninguna otra mujer. ¡Me siento tan desarmado ante usted!

—¿Qué quiere que le explique? —contestó ella, irritada—. Mi vida no tiene nada de interesante.

—¿Cómo puede decir eso? Todas las revistas la reclaman. He visto su retrato en varias exposiciones de fotografía. Incluso esta noche ha habido gente que la ha reconocido. Xenia Osolin se ha convertido en una personalidad parisina. Su nombre aparece en las columnas de la vida social. Tendría que estar orgullosa. Me explicó usted cuánto le había gustado posar para Man Ray. Bueno, le confieso que no consigo reconocerla en ninguna de sus obras —precisó con una sonrisa para hacer alusión al trabajo en ocasiones desconcertante del artista.

—¿Y qué tiene eso de particular? Es una manera de ganarse la vida. No veo por qué puede parecer tan excitante. Además, todo eso va a interrumpirse durante bastantes meses. Estoy encinta, ¿comprende? Así que voy a sumergirme en el anonimato hasta que mi hijo venga al mundo. El señor Rivière ni siquiera querrá que ponga un pie en su taller, no vaya a ser que contamine a las otras chicas. Considera a las mujeres embarazadas un peligro público. Después ya decidirá si he pasado de moda o no. Por si no se había dado cuenta, le diré que el éxito es una amante infiel.

—¿Y el padre?

—Está lejos, y es mejor así.

Pensar en Max le causaba dolor. ¿Se curaría alguna vez de ese mal?

—Usted necesita un marido, y lo sabe —afirmó Gabriel de pronto, en tono más apremiante—. Por eso está tan nerviosa. El matrimonio puede constituir una protección indispensable. Un entendimiento cordial entre dos personas que se necesitan mutuamente. En la vida no todo es pasión. También existe el respeto, y el afecto. Una forma de complicidad.

A Xenia le sorprendió pensar que esa descripción del matrimonio resultaba desoladora, pero quizá la confundiera el amor que se habían profesado sus padres. Después de ser testigo de sus miradas, de sus gestos tiernos, de esa atención continua, ¿cómo podría contentarse con algo tan insípido? Era como pedirle a un pájaro que se cortara las alas. Y, sin embargo, amar como Nina Petrovna había amado a su marido era como lanzarse al vacío desde lo alto de un precipicio, con una confianza absoluta en el otro, abandonarse a una suerte de embriaguez, de pura locura. Xenia, en cambio, se había aguerrido hasta el punto de hacerse insensible al hombre que decía amarla. Se preguntó si quizá sufriría alguna clase de enfermedad insidiosa. Una gangrena de corazón.

—Sus consejos son siempre útiles, Gabriel —dijo intentando despejar una atmósfera que empezaba a fatigarla—. Así que, según usted, tendré que ponerme a buscar un esposo. No será fácil. Tengo un hermano pequeño a mi cargo y no conozco a ningún hombre que escoja por voluntad propia casarse con una mujer encinta de otro.

—Yo sí conozco a uno.

Había hablado en voz baja y sonreía con cierta vacilación que desveló en ese hombre lleno de prestancia una insospechada vulnerabilidad. Xenia comprendió enseguida que Gabriel se refería a sí mismo. Se quedó desconcertada, pues nunca se había hecho preguntas sobre la vida privada del abogado. Tenía veinte años más que ella. Era un hombre situado, cultivado, seguro de sí mismo. Afortunado, también. Y hubiera sido una tontería negarlo. Los pensamientos empezaron a bullir en su mente a toda prisa. Gabriel no había dudado en ayudarla en cuanto ella se lo había pedido. Le gustaba su voz grave, que tan buenos resultados le reportaba en las salas de audiencia. Era educado, atento. Su hijo tendría un apellido, y Kiril un techo más decente que esa horrible buhardilla. Era muy probable que Masha se mostrara envidiosa. Gabriel Vaudoyer la protegería, en efecto, porque esa era su naturaleza. Pero las noches...

—Usted me fascina, Xenia —prosiguió el abogado—. Es usted hermosa, imprevisible, magnética. Si me da una oportunidad de estar más cerca de usted, creo que podremos pasar excelentes momentos juntos. Ese niño es una parte de usted, así que ¿cómo no aceptarlo? Soy de temperamento solitario, pero la soledad puede volverse pesada y estéril. Desearía casarme con usted, pero dejaré que se lo piense. No quisiera que pareciera que me aprovecho de un momento de desasosiego... Me parece que tiene ganas de volver a su casa, ¿no es así?

Unos años más tarde, cuando Xenia se preguntara qué le había llevado a casarse con Gabriel Vaudoyer, pensaría que no había sido por su hijo ni por temor a un futuro incierto, sino porque Gabriel no había hablado en ningún momento de amor, y ella había apreciado esa honestidad de sentimientos.

TERCERA PARTE

Berlín, noviembre de 1932

Sentada en su despacho, Sara Lindner estudiaba el registro de contabilidad. Recorrió las columnas de cifras una vez más con la esperanza de haberse equivocado, pero finalmente se quitó las gafas con un suspiro y se frotó los ojos. Tenía que rendirse a la evidencia: las ventas de los almacenes se habían reducido en un cincuenta por ciento por tercer año consecutivo.

Sintió un pinchazo entre los omoplatos. No podía más, así que se levantó para mirar por la ventana. Desde su despacho del sexto piso disfrutaba de unas vistas privilegiadas sobre el cielo y los tejados de Berlín. El tiempo era magnífico. Con aquel frío intenso la nieve se posaba suavemente en canalones y ventanas. Se preguntó si su hijo estaría en el patio del colegio enzarzado en alguna guerra de bolas de nieve y si la profesora habría cuidado de que los niños estuviesen bien abrigados. ¡Cuánto le habría gustado cerrar esos informes deprimentes y llevarse a Felix a pasear por los bosques de Grunewald para dar de comer a los patos del lago! Se quedó inmóvil durante un buen rato antes de volver a sentarse. Su mirada se posó sobre el rostro de su hija, que acababa de cumplir dos años. Con un dedo rozó el marco de plata. Max había tomado esa foto para celebrar el cumpleaños de la pequeña. Madre e hija tenían el mismo pelo oscuro, y su tierna complicidad se revelaba en el brillo de sus ojos y en sus cuerpos abrazados. La mano rolliza de Lilli quería atrapar uno de sus pendientes y ella, riendo, había echado atrás la cabeza.

De pronto llamaron a la puerta. Inmediatamente una joven irrumpió en su despacho sin que Sara tuviera tiempo de contestar. Se sobresaltó, porque el rostro de la empleada estaba tan blanco como su blusa. Un metro de costurera y unas tijeras le hacían de collares. La joven tenía el cabello corto y revuelto, los ojos enrojecidos y la expresión extraviada que desde hacía unos años se había vuelto habitual entre los berlineses en la cola para los repartos de sopa o en las de las oficinas de empleo o asignaciones.

—¡Fräulein Lindner, es imposible! —empezó a decir frotándose las manos—. No me puede hacer esto, ¿no se da cuenta? Hans no tiene trabajo. ¿Cómo vamos a alimentarnos, cómo vamos a pagar el alquiler? Nosotras las mujeres no tenemos ni derecho al subsidio de paro. ¡Tengo que seguir trabajando aquí, se lo suplico! ¡No puedo quedarme en la calle! ¡Ahora, en pleno invierno...! Y luego está mi anciana madre. No tiene de qué vivir. Soy yo la que le da de comer. Se lo ruego...

Alarmada, Sara temió que la joven se arrodillara. Se levantó precipitadamente y chocó con la mesa. Algunos lápices de colores cayeron al suelo. La costurera se puso a recogerlos enseguida.

—Déjelo, es igual —dijo Sara—. Por desgracia, el taller tiene que seguir reduciendo el número de empleados. Nadie se libra de las dificultades, ya lo sabe usted. Las clientas ya no tienen manera de satisfacer las facturas. He intentado conservar los puestos de trabajo disminuyendo los salarios, pero la situación se ha vuelto insostenible y me he visto obligada a favorecer únicamente a las personas con hijos. Lo siento muchísimo, Liselotte. Pero eso sí, daré excelentes referencias de usted. Es posible que halle trabajo en otro sitio...

Su voz flaqueó. No creía en lo que estaba diciendo. Nadie contrataba a nadie. En el país se contaban seis millones de parados. En la calle, los burgueses con abrigos gastados mendigaban junto a obreros desesperados. El gobierno imponía sus decisiones mediante decretos ley. Después de haber reducido las prestaciones sociales y los salarios de los funcionarios, ejercía una presión constante para que disminuyeran los precios de los productos de consumo.

—Sin embargo, los almacenes no han cerrado —insistió la costurera—. Hay clientes en las plantas, y usted sigue vendiendo vestidos. El último que he acabado era muy bonito. Muy femenino, como usted me había pedido. La falda la he hecho más larga, le he dado anchura. He seguido sus instrucciones al pie de la letra. Los hombros remarcados, los cortes menos estrictos...

—Aquí no se discute la calidad de su trabajo, Liselotte. La conozco desde hace años y nunca he tenido motivo de queja, pero la crisis...

—¡La crisis! —se lamentó la empleada levantando las manos al cielo—. Pero ¡qué tendremos que ver nosotros con que la Bolsa de Nueva York quiebre! Y si la culpa no es nuestra, ¿a qué pagar a esos malditos estadounidenses?

Lo que podía pasar por una ingenuidad en Liselotte era, no obstante, una incomprensión sincera, y Sara sintió un impulso compasivo hacia la joven. ¿Cómo iba esa pequeña berlinesa a comprender las repercusiones de una crisis económica que había estallado en octubre de 1929 a miles de kilómetros de su casa, con ocasión del crac de Wall Street? ¿Cómo comprender las implicaciones de un círculo vicioso en el que Estados Unidos proporcionaba crédito a Alemania para que satisficiera las deudas de guerra a Inglaterra y a Francia, mientras estos dos países cubrían de este modo los préstamos contratados también con Estados Unidos para financiar el conflicto? Alemania se había visto muy afectada, pues su economía prosperaba gracias al dinero norteamericano. La demanda de reembolsos y la restricción de los créditos también habían motivado numerosas quiebras, y más cuando los bancos estaban faltos de liquidez. Todas las empresas se habían visto gravemente afectadas. Las protestas contra la miseria se sucedían en la calle. Sara comprendía la angustia de la costurera, pero ella dirigía la casa Lindner y tenía que mostrarse responsable.

—Sé que puede parecerle injusto —declaró con voz suave—, y créame si le digo que no actúo así a la ligera. Si la situación mejora, le aseguro que enseguida volverá a disponer de un puesto de trabajo entre nosotros.

—Así que no quiere ayudarme, ¿verdad? ¡Dígalo, dígalo con franqueza! —replicó Liselotte, con el rostro contraído por la cólera.

—Lo siento, pero lo que me pide es imposible. Desgraciadamente nos vemos en la obligación de llevar a cabo despidos, como la mayoría de las empresas alemanas.

—¡De las empresas judías, querrá usted decir! Sí, mi Hans ya tiene razón: ustedes tienen todos los derechos en este país. ¡Tienen el dinero, los bancos y los comercios! Por culpa de los grandes almacenes como los suyos mi padre tuvo que cerrar la tienda. Nos están estrangulando poco a poco. Lo que son es una banda de estafadores, están conchabados, ¡eso es lo que son! ¡Lo envenenan todo, hasta el agua que bebemos! Pero ¿qué es lo que pretenden? ¿Quieren que todos los alemanes nos muramos de hambre? Así serán más ricos todavía. Ya se ve que ustedes, con sus bonitas casas y sus bonitos automóviles, no tienen miedo a la pobreza. ¡No hay más que ver este palacio! —exclamó mientras describía un arco con el brazo—. ¡Vaya, el puerco de su padre le ha dejado una bonita herencia!

Sara dio un manotazo sobre su despacho.

—¡Le prohíbo que hable en ese tono! Comprendo su indignación, pero no le permitiré que me insulte, ni que insulte la memoria de mi padre. ¡Salga de aquí inmediatamente! Se le pagará lo que se le debe y recibirá la indemnización por despido que fija la ley.

Con la boca retorcida por el odio, Liselotte temblaba de cólera. Unas temibles placas rojas veteaban sus mejillas. Se arrancó el metro de costurera con furia y agitó las tijeras ante la cara de Sara.

—¡Uno de estos días me las pagarás, maldita judía! ¡No saldrás indemne de esta!

Furiosa, lanzó las tijeras sobre la mesa y salió de la estancia.

Durante un momento prolongado, Sara permaneció en pie, petrificada. Aunque se había acostumbrado a los reproches de los empleados de cuyos servicios se veía obligada a prescindir, nunca se había confrontado a tal virulencia. Se dio cuenta de que temblaba y se obligó a acercarse a la puerta. En la sala vecina, algunas costureras trabajaban en silencio, encorvadas sobre su labor. Solo se oían los restallidos de las máquinas de coser, pero

Sara estaba segura de que lo habían oído todo. Todas temían perder su puesto. En Berlín la miseria volvía a extenderse, y con una agudeza todavía más desesperante que diez años atrás, cuando la gente empujaba carretillas cargadas de billetes de banco sin valor. Tras la inflación delirante de los años veinte, Alemania vivía una grave deflación. El gobierno quería aprovechar la crisis para poner fin a las deudas de guerra de una vez por todas, pero tal política económica dejaba perplejos a los empresarios, pues solo había servido para conducir al país a una crisis mucho más grave todavía.

Dos años antes, en las elecciones legislativas, el pequeño partido nacionalista, socialista y antisemita de Adolf Hitler había pasado de doce escaños a ciento siete diputados en el Reichstag. En la apertura del Parlamento, al entrar uniformados en el hemiciclo, los nuevos elegidos habían gritado: «¡Despierta, Alemania! ¡Muerte a los judíos!». En la ciudad, habían lanzado piedras y proyectiles contra los escaparates de varios grandes almacenes. Uno de los botones había sido herido de gravedad en la cabeza. Por primera vez, Sara se había alegrado de que su padre estuviera muerto. Así se había ahorrado ese espectáculo penoso que tanto había temido. Desde entonces, los camisas pardas seguían subiendo uno a uno los escalones del poder. La última campaña electoral, en verano, había sido de una brutalidad extrema. Los nazis y los comunistas se habían batido por las calles. Los hombres de Hitler habían triunfado en las elecciones legislativas, pero el Reichstag acababa de volver a disolverse. ¿Qué pasaría esta vez? El país estaba al borde del abismo y algunos temían incluso una guerra civil. Era como para sentirse muy desorientado, pensó Sara. Con la cabeza alta, volvió a cerrar suavemente la puerta de la sala de las costureras, que contenían la respiración.

No sin cansancio contempló los croquis clavados en un tablero, las muestras de tejidos que se esparcían en desorden sobre el canapé y la mesa baja. Iba con retraso para la colección de primavera. A la muerte de su padre, la joven había retomado las riendas de la empresa y eso le quitaba el tiempo necesario para diseñar. Única heredera tras la muerte de su hermano en la guerra, había afrontado las miradas desconfiadas de diversos colaboradores e incluso se había tenido que separar de ciertos escépticos. Ese gran navío, con sus espacios abovedados, su cristalera, las arañas de cristal de Bohemia, la elegancia refinada de sus artículos, la sonrisa de las vendedoras vestidas de negro, era algo que ella amaba desde que era pequeña, y ningún rincón, ninguno de los pisos le resultaba desconocido. El amplio edificio le inspiraba un sentimiento casi carnal. Contrariamente a lo que pensaba Liselotte, concedía gran importancia a sus dos mil empleados, pero no podía permitirse ninguna emotividad. Los consejos de administración constituían momentos de tensión en los que ella presidía una reunión de hombres de aspecto severo, encorsetados en trajes grises y cuellos almidonados. Sin que eso la intimidara, sabía que no le permitirían el más mínimo paso en falso.

Con un suspiro, Sara se inclinó para recoger el croquis que Liselotte había hecho caer al suelo. Estudió el diseño de un abrigo con el ceño fruncido, luego tomó goma y lápiz, dibujó una cintura marcada, un cuello de oficial y unos galones, como si únicamente el rigor de su trazo a lápiz pudiera tranquilizarla en un mundo en el que ya no controlaba nada.

Las exposiciones de fotografía se acogían con auténtico entusiasmo en Alemania desde hacía una década y los fotógrafos estaban en el candelero de los debates artísticos. La gente se quitaba de las manos las revistas ilustradas como *Berliner Illustrirte Zeitung*, cuya tirada era de dos millones de ejemplares y presentaba las obras de artistas tan célebres como Martin Munkácsi y Max von Passau. Se veneraba a las mujeres fotógrafas, como Lucia Moholy o Lotte Jacobi, y a nadie se le habría ocurrido faltar al *vernissage* que se celebraba en una galería de alto copete situada en la bonita plaza de Gendarmenmarkt.

Max encendió un cigarrillo. Por el ventanal contemplaba la simetría tranquilizadora de las catedrales gemelas francesa y alemana, construidas a principios del siglo XVIII, una para la comunidad hugonota, la otra para los creyentes de lengua alemana. Los coches se alineaban ante la galería, ralentizando la circulación. Algunos curiosos desafiaban el frío tras los cordones rojos, a la espera de vislumbrar a tal o cual actriz célebre. Se lamentaba la ausencia de la Dietrich, que había partido hacia América. Una decena de retratos suyos, algunos de los cuales eran obra de Max, adornaban las paredes. Al escoger iluminar la cara de la artista desde arriba había subrayado sus rasgos superando el aura misteriosa que tan conocida la había hecho. Pero Max estaba de un humor de perros, como un viejo amargado que protesta por el ruido y las luces. ¿Qué le ocurría? No hacía tanto tiempo le encantaba salir de fiesta y vivir las noches hasta el alba. En esos momentos, en cambio, lo habría dado todo por volver a su casa a encerrarse con un buen libro y una copa de vino.

En la exposición se le consagraba una sala entera. Como los demás artistas, proponía una mezcla de estilos en la que convivían los retratos que lo habían hecho famoso con una serie de instantáneas tomadas al azar en las calles y que reflejaban sin concesiones la condición humana. Al examinarlas, el galerista había enarcado las cejas, pero no se había atrevido a protestar. De cualquier manera, Max no habría aceptado la menor modificación en la selección.

El largo morro de un Mercedes se detuvo frente a la galería. Un chófer descendió para abrir la portezuela. Kurt Eisenschacht emergió, con un sombrero de fieltro y un grueso abrigo cruzado con cuello de piel. Marietta llevaba un vestido largo y rojo y una capa de armiño en los hombros. Cuando vio a su hermano mirándola a través de los cristales, agitó la mano con la vivacidad de un niño, y luego recuperó la seriedad y tomó del brazo a su marido. Max no pudo evitar sonreír. Decididamente, nadie podría cambiarla. Aunque fuera la esposa de un personaje lleno de certezas y la madre de un muchacho, siempre viviría en ella esa niña traviesa que rechazaba doblegarse a las reglas del juego. Sin embargo, Kurt sabía cómo sujetarla mediante una red de prejuicios y de actitudes convencionales. Ojalá prevaleciera la actitud rebelde, pensó Max con preocupación.

—Buenas noches, Max —lo saludó una voz suave.

Su mal humor desapareció de pronto. Se volvió hacia Sara y le besó la mano. El cabello ondulado encuadraba el rostro de expresión cansada, que lo contemplaba con una sonrisa. El destello de las esmeraldas brillaba en sus orejas. Su vestido de satén blanco caía verticalmente a lo largo de sus piernas y una atrevida incrustación de encaje subrayaba la finura de su talle. Cada vez que la veía, Max sentía una emoción deliciosa, como la que inspira un perfume que puede evocarnos momentos felices.

—¡Has venido!

—¡Claro que he venido! ¡No me habría perdido tu éxito por nada en el mundo! —exclamó ella sin disimular el placer que le producía encontrarse con él.

—Mientes con tanto encanto que no tengo más remedio que perdonártelo. Ya sé lo poco que te gustan estas reuniones mundanas en las que la gente viene a pavonearse.

—Es cierto... Pero lo que cuelga de las paredes me gusta —comentó señalando los montajes de John Heartfield.

A Max también le gustaban. Le había sorprendido y alegrado a la vez saber que iban a atreverse a exponer a este artista comunista de notoria virulencia. De Heartfield se decía que utilizaba la cámara como un arma. En una de las fotografías, la cara de Mussolini, parcialmente convertida en calavera, dominaba a una multitud de miserables y de burgueses con sombrero de copa. En otra, unos paseantes tranquilos, como un niño con traje marinero y una niña con calcetines blancos, contemplaban el desfile de unas piernas embotadas que marchaban al paso de la oca. Sus actitudes parecían pasivas, casi indiferentes.

—Ha optado por mostrar a los espectadores de espaldas para que no se les vieran las caras, y las piernas de los militares también son anónimas. Es escalofriante, ¿no crees?

—Es una gangrena, Max. Mira a tu alrededor. ¿Cuántas insignias del partido ves? Incluso me ha parecido distinguir una cruz gamada en rubíes y diamantes en la solapa de una de esas damas —precisó Sara, con los labios apretados—. Sin embargo, resulta que estamos en el corazón del Berlín rojo, una ciudad que los nazis odian porque es insumisa. Si cada vez salgo menos para acudir a sitios como este es por ese motivo. Ya es bastante insoportable tener que aguantar las manifestaciones y la brutalidad de esos golfos en las calles.

—Me han dicho que el otro día os pintaron los escaparates con cruces gamadas...

—No fuimos los únicos. En los establecimientos de Grünfeld y Wertheim hicieron lo mismo. Según los panfletos antisemitas los modistos judíos corrompen a la mujer alemana vistiéndola como una puta y arrastrándola a los abismos de la perversión. Es increíble, ¿no te parece? Lo que esos nazis detestan es a la mujer libre e independiente, esa que se sueña andrógina o escandalosa, que toma amantes o ama a otras mujeres en el club Monbijou. En ese abominable panfleto que es el *Völkischer Beobachter*, una periodista ha llegado a escribir que la moda de llevar la espalda desnuda era una incitación para que les diesen latigazos. Prefiero no imaginarme qué clase de fantasías sexuales tendrá —concluyó en tono irónico.

Un camarero con una bandeja se abría paso entre los vestidos claros y los trajes oscuros. Max le indicó que se acercara y tomó dos vasos de *sekt*.

—Todo esto resulta demasiado deprimente. Brindemos, Sara. Creo que esta noche voy a emborracharme.

—¡Qué buena idea! Creo que voy a unirme a ti.

—¿Qué dirá tu marido?

—Nada, puesto que ha preferido quedarse en casa.

Sara se había casado con un profesor de literatura tan cultivado como discreto, un hombre alto y delgado, de frente abombada y mirada melancólica. La primera vez que vio a Viktor Seligsohn, Max había desconfiado. Ese universitario de calvicie incipiente, autor de libros alabados por la crítica, ¿era digno de ella? ¿Sabría hacerla feliz? Le había sorprendido la elección de Sara, pues estaba convencido de que escogería a un hombre más incisivo y extravertido, más parecido, en definitiva, a la imagen que

Max tenía de sí mismo. Sin embargo, ella se mostraba afectuosa con su marido, que la miraba con admiración. «Necesito templanza para fundar mi familia», le había confesado Sara en una ocasión.

Cuando le tomó el brazo para llevarla a la sala contigua, Max percibió el calor de su cuerpo delgado. La reunión era cada vez más numerosa, y los invitados se apretaban. Las voces eran gritonas, los perfumes un tanto densos. Sara se dejaba guiar, ligera y confiada. Habían pasado los años desde su relación, pero entre ellos siempre reinaba esa complicidad nacida de un amor sincero. Emocionado, Max pensó que el amor es algo que no se extingue, y que por mucho que Sara apreciara a su marido, Max y ella sentían una atracción mutua que solo les pertenecía a ellos, como una ternura desprovista de afectación. Sabían que hubieran podido volver a hacer el amor, porque sus cuerpos se reconocerían y el placer bordearía la locura. Y es que existe una verdad que muchos no osan aceptar: no solo pueden atraerte dos personas a la vez, sino que también es posible amarlas a ambas sin traicionarlas.

Sara se detuvo al descubrir el trabajo de Max. Durante un instante, la admiración le cortó el aliento. La fuerza de un retrato residía en su capacidad de cautivar a un espectador aunque el modelo fuera un perfecto desconocido.

—¡Dios mío, es magnífico! —dijo ella antes de añadir a media voz—: ¡Oh, Max, cómo la quieres!

No habría sido Sara si no hubiera ido a lo esencial, se dijo él con cierta amargura. La luminosidad de Xenia Osolin resultaba clamorosa en la serie de desnudos. Todo se sugería, pero todo quedaba dicho. Sobre el cuerpo sublimado unos acentos de luz revelaban la pureza de un movimiento de hombros o la sinuosidad de una espalda, la fragilidad de una nuca o de una muñeca cuyas venas se ofrecían al sacrificio. Se adivinaba la sangre a flor de piel, y la puesta en escena del modelo suscitaba un deseo innegable, con todo lo turbio y revolucionario que el deseo lleva en sí.

Sara tomó la mano de Max y entrelazó sus dedos. No sabía apenas nada de su tormentosa relación con Xenia. Él le había hablado de ella con desgana, pero en cuanto Sara descubrió por primera vez el rostro y el cuerpo de la mujer que continuaba obsesionándolo lo comprendió todo, y Max se sintió reconfortado. Uno de los invitados lo reconoció en aquel mismo momento, y algunos aplausos espontáneos crepitaron en la sala. De inmediato, Sara soltó la mano de Max y se apartó de él, como si se hubieran rozado por error. Él, enfadado, la tomó por el brazo en un gesto posesivo e inclinó la cabeza para dar las gracias a sus admiradores, al tiempo que les hacía un gesto para que cesaran sus muestras de afecto.

—Me pregunto si aplauden por los desnudos o por las fotos de la otra pared —murmuró Max al oído de Sara.

La joven se volvió y no pudo evitar sonreír. Era una pura provocación: retratos tomados en vivo de encuadres concisos que subrayaban la pusilanimidad de los hombres de la SA, esas secciones de asalto nazis que eran el terror de los barrios obreros y de los comerciantes judíos. Algunos habían quedado inmortalizados completamente borrachos ante jarras de cerveza en una de las tabernas que les servían de dormitorio y cuartel general. Uno vomitaba en una boca de alcantarilla, y otro dormía tirado en un banco, con las mejillas flácidas y el estómago a punto de estallar en su camisa parda. Pero también existía el miedo en la mirada de sus víctimas, el odio de un obrero comunista con gorra, las inscripciones hostiles pintadas sobre los muros leprosos de Berlín, la desesperación de una empleada que sostenía una pancarta en la que se ofrecía para cualquier trabajo, los parados haciendo cola ante la oficina de empleo, un niño descalzo que se mordía el puño, con una mirada ávida que desafiaba al espectador... Sin afectación, Max von Passau acusaba, denunciaba, testimoniaba.

—Te felicito, amigo mío —dijo Ferdinand Havel, que se había acercado a la pareja—. Es un trabajo notable, aunque no estoy seguro de que todos los presentes compartan mi opinión... Hola, Sara, estás cada vez más guapa. Las demás mujeres deben detestarte...

—¡Adulador! —exclamó ella riendo.

Ferdinand le besó la mano. Como de costumbre, chaqueta y cuello duro se separaban, las mangas de la camisa eran demasiado largas y las gafas se escoraban en su nariz. Apenas se adivinaba el pañuelo de su bolsillo. Siempre parecía que se había vestido a toda prisa, pero los presidentes de los tribunales conocían a ese personaje, y si bien la indumentaria podía dejar que desear, era uno de los abogados de más renombre gracias a su penetrante inteligencia. A los treinta y cuatro años, soltero empedernido, huía con obstinación de las relaciones duraderas y afirmaba que sus primeras canas se debían a la inconstancia de las mujeres.

—Tengo que anunciaros la llegada inminente de nuestro estimado Eisenschacht —dijo Ferdinand en tono burlón y mirando de reojo a su mejor amigo—. Tu cuñado avanza por la sala de al lado. Tendría que hacerse anunciar por el tintineo de esas huchas que agitan los monstruos pardos en cada esquina para recaudar fondos. Como los leprosos de otros tiempos, en cierto modo. Al menos así estaríamos avisados, ¿no crees?

Max se inquietó enseguida por Sara. Kurt Eisenschacht no se mordía la lengua y era muy posible que importunara a la joven con sus afirmaciones brutales. Max estaba dispuesto a defenderla, pero también sabía que a Sara no le gustaba llamar la atención y que había venido únicamente para complacerlo.

—¿Quieres quedarte? —le preguntó.

—¡No, qué va! —replicó Sara vaciando su copa de un trago—. Ni él ni yo tenemos nada inteligente que decirnos, y tú tendrás que saludarlo, así que... Viktor me espera, me voy a casa. Max, te felicito. Por tu valentía al mostrar Berlín en su verdadera luz, pero también por lo que nos explicas del deseo y del amor. Si esta mujer vuelve algún día por aquí, me encantaría conocerla.

Con una última sonrisa, se deslizó hacia la salida. A Max le habría gustado seguirla, pero tenía que quedarse hasta el fin de la velada. Aunque intentó pasar a la sala de al lado, la multitud congregada le impidió desplazarse, e instantes más tarde se vio obligado a encontrarse cara a cara con su cuñado.

—No se puede decir que le eche usted agua al vino, mi querido Max —decretó Eisenschacht tras examinar las escenas de calle.

—No fotografío más que la realidad, con todo lo que esta posee a veces de extraño, insólito y odioso.

—Pero lo hace con cierta intención política, o eso me parece...

—Yo no hago política, Kurt. Yo me paseo por mi ciudad con la cámara en el bolsillo y capto el instante... Claro está —añadió encogiéndose de hombros— que a la hora de revelar la naturaleza humana determinadas personas son más útiles que otras. Los borrachos, los canallas, los hombres de las secciones de asalto...

—Si tuviera que darle un consejo, Max, sería que ponga cuidado en no perderse —declaró Kurt Eisenschacht con tono frío—. Sería una estupidez. Una lástima para el mundo artístico alemán. Todos esos fotógrafos judíos húngaros que pululan por esta ciudad y cuyas obras manchan los muros de esta galería no durarán mucho.

—No puedo permitir que diga usted esas cosas. Esos húngaros a los que vilipendia pertenecen a la nación más dotada del mundo desde el punto de vista fotográfico. André Kertesz, Rogi André, Brassaï, Munkácsi y todos los demás... Son artistas sin prejuicios, artistas que miran el mundo y cuentan una verdad universal. Más allá de lo que queda fijado en su película, hablan del alma humana. Y el alma no es judía ni aria, ni masculina ni femenina. El alma es, simplemente.

Cuando Kurt fijó sus ojos pálidos en él, sus anchos hombros resaltados por el traje, Max tuvo la impresión de que el parloteo de los invitados y el entrechocar de las copas se disipaban. Debería haber sabido que no podía aventurarse hasta esos extremos con su cuñado, pero no había podido contenerse. En ese mismo instante, alguien le dio una palmada en la espalda. Con aspecto de niño caprichoso, Heinrich Hoffmann le sonreía balanceándose sobre los talones.

—Hola, Max, hola Kurt —saludó levantando el mentón, pues sus dos amigos le sobrepasaban en más de una cabeza—. Mi querido barón, malgasta usted su talento. Sería mejor que se concentrara en las mujeres. A menos que quiera trabajar para mí. Por lo que sé los directores de las revistas para las que trabaja empiezan a tener algunas preocupaciones a causa de la crisis, pero no es mi caso —precisó con aire satisfecho y aspirando el humo de su cigarrillo—. Me gustan sus composiciones. Las reuniones del partido empiezan a adquirir una dimensión tal que me resulta muy difícil cubrirlas con la única ayuda de mis asistentes. Le propongo por tanto que ponga su ojo a trabajar en algo útil. Ese es el futuro, apreciado amigo.

Un escalofrío de aprensión sacudió a Max. Desde que Hoffmann había recibido el encargo de un diario norteamericano para que fotografiara a Adolf Hitler a principios de la década de 1920, no se separaba de él. De hecho, era el único profesional tolerado por Hitler para su propaganda fotográfica. Se decía que posaba durante horas, en estudio o a la luz del día, y que se servía de las fotografías para trabajar sus gestos. Unos años antes Hoffmann había tenido la idea de presentar a Hitler como un ciudadano de a pie. Lo había mostrado en su vida privada, yendo al encuentro de niños y jóvenes entusiastas. La intimidad de los reportajes había chocado a los hombres de Estado, pero el gran público había quedado subyugado, pues se le proponía un Führer cercano al pueblo, un guía abierto y cálido que no tenía nada que ocultar a nadie.

—Tendrá que perdonarme, pero aprecio mi libertad —replicó secamente Max, sintiéndose acompañado por la presencia silenciosa de Ferdinand, que asistía a la escena con calma distante.

—Como le decía hace un momento, no debería equivocarse de camino, Max. Sería una lástima —amenazó Eisenschacht volviéndose para contemplar la serie de desnudos—. ¡Magnífico! —exclamó extasiado—. Es imposible cansarse de mirar algo así. Espero que la condesa Osolin nos haga el honor de volver pronto a Berlín. Mujeres como ella son lo que necesitamos.

Un hombre vino a saludar a Kurt y este se alejó con Hoffmann. Solo entonces Max se dio cuenta de que estaba temblando de rabia. Ferdinand le alargó una copa.

—Realmente deberías aprender a controlarte, amigo mío. En tu cara se puede leer como en un libro abierto.

—Me muero de ganas de darle una paliza —murmuró Max—. No vamos a dejar que se salgan con la suya, ¿verdad?

—Te hablo muy en serio —insistió Ferdinand—. Es necesario que seas prudente. En estos días ya no es solo el agricultor protestante el que sostiene al Partido Nacionalsocialista. En la universidad me he dado cuenta de que la mayoría de los estudiantes a los que imparto clases de Derecho votan a los nazis. Su electorado está convencido, y actúa con determinación. Por otra parte, no tengo ninguna confianza en nuestro último canciller hasta la fecha. Franz von Pappen no es un político, sino un mundano. Un reaccionario diletante que cree que pactando con los nazis podrá dominarlos. Ignoro si está loco o tiene una mentalidad infantil, porque negociar con gente así...

—¿Y qué me dices de ese Adolf Hitler? ¡Un charlatán grotesco! Se agita como un epiléptico, y sus discursos son un tejido de invectivas y mentiras. Por lo demás, ya se ve que la gente no se toma todo esto en serio. Los nazis perdieron dos millones de votos el otro día. Según dicen hay muy mal ambiente en el hotel Kaiserhof. El partido se derrumba a causa de las deudas. Está al borde de la ruptura. Ya verás, dentro de poco todo esto no será más que un mal recuerdo.

—Estás a punto de caer en la trampa de los optimistas beatos. No hay ninguna mayoría estable y el país va a la deriva. La mayor parte de la población se limita a navegar sin rumbo. Hitler promete trabajo para todos y la vuelta al orden. Ese cabo austríaco bajito es partidario de la guerra para devolverle el orgullo al alemán escarnecido y de una política económica que salvará las carteras. Solo tiene una frase en la boca, y es la de la comunidad del pueblo. Es el sueño de una gran aventura colectiva que vuelve a dibujarse. El alemán no es un individualista, y para muchos eso resulta irresistible. Los industriales financian y la propaganda hace el resto. Ese hombre tiene un efecto hipnótico sobre las masas. Todos los que lo han tratado de cerca dicen que esa mirada azul te atraviesa.

—¡Oh, venga, Ferdinand! —se lamentó Max con expresión burlona—. Cualquiera que te oiga creerá que estás hablando de un mago.

—No lo subestimes; ese es un error en el que caen muchos

de nuestros compatriotas. Ni a él ni a los esbirros que lo rodean. Sería un grave error. Un error estúpido y criminal.

Max quedó impactado por la vehemencia de Ferdinand, normalmente tan despreocupado. No reconocía ese rostro grave ni esa intensidad dramática. Le habría gustado rematar la conversación con alguna broma, como solían hacer, pero no se le ocurrió ninguna, y vació de un trago la copa de espumoso tibio con una sensación de malestar.

El fuego crepitaba en la chimenea, dejando escapar de vez en cuando una lluvia de chispas. Sara se había quedado inmóvil en el taburete y dejaba que el calor deshiciera la tensión que sentía en los hombros. En el exterior, la nieve pesada y húmeda se deslizaba sobre los cristales y empapaba el césped. Las dobles puertas de la biblioteca daban al jardín de invierno, donde algunas lámparas discretas iluminaban las palmeras enanas. Como siempre, la joven permanecía atenta por si sus hijos dormidos pudieran necesitarla. En esa velada de domingo había dado el día libre a la niñera y una vaga inquietud le recorría los nervios.

—Estáis muy silenciosas esta noche —comentó Sofia von Aschänger colocando sobre sus rodillas el cojín que bordaba—. ¿Qué os ocurre, chicas? Nunca os había visto así.

Sus rizos negros se estremecieron alrededor de su cara de muñeca, mientras se inclinaba para tomar una de las pequeñas pastas de la pastelería Miericke a las que, para su gran consternación, no podía resistirse. Desde su boda con Milo ya no trabajaba como secretaria para Sara, pero las dos jóvenes se habían hecho amigas. Examinó con aire travieso a sus compañeras mientras saboreaba la golosina y esperaba una respuesta.

Solo obtuvo unos murmullos.

Sara había heredado de su madre, pianista reputada, ese gusto por reunir a su alrededor a algunas habituales que venían a escuchar música, a hablar de arte o de literatura y a brillar por su espíritu. La tradición de los salones berlineses, inaugurada por mujeres judías desde el siglo XVIII, había caído hasta cierto punto en desuso, y sin embargo ciertas damas influyentes continuaban recibiendo regularmente a personalidades que gustaban de volver a sus raíces bajo la autoridad de una anfitriona inspirada. Ese domingo, Sara se había rodeado de algunas amigas próximas.

—Es todo este ambiente, se ha vuelto irrespirable —se lamentó Charlotte Heffner, una periodista de modas filiforme que escribía unos ecos de sociedad muy apreciados—. No puedo soportar más tanto sufrimiento cotidiano.

—Eres demasiado sensible —observó Sofia.

—Soy humana, eso es todo. ¿Cómo te sobrepones tú al ver a esos desgraciados con pancartas alrededor del cuello en las que se ofrecen como si fueran bestias? En mi casa los parados llaman a la puerta para reclamar los restos de las comidas. El ayuntamiento de Berlín cierra hospitales y escuelas porque no puede mantenerlos. A los más pobres se los expulsa de sus viviendas y se alojan en precarios refugios que organizan alrededor de los lagos, no muy lejos de aquí. ¡Hay gente que se está muriendo de hambre, os lo recuerdo!

—Durante la revolución bolchevique también se moría de hambre —replicó secamente Sofia.

—No afirmo lo contrario, pero no veo por qué los sufrimientos de los alemanes merecen menor conmiseración. Por mucho que entonces fuéramos sus enemigos.

Sofia apretó los labios y volvió a bordar con gran determinación.

—¿Os habéis dado cuenta de que las calles están llenas de hombres? —preguntó Marietta Eisenschacht—. Deambulan por los parques, echan a los viejos de los bancos y juegan a las cartas todo el día. La ciudad se ha convertido en una timba gigantesca.

—Eso cuando no se pelean —precisó Charlotte—. Los comunistas y los nazis se matan entre ellos en los barrios obreros. En los diarios se notifican muertes todos los días. Hay un sentimiento de inseguridad y amenaza permanente. Acabo de volver de un viaje a Londres y París. Allí la situación también es grave, pero os puedo asegurar que el ambiente no está tan enrarecido como aquí —concluyó lanzando una mirada reprobadora a Marietta.

Un poco preocupada, Sara se preguntó si debía intervenir. La estancia en la que se encontraban, que en otros tiempos había sido la biblioteca de su padre y que ella había redecorado tras su muerte, quería ser un refugio de serenidad. La luz tamizada de las lámparas de madera dorada se reflejaba en el biombo de laca amarilla y en los dos grandes jarrones de cobre *martelé* que enmarcaban la chimenea. Los libros se apilaban en desorden sobre una mesa, y los sofás de terciopelo invitaban a la pereza. Algunos juguetes se habían quedado sobre la alfombra, como el tren eléctrico de Felix. La cuestión era que ese día, cuando la criada había hecho entrar a Marietta, Sara había adivinado que la velada iba a ser agitada.

—Evitemos hablar de política —pidió por fin con un suspiro.

—¿Y por qué, si puede saberse, cuando en este país nos alimentamos de política por no tener con qué llenarnos la boca? —replicó ofuscada Lenore Epstein al tiempo que se levantaba para servirse un coñac—. Cada cinco minutos tenemos elecciones. El baile de cancilleres sería gracioso si la situación no fuera tan desesperada. Hindenburg está completamente senil y a merced de provocadores que se alimentan de nuestras desgracias como sanguijuelas. ¿Queréis? —preguntó mostrando la botella de licor a la concurrencia.

Las mujeres negaron con la cabeza, pues preferían contentarse con su té al ron y al limón. Lenore se sirvió una copa generosa. Esta radióloga enérgica, con un halo de cabellos grises erizados que se negaba a teñirse, desempeñaba un papel activo en el seno de la asociación de mujeres judías, llevaba a sus cuatro hijos a la baqueta y defendía alto y claro los principios socialdemócratas, lo mismo que su marido, diputado en el Reichstag.

—Tenemos que atrevernos a decir la verdad —prosiguió—. Si no estuviera presente Marietta todas vosotras diríais lo que pensáis, es decir, que los SA son unos brutos groseros, que la propaganda del partido de Adolf Hitler es escandalosa...

—Pero eficaz —interrumpió Charlotte levantando el dedo.

—... y que habría que meter a todos esos tipos en la cárcel, por mucho que le disguste a herr Eisenschacht.

Todas las miradas se volvieron a Marietta.

—¡Acusada, levántese! —dijo ella con ironía—. ¡Pero bueno, dejad de mirarme con esas caras tan agrias! Soy consciente de que Kurt tiene ideas muy poco flexibles. Quiere restablecer la grandeza de Alemania. Detesta la mediocridad reinante y los compromisos de una república que no ha conseguido que se aceptara una revisión del Tratado de Versalles. No puedo decir que no tenga razón en algunos aspectos. Después de todo, los que sostienen el partido no son solo esos cerdos de que habláis.

—¿Y qué me dices del antisemitismo? —insistió Lenore, con los puños en las caderas—. ¿Crees que le gustaría saber que estás aquí, entre nosotras? Si en algún momento te ha preguntado adónde te dirigías cuando ibas a salir de casa, estoy segura de que le has mentido.

Marietta enrojeció.

—¿Y qué? —respondió desafiante—. En casa me aburría, y hacía mucho tiempo que no nos veíamos.

—Claro, porque ahora estás muy ocupada —dijo Charlotte en tono burlón—. Prefieres la compañía de tus nuevas amigas, como la magnífica Magda, convertida en frau Goebbels a falta de casarse con su Führer adorado. Sin embargo, tenía un padrastro judío y se dice que había mantenido relaciones con un sionista convencido. Extraño recorrido, ¿no? ¿Qué atractivo le ve a ese enano claudicante? Si tienes que participar en todas las reuniones del *gauleiter* de su marido, comprendo que no dispongas de tiempo para nosotras.

—Por mucho que asista a ciertas recepciones con Kurt, eso no quiere decir que ahora tenga el carné del partido.

—Es inútil, porque tu marido fue de los primeros en afiliarse.

—Pero bueno, ¿qué os pasa esta noche? —exclamó Marietta, ruborizada—. Se diría que de pronto me odiáis. ¿Y los buenos momentos que hemos pasado juntas? ¿Lo habéis olvidado todo de estos últimos años?

La expresión de Marietta era casi implorante, como la de una niña que quisiera dejar de tener miedo. Sara se sentía confusa. La agresividad de sus amigas le parecía excesiva, pero las comprendía. Marietta Eisenschacht seguía siendo un enigma. En otros tiempos había impuesto a su marido que fuera Sara quien diseñara su vestido de novia, y continuaba vistiéndose en Lindner, lo mismo que ciertas mujeres de industriales y banqueros influyentes cuyos esposos financiaban al Partido Nazi o desempeñaban un papel importante en su organización. Aunque Sara sentía cierta reticencia a servir a estas clientas, la situación económica no le permitía hacerse la ofendida. De cualquier modo, ese doble lenguaje la desconcertaba y la incomodaba.

—En seis años han cambiado muchas cosas —señaló secamente Lenore—. No puedes continuar cerrando los ojos, Marietta. ¿No lees los artículos que aparecen en los diarios de tu marido? Ya es del dominio popular que hace importantes donaciones al partido. Quizá no tantas como Thyssen o Krupp, pero por ahí andará.

Enfadada, la joven se levantó de pronto. Uno tras otro, los ligeros pliegues de su falda de crepé le rozaron la pantorrilla.

—¡Deja ya de agredirme! No soy yo quien conduce al país a la ruina. No he sido yo quien ha llevado a la gente a votar. Pueden escoger libremente, ¿verdad? Nadie les obliga a meter un voto en la urna.

—Precisamente de eso se trata —contestó Charlotte cruzándose de brazos—. La intimidación de los nazis no es democrática.

—Y entonces, según tu opinión, ¿es mejor con los bolcheviques? ¿Preferirías que los comunistas estuvieran en el poder? Pues pregúntale a Sofia lo que piensa de eso.

—Sí, son dos espíritus materialistas y tiránicos que se parecen, estoy de acuerdo en eso —declaró Lenore—. Pero por lo menos entre los bolcheviques la mujer todavía tiene derecho a la palabra. ¿Cómo puedes tolerar esa imagen nuestra que favorecen los nazis? No hay emancipación posible. Está prohibido que se nos elija para el Reichstag o practicar ciertos oficios que se consideran demasiado «viriles». Para ellos, la mujer no es más que un vientre destinado a parir, y si es posible en traje regional y con coletas en la cabeza. Puedes decirle adiós a tus productos de belleza, a los cigarrillos y a esa copa de champán, querida. A partir de ahora todo tu universo tiene que limitarse a tus hijos, tu cocina y tu parroquia. Una regresión absoluta... Yo educo a mis cuatro hijos, pero también quiero practicar mi oficio de médico —afirmó—. Considero tan importante el derecho al voto como el respeto a mis libertades. Te creía una mujer emancipada, Marietta, pero al callarte apruebas las opiniones políticas de tu marido. En la vida se dan momentos en los que hay que tener el coraje de alzar la voz. El silencio también puede ser un arma, ya lo sabes.

Marietta palideció. Con mano nerviosa, ajustó su cinturón y luego tomó su bolso.

—Bien, puesto que vuestro tribunal me ha juzgado culpable, creo que ya no me queda ningún sitio entre vosotras. Había venido a hablar de algo que no fueran las preocupaciones recurrentes que nos envenenan la vida, pero veo que sois tan aburridas como los amigos de Kurt.

—Vamos, vamos —intervino Sara, inquieta al ver que las lágrimas brotaban en los ojos de Marietta—. Nos dejamos llevar, y de seguir así acabaremos diciendo tonterías. No quiero que vengamos aquí para pelearnos. Cuando las situaciones son difíciles, hay que poder contar con los amigos.

—Si herr Hitler se convierte alguna vez en canciller, tendrás que decir adiós a todos tus amigos arios —respondió Lenore con una sonrisa irónica—. Marietta ni siquiera tendrá derecho a dirigirte la palabra. En cuanto a Sofia, que no es judía, sino eslava, por lo que he leído en *Mein Kampf* tampoco es que esté en olor de santidad... Pero ya me doy cuenta de que estropeo vuestra pequeña velada diciendo la verdad —añadió con tristeza—. No me siento con fuerzas para hablar de futilidades. Perdonadme. Soy yo la que tiene que marcharse. No hace falta que me acompañes, Sara, conozco el camino.

Instantes más tarde, la puerta de entrada se cerró tras Lenore, y las mujeres reunidas en la biblioteca se estremecieron. Intentaron poner buena cara y hablar de temas menos delicados, pero estaban inquietas. La reunión de amigas que se prometían diversión se había convertido en algo muy diferente.

Al sentir el frío de la corriente de aire, Sara cerró la puerta tras sus amigas y se volvió para apoyarse en ella un instante. Los neumáticos de los coches crujían sobre la grava. Le daba la impresión de que los bosques de pinos se acercaban a la casa. La amplia avenida antes destinada a los carruajes estaba desierta. En las villas de los alrededores, ya fueran caprichos rococó o mansiones modernas de acero y cristal, muchas de ellas pertenecientes a ricas familias judías, adivinaba las verjas cerradas de los jardines y las cortinas corridas. Seguramente allí también se sentía esa misma aprensión que impregnaba las paredes y dejaba un gusto metálico bajo la lengua.

Bruscamente, la joven subió corriendo la escalera. Quería ver a sus hijos, respirar su olor y acariciar sus pequeños y ligeros cuerpos. Se apresuró por el pasillo. La puerta de su habitación se había quedado entreabierta y se descalzó para no despertarlos, aunque tenía ganas de encender todas las luces para estrecharlos en sus brazos y contarles los dedos de las manos y los pies, como en el día de su nacimiento.

Felix dormía de espaldas, atravesado en la cama, con un brazo rodeando a su jirafa de peluche. Había apartado el edredón y algunos mechones se pegaban a su frente húmeda. Sara verificó que no fuera fiebre, pero se trataba de uno de esos accesos de calor propios de los niños pequeños. Replegó sus brazos y piernas y lo puso en una posición más cómoda, maravillándose de que un niño pudiera dormir tan profundamente. Con una mano suave le acarició la mejilla. Al otro lado de la gran estancia, Lilli dormía en su pequeña cuna de barrotes, con el osito apretado en una mano. Sara se mordió el labio para no despertarla. Se arrodilló a su lado, con las manos en los barrotes, y contempló el rostro tan amado de su hija. Precisó de algunos segundos para darse cuenta de que no la veía bien por las lágrimas que le enturbiaban la vista.

Una sombra se levantó detrás de ella, ocultando la luz del pasillo que había iluminado una parte del cuarto. Su marido se acercó, se inclinó para quedar a su altura y le tomó una mano. Ella quiso decirle que tenía miedo, que todo se había vuelto demasiado difícil: las preocupaciones con los empleados, las cuentas en números rojos, la lucha por obtener créditos en los bancos, el desprecio que sentía por parte de algunos de sus colaboradores, esa amenaza solapada, el frágil estado de salud de su madre, que vivía con ellos pero que raramente abandonaba el ala que ocupaba en la mansión, sus inquietudes por el futuro de sus hijos. Le pesaba tanto el corazón que le daba la impresión de que estaba a punto de ahogarse, y también temía abrir la boca por miedo a dejar escapar un torrente de tristeza y de angustia.

Viktor ajustó las sábanas de la cuna de su hija, le rozó la mejilla con un dedo y luego ayudó a su mujer a incorporarse. En el pasillo, Sara lo enlazó por la cintura y levantó la cabeza para examinar la finura de su rostro, las cejas hirsutas, el cabello negro peinado hacia atrás. Respiró su perfume acidulado por las naranjas que tanto le gustaba comer en invierno. Él sonreía para reconfortarla, pero tras las gafas de nácar su mirada oscura mostraba una expresión preocupada. Sin decir palabra, se contentó con apretarla contra él y apoyar la barbilla en su cabeza. La joven cerró los ojos y hundió su rostro en la lana reconfortante de la vieja chaqueta, agradecida por ese silencio. Viktor era uno de esos hombres atentos y púdicos que saben que un gesto vale por todas las palabras del mundo.

En esa noche de febrero, una niebla helada ahogaba los faroles y los rótulos luminosos, mientras una sucia amalgama de nieve fundida y serpentinas rotas obstruía las alcantarillas. Max volvía a su estudio, con las manos en los bolsillos y un fular tapándole la cara para protegerse del frío. Caminaba lentamente. La fatiga empezaba a pasarle factura. Hacía días que no conseguía dormir. La nominación de Adolf Hitler a la cancillería del Reich, llamado por el mariscal Hindenburg el 30 de enero, le había producido el efecto de un puñetazo. No se había esperado algo así.

Ferdinand había tenido la elegancia de no burlarse de su inocencia, contentándose con sacudir la cabeza y apretar los labios.

En las horas que habían seguido al anuncio, Max había citado a Ferdinand y a Milo von Aschänger en una habitación del primer piso del hotel Adlon, porque quería tomar fotos del desfile marcial. Durante más de cuatro horas, una marea ininterrumpida de hombres de la SA, de la SS y de los Cascos de Acero procedente de Tiergarten había franqueado la Puerta de Brandenburgo blandiendo sus banderas rojas con la cruz gamada y veinte mil antorchas que proyectaban sus fulgores inquietantes sobre las fachadas de los inmuebles, en dirección a la Wilhelmstrasse, donde Adolf Hitler les esperaba en el balcón de la cancillería.

—Creía que no estaba permitido manifestarse en la Puerta de Brandenburgo —había murmurado Milo exhalando nerviosamente el humo de su cigarrillo—. Y ese maldito Goebbels, ¿de dónde habrá sacado todas esas antorchas? Cualquiera diría que las tenía guardadas en casa...

Mientras respiraban el olor acre de las antorchas por la ventana abierta, escucharon la voz trepidante de Goebbels en su primer discurso radiofónico. El fragor cadencioso de las botas de cuero que resonaban sobre la calzada, la perfección de las alineaciones, el balanceo mecánico de hombros y piernas... Todo aquello acababa resultando hipnótico, pero Max sintió que su cuerpo se tensaba. La orquestación del desfile era perfecta; la estética y la gestualidad, grandiosas. Un ejército de anónimos invencible. De vez en cuando, los espectadores subyugados levantaban el brazo derecho y gritaban «*Heil!*» con voz estentórea. Clamaban su consentimiento, exigían ser bautizados en esa fuerza ineluctable. Durante los años de miseria de la posguerra, algunos predicadores locos habían recorrido las calles de Berlín proclamando que Dios los había enviado para salvar el mundo, y Max veía en los ojos desorbitados de la multitud ese mismo fervor alucinado y místico.

Semanas más tarde, Max tenía la impresión de arrastrar todavía una resaca. Como no tenía ánimos para fiestas, había rechazado la invitación de acompañar a sus amigos a uno de esos bailes de carnaval que animaban la ciudad. Prefería volver a la soledad de su cuarto oscuro con la esperanza de olvidar durante algunas horas el gusto amargo de lo que le estaba sucediendo a su país. Al empujar la puerta del inmueble rezó para no encontrarse al portero, que no había dejado de celebrar el nombramiento del Führer con multitud de cantos patrióticos. Se desató el fular mientras esperaba el ascensor. La humedad de la lana exhalaba un perfume desagradable.

Al llegar a su piso le extrañó encontrar la puerta del estudio entreabierta. Enseguida le vino a la cabeza un pensamiento tan fugitivo como absurdo: ¿había vuelto Xenia? ¿Le habría abierto la puerta el conserje? Max ya no vivía en el mismo sitio que antes de la muerte de su padre, pero había conservado el estudio, y esa era la única dirección de la que disponía la joven. Pero entonces se dio cuenta de que habían roto la cerradura. Con el corazón desbocado, entró en el taller.

Un espectáculo de desolación se ofreció a sus ojos. Los reflectores por el suelo, los armarios reventados, películas desenrolladas sobre los muebles como otras tantas serpentinas irrisorias... Un maniquí de yeso partido en dos había dejado un rastro de polvo en las sillas y el canapé. Habían arrancado parte de los estores, y jirones de seda colgaban de las armaduras de las pantallas. Placas de cristal rotas y fotos rasgadas llenaban el suelo entre una amalgama de cables. Habían lanzado contra una vitrina las cabezas de dos maniquíes Siegel que había hecho traer de París para las presentaciones de moda. Avanzó poco a poco, como un sonámbulo. Los restos crujieron bajo sus pies. La puerta del laboratorio estaba abierta de par en par. Sobre el embaldosado se esparcían en mil pedazos los frascos, las cubetas y los vasos graduados. El ambiente estaba cargado de olores químicos. El saqueo había sido a la vez violento y meticuloso. Se detuvo en mitad de la amplia estancia, aturdido, con la sensación de que lo habían agredido en lo más íntimo.

—¡Dios mío, las pruebas! —murmuró antes de volver a salir al descansillo y correr escalera abajo.

Por fortuna, la puerta de su antigua vivienda parecía intacta. Su mano temblaba tanto que le costó hacer girar la llave en la cerradura. Encendió la luz y soltó un suspiro de alivio. Todo estaba en orden. Los sólidos armarios cerrados con llave en los que conservaba las pruebas numeradas levantaban sus siluetas reconfortantes contra el muro. Los archivos se alineaban sobre los estantes. Allí, en la penumbra, se encontraba reunida toda su obra, una parte de él mismo, quizá la mejor. Así que esos vándalos no conocían la existencia de ese lugar... A menos que no hubieran tenido tiempo de llevar su empresa de destrucción hasta las últimas consecuencias. Alertado por el ruido, quizá el portero los habría interrumpido. Pero al considerar tal posibilidad Max no pudo evitar una mueca irónica: mientras cerraba cuidadosamente la puerta tras él, pensó que a ese asqueroso nazi le habría encantado indicarles el lugar. No dudaba ni por un segundo que se trataba de un acto de represalia de la SA, para hacerle pagar a su manera algunos reportajes que debían de haberlos disgustado.

De vuelta en el taller, colocó una silla sobre sus cuatro patas y tomó asiento. Se sentía desamparado. Se frotó la nuca con una mano ansiosa. Le llevaría varios días limpiar todo ese desorden y encargar una nueva instalación. Su secretaria se iba a llevar un disgusto enorme. Algunas sesiones de posado tendrían que anularse. No tenía ni idea de lo que estaba programado para la semana entrante, pero no le cabía duda de que su querida Inge, con su ironía tan típicamente berlinesa, soltaría algunos improperios muy sentidos antes de arremangarse para ayudarlo.

Iba a tener que visitar la prefectura de policía para hacer una denuncia. ¿Cómo le recibirían los hombres con chacó en su imponente edificio lindante con la Alexanderplatz? Se decía que las declaraciones que concernían a una posible implicación de la SA no estaban bien vistas, y menos aún desde el momento en que Goering había nombrado cuerpos de policía auxiliares, compuestos de SS armados y provistos de brazaletes blancos.

«Probablemente me ficharán, si es que no estoy fichado ya», se dijo con rencor.

Max se inclinó para recoger algunas fotografías destrozadas. Curioso collage. Las tomas de la ciudad y la serie de sombreros encargada por *Die Dame*, irrecuperables. Los retratos poco halagadores de los SA apenas se podían distinguir, pero Max puso un cuidado especial en intentar recomponer la silueta de Xenia. De golpe, la joven le faltaba con tal violencia que sintió cómo se partía en dos. Durante los primeros meses, no había pasado un día sin que pensara en ella. Era una ausencia física que le cortaba la respiración. Una herida abierta. Un ácido que lo corroía día y noche, cuando los recuerdos lo poseían sin ahorrarle el más mínimo detalle. La mueca maliciosa, la frente obstinada, las sonrisas. Y sus impulsos, sus entusiasmos. Amputado de ella, la percibía sin embargo en cada instante como la más pérfida de las ausencias, y ningún alcohol ni ninguna otra mujer conseguía ahuyentarla. Xenia estaba allí, bajo su carne, en su corazón. Herido por la última discusión, había pasado un tiempo antes de que le escribiera diversas cartas y se pusiera a esperar el correo cada mañana. Cada vez más angustiado, incluso una o dos veces había bajado a la calle a esperar al cartero, aunque también era consciente de la ridiculez de su gesto. Y la esperanza era vana, puesto que Xenia no le contestó. En consecuencia no solo había experimentado la amargura, sino también la cólera. Con el transcurso de los meses su actitud se había vuelto más grave. Se había dedicado a leer mucho, intentando comprender lo que les había ocurrido y por qué habían acabado ignorándose, como si la explicación pudiera encontrarse entre líneas. En su soledad, había comprendido que el sufrimiento pule como la hoja de una espada, y en lugar de volverte loco te vuelve humilde.

La agonía del padre de Sara se prolongaba, pero fue el freiherr Von Passau el primero en partir, derrumbado por una crisis cardíaca en su despacho de la Wilhelmstrasse. A Max lo había cogido desprevenido. La salud de su padre era inmejorable, lo mismo que su claridad de pensamiento y la decisión que mostraba. Se había quedado con la odiosa sensación de no haberle dicho cosas esenciales, por lo poco y mal que habían hablado mientras aún vivía. Al entierro había concurrido todo el mundo, diplomáticos extranjeros y hombres de Estado, tíos y tías, primos rígidos y silenciosos, en los pliegues de cuyos uniformes, trajes y vestidos oscuros se guardaban los perfumes de las llanuras de Prusia oriental y del viento del Báltico. En la villa de Dahlem, Marietta, de luto riguroso, había orquestado la recepción. A su lado, estrechando las manos para aceptar las condolencias, Max se había sentido como un extraño.

De común acuerdo, Marietta y él habían vendido la casa de Dahlem y Max había buscado un apartamento en la ciudad. Le había llevado su tiempo encontrar un espacio en un inmueble de majestuosa fachada *art nouveau* que daba a un dédalo de patios interiores, lo bastante enorme y original para que se sintiera a su aire. Lo había decorado con muebles de marquetería que le recordaban su infancia y con telas de amigos pintores de colores brillantes, pero había procurado conservar una atmósfera sobria. Dueño de una desahogada fortuna, invertida de manera juiciosa por su padre en el mercado inmobiliario, autor reconocido de obras artísticas compradas por coleccionistas y receptor de los derechos de sus fotografías que se publicaban en el mundo entero, los apuros económicos ya no eran un problema para Max von Passau.

—Te has convertido en un hombre con rentas —había bromeado Ferdinand mientras bebían champán para celebrar la inauguración del piso—. Espero que eso no te convierta en un tipo aburrido —añadió con aire malicioso.

Max se había puesto a viajar. Había permanecido varios meses en Nueva York, trabajando para *Vogue*. El director artístico apreciaba el rigor de sus composiciones, sus efectos nítidos de sombra y luz. Su maestro Edward Steichen le había enseñado que las exigencias de una fotografía de moda eran «la distinción, la elegancia y el chic». Max, que rechazaba un rigor demasiado estático, añadía un suplemento de alma. En cuanto a sus retratos, el trabajo que más lo conmovía, revelaban siempre una fisura secreta. Un trazo de luz subrayaba lo mismo la indefinible tristeza en un rostro de una mujer demasiado bella como el miedo a la muerte en un científico ateo.

Con un movimiento del brazo, Max despejó la superficie del despacho de hojas de papel glaseado y de fibras de vidrio que le servían para componer los universos blancos que necesitaba como contraste para las últimas indumentarias. Tenía que recomponer esa fotografía de Xenia. Era una de las primeras que había tomado de ella, con el cabello húmedo, el rostro sin maquillar, una camisa de hombre desabrochada que dejaba adivinar el nacimiento de sus pechos. ¿Por qué no le había contestado? Cuando una de sus cartas le fue devuelta con la inscripción «*Inconnue à cette adresse*» cruzando el sobre con un trazo rabioso, había dejado de escribirle.

En esos momentos pensaba que había sido un cobarde. Lo pensaba mientras buscaba entre los cajones volcados en el suelo. Podría haber investigado de una manera más profunda, incluso cuando las fotografías de Xenia habían dejado de aparecer en las revistas. Pero la muerte súbita de su padre le había impedido reaccionar, y el curso de la vida había hecho el resto.

Sonó el teléfono.

—¿Eres Max? —preguntó Ferdinand con voz muy nerviosa, alzándola para que se le oyera a pesar del vocerío.

—Evidentemente, ¿quién si no? A menos que mis encantadores visitantes se diviertan también jugando a los telefonistas cuando vienen a hacerme alguna visita.

Se hizo un silencio al otro lado de la línea. Max percibió lo que parecían gritos.

—No entiendo nada de lo que me dices. ¿Puedes repetirlo, por favor?

—Han asaltado mi estudio. Estoy en medio de un campo de batalla. Me parece evidente que me había ganado el derecho a una visita de nuestros amigos —ironizó Max—. Ya conoces sus métodos, ¿no? Supongo que tendría que estar contento de no haber estado aquí cuando entraron. Seguro que me habrían dado una buena paliza, así, sin más.

—¿Han destruido tus negativos? —se inquietó Ferdinand.

—No, gracias a Dios, pero del resto prefiero no hablarte. A mi secretaria le va a dar un ataque mañana por la mañana... Oye, ¿qué es ese estruendo? Apenas te oigo.

—¿No estás al corriente? El Reichstag está en llamas. Dicen que es obra de los comunistas.

Sara no había podido dormir en toda la noche. Al alba, cuando las primeras luces aparecieron entre las aberturas de las cortinas, se deslizó fuera de la cama, poniendo cuidado en no despertar a Viktor. Al mirarse en el espejo del baño la asustó su lividez. Se aseó, escogió un carmín brillante a juego con su blusa de muselina y luego se maquilló con esmero. La falda de su traje chaqueta de lana y seda flotaba alrededor de su cintura. Esbozó una mueca, irritada por haber vuelto a perder peso. Con todas esas preocupaciones el apetito le jugaba malas pasadas.

—¿Estás lista ya? —preguntó Viktor con voz soñolienta.

Su marido se había abotonado al revés su chaqueta de pijama y se anudaba la bata a la cintura con gesto torpe. Con esa expresión de preocupación y sueño a Sara le pareció tan vulnerable que se le encogió el corazón.

—Perdóname por despertarte, querido, pero no podía dormir. No tardaré mucho en marcharme al despacho. No sé lo que nos espera hoy. Puede ser un día espantoso.

—No puedes ir sola, ¿me oyes? Te acompañaré.

—¡Eso es absurdo, Viktor! Tienes que dar tus clases en la universidad, y yo no estoy sola, tengo al chófer.

—Preferiría que te quedaras en casa, Sara —insistió él frunciendo el ceño—. Ya te lo he pedido unas cuantas veces. ¿Por qué no me escuchas nunca?

La joven apoyó tiernamente una mano en su mejilla.

—No te preocupes. Ya he avisado a los empleados. Les he dicho que íbamos a vivir momentos difíciles. Incluso he dado vacaciones a los que preferían quedarse en casa, pero no quiero ni pensar en la posibilidad de abandonarlos precisamente el día en que los nazis han convocado un boicot a los comercios judíos. Sería una cobardía que nunca me perdonaría —concluyó con aire decidido, antes de ponerse de puntillas para darle un beso—. Voy a bajar para desayunar. Me harán falta fuerzas, ¿no crees? Seguro que nuestra querida Simone me ha preparado un festín, y no me dejará salir hasta que no me lo acabe todo...

Sara intentaba bromear, pero aquel tono alegre sonaba falso. Se volvió y quiso prender en la solapa de su chaqueta el broche de amatistas y turmalinas en forma de peonía. Su padre le había ofrecido ese emblema de la casa cuando ella cumplió los veintiún años. Al ver que estaba demasiado nerviosa, Viktor se lo quitó de las manos para ayudarla.

En el transcurso de la noche, los nazis habían pegado a las columnas publicitarias carteles que llamaban a boicotear los comercios de propiedad judía. En esos días, entre los reclamos para espectáculos de cabaré, la última película de Greta Garbo o la llamada a la colecta para ayudar a los pobres en invierno, se podía leer: «Los judíos del mundo entero quieren destruir Alemania. Pueblo alemán, ¡resiste! ¡No compres a los judíos!». Una semana antes, los diputados se habían reunido en la ópera Kroll, decorada para la ocasión con banderas y guirnaldas, puesto que la sala de plenos del Reichstag se había visto reducida a cenizas. Habían otorgado al canciller plenos poderes durante cuatro años. En ausencia forzada de los comunistas, solo los parlamentarios socialdemócratas habían rechazado el texto de la ley. Desde el momento en que la policía había detenido al incendiario, un joven comunista holandés que respondía al nombre de Van der Lubbe, los nazis habían aprovechado para lanzar una oleada de arrestos, con el pretexto de que el Partido Comunista preveía una peligrosa sublevación. Sin embargo, a pesar de una campaña de intimidación violenta, más de la mitad de los electores no había votado por el partido en las últimas elecciones de marzo. Aun así, el canciller había maniobrado con tal habilidad que se había hecho con las riendas legislativas y ejecutivas del país, de manera perfectamente legal. La cruz gamada ondeaba de este modo en los locales gubernamentales, los diarios clamaban por la constitución del Tercer Reich, y ya nada se oponía a una virulenta campaña antisemita.

Una hora más tarde, envuelta en un abrigo de paño y con un sombrero chato sujeto por un alfiler, Sara se mantenía muy derecha en la parte trasera del Mercedes. El chófer dio una vuelta por la ciudad tal como ella le había pedido para tomarle el pulso. Los peatones se apresuraban alrededor de las columnas Morris, levantando la nariz para leer los carteles. En la Wittenbergplatz, la elegante tienda de Adolf Jandorf, la célebre Kaufhaus des Westens, estaba cerrada, lo mismo que muchos otros comercios judíos.

Según el último censo había quinientos veinticinco mil judíos en toda Alemania —lo que representaba el uno por ciento de la población—, de los cuales un tercio residía en Berlín. Sin embargo, desde la toma del poder por parte de los nazis, a Sara le daba la impresión de que se apuntaba a cada uno de ellos. El coche se detuvo en un semáforo de la Potsdamer Platz, al lado de un camión sobre cuya plataforma se apiñaban chicos jóvenes de cara sonrosada vestidos con el uniforme de las Juventudes Hitlerianas. Sobre una banderola se leía en letras góticas: ¡FÜHRER, ORDENA! ¡NOSOTROS OBEDECEREMOS! Sara se dio cuenta de que apretaba tan fuerte el bolso de cuero que tenía sobre las rodillas que le dolían los dedos. «Todo irá bien», se dijo mientras pensaba en su padre, como si él pudiera insuflarle coraje. Cuando llegó ante las puertas giratorias de los almacenes Lindner, el pequeño botones que normalmente corría a abrirle la portezuela no apareció. El día anterior Sara le había ordenado que no saliera de la tienda, y creyó distinguir su cara ansiosa observándola desde detrás del cristal.

—Gracias, Rudi. Vuelva a buscarme esta tarde a las cinco, como de costumbre.

—Muy bien, señora —respondió secamente el chófer, la nuca rígida, la gorra calada sobre el cráneo.

Ese hombre la llevaba en coche desde hacía cinco años. Sara quiso leer en su mirada algún respaldo, o una señal de amistad, pero su rostro siguió inmutable, lo que le provocó la extraña sensación de haberse vuelto invisible.

Al encaminarse hacia la entrada, la joven se vio ante dos miembros de la SA con su detestable uniforme marrón. Las botas negras, los gruesos cinturones y los tahalíes brillaban en la luz matinal. Los gorros blandos, ajustados por una correa bajo el mentón, les daban un aire estúpido, pero sus miradas eran penetrantes. Sostenían unas pancartas. ¡PELIGRO DE MUERTE! ¡JUDÍOS! Con un nudo en la garganta, Sara comprobó que dos hombres montaban guardia ante cada una de las puertas, como si asediaran el establecimiento. La intimidación, con aquella expresión tan seria, con aquellas mandíbulas apretadas, era manifiesta. Algunos peatones, curiosos, se volvían. Avanzó unos pasos y empujó la puerta con gesto decidido.

Bajo la cristalera, las vendedoras esperaban en silencio, inmóviles junto a los mostradores. En ese inmenso espacio que normalmente parecía una colmena en plena actividad, el silencio era sobrecogedor. «Todavía es pronto —pensó Sara—. No han dado las diez. Acabamos de abrir. ¿Desafiarán los berlineses esta prohibición absurda?» No podía creer que los clientes, algunos de familias fieles al establecimiento desde generaciones atrás y cuyas medidas constaban en los diferentes departamentos de ropa, se dejaran impresionar por esa banda de gamberros que detentaban el poder. La vida tenía que continuar. No podían abdicar ante esos locos.

Intentó tranquilizarse. La industria textil y del vestido empleaba a tres millones de personas en Alemania. La experiencia de los judíos y su reputación internacional en lo que concernía a la calidad y la elegancia de sus prendas confería a estos oficios un aura que atraía la codicia de los nazis, al tiempo que los obligaba a tomar algunas precauciones. Aun así, en la prensa se publicaban artículos violentos y los discursos de Goebbels, en su calidad de ministro de Información y Propaganda del Reich, llamaban a una «purificación» del mundo de la moda. Se decía que los propietarios judíos de los grandes almacenes se enriquecían gracias a márgenes de beneficio vergonzosos. Se criticaba a los estilistas cuya moda ponía en peligro el equilibrio físico y mental de las alemanas por su inspiración en la decadente moda francesa. «Si por ellos fuera, todas las mujeres se vestirían con sacos de patatas», pensó Sara con irritación mientras se dirigía al ascensor. Entonces vio al responsable del departamento masculino. En su chaqueta, el hombre de cabellos blancos había prendido las medallas militares obtenidas durante la gran guerra, entre ellas la Cruz de Hierro de primera clase. Sara dedicó un pensamiento emocionado a su hermano, muerto en el campo del honor, así como a los millares de judíos alemanes caídos por la patria.

—Buenos días, señoritas —saludó al entrar en el taller de costura.

—Buenos días, fräulein Lindner —respondieron las oficialas de modista al tiempo que se levantaban educadamente.

Sara empujó la puerta de su despacho, se quitó los guantes y el sombrero, y luego se sentó y contempló sus manos, que temblaban de manera incontrolable.

Las ruedas del metro chirriaron y por fin se detuvo. Entre los nuevos pasajeros que se apretujaron en el vagón había un grupo de muchachas alegres. Vestidas con camisas blancas cerradas por un pañuelo negro y una tira de cuero, faldas azul marino y gruesos calcetines blancos, parloteaban con voces estridentes, mientras sus trenzas oscilaban al ritmo del traqueteo. Algo pinchó a Max en la espalda. Una de las chicas le hundía entre los omoplatos el asta de una bandera nazi cuidadosamente enrollada.

—Tened cuidado —protestó, enfadado—. Los objetos fastidiosos no están permitidos en los vagones.

La responsable del grupo, una joven de unos veinte años con el cabello bien trenzado y formando una corona, lo observó con rabia.

Max se alegró de llegar a su estación y subió de dos en dos los escalones que llevaban a la calle. Hacía un tiempo magnífico desde varias semanas atrás. En las ramas de las robinias los racimos de flores blancas despedían un olor dulzón. Un niño de las

Juventudes Hitlerianas le agitó un cubilete bajo la nariz para recaudar dinero, pero Max lo esquivó. Realmente, uno ya no podía pasear por la ciudad sin algo de calderilla en el bolsillo. Cuando llegó ante los almacenes Lindner, vio que dos peatones discutían con sendos SA ante la puerta. Algo más lejos, un hombre se apoyaba en una farola, con una cámara fotográfica en bandolera. ¿Sería un periodista? ¿O quizá alguien encargado de tomar fotos a los clientes que osaran penetrar en la tienda?

—¡Señor! —le llamó uno de los SA impidiéndole el paso—. Es una tienda judía.

—Gracias, es usted muy amable, pero ya lo sabía —replicó Max con insolencia mirándolo a los ojos.

—¿Es usted ario?

—Y tanto. Y quizá mis antepasados hayan hollado la tierra de este país desde hace más tiempo que los suyos. Por tanto aquí estoy en mi casa, y si quiero gastarme el dinero en esta tienda, nadie me lo impedirá. ¿Entendido?

Permanecieron unos segundos midiéndose las fuerzas, pero el hombre mofletudo parecía desconcertado. Max se adelantó lateralmente con una sonrisa crispada, empujó la puerta y penetró bajo la cristalera. Aunque la afluencia fuera menor a la habitual en un sábado, le alivió comprobar que no era ni mucho menos el único cliente. Unas ancianas berlinesas, muy dignas, hacían sus compras como tenían por costumbre. El período que precedía a Pascua siempre era propicio al comercio. Prefirió subir por las escaleras mecánicas para verificar si había gente en todas las plantas. En el departamento masculino algunos clientes se afanaban ante el mostrador de cigarros, y cuando Max llegó al sexto había entrecruzado varias miradas cómplices.

Llamó a la puerta y una voz ansiosa le indicó que pasara. Asomó primero la cabeza y vio que estaba sentada a su mesa, con un lápiz en la mano. La cara de Sara se iluminó en cuanto lo vio.

—¡Max! ¡Qué amable eres al visitarnos!

—¿Acaso creías que iba a faltar al compromiso en un día como hoy?

Ella se precipitó en sus brazos y él la abrazó. Inquieto, percibió el temblor de su cuerpo y le pareció que estaba todavía más delgada que de costumbre.

—He venido para ir a comer contigo, porque me da miedo que pases más tiempo sin alimentarte. Y luego esta tarde tengo muchas compras que hacer. Necesitaré a varios de tus botones para llevarme tantos paquetes. ¿Quizá tus nuevos guardias de corps nos querrán echar una mano?

Con un gesto tierno, secó una lágrima en la mejilla de la joven.

—Perdóname —se disculpó ella riendo—. Llorar es una tontería, pero es un momento difícil.

—Lo sé —murmuró él—. Pero no estás sola, ¿me oyes? No te abandonaré nunca, Sara. Tienes que ser consciente de eso.

Le apretaba las manos como para convencerla.

—Me inquieta sobre todo Viktor —confesó ella—. La situación en la universidad no es mejor que aquí. A algunos profesores los han echado de sus clases. Los han llevado a la puerta y los han dejado en la calle, entre abucheos. ¿Te das cuenta? Es una humillación...

—Sí, ya me lo han contado —suspiró Max mientras Sara se ponía el abrigo—. Vengo del periódico. Por los pasillos todo el mundo se mira de reojo. He visto que en las solapas de los abrigos más insospechados han florecido las insignias del partido. Ullstein es una editorial judía eminentemente respetable, pero esa chusma se reproduce como chinches.

—¡Y a quien tratan de parásitos es a nosotros! —exclamó Sara mientras se pellizcaba las mejillas para tener mejor color—. Bueno, ya estoy lista. Vamos a enfrentarnos a esta ciudad.

Sara pareció tranquilizarse al ver que los clientes se congregaban ante las cajas y recorrían las secciones. Una o dos veces inclinó la cabeza para saludar a alguien, pero en cuanto salieron a la calle oyeron el sonido ya familiar de las botas impactando contra la calzada. Una formación de camisas pardas apareció en el extremo de la calle, cantando el *Horst-Wessel-Lied*, ese canto a la gloria de un joven nazi caído en una disputa con los comunistas que se había convertido en el himno oficial del partido. Sara sujetó con fuerza el brazo de Max.

—¡Dios mío, el que va desfilando delante es mi chófer! —murmuró completamente perpleja—. Trabaja para mí desde hace años. Conozco a su mujer. Le hago regalos a sus hijos en Navidad. Nada me había hecho sospechar que fuera uno de ellos.

El hombre cruzó la mirada con su patrona sin pestañear y continuó cantando a voz en grito. El pequeño grupo pasó ante ellos y vieron también que algunos peatones saludaban con el brazo derecho en alto.

—Me parece que será mejor que cambies de chófer —murmuró Max—. Pero no podrás despedirlo, si no quieres arriesgarte a que te denuncie. La mejor manera de desembarazarte de él sería ascendiéndolo de categoría... ¿Crees que puedes hacerlo?

—Sí, creo... Sí —balbuceó, desconcertada—. Pero entonces eso quiere decir que cualquiera... Las personas a las que vemos todos los días... Gente con la que nunca he tenido ningún conflicto...

Su voz se quebró. En las fachadas de algunos inmuebles ondeaban banderas rojas con la cruz gamada. En ese preciso instante, Max comprendió que su vida había dado un vuelco. A partir de aquel momento estarían obligados a pensar en términos de delación, rencores y represalias. Iban a tener que observar a los que los rodeaban, para adivinar sus convicciones más íntimas. Nunca nada podría darse por seguro. Ni la amistad ni el amor. Sintió un estremecimiento de disgusto. Alemania se había desplomado como un castillo de naipes, traicionada por parlamentarios y partidos políticos incapaces de erigir una barrera creíble contra esos extremistas que habían tomado legalmente el poder. Traicionada por obreros que desde hacía algunas semanas se inscribían en masa en las células nazis, por los funcionarios que juraban obediencia al nuevo amo y señor, traicionada por los estudiantes, los profesores, los magistrados, los campesinos, los nostálgicos de un ejército triunfante, todos embriagados por la euforia de pasar a pertenecer a un Estado fuerte. Traicionada por los que tenían miedo y se habían precipitado en esos últimos días a pedir su carné del partido antes de que se cerraran las inscripciones, por cobardía u oportunismo, pero en cualquier caso sobre todo por debilidad moral, y eso era lo que le resultaba más hiriente.

Un largo coche negro se detuvo ante ellos. Un chófer en uniforme gris bajó y abrió la portezuela. Marietta Eisenschacht emergió con un traje chaqueta de lana púrpura, una estola de zorro en los hombros y un sombrerito de fieltro inclinado sobre un ojo. Max y Sara la miraron con expresión perpleja.

—¡Ah, queridos míos! —exclamó con tono alegre—. ¡Qué alegría encontraros! Esta mañana estaba inspeccionando mis armarios y me he dado cuenta de que no tenía nada que ponerme. Resulta que tengo que renovar todo mi guardarropa. Es increíble, ¿no os parece?

La mirada de Marietta se cruzó con la de su hermano. Bajo la mueca burlona, Max captó una gravedad que sintió en su corazón, y el círculo de plomo que le apretaba las sienes se aflojó un poco. Tenía la impresión de que podía respirar de nuevo, mientras durara aquella alegría tan insospechada como frágil.

París, diciembre de 1933

A esa hora de la mañana el alba no era más que una promesa incierta. Reinaba la oscuridad, las farolas iluminaban las vastas avenidas desiertas y el agua se había helado en los canalones. Pocas personas se aventuraban por la calle, a paso de ave zancuda para no resbalar, mientras un percherón avanzaba lentamente tirando de una carreta. Los carboneros vaciaban sus sacos, que dejaban un rastro de hollín sobre sus manos y su cara. Sentada en un banco de pintura desconchada, Xenia miraba la alta muralla de la cárcel de La Santé.

La puerta se entreabrió para dejar paso a un hombre vestido con un abrigo informe, una gorra en la cabeza y una pequeña maleta en la mano. Luego se volvió a cerrar enseguida detrás de él, con un chasquido seco. Mientras el hombre dudaba, su silueta frágil recortada contra el muro enorme, Xenia se levantó y atravesó la calle para encontrarse con su tío. En cuanto la vio, Sasha levantó los hombros y la miró con aire desconfiado. Ella se detuvo frente a él, a la vez ansiosa e intimidada, con la intención de aparentar una calma que no sentía. Cuando por fin lo abrazó, él permaneció rígido como una estaca y Xenia percibió un ínfimo movimiento de retroceso.

—Tío Sasha —murmuró ella—. Soy muy feliz.

Como él no decía nada, ella lo tomó por el brazo y lo arrastró suavemente hacia la entrada del metro. Gracias al alegato de Gabriel Vaudoyer, su pena de prisión había sido lo menos severa posible, pero esos años entre rejas habían marcado al fuego a Sasha. Avanzaba a pequeños pasos prudentes como los de un anciano o de un ser sin referencias, y Xenia pensó, un poco asustada, que necesitaría su tiempo para reaprender a caminar como un hombre libre. Le había propuesto acogerlo en su casa, pero Sasha quería mantener su independencia.

—No he conseguido encontrarte una habitación, así que vas a vivir con Masha —anunció ella mientras temblaban por el traqueteo del metro sentados en las banquetas de madera—. La situación es dramática. Hay mucha gente que ha perdido su empleo, con lo que nosotros nos hemos vuelto más indeseables que los demás. No hay más que ver esas pancartas horribles que han colgado en algunos edificios del distrito XV: NI PERROS NI GATOS NI RUSOS. Es la crisis, ¿entiendes?

—No mucho, la verdad. He pasado siete años encerrado entre cuatro paredes. Se adquieren malas costumbres. Como recibir la comida a horas fijas y desinteresarse por los azares de la vida.

—En ese caso, será necesario que te adaptes con rapidez —replicó ella secamente, con el puño de la angustia apretándole el corazón.

A la muerte de Diaghilev, cuatro años antes, Masha había perdido su empleo como decoradora en los ballets rusos. La crisis económica le había complicado la tarea de volver a encontrar trabajo. Las casas de costura rusas habían empezado a cerrar una tras otra, no solo a causa de la pérdida de la clientela norteamericana, sino sobre todo porque los bordados a base de perlas o de lentejuelas, lo mismo que las pinturas sobre seda, habían pasado de moda. Se decía también que los rusos no poseían sentido de los negocios. Muchos, como el príncipe Yusupov y su taller Irfé, habían ido a la quiebra. Masha había visitado la casa de la gran duquesa, pero habían vendido Kitmir y la gran duquesa había partido a Nueva York. Por fortuna, con su rostro de una belleza nórdica clásica, su cabello rubio permanentado y su silueta desarrollada, Masha había encontrado un puesto como maniquí con el modisto Lucien Lelong, y Xenia cuidaba de que no le faltara de nada.

—Ya no somos bienvenidos como en otros tiempos —prosiguió Xenia en voz baja, por temor a que otros pasajeros se inquietaran al oírlos hablar en una lengua extrajera—. Los franceses no han apreciado demasiado que un emigrado ruso asesinara al presidente Doumer el año pasado. Han aprovechado para arrojarse encima de nosotros como fieras. Es necesario que tengas mucho cuidado, ¿entiendes? En cualquier momento te pueden detener y llevarte a la frontera. Muchos están detenidos en Bélgica. Basta con cualquier cosa, una infracción de tráfico, por ejemplo, o la falta de certificado de trabajo. Ahora los franceses se burlan de nuestro acento, cuando antes lo encontraban encantador. Algunos amigos de Kiril incluso han solicitado afrancesar su apellido.

—Él no lo habrá hecho, ¿verdad? —preguntó Sasha en tono ofendido.

—No, claro que no. Ya conoces a Kiril. A sus dieciséis años tiene ideas muy claras sobre ciertas cosas. Por cierto, tiene muchas ganas de verte. Te envía saludos.

Una leve sonrisa animó el rostro lívido de Sasha. De pronto, Xenia le tomó la mano y se la estrechó.

—Todo irá bien —le aseguró, invadida por la emoción—. Te lo prometo. Hemos sobrevivido a cosas mucho peores, ¿no es así?

—¿Y tú, cómo estás? ¿Eres feliz con tu marido? —preguntó Sasha a quemarropa, mirándola por primera vez a los ojos.

Xenia se quedó perpleja. Acostumbrada como estaba al egoísmo de su tío, no estaba preparada para una actitud solícita. Se dio cuenta de que nunca se había planteado aquella pregunta. ¿Era feliz? Una multitud de imágenes fugitivas la atravesó. El restallido de las persianas que abría por la mañana en la fachada que daba al jardín de Luxemburgo, la serenidad del salón con alfombras claras cuando el fuego ardía en la chimenea. La expresión alegre de la cocinera. En esos días, Xenia ya no tenía que preocuparse de cómo alimentar a los suyos. Y luego pensó en la alta silueta, un poco encorvada, de Gabriel. Su obesidad tranquilizadora y su bigote de notable. Las gafas prendidas a la nariz cuando estudiaba los informes. Las incursiones que hacían a los anticuarios. Sus accesos de risa. Esa manera tan suya de observarla furtivamente con aire maravillado, como si le sorprendiera no solo tenerla por esposa, sino también que todavía siguiera junto a él.

—Sí —confesó por fin—. Es casi increíble, pero creo que sí. Gabriel es un padre maravilloso para Natasha. Incluso diría que es una revelación.

—Creo que ocurre a menudo cuando tienes un hijo a una edad avanzada. Personalmente, si pudiera experimentar esa satisfacción, creo que me volvería loco de alegría.

Nadie sabía que Gabriel no era el padre de su pequeña. Por esta razón, la generosidad de su marido hacia esa criatura a la que había dado su apellido no dejaba de asombrar a la joven. Gabriel había cumplido su palabra, y parecía sinceramente feliz de educar a Natasha. Al pensarlo, sintió hacia él una oleada de gratitud.

—¿Qué va a ser de mí, Xenia? —preguntó de pronto Sasha con un hilo de voz, sin dejar de contemplar la oscuridad en movimiento del túnel.

Unas cuantas luces resplandecían aquí y allá antes de desaparecer. Un sudor frío empapaba su desgastada camisa, que se le pegaba a la piel. Tenía la sensación de desprender el olor rancio de las celdas y los locutorios. Con dedos temblorosos quiso desanudarse la corbata. El cristal reflejaba su rostro. La cicatriz en la frente, el cabello rubio y ralo, las dos profundas arrugas que marcaban su boca. Tenía cuarenta y un años y se sentía como un anciano.

—He echado mi vida a perder —murmuró, desamparado.

—¡Basta, tío Sasha! —ordenó Xenia—. El pasado es el pasado. Has hecho tonterías, y Dios sabe que lo has pagado muy caro. No te merecías esto. Pero ahora tienes que luchar.

—¿Luchar? —respondió airado—. ¿Con qué voy a luchar? ¿Y contra quién? Ya no tengo nada. ¿Quién querrá saber de mí? Todos me preguntarán qué he hecho durante estos siete años. ¡Siete años, Xenia! Eso es una eternidad.

—Nadie va a pedirte nada. Gabriel te ha conseguido un trabajo como vigilante nocturno. No me mires así. Ya sé que no es la panacea, pero es un trabajo. Y créeme si te digo que para los tiempos que corren es un regalo del cielo.

—Entonces, ¿también le deberemos este favor? —le espetó Sasha con cierta amargura—. Entre una cosa y otra son ya muchos, ¿no te parece?

En la mirada de su tío, Xenia descubrió el brillo de esa arrogancia que lo había distinguido en su juventud, cuando ejercía de dueño y señor de los salones de San Petersburgo. Volvió la cabeza para pensar con más claridad. ¿Se sentía ella en deuda con su marido? Gabriel los había acogido bajo su techo a Kiril y a ella, y había reconocido a su bebé. Había defendido a su tío en los tribunales y continuaba protegiéndolo, puesto que Sasha habría podido ser expulsado de territorio francés al salir de la cárcel. Gabriel conocía a un alto funcionario del ministerio que había archivado el informe. Sí, le debía muchas cosas a su marido, pero comprendía la reacción de su tío. Los que tienden la mano pueden acabar por hacerse detestables, y el reconocimiento siempre resulta amargo para los ánimos orgullosos.

Desde que se casaron había comprendido que Gabriel tenía muchas y muy buenas relaciones: parlamentarios, ministros, generales, magistrados, miembros de la patronal... Se había presentado a la diputación de su distrito, pero el puesto se lo había llevado otro. En el permanente baile ministerial, debilitados por mayorías demasiado frágiles y en puestos en los que algunos no duraban más que unos días, había llegado a obtener una efímera cartera ministerial. Discreto, a veces receloso en lo que concernía a sus asuntos, pertenecía a la casta de los hombres influyentes. En un principio ella había intentado interesarse por sus actividades, creyendo que así lo complacería, pero él le había hecho comprender que esos dominios debían seguir siendo privados. Gabriel había deseado ante todo un ama de casa consumada y una compañera, y Xenia sabía mostrarse concienzuda. Luego había venido la revelación de una complicidad insospechada. Gabriel era un buen amante y a ella le gustaba hacer el amor con él. Entre sus cuerpos reinaba también un entendimiento cordial. «¿Me habré vuelto sensata?», se preguntó mientras los traqueteos del metro la lanzaban contra el hombro de su tío.

—No puedo quedarme en Francia, Xenia —prosiguió Sasha con voz ronca—. Sería como agonizar lentamente. Prefiero volver a Rusia.

—Tarde o temprano te matarán o te deportarán a Siberia, lo que viene a ser lo mismo. Algunos de los nuestros han escogido volver, pero tú no te acostumbrarías. Nuestra Rusia está perdida para siempre, y tienes que aceptarlo. Ahora es otro mundo, y el sitio que ocupábamos allí ya no existe. Nuestro futuro está aquí. —Hizo una pausa y se alisó la falda por las rodillas—. Cuando nació Natasha pedí la nacionalidad francesa.

—¡No me lo puedo creer! ¿Eso hiciste?

—¿Y por qué no iba a hacerlo? —replicó ella, irritada—. No es ningún crimen, ¿sabes? ¡Cualquiera diría que le he vendido el alma al diablo! Durante diez años, la mayor parte de nosotros nos quedamos sentados sobre nuestras maletas, convencidos de que íbamos a volver a casa. Pero la espera se eterniza, tío Sasha. Nos desanimamos. Y también nos morimos —murmuró apretando las manos—. Gracias a la ley de 1927 mi hija, nacida en Francia y de padre francés, es francesa. Eso no quiere decir que no vaya a conocer Rusia. La educo en el amor a la patria de sus antepasados y en el respeto a la que nos ha acogido. Pero, en cualquier caso, el pasaporte Nansen no me bastaba. Tengo que poder proteger a mi hija por si la vida vuelve a complicarse.

—¿Y crees que te irá mejor siendo francesa? —preguntó él con desprecio.

—Si hay una guerra, seguramente sí.

—¿Bromeas?

—Tú mismo dices que has vivido durante años separado del mundo. Una época ya pasó: la de la posguerra, la embriaguez por haber sobrevivido a lo peor, a las trincheras, a las masacres. Alegría de vivir, excesos, entusiasmo... Ahora tenemos a Mussolini en Italia, a Hitler en Alemania, a Stalin en la Unión Soviética. Y millones de personas en la calle, sin trabajo, sin un céntimo. La vida es cara, los salarios han bajado un veinte por ciento, muchos rentistas se han arruinado. Nadie está a salvo. El porvenir es sombrío. Espera un poco y comprenderás lo que quiero decir.

Xenia se dio cuenta de que había levantado la voz. Los pasajeros los miraban con desconfianza, extrañados por la alianza singular entre esa mujer con abrigo de pieles y su compañero de mejillas macilentas, chaqueta raída y zapatos desgastados.

—Hemos llegado —anunció Xenia incorporándose.

—¡Sucios extranjeros! ¡Que se vuelvan a su casa! —gruñó una voz.

Quien había hablado era un hombre de pelo moreno e hirsuto y labios gruesos. Un palillo le hacía de cigarro. Volver a casa... De pronto, Xenia se vio sumergida en los recuerdos de su ciudad natal, las orillas del Neva preso por los hielos, las cúpulas bizantinas, el campanario dorado de la Fortaleza de Pedro y Pablo que se proyectaba en el cielo invernal. Así, había bastado una palabra desafortunada para pulverizar todos sus bonitos discursos y para hacer surgir ese desgarro íntimo que solo conocía el exiliado. Su tío Sasha tenía razón. En París, entre esos pasajeros de rasgos descompuestos y cuerpos cansados, seguía siendo una extranjera. Seguiría siendo para siempre jamás Xenia Fiódorovna Osolin. Privada de su país, casada con un hombre hacia el que sus sentimientos eran sinceros pero incoloros, rehén dócil de un matrimonio escogido por defecto, se había convertido en algo semejante a esas sombras evanescentes que por primavera aparecen en las noches blancas de San Petersburgo, cuando la luz y la oscuridad se mezclan y se confunden con otras tantas quimeras.

—*Mamoshka!*

La niñita con abrigo azul marino lanzó un grito y dejó el columpio. Corrió tan rápido hacia Xenia que su sombrero de campana salió volando, liberando dos trenzas rubias. Capturándola en sus brazos, su madre la alzó en volandas entre risas.

—¿Dónde estabas? —preguntó la niña con un tono de voz

reprobatorio, apretando con ambas manos las mejillas de Xenia—. Me habías dicho que vendrías conmigo al jardín si hacía buen tiempo. Te he esperado.

—He tenido que ayudar a tu tío Sasha a instalarse en casa de tía Masha, corazón, y eso me ha llevado más tiempo del previsto. Le hacía falta algo de ropa, y la he ido a comprar.

—¿No puede hacerlo solo?

—Sí, claro, pero he preferido ayudarlo. Ha sufrido mucho, ¿sabes? Cuando lo conozcas tendrás que ser muy paciente con él.

Volvió a dejar a su hija en el suelo. A sus seis años, con esa boca que parecía dibujada con un pincel, esos carrillos redondos y esa mirada almendrada, Natasha tenía una personalidad muy definida. Su temeridad alteraba en muchas ocasiones a la niñera, que no disponía de un instante de descanso. Cuando bajaban al jardín, la joven borgoñesa había tomado por costumbre vigilar a los pequeños vestidos con traje de marinero, pues era más probable encontrar a Natasha en su compañía, escalando obstáculos y lastimándose las rodillas, que verla distraerse con el aro o con las muñecas junto a las niñas de su edad. Secretamente, Xenia se sentía orgullosa de estas tendencias. Aunque tenía que hacer valer su autoridad para corregir los caprichos de Natashenka, le complacía ese temperamento obstinado y, por otra parte, no soportaba las fragilidades y afectaciones de los demás niños.

Sin embargo, al nacer su hija había pasado por un momento de desorientación. Ante esa cara arrugada, ante ese cuerpo congestionado, se había sentido extrañamente lejana, como si nada la ligara a esa criatura, como si descubriera en ella a una perfecta desconocida. Había sentido miedo. Después de educar a Kiril desde su más tierna infancia, ¿de dónde le venía esa odiosa sensación de perder pie ante su propia hija? En ese instante, la ausencia de su Nianiushka le había parecido todavía más cruel. La anciana hubiera encontrado las palabras necesarias para calmarla, y un gesto de su mano habría barrido toda incertidumbre. En ese preciso momento, Natasha le había agarrado un dedo con esa firmeza instintiva de los recién nacidos, y esa fuerza inesperada había sorprendido a Xenia, que había creído captar en el bebé la misma intensidad que la había guiado a ella durante tantos años. De pronto se había reconocido en su hija, arrebatada por un impulso de amor, y había podido adivinar que en el futuro su hija no iba a ser una carga, sino un sostén.

Xenia se agachó junto a su hija, sin preocuparse porque la falda y el abrigo se arrastraran por la tierra, le tomó la cara y la besó sonoramente en las mejillas y en los labios. Natasha se echó a reír, y luego escapó corriendo.

—¡Ven, *mamoshka*! ¡Ven a empujarme en el columpio!

Gabriel Vaudoyer aguardaba en la sala. Comprobó el nudo de su corbata blanca en el espejo colocado sobre la chimenea. La caída de los largos faldones negros resultaba impecable. No se lo habría confesado a nadie, pero temía esa velada. Era una de las primeras veces que Xenia lo llevaba al seno de la comunidad rusa. Sabía que el matrimonio de la joven condesa Osolin no había sido bien considerado. Ese mismo año, en 1927, el enlace de la princesa Natalie Paley, la nieta del zar Alejandro II, con el célebre modisto Lucien Lelong había sido la comidilla de todo el mundo, por mucho que Lelong fuera un héroe condecorado con la Cruz de Guerra y uno de los más generosos donantes de las fiestas benéficas organizadas en honor de los refugiados. Los rusos se casaban entre ellos, por fidelidad al ideal de una patria de la que se sentían amputados, pero también por respeto a una religión ortodoxa que mantenían sujeta a sus cuerpos y porque la sociedad francesa de su rango no siempre los aceptaba.

Gabriel había asentido sin pestañear cuando Xenia le había preguntado si podían celebrar la boda en la iglesia de la rue Daru. Para su gran sorpresa, el agnóstico en que se había convertido al cabo de los años se había emocionado con el perfume del incienso, los brillos de las pequeñas velas amarillas que iluminaban los iconos dorados, el coro de voces penetrantes, toda esa ceremonia de acentos orientales llena de majestad y tan extraña a todo lo que había conocido en su infancia. En pie tras él, uno de sus numerosos testigos, un coloso antiguo oficial del ejército imperial, había sostenido con mano firme una corona por encima de su cabeza, mientras que un vecino de piso de los Osolin hacía lo mismo por Xenia. Por la expresión de sus rostros desafiantes había comprendido que esos dos hombres no lo tenían en demasiada estima. Con su mirada clara y el cabello rubio peinado con brillantina para domeñar el remolino, el pequeño Kiril se había mantenido muy erguido al lado de Masha, intimidada y temblorosa, que dudaba entre alegrarse o sufrir por su hermana. Y luego Xenia, claro está, con su vestido corto de crepé de China rosa pálido, con cola de color marfil, un corpiño bordado con perlas y un velo de encaje de reborde festoneado que enmarcaba su rostro y una expresión solemne.

Cuando su esposa se mudó a la casa, Gabriel pudo hacerse a la idea de la dura existencia de la joven: Xenia solo había aportado una pequeña maleta de cuero avejentado, aunque esa pobreza atesoraba algo intensamente digno. Con el vientre redondeado esbozándose bajo su vestido, había permanecido impasible, de pie en el salón, sin soltar la mano de su hermano, y a Gabriel le había parecido emocionante.

Había esperado encontrarse a una mujer antojadiza, entera y ardiente, extravagante, que alternara crisis de cólera y de llanto con momentos de exaltación, a imagen del alma eslava tal y como la concebía a través de las lecturas o de las representaciones de los ballets rusos. Pero Xenia no era caprichosa. Con el transcurso de los meses había descubierto a una mujer de una educación exquisita que le concedía la gracia de creer en su matrimonio. Y después de temer secretamente el nacimiento del bebé, para su sorpresa, se había quedado prendado de la niña enseguida. Incluso a veces olvidaba que no era su padre, y los brazos de Natasha alrededor de su cuello, sus travesuras y su ternura le procuraban una satisfacción que se parecía extrañamente a la felicidad.

—¿Gabriel? Perdona si te he hecho esperar, pero Natasha estaba muy exigente esta noche. Ha querido que le leyera muchos cuentos.

Xenia apareció en el marco de la puerta. Los preciosos bucles de su cabello rubio le rozaban la nuca y los pendientes de brillantes que él le había regalado por el nacimiento de su hija absorbían la luz. Un delgado brazalete de ónice y diamantes subrayaba la finura de la muñeca. Llevaba un vestido largo drapeado y sin mangas de satén blanco, con escote en V en la espalda resaltado por dos cintas cruzadas. En una mano sostenía con delicadeza una estola y un bolso de noche. Se la veía tan serena que Gabriel permaneció un instante absorto, subyugado como siempre.

—¿Estás preparado, amigo mío? —preguntó ella, inquieta—. No querría parecer insistente, pero Masha acaba de llamar para saber si tiene que esperarme esta noche o bien mañana. No deberíamos perdernos las primeras votaciones del jurado. Si resulta eliminada de buenas a primeras me veré obligada a consolarla, pero tengo esperanzas fundadas de que sea por lo menos finalista. En mi opinión, el título de Mademoiselle Rusia será suyo, en cuyo caso pasaremos toda la noche de fiesta. Espero que no tengas ninguna audiencia mañana al amanecer.

Con una sonrisa, Gabriel verificó que hubiera deslizado en el bolsillo su cigarrera.

—Tu hermana no será nunca tan hermosa como tú, querida, pero es ciertamente encantadora. Sin duda tiene todas las posibilidades. Así que vayamos a enfrentarnos a los rusos, puesto que es necesario hacerlo —dijo con un suspiro.

—¡Pero bueno, Gabriel, tampoco te tomes por Napoleón! —exclamó Xenia divertida al tiempo que él le ofrecía el brazo—. Nadie se te va a comer, ¿sabes?

La elección de Mademoiselle Rusia se había convertido en un acontecimiento importante. Desde hacía unos años, estos concursos de belleza se organizaban en todas las comunidades de expatriados, y el de Francia, país considerado como el icono de la moda, era particularmente prestigioso. La feliz elegida salía en la portada de los diarios. Su retrato adornaría postales que se venderían en Berlín, Riga, Shanghái o Harbin, esa ciudad lejana de Manchuria refugio de un gran número de rusos. Con la sola condición de disponer de un pasaporte Nansen, cualquier muchacha podía apuntarse en la redacción del periódico de la emigración organizador del concurso. Cuando recibió la invitación para participar junto a una veintena de concursantes, Masha había saltado de alegría. El jurado estaba compuesto por personalidades rusas del mundo de las artes, escritores, actrices o célebres bailarinas. La muchacha le había suplicado a Xenia que asistiera al concurso, lo que había resultado halagador para su hermana, puesto que la relación entre ellas era tan frágil como de costumbre.

Xenia se había inquietado por cómo iba a aceptar Masha la presencia de Gabriel en su vida, pero sus temores habían resultado infundados. Gabriel se mostraba cortés, mientras que Masha flirteaba inocentemente con él, impresionada por su dinero y su respetabilidad. A veces Xenia se preguntaba si su joven hermana no sentiría celos. ¿Acaso no había logrado ella, sin proponérselo, lo que Masha aún buscaba con tanta determinación, es decir, seguridad material y una casa bonita? Pero no por eso Xenia bajaba la guardia, sin dejarse engañar por la ilusión de una vida que volvía a presentarle su cara sonriente. De su buen entendimiento con su marido dependía también la serenidad de espíritu de Kiril. Desde que la vida cotidiana se había vuelto más fácil, las calificaciones en el colegio Henry IV eran extraordinarias y participaba con entusiasmo en los campamentos de *scouts* rusos. Su hermano había encontrado un equilibrio entre Francia, su país de adopción, y su patria de origen, de la que no albergaba más que vagas impresiones elaboradas a partir de lo que sus hermanas contaban. Natashenka crecía en un ambiente tranquilo y Masha ya no temía que la echaran de su piso si algún día perdía el empleo. Saber que su familia estaba tranquila resultaba muy agradable, aunque fuera a expensas de su propia libertad, pues Xenia era una mujer lúcida. Sabía que al escoger el camino de la razón había sacrificado esa parte de ella misma que solo se había revelado a plena luz junto a un solo hombre. Y en cuanto sus pensamientos la conducían por esa pendiente peligrosa, cerraba los ojos para olvidar esos estallidos de recuerdos tan cortantes como el filo de una navaja.

Esa misma noche, algo más tarde, Masha ganó el concurso entre aplausos. Sus bellas mejillas redondas se sonrojaron de felicidad y sus ojos brillaron. Nunca había estado más bella que aquel día, y Xenia estaba muy contenta por ella. Una consagración así le aseguraría trabajo como maniquí de manera más regular. Durante por lo menos un año la laureada no tendría que preocuparse demasiado.

Acabaron la velada en el Sheherazade, uno de los cabarés rusos más concurridos de la ciudad. Una orquesta cíngara tocaba bajo las carpas con aires de harén oriental, entre pufs y botellas de champán. Xenia verificaba con el rabillo del ojo que Gabriel no se aburriera. En aquel momento parecía muy interesado en el estudio de la sala con la copa de vodka en la mano. No parecía que se sintiera desplazado. Durante la cena había hecho los honores al *kulibiac* de salmón, al *shachlik* caucasiano y al suflé siberiano.

—¡Xenia, no adivinarías nunca lo que me acaban de proponer! —gritó de pronto Masha sentándose en un puf al lado de su hermana.

—En francés, por favor, así Gabriel podrá entenderte —le pidió Xenia, aunque hubiera que elevar la voz para hacerse oír.

—Nikolái Aleksándrovich trabaja en los estudios Billancourt en la adaptación de un libro de Kessel. Parece que buscan actrices. Le he dicho que yo no lo era, que me dedicaba a la escenografía, y resulta que quiere presentarme a Borís Bilinski. ¿Te das cuenta? ¡Así podría volver a trabajar con los decorados y el vestuario! Sería maravilloso, ¿no te parece? —dijo apretándose las manos como una niña.

—Bilinski es una referencia, sin duda. Sería una gran oportunidad para ti. ¿Y dónde está ese Nikolái Aleksándrovich?

—Voy a buscarlo —dijo Masha levantándose de un salto.

Xenia vio que se aproximaba a un hombre esbelto, de cabellos negros y vestido con un esmoquin que lucía con estudiada desenvoltura. Tenía una cara alargada, mentón indolente, ojos afilados de mirada viva. En cuanto lo observó registró en él ese brillo particular de los seductores, esa mezcla de fervor y de cálculo. Masha mariposeaba a su alrededor, como un insecto cegado por una luz demasiado viva. Mientras la pareja se dirigía hacia ella, los violines aumentaron su cadencia y las balalaicas resonaron. Un escalofrío le recorrió la espalda, como un mal presentimiento.

—No me gusta ese hombre —declaró Xenia unas semanas más tarde.

—No podía ser de otra manera, puesto que me quiere —replicó secamente Masha—. En lugar de alegrarte por mi felicidad, lo único que quieres es arrebatármela.

En pie junto a la ventana, Xenia contó hasta diez mientras estudiaba el dibujo intrincado de las ramas cubiertas de nieve. Decididamente, Masha tenía el poder de exasperarla. Inspiró hondo. Tenía que conservar la calma. Ese Nikolái Aleksándrovich se había convertido en un personaje de gran importancia en la vida de su hermana, y a pesar de su buena voluntad Xenia no conseguía discernir cuáles eran sus cualidades.

—Masha, entre nosotras no hay ninguna rivalidad —suspiró—. ¿Por qué tienes que inventarte siempre una? Te eduqué porque el destino así lo quiso, y sin cesar he buscado lo mejor para ti.

Masha estaba sentada en el canapé, con las piernas cruzadas y expresión ceñuda. Los ojos le brillaron.

—En ese caso, tendrías que estar contenta de que me case. Amo a Nikolái y lo que más deseo es pasar toda mi vida a su lado.

Irritada por ese sentimentalismo, Xenia se contuvo para no levantar la vista al cielo. ¿Cómo podía mostrarse tan infantil después de haber atravesado tantas pruebas? Pensó que quizá fuera porque Masha, a pesar de todo, siempre había estado protegida. Demasiado joven para tomar decisiones, no había hecho más que aceptar las órdenes de su hermana mayor rezongando, pero por lo menos se había podido refugiar tras un escudo. Al pensar en ello, la nuca de Xenia se tensó, como si sus hombros cargaran con un pesado fardo.

—Creía que lo que buscabas era un marido rico. En cambio, tu Nikolái es un tanto disperso, ¿no te parece? Un día escribe para un diario indeterminado, al día siguiente trabaja en la adaptación de una novela de Joseph Kessel. No tiene un trabajo estable y pronto cumplirá treinta años. Es un poco inquietante, ¿no crees?

—Por lo menos no apuesta a las carreras ni juega en el casino. Sabes tan bien como yo lo difíciles que están las cosas. Y además, ahora que he encontrado el amor, ¡el dinero no me importa en absoluto! —exclamó Masha—. Siempre sabré apañármelas para satisfacer mis necesidades. Para eso he tenido una buena escuela —añadió con un brillo travieso en la expresión—. No te estoy pidiendo tu bendición, Xenia. Vamos a casarnos, lo quieras o no. Y seré feliz, ya lo verás.

¿Cómo explicárselo? La desconfianza que Xenia sentía hacia Nikolái era instintiva. La mirada de aquel chico era falsa, manipulaba con su seducción, y aquel discurso pretencioso evidenciaba el interés que le dedicaba a su persona. En las pocas ocasiones en que había ido a comer a casa con Masha, Xenia había tenido la desagradable sensación de que la desnudaba con la mirada. Le era imposible confesarle a su hermana que le había pedido a Gabriel que llevara a cabo una pequeña investigación sobre Nikolái Aleksándrovich Rostov. No había encontrado nada comprometedor, ningún informe judicial ni deudas de importancia. Un hombre correcto según todos los indicios. «Un arribista sin talento», pensó Xenia con desprecio.

—Masha, no creo que sea digno de ti. Hay algo en él que me disgusta. Es algo...

—¿Algo qué? ¿Qué habrás inventado de él, si ni siquiera encuentras las palabras?

—¡No lo sé! ¡No me gusta su orgullo! —contestó Xenia, exaltada—. ¿Por quién nos toma, si puede saberse? Me da la impresión de que quiere utilizarte, pero ignoro por qué razón.

—¿Y si simplemente me amase, sin más?

Xenia estaba cansada de luchar. De cualquier modo, su hermana no le iba a hacer caso. Se volvió hacia el árbol de Navidad que estaba decorando y que llenaba la estancia de un agradable aroma a pino y resina. Al examinar las guirnaldas, sonrió mientras pensaba a quién le gustaba más esa tradición, si a Gabriel o a Natashenka. Su marido nunca había tenido abeto en casa durante la infancia. Muy pronto las ramas se cargarían de frutas, regalos y dulces envueltos en papel dorado. Algunas láminas de plata permanecían ordenadas en una caja. Ella las desplegó con cuidado.

—¿Recuerdas las Navidades en casa? —preguntó Xenia, emocionada—. Siempre insistías en ser tú quien prendiera la estrella en lo alto del árbol. Papá te subía a hombros.

Masha se acercó a su hermana. Tomó algunos adornos y los colgó de una rama.

—Sí, lo recuerdo todo, ¡todo! —contestó en voz baja—. Cada instante, cada sufrimiento. No hablamos nunca de eso, y así está mejor. No has querido que nos pasemos la vida mirando atrás. En una época me parecía mal, y te culpaba. ¡Eras tan intransigente, tan dura! Pero en el fondo confiaba en ti. Sabía que siempre estarías ahí.

Xenia contempló a su hermana, que había bajado los ojos y jugueteaba con las láminas plateadas que lanzaban destellos entre sus dedos. Pensó que Masha tenía razón. Siempre estaría ahí para los suyos, ocurriera lo que ocurriese. Por deber y por amor.

Gabriel Vaudoyer contemplaba a su interlocutor por encima de las gafas de media luna. El péndulo dio las siete. En el exterior, el crepúsculo de ese día de finales de diciembre ocultaba las calles bajo un manto de bruma. Estaba impaciente por volver a casa, aunque trataba de disimularlo. No se rechazaba la visita de un antiguo compañero de facultad víctima de una agitación extrema. Desde el momento en que había visto la cara descompuesta de ese hombre, Gabriel había comprendido que la situación era grave y le había dicho a su secretaria que se fuera a casa, pues prefería evitar la atención de oídos indiscretos.

Incapaz de permanecer quieto, Camille Bellecourt recorría la pieza secándose el sudor con un pañuelo. El estómago pronunciado, las mejillas caídas, una barba en punta que disimulaba un mentón hendido, parecía tan agotado como si hubiera corrido los cien metros.

—Tienes que ayudarme, Gabriel —suplicó—. Estoy acabado. No puedes ni imaginarte... —Desesperado, se dejó caer en un sillón—. ¿Recuerdas a Aleksandr Staviski? Hace unos años no quisiste defenderlo. Cuando se dirigió a mí, me froté las manos. Pensaba que habías dejado escapar un buen cliente, pero tú te limitaste a encogerte de hombros y me deseaste buena suerte. ¡Ah, si lo hubiera sabido! Me pregunto qué te puso sobre aviso.

—Su padre —respondió con calma Gabriel.

—¿Su padre? No lo entiendo.

—Efectivamente, no quise hacerme cargo de la defensa de Staviski, contrariamente a Paul Boncour, Henry Torrès o incluso tú, mi querido amigo. Tuvo la habilidad de escoger a eminentes parlamentarios como abogados, ¿verdad? Yo había detectado al estafador en todo su esplendor, pero no era esta la razón de mi rechazo. Cuando el Banco Nacional de Crédito dio a conocer la extraordinaria suma acumulada en cheques sin fondos, Staviski huyó y la policía detuvo a su padre. Ese buen hombre propuso indemnizar a las víctimas de su hijo con sus ahorros. Luego volvió a su casa y se suicidó. ¿Sabes? Prefiero a los asesinos que matan con sus propias manos a los que lo hacen por omisión.

Bellecourt lo miraba con expresión asombrada. Era evidente que no comprendía las reticencias de su compañero, y Gabriel no iba a explicárselas. Recordaba perfectamente a Aleksandr Staviski. Un hombre vanidoso de mirada oscura y penetrante bajo una frente alta, con una actitud rutilante que de todos modos no podía ocultar cierta grosería en sus rasgos. Había sido sobre todo esa vulgaridad apenas enmascarada lo que había disgustado a Gabriel. El personaje en cuestión había hecho un recorrido singular. Maestro en estafas, aficionado lo mismo a los cheques falsificados que a las joyas falsas, gerente de sociedades tan turbias como efímeras, se habían presentado veinticuatro denuncias contra él. Durante varios años había salido indemne. ¿Complicidades? ¿Corrupción? En el despacho de Gabriel, Staviski ya se lo había dicho: «Las relaciones, ese es el secreto de todo». Y relaciones tenía, vaya que sí. En el Parlamento, claro, pero también en los diarios, en la Sûreté o en la prefectura.

—Creía que se habría vuelto juicioso tras los dieciocho meses pasados en La Santé. No había oído hablar más de él.

—Cambió de nombre. Ahora se hace llamar Serge Aleksandr, se presenta como hombre de negocios y lleva un gran tren de vida con su mujer. Se los ve por todas partes, en Deauville, en Cannes... Solo frecuentan a gentes del gran mundo.

Gabriel esbozó una sonrisa. Los timadores importantes, pensó, tienen una capacidad inagotable de reinventarse: como si tuvieran algo de la naturaleza del prestidigitador o del camaleón.

—Bueno, volvamos a los hechos. ¿De qué tienes tanto miedo y por qué has venido a verme?

Bellecourt se inclinó hacia delante, pálido, y se puso a hablar a media voz, como si temiera que alguien lo oyera.

—Al lado del escándalo que va a estallar de un momento a otro, los demás timos de Staviski son naderías. El partido radical se verá implicado de lleno. Diputados, periodistas, por no hablar de las complicidades en la magistratura y en la policía. Se tambaleará la República entera. Y no exagero, te lo aseguro.

En silencio, Gabriel observó cómo aquel hombre se desmoronaba ante sus ojos. La visión de esas carnes flácidas y temblorosas le resultaba desagradable, pero en la mirada de Bellecourt había un brillo perdido que exigía que se le prestara atención. La situación política era inestable. La crisis económica mundial había afectado a Francia más tarde que a los demás países, pero era muy patente. Los agricultores, los pequeños industriales y los comerciantes que componían las clases medias sufrían las consecuencias. A través de ellos la base social de la Tercera República también se había visto afectada. Ya hacía varios años que estas fuerzas ponían en cuestión al régimen político por su incapacidad para encontrar soluciones eficaces. El antiparlamentarismo ganaba terreno. Se señalaba con el dedo al partido radical en el poder, pero también a sus aliados socialistas, así como a todas las instituciones. En la calle se acusaba a los parlamentarios de incompetencia y de corrupción. «Y la calle tiene razón», pensó Gabriel, preocupado.

—Te escucho —le indicó a Bellecourt en tono seco.

—Staviski convenció al alcalde diputado de Bayona para que crease un crédito municipal, o dicho de otro modo, un monte de piedad. Ya conoces el principio: se otorgan préstamos sobre objetos que se empeñan. Para financiar estos préstamos el crédito municipal está autorizado a emitir bonos de caja. Staviski no solo empeñó joyas falsas que se sobrevaloraron por sumas astronómicas, sino que hizo circular esos bonos. El ministro de Trabajo, por su parte, animó a compañías de seguros a suscribirlos. Las relaciones de Staviski constituyen una especie de estructura tentacular que va a derrumbarse muy pronto.

La voz de Bellecourt se ahogó. Gabriel se levantó y le llenó un vaso de agua que el hombre bebió de un trago.

—Acaban de poner una denuncia en el Ministerio de Finanzas. Han puesto en circulación más de doscientos millones en bonos falsos.

—¡Dios mío! ¿Tanto? —exclamó Gabriel, incapaz de ocultar su estupefacción.

—¡Ah, como ves, no es ninguna broma! Y todo estallará un día de estos. Tissier, el director del crédito municipal, ha sido detenido. Me han dicho que se ha mandado una orden de comparecencia a Staviski, pero él ha huido.

—Como de costumbre —ironizó Gabriel—. Solo que esta vez sería mejor que no se dejara atrapar. Y tú, ¿qué tienes que reprocharte en todo esto?

Bellecourt hundió los hombros.

—Tenía deudas. Staviski se ofreció para ayudarme. Me presentó a Tissier. Y de una cosa a otra, el engranaje... Mi vida echada a perder, Gabriel. La policía llegará hasta mí. Es evidente. ¿Qué dirá mi mujer cuando lo sepa? ¿Y mi hijo? ¡Tienes que defenderme, te lo suplico!

La mirada de Gabriel se perdió en el vacío. Tenía un mal presentimiento. El descontento de los franceses era un murmullo que se percibía en las calles y en los cafés, con ocasión de las reuniones de células sindicales y de asociaciones militares, y explotaba en las columnas de la prensa. No faltaba mucho para que toda aquella pólvora se inflamara. Los antiguos combatientes eran muy numerosos por todo el país, y habían montado en cólera. Asqueados por los escándalos financieros y la inestabilidad gubernamental crónica, denunciaban la mediocridad de los políticos, a los que acusaban de haber corrompido una victoria adquirida a costa de innumerables sufrimientos. Gabriel también había combatido. Para entender ciertas emociones era necesario haber conocido las trincheras. Él no hablaba jamás de eso, pero no pasaba un día sin que las recordara.

Las ligas de derechas se agitaban desde hacía meses. Dirigidos por el teniente coronel de La Rocque, los miembros de la Cruz de Fuego habían adoptado una organización casi militar. La pluma brillante de Charles Maurras calumniaba a la República y soflamaba a los realistas de Acción Francesa. Los *camelots du roi* esperaban la ocasión de lanzarse contra la chusma. Bajo su boina y su camisa oscura, las Juventudes Patriotas del riquísimo Pierre Taittinger decían pertenecer al nacionalismo tradicional, mientras que los afiliados a Solidaridad Francesa, fundada por el millonario perfumista François Coty, repetían la consigna de «Francia para los franceses» mientras desfilaban con boina, camisa azul y pantalón gris. Si existía un sentimiento común entre los centenares de miles de simpatizantes, ese era el desprecio hacia una república parlamentaria enferma y hacia los políticos corruptos. Sin embargo, Gabriel desconfiaba del desprecio, pues era una emoción peligrosa que, llevada a su paroxismo, extirpa del adversario la dignidad humana y llama a la aniquilación.

Gabriel sentía lástima por su amigo.

—Ya me has dicho bastante por hoy, Camille. Ahora será mejor esperar y ver cómo se desarrollan los acontecimientos.

Desde que Natasha sabía comportarse en la mesa, Xenia tomaba el desayuno con su hija en el comedor, porque era la única comida que podían compartir. Lo más habitual era que Gabriel terminara antes de que ellas se hubiesen levantado de la cama, ya que entraba en su despacho muy temprano.

El papel pintado de amarillo dorado con anchos motivos circulares volvía más cálida la pálida luz invernal. Las tazas de chocolate caliente reposaban sobre la mesa de caoba, lo mismo que los cruasanes y la cafetera, pero también las hojas de papel sobre las que dibujaba Natasha, inclinando la cabeza y con los dedos manchados de colores. Xenia hojeaba los numerosos diarios que Gabriel consultaba cada mañana. En el damero político, desde la derecha hasta la extrema izquierda, no se hablaba de otra cosa que de Aleksandr Staviski. Algunas semanas antes, el semanario satírico *Le Canard enchaîné* había titulado: «Staviski se suicida de un tiro de revólver que le han disparado a quemarropa». Unos policías habían encontrado al timador a principios de enero en un chalet de Chamonix. Nadie creía en su suicidio, y atribuían su muerte a un acto de oportunismo destinado a eliminar al principal protagonista de un asunto que había levantado gran revuelo en el mundo político. Con el transcurso de los días, los periodistas iban desgranando los nombres de las personas influyentes que habían frecuentado su compañía: una amalgama de parlamentarios radicales, ministros y periodistas, e incluso el procurador Pressard, el hombre que se encontraba a la cabeza del ministerio fiscal y que además era el cuñado del presidente del Consejo de Ministros, Camille Chautemps. Ante la magnitud del desastre, Gabriel había aceptado defender a su compañero Bellecourt, a quien habían puesto bajo vigilancia judicial. Algunos pretendían que Staviski había financiado al partido radical socialista y que sus miembros ya no eran dignos de dirigir el país. Se calificaba de estafadores a los hombres del gobierno, y más cuando el radical Chautemps había rechazado la constitución de una comisión de investigación. Y por si fuera poco el ratero era de origen ruso, según constató Xenia. Hizo una mueca, algo inquieta.

Desde hacía días una ligera angustia le ponía los nervios a flor de piel. Las manifestaciones se sucedían. Al caer la noche, tras la salida de las oficinas, los descontentos se reunían en las calles alrededor de la Cámara de los Diputados. Los *camelots du roi* arrancaban bancos y rejas para lanzarlos contra la policía. Sin dejar de corear *La Internacional*, los comunistas se manifestaban en la plaza del ayuntamiento. Los enfrentamientos con las fuerzas del orden eran violentos. Se echaba arena en los ojos de los caballos de la Guardia Republicana que cargaban contra la multitud y los tranvías permanecían bloqueados por barricadas levantadas en un abrir y cerrar de ojos. Los heridos y detenidos eran innumerables. Y sí, esa violencia le traía malos recuerdos a Xenia. La rusa de Petrogrado conocía el poder de las multitudes, ese peligro impalpable y solapado que contamina a unos y otros, que inflama los espíritus, nubla la razón, concede a los más débiles la ilusión de un poder, y a los más hábiles la ocasión de derribar a un gobierno y de instaurar una dictadura.

Nerviosa, se sirvió un café. Cuando le había confesado sus temores a Gabriel, este los descartó con un gesto de la mano.

—¿Qué te crees, que esto es como la Comuna? —le había replicado.

Era la primera vez que le hablaba en ese tono, y esa ligereza no dejaba de irritarla. ¿Se trataba quizá de una manera torpe de tranquilizarla? ¿La tomaba por una cabeza de chorlito preocupada por saber si podría ir a comprar ropa y a cenar fuera? Dobló el diario con gesto irritado. Le daba la sensación de que despertaba de cierto aturdimiento en el que la había sumido el matrimonio sin que se diera cuenta. Unos días atrás, al pasar ante el hotel Lutétia, había tomado por disparos lo que no eran más que petardos, y enseguida le había venido el recuerdo de otros disturbios, tan vibrante como en su día, pero Xenia Fiódorovna ya no era la joven despreocupada de aquella época. Se había convertido en una mujer enérgica y vigilante. Una mujer al acecho.

Abrió su correo con la plegadera. Invitaciones al teatro, a comidas en la ciudad o a *vernissages*. Aunque ya no trabajaba como maniquí, su aura seguía intacta. Continuaba viéndose con Man Ray, con el elegante barón báltico George Hoynigen-Huene o con su protegido, el joven alemán Horst. A veces incluso posaba para uno u otro de estos artistas que buscaban el chic inimitable de las parisinas, alianza de elegancia, refinamiento y misterio, y del que ella constituía una de las encarnaciones.

Sobre una de las tarjetas de invitación podía verse a Juliette, la esposa de Jean Moral, jugando con una pelota en la playa, inmortalizada de espaldas por la Rolleiflex de su marido, que había captado toda la vitalidad de ese cuerpo tonificante. Las palabras que añadía Jean Moral la hicieron sonreír: «¡Ven! ¡Eres indispensable!». Este fotógrafo, de irresistible carácter, recibía toda clase de elogios de Berlín a Nueva York por sus obras gráficas, de las que emanaba una sorprendente fuerza sugestiva. Xenia lo había vuelto a encontrar con ocasión de una exposición en la galería de la Plume d'Or, y allí había apreciado la espontaneidad de sus retratos de encuadres ajustados. En esta ocasión se trataba de una exposición internacional de desnudos, en una galería situada en la rue de Rivoli, a partir de las cinco de la tarde, el martes 6 de febrero de 1934.

—¡Llego tarde! —gritó Kiril al penetrar en tromba en la estancia, con el pelo revuelto.

Llevaba pantalón largo y un suéter oscuro de cuello de cisne bajo una chaqueta de *tweed* sin forro. La elegancia despreocupada de su hermano adolescente no dejaba de sorprender a Xenia. Se inclinó hacia un lado. Esa mañana, para acompañar los zapatos perfectamente brillantes, el joven había escogido unos calcetines rojos. Kiril Fiódorovich Osolin tenía un gusto muy marcado, de sorprendente refinamiento para su edad, que le aseguraba fervientes admiradoras. Dotado de una apariencia ágil y estilizada y de una mirada gris y luminosa, el brillo solar del pequeño muchacho se había transformado en el joven adulto en un encanto irresistible. A través de su hermano, Xenia se reencontraba con la belleza insolente de su familia materna, esa que había encantado a la corte imperial. En un mismo movimiento fluido, Kiril se hizo con el último cruasán que quedaba en la cesta, lo devoró en tres bocados y se sirvió un chocolate caliente que bebió de pie.

—¡Van a volver a castigarte, tío Kiril! —gritó Natasha, con los ojos muy abiertos.

La pequeña sentía por su tío una admiración sin límites, porque Kiril le explicaba interminables epopeyas de guerra en el curso de las cuales le ilustraban sobre todos los regimientos de sus abuelos. Xenia no tenía por qué preocuparse: pronto Natasha sabría más historia rusa que ella misma. Kiril pasó una mano afectuosa por la cabeza de su sobrina antes de salir corriendo como alma que lleva el diablo. La atmósfera de la habitación quedó en suspenso durante unos instantes, como si de pronto se hubiese quedado huérfana.

Unos días más tarde, Xenia avanzaba con paso decidido bajo las arcadas de la rue de Rivoli. Desde aquella mañana un viento fresco con gusto salado barría la ciudad. Las octavillas se arrastraban por las aceras y sobre las columnas de anuncios, diversos carteles anunciaban manifestaciones. En el cruce donde se levantaba la estatua de Juana de Arco, un agente de policía con guantes blancos dejaba que los conductores se agitaran con impaciencia. Era evidente que no tenía ninguna prisa en despejar la calzada. La revocación del prefecto de la policía Jean Chiappe, un corso severo ensalzado por sus hombres y por las ligas de derechas, pero aborrecido por la izquierda, había exaltado los ánimos. Ni siquiera la nominación a la presidencia del Consejo de Ministros de Édouard Daladier, con su aspecto fornido de hombre lo bastante fuerte como para salvar a una Francia agitada, bastaba para calmar la cólera.

Los antiguos combatientes y las ligas habían convocado manifestaciones al atardecer ante la Cámara de Diputados. Unas horas antes, haciéndose eco del artículo de *Le Petit Parisien*, Gabriel había recomendado a Xenia que evitara las zonas de la ciudad en las que los manifestantes tenían que reunirse. Ella se había contentado con asentir con la cabeza y no responder. Desde los Jóvenes Patriotas hasta la Acción Francesa, unos y otros habían convocado a la gente para que se reuniera a las siete de la tarde. Ella disponía del tiempo justo para saludar a Jean Moral y volver a la casa. Si por lo que fuera su taxi no conseguía abrirse camino, volvería en metro o a pie. De cualquier modo, no iba a dejar que la intimidaran. La atmósfera eléctrica de la ciudad había vuelto a encender ese sentimiento de revuelta que había caracterizado toda su juventud. Se sentía dividida entre una inquietud latente y una forma de exaltación, como si los jinetes de la Guardia Republicana, los despliegues de guardias a pie y el clamor de los manifestantes le azotaran la sangre. Xenia no tomaba partido. La política interior francesa le resultaba indiferente. La pasividad de los políticos no la sorprendía, pues había aprendido a despreciar a la mayor parte de los hombres en el poder, incapaces de dominar el delirio de las multitudes y de impedir las masacres. A todo aquello le faltaba brillo. A veces incluso pensaba en el coraje insensato de las trescientas mujeres del batallón femenino de la muerte, conducidas por la intrépida María Boshkareva, quienes, en la primavera de 1917, habían combatido a los alemanes con el propósito de dar ejemplo salvando el honor de Rusia, cuando los soldados, infectados por la propaganda soviética, solo pensaban en desertar.

En cuanto empujó la puerta de la galería, Xenia se dio cuenta de que estaría sola. Perpleja, ignoró las fotos expuestas en las paredes, los jarros de orquídeas dispuestos sobre los veladores en laca, y pasó a la gran estancia que daba al patio trasero con el sentimiento de ser una intrusa. Un hombre con un traje de franela gris se encontraba ante ella dándole la espalda mientras manipulaba un enchufe.

—¿Señor?

—¡Oh, Dios mío! —exclamó él incorporándose tan deprisa que la sangre se le subió a la cabeza y se tambaleó—. Perdóneme, señora. Creía que había cerrado la puerta de la calle. No me esperaba que viniera nadie ya.

—Lo siento. La puerta estaba abierta, se lo aseguro. He venido por el *vernissage*...

—¡No me diga que no ha recibido la nota de anulación! Quería evitar que la gente tuviera que desplazarse en un día como hoy... Con todo lo que ocurre en la ciudad, se imagina que... ¡Tenían que convocar la gran manifestación justo el día de mi *vernissage*! —se lamentó abriendo las manos al cielo en un gesto excesivo, casi cómico—. Estoy verdaderamente confundido, mi querida señora. Pero ya que está aquí, quizá le gustaría ver la exposición, ¿no? Puedo hacerle una visita guiada. ¿Quiere?

Xenia sonrió. El hombre parecía tan contento de que alguien hubiera podido llegar hasta él que no se atrevió a decepcionarlo.

—Con mucho gusto.

—Permítame que me presente: soy Jean Bernheim, el feliz propietario de esta galería tan abandonada. Bien, a la espera de que la República se hunda, déjeme mostrarle las maravillas que adornan las paredes.

La guió hacia una serie de fotos de la bella Assia Granaturov. La joven rusa había llegado de Ucrania con su madre y su hermano en 1921. Desde hacía dos años posaba con una simplicidad que encantaba a los fotógrafos adeptos a la nueva visión. Su cara redonda y su cuerpo de formas llenas traducían de maravilla ese gusto por lo natural que correspondía a las maneras de la época. En sus rizos rubios había un perfume de libertad, igual que en sus senos firmes y en la frescura de su piel mate pero clara que parecía burlarse de la luz. Xenia estudió con atención cada obra, las fotografías de Jean Moral, de Man Ray y las de la antigua alumna y compañera de este, Lee Miller, una estadounidense de perfecta belleza glacial, a la vez modelo y fotógrafa. El galerista daba explicaciones que no carecían de interés, pero Xenia lo escuchaba a medias, fascinada por el movimiento poderoso de las composiciones de André Steiner, que desvelaban los vacíos de una axila, de un seno o de un muslo. Oyeron silbidos y voces en el exterior. Algunos coches se pusieron a tocar el claxon.

Bernheim se volvió hacia la puerta de entrada.

—Se diría que las cosas se complican —comentó en un tono de preocupación—. Hay gente caminando por el centro de la calzada en dirección a la Concorde. Todavía es pronto, pero quizá sería recomendable que volviera a su casa, señora. No querría por nada del mundo que se viera atrapada en medio de los enfrentamientos.

Xenia no quería contrariarlo, de manera que se unió a él y echó un vistazo rápido a las paredes de la primera sala. De pronto, su corazón se puso a retumbar y se vio arrastrada brutalmente a varios años atrás, a una pequeña habitación desordenada donde Max esculpía la luz artificial para subrayar los movimientos de su cuerpo, mientras ella transformaba el más mínimo de sus gestos en emoción. Era la primera vez que descubría esas fotos para las que habían trabajado tanto, y vio que toda la sensualidad de la joven modelo estallaba bajo el ojo cómplice del fotógrafo.

—Según Man Ray, el desnudo tiene que ser deseable —murmuró Bernheim—. Y Max von Passau traduce como nadie lo que tiene el deseo de inquietante y de fascinante a la vez, ¿no le parece?

Xenia se quedó callada, casi intimidada. En la curva vulnerable de su nuca, el dibujo de su pecho, la espalda curvada hacia al suelo, las palmas abiertas, encontraba todo el ardor que había sentido por ese hombre que tanto la había amado.

Bernheim no la había reconocido. Afortunadamente. Llevaba el cabello más corto, y solo en una fotografía se la veía de perfil a contraluz. Y eso que Max poseía una serie en la que resultaba claramente identificable. ¿Sería una elección deliberada por su parte para cubrir esa exposición?

—Si hubiese venido un poco antes, habría podido conocer al artista —prosiguió el responsable de la galería en tono jovial—. Un hombre encantador. Ha venido expresamente a París para estar en el *vernissage*, y ha tenido el detalle de venir a saludarme y a darme ánimos en cuanto ha sabido que lo había anulado.

¡Así que Max estaba en París! ¿Por qué esa noticia la sorprendía tanto? ¿Podía pensar razonablemente que se había mantenido apartado de la capital francesa durante años únicamente a causa de ella? Tras su separación, y con posterioridad a su decisión de casarse con Gabriel, había escondido a Max en un cajón secreto de su memoria. Era un reflejo defensivo que Xenia había aprendido a dominar muy pronto: el día en que había descubierto el cadáver de su padre. Se trataba simplemente de una cuestión de supervivencia. La vida no le había concedido momentos de pausa para considerar esos dolores tan sutiles que hacen que el alma entera se estremezca en cuanto se los recuerda. Y Max von Passau pertenecía a esos silencios.

—Se lo agradezco, señor —dijo ella tendiéndole de pronto la mano—. Ha sido usted muy amable. La exposición es magnífica. Estoy segura de que tendrá mucho éxito en cuanto todo se calme.

—Así lo espero, querida señora —respondió él mientras le abría la puerta y miraba con preocupación hacia la calle, como si temiera que un revolucionario viniera a saquearle la galería—. Vuelva a su casa enseguida.

En cuanto Xenia estuvo en la calle, él cerró con dos vueltas de llave. Algo desorientada, Xenia se preguntó por dónde iría. No veía ningún taxi en los alrededores. En un extremo de la calle, automóviles y carros no lograban avanzar. Era mejor regresar a pie. La verdad era que deseaba airearse para aclarar un poco sus ideas. Con el bolso apretado bajo el brazo, decidió atravesar las Tullerías para volver a su casa.

Max observaba a su interlocutor, que llenaba su pipa con calma. Era un hombre de una edad indeterminada, exageradamente abrigado con dos chaquetas de lana y una bufanda alrededor del cuello. Estaba claro que el frío lo hacía sufrir aunque la estufa ronroneara. La estancia olía a tabaco, a carbón de leña y a papel. Unas octavillas acabadas de imprimir se amontonaban por el suelo. Max sabía que algunas se enviarían clandestinamente hacia Alemania.

—¿Cuántos judíos calcula que ayudará a salir? —preguntó el librero irguiendo de pronto la cabeza.

El señor Brun tenía una voz ronca y el sudor le perlaba la frente. Max pensó que aquel buen hombre habría estado mejor a buen recaudo en la cama y bajo unas mantas, pero la cita estaba fijada desde algunas semanas atrás.

—Diez parejas y ocho niños. Sin contar a dos comunistas que viven escondidos desde hace meses para evitar que los internen en campos de concentración.

—¿Eso es todo?

—De momento, sí. En Alemania son muchos los judíos que quieren emigrar a Palestina. Otros prefieren América, o Francia. Normalmente son las mujeres las que quieren partir. Piensan en el porvenir de sus hijos. Los hombres temen lo desconocido, y piensan que los alemanes pronto se darán cuenta de que Hitler es un imbécil peligroso y de que el régimen no sobrevivirá. Las mujeres son más perspicaces. Se organizan para seguir cursos que las ayuden en su nueva vida: aprenden lenguas extranjeras, a coser abrigos de pieles, a hacer repostería... Las familias que le enviaré podrán trabajar. De hecho, no tendrán otro remedio, puesto que las autoridades les impiden salir del país con su dinero —añadió en tono amargo.

Los nazis animaban a los judíos a partir, pero habían fijado un límite para el dinero en efectivo y los bienes que tenían derecho a llevar con ellos. Y eso por no hablar de un impuesto confiscatorio, establecido en 1931 por el gobierno Brüning y cuyo objetivo era evitar la fuga de capitales. Las familias tenían que separarse de la casi totalidad de su capital antes de poder obtener los permisos para salir del territorio. La SA se llenaba los bolsillos a bajo precio comprando por sumas irrisorias los muebles y los objetos de arte que los candidatos a salir del país se veían obligados a vender. De este modo, lo más habitual era que los pobres desgraciados llegaran al extranjero completamente arruinados.

El señor Brun tuvo un acceso de tos que intentó atajar golpeándose el pecho.

—El problema —recalcó— es que en nuestros países miramos con mala cara a todos los recién llegados, pues ya no conseguimos trabajo ni para los nuestros. Por esa razón ya no se le da la bienvenida al extranjero.

—Y por esta razón me dieron sus señas —insistió Max—. Por lo que parece usted sabe cómo obtener los papeles necesarios. Lo necesitamos.

El hombre se quitó las gafas y se puso a limpiarlas con un pañuelo de pulcritud sospechosa.

—Bueno —concedió con aire rezongón—. Déjeme la lista de nombres. Me encargaré de ello.

Max le dio las gracias, le tendió un papel y se levantó para despedirse. Empezaba a asfixiarse en aquella estancia pequeña y de aire viciado.

—¿Qué le lleva a ayudarlos? —preguntó de pronto el señor Brun examinándolo con ojos febriles—. Usted no es judío, y dudo mucho que sea comunista.

Max dudó un momento. No se había planteado aquella pregunta. Los rostros de Ferdinand, de Sara y de sus hijos desfilaron ante sus ojos, pero también el de su padre, ese conservador ilustrado, lo mismo que la silueta esbelta de su hermano mayor al partir a la guerra. Y la Prusia de su infancia, sus profesores de internado, humanistas rigurosos. Y las cúpulas de las catedrales cristianas. Recorrió con la mirada los estantes llenos de libros que se elevaban hasta el techo. En esos días, en Alemania se dedicaban a quemar libros en hogueras levantadas en plena calle.

—Me educaron con una cierta idea de lo que es el hombre, señor —dijo por fin, y su voz le pareció extrañamente lejana.

Max cerró la puerta tras de sí, consciente de que su interlocutor no podía soportar las corrientes de aire. Atravesó la librería que daba a la rue de Rivoli y saludó con un gesto de la cabeza a la chica de la caja. Estaba satisfecho de su entrevista. Cuando Max le anunció su viaje a París, Ferdinand le había pedido si podía hacerle un favor y encontrarse con el señor Brun. De este modo Max se enteró de que su amigo ayudaba a ciertas personas a salir de Alemania. «Hay que actuar, ¿comprendes? —había declarado Ferdinand, con expresión severa—. Hay que actuar para no hundirse. La indiferencia sería la peor de las cobardías.»

En cuanto se encontró en la calle se vio atrapado por la tensión de una multitud densa y resuelta. Estaba al corriente de la manifestación y verificó que su Leica estuviera lista para la acción. Calle arriba, los uniformes de los guardias a pie y de la Guardia Republicana en sus monturas levantaban unas oscuras barreras. Una impresionante multitud de manifestantes avanzaba hacia la Concorde. Hombres elegantes, con guantes y sombreros de fieltro, marchaban por el centro de la calzada con paso resuelto. En la solapa de algunos abrigos reconoció la Legión de Honor. «¡Viva Chiappe! ¡Abajo los ladrones!», se oía gritar de vez en cuando, pero la mayor parte de la gente callaba. Los alientos creaban nubes de vapor en el aire frío.

Como todas las vías parecían bloqueadas, cruzó la calzada entre coches parados y decidió ir hasta la terraza del jardín de las Tullerías, desde la que podría divisar la plaza de la Concorde y la Cámara de Diputados situada al otro lado del Sena. Se había hecho de noche. Las luces de gas dibujaban sombras en los muros. Los árboles levantaban sus ramas descarnadas hacia el cielo del color del hollín. En el jardín, junto a la triste carcasa de un quiosco saqueado, unos hombres encolerizados arrancaban los aros de hierro que encuadraban los parterres de flores. En el aire flotaba un perfume de febrilidad y madera quemada. Unas siluetas confusas se deslizaban entre los árboles, llevando a la espalda unos sacos que les daban aspecto de jorobados.

—¡Han cerrado el jardín! —gritó una voz excitada—. Todas las salidas están bloqueadas.

Al llegar a lo alto de un promontorio, Max vio el conjunto de la plaza sumida en una penumbra de la que surgían gritos y detonaciones. Habían roto la mayor parte de las farolas. Un autobús de brillos fantasmagóricos ardía ante el hotel Crillon. A uno y otro lado del obelisco y de las dos fuentes, los manifestantes levantaban barricadas y arrojaban sacos de bolas bajo los cascos de los caballos de la Guardia Republicana, que resbalaban entre agudos relinchos. Dos jinetes habían quedado atrapados bajo sus monturas y no conseguían incorporarse. Los contestatarios arrojaban proyectiles sobre las fuerzas del orden y estas, de vez en cuando, cargaban contra la multitud antes de volver a replegarse. A pesar de la escasa luminosidad, Max se puso a tomar fotografías. Se sorprendió al ver que el puente de la Concorde apenas estaba protegido por algunos guardias móviles y jinetes aislados, y se preguntó si esos millares de manifestantes decididos no lograrían su objetivo: atravesar el Sena e invadir la Cámara.

A su alrededor se vociferaba: «*Ça ira, ça ira, ça ira! Les députés à la lanterne! Ça ira, ça ira, ça ira! Les députés on les pendra!*». Unos arrojaban trozos de hierro y otros utilizaban hondas para lanzar bolas. De vez en cuando, como en un siniestro juego de puntería, un hombre de las fuerzas del orden se derrumbaba y el herido tenía que ser evacuado. Tras un período de vacilación, los agentes empezaron a agacharse para recoger los proyectiles y lanzarlos sobre la multitud. No lejos de donde Max se encontraba, un joven con gorra recibió un impacto en la cabeza y cayó de espaldas al suelo. Una herida se había abierto en su frente y la sangre le caía sobre los ojos. Max buscó a alguien que lo ayudara con el chico, pero nadie se preocupaba por ellos.

—Venga. Hay que curarlo —le dijo ayudándolo a incorporarse y a recular unos metros.

Pero el herido enseguida se recuperó.

—Estoy bien. No ha sido más que un rasguño. Gracias, señor.

Max dejó que se marchara. Una pareja de adolescentes pasó junto a él corriendo. Max se había quedado mirando a la chica, que vestía falda pantalón, pensando en cómo advertirles de que la situación era peligrosa y que era mejor replegarse, cuando de pronto se quedó petrificado. Los gritos de la multitud se desvanecieron. No existía más que ella, Xenia Fiódorovna, alzándose inmóvil ante él, su delgada silueta ceñida en un abrigo oscuro, un sombrerito inclinado sobre la palidez de su rostro.

Xenia no podía dejar de mirar a Max. En la penumbra iluminada por los brillos inciertos de un incendio, permanecía completamente erguido, con el cuello del abrigo beis levantado y una cámara en la mano. Tan presente que no existía nada más a su alrededor. Los rasgos rigurosos, la mirada oscura que se posaba severamente en ella: no, Xenia no había olvidado nada. ¿Cómo habría podido hacerlo? Max von Passau formaba parte de ella, de su misma esencia. Ella le había dado un hijo y nunca había intentado decírselo. En ese instante, en el jardín de las Tullerías, mientras miles de hombres a su alrededor expresaban su cólera, Xenia comprendió que lo había traicionado, y se preguntó si alguna vez él podría perdonárselo.

—Han cerrado el jardín por el lado del Sena —declaró ella forzando la voz para hacerse oír—. No he podido salir.

Max se estremeció, como si emergiera de un trance. Lanzó una mirada nerviosa a su alrededor. El aire olía a humo y a pólvora, picaba en la garganta.

—Es peligroso quedarse aquí. La situación está empeorando. Tienes que resguardarte.

Pero Xenia se quedó inmóvil. No tenía miedo. Por lo menos esa situación no le daba miedo. Pensó que era justo encontrar a ese hombre en plena algarada, pues ella había nacido de una revolución. De pronto, resonaron unos disparos provenientes del puente de la Concorde y los manifestantes asustados recularon a la carrera. Dos de ellos transportaban a un hombre inconsciente.

—¡Esos cabrones nos están disparando! —gritó alguien.

Con las porras levantadas, algunos agentes se lanzaron a correr desde los coches de policía estacionados bajo los árboles. Sin pensárselo dos veces, Max tomó de la mano a Xenia y la llevó hacia las rejas que daban a la rue de Rivoli. Por suerte esas habían quedado entreabiertas. Bajaron por la escalera. Los jinetes de la guardia, blandiendo sus sables, cargaban en medio de la calzada. Las chispas saltaban bajo las herraduras de los caballos. No lejos de allí, otras monturas, con los corvejones chorreantes de sangre, apenas se tenían en pie. Soldados de la guardia móvil evacuaban a sus heridos. Max ignoraba si se había dado orden de disparar contra la multitud, pero temía una bala perdida. Para proteger a Xenia no cabía más solución que refugiarse en el hotel Meurice, en donde él se alojaba y que quedaba a tan solo unas decenas de metros. Desde el lado de la Concorde se oyó cantar con entusiasmo *La marsellesa*. Los estallidos de los petardos aumentaban el pánico, puesto que no se notaba la diferencia con los disparos. Cuando percibió una brecha entre dos pelotones de jinetes, Max decidió atravesar la calzada, rogando al cielo que no tuvieran ningún tropiezo, pues se arriesgaban a ser pisoteados por las caballerías. Apretando fuerte la mano de Xenia, se echó a correr y ella lo siguió sin dudarlo. Una vez bajo las arcadas, se abrió paso entre la multitud hasta las puertas del hotel, custodiadas por empleados con el miedo reflejado en el rostro, y arrastró a la joven al interior.

Bajo la vidriera de hierro forjado reinaba un extraño caos. Una mujer sollozaba, aterrorizada. Algunos heridos estaban tendidos en el suelo, sobre improvisadas camillas. La sangre en sus caras o en sus ropas resultaba incoherente entre las lámparas de cristal, los mármoles y los dorados. Con expresión grave, los camareros del hotel traían vasijas con agua caliente y gasas limpias, mientras dos enfermeras vestidas con blusa blanca aplicaban curas. Max se volvió a Xenia con inquietud manifiesta.

—¿No tienes nada? ¿No te han herido?

Xenia había perdido el sombrero. Llevaba el cabello revuelto y estaba sonrojada. Con los ojos brillantes, poco a poco recuperó el aliento. Sacudió la cabeza y por fin una sonrisa le iluminó la cara. Aliviado, Max la estrechó entre sus brazos y ella se dejó hacer. Él cerró los ojos, saboreando la felicidad inesperada de sentir el cuerpo de Xenia contra el suyo. Ella le había faltado con tal ferocidad que a punto había estado de destruirlo. Asediado por su recuerdo, ¿cuántos días y noches había pasado recordando su primer encuentro, la primera vez que habían hecho el amor, cada uno de los instantes compartidos? Nadie podía sustituirla. El tacto de ninguna piel, ni el perfume, ni las caricias de la amante más solícita habían conseguido llenar ese vacío. Y en esos momentos, con ella entre sus brazos, comprendió que en el transcurso de los últimos años, lejos de esa mujer, había avanzado por la vida como un funámbulo.

—¡Max, ya está bien, vas a asfixiarme! —murmuró ella riendo—. Me da vergüenza, todo el mundo nos mira.

—¡Pues mucho mejor! —respondió él sin apartarse del todo—. Ven, por aquí tiene que haber un rincón tranquilo en el que podamos hablar. Tienes tiempo, ¿no?

Y la arrastró sin darle ocasión de responder. El bar se había salvado de la agitación de los disturbios. Bajo el fresco del techo, una luz tamizada iluminaba la madera oscura y la pirámide de botellas cuyos licores de colores vivos parecían esmaltes. La luz de las velas oscilaba en las mesas. Algunos clientes hablaban en voz baja, mientras un pianista ataviado con esmoquin tocaba melodías norteamericanas. Xenia se alisó el cabello, se sentó y cruzó las piernas. Max le pidió un Dry Martini, su cóctel preferido cuando salían juntos. A ella le divirtió que lo recordara, pero en cuanto pasaron las primeras emociones se sintió más frágil. Mientras Max colocaba la cámara sobre la mesa, y luego al quitarse el fular y el abrigo, ella no se perdió detalle de cada uno de sus gestos. Había adquirido seguridad, su cuerpo se había fortalecido, sus rasgos eran más marcados. El barman les trajo las consumiciones y Max se sentó en un sillón frente a ella. De pronto, vio la mano de Xenia.

—Estás casada.

—Sí.

El rostro de Max se endureció. Agachó la cabeza, buscó en el bolsillo y sacó un paquete de cigarrillos.

—¿Tienes hijos?

—Una niña.

«Que también es tu hija», pensó Xenia con el corazón acelerado, y bruscamente fue como si Natasha estuviera allí, su cuerpecillo caliente acurrucado contra el suyo, con ese perfume de almendra en el hueco de su nuca, con esa mirada intensa, a menudo intransigente. Max le ofreció un cigarrillo que ella aceptó, y luego encendió una cerilla. Cuando tomó un trago de whisky los cubitos de hielo tintinearon. Volvió a dejar el vaso con sumo cuidado, como si temiera romperlo. Ella miró sus dedos finos, las uñas cortas, y reprimió las ganas locas de llevárselos a la boca para morderlos y besarlos a la vez. Vio que Max luchaba consigo mismo. Su mirada se había endurecido y por primera vez Xenia tuvo la impresión de descubrir a un desconocido. Esa conversación le daba miedo. Volver a encontrar a Max le daba miedo. Todo se sustentaba sobre una mentira. Ella no podía anunciarle así, de buenas a primeras, que era el padre de una niña, y al mismo tiempo se ilusionaba pensando en la posibilidad de volver a verlo sin que su vida se trastocara.

—¿Eres feliz?

—¡Ah, esa es una pregunta trampa! Sabes muy bien que no estoy demasiado dotada para la felicidad. He venido con la intención de asistir al *vernissage* en la sala de Bernheim. No sabía que tú también exponías.

—No me dejaste ninguna dirección a la que enviarte una invitación —replicó él en tono cortante.

Ella permaneció en silencio. ¿Había sido lo bastante infantil como para pensar que iba a escapar a los reproches? ¿Podía disgustarse por eso? En aquella época había sido cobarde, pero ¿cómo hacerle entender que se sentía amenazada por su amor, por esa entrega de uno mismo sin concesiones, sin indicaciones?

—Intenté encontrarte, Xenia, pero desapareciste sin dejar rastro. En cierto momento acabé por dejarlo estar. Yo también tenía mi orgullo. Pensé que quizá tú hicieras un gesto, pero ahora lo entiendo mejor.

La miraba de una manera altiva pero insaciable: se fijaba en su rostro, en su cuello, en sus hombros, se detenía en su pecho, y ella sentía hervir la sangre en sus venas. Con un nudo en el estómago, el malestar resonaba en su cuerpo entero. «Le basta con una mirada —pensó con admiración—. Una sola mirada insistente, semejante a un desafío.» Max von Passau ejercía ese poder sobre ella.

Sin embargo, Xenia no pestañeaba, y le enorgulleció percibir que lo había intimidado. Resultaba curioso, pero en lugar de revolverse o asustarse, le satisfacía sentir que crecía en ella esa exigencia exquisita en la que se hacían eco la esperanza, el temor y la exaltación. La joven había escogido rendirse a la evidencia. ¿A qué perder más tiempo? ¿Qué sentido podía tener agotarse en la búsqueda de más excusas? Ella deseaba a ese hombre igual que el primer día. Nada había cambiado. Entre ellos, nada cambiaría nunca.

Unas semanas más tarde, con la primavera en ciernes, empezó a nevar en París. Copos caprichosos cayeron de un cielo blanco del que se derramaba una luz pálida que alisaba las fachadas de piedra y difuminaba los restos calcinados del quiosco de las Tullerías y los adoquines ennegrecidos de la plaza de la Concorde. Los automóviles avanzaban lentamente, lo mismo que los paseantes, que caminaban con el cuello hundido en los hombros. París curaba sus heridas y lloraba a sus muertos. Después de la fiebre por las huelgas y otras manifestaciones sangrientas, la ciudad retomaba su pulso. La República había sobrevivido a los desórdenes. Gaston Doumergue había tomado las riendas del gobierno con el mariscal Pétain en la cartera del Ministerio de la Guerra. Los hermanos enemigos, socialistas y comunistas, se habían jurado impedir que el fascismo se hiciera con el poder. Y la nieve caía ahogando los ruidos, como una llamada al silencio, al recogimiento, mientras Xenia acudía a encontrarse con Max en la habitación del hotel. En aquellos momentos se apagaba para ellos el estruendo del mundo.

Les había bastado con tender la mano y entrelazar sus dedos sin decir una palabra, esa primera tarde de su reencuentro, en el ambiente denso y aterciopelado del bar de un gran hotel parisino. Les había bastado con reencontrar la piel del otro, rozar el interior de una muñeca en la que las venas se entrelazaban, para comprender que esa atracción se llevaba por delante sus miedos y sus orgullos, y que nada puede contener las exigencias de la pasión. Xenia y Max se habían amado esa misma tarde, porque se habían deseado mutuamente y habían sido lo bastante íntegros como para reconocerlo. Habían hecho el amor con una alegría profunda, un entusiasmo rebelde, mientras los cristales de la habitación de Max vibraban todavía con los clamores de la calle. Se habían embriagado de ese vértigo que no pertenecía a nadie más que a ellos. Xenia se estremeció cuando Max acarició el vientre en el que había crecido el fruto de ambos, pero había apartado esa idea de su pensamiento. De momento solo era posible ese cuerpo a cuerpo, con todo el egoísmo que se deben dos seres que se aman. Max era un hombre libre, y Xenia se había convertido esa tarde en una esposa infiel, pero sus existencias se habían revelado ya en su entera plenitud, en esa hora arrebatada a su cotidianidad, en el tiempo preciso para amarse.

Con el transcurso de los meses Xenia había vuelto a él, naturalmente. Una vez más, siempre. La embriaguez de los sentidos es una droga como cualquier otra. Irresistible. Un aturdimiento que ignora las prohibiciones y fustiga la sangre. Max y Xenia no tenían ninguna duda en ese sentido: la única verdad era la que los unía, a pesar de los demás y de la decisión que había tomado Xenia algunos años antes. Su amor era ilícito, pero legítimo.

La joven no se sentía culpable ante Gabriel. Más bien, experimentaba un deseo de protección: por nada del mundo hubiera querido que su marido se enterara de que lo engañaba, y así se lo había hecho saber enseguida a Max. Ella era quien decidía el momento y el lugar en que se encontraba con su amante. En los primeros tiempos Max la había dejado hacer, consumido por entero por su amor hacia Xenia. Había prolongado su estancia, pues no podía prescindir de ella, pero sabía que ese paréntesis no duraría, porque su vida no estaba en París. Aunque su trabajo le permitía disponer del tiempo a su antojo, la situación política de su país le imponía otra estructura. Aprovechaba para establecer contactos por medio del señor Brun y visitaba a los fotógrafos que se habían refugiado en París cuando los nazis habían tomado el poder. En esos días, en los cafés de Montparnasse las conversaciones tenían un tono más oscuro que diez años atrás. Se hablaba del campo de concentración de Oranienburg, al norte de Berlín, donde se había encerrado a oponentes políticos, como tal o cual locutor de radio, cantante de cabaré o redactor jefe, que habían desaparecido sin dar señales de vida. Palizas y torturas en los locales de la SA. Y entre los exiliados lo peor era el sentimiento de impotencia. Pero Max no hablaba de todo eso con Xenia. Por discreción, y también por pudor. Por un acuerdo tácito, ambos preferían ceñirse a las cosas alegres y evitaban evocar el pasado o el futuro con el cuidado propio de las almas heridas. A sus ojos solo contaba el instante presente, que devoraban sin miramientos.

Tras su llegada a París, Max había vuelto a ver a Lucien Vogel en su despacho de la avenida de los Campos Elíseos. El fundador del semanario *Vu* se había inspirado en sus colegas alemanes para crear en 1928 la primera revista ilustrada de la modernidad francesa. Su divisa: «El texto explica, la fotografía prueba». Ese hombre afable y refinado, de mirada azul y sincera, trabajaba con las agencias de fotografía, pero también con fotógrafos independientes. Max había empezado a colaborar con él dos años antes, para un número especial titulado «El enigma alemán». Vogel era un periodista de ideas liberales al que la evolución de los acontecimientos en Alemania tenía muy preocupado. La censura impuesta por el régimen a las agencias alemanas le había incitado a buscar la verdad en otra parte, para «mostrar desde el interior, no para juzgar, sino para ver», tal y como lo había expresado en su introducción al número de la revista. Max, bajo la protección de un seudónimo, le había proporcionado unas fotos en las que denunciaba la cara oscura del hitlerismo: socialdemócratas apaleados, judíos agredidos salvajemente, terror impuesto por la brutalidad de las secciones de asalto en sus locales engalanados con carteles de propaganda y armas arrebatadas a los comunistas. Desde entonces continuaba enviándole de vez en cuando fotos que en Alemania no habría querido nadie.

Max le había explicado a Vogel su frustración por no poder trabajar libremente en Berlín desde que todo lo que concernía a la fotografía había sido centralizado en el seno del ministerio del señor Goebbels. «Solo puedo hacer algunos retratos anodinos en mi estudio», había dicho encogiéndose de hombros. Cuando Vogel le propuso aprovechar su estancia parisina para llevar a cabo diversos reportajes en la misma sintonía de Brassaï o André Kertesz, Max había aceptado enseguida, y muy agradecido. Era tan ecléctico como sus compañeros. Todos eran capaces de ejercer su oficio de diversas maneras, y pasar de la moda a la publicidad o al reportaje. Pero ya trabajara en exteriores o en estudio, el fotógrafo no dejaba de ser por ello un solitario, alguien atento y constante parecido a un cazador de almas, que vela durante horas para captar ese instante fugitivo, casi milagroso, de una auténtica emoción. Y Max, por añadidura, esperaba también a Xenia.

—Te necesito —murmuró ella.

Estaban sentados en un café parisino, inclinados sobre una mesita insegura, con las piernas de ambos juntas y apretadas, como si sus cuerpos necesitaran que la presencia del otro los tranquilizara. En ese cálido día de junio Xenia llevaba un vestido de seda marrón con topos blancos, de cuerpo ceñido y plisado sobre las caderas. Bajo la boina adornada con un broche, su rostro brillaba.

—Eso me halaga. Creía que no necesitabas a nadie.

—¿Quién puede pretender tal cosa? Sería la muestra de un orgullo insensato.

—Sin embargo, se diría que tienes necesidad de algunas personas más que de otras —soltó Max con amargura.

Hizo una pausa y desvió la mirada. De pronto se sentía irritable. Faltaba poco para que Xenia tuviera que volver al encuentro de su marido. Miraría distraídamente el reloj, esbozaría una mueca mientras se enfundaba los guantes y luego pronunciaría la frase asesina: «Tengo que irme». Max había aprendido a odiar esas rupturas repetitivas, esos desgarros cotidianos, cuando no le quedaba más remedio que esperar al día siguiente y rezar por que nada viniera a contrariar los planes: ni una fiebre súbita de la niña ni una comida imprevista con el marido. El amor adúltero es una historia de eclipses. Parcelaria. Se reduce a estallidos de cristal con asperezas cortantes. Siempre hay uno que espera al otro, con las manos vacías y el corazón en vilo, como en el andén desierto de una estación. Algo en él se revolvió y sintió un regusto amargo en la boca. Era mucho más exigente que Xenia. De ella quería no solo el fervor, sino también sus días y sus noches. Cada uno de sus instantes. Recuerdos conjuntos, complicidades, silencios en los que se escucha el paso del tiempo y que alimentan un amor, que permiten que este crezca y prospere. Y de ella también quería hijos.

—¿Por qué él y no yo, Xenia? —preguntó en un tono herido—. ¿Qué te ofrecía que yo no tuviera? ¿Te quería mejor que yo?

—No se trataba de ti, sino de mí —explicó ella con un suspiro—. ¡Era tan joven todavía! ¡Y tú tan intenso, tan entusiasta! Persuadido de que todo eso estaba bien para nosotros. Podía incluso decirse que eras capaz de amar por los dos. Sí, hubieses tenido la fuerza suficiente. Todo te salía bien. Todo lo que tocabas se transformaba en oro. Era demasiado bonito para ser cierto. Yo, en cambio, era huraña, desconfiada. En cierto modo, quizá tuviera miedo de perderte... —Xenia movió los hombros—. Será que me faltó fe.

—Y hoy, Xenia, ¿cómo puedes contentarte con tan poco? Haces el amor conmigo, pero compartes tu vida con otro. Y no lo amas, eso es evidente. De otro modo no vendrías a mi encuentro todos los días desde hace meses. A mi lado vives, Xenia. Y todo esto lo sabes ya, ¿verdad? Te conozco, te conozco de memoria. Lo adivino en tu actitud, en tu mirada, en los gestos. Si ese hombre te ama quizá lo haya percibido también. ¿Qué hay entre vosotros? ¿Simpatía, agradecimiento? Pero eso no quiere decir nada, porque es pequeño. Mediocre. ¿Cómo puedes aceptar vivir una mentira cotidiana? ¿Durante cuántos meses, durante cuántos años piensas seguir con esta mascarada? ¿Hasta que los tres nos hayamos hecho viejos? ¿Y si te propusiera que lo dejes, que te vengas conmigo a vivir en Berlín, que nos casemos? ¿Qué dirías? Así quizá no sentirías tanto miedo, ¿no? —concluyó con un tono casi desdeñoso.

El ardor afilaba los rasgos de Max. Con el cabello en desorden, el traje príncipe de Gales de colores vivos, su camisa de batista con los puños vueltos sobre las muñecas... Xenia lo encontraba tan guapo que incluso le hacía daño.

—No puedo hacerle esto a Gabriel —dijo con la garganta seca.

—¡En cambio a mí sí que puedes hacérmelo! —exclamó él, indignado—. ¿Qué te he hecho para merecer semejante castigo? Aparte de amarte, ¿qué te he hecho? ¡Por Dios!

Los ojos de Xenia se llenaron de pronto de lágrimas. El dolor la atravesaba, tan incisivo, tan imprevisto que le cortó la respiración.

—No lo sé, Max, no lo sé... No puedo dejarlo todo así, sin más.

—¡Ah, sin más! —repitió él, con expresión desolada.

Se quedó mirándola durante un largo instante, con los labios pálidos, y Xenia vio en su rostro atormentado que se debatía entre la cólera y el dolor. Odiaba hacerlo sufrir, no encontrar las palabras... pero se hallaba presa en la trampa. Otra vez. ¿Por qué la acorralaba siempre? ¿Por qué se sentía con él como si estuviera al borde de un precipicio? ¿Y por qué no podía prescindir de ese hombre?

Cuando él volvió a hablar, su voz ya no era más que un murmullo ronco.

—No querría que me lo reprocharas, Xenia, pero no sé si voy a tener fuerzas para esperarte toda la vida.

Tomó el sombrero que había dejado sobre la banqueta e hizo ademán de incorporarse. Ella se inclinó bruscamente hacia delante y le agarró la muñeca.

—¡Te necesito! —repitió con voz ahogada.

Era su manera de decirle que lo amaba, pero al cabo de unos segundos Max la obligó a soltarle la mano.

—Hace un momento hablabas de fe. Quizá debas reencontrarla. Pero tendrás que hacerlo sola. Lo que es yo, no puedo hacer nada más por ti.

Ella no lo perdió de vista mientras atravesaba la sala del bar. A su alrededor resonaban las entonaciones agudas de los parisinos y el humo azulado de los cigarrillos se elevaba hacia el techo. Hubiera querido poder gritarle que volviera, gritar que lo quería y que le había dado una hija, hacerle comprender que sin él ella no era nada. Su existencia protegida, la bonita casa, la serenidad de saber que los suyos tenían las necesidades cubiertas, ese reposo tras la lucha al que tanto había aspirado, todo eso no era más que una ilusión. Desde el momento en que se había casado había asumido un papel, se había concedido un respiro parecido a un largo sueño, pero Max había hecho volar en mil pedazos la vida que ella se había construido pacientemente en esos últimos años. La había devuelto a la realidad de su cuerpo y de sus deseos. A su única verdad. La quería combatiente, temeraria, audaz, y no sumisa y silenciosa. Contrariamente a un hombre como Gabriel, que se contentaba con la apariencia, Max lo exigía todo. Pero si ella le daba lo que quería, ¿qué le quedaría?

Berlín, junio de 1934

Max, malhumorado, llegó a Berlín una noche de junio. Durante el largo viaje en tren, demasiado preocupado para concentrarse en su libro, había visto desfilar los paisajes sin ver nada. Desde hacía tres meses Alemania sufría una sequía anormal. Las cosechas se veían amenazadas, y los pastos y las hojas de los árboles empezaban a amarillear. En la estación de Friedrichstrasse, entre las nubes de vapor de la locomotora y la agitación de los viajeros, el comité de recepción no le devolvió la sonrisa. Dos hombres vestidos de civil de la policía secreta parecían buscar a alguien. Lo llevaron a un lugar aparte junto con otros pasajeros e inspeccionaron minuciosamente sus papeles. Le hicieron preguntas sobre su estancia en Francia, a las que respondió con desgana, pero sin que se percibiera su irritación. Los hombres de la Gestapo tenían un amor propio más bien sensible.

El taxi recorrió calles extrañamente desiertas en las que las banderas rojas con la cruz gamada le dieron la desagradable impresión de que su ciudad estaba sellada. A los nazis no les gustaba Berlín. Preferían Múnich, la ciudad de sus inicios, o Núremberg, donde se celebraban los prestigiosos congresos del Partido. Hitler encontraba que los berlineses se le resistían. El gobierno prusiano le había prohibido tomar la palabra en público durante años. Mientras en el resto de Alemania el Partido Nacionalsocialista gozaba ya de un amplio refrendo popular, los obreros de los barrios de Wedding o de Neukölln habían distinguido durante mucho tiempo a socialdemócratas o comunistas como sus preferidos, y la élite intelectual, compuesta por escritores y juristas, artistas u hombres políticos, no había ocultado su apego a las instituciones de la República de Weimar. Con su gusto por la modernidad, su espíritu abierto y su mezcla de poblaciones, la metrópolis solo inspiraba desconfianza a los hombres que habían tomado el poder. Ninguno de los allegados más cercanos a Hitler era berlinés, pero por mucho que procedieran de Baviera, Sajonia o Renania, o aunque algunos hubieran crecido lejos de las fronteras alemanas, todos estaban obligados a transigir con la capital, y esta se veía obligada a soportarlos.

El correo se amontonaba sobre la consola de su recibidor, pero Max había prevenido de su vuelta a su asistenta por telegrama y ella debía de haber pasado el día limpiando y sacando brillo a la plata. Llevó las maletas a su habitación y luego abrió todas las ventanas para expulsar el calor asfixiante. En el cielo brillaban algunas estrellas. Satisfecho de estar de vuelta en casa, se sirvió un vaso de agua en la cocina. Se disponía a tomar una ducha cuando sonó el teléfono.

—Hola, Max. Espero que hayas tenido un buen viaje —lo saludó Ferdinand con una voz curiosamente acompasada.

—Hola, Ferdinand, pero ¿qué...?

—¿Puedo ir a verte dentro de un rato, como de costumbre?

—Si quieres, pero...

—Nos vemos enseguida —concluyó su amigo antes de colgar.

Max se quedó un rato mirando perplejo el auricular. Había partido hacía solo cuatro meses, pero la atmósfera de la ciudad se había vuelto todavía más pesada. Buscó una aspirina, pues un ligero dolor de cabeza le presionaba las sienes.

La iniciativa de esas reuniones semanales siempre había recaído en Ferdinand. Eran una decena, hombres y mujeres, entre ellos un médico, un jurista, un funcionario, un violinista y un diplomático. Sin olvidar a Milo von Aschänger. La mayor parte de ellos se relacionaba de manera informal desde siempre, pero la llegada de Adolf Hitler al poder había suscitado en unos y otros una repulsión espontánea. De este modo, encontraban cierto consuelo en poder expresar libremente sus inquietudes en el seno de un círculo compuesto por personas de confianza. Su resistencia había sido intuitiva. En la calle, se ocultaban en los portales si oían que se acercaba un pelotón de la SA, para evitar que los obligaran a hacer el saludo hitleriano. Un día, mientras caminaba con la nariz metida en un libro, Ferdinand no había sido lo bastante rápido para esquivarlos y se había ganado una buena paliza por negarse a saludar la bandera de la cruz gamada. En el transcurso del boicot a los comercios judíos, para todos había sido una cuestión de amor propio hacer sus compras en ellos ostensiblemente. Como consecuencia, sus armarios nunca habían estado tan bien provistos. Habían ocultado al marido de Lenore Epstein, un diputado socialdemócrata que se arriesgaba a que lo encerrasen en Oranienburg por incitar a la sedición, y también a un actor conocido por sus simpatías comunistas. También se había hecho necesario sostener a la familia de un periodista encarcelado y obtener los papeles precisos para ayudar a emigrar a los opositores. Eran gestos sin mayor importancia, pero que tenían que ver con tenderle la mano a las personas perseguidas por un régimen aborrecido por los amigos del Círculo Ágora. Unos por convicción política y otros por fe religiosa, o simplemente porque, como Max, consideraban que la libertad y la dignidad del individuo estaban por encima de todo.

Max permaneció durante un buen rato bajo el agua fría de la ducha, ofreciéndole la cara al chorro. Desde hacía unos días lo había invadido una extraña languidez. Con el cuerpo como lastrado por plomo, el cerebro amorfo, no le encontraba el gusto a nada, pero no se permitía compadecerse a sí mismo. Sobre todo, no tenía que pensar en Xenia. Al prescribirse tal cosa sentía un punto de cólera. No tenía que pensar en ella ni en su razonamiento cuando le había dado a entender que no podía vivir con él. No debía intentar comprender la complejidad de una mujer que le procuraba a la vez la más poderosa emoción y la pena más intensa. «Tengo que aprender a curarme de ella —pensó—. Tengo que hacerlo, de una manera o de otra. Porque de lo contrario no sobreviviré.»

—¿Cuál es el problema? —preguntó Max en cuanto le abrió la puerta a Ferdinand media hora más tarde—. Tienes un aspecto espantoso.

—Sí, buenas noches, Max, y te devuelvo el cumplido. Aunque supongo que las razones de tus sufrimientos no son las mismas que las mías.

Ferdinand colgó su sombrero en el perchero del recibidor y entró en la sala, donde como siempre reinaba un cálido desorden. Una biblioteca de madera de roble ocupaba una pared entera, y los discos se apilaban junto al gramófono. Sobre la chimenea, diversas fotografías de Berlín que Max había tomado en el transcurso de las estaciones creaban una mezcla atrevida.

—¿Por qué parecías tan raro al teléfono? —insistió Max—. Estás pálido como la cera. No estarás enfermo, ¿verdad?

Ferdinand lo miró con aire sorprendido.

—Veo que todavía no estás al corriente...

—Te recuerdo que acabo de llegar. He pasado todo el día en un tren.

Sin pronunciar palabra, Ferdinand abrió su cartera y sacó un diario que le tendió a Max. Era un suplemento del *Berliner Zeitung* con el siguiente titular: «Acción radical del Führer: Röhm destituido de sus funciones y excluido del partido y de la SA». Mientras Ferdinand se servía una copa Max leyó el artículo. Se trataba de un complot que habría favorecido el jefe del Estado Mayor Ernst Röhm, quien manejaba el destino de varios millones de hombres enrolados en las tropas de asalto. Todo el mundo sabía que ese ejército, diez veces superior al ejército regular, había empezado a plantearle problemas a Hitler, pues Röhm tenía mucha ambición y su visión de un Reich socialista y militar, del que sería el jefe, no se correspondía con la del Führer.

Sonaron dos timbrazos en la puerta. Ferdinand fue a abrir.

—¡La noche de San Bartolomé nazi, eso es lo que es! —exclamó Milo von Aschänger al entrar en la sala—. Es un día para marcar con piedra blanca. Estoy encantado de verte, mi querido Max, pero me pregunto si no habría sido mejor para ti que te quedaras en París. Seguro que allí el aire es más respirable.

—¿Qué está ocurriendo? —preguntó Max mientras agitaba el diario.

—¿Te importaría servirme una copa? —pidió Milo dejándose caer en un sillón—. Desde esta mañana no paro de recopilar informaciones. Röhm era demasiado ambicioso, y eso ha sido su perdición. ¿Qué quieres? A base de clamar que después de la revolución nacional era necesaria una revolución socialista... Y eso sin olvidar sus fanfarronadas, compras de armas en el extranjero y orgías homosexuales que eran de notoriedad pública... Al final resultaba algo indigesto para el gran patrón, como se puede comprender. Gracias, amigo mío —añadió mientras Max le tendía un whisky bien servido—. Hitler quiere preservar a cualquier precio su frágil concordia con el mundo de la industria y con el ejército tradicional. Las pretensiones de Röhm se habían vuelto intolerables, con lo que sus pequeños camaradas han pasado a la acción. ¡Y de qué manera! Una oleada de asesinatos. En Baviera, la mayor parte de los dirigentes de la SA han sido masacrados. Un baño de sangre de una brutalidad sin nombre. Creedme si os digo que matar a hombres que han sido aliados y compañeros no es lo mismo que liquidar a enemigos jurados. Y quien os habla es un militar.

—Pero lo más preocupante es que también han aprovechado esta represión para saldar cuentas con otros enemigos del régimen —precisó Ferdinand—. Han abatido a Kurt von Schleicher y a su mujer en su casa de Potsdam.

—No es posible... ¿Te refieres al antiguo canciller? —preguntó Max, asombrado.

—Había que rentabilizar la pretendida tentativa de golpe de Röhm, ¿no? —ironizó Milo—. Si de paso eliminas a los opositores conservadores, mejor. Lo mismo que a los compañeros de ruta infieles, como Gregor Strasser. En el Ministerio de Transportes han matado a Klausener en su despacho. Nadie ha rechistado. Al parecer, no ha sentado nada bien que este dirigente de Acción Católica congregara el otro día a decenas de millares de personas para recordar la importancia de Dios en la existencia humana.

—En la prisión de Lichterfelde, las salvas de los pelotones de ejecución no han cesado en todo el día —prosiguió Ferdinand—. También la han tomado con periodistas y abogados. Unos tipos de la Gestapo han sacado de la cama a uno de mis amigos y se lo han llevado sin darle ninguna explicación a su mujer. Si no lo han liquidado lo encerrarán en un campo... ¡Pobre desgraciado!

Atónito, Max miraba alternativamente a uno y otro amigo. Bajo aquel tono a veces socarrón podía percibir una angustia real. Pensó que la expresión de ambos amigos se había vuelto más grave, con arrugas más pronunciadas. El cabello de Ferdinand había encanecido, cuando todos tenían apenas treinta y cinco años.

—¿Quién comete los asesinatos? —preguntó inocentemente.

Ferdinand se volvió hacia él.

—¡Cómo se nota que has estado lejos en estos últimos tiempos! Son los comandos de la SS a las órdenes de Himmler, claro está. La policía del partido. Las milicias negras, a las que pertenece tu cuñado, Eisenschacht —concluyó, con expresión tensa.

Max sintió en ese momento que la sangre se le helaba en las venas. La *Schutzstaffel*, es decir, «el escalafón de protección», pretendía ser la guardia pretoriana del Führer, y se consagraba a él en cuerpo y alma mediante un juramento de fidelidad. Contrariamente a la SA, en la que el ingreso era voluntario, los aspirantes a la SS tenían que someterse a una selección rigurosa: de veinticinco a treinta y cinco años, aspecto físico irreprochable y sobre todo garantías de «origen ario». Hasta ese momento, esas decenas de millares de hombres habían permanecido en un plano discreto, pero desde que se habían hecho cargo de la organización del campo de concentración de Dachau, en Baviera, los rumores sobre su brutalidad llegaban a todos los que estuvieran dispuestos a oírlos.

—¿Qué me estás diciendo? —protestó Max—. ¿Cómo es posible que un tipo como Eisenschacht pueda convertirse en policía, o en una especie de guardia de corps de Hitler? ¡Eso es completamente absurdo!

—Himmler quiere formar una élite totalmente sometida a Hitler —explicó Ferdinand mientras se frotaba los ojos como si no hubiera dormido en días—. Su discurso complace a los que empezaban a hartarse de la brutalidad de la SA y de sus llamamientos a la revolución y a la expropiación. Pero no solo busca combatientes. ¡Ya verás a los que llevan ahora el uniforme negro con la calavera y las tibias! Se empieza a encontrar de todo: aristócratas, diplomáticos, industriales, funcionarios, juristas, científicos... A estas personas les conceden grados honoríficos... como en el caso de Eisenschacht —añadió mientras volvía a ponerse las gafas para mirar a su amigo.

El timbre de la puerta sonó de nuevo. Ferdinand fue a abrir mientras Max, consternado, se sentaba en un sillón frente a Milo. El dolor de cabeza había regresado y amenazaba con convertirse en migraña. Estaba cada vez más preocupado por Marietta y su sobrino de cinco años, del que era padrino. ¿Cómo podía su cuñado vincularse tan estrechamente a un hombre como Himmler, que preconizaba el rigor, la tenacidad implacable y la pureza de la raza? ¿Qué pretendía Eisenschacht? ¿Se creía un misionero celoso de la guardia negra o solo quería afianzar una carrera ya fecunda? Con la expresión algo perdida, Max levantó la mirada hacia Milo. Después de todo, ese hombre había amado a Marietta hasta el punto de desear casarse con ella. No podía permanecer indiferente.

—Sí, ya lo sé —suspiró Milo, con su largo rostro crispado—. He intentado hablar con tu hermana, pero no quiere saber nada. Ignoro si Marietta ama a su marido, pero en cualquier caso no quiere verlo bajo su auténtica luz. ¿Es una manera de ponerse una venda en los ojos? ¿Realmente es tan infantil? No lo sé. Y de todos modos, ¿qué podemos esperar? ¿Que se divorcie? ¿Sería eso realmente conveniente? Tiene un hijo con ese tipo, y Eisenschacht nunca la dejaría irse con el pequeño. Marietta quizá no sea la más maternal de las mujeres, pero quiere a su hijo. Cuando le he mencionado el honor de los Von Passau, ella me ha citado unos cuantos apellidos de familias prestigiosas que siguen el ejemplo de su marido. Y lo peor es que yo ni siquiera he podido discutírselo —concluyó con expresión de disgusto.

—Voy a hablar con Eisenschacht —anunció Max con impaciencia, sin dejar de recorrer la pieza—. Le diré cuatro verdades. Que es intolerable por su parte...

—Al contrario, Max. De ahora en adelante te mostrarás de lo más cortés y complaciente con tu cuñado. Y no solo con él, sino también con ciertos amigos suyos, como Heinrich Hoffmann o Hermann Goering.

Max giró sobre sus talones. Junto a Ferdinand se erguía la alta silueta de Walter von Briskow, un joven diplomático que trabajaba en Varsovia, de carrera prometedora, cabellos rubios y mirada azul: uno de sus primos. Fue hacia Max y le dio un abrazo afectuoso, pero este permanecía rígido por la cólera.

—¿Has perdido la cabeza, Walter? —silbó por entre los dientes cerrados—. ¿Cómo te atreves a pedirme que me acoquine ante esos tipos despreciables?

Su primo sacó una cigarrera y la ofreció a sus amigos. Solo Max rechazó el obsequio con un gesto de la mano, algo irritado por ese gusto de Walter por la puesta en escena, como si todo el mundo tuviera que estar pendiente de lo que dijera.

—En tu ausencia hemos reflexionado mucho —dijo por fin su primo—. Los nazis no abandonarán el poder tan pronto. Si queremos tener capacidad para perjudicarlos debemos actuar en función de nuestras responsabilidades. Ferdinand como abogado, Milo como militar en la Reichswehr, yo en la diplomacia y tú como fotógrafo.

—Vosotros quizá, pero yo... ¡Es ridículo! ¿Qué se supone que quieres que haga?

—Hoffmann aprecia tu trabajo. Es uno de los confidentes de Hitler. Es una ocasión única para acercarte al Führer. Quizá para fotografiarlo en uno de esos reportajes que organiza Hoffmann para mostrarnos al guía supremo en sus momentos de hombre tierno y cariñoso. Ya sabes: el Führer en la montaña, el Führer y la juventud... —dijo riéndose—. Demonios, cualquiera diría que se trata de un cuento para niños, es de una sensiblería insoportable. Pero no se sabe nunca qué informaciones pueden resultar útiles cuando llegue el momento. Por otra parte, tu hermano mayor era uno de los camaradas de guerra de Goering. Combatieron en la misma escuadrilla. Goering solo puede sentir simpatía por alguien que se apellide Von Passau. Utilizarlo está en tu mano.

Max palideció al escuchar a su primo. Todo eso le parecía fruto de la más absurda de las fantasías. Cualquiera diría que la vida se había acelerado en esos pocos meses de ausencia.

—Lo siento, pero no creo que esté hecho para seguir un doble juego. Pregúntale a Ferdinand: nunca he sabido ocultar mis sentimientos. No aguantaré ni dos segundos al lado de esos tipos. Y de cualquier modo nunca me creerán. Posiblemente ya estoy en una de las listas negras de Heydrich, ahora que Himmler y él se han hecho con la dirección de la Gestapo. Todos visteis mi última exposición. Ahora no hay ninguna galería que quiera exponer mis trabajos. Tengo la suerte de poder hacer fotografías de moda y de que no me hayan retirado las credenciales de prensa.

Walter lo miró con aire severo.

—No te estamos pidiendo que te conviertas en espía, Max. Ninguno de nosotros tiene la capacidad de hacer algo semejante. Todos sabemos que la situación es peligrosa. Existe una ley en preparación que concierne a eso que los nazis llaman «ataques maliciosos». Se podrá encarcelar a cualquiera que pronuncie la más mínima crítica contra el Estado o el partido. Los delatores se lo van a pasar estupendamente. Y os recuerdo también que las escuchas telefónicas se multiplican. Tened cuidado con los ruidos sospechosos cuando descolguéis. De momento no podemos hacer nada preciso, pero debemos estar preparados. Y hemos de pensar que es algo todavía más importante porque los que queremos oír una voz diferente somos pocos, aunque sé de la existencia de grupos semejantes al nuestro.

Ferdinand entrecerró los ojos chupando su cigarro. Lo sostenía torpemente, con los dedos separados, como un adolescente que aprende a fumar.

—Por desgracia, los alemanes se sienten a gusto —precisó—. No hay nada más de su agrado que fundirse en una comunidad y embriagarse de toda esa camaradería malsana que los nazis proclaman a todas horas. Así, por lo menos, no tienen que pensar por sí mismos —añadió con un deje de desprecio—. No hay más que ver cómo los alistan desde la más tierna infancia. Pronto lo harán desde la cuna. Y también hacen proselitismo entre las mujeres. Las asociaciones de todo tipo se han multiplicado. De este modo siempre hay alguien dispuesto a vigilar lo que hacemos y a descifrar hasta el más mínimo de nuestros pensamientos. Lo que es yo, he aprendido a contener la lengua antes de hablar. Pero hemos escogido la resistencia con las manos vacías, Max, con las únicas armas que poseemos hasta ahora: nuestra conciencia y nuestra inteligencia. Entonces, ¿estás con nosotros?

Max sintió que las miradas de sus tres amigos se posaban sobre él. La de Walter, penetrante y grave, la de Milo, teñida de preocupación, mientras que en la de Ferdinand brillaba la llama de la revuelta. No hacía tanto tiempo, cuando se encontraban así, tan tarde, era para escoger un cabaré en el que pasar la noche. Y hablaban de literatura o de cine, del último combate de boxeo y de las chicas de las que estaban enamorados. ¿Dónde estaba ahora esa despreocupación? A esas alturas, como la mayor parte de sus amigos, Walter y Milo estaban casados y eran padres de familia. Solo Ferdinand y él seguían solteros. Uno por gusto y el otro muy a su pesar.

Por las ventanas abiertas entraban los rumores de la ciudad, el rechinar de las ruedas de los coches, algunas voces. El aire era pesado, sin brizna de viento. El sudor le perlaba la frente. Max no estaba hecho para una vida de hipocresía y de mentiras, él que siempre había buscado la verdad. Aunque jugara con las sombras tras el objetivo, solo le gustaba la luz. Por eso se había sentido tan desamparado al dejar a Xenia, incapaz de resignarse a una existencia reducida a pequeñas cobardías cotidianas. Sus amigos no se lo tendrían en cuenta si rechazaba implicarse más y se contentaba con ayudar a estos o a aquellos, como había hecho hasta ese momento. «Pero ¿qué tengo que perder?», se dijo con amargura. Adivinaba confusamente que se encontraba en una encrucijada. Podía escoger la tranquilidad y la buena conciencia quedándose tímidamente al borde de la carretera. Y también podía defender una causa que él sabía que era justa. Sus tres compañeros seguían mirándolo en silencio. Walter agitaba la pierna con aire nervioso y Ferdinand se mordía las uñas.

—Ferdinand, merecerías un castigo por haber pensado un solo segundo que yo no iba a estar con vosotros —bromeó Max al tiempo que levantaba su copa.

Cuando cruzó la mirada con su mejor amigo, descubrió un brillo en el que había agradecimiento, sí, pero también orgullo.

La ventana entreabierta daba a un jardín en el que los pájaros se agitaban entre la fronda. Sara volvía a vestirse tras el biombo. Tenía calor y se movía lentamente. «Como una vieja», se dijo con una mueca. Alisó su vestido camisero, comprobó que la falda estaba abrochada y luego volvió a sentarse frente al médico.

—Todo correcto, querida señora —dijo este volviendo a dejar su pluma sobre la mesa—. No creo que vaya a tener problemas con este embarazo. Pero procure no cansarse demasiado. Sobre todo con este calor.

Sara bajó la cabeza. Cuando comprendió que esperaba un tercer hijo había sentido un pinchazo en el corazón y enseguida se lo había reprochado: ¿acaso no era una aberración traer al mundo a un niño en ese país en el que el odio y el miedo se habían convertido en los más fieles compañeros? ¿Qué derecho tenía ella a infligirle un futuro tan precario? ¡Pero Viktor parecía tan feliz! Esa noticia había constituido un bálsamo para él. Cuando se inquietaba, su marido le acariciaba la mano, solícito, como si el estado natural de una mujer encinta fuera la emotividad. Sin embargo, en sus insomnios, Sara no podía dejar de pensar en su padre. ¿Qué hubiera hecho él? ¿Abandonar el país para poner a salvo a su familia? Pero ¿cómo abandonar la herencia de los antepasados, los almacenes Lindner, su casa natal, todos los bienes...? La idea de exiliarse y de separarse de todos sus recuerdos de infancia la sublevaba. Además, ¿adónde podían ir? No era tan sencillo. Los pasaportes y autorizaciones eran cada vez más difíciles de obtener, y los países de acogida se mostraban reticentes. La salud de su madre, por otra parte, era preocupante. Necesitaba constantes atenciones, y a Sara se le hacía difícil imaginarla entre las penalidades del exilio. Y ¿no tenía derecho aquella anciana a morir en su casa, en su ciudad, y luego a ser enterrada junto a su marido? En cuanto a Viktor, aunque no hablaba abiertamente del tema, le daba miedo la idea de perder las raíces. «De todos modos, no es un asunto que apremie en este momento —se dijo ella con firmeza—. Ya lo decidiré cuando haya nacido el niño.»

El médico la acompañó a la puerta. Encorvado, arrastraba los pies y parecía agotado. Sara lo conocía desde hacía años. La había asistido en sus dos primeros partos. Las berlinesas acomodadas lo adoraban. Ese hombre ya de cierta edad no solo gozaba de gran reputación, sino que además tenía un sentido del humor tranquilizante para las pacientes más ansiosas. En ese momento, en cambio, no había ni rastro de la secretaria, y la sala de espera estaba vacía. Una mosca zumbaba contra el cristal. ¿Quizá fuera ella la única paciente que había acudido en el transcurso de toda la mañana? Sí, probablemente, por desgracia. Según los nuevos decretos, los médicos judíos ya no tenían derecho a cuidar de los arios. Al bajar por las escaleras que llevaban a la calle, Sara comprendió que había sido proscrito, como había ocurrido en otros muchos casos.

Poco a poco, se intentaba apartar a los judíos de la vida pública. Algunos de sus antiguos amigos ya no le dirigían la palabra o evitaban que los vieran en público con ella, lo que a la joven le resultaba muy amargo. Pero lo que la hería en lo más hondo era el sufrimiento de sus hijos. En la escuela, Felix había tenido que sufrir las burlas de sus compañeros de clase arios. En el recreo, los niños de su edad habían organizado una farándula insultante a su alrededor. Cuando Sara se había quejado a los profesores, su única reacción había sido mirarla con altivez.

Habían excluido a Felix de la piscina, lo mismo que de la función de teatro de fin de curso. El maestro le había prohibido que redactara las composiciones sobre temas nazis, y en lugar de eso le mandaba hacer redacciones absurdas. Cuando Sara descubrió que su hijo volvía a mojar la cama decidió sacarlo de esa escuela e inscribirlo para el nuevo curso en una escuela judía privada.

En los edificios públicos, las banderas estaban a media asta porque el mariscal Hindenburg acababa de morir. Los peatones podían leer un anuncio clavado en las paredes. Sara se acercó también. «Las funciones del presidente del Reich se fusionan con las del canciller del Imperio. En consecuencia, todas las atribuciones y prerrogativas del presidente se transfieren al Führer y canciller Adolf Hitler.» El consejo del gabinete no había perdido ni un segundo. Nunca antes en Alemania un hombre había concentrado tanto poder en sus manos. Uno de los peatones murmuró que el ejército enseguida le había prestado juramento. Cuando Sara llegó ante los almacenes Lindner sintió náuseas y la joven se preguntó si era a causa de su embarazo, del calor o de la pinza nazi que estrechaba el cerco en torno a ella.

Apresuradamente se metió en los aseos reservados a las señoras. En cuanto se sintió algo mejor hizo correr el agua fresca y luego se la echó por la cara y las muñecas. Le quedaban todavía unos minutos antes del consejo de dirección. Apoyando las dos manos sobre el mármol, se miró en el espejo. Por encima de todo no quería aparecer allí descompuesta. Era algo que tenía que ver con el orgullo. Uno de sus directores se había revelado como un ferviente nazi. Con la insignia del partido en la solapa, Erich Kärner siempre la hacía sentir incómoda, pero la situación política le impedía despedirlo. Volvió a empolvarse la cara y se pellizcó las mejillas para tener mejor color.

Las conversaciones cesaron en cuanto entró en la sala de madera clara. Sara saludó a la congregación antes de tomar asiento en la presidencia de la mesa en torno a la cual ya estaban sentados los nueve hombres. Debatieron sobre la estrategia financiera durante una hora. A pesar de la propaganda antijudía, los almacenes habían conseguido conservar la clientela, gracias a la calidad de sus productos, a la fidelidad de sus consumidores y a la evolución de los diferentes departamentos. Sara había potenciado el departamento de artículos de deporte, dado que la propaganda incitaba a las mujeres a llevar una vida deportiva. También se había interesado por la reforma de la cuarta planta, en esos momentos dedicada por completo a la infancia. En cuanto a su trabajo como modista, su colección de *dirndls* —esos trajes tradicionales bávaros o tiroleses de cuerpos ceñidos, faldas anchas y delantales bordados— tenía cada vez mayor éxito. Con ocasión del último desfile, organizado por el Instituto de la Moda alemán, había propuesto unos *dirndls* de seda muy refinados que algunas actrices habían escogido para sus fotos de prensa. Con esta indumentaria que a sus ojos exaltaba la germanidad, los nazis creían haber encontrado la elegancia que convenía a su ideal de una Alemania liberada de la nefasta influencia de los modos de vida franceses y judíos.

—Bien, señores —dijo Sara cerrando la carpeta del informe que tenía ante ella—. Llegamos al último punto de nuestra reunión. Veo que el señor Kärner ha pedido la palabra.

Se esforzó en mostrar una expresión amable, aunque temiera la intervención de ese hombre funesto cuya voz nasal la sacaba de sus casillas.

—Al recorrer las plantas no me ha parecido que hubiera ninguna promoción especial para los textiles fabricados en Alemania —declaró Erich Kärner—. ¿Qué ocurre con nuestra seda artificial, la que nos permite evitar la importación de seda extranjera? Es el resultado del notable trabajo de nuestros ingenieros. Es algo que habría que remediar. En el último consejo ya hice esta observación. Resulta indispensable que los productos alemanes se valoricen, pero según parece usted insiste en favorecer los productos que vienen de Francia.

—Lamento contradecirlo, herr Kärner, pero tengo que decir que me ocupo personalmente de que solo utilicemos lanas y puntillas fabricadas en nuestro país —lo corrigió Sara, con un nudo en el estómago—. He hecho pedidos para numerosos accesorios elaborados a mano por nuestros artesanos. Ya se dará cuenta de ello en las plumas y en las cintas de satén, además de todas las flores artificiales que propongo en broches durante esta temporada.

Estaba enfadada. En otras circunstancias, Kärner nunca se habría atrevido a hablarle en ese tono. Por una indiscreción se había enterado de que ese tipo era miembro de la asociación de fabricantes alemanes-arios de la industria de la confección, una organización cuyos fines se declaraban sin ambages: «Romper la hegemonía del parásito judío» que habría contaminado el mundo de la confección y la industria textil alemanas. Se habían inscrito en ella más de doscientas empresas. Pero el programa abiertamente antisemita no convencía a todo el mundo. Las buenas relaciones que los almacenes Lindner mantenían con sus proveedores arios desde hacía decenios continuaban ofreciendo sus frutos, para exasperación de Kärner.

—Personalmente, me gustaría hacer más —aseguró Sara con una sonrisa crispada—. Sin embargo, es una lástima, como usted sabe, que nosotros los judíos no tengamos derecho a vender los artículos creados para mayor gloria del Führer. Todas esas banderas, calicós, insignias, libros o fotografías que se encuentran por todas partes —dijo haciendo un gesto con la mano—. Es lamentable que no podamos hacer que nuestra clientela se beneficie. Y con los uniformes pasa lo mismo, lo cual resulta perjudicial para nuestros ingresos, claro está. ¿Quizás usted podría enviarle alguna nota al doctor Goebbels, herr Kärner? ¿Qué opina?

El hombre levantó el mentón y la fusiló con la mirada. La ironía de Sara no le había pasado desapercibida.

—No es tolerable que los judíos puedan enriquecerse todavía más vendiendo objetos destinados a la exaltación de nuestro Führer.

Sara empezaba a perder la paciencia. El odio de ese hombre y el desprecio que leía en su rostro se le hacían insoportables.

—Sin embargo, frau Goebbels y otras esposas de personalidades continúan llevando vestidos de modistos judíos. Yo misma tengo el honor de contarla entre mis clientas. Sería fácil deducir que entre nosotros no se sienten desatendidas...

Kärner se ruborizó. Los demás directores, como público del combate verbal, permanecían indecisos entre el temor y la diversión. Alguno tosía o bajaba la vista, pero todos callaban y no osaban salir en defensa de Sara, cuando ella sabía a ciencia cierta que eran de opiniones políticas moderadas. «Son unos cobardes», pensó mientras bajo la mesa apretaba discretamente el puño para darse fuerzas.

—¡Es una vergüenza! —exclamó Kärner—. Hay que prohibir las indumentarias indecentes que nos impone la alta costura francesa y que usted copia descaradamente. La mujer alemana no quiere que la humillen más. También tendría que cerrar la sección de cosmética. El esmalte de uñas y el carmín son artificios de prostituta —declaró mientras fijaba la vista con expresión desdeñosa en la boca y uñas rojas de Sara.

—Sin embargo, creo que una de las amigas más próximas a Hitler está loca por los productos americanos de Elizabeth Arden —replicó Sara sin atreverse a pronunciar al nombre de Eva Braun, la amante secreta de un canciller que se creía casado con Alemania.

Con ojos desorbitados y el rostro encendido, Kärner se había quedado boquiabierto. Le costaba desarrollar sus argumentos, pues el papel de la mujer obligaba a los nazis a mantener un doble lenguaje. Por un lado, la ideología favorecía la imagen de una mujer natural, sana y deportista, madre en el hogar y ocupada en su progenitura, y a quien incumbía la misión sagrada de permitir la eclosión de la comunidad del pueblo. Por otro, nadie llegaba a controlar el gusto de las mujeres por la moda, dictado como siempre por la alta costura francesa. De este modo, las revistas de moda continuaban promoviendo la imagen de una mujer refinada e internacional, para gran alborozo de Max, a quien no le faltaban los encargos. Todos sabían también que Magda Goebbels defendía a su manera los derechos de las mujeres, para consternación de su marido, que se apresuraba a privarla del uso de la palabra. Ni las esposas de los dignatarios nazis ni las alemanas más modestas tenían intención de renunciar a la elegancia por principios políticos.

—Le recuerdo que el Führer nunca ha expresado la menor opinión en lo que concierne a la moda y las mujeres —concluyó Sara con tono firme—. Por este motivo tengo la intención de persistir en la vía que he trazado para los almacenes Lindner. Y eso voy a hacer, le guste o no, herr Kärner.

Sara apretó los labios. Sentía el corazón galopar en su pecho, y reprimió una nueva náusea. Aquel hombre la miraba con un odio tan brutal que sintió miedo. ¿Había ido demasiado lejos? Pero ¿cómo soportar esas provocaciones persistentes?

—Por hoy hemos terminado, señores —anunció al tiempo que se levantaba, lo que los incitó a levantarse a su vez—. Que pasen un buen día. Y ahora les ruego que me disculpen, pero tengo prisa. Me esperan a comer.

Sara tomó su carpeta, se la puso bajo el brazo y salió de la estancia, aliviada de que nadie la retuviera. No hubiera podido pronunciar ni una sola palabra coherente.

—De ninguna manera —respondió Marietta Eisenschacht—. Me niego en redondo.

Volvió la cabeza y miró por la ventanilla del Mercedes. En esa bonita tarde de primavera, Berlín estaba de fiesta. Los edificios se veían ornados de banderas y guirnaldas de flores, y miles de soldados formaban a lo largo de las calles. El día se había declarado festivo para festejar con fastos principescos la boda del primer ministro de Prusia Hermann Goering con la actriz Emmy Sonnemann. La víspera, con ocasión de una suntuosa gala en la Ópera, los mil invitados habían asistido a una representación de Richard Strauss, antes de la cena regada con champán. En esos momentos, tras la celebración en la catedral, se esperaba a más de trescientos invitados, los más íntimos, en el hotel Kaiserhof.

—Lo que deseo es que hagas un papel digno de ti —insistió su marido—. Es muy importante para mi porvenir y para el de nuestro hijo.

—Axel no necesita una madre disfrazada con uniforme para convertirse en alguien —respondió Marietta—. No tengo ninguna intención de perder el tiempo con esas asociaciones femeninas grotescas. Pero si quieres aceptaré interesarme por la Cruz Roja. Así podrás decir a tus amigos que tu esposa se implica en la vida del país, ya que es lo que deseas. Es todo lo que puedo ofrecerte.

En lugar de exasperarse por esa negativa a cooperar, Kurt Eisenschacht esbozó una sonrisa. Decididamente, después de diez años de matrimonio Marietta continuaba sorprendiéndolo. En un primer momento solo le habían atraído su título de nobleza y su distinción. Entonces pensaba en Marietta von Passau como en un engranaje para ayudarlo en su ascensión social. Había imaginado que era tonta y maleable, sin adivinar que bajo el nerviosismo de la joven insolente se ocultaba un carácter voluntarioso que con el transcurso de los años se había afirmado todavía más, y que él encontraba tan sorprendente como excitante. Quizá por esta razón no se había cansado de su esposa y nunca la había engañado. Sus ocupaciones lo llevaban a menudo lejos de casa, pero seguía sintiendo el mismo placer al reencontrarse con ella.

—La Cruz Roja, ¿por qué no? En efecto, me parece muy adecuado para ti.

—Kurt, ¿lo ves? Cuando te muestras razonable resulta mucho más divertido vivir contigo —dijo Marietta con una sonrisa.

Oyeron resonar los gritos de alborozo de la multitud. Los alemanes apreciaban a Goering, sobre todo por sus éxitos como piloto durante la guerra y por el amor exaltado que había mostrado hacia su primera esposa, Carin, una condesa sueca fallecida tras una larga enfermedad. Su energía, su gusto extravagante por los uniformes y esos ciento cuarenta kilos que exhibía con la soberbia de un actor parecían fascinarlos. En cuanto a su nueva esposa, la actriz de teatro, contaba con muchos admiradores.

—Me gustaría tener otro hijo —declaró de pronto Kurt—. Yo no me voy a hacer más joven, y Axel crece. ¿Por qué te muestras tan reticente?

—La naturaleza no siempre hace bien las cosas —respondió Marietta con el cuerpo tenso, como cada vez que mentía a su marido—. Ya sabes que pasé un embarazo difícil. Mi médico cree que sería peligroso para mi salud. ¿De verdad quieres que corra ese riesgo?

—No, claro que no —murmuró Kurt besándole la mano—. Lo único que digo es que hubiera deseado tener más hijos tuyos.

Marietta volvió la cara de nuevo. Era un tema espinoso. Kurt había soñado con tener varios hijos para así asegurarse una descendencia, pero ella no tenía ninguna intención de revivir una experiencia penosa y dolorosa. Su estado de salud era perfecto, y el médico le había asegurado que podía tener cuantos hijos quisiera. Desde hacía seis años mentía a Kurt, y estaba decidida a seguir haciéndolo. Durante unas horas fingiría sentirse herida por sus palabras, mientras que Kurt se esforzaría en hacerse perdonar. Era una de las maneras que había encontrado de dominar a ese marido ambicioso y a veces autoritario.

El chófer se detuvo frente a la entrada del Kaiserhof. Un joven botones uniformado se precipitó a abrir la puerta. La multitud colocada tras los cordones agitaba los banderines con cruces gamadas e intentaba reconocer a los invitados famosos. Parecía el estreno de una película. Se oyeron algunos aplausos cuando Marietta se volvió hacia ellos. Nadie la conocía, pero se saludaba así su vestido largo de tul de seda verde, cuyo escote de trencilla resaltaba los hombros y su aderezo de esmeraldas. Cuando levantó la mano para hacerles un pequeño gesto, los brazos se levantaron como un resorte. Marietta se vio obligada a imitar el saludo nazi: se sentía un tanto ridícula, pero Kurt la vigilaba con el rabillo del ojo.

En la gran sala, decorada con inmensas pirámides de flores, sobrevoló con su mirada a las mujeres con vestido de noche y los hombres con traje. La asamblea era próspera. Se adivinaba en el brillo de las telas, en los rostros resplandecientes, en el apresuramiento de los sirvientes. Se respiraba el perfume embriagador del dinero y del poder. Marietta no llegaba a acostumbrarse a la curiosa mezcla que constituía la élite nazi. Algunas mujeres lucían diademas y joyas de procedencia completamente desconocida. Unos y otros eran maestros en el arte de inventarse árboles genealógicos. Sin embargo, no lograban que se pasaran por alto los carrillos llenos, las miradas demasiado glotonas y otros muchos gestos carentes de gracia. Muy a pesar de sus esfuerzos, desentonaban entre la aristocracia y la gente de negocios. Reconoció al príncipe Philipp de Hesse, el heredero de las acerías Fritz Thyssen, a su amiga Asta conversando con Magda Goebbels, a algunos diplomáticos extranjeros ataviados con chaqué. Bajo el halo de su cabello rubio, el rostro esculpido a cuchillo de Richard Heydrich se inclinaba hacia su superior Heinrich Himmler, cuyas gafitas redondas reflejaban las luces de los candelabros. «Papá estará revolviéndose en su tumba», pensó Marietta con una mueca divertida.

Enseguida se llevó la sorpresa de ver a Max, que permanecía a un lado, apoyado en un pilar. Cuando sus miradas se encontraron, la expresión severa de su hermano se endulzó. Saludó a un diplomático que le besó la mano, esquivó a una actriz demasiado charlatana y llegó hasta donde estaba él.

—¿Qué haces aquí? Creía que no compartías los ideales de la nueva Alemania reunida en esta sala —comentó ella en voz baja y con expresión burlona.

—Me han pedido que fotografiara a los felices recién casados —respondió Max en un tono parecido—. He hecho lo que me solicitaban e incluso me han invitado a compartir el ágape. Es una suerte, ¿verdad? El segundo personaje del Estado me ha hablado de Erich durante largos minutos con los ojos húmedos. Nuestro estimado hermano no le dejó nada más que buenos recuerdos. Por lo visto Goering es muy sentimental.

—Y su mujer, ¿cómo es? —preguntó Marietta llena de curiosidad.

—No puedo negar que es un encanto. Y muy guapa, ¿no crees? Con ese rubio germánico que capta tan bien la luz. Pero el detalle que me parece más simpático es que haya impuesto como dama de honor a una de sus amigas, con orígenes más que sospechosos a los ojos de la mayor parte de los aquí presentes.

Marietta abrió su bolso de noche y sacó un cigarrillo.

—¿No temes que te critiquen? —murmuró él mientras le daba fuego—. Creía que las mujeres que fuman están mal vistas.

—¿Cuándo he dado la menor importancia a lo que se diga de mí? —rió Marietta—. Sí, de acuerdo, con la boda me tranquilicé, pero de cualquier modo no hay que exagerar.

Se convocó a los invitados a pasar a la mesa. Max se encontró sentado entre la esposa de un banquero y una cantante de ópera. Los platos se sucedieron, unos más suntuosos que otros: los vinos eran de cosechas excelentes y él los habría apreciado en otras circunstancias, pero no llegó a probar más que unos sorbos mientras escuchaba mal que bien a sus vecinas. «Me van a tomar por un grosero o por un retrasado», se dijo al tiempo que les dirigía sonrisas distraídas.

Adolf Hitler estaba sentado en la presidencia, al lado de la novia. Max no podía apartar la vista de él. Era la primera vez que lo tenía tan cerca. El hombre gesticulaba mucho con las manos mientras hablaba, echaba la cabeza atrás para reír y luego desplazaba con gesto afeminado su mechón de cabellos morenos hacia un lado. Como le había hecho notar uno de sus amigos periodistas, el Führer tenía un rostro de rasgos groseros, una nariz particularmente gruesa y ensanchada que el bigote incongruente intentaba en vano hacer olvidar, y unos ojos azul pálido que a nadie dejaban indiferente. Max pensó en Ferdinand, que le había hablado de esa mirada hipnótica y de quien se había burlado en otras ocasiones por ignorancia.

Una vez acabado el banquete, el canciller se levantó para tomar la palabra. Su silla chirrió contra el suelo y luego impactó contra una lámpara que cayó con estrépito. Inmediatamente se abrieron diversas puertas tras él para revelar a SS armados hasta los dientes. La asamblea contuvo el aliento, pero atendiendo a un gesto de Heinrich Himmler, aquellos hombres desaparecieron tan deprisa como habían venido.

Max contuvo la risa. No dejaba de resultar surrealista encontrarse sentado a una mesa a la luz de los candelabros y con porcelanas finísimas mientras una pandilla de asesinos jugaba a hacerse los hombres de mundo. La doble cara del nazismo se ilustraba en todo su esplendor. Mujeres ataviadas con vestidos de alta costura y desbordantes de joyas, maneras exquisitas y, detrás de puertas ocultas, chacales vestidos de negro dispuestos a surgir en cualquier momento. Eran esos mismos hombres los que habían abatido a sangre fría a funcionarios, generales retirados y periodistas inocentes.

Cuando el canciller se puso a felicitar a los recién casados con una voz ronca pero perfectamente modulada, de acento austríaco, se hubiera oído el vuelo de una mosca. Unos años antes, la revista norteamericana *Vanity Fair* lo había consagrado como uno de los mejores oradores de su época. Max consideró discretamente el conjunto de la sala. Todos estaban pendientes de los labios del Führer, con un brillo extasiado en la mirada. Sintió un profundo malestar.

Max había cumplido su palabra. Ferdinand y Walter lo habían felicitado, con expresión maliciosa, cuando les mostró la invitación a la boda. Pero para acercarse al poder Max no se había dirigido ni a Heinrich Hoffmann ni a su cuñado, como le sugirió su primo. Había llamado por teléfono a una de sus amigas que no ocultaba su admiración por Adolf Hitler. En la época en que todavía era actriz, aquella joven había posado para él y había quedado encantada con la intensidad erótica de los retratos. Max la había fotografiado en traje de baño, con la piel húmeda, en el decorado de líneas geométricas de una piscina pública. Se había limitado a subrayar la resolución de ese rostro simétrico de mirada sin concesiones, la sensualidad de esos labios carnosos y su cuerpo de bailarina. Ese día, como era su costumbre, Max había exagerado su acento berlinés para hablar con Leni Riefenstahl y ella se había echado a reír en cuanto lo oyó. Se habían encontrado junto a la fuente de los elefantes para tomar el té en el Adlon. Tras el éxito de su reportaje sobre el congreso del partido en Núremberg, la cineasta le había contado que acababan de proponerle dirigir una película sobre los Juegos Olímpicos que pronto se celebrarían en la ciudad. El gobierno tenía la intención de aprovechar este acontecimiento para obtener una propaganda de ámbito mundial. Le había parecido preocupada, pues no veía el interés de filmar durante horas el desarrollo repetitivo de las competiciones. Quizá, eso sí, pudiera reflejar el ideal olímpico, escenificar una transposición de la mitología griega en el Berlín de los tiempos modernos. Llevada por su imaginación, su mirada se había perdido en el infinito. Max había sugerido algunas ideas que a ella le habían interesado. Y así habían hablado hasta que la joven y entusiasta berlinesa le propuso colaborar en el proyecto.

Unos aplausos atronadores lo sacaron de su ensueño. El Führer había acabado sus parabienes y volvía a sentarse con aire satisfecho. Max también se puso a aplaudir, aunque a destiempo, bajo las miradas recelosas de sus vecinas de mesa.

Unos meses más tarde, Sara se encontraba sentada en su despacho de los almacenes Lindner. Agarraba con tanta fuerza el auricular del teléfono que las articulaciones de sus dedos habían emblanquecido.

—¡Viktor! Podrás ocuparte de eso, ¿verdad? —decía enervada—. No es ninguna prueba insuperable eso de acostar a los niños y contarles un cuento para que se duerman. La nodriza ya se ocupará del bebé... No, no sé a qué hora volveré. Y no he olvidado que tus padres vienen a cenar, pero es posible que tengáis que empezar sin mí —añadió levantando los ojos al cielo—. Ahora no es momento de hablar de ese tema, Viktor. Estoy ocupada. Enseguida nos vemos.

Colgó, exasperada. Max la observaba con preocupación.

—¿Algo no va bien?

—Dime algo que vaya bien y seré la mujer más feliz del mundo —ironizó ella levantándose—. Desde que lo excluyeron de la universidad, Viktor se pasa el día languideciendo en casa. Se ha refugiado en la escritura y no quiere salir por la ciudad ni ver a nadie. Está en plena depresión, pero lo niega. Apenas lo reconozco —confesó con aire derrotado—. Hasta ahora siempre me había apoyado y podía contar con él. Pero se ha convertido en un problema añadido. He pedido a sus padres que vengan para darle ánimos, pero no sé si servirá de mucho.

—Aunque no tenga ninguna culpa, seguro que está enfadado consigo mismo por no poder trabajar. Para un hombre es una cuestión de orgullo, ¿comprendes?

—Ya no me atrevo a hablarle de ningún tema. Es más, hago como si nada hubiera ocurrido, como si todo fuera bien. No quiero que nuestras preocupaciones inquieten a los niños. Pero no puedo arreglarlo todo con un toque de varita mágica. Es necesario que ponga de su parte.

Sara parecía tan desanimada que Max la estrechó entre sus brazos. Con una sonrisa, ella puso la cabeza en su hombro y se apoyó contra él con todo su peso.

—En el banco no quieren concederme un crédito —murmuró—. Algunos de mis proveedores han devuelto mis órdenes de pedido sin darles curso y dos revistas han anulado mis anuncios. Las leyes raciales de los últimos tiempos envenenan la situación. Ya no sé qué hacer. Todos los días se publican nuevos decretos y nuevas prohibiciones. Estarás al corriente de lo último, ¿verdad? Nos retiran los derechos civiles. Prohíben las bodas entre judíos y arios, lo mismo que los noviazgos.

Se apartó de él. El crepúsculo envolvía la ciudad, los últimos rayos de sol penetraban en la pieza, bañando con su luz el cabello oscuro de Sara y su mano, en la que brillaban el anillo de boda y la sortija de compromiso.

—Diez años de prisión —susurró—. Según los nazis, es el castigo que tú y yo habríamos merecido.

La emoción hizo que Max sintiera un nudo en la garganta, mientras observaba el rostro grave de esa mujer valiente que había sido su primer amor. Sara nunca le había parecido tan bella como con ese traje de chaqueta tan sobrio, con cuello de terciopelo negro.

—Eso es poco para un amor como el nuestro —respondió él rozándole la mejilla con un gesto tierno.

Ella cerró los ojos, como para recuperar con mayor intensidad el perfume de los años felices, el olor de la hierba cortada en el jardín de Grunewald, el impulso que los empujaba hacia el encuentro de sus cuerpos.

—¿Por qué no te has casado todavía, Max? Si algo no falta a tu alrededor son mujeres, ¿no?

Él se acercó a la ventana. Los anuncios luminosos empezaban a encenderse. Muchos de ellos habían cambiado sus nombres en el curso de los últimos meses.

—Ella no quiso —confesó con voz velada.

—Por ella has puesto tu vida entre paréntesis. ¿De verdad es tan excepcional?

Los enamorados siempre creen que el otro es extraordinario, pero en el caso de Max su experiencia lo llevaba al convencimiento de que existía una raza de conquistadoras que marcaban a un hombre para siempre. Mujeres tan magníficas como temibles, porque a su lado todas las demás parecen insípidas.

—En cierto modo Xenia se te parece —dijo esbozando una sonrisa—. Por lo visto ningún hombre se recupera después de una mujer como vosotras.

Llamaron a la puerta. Algo sorprendida, pues no esperaba a nadie, Sara dio permiso para que entraran.

—Es un hombre que pregunta por usted, señora —anunció su secretaria con aire ansioso al tiempo que le tendía una tarjeta de visita—. Lo siento. Le he pedido que concertara cita, pero no ha querido escucharme.

Perpleja, Sara leyó la tarjeta.

—Hans Dieterhausen... No sé quién es.

—No me sorprende —dijo una voz de hombre—. La gente sencilla no cuenta para alguien como usted.

Lo primero que chocaba de la persona que acababa de entrar era la cicatriz que le atravesaba la mejilla derecha. La carne mal cosida creaba bultos de aspecto repulsivo. Llevaba una americana de espaldas demasiado anchas y unos pantalones que se enroscaban sobre sus zapatos. Bajo el brazo sujetaba una carpeta.

—¿Con qué derecho irrumpe así en mi casa? —preguntó Sara.

—No seguirá siendo su casa por mucho tiempo —escupió él con desprecio—. Supongo que no creerá que se le va a seguir permitiendo controlar la industria de la moda en nuestro país, ¿verdad? Mi nombre no le dice nada, pero quizá se acuerde usted de mi mujer, Liselotte, una costurera a la que echó a la calle cuando no teníamos qué comer.

Sara se quedó estupefacta.

—¡Claro que me acuerdo de Liselotte! Pero no pude obrar de otro modo. La situación...

—¡Me importan un bledo sus excusas! Nos hemos propuesto limpiar la confección alemana de todos sus parásitos judíos. Y usted tendrá que devolver lo que pertenece al pueblo alemán. ¡Todo esto! —concluyó abarcando lo que tenía a la vista con un movimiento de brazos.

—Lo que es a usted le aseguro que no voy a darle nada de nada —respondió Sara, furiosa—. Sus amenazas no me intimidan. Los almacenes Lindner obtienen ganancias demasiado importantes y emplean a demasiada gente como para que un patán como usted pueda esperar una parte del pastel. ¡Así que márchese a aterrorizar a otras presas!

—Va a tener que ceder su empresa a los arios —insistió él—. ¡Voluntariamente o a la fuerza! Quería decírselo cara a cara. Ahora le corresponde a usted encontrar a quien se haga cargo, y le aconsejo que se dé prisa. Le queda ya muy poco tiempo.

Sara retrocedió un paso, como si aquel hombre le hubiera levantado la mano.

—Ignoro quién es usted —intervino Max con voz glacial—, y quizá sea mejor para usted, pero tiene que saber que frau Lindner no estará sola a la hora de defenderse. Además, tiene amigos muy influyentes. Y ahora, váyase de aquí, inmediatamente.

El hombre quiso plantarse ante él mirándolo con desprecio, pero como Max lo sobrepasaba en más de una cabeza se limitó a arrojar la carpeta sobre la mesa, volcando un retrato de los tres hijos de Sara que había en ella.

—Ahí tiene una proposición. Le aconsejo que la estudie con detalle —ironizó—. Sería mejor que no le ocurriera nada malo a este bonito establecimiento, ¿no cree?

Giró sobre sus talones. Con la cara pálida, la secretaria cerró la puerta al salir detrás de él.

—¡Qué horror! —exclamó Sara estremeciéndose—. ¿Has visto, Max? ¿Has visto esa mirada, esa arrogancia? ¡Qué brutalidad! ¡Nunca me acostumbraré! ¡Y ese monstruo se atreve a venir a mi casa! ¡A mi casa! —dijo golpeándose el pecho—. La intimidación toma todas las formas posibles. Cartas anónimas, visitas como esta... ¿Sabes que más del cincuenta por ciento de las empresas judías ya han sido compradas por arios?

Se había puesto a recorrer la estancia de un lado a otro, una y otra vez. Los brazaletes tintineaban en su muñeca.

—Sí, lo sé —dijo Max con aire despechado—. Es una vergüenza. Ullstein pasó por eso el año pasado. Presionan a los propietarios para que vendan por sumas irrisorias y obligan a los colaboradores judíos a dejar su trabajo, sean o no directivos.

Sara temblaba, tan encolerizada que no encontraba las palabras. Se irguió en su silla. Su rostro adquirió una expresión severa, desconocida para Max. Con cara de asco, tomó entre el pulgar y el índice la carpeta que aquel hombre había arrojado sobre la mesa y la tiró a la papelera.

—¿No quieres saber qué dice? —preguntó Max, inquieto.

Sara le lanzó una mirada fulminante.

—Doy trabajo a mil doscientos empleados, entre ellos cuatrocientos cincuenta y cinco judíos. El mayor tiene sesenta y cinco años. Ya trabajaba para mi abuelo. El más joven tiene dieciocho años y una familia a su cargo, porque su padre y sus hermanos se han quedado sin trabajo. Todos necesitan los almacenes Lindner para vivir. ¿Y tú crees que voy a ceder al chantaje de ese mamarracho?

Max se limitó a asentir con la cabeza. «De la raza de las conquistadoras», pensó, aunque no pudo evitar sentir cierta aprensión.

Tras una jornada lluviosa, un claro había permitido que por fin el sol del mes de agosto ejerciera sus derechos. El vientre abombado de un dirigible flotaba por encima del estadio olímpico. Un calor húmedo con aromas de hierba se levantaba desde el césped y un murmullo parecido al de una colmena emanaba de los espectadores instalados en las gradas. El éxito de Jesse Owens, el atleta negro estadounidense que había triunfado en cuatro pruebas, entusiasmaba a ese público entendido, por mucho que en la tribuna de honor el Führer volviera la espalda de manera ostensible a cada victoria de un participante cuya raza no le conviniera.

Agotado, Max se deslizó al interior de uno de los agujeros horadados en el césped donde normalmente se situaban los cámaras. Sacó de su alforja una botella de agua y bebió a morro. Luego intentó localizar a Leni Riefenstahl. Por encima de todo quería permanecer oculto a sus ojos de lince y evitar las reprimendas. Cuando Leni trabajaba se comportaba como un general del ejército. La cineasta no toleraba ningún momento de distracción y dirigía a su equipo de cuarenta cámaras con mano firme. Su maestría en las perspectivas y en los efectos especiales estaba revolucionando el arte del reportaje, del mismo modo que lo había hecho ya durante la realización de *El triunfo de la voluntad*, la película que había orquestado para mayor gloria del congreso del partido. La orden de colgar las cámaras a cuarenta metros de altura había surgido de ella, lo mismo que la de poner patines a ciertos operadores de cámara para obtener un movimiento más fluido. Del mismo modo que Max pasaba horas en su cuarto oscuro, Leni supervisaba también el montaje de sus películas. El fotógrafo admiraba en ella el maridaje entre imaginación visual y conocimientos técnicos.

A la cineasta le gustaba destacar. Se hacía una propaganda personal que no tenía nada que envidiar a la del Partido Nazi, y Leni había encargado a Max que la fotografiara durante el rodaje, lo que explicaba la fatiga pasajera del joven, agotado en el intento de aguantar ese ritmo endiablado. La vio algo más allá, vestida con un pantalón de franela gris y una blusa blanca, y el pelo recogido con una cinta que contenía sus rizos oscuros. Max escondió la cabeza entre los hombros y se ocultó tras su enorme cámara. «¡Unos minutos más de descanso!», imploró mentalmente. Por fortuna se trataba del día de clausura. Su cansancio se debía también a la brevedad de las noches berlinesas. Esos Juegos Olímpicos de 1936 eran la ocasión para los dignatarios de rivalizar a golpe de cenas y de fiestas suntuosas. Los conciertos, los fuegos artificiales o los desfiles de moda se sucedían sin pausa como oferta para los miles de visitantes extranjeros. Berlín parecía un niño con traje de domingo al que se exhibe ante los invitados.

Unas semanas antes, Max había recibido un encargo de la revista *Die Dame* para ilustrar un reportaje que ofrecía consejos de vestuario a las lectoras con el fin de promover la elegancia alemana ante el mundo entero. Al ojearlo, a Sara le había parecido curioso que no se hiciera ninguna mención a los *dirndls* y demás uniformes que el régimen promovía: solo se hablaba de trajes de chaqueta ajustados, o de vestidos de día o de noche. En el artículo, la periodista precisaba la longitud ideal de las faldas, los colores o los accesorios más distinguidos. De manera mucho más cínica, los nazis habían retirado durante los Juegos los signos más evidentes del hostigamiento a los judíos: fuera los bancos amarillos que les estaban reservados en el Tiergarten, lo mismo que el violento periódico antisemita *Der Stürmer*, cuya publicación se había prohibido durante quince días. Del mismo modo también se habían prohibido los uniformes en los estadios. Nada debía empañar la imagen de una Alemania deslumbrante que levantaba la cabeza y que creía en su futuro.

En solo unos días, Max había asistido a una fiesta en casa de Joachim von Ribbentrop en la que habían corrido ríos de champán Pommery para festejar su nombramiento como embajador en Londres, a una cena en casa de Kurt y Marietta durante la cual unos acróbatas habían actuado para divertir a los invitados, y a una recepción en casa de los Goering que había culminado con una exhibición aérea. A esas alturas solo le quedaba asistir a la cena con baile que organizaba Goebbels esa misma noche en la Pfaueninsel, cerca de Potsdam. «Después tendré que tomarme unas vacaciones», pensó mientras se secaba la frente con un pañuelo. La camisa blanca se le pegaba a la piel de manera desagradable. Cuando oyó la voz estentórea de Leni, decidió salir de su escondite para no dejarse sorprender en flagrante delito de ociosidad.

En su reencuentro con Berlín, Xenia había experimentado una mezcla de curiosidad y aprensión. Gabriel había insistido en asistir a los Juegos Olímpicos. Su marido quería descubrir por sí mismo esa Alemania que acababa de ocupar la zona desmilitarizada de Renania en detrimento de Francia y de los demás signatarios de los acuerdos de Locarno. De hecho, algunos de sus clientes más importantes trataban con empresas alemanas. Sorprendido por la reticencia de su esposa, había pensado que le disgustaba separarse de Natasha, y Xenia no lo había sacado de su error. Esa noche no había podido pegar ojo, asediada por una multitud de recuerdos en los que se mezclaban los desfiles del señor Rivière, las impaciencias de Tania, con quien había compartido habitación, sus impulsos de jovencita y esa rabia que había sentido, nacida de un sentimiento de injusticia y de impotencia. En la época, tal amalgama de emociones confusas había encontrado un eco en la enfebrecida metrópoli. Allí había descubierto el gusto de la libertad. De la insolencia. Allí se había convertido en mujer. Para Xenia Osolin, Berlín sería siempre la ciudad de la audacia, del deseo y del dinamismo.

Al reencontrarse con el hotel Adlon tuvo la extraña sensación de regresar a su casa. Gabriel la había llevado a diversas competiciones de atletismo y también habían asistido al triunfo de los jinetes alemanes en el concurso hípico. Habían paseado por la ciudad y había acudido a diferentes recepciones. Pero con el paso de los días Xenia se había sentido cada vez más desconcertada: no llegaba a compartir el entusiasmo de su marido, conquistado por la amabilidad de los berlineses, ni de la multitud desbordante que invadía las terrazas de las cervecerías y las calles de una limpieza impecable. Gabriel dejaba que los hombres de negocios lo cortejaran y no ocultaba su admiración por la seguridad que derrochaban los industriales y los funcionarios. Con lo circunspecto que era, parecía impresionado por esa sensación de poder abrumadora. Con ojos brillantes decía que detectaba grandes posibilidades para sus clientes. Pero Xenia no, ella no se dejaba engañar.

Los tilos de la más bella avenida de la ciudad se habían visto sustituidos por filas de columnas blancas en lo alto de las cuales unas águilas con las alas desplegadas sujetaban entre sus garras una esvástica, ese antiguo símbolo venido de Oriente que imitaba la trayectoria del sol y que Hitler había escogido como emblema de la pureza de la raza aria. Inmensas banderas nazis dejaban un rastro rojo sobre las fachadas. En los frontones de los nuevos edificios neoclásicos, la joven había percibido cruces gamadas talladas en la piedra, lo mismo que en los mosaicos y en los frisos que representaban temas apreciados por los dirigentes. También había visto los uniformes marrones y negros que se cernían sobre la Wilhelmstrasse. Ya no sentía esa agitación despreocupada de otros tiempos, sino una exaltación angustiosa. La huella del totalitarismo se revelaba en el más ínfimo rincón a aquellos que la buscaban, y por momentos Xenia sentía un ahogo en la garganta.

—Algo huele a podrido en el país de Adolf Hitler —murmuró parodiando a Shakespeare.

—¡Sí, sin duda! —exclamó Sofia von Aschänger—. Tienen una habilidad diabólica. Presentan a los extranjeros un rostro jovial mientras en los sótanos se tortura a los inocentes. Infringen los tratados internacionales y nadie reacciona.

Las dos mujeres hablaban en un rincón de los jardines de Pfaueninsel. En otros tiempos, los reyes de Prusia habían recibido allí a toda la aristocracia europea, pero esa noche constituían el marco de una recepción ofrecida por el ministro de Propaganda. Sujetas a las ramas de los árboles, miles de linternas iluminaban la penumbra. Los pavos reales se contoneaban sobre el césped. Diferentes orquestas tocaban para los dos mil invitados, y camareros vestidos con librea descorchaban botellas de champán.

—Lo bueno del caso es que bastaría con un disparo de fusil para eliminarlo.

—¡Calla! —susurró alarmada Sofia mientras miraba a su alrededor—. ¿Estás loca? Alguien podría oírte y... ¡Oh, qué tonta soy! —añadió riendo—. ¡Si estamos hablando en ruso! No creo que nadie pueda entendernos.

—Además, estamos al aire libre. No me dirás que los espías se ocultan en los setos...

—Pues mira, todo es posible —ironizó Sofia—. Hace ya tres años y medio que vivimos en un régimen de delatores. Hay que desconfiar de todo el mundo, desde el portero del inmueble hasta el conductor del tranvía. Desde tu peluquera hasta la ascensorista del hotel. Según dicen, la Gestapo recibe innumerables cartas de pulcra caligrafía. Una observación desafortunada, una sola, equivale para algunos al campo de concentración. La gente tiene miedo.

—Pero está rodeado de militares —insistió Xenia—. Uno de ellos puede abatirlo, y se acabó.

—No es tan sencillo. Tras la muerte de Hindenburg, Hitler exigió que el ejército prestase juramento a su propia persona, y no al pueblo y a la patria, como era costumbre. Para militares como Milo ese juramento representa un compromiso sagrado.

—¡Nada es sagrado cuando se trata de un tirano! —exclamó Xenia, exaltada—. Piensa en Stalin, que martiriza a nuestro pueblo, deporta y asesina a millones de *kulaks*, hombres, mujeres y niños, solo porque tienen la desgracia de ser dueños de sus tierras. ¡Esos monstruos solo merecen una bala en la cabeza!

Sofia la miró con aire divertido.

—No has cambiado nada. Sigues creyendo que la vida obedece a tus caprichos. Hay que aprender a ser sutil, querida. Olvidas que también son muchos los que apoyan este régimen. ¡Mira, mira a tu marido! Está aquí como pez en el agua. En cuanto he hablado un rato con él me he dado cuenta de que formaba parte de los convertidos.

Contrariada, Xenia siguió la mirada de Sofia. No lejos de donde se encontraban, Gabriel hablaba con Kurt Eisenschacht. Cualquiera que los viera en ese momento los habría tomado por los mejores amigos del mundo. En ese mismo instante los dos se volvieron hacia ellas. Eisenschacht inclinó la cabeza para saludarla, antes de abordarla.

—Gabriel tiene dos debilidades. El esteticismo y el poder. Es una presa fácil para gente como ellos —murmuró Xenia.

—Señora —la saludó Eisenschacht besándole la mano—, ¡qué alegría volver a verla! Su hermosura sigue siendo inconmensurable.

Xenia se limitó a esbozar una sonrisa. Aunque Gabriel permanecía impasible, a ella le resultaba evidente que estaba furioso. Como ella no le había confesado que ya conocía Berlín, había quedado como un imbécil ante Eisenschacht.

—Espero que se queden todavía unos días con nosotros —siguió diciendo el alemán—. Mi mujer y yo estaríamos encantados de recibirlos en nuestra casa.

—Es usted muy amable, pero mañana por la mañana volvemos a París —dijo Xenia.

—Me pregunto si no sería mejor que nos quedáramos unos días —intervino secamente Gabriel—. El señor Eisenschacht insiste en presentarme a alguno de sus colaboradores.

—Quédate si lo deseas, Gabriel. Pero yo me vuelvo a casa. Natasha me espera. No quiero dejarla sola demasiado tiempo.

—¡Vamos, no se puede decir que esté sola! Dispone de un aya

competente y de su tío Kiril para vigilarla. Y si quieres también puedes telefonear. En mi opinión es importante que pasemos todavía unos días más en Berlín. Concédeme este favor, querida. Y más cuando conoces bien esta ciudad. Estoy seguro de que todavía quedan sitios que no me has permitido descubrir.

Xenia raramente había visto a Gabriel tan glacial. Eisenschacht parecía divertirse con aquella disputa verbal. Ella, en cambio, con los nervios a flor de piel, sentía que la invadía una cólera sorda. Gabriel Vaudoyer no tenía por qué dictarle su conducta. ¿Quién se creía que era? Lejos de su casa y de su vida parisina, a Xenia le resultaba más evidente que se había atado una cadena al cuello. Sofia le había hablado de su boda con Milo von Aschänger, de sus tres hijos y del castillo familiar no lejos del mar Báltico. Su amiga de la infancia había engordado un poco, y alguna que otra cana se vislumbraba en sus rizos negros, pero en su rostro luminoso se notaba que había encontrado la felicidad. A su lado, Xenia se sintió bruscamente frágil como el cristal.

Retumbó un trueno que sobresaltó a todo el mundo. Un haz de chispas blancas y verdes explotó por encima de los árboles. Era medianoche, y los fuegos artificiales acababan de empezar. Se decía que el doctor Goebbels había previsto un espectáculo sin precedentes para impresionar no solo a sus invitados, sino también a los berlineses que se encontraban a kilómetros de allí, en la Potsdamer Platz. Xenia aprovechó el desorden para alejarse. Los ruidosos cohetes crepitaban a su alrededor y las flores chisporroteantes se abrían en el cielo oscuro, pero finalmente Xenia encontró un lugar resguardado, una sala en la que solo brillaba una lámpara.

—¿No te gustan los fuegos artificiales? —preguntó una voz profunda.

Xenia temía ese encuentro desde el momento en que había bajado del avión, pero no lo demostró. Con un miedo teñido de alegría observó a Max von Passau emerger de la penumbra con su traje negro de cuello rígido y su pajarita blanca. Aunque Xenia huyera al fin del mundo, tarde o temprano sus caminos iban a cruzarse de nuevo. Ella hubiera deseado poder resignarse a eso.

—Buenas noches, Xenia —saludó él inclinando el torso con aire burlón—. Por lo que veo has venido con tu marido. Hace cosa de una hora que lo observo. Un hombre cortés, de mirada perspicaz. Hábil, también. Me he fijado en las personas que le interesan. Gente influyente. Como él. Podrías presentarnos. Me encantaría conocerlo.

—No veo por qué. No tenéis nada en común.

—¿Me lo tengo que tomar como un cumplido o como un insulto?

—¿Qué quieres decir? No lo entiendo.

—Pues es muy sencillo. Nos has amado a los dos. A él lo bastante como para casarte, pero no lo bastante como para serle fiel. ¿Lo engañas con otros hombres aparte de mí?

Xenia palideció. La ironía de Max no la sorprendía. Ella lo había herido. En diversas ocasiones. Su relación era demasiado intensa como para ser tranquila. Entre ellos habría siempre esa fuerza vital que los llevaba a enfrentarse, pero esta vez había percibido en la mirada de Max algo que se había apagado y que la asustaba.

—Mi vida no te concierne. ¿Te pregunto yo si tienes amantes?

—Y eso que te encantaría saberlo, ¿verdad? —respondió él con sonrisa maliciosa.

Max se acercó, y Xenia no retrocedió. Se detuvo tan cerca que ella respiró su perfume con acentos de cuero y madera de sándalo. Sin tocarla, la sobrepasaba en una cabeza. Su cuerpo era una montaña de la que ella conocía los trazos más gruesos, y también los más finos. Con los nervios tensos hasta el extremo, no pudo evitar estremecerse. Max quería intimidarla, y eso la exasperaba. ¿Qué pretendían todos aquellos hombres desplegando su fuerza? Los atletas, los militares, los nazis, Gabriel, que quería imponerle su ley, y ahora Max... A saber qué pretendía: ¿amenazarla? ¿Hacerle pagar ese amor que ella no conseguía demostrar, a pesar de que llevaba en su interior a ese hombre, a pesar de que no pasaba un día sin que pensara en él?

—No me das miedo, Max.

Él escrutó largamente su mirada. En el exterior, los destellos rojos, verdes y blancos cizallaban el cielo. En la terraza, los invitados prorrumpían en exclamaciones.

—Mientes —dijo él.

Por toda respuesta, Xenia se puso de puntillas y lo besó en los labios. Seguían de pie, con los brazos caídos a lo largo del cuerpo, pero ella lo estaba besando, y los labios distantes de Max cedieron al fin.

—Siempre será así entre nosotros —murmuró Xenia—. No se puede negar. Lo que nos une es más fuerte que lo que nos separa.

Tuvo un momento de debilidad. Necesitaba que él la estrechara entre sus brazos para apoyar la cabeza en su hombro y obtener de él una fuerza que, de golpe, la abandonaba. Pero Max no hizo ningún gesto. Era la primera vez que Xenia percibía esa contención, y la preocupó.

—¿Dónde os alojáis? —preguntó él en un tono neutro.

—En el Adlon.

—¿Te quedarás mucho tiempo?

—No. Me marcho mañana. En contra de la voluntad de mi marido.

—¿Por qué?

—Él querría prolongar nuestra estancia, pero ahora que he vuelto a verte no quiero quedarme, porque me encontraría de nuevo en tus brazos —dijo ella con aire travieso, como si quisiera seducirlo.

—Eres muy presuntuosa.

—Soy realista.

—Y si eso ocurriera, ¿sería tan terrible?

—No, claro que no. Nuestros cuerpos se entienden de maravilla. Si nosotros lográramos entendernos igual de bien...

Él se contentó con asentir. Xenia no lograba reconocer en él tanta reticencia. Le dio miedo. De pronto se dio cuenta de que el amor de Max siempre le había parecido una evidencia, y ahora que se le escapaba se sentía desorientada. Cuando él le rozó el brazo con el dorso de la mano, casi sin querer, su caricia no fue más que una quemadura.

—Es como un castigo, ¿verdad? —lanzó ella con lágrimas en los ojos—. Tantos años separados... Y cuando volvemos a encontrarnos siempre resulta igual de doloroso.

—Porque tú lo has querido así, Xenia.

Se volvió a un lado con una sonrisa triste. Las luces dibujaban arabescos de color sobre los muros. Con el corazón palpitante, Xenia no apartaba la mirada de él.

—¿Por qué te muestras tan distante?

Él no respondió. Ella se le acercó, consideró su expresión rígida, puso una mano sobre su hombro. Al sentir la tensión nerviosa que recorría ese cuerpo, sintió que el corazón se le encogía.

—¿Qué te ocurre, Max? Quizá pueda ayudarte. ¡Háblame, te lo ruego!

Él se emocionó al ver que ella desvelaba esa fragilidad inesperada. Xenia esperaba algo, y Max adivinaba que en ese instante todo era posible. En el exterior, las explosiones de los fuegos artificiales se habían vuelto ensordecedoras. Max se estremeció. No podía explicárselo. En aquel momento, no. Mientras las fieras tuvieran a su país entre las fauces, su vida lo llevaba a otro lugar.

—No me lo tengas en cuenta, por favor —murmuró por fin.

Los fuegos artificiales concluyeron y los invitados se pusieron a aplaudir con entusiasmo. Algunos empujaron las puertas cristaleras para entrar en el salón. Max y Xenia se hicieron a un lado.

—Ven, salgamos a tomar el aire a la terraza —dijo él.

En el cielo se difuminaban las últimas humaredas. Se respiraba el olor de la pólvora. Vieron a Sofia que se acercaba a ellos gesticulando y agarrando por el brazo a Milo.

—¡No os podéis imaginar lo que está ocurriendo! —exclamó ella entre risas, y sin que pareciera sorprenderle encontrar a Max con Xenia.

—¿Os habíais fijado en las guapísimas chicas vestidas de paje que llevaban las antorchas? —dijo Milo—. ¡Pues les están levantando las faldas entre los setos! Goebbels ha invitado a algunos de sus camaradas que le habían echado una mano en los barrios obreros antes de la toma del poder. Pero me da la impresión de que ya no controla a sus tropas.

Max y Xenia se miraron con aire sorprendido.

—¡Mirad! —gritó Sofia señalando a los camareros que empezaban a repartir puñetazos.

Algunos invitados achispados se pusieron a volcar mesas entre risas. Los platos, vasos y candelabros cayeron al suelo con gran estrépito. Entre los matorrales se oían gritos agudos. Una pareja pasó ante ellos corriendo, sin soltarse las manos. Algunos diplomáticos extranjeros, con aspecto consternado, se apresuraban a subir a las barcas motoras que los devolverían a la otra orilla. Algo más allá, con su collar de perlas alrededor del cuello, Magda Goebbels abría desmesuradamente los ojos con expresión horrorizada. El doctor Goebbels, rojo de cólera, lanzaba invectivas a sus ayudas de campo, que se precipitaban entre los árboles para intentar llamar al orden a los borrachos y evitar el desastre de una velada que se desmoronaba ante los ojos de invitados venidos del mundo entero.

Una vez pasados los primeros instantes de estupor, Max, Xenia, Milo y Sofia intercambiaron una mirada cómplice y luego, cuando ya no pudieron más, se echaron a reír a carcajadas.

París, mayo de 1937

Xenia se detuvo en el descansillo de la cuarta planta para recuperar el aliento y arrugó la nariz al percibir el tufo a sopa de cebolla. La barandilla había dejado un rastro negro sobre su guante de hilo. Se sacudió las manos con gesto vivo. Todavía le faltaban dos pisos. Con una sonrisa recordó los tiempos en que su familia vivía bajo los tejados. Entonces hacía ese tipo de ejercicio varias veces al día, sin rezongar. Reinició el ascenso y por fin llamó a la puerta de su tío Sasha.

—¿Qué haces tú aquí? —gruñó él al abrir.

—Hace semanas que no vienes a verme. No respondes a mis mensajes. Empezaba a inquietarme. ¿No me invitas a entrar? —añadió por fin, pues él continuaba plantado en la puerta.

Sasha dudó y por fin retrocedió un paso. La habitación estaba perfectamente ordenada, con la ventana abierta sobre un cielo sin nubes. En un rincón se veía el icono de la virgen de Kazán que había pertenecido a Nianiushka. Sobre una pared, una fotografía de Nicolás II y otra del zarevich ataviado con uniforme de marino junto a sus hermanas, las grandes duquesas, con sus largas melenas rubias sueltas sobre los hombros. Y en la cama había una pequeña maleta hecha a medias. Como no se lo esperaba, Xenia se quedó inmóvil unos instantes, sin dejar de mirarla. Sasha, en silencio, descolgó una chaqueta sujeta a una percha y la dobló antes de meterla también en la maleta. Había algo de irrevocable en la precisión de sus gestos.

—¿Qué quiere decir esto? —preguntó ella con un tono áspero.

—No empecemos, te lo ruego, Xenia.

—¿Que no empecemos? No sé nada de ti durante días. Vengo a verte. Subo seis pisos con el calor que hace y te encuentro haciendo la maleta. ¿Tenías la intención de marcharte sin decirme nada?

Su tío se inclinó sobre la cama para descolgar el icono. Un faldón de su camisa se levantó, desvelando una franja de piel muy blanca. A Xenia se le salía el corazón del pecho.

—Tío Sasha, ¿adónde vas? Tengo derecho a saberlo.

Él bajó el icono antes de envolverlo con cuidado en un pedazo de tela roja y colocarlo en el centro de la maleta.

—No quiero seguir aquí. Voy a luchar.

—¿En España?

—Sí.

Xenia bajó la cabeza con un nudo en la garganta. No podía pronunciar ni una palabra. Una vez más, Sasha le informaba de unos hechos ya consumados. La guerra de España desataba las pasiones desde hacía un año. Tras la abdicación del rey Alfonso XIII, el país había festejado la proclamación de la República, pero el gobierno del Frente Popular no había logrado imponer sus reformas en plena crisis económica. Una violenta oleada de anticlericalismo se había abatido sobre la península: la Iglesia se había convertido en el símbolo de la reacción. Alarmada por la multiplicación de los atentados y el desorden creado por la izquierda revolucionaria, la derecha, «los nacionales», se había reunido alrededor del general Francisco Franco, quien se había declarado enemigo del gobierno republicano. Finalmente la guerra civil se había convertido en una apuesta internacional. Por razones estratégicas, Franco había recurrido a Alemania e Italia, pues ambas compartían sus aspiraciones fascistas, y les había reclamado hombres y material. Los republicanos, por su parte, se habían vuelto hacia los soviéticos y los voluntarios de todos los países alistados a las Brigadas Internacionales. A los ojos del mundo, la península se había transformado en un damero sangrante en el que se enfrentaban dos fuerzas despiadadas: los republicanos antifascistas y los enemigos del bolchevismo. Xenia pensó de pronto en su hermano: seguramente Kiril se tomaría muy mal la noticia de la partida de su tío, pues lo adoraba. Y lo que era todavía peor: quizá tendría deseos de seguirlo. «¡Por encima de mi cadáver!», se dijo Xenia.

—¿Se lo has dicho a Kiril? —preguntó.

—Sí, se lo dije hace unos días. Y a Masha también. Fui a verla para anunciarle mi partida.

—En cambio a mí no me informa nadie —se quejó ella, enfadada—. ¿No soy lo bastante digna? ¿O es que esperabas al último momento para decírmelo, como tienes por costumbre?

Sasha puso las manos sobre sus hombros. Xenia se irritó al sentir brotar sus propias lágrimas.

—Sabía cuál iba a ser tu reacción y temía causarte daño de nuevo. ¡Te debo tanto, Xenia! Desde hace tantos años... Primero quería encontrar en mí la fuerza necesaria para decírtelo a la cara y para pedir tu bendición. La que no quisiste darme en Odessa.

Sometido a la mirada intransigente de su sobrina, Sasha volvió a ver a la joven vestida con su grueso abrigo militar, con un revólver Nagan prendido a la cintura. ¡Era tan joven cuando él la había dejado sola en el muelle de ese puerto de Crimea...! Sola con lo que quedaba de su familia. En medio de las borrascas de nieve y el tumulto de los rusos perseguidos, Xenia se había mantenido erguida, con los ojos grises atravesados por tormentas. «Es una loba», había pensado él, impresionado por tanta determinación y coraje. Una loba blanca, soberana, que daría la vida por defender a los suyos. Y por esa razón la había dejado partir.

—¿Para qué quieres mi bendición? ¿Para que te maten? —espetó Xenia, furiosa—. Es tu último hallazgo para combatir a los comunistas, ¿verdad? Esperas retomar el hilo de una vida que se quebró hace más de quince años. De hecho, nunca aceptaste nuestra derrota. Y ahora que los soviéticos arman a los rojos, crees que combatiendo a los republicanos combatirás por el ejército blanco. ¡Eso no son más que sueños, tío Sasha! Es una guerra horrible, de una crudeza horrible, como lo son todas las guerras fratricidas. En ambos bandos se cometen las peores atrocidades. Los diarios lo comentan todos los días. Cuando estés en tierra española vertiendo tu sangre, ¿de qué te servirán tus ideales? ¿De qué manera van a agradecértelo las gentes de ese país? No hablas su lengua ni compartes su cultura. ¡Ni siquiera tienen nuestra misma religión! ¿Por qué quieres ir a perderte en un conflicto que no nos concierne?

Sasha cerró su maleta y la dejó sobre el suelo. Luego se sentó en la cama para mirar a su sobrina.

—A mí sí que me concierne. Y tienes razón, es mi última oportunidad de defender mis ideales. Es una cuestión de honor. De fidelidad. Voy a pelear con otros cristianos contra los sustentadores de una ideología totalitaria que ha asesinado a miembros de mi familia y que ha sojuzgado a mi país. Que hace padecer hambre y que martiriza a millones de personas. ¡Odio a los bolcheviques con todas mis fuerzas! —exclamó con la mandíbula crispada—. Durante años me he arrastrado por aquí como un desgraciado, y me da vergüenza. Vergüenza, ¿entiendes? Me he entregado al juego y a la bebida. He estado en la cárcel. Me he convertido en un muerto viviente. ¿Cuándo podrás comprenderlo?

De golpe, Sasha había erguido los hombros, había recuperado la seguridad de otros tiempos y una parte de esa viveza que también había heredado Kiril.

—Eres mucho más racional que yo, Xenia. Siempre meditas tus elecciones. Sabes proteger a los tuyos, les encuentras un techo y un trabajo. Por su bien, los encierras en pequeñas jaulas tranquilas mientras compruebas que no les falte de beber y comer. Promulgas reglas para protegerlos, y el que no las siga al pie de la letra ya puede prepararse... ¡Mírate! También tú eres prisionera de una de tus jaulas inmaculadas. ¡Qué perfección! Tu elegancia, tu porte, tus certezas... La educación de tu hija, el interior de tu casa... El lugar que le concedes a tu marido... Está todo tan ordenado que da miedo. Y tú estás aquí, delante de mí, pero yo ya no te reconozco. A veces me da la impresión de que te extraviaste por el camino.

Mantenía la cabeza alta y la mirada franca. Y sus palabras penetraban en Xenia como flechas.

—La vida no es esto, Xenia —siguió diciendo con voz más tierna—. La vida es esa llama que nos guía a cada uno. Es creer en algo que no es forzosamente tangible, que no se mide, pero que nos inspira y nos permite hacernos mejores de lo que somos. ¿De qué sirve una armadura si solo contiene viento?

Se levantó y avanzó un par de pasos hacia la ventana. Apenas cabía entre la cama y su cobertor remendado, el lavabo y la pequeña estufa de carbón. Xenia también se sentía ahogada, y temía moverse, pues el menor de sus gestos podía hacer que algo se rompiera. ¿Con qué derecho le hablaba como si se hubiera convertido en un monstruo de piedra? ¿Y esa mirada de lástima? ¡Era insoportable! Sí, ella había construido un caparazón alrededor de los suyos. ¿Cómo podía reprochárselo? Los había llevado a buen puerto. Al menos a los que había podido salvar. Pero la imagen de su madre envuelta en el lienzo blanco la desgarró de pronto. Xenia vaciló. Ese día había fallado en su misión, y nunca había podido perdonárselo. No solo había abandonado a su madre, sino que ni siquiera había encontrado el momento de decirle que la quería.

Una lágrima se deslizó por su mejilla. Enseguida se la secó con un gesto de rabia, pues no quería por nada del mundo que Sasha descubriera en ella la menor fisura. Sus palabras la habían afectado. Conocía demasiado bien aquella llama de la que hablaba, pues se había quemado con ella una y otra vez.

Su tío se volvió hacia ella, sonriente. Las mejillas lisas, los ojos tranquilos.

—No me tomes por ingrato. Te agradezco desde el fondo de mi corazón todo lo que has hecho por mí. Lo que ocurre es que un cuerpo no sirve de nada si el alma está muerta. Para mí ha llegado la hora de revivir. Lo haré el tiempo que Dios me conceda en la tierra.

Sasha la tomó entre sus brazos con precaución, como si temiera hacerle daño, y la atrajo hacia sí. Xenia permaneció rígida, amurallada en su pena, transformada a su pesar por ese combate que sostenía desde hacía tantos años. La recorrió un escalofrío. Le vinieron a la memoria recuerdos de su infancia, de la gran mansión en San Petersburgo, de la alegría que le invadía al oír que su tío la llamaba en cuanto franqueaba la puerta de entrada. Ella bajaba corriendo por la escalera, se lanzaba en sus brazos y él la hacía girar en el aire bajo la araña del vestíbulo, y reían, reían... En esa época, la vida le prometía una felicidad tan grande que sus dos brazos no bastaban para rodearla. Con un suspiro, la joven se dejó ir y colocó las manos en los hombros de su tío. Él partía, y ella sabía que no volvería a verlo. Sasha moriría en esa tierra extranjera, en las ásperas extensiones quemadas por el sol, pero ella le daría su bendición tal y como él le había pedido, porque comprendía al fin, en esa buhardilla de los tejados de París, que no sirve de nada querer dominarlo todo, que las murallas que se levantan a costa de grandes esfuerzos pueden convertirse en tumbas, y que lo único que cuenta es el deseo y la esperanza, con todo lo que tienen de inaprensible y excitante.

Unas semanas más tarde, al pie de la colina de Chaillot, apostada ante el pabellón soviético de la Exposición Internacional de las Artes y Técnicas, Xenia Osolin levantó la cabeza con aire sombrío, como si desafiara la silueta de una decena de metros de altura de la pareja que avanzaba enarbolando una hoz y un martillo, símbolos de un sistema político totalitario que ella aborrecía. Se sentía todavía más molesta porque no podía evitar admirar la energía que emanaba de la obra gigantesca de Vera Mujina. «Son un obrero y una koljosiana, pero antes que nada son una pareja de rusos», pensó para serenarse. Y sí, se moría de ganas de entrar en el pabellón, pero iba a abstenerse de hacerlo, porque no quería pasar por una admiradora.

Un golpe de viento amenazó con llevarse volando su sombrero y ella lo retuvo con la mano. Al girar sobre sus talones se vio enfrentada a la masa monolítica de un cubo de espesas pilastras coronado por un águila arrogante. Al concebir el pabellón alemán, el arquitecto Albert Speer se había inclinado por oponer una barrera infranqueable al impulso soviético, como si la ola de la revolución comunista tuviera que romper contra el acantilado nazi. El enfrentamiento de esas dos fuerzas belicosas tenía algo de temible.

—¡Xenia! —gritó una voz.

Masha llevaba un bonito conjunto verde de lino cuya chaqueta entallada subrayaba la finura de su talle, y un sombrerito a conjunto. Xenia, preocupada, reparó en las arrugas bajo los ojos.

—Es bonito, ¿verdad? —exclamó Masha con un entusiasmo infantil—. ¿Has estado ya en el pabellón de la electricidad? Tienes que ir a ver la obra de Dufy. Es apasionante. ¿Y los españoles? Exponen una obra de Picasso. Un homenaje a las víctimas de esos horribles bombardeos de Guernica...

—¿Quién habla de bombardeos? Ni siquiera se sabe a ciencia cierta si tuvieron lugar —ironizó Nikolái Aleksándrovich surgiendo como un genio malo al lado de su mujer—. Se dice que no es más que otro golpe propagandístico de los republicanos españoles. Según estos rumores, los rojos habrían incendiado la ciudad para echarle la culpa a los nacionales.

—Eso son patrañas —respondió Xenia—. Un periodista inglés ha descrito con detalle lo que ocurrió. Estaba en el lugar el día siguiente de la masacre. Los alemanes utilizan el país y a la población civil como un campo de maniobras, eso es lo que ocurre.

—No hay que fiarse tanto de lo se dice por ahí —murmuró Nikolái—. Los tenemos muy cerca —añadió señalando con un movimiento de la barbilla en dirección al pabellón nazi—. Pero quizá Sasha pueda decirnos un día qué ocurrió realmente... ¿Hay noticias del valeroso combatiente?

Xenia se contuvo para no mandarlo al diablo, pero la mirada atemorizada de Masha la incitó a callarse. Tras su boda, Masha estaba radiante. Aunque su trabajo como maniquí no le había proporcionado la misma notoriedad que a Xenia, le permitía sobrevivir, pues no podía contar demasiado con su marido. Nikolái Aleksándrovich tenía la irritante costumbre de cambiar de trabajo como de camisa. De vez en cuando obtenía un salario digno del que se ufanaba con el aire burlón propio de quien obtiene un botín, pero meses después volaba hacia otros horizontes. Xenia nunca conseguía saber si lo despedían o si se iba por voluntad propia, porque era perezoso a más no poder. Pero Xenia podría haber perdonado el diletantismo de su cuñado si no hubiera empezado a tener sospechas sobre la manera en que trataba a su hermana.

Al principio, los cambios en Masha apenas habían sido perceptibles. Cierta agitación, un humor inestable que provocaba reacciones exageradas por palabras anodinas, una mirada ausente cuando jugaba con Natasha... Un aborto en los meses posteriores a su matrimonio la había dejado anémica y frágil. «No entiendo por qué no tienes más hijos —le había reprochado Masha un día a su hermana—. Nikolái y yo tendremos una familia numerosa.» Lo había decretado con un aplomo muy extraño en alguien tan supersticioso.

Ese día, sin saberlo, Masha había tocado un punto débil de su hermana. Xenia no le había confesado que también ella estaba extrañada de no quedar encinta de Gabriel. Su marido nunca había abordado ese tema. ¿Acaso sabría que no podía engendrar y temía confusamente decírselo? ¿Era esa la razón por la que había aceptado tan fácilmente la presencia de Natasha en su vida? Al inicio de su matrimonio a Xenia le había sabido mal, puesto que le habría gustado hacerle el regalo de un hijo. Pero todo había cambiado a partir del momento en que Max había vuelto a su vida. La joven se había sentido aliviada. Un niño tenía que ser una prenda de amor, no el reconocimiento de una deuda.

Con el transcurso de los meses, Masha se había encerrado cada vez más en ella misma. Había dejado de contradecir a Xenia a la menor ocasión. Con los nervios a flor de piel, a veces se sobresaltaba cuando algo la hacía bajar de la nube. Xenia estaba convencida de que el responsable de tal actitud era su cuñado, que no perdía ocasión de tratarla con rudeza ante los demás, como si fuera una niña torpe. Masha no era precisamente una erudita, pero poseía un sólido criterio artístico. La ingenuidad en su caso formaba parte de su encanto, y los hombres que la habían cortejado con anterioridad habían apreciado esta inocencia, pues les incitaba a protegerla. No ocurría así con Nikolái, a quien esos rasgos de su carácter parecían irritar. Pero entonces, ¿por qué se había casado con ella? Las sospechas de Xenia se habían reavivado cuando Kiril, al volver de la rue Lecourbe, le había contado que Nikolái había vuelto de improviso a media tarde, lo que había provocado un pánico evidente en Masha, quien inmediatamente había puesto a su hermano de patitas en la calle. Pero cuando mencionaba el tema, Masha se ruborizaba y la mandaba a paseo.

—¿Gabriel está contigo? —preguntó Masha.

—No. Sigue en el palacio, pero no creo que se retrase mucho más.

—El señor Vaudoyer siempre está trabajando como un loco —comentó en tono jocoso Nikolái, con evidentes celos de su cuñado.

—No como otros que conozco —replicó Xenia—. ¿A qué se dedica en estos últimos tiempos, Nikolái Aleksándrovich?

—Estoy acabando de escribir mi novela. Según mi editor es una obra de una inusitada calidad.

—No lo dudo. Hace ya muchos años que trabaja en ella sin interrupción. Espero con impaciencia el momento de leerla.

La ironía de Xenia dio en la diana. Molesto, Nikolái agarró por el brazo a su mujer.

—Discúlpenos, Xenia Fiódorovna, pero tenemos cosas que hacer.

Masha esbozó una sonrisa a modo de excusa y en silencio se dejó arrastrar por su marido. Xenia los siguió con la mirada: no le gustaba la manera de caminar de Nikolái, a grandes zancadas, con lo que obligaba a su mujer a trotar a su lado. ¡Menudo grosero! ¿Cómo podía soportarlo Masha?

Comprobó la hora en su reloj. El embajador de Alemania los había invitado a Gabriel y a ella a una recepción para celebrar la imposición de algunas medallas a los expositores. Masha y Nikolái la habían retrasado, y ella no lograba olvidar la mirada de desamparo de su hermana. Preocupada, se apresuró a bajar los escalones del pabellón y pasó entre las monumentales esculturas que flanqueaban las puertas de entrada. En el interior, unas inmensas arañas de cristal iluminaban el templo austero pero grandioso. La multitud deambulaba entre las vitrinas en las que se presentaban obras de arte características del país. Xenia la observó distraídamente. Allí no encontraría a ningún representante de ese arte que los nazis consideraban «degenerado» y que estigmatizaban esos mismos días con ocasión de una exposición en Múnich. Le señalaron el ascensor y bajó al último piso, en el que se había establecido el famoso restaurante berlinés Horcher.

Los invitados charlaban con despreocupación y una copa de champán en la mano. Buscó a Gabriel por la estancia, preguntándose si su marido habría llegado ya, pues habían acordado que se encontrarían en la recepción. Entre los ramos de flores, pequeñas banderas con la cruz gamada decoraban las mesas. Como en Berlín, vio la insignia del partido en numerosas solapas, pero no distinguió uniformes. Algunos hombres la miraban insistentemente, con ojos brillantes. Le pareció divertido ser rubia como ordenaban los cánones vigentes. Pero si hubieran sabido que era eslava... Con desdén, prefirió buscar por otro lado, pues no tenía ganas de entablar una conversación con ningún nazi exaltado.

La vista panorámica sobre la Torre Eiffel y la explanada del Trocadero era espléndida, y Xenia se aproximó a un ventanal para admirarla mejor. París se extendía a sus pies. Unos aplausos contenidos llamaron su atención. Una joven alta y esbelta acababa de entrar en la sala. Xenia reconoció a Leni Riefenstahl, quien había recibido de manos del presidente Édouard Daladier una medalla de oro por su documental *El triunfo de la voluntad*. «Todo vale para su propaganda... Y encima los extranjeros se dejan tomar el pelo», pensó Xenia. Max había trabajado con esa cineasta durante los Juegos Olímpicos. ¿Cómo podía llevarse bien con gente así? Cuando Xenia le había preguntado por qué no se trasladaba a Nueva York o París, como muchos otros fotógrafos, se había limitado a encogerse de hombros. «Amo a mi país —había respondido—. No estaría bien abandonarlo en plena tormenta.»

—Perdóneme, señora, ¿no es usted Xenia Osolin? —le preguntó alguien en alemán.

Xenia se volvió y se encontró frente a una elegante mujer morena con un vestido de color marfil, fruncido en el talle y con mangas abotonadas. Dos broches de diamantes marcaban el cuello. El sombrero de banda ancha e inclinada desvelaba un rostro de rasgos decididos y unos guantes negros remarcaban el rigor de su indumentaria. Los ojos oscuros la observaban con gravedad. ¿Habrían coincidido durante su estancia en Berlín?

—¿Nos conocemos? —preguntó Xenia, intrigada.

—No, pero a menudo he admirado fotografías suyas.

La joven sonrió, pero su mirada seguía siendo reservada, casi inquieta. «¡Es Sara Lindner!», pensó de pronto Xenia. La gran amiga de Max, la que había sido su primer amor. Sintió un aguijonazo de celos. La primera disputa con él había sido a causa de Sara Lindner, y esa ruptura que habría podido ser anodina, una simple pelea entre amantes fervientes e indóciles, había comportado su matrimonio con Gabriel. Su vida se había bifurcado de pronto, alejándola de Max y conduciéndola a una soledad interior que se había intensificado con el paso de los años.

Xenia pensó en la emoción con la que Max evocaba siempre a esa mujer. Una mezcla de admiración, ternura y amor. Amor, sí, porque una parte de él quería todavía a Sara, y posiblemente la amaría para siempre. «¡Tendría que detestarla!», pensó Xenia, alterada. Sin embargo, sabía que era injusta. Sara Lindner nunca había sido su rival. Pero en aquel momento, Xenia había rechazado admitir que se pudiera concebir una fidelidad de corazón hacia un ser amado anteriormente. Se había sentido amenazada, cuando esa constancia de Max era sobre todo una fidelidad a él mismo. Había sido demasiado joven para entender esas sutiles resonancias entre los diferentes amores que componen una vida, ardores tan breves y violentos como una tormenta de verano o infinitamente más profundos, reflejados hasta el infinito en los espejos de una misma alma.

Comprendió de pronto que se había quedado mirando fijamente a Sara Lindner con una avidez que no había conseguido ocultar, pero la alemana ni se había inmutado.

—Discúlpeme —dijo Xenia tendiéndole la mano—. Me ha desconcertado. No la conozco, pero estoy segura de que usted es Sara Lindner, ¿verdad?

—¡Me siento aliviada! —dijo Sara con una sonrisa—. Por un momento he pensado que quizá me volviera la espalda...

—¡Dios mío! ¿Tan grosera puedo llegar a ser? Es que Max... Nuestra historia es tan...

—Lo comprendo —murmuró Sara—. No quería importunarla. Si lo prefiere puedo marcharme...

—¡No, de ninguna manera! Pero bueno, explíqueme qué ha venido a hacer a París. Supongo que su visita tendrá relación con la exposición...

—Sí, claro. Algunos de mis vestidos se exponen en el pabellón de la Elegancia. Incluso he tenido la fortuna de recibir una medalla del jurado —confesó ruborizándose.

—¡Felicidades! Pero ¿cómo es posible que esté aquí? Quiero decir que usted es... ¡Oh, Dios mío, qué mal me expreso!

A Sara pareció complacerle que en ese momento fueran las mejillas de Xenia las que se ruborizaban, pero en cuanto volvió a hablar lo hizo en un tono más tirante.

—No debemos tener miedo de las palabras. Sí, soy judía, en efecto, y usted se estará preguntando cómo es posible que los nacionalsocialistas toleren mi presencia en este lugar venerable —dijo con sarcasmo—. No soy el único «parásito» premiado. Fritz Grünfeld es el propietario del establecimiento de ropa del hogar más elegante de Berlín. Entre su clientela cuenta a frau Goebbels y a frau Goering, y acaban de distinguirlo con una medalla de oro. De hecho ahí está toda su perversión. Nos asedian diseminándonos en grupos pequeños. Siempre encuentran excepciones para desestabilizarnos mejor. Los antiguos combatientes, las mujeres, los diplomados, los que trabajan en un sector de la economía que emplee a muchos arios... Me harían falta horas para recitarle el catálogo de las derogaciones. De este modo, unos y otros se aseguran todo lo que pueden. Nosotros nos agarramos a las ramas para no caer, pero cada vez son más frágiles. Las excepciones escasean. Pronto acabarán —concluyó con voz emocionada.

Los pómulos de Sara se pronunciaban en su rostro exangüe. Se llevó una mano al cuello mirando a su alrededor con temor. Xenia tenía el corazón en un puño. Ver el miedo en la cara de esa mujer distinguida tenía algo de humillante. Desde el ventanal distinguió las banderas rojas de Rusia restallando al viento. Un gusto ácido le invadió la boca. Esa angustia que se siente aprisionada en el estómago, que despierta en plena noche con sudores fríos, que atenaza en las calles de la propia ciudad cuando las miradas de los viandantes reflejan el odio... Ella ya la había vivido en su carne y en su propia sangre, y nunca la había olvidado. De pronto, Xenia no pudo más y tomó la mano de Sara.

—¡Venga conmigo! —le ordenó antes de arrastrarla hacia el ascensor.

Durante la recepción, lo primero que suscitó el interés de Sara fue la personalidad de una mujer distinguida, con traje de chaqueta beis festoneado en blanco y collar de perlas barrocas, que se mantenía al margen y contemplaba la calle por un ventanal. Con aquella sonrisa enigmática, le había parecido tan perfectamente serena que Sara había sentido envidia de esa calma, un lujo del que había olvidado el gusto desde hacía ya mucho tiempo. Luego, cuando la desconocida se volvió hacia ella, Sara había reconocido a Xenia Osolin.

La vida a veces tiene esos recorridos estrambóticos. Al principio Sara había rechazado la posibilidad de viajar a París, pues no quería dejar a su familia, aunque tan solo fuera por unos días, pero Max la había animado a hacerlo. Le había parecido indispensable que ella fuera a recibir su recompensa. «Es necesario que tu nombre salga en la prensa —le había insistido—. Se hablará de ti. Es importante no permanecer en el anonimato.» Ella no se había atrevido a contradecirlo, pero dudaba de que su notoriedad implicara alguna diferencia en la suerte que se les reservaba a los judíos. Tras sus dos días de libertad en París se daba cuenta de hasta qué punto era irrespirable el ambiente en Berlín. La víspera, tras una noche en blanco, Sara había llegado a la conclusión de que tenía que hacer salir a su familia de Alemania. Su madre enferma no quería ni pensar en esa posibilidad para ella misma, pero la animaba a partir con los niños. En cuanto a Viktor, ya conseguiría convencerlo para que se fuera con ella. Y luego, al día siguiente, por el mayor de los azares, se había cruzado con aquella mujer cuyas fotografías decoraban el estudio de Max.

La había conmovido que Xenia percibiera su malestar y la arrastrara a la fuerza al aire libre, sin soltarle la mano ni siquiera mientras descendían por la escalera del pabellón. En su carrera se traslucía la vitalidad de las chiquillas traviesas que corren a jugar al fondo del jardín, pero también el ardor de dos mujeres que conocen la persecución y el miedo y que afrontan la vida sin bajar la vista. Dos mujeres que habían amado al mismo hombre.

Xenia la había llevado del brazo para subir hasta la plaza del Trocadero, y allí la había hecho sentar en la terraza de un café. El aire era cálido, la columna de la Paz se levantaba en un cielo en el que el sol poniente dibujaba trazos rosas. Xenia había llamado al camarero de bata blanca y le había pedido dos cócteles de vodka. Sara había querido protestar, pero la rusa había hecho un gesto desenvuelto con el que daba a entender que necesitaban un estimulante, y que nadie había inventado nada mejor que el vodka para recuperar las fuerzas. Divertida, Sara había cedido. Era agradable dejarse llevar, sobre todo cuando una tenía la costumbre de tomar siempre la iniciativa.

Xenia Osolin tenía una manera muy particular de imponerse. Bajo ese aire rebelde, la mirada gris se endurecía y el tono de su voz no toleraba ninguna contradicción. Pero esa autoridad, que habría podido resultar desagradable, desprendía una energía irresistible, y tras esas maneras autoritarias se adivinaban emociones más complejas. Cuando Xenia hablaba de los suyos, de su hija o de su hermano Kiril, su rostro resplandecía con una emocionada dulzura. De vez en cuando soltaba una risa espontánea, y su alegría era tan absoluta que resultaba imposible no compartirla.

Xenia se había interesado por la familia de Sara, por sus hijos, por Viktor. Había lanzado preguntas precisas con un *staccato* de ametralladora, pero luego había escuchado con mucha atención las respuestas. Con la mirada inmersa en los ojos de Sara, se habría dicho que el mundo no existía ya para ella. Se daba por entero en cada instante y su fervor poseía cierto embrujo. Max había captado y sublimado esa intensidad en sus fotografías y Sara había comprendido al fin por qué a él le resultaba imposible dar ese amor por zanjado.

Un año antes, turbado por haber coincidido con los Vaudoyer con ocasión de su estancia en Berlín, Max le había contado a Sara el destino de Xenia Osolin. Por primera vez también le había desvelado los secretos de su amor, la separación, el reencuentro unos años después y esa atracción que nunca se había debilitado. Por la mirada apagada y por los estremecimientos que recorrían el cuerpo de Max, Sara había adivinado que llevaba consigo como un castigo diario la ausencia de la mujer a la que amaba.

—¿Qué sabe de él? —preguntó de pronto Xenia en voz baja.

Sara dio un respingo.

—¿Se refiere a Max?

—Claro.

Sara dudó. ¿Qué debía decirle? ¿Banalidades? ¿Tenía que explicarle que Max trabajaba de vez en cuando para Heinrich Hoffmann, el fotógrafo habitual de Hitler, que se había convertido en referencia obligada en el mundo artístico y que le confiaba la realización de retratos de dignatarios nazis o de adolescentes de las Juventudes Hitlerianas, dirigidas por su yerno, Baldur von Schirach? ¿Confesarle que Max había vuelto a romper con la última de sus amantes y que nunca permanecía más de unos meses con la misma mujer, cuando merecía algo mucho mejor que seguir siendo fiel a un amor improbable? Sin olvidar que pertenecía a ese puñado de personas íntegras que rechazaban en sus convicciones más íntimas la dictadura sangrienta. Pero eso era algo que nadie debía saber.

Irritada, Sara bebió un trago de su cóctel. A su alrededor, los parisinos aprovechaban el buen tiempo. Sus voces alborozadas resonaban en las mesas de las terrazas atestadas. Coches descapotables rodeaban la plaza para dirigirse al Bois de Boulogne, donde los restaurantes permanecerían abiertos hasta altas horas de la noche. Las mujeres llevaban trajes de chaqueta con mangas *gigot*, vestidos de verano con grandes lazos a la espalda, con profusión de flores naturales o de tela prendidas en los cuerpos, las muñecas o los sombreros. Durante ese verano, la parisina se soñaba romántica. «Porque solo ella puede permitírselo», pensó Sara con amargura. Y de golpe sintió un sobresalto de cólera hacia las personas que contemplaban como espectadores complacientes el drama que tenía lugar al otro lado del Rin, hacia los que permitían que Hitler rearmara el país impunemente, denunciara los tratados internacionales y persiguiera a inocentes.

—Max sufre porque usted lo abandonó y porque no consigue olvidarla —respondió por fin en tono seco.

Xenia palideció. En sus ojos se encendió una chispa de cólera. Era evidente que no estaba acostumbrada a que la desafiaran.

—No entiendo a qué se refiere —protestó encogiéndose de hombros.

—¡Claro que lo entiende! —replicó Sara, exasperada—. Tendrá que perdonarme, pero no dispongo de tiempo que perder. Mañana por la mañana vuelvo a Berlín en tren. En mi país se tortura y se asesina a la gente en campos de concentración. Atormentan a mis hijos. Quieren arrebatarme mis bienes a cambio de un mendrugo. Me han privado de mis derechos civiles. Se me prohíbe la entrada a ciertos restaurantes y no puedo ni sentarme en la terraza de un café como estamos haciendo ahora. Mis amigos arios corren graves peligros por el solo hecho de verse conmigo. Supongo que entenderá por qué he aprendido a ir al grano.

Tomó aliento y pensó que había adquirido cierto ascendiente sobre Xenia Osolin, pues esta la contemplaba muy seria.

—Max la ama. Raramente he visto un amor como el suyo. La ama desde que vino a París a reencontrarse con usted hace una década. Ignoro por qué no quiso usted aceptar ese amor. Tendrá sus razones, y yo las respeto. Pero no puedo evitar entristecerme por la soledad de ese hombre al que también yo he amado, y al que dejé porque no era la mujer que él necesitaba.

Sara bajó la cabeza. El recuerdo de su juventud surgió de golpe, con toda la fuerza de la despreocupación y el gusto por la libertad, con tantas engañosas promesas de un porvenir radiante... ¿Qué quedaba en esos momentos de todo aquello? Restos, nada más.

—¿Y cómo supo que no lo era? —preguntó Xenia, afectada.

—Lo presentí. Habríamos podido casarnos. Mi padre no se habría opuesto a nuestra unión. El de Max quizá esperara algo mejor para el único varón que le quedaba, pero Max siempre ha sido muy independiente. Sin embargo, personalmente sabía que nuestro amor no resistiría la prueba del tiempo. En aquel entonces no esperábamos las mismas cosas de la vida, y esas diferencias se habrían acentuado con el transcurso de los años. Cada historia de amor lleva implícita su duración natural. Unos días, unos meses, a veces una vida entera. La nuestra había finalizado. Y es que a mis ojos una ruptura no constituye necesariamente un fracaso. A veces hay que encontrar el coraje suficiente para concluir una historia dignamente y conservar el reconocimiento de lo que se ha compartido. Preferí privilegiar el sentimiento que nos unía antes que forzar el destino. Y no lo lamento —confesó Sara con una sonrisa—. Cuando conocí a mi marido supe que era con él con quien quería proseguir mi vida. Me gusta su integridad. Su grandeza de alma. Y me ha dado los hijos con los que soñaba. Max también le habría dado todo eso, Xenia. Contrariamente a lo que ocurría en mi caso, creo que usted era su alma gemela.

Xenia se sintió intimidada por la generosidad de esa mujer, por su inteligencia respecto al amor, que le daba una lección de humildad. Aun así, no sabía qué hacer con semejante emoción.

—Él me dio ese regalo... —murmuró Xenia por fin, angustiada—. Es el padre de mi hija. Habíamos discutido. Cuando descubrí que estaba embarazada no tuve fuerzas para ir en su busca. Era más fuerte que yo... ¡Me parecía tan exigente, tan insaciable! Lo que sentía por él era demasiado confuso, ¿me comprende? Me daba la impresión de que ya no controlaba nada. Entonces me forjé otra vida. Evité a Max porque era peligroso para mí. Por cobardía, quizá. Y seguramente por egoísmo.

Xenia se mordisqueó el labio. De pronto le parecía esencial que Sara Lindner la comprendiera, pero no encontraba las palabras precisas para explicarse y detestaba las justificaciones. Adivinaba confusamente que se había dejado cegar por una forma de orgullo y sentía la necesidad irracional de confiarse a esa desconocida.

—Perdóneme —dijo por fin, molesta—. No sé por qué le he explicado esto. Es completamente absurdo. Nadie está al corriente. Excepto mi marido, claro está. Nunca antes había hablado de este asunto.

Xenia sintió un escalofrío. ¿Por qué había confesado ese secreto tan íntimo? Tuvo la impresión de haber pecado de falta de delicadeza. Con lo que detestaba la sensiblería, se echó a llorar. Súbitamente deseó levantarse de allí y huir. Como si lo hubiera adivinado, Sara puso una mano sobre su brazo para retenerla.

—No puede volver atrás, Xenia, pero hay que pensar en el futuro. Hace años que se nos vaticina la guerra. Las personas inteligentes saben que es ineluctable. Hay que centrarse en lo esencial mientras todavía estamos a tiempo. No puede seguirle ocultando a Max algo tan importante.

—Eso es imposible —replicó Xenia, alarmada—. Él no me lo perdonaría nunca. No comprenderá que haya permitido a otro hombre educar a su hija. Intenté decírselo cuando volvimos a encontrarnos, pero tuve miedo. Max se pondrá furioso. Usted ya sabe la importancia que le da al honor. Creerá que lo he traicionado. Y no sé si yo podría soportar la idea de que me odie.

Al contemplar tanta desazón, Sara se sintió aliviada. Al hilo de la conversación había percibido en Xenia Osolin una armadura interior que la había asustado. Esa mujer había combatido sola demasiado tiempo para permitirse la menor debilidad. Sara, en cambio, estaba persuadida de que solo puede amarse con toda sinceridad si se deponen las armas, lo que sin duda exige valentía. Pero no todo estaba perdido, puesto que Xenia poseía la generosidad suficiente para cuestionarse a sí misma.

—Max es incapaz de sentir odio. Es un sentimiento que le resulta extraño. Seguramente se entristecerá. Montará en cólera. Pero si tiene la valentía de decirle la verdad, como ha hecho hace un momento, la perdonará. Es un hombre de una rara cualidad. Dígaselo antes de que sea demasiado tarde, Xenia.

Sara hizo un esfuerzo para no decir nada más. Max le había hecho prometer que no le hablaría a nadie de su compromiso en el seno del Círculo Ágora. Se arriesgaba a que lo denunciaran, a una parodia de proceso y al internamiento en un campo de concentración. Quizá incluso a una de esas ejecuciones salvajes que tanto complacían a los nazis. Pero Sara veía que Max no lo temía tanto por él como por los que pudiera arrastrar en su caída. Nada lo ataba de verdad a la vida. Había encontrado una causa que defendería hasta que el régimen hitleriano fuese derrocado, pero a Sara le daba miedo esa temeridad ciega nacida de la desesperación.

—Escúcheme bien, Xenia. Un día, Max la necesitará —afirmó con severidad apretando tanto la muñeca de la joven que hasta le hizo daño—. Y cuando ese día llegue, no podrá abandonarlo. Se lo debe.

La carta llegó con el correo de la mañana unas semanas más tarde. Cuando Xenia la vio, la dejó caer sobre la mesa, como si el sobre le quemara los dedos. Los numerosos sellos extranjeros se solapaban, el orden de la calle y el número del inmueble estaban invertidos y no se trataba de la hermosa caligrafía de Sasha, sino de la escritura dubitativa de alguien que no conocía bien las direcciones postales francesas. Una maldita carta que transpiraba desgracia.

En la estancia contigua Natasha tomaba sus lecciones de piano. Las falsas notas puntuaban el estudio de Chopin en el que su profesor la hacía trabajar desde hacía días. Al sentir cierta pesadez, Xenia quiso sentarse a la mesa de su despacho. Temía recibir esa carta desde que Sasha partiera unos meses antes, pero en el fondo de su ser conservaba la esperanza de que algún día volviera a llamar a la puerta. Sabía que su tío había partido para revivir, y por tanto para morir, y ella le había dado su bendición. Pero no podía evitar albergar cierto resentimiento hacia él.

Palpó el sobre casi transparente y tomó su plegadera. Algunas líneas en cirílico garabateadas a toda prisa por uno de los compañeros de Sasha recordaban su coraje en el seno del destacamento de los voluntarios rusos, celebraban el recuerdo de un hombre excepcional, oficial valeroso que creía ardientemente que la victoria de los franquistas en España no era más que un primer paso hacia la liberación de la patria rusa... Un amigo, también, antes que cualquier otra cosa, de una generosidad sin igual... Las líneas se volvieron borrosas ante sus ojos. De modo que Sasha había muerto tal y como había deseado: respetado por sus iguales, amado por sus hombres. Había muerto feliz, y quizá fuera esa su mayor victoria.

Dobló cuidadosamente la carta y volvió a deslizarla en el sobre. Kiril la leería a su vuelta de las clases de Derecho, y luego se encerraría en su habitación para llorar a su tío. Por orgullo, ocultaría su pena a su hermana, a su cuñado y sobre todo a Natashenka. Y Xenia respetaría ese pudor. La muerte formaba parte de la vida. Esa era una lección que los Osolin habían aprendido hacía mucho tiempo.

Decidió ir a casa de Masha para comunicarle la noticia. Al contrario de Kiril, lo más probable era que su hermana sí necesitara consuelo. Después de avisar al aya de Natasha de que volvería a comer, se puso la boina y el impermeable y salió a la calle en busca de un taxi.

Cuando llegó al distrito XV llovía con ganas. Una ráfaga de viento se metió en la rue Lecourbe y volvió su paraguas del revés. Tuvo que batallar durante unos minutos hasta que pudo dominarlo. Las ruedas de una carreta pasaron por encima de un charco y le salpicaron los pies. Molesta, dio un salto y al fin pudo empujar la puerta del inmueble de Masha.

Subió los peldaños de dos en dos hasta el segundo piso y se puso a llamar al timbre con insistencia, mientras las gotas caían sobre el felpudo. Ninguna respuesta. ¡Vaya! Ojalá Masha no hubiera salido... No, su hermana no trabajaba los lunes por la mañana. Quizá se había quedado en la cama... «Mientras no esté Nikolái», se dijo de pronto Xenia, que no tenía ningunas ganas de coincidir con su cuñado, antes de recordar que se había ido a visitar a sus padres, que vivían en Niza.

—¿Quién es? —preguntó la voz de su hermana desde detrás de la puerta.

—Soy yo. ¡Abre! Estoy empapada y no quiero pillar un resfriado.

—No puedo abrirte ahora, Xenia. Vete a casa.

La sorpresa de Xenia fue tan grande que se quedó allí plantada con la boca abierta. Los rusos tenían la costumbre de presentarse de improviso en casa de los demás. Era impensable no recibir a un amigo o a un miembro de la familia.

—¿Bromeas? —insistió—. Tengo que decirte algo muy importante. Ábreme, te lo ruego.

—No.

—Se trata del tío Sasha. Tengo que hablar contigo, Masha.

Se produjo un silencio, y por fin la llave giró en el paño. La pequeña entrada estaba en penumbra. Xenia distinguió la silueta de su hermana envuelta en una bata. Masha le volvió la espalda y se dirigió a su habitación. Xenia dejó el paraguas y el abrigo mojado en la cocina, antes de reunirse con ella. Su hermana se apresuraba a vestirse en la oscuridad. Con un gesto brusco, Xenia accionó el interruptor.

—¡Dios mío! —exclamó estupefacta al descubrir el rosario de hematomas en la piel de su hermana.

—¿Qué haces en mi habitación? —gritó Masha apretando una camisa contra su pecho—. Por lo menos podrías tener el detalle de esperarme en la sala.

—¡Vuélvete! Quiero verte la espalda —ordenó Xenia.

Los labios de Masha se pusieron a temblar y sus ojos se llenaron de lágrimas.

—¡Por favor, Xenia, déjame! —suplicó.

Xenia no había sentido nunca semejante rabia. Apretó los puños para no echarse a gritar. De tener cerca a su cuñado, le habría sacado las tripas. ¿Con qué derecho osaba ese desgraciado levantarle la mano a Masha? Tomó aire para calmarse y no asustar todavía más a su hermana.

—Es demasiado tarde, Mashenka, lo he visto todo —declaró por fin con voz dulce—. Ya no es necesario que calles. Supongo que esto dura desde hace meses. Sabía que había un problema, pero nunca habría pensado en algo semejante. ¿Por qué no me habías dicho nada?

Masha no podía ni tenerse en pie. Temblorosa, se sentó en el borde de la cama. Las lágrimas se deslizaban por sus mejillas. Sin darse cuenta siquiera, arrugaba la camisa entre sus manos.

—Me daba vergüenza —murmuró.

Xenia se arrodilló ante su hermana y le tomó las manos. Dios sabía que Masha a menudo la había vuelto loca. Sus disputas habían sido memorables. ¿Cuántas veces le había cerrado su hermana la puerta en las narices, acusándola de ser orgullosa e insensible? ¿Y cuántas veces Xenia la había puesto de vuelta y media? Pero no iba a tolerar que nadie atacara a su hermana pequeña.

—Que un hombre te pegue no te ha de dar vergüenza, Masha. El monstruo es él. El culpable es él. No hay que pegar a una mujer. ¡Nunca! Es una cuestión de honor.

—No consigo hacer lo que él quiere —se lamentó Masha entre sollozos—. Y eso que lo intento, pero no soy como tú, y me equivoco. Nikolái me compara siempre contigo, y yo lo hago lo mejor que puedo para parecerme a ti, pero es imposible...

«Si alguna vez me cae entre las manos, ¡lo mato!», pensó Xenia fríamente. Con un dedo, levantó el mentón de Masha para obligarla a mirarla a los ojos.

—No tienes que parecerte a mí, cariño. Eres mucho más dulce y maravillosa que yo. Por Dios bendito, no has heredado nada de mi mal carácter. Nikolái Aleksándrovich no me habría soportado ni dos minutos si hubiese sido su mujer. No sé cuál de los dos habría estrangulado al otro primero. Probablemente yo —añadió, y le alivió comprobar que Masha esbozaba una sonrisa—. Y ahora, vámonos; esto se ha acabado. Vendrás a instalarte en casa para que te pueda cuidar.

—¡Oh, no! —protestó su hermana con los ojos azules muy abiertos—. Nikolái se pondrá furioso si no estoy aquí cuando vuelva.

—Escúchame bien, Masha, porque no te lo voy a repetir: ese hombre no tiene derecho a pegarte. No hay excusa ni explicación que valga. Ha cometido una falta y no lo toleraré. Y tú tampoco.

—¡Pero yo lo amo...! —gritó Masha entre renovados sollozos.

—Ya lo sé. No es la primera vez que me lo dices. Pero no puedo preocuparme de eso en este momento. Voy a preparar una maleta con tus cosas. De momento, te vienes a vivir conmigo. Luego ya decidiremos.

«Luego ya pedirás el divorcio —pensó Xenia—, y yo le haré entender a ese desgraciado que será mejor que nunca más se cruce en el camino de un Osolin.» No dudaba ni por un segundo de que su viejo amigo Yuri, con sus dos metros de altura, estaría encantado de hacer picadillo a esa miserable criatura.

Berlín, noviembre de 1938

Sara se incorporó bruscamente en la cama. Desorientada, con el corazón desbocado, escuchó el pulso de la sangre en sus oídos. ¿Había tenido una pesadilla? ¿Había gritado uno de sus hijos? Con mano febril buscó el interruptor de la luz del cabezal, pero no consiguió más que volcar un vaso de agua.

—¿Qué ocurre? —preguntó Viktor con voz soñolienta.

—No lo sé —dijo ella, aliviada porque la luz iluminaba al fin la estancia—. Algo me ha despertado. Voy a ver si los niños están bien.

Viktor masculló palabras incomprensibles y se volvió en la cama. El reloj de péndulo marcaba las cinco. Sara se levantó y se estremeció en el aire frío. Mientras se ponía la bata, un crujido sordo los sobresaltó a ambos. Viktor saltó de la cama. Sara abrió la puerta y se precipitó al pasillo. Oyó voces y golpes contra la puerta de entrada.

—¡Ocúpate de los niños! —gritó Viktor mientras bajaba la escalera.

—¡Ten cuidado! —le suplicó ella.

Una vez en la habitación de las niñas encendió la luz, corrió hacia la cama donde dormía su pequeña Dalia y la tomó en brazos.

—Lilli, despierta, cariño —le dijo a la niña de ocho años, que dormía profundamente.

Le sacudió el hombro, con el corazón en un puño. Tener que despertar a los niños para sacarlos de la cama a deshora, en plena noche de noviembre, antes de que la casa se recalentara, le parecía inhumano.

—¿Qué pasa, mamá? —preguntó Felix en el marco de la puerta, frotándose los ojos.

Su hijo de doce años, con su pijama azul, era el vivo retrato de su padre. Tenía la misma frente inteligente, la misma mirada dulce bajo una pelambrera oscura.

—Ayúdame a vestir a tus hermanas —le pidió Sara—. No quiero que se resfríen.

Pensaba con pavor en lo que estaría ocurriendo abajo, en el recibidor. Desde el momento en que había oído los golpes en la puerta había pensado en la Gestapo. Todo el mundo conocía esas horribles historias en las que los hombres de Himmler llegaban de improviso para detener a un inocente. «Habría tenido que irme antes —pensó—. ¡Es culpa mía!» Dedicó un pensamiento fugaz a todo el papeleo que se amontonaba sobre la mesa de la biblioteca. Desde hacía varios meses se esforzaba en reunir la veintena de documentos que la administración reclamaba para Viktor y para ella con el fin de poder partir de Alemania. Resultaba tan complicado obtener visados de entrada en un país de acogida como procurarse los papeles necesarios para salir del territorio. Las argucias de los funcionarios se asemejaban a un laberinto infernal. Por no hablar de la corrupción. Quizá fuera esa una de las revelaciones que más había sorprendido a Sara: había descubierto con estupor la gangrena que en esos momentos pudría todos los escalafones de la vida cotidiana.

Su cuerpo estaba paralizado por el terror, pero no se dejó llevar por el pánico y analizó la situación con lucidez. Al tiempo que imaginaba lo peor, se esforzó en rechazar imágenes demasiado violentas y se concentró en lo esencial. Su única obsesión era proteger a sus hijos y a su madre, que vivía en la otra ala de la casa. Pero de momento tendría que confiar en la enfermera, que seguramente se habría levantado en cuanto el primer grito había resonado en el jardín.

—Apresúrate —insistió Sara al ver que Lilli lloriqueaba porque su hermano le daba tirones en el pelo al obligarla a ponerse un suéter.

—¿Es la Gestapo? —preguntó Felix.

—No lo sé. Tu padre se ocupa de eso. Y ahora, seguidme.

Volvió a salir al pasillo con Dalia en brazos. Felix le daba la mano a Lilli. Llegaron a la escalera de servicio para bajar a la planta baja. En los meses anteriores, Sara había pensado en el mejor lugar en el que poder refugiarse en caso de urgencia. Viktor había querido convencerla de que lo mejor sería que se encerrara en el desván, cuya puerta era particularmente gruesa, pero ella había rechazado tal posibilidad. No quería encerrarse en casa con los niños. La simple idea de permanecer atrapada en el último piso, sin ninguna salida de emergencia, le daba una sensación claustrofóbica. Quería poder huir por el jardín. Una vez en el lavadero, se arrimó a la pared, apretando a sus hijos contra sí, y escuchó. No saldría en plena noche al exterior salvo si lo consideraba absolutamente imprescindible. El frío del suelo embaldosado subía por sus piernas desnudas y la oscuridad daba a los sonidos una amplitud espantosa.

Escucharon en silencio los gritos de los vándalos, el estallido de cristales rotos, los siniestros chasquidos. Podría decirse que una tormenta se había abatido sobre la casa. Tiempo atrás, los nazis habían ordenado que se retiraran las verjas que protegían los dominios particulares. Querían acceder con facilidad a las casas. Desde entonces, Sara había vivido con una gran sensación de inseguridad que se confirmaba en esa noche funesta. Lilli lloraba. Con su mano libre, Sara le acarició el cabello.

Mientras todavía dudaba en refugiarse en el cobertizo del jardinero, al abrigo de los árboles, un estruendo mayor que los demás hizo que los muros temblaran. No podía correr el riesgo de verse confrontada a esos bárbaros. Con un poco de suerte no irían a buscarlos por el jardín. Descolgó la llave prendida a un cordel y abrió la puerta.

—¡Seguidme! —ordenó a sus hijos.

Atravesaron el césped corriendo, ocultándose tras los árboles. Una vez llegados al cobertizo, Sara instaló a los niños tras la carretilla y las palas, dejó a Dalia en manos de Felix y les ordenó que no se movieran. Ellos obedecieron sin rechistar, con semblante espantado. A sus tres años, con los ojos arrasados en lágrimas, Dalia se agarraba al cuello de su hermano hasta casi ahogarlo.

Sara se acercó a la pequeña ventana y limpió el polvo y las telarañas de los cristales con la manga de su bata. Como los árboles se habían quedado sin hojas, podía vislumbrar una parte de la casa. Las ventanas de la planta baja estaban iluminadas y la puerta de entrada, abierta de par en par. Dos coches negros permanecían aparcados junto a la escalinata. Veía siluetas oscuras que se agitaban en el invernadero y en la biblioteca. Esos hombres volcaban los veladores, tiraban los libros por el suelo, destrozaban el mobiliario con barras de hierro. Uno de ellos levantó una butaca y la lanzó contra una ventana, que estalló en pedazos. El reloj de su abuelo se inclinó hacia un lado y se desplomó con gran estrépito sobre el suelo. Era una destrucción metódica, de una rabia y ferocidad que le hicieron contener la respiración. De pronto se abrieron las ventanas del primer piso y nubes de plumas escaparon por las ventanas abiertas. Agitados por los vándalos, las almohadas, los edredones y los colchones soltaban su plumón como si se tratara de una nevada. Conmovida, Sara pensó que tan solo unos minutos antes sus hijos, su marido y ella misma dormían en esas mismas camas. A los ojos de las hordas nazis no había nada sagrado. Después de haber privado a los judíos de sus derechos, de su trabajo, de las ayudas sociales, después de haberlos excluido de la comunidad alemana, atacaban simbólicamente lo más íntimo que tenían, su último refugio. La amenaza era implícita. Ya no estaban a salvo de nada. Ya ni siquiera dispondrían de un lugar tranquilo en el que apoyar la cabeza y dormir en paz. Al asistir al saqueo de su casa, Sara comprendió que el fin había llegado. La última esperanza de llegar a un acuerdo con los bárbaros, de conseguir llevar una existencia difícil pero decente en ese país en el que sus antepasados se habían establecido hacía dos siglos, se rompía ante sus ojos para siempre jamás. A partir de aquel momento ya no tendría elección. Para sobrevivir, tendría que llevarse a los suyos al exilio.

De pronto Viktor apareció en la puerta de entrada, custodiado por dos hombres con el uniforme negro de la SS que lo agarraban por las axilas, como si de un vulgar criminal se tratara. Por lo menos había podido ponerse un abrigo sobre el pijama. Sara se llevó las manos a la boca para no gritar mientras esos hombres obligaban a su marido a subir a la parte de atrás de uno de los automóviles y cerraban las puertas. El chófer gritó una orden. Cuatro hombres salieron corriendo, dos de los cuales transportaban unas bolsas al hombro. Se metieron en el segundo automóvil, que arrancó a toda velocidad. Los faros barrieron el cobertizo y Sara bajó instintivamente la cabeza para que no la vieran. Una vez pasado el peligro salió de su refugio y vio que descendían como una exhalación por el camino, pisando el césped, antes de girar y desaparecer.

Estaba tan impresionada que se quedó allí temblorosa, incapaz de reaccionar. ¿Por qué razón se habían llevado a Viktor? ¿Qué había hecho? No se le ocurría ninguna actividad que los hombres de la Gestapo pudieran considerar sediciosa. Desde que lo habían expulsado de la universidad prácticamente no salía de casa.

El edificio se alzaba ante ella, abierto a los cuatro vientos. Las cortinas ondeaban por fuera de las ventanas abiertas, los cristales rotos cubrían el suelo, junto a la fachada. De pronto, con gran sobresalto, pensó en su madre, pero por fortuna las tres ventanas de su piso seguían cerradas. Quizá no les había dado tiempo a aterrorizar a la anciana...

—¡Mamá, tengo frío! —dijo Lilli apretándose contra ella.

—¡Estarás helada, pobrecita mía! Y Felix y Dalia también. Vamos a entrar en casa y nos haremos un chocolate bien caliente. Debe de quedar algo de pan, también. Venid, venid con mamá.

Su cuerpo entero gritaba de miedo y cólera, era presa de un pánico que nunca había sentido... pero Sara no derramó ni una sola lágrima. Sonrió con calma a sus hijos y tomó a Dalia de los brazos de Felix. Con la cabeza alta, descalza, la joven volvió hacia su casa devastada.

Unas horas más tarde, la insistencia del timbre del teléfono sacó a Max de un sueño profundo. Descolgó refunfuñando, con la cabeza abotargada y malhumorado. Nunca había sido madrugador, y apenas distinguía las luces matinales entre las cortinas.

—¡No nos equivocábamos! —exclamó Ferdinand—. En cuanto ha muerto han desatado un pogromo. ¡Es increíble!

—¿Quién ha muerto? —preguntó Max con la boca pastosa.

—¡Ernst von Rath, imbécil!

Max se incorporó en su cama de inmediato, volviendo a la realidad. Tres días antes, un joven judío emigrado a París había disparado sobre un diplomático alemán en la capital francesa para llamar la atención del mundo sobre la lamentable suerte de los judíos de origen polaco que los nazis habían reconducido brutalmente a la frontera unas semanas antes. Los polacos no les habían dejado entrar en su territorio. Errantes entre los dos países, amontonados en campamentos improvisados, con un frío glacial, sin nada que llevarse a la boca, sin medios para abrigarse, muchas mujeres, niños y ancianos habían sucumbido a las deplorables condiciones. La familia de Herschel Grynzpan se encontraba entre esos desgraciados, y de ahí su gesto de desesperación. Mientras el secretario de la embajada luchaba contra la muerte, los diarios alemanes se habían levantado en un torrente de indignación y odio contra el «cobarde y odioso atentado», añadiendo que «la judería internacional desvelaba por fin su auténtico rostro».

—Las represalias eran de temer, pero nunca se habría podido prever nada semejante —prosiguió Ferdinand—. El decorado era propio de la Rusia del siglo pasado. He visto la sinagoga de la Fasanenstrasse en llamas. Los bomberos tienen prohibido intervenir. Se contentan con verificar que los edificios alemanes circundantes no ardan. La SA y la SS saquean las tiendas. Las aceras de la Kurfürstendamm están llenas de cristales rotos. Detienen a los judíos a centenares. Acabo de llegar al despacho y ahí fuera tengo a una cola de gente esperando a que los atienda.

—¡Dios mío, no es posible! —exclamó Max, impresionado, mesándose el cabello con mano nerviosa.

—Ven luego a mi despacho. No creo que pueda salir de aquí hasta muy tarde. La gente está aterrorizada. Tengo que ayudarlos a conseguir sus papeles. Salud, amigo mío.

Ferdinand colgó. Sin perder un segundo, Max puso agua a calentar para hacerse un café, se dio una ducha, lanzó improperios diversos cuando se cortó al afeitarse, se puso ropa de abrigo y corrió al exterior con la cámara en ristre.

Su amigo no lo había engañado. Bajo el cielo blanco y cegado de esa mañana del 10 de noviembre de 1938, las llamas se elevaban de las cúpulas de diversas sinagogas entre el olor a gasolina y a madera quemada. Los peatones observaban en silencio, con los brazos caídos. Unos rostros parecían más herméticos que otros, pero nadie protestaba. ¿Por cobardía, por miedo? Era difícil saber cuántos soplones había entre la multitud...

Max recorrió el barrio apresuradamente. Todos los escaparates de los comercios judíos estaban rotos. Ante uno de los establecimientos, los SS obligaron a un propietario a recoger los cristales con las manos desnudas. El viejo obedeció, y en cuestión de segundos las manos le quedaron cubiertas de sangre. Los curiosos se echaron a reír y abucheaban al hombre. Asqueado, Max llamó a un taxi y le indicó que lo llevara a los almacenes Lindner. Con la nariz pegada al cristal, asistió al mismo espectáculo desolador de calle en calle.

—También se han producido muchos arrestos —le informó el chófer con aire dubitativo, mirándolo desde el retrovisor.

Ferdinand le había pedido muchas veces que mantuviera la boca cerrada y no dejara transparentar sus emociones, pero Max no podía permanecer en silencio. Esa destrucción con destinatarios tan concretos, de tan inusitada violencia, le producía el mismo efecto que una oscura pesadilla. ¿Cómo era posible que las autoridades de un país que se decía civilizado se entregaran a semejante infamia y permitieran los ataques a personas inocentes?

—¡Es una vergüenza! —exclamó mientras ametrallaba con su Leica las escenas callejeras.

—Es verdad, señor —contestó el chófer con su fuerte acento berlinés—. A mí los judíos no me gustan. Nos han creado toda clase de problemas, desde siempre, y estoy de acuerdo en que hay que castigarlos. Pero así no... No, así no.

—¡Déjeme aquí mismo! —pidió Max mientras doblaban por la esquina y llegaban ante los almacenes Lindner.

Pagó, se apresuró a bajar y se abrió paso entre la multitud de curiosos. Armados con palos y barras de hierro, algunos miembros de las Juventudes Hitlerianas se dedicaban a romper los altos escaparates que se resquebrajaban con crujidos siniestros antes de desplomarse en una lluvia de cristales. En el suelo reposaban las pancartas con la advertencia TIENDA JUDÍA que Sara se había visto obligada a colocar en los escaparates. Por las puertas giratorias o los escaparates destrozados salían los vándalos entre risas, llevándose mercancías sin ningún reparo. Diversos camiones estaban estacionados ante las puertas y oficiales de la SS obligaban a algunos empleados de los almacenes a subir a ellos.

Desesperado, Max se preguntaba si Sara habría llegado ya a su despacho. Como el gobierno había prohibido que los judíos emplearan a criadas arias de menos de cuarenta y cinco años, había tenido que prescindir de su cocinera y del aya. La joven judía que ahora trabajaba para ella no sabía conducir. Por este motivo, era la misma Sara quien dejaba a los niños en la escuela por la mañana. Con un poco de suerte, todavía se encontraría en casa, a buen recaudo.

«Espero que a estos cabrones no se les ocurra prender fuego...», pensó atemorizado. Pero conociendo a los nazis, era muy probable que hubieran dado la orden de salvar los comercios que pudieran reportar ganancias. Sabía que no servía de nada rebelarse, que era inútil hacerse detener por la policía. Resignado al fin, se irguió, casi en posición de firmes, y rindió homenaje así, de una manera tan inútil como absurda, a la memoria de Saul Lindner, el padre de Sara, uno de los hombres más distinguidos e inteligentes que había tenido el honor de conocer. Pensando en él con un fervor cercano a la plegaria, Max von Passau le pedía perdón.

Una media hora más tarde, cuando ya no quedaba ni un escaparate intacto y con toda la planta baja saqueada, los asaltantes se alejaron por fin, dejando tras de sí un espectáculo de terror y desolación. Los camiones habían partido llevándose a decenas de empleados hacia los cuarteles de la Gestapo diseminados por la ciudad. Mientras los curiosos se iban uno tras otro para retomar sus pequeñas vidas tranquilas, Max penetró, con el corazón acelerado, bajo la alta cristalera. De la pirámide de cristal famosa en todo el mundo no quedaba nada aparte de los desoladores fragmentos de los cristales de Bohemia y venecianos y de las porcelanas de Meissen. Algunas dependientas aterrorizadas se abrazaban en un rincón, sollozando. Los mostradores de pañuelos dejaban escapar retazos de seda de colores vivos que se arrastraban por el suelo. En una pieza vecina, la fuente de perfumes había quedado reducida a fragmentos. Los preciosos líquidos caían sobre las baldosas de mármol y los aromas embriagadores picaban en la garganta. Alguien había conseguido extinguir el inicio de un incendio y se paseaba entre charcos de agua. Diversos maniquíes de cera habían quedado tendidos en el suelo, con los miembros desnudos en grotescas contorsiones. Les habían arrancado los vestidos, abrigos o chaquetas de punto. Con los rostros pálidos, algunos empleados intentaban en vano poner orden, recogiendo un sombrero o un bolso que luego sostenían con aire dubitativo. Uno de ellos había ido a buscar una escoba y en aquel momento ya no sabía qué hacer con ella.

Max regresó al vestíbulo de la entrada. Desolado, se inclinó para recoger un pedazo de amatista que había pertenecido a la decoración de la pirámide y que había sobrevivido milagrosamente a la destrucción. Luego lo dejó con cuidado sobre un mostrador. Al volverse vio a Sara bajo la cristalera, con su abrigo marrón con forro de visón. Bajo el sombrero negro, su rostro seguía impasible. Miraba a su alrededor sin ahorrarse nada, sin rechistar.

—Herr Werner —dijo, y un hombre se acercó a ella a grandes pasos—. Como es evidente, hoy cerramos los almacenes. Que los empleados se organicen en equipos de limpieza. Se me ha dado a entender que no podía solicitar a mis empleados arios que retiren los escombros de la acera, así que debería pedir a los de confesión judía que hagan ese trabajo.

—Pero fräulein Lindner, ¡eso es imposible! —farfulló.

—¿Imposible? ¿Por qué?

—Los hombres de la SS se los han llevado detenidos a casi todos.

Por vez primera, el rostro de Sara se descompuso bajo el efecto del dolor, hasta tal punto que Max hizo un movimiento hacia delante. Ella lo vio, y aquellos ojos oscuros se detuvieron un instante sobre él, como si su sola presencia la reconfortara.

—En tal caso tendremos que recurrir a las mujeres —decidió ella con tono resuelto—. Frau Kaplan, ¿dónde está? —preguntó mirando a su alrededor. Una dama delgada y de cabellos grises acudió a su lado—. Lo siento mucho, pero tendremos que pedir voluntarias de entre nuestras empleadas para hacer ese trabajo tan penoso. Iré a ayudarlas en cuanto pueda.

—Sí, claro, fräulein Lindner —respondió la mujer, con lágrimas en los ojos.

—Y a todos ustedes, les pido buena voluntad —añadió Sara levantando la voz—. Soy consciente de las emociones y del miedo que sienten, y disponen de toda mi comprensión, de todo mi corazón... Pero tenemos un deber que cumplir. Hay que salvar lo que pueda salvarse, descontar los artículos robados o estropeados, y volver a poner orden. Lo conseguiremos. Con coraje y determinación. Les estoy muy agradecida a todos, desde este momento, por su cooperación. ¡Y ahora a trabajar, amigos míos!

Inmediatamente, unos y otros se dirigieron a sus secciones con una energía renovada. Las jóvenes vendedoras se secaron las lágrimas y se pusieron guantes y delantales. Los responsables de departamento empezaron a organizar sus tropas. En esos momentos cada uno sabía ya lo que tenía que hacer.

Cuando Sara se acercó, Max le sonrió. Quería felicitarla, decirle que la admiraba por su resolución y por su audacia, pero la mirada extraviada de la joven le impidió hablar.

—Max —murmuró ella con voz helada—. Han venido a casa de madrugada. Se han llevado a Viktor.

Con la llegada de la Navidad, la agenda de citas de Max reservada a los retratos de familia se apretaba cada vez más. La mayor parte de las familias berlinesas parecía querer fijar sobre el papel el recuerdo de una felicidad que les parecía cada vez más vulnerable.

Cada nueva anexión orquestada por el Führer conllevaba un rugido de cañones. Su política exterior era de una habilidad diabólica y suscitaba entre los alemanes una mezcla de espanto y admiración ante semejante audacia, a la que los países europeos asistían sin reaccionar. Sin embargo, tras la integración de Austria en primavera, la del territorio de los Sudetes había estado a punto de desencadenar algunas hostilidades. Con ocasión de la conferencia de Múnich en septiembre, reunida con toda urgencia a iniciativa del italiano Mussolini, Europa entera había contenido la respiración. ¿Aceptaría las condiciones el canciller del Reich? Aliviados, ingleses y franceses habían festejado triunfalmente el regreso de sus políticos, Chamberlain y Daladier, después de conseguir evitar un conflicto. El pueblo alemán, por su parte, había aclamado también estos acuerdos que garantizaban la paz en detrimento de su canciller, que se veía privado de una guerra contra Checoslovaquia. Pero, en los albores del año 1939, la tensión seguía exacerbándose.

El asistente de Max acabó de desplazar los proyectores procurando que la iluminación lateral y cenital armonizaran los rasgos de los modelos. Max acercó una pantalla con la intención de atenuar la luminosidad en las cabelleras rubias. Curiosamente, tenía la impresión de estar cegado por el brillo de las blusas blancas y de las pieles claras de los niños que se mantenían muy quietos ante el fondo blanco. Solo el adolescente de diecisiete años ataviado con el uniforme de las Juventudes Hitlerianas, que llevaba en brazos a su hermanita de pocos meses, aportaba un toque más oscuro al conjunto. ¡Lo que habría dado Max por borrar ese contraste odioso del uniforme y el brazalete con la cruz gamada! No le gustaba fotografiar a los niños en el estudio. Esas caras tan lisas no lo inspiraban. Para los retratos prefería la aspereza de los rasgos de un adulto, el instante en que una emoción se escapa del modelo y revela el secreto íntimo de un alma. No se fiaba de las trampas de la inocencia.

La niñera y el aya aguardaban sentadas en el salón, hojeando revistas. A pesar de la tranquilidad perfecta del adolescente y de los cinco niños que no dejaban de mirarlo, Max no lograba concentrarse para esa sesión.

—Toda la elegancia de Berlín desaparecerá con los judíos —constató una voz femenina con un suspiro.

Max se volvió. No había oído entrar a Magda Goebbels, que en esos momentos contemplaba el tablero donde había expuesto una serie de fotografías de los vestidos más espectaculares concebidos por Sara en esos últimos años. En bastantes casos habían figurado en la portada de las revistas femeninas. Como conocía el gusto de frau Goebbels por el lujo y la elegancia, no le sorprendía que hubiera reconocido enseguida el sello Lindner. Pero ¿qué significaba en realidad esa observación sibilina? ¿Echaba en falta simplemente la época en que aprovechaba el talento de los modistos judíos o se reconocía afectada por el destino trágico de esas víctimas de las que su marido era uno de los perseguidores más activos? Max dudaba mucho de su compasión. Instalada en una magnífica propiedad en el Wannsee, cuyos propietarios judíos habían sido desposeídos por Goebbels, Magda se desplazaba en un coche deportivo, navegaba en su velero por el lago y pasaba las vacaciones en sus diversas residencias de campo, cuando no en una casa de reposo. Las consecuencias nefastas del antisemitismo no parecían ser una de sus preocupaciones.

Con su traje de chaqueta negro que avivaban una blusa de seda blanca y un collar de perlas, la que se consideraba como la primera dama del Tercer Reich mostraba una expresión de cansancio y una mirada azul ausente. Max pensó en los rumores que corrían de boca en boca. Era de todos sabido que frau Goebbels ya estaba harta de las infidelidades incesantes de su marido. La última aventura hasta la fecha del ministro de Propaganda con la joven y encantadora actriz Lida Baarova tomaba un cariz más serio que angustiaba a su mujer, y más aún cuando él se mostraba abiertamente con su amante. Humillada, depresiva, debilitada por sus continuos embarazos, Magda pensaba en divorciarse, pero se decía que el Führer no tenía ninguna intención de consentir tal cosa. Quien recibía a su lado en la imponente cancillería acabada de estrenar de la Wilhelmstrasse había sido la primera mujer en ser condecorada con la «cruz de honor de la madre alemana», en homenaje no solo a su numerosa progenitura, sino también a su impecable dignidad aria, y el Führer no quería que de buenas a primeras quedara destruida esa imagen idílica de una mujer bella, sana y maternal. Solo Emmy Goering podía rivalizar con ella. «Así que Magda se consuela en los brazos de Karl Hanke —le había confiado Marietta a su hermano con aire divertido—. Es un secretario de Estado de su marido. Un *chevalier servant* la mar de conveniente en todos los aspectos, solo que ella lo encuentra intelectualmente limitado. La inunda de cartas apasionadas.»

—Espero que mis hijos se porten bien —dijo Magda Goebbels con una sonrisa.

—Se portan muy bien, señora —respondió Max—. Son unos óptimos modelos.

Ella pasó por detrás de un foco, con cuidado de no tropezar con los cables, y tomó a su bebé de los brazos del hijo que había tenido con su primer marido, el rico industrial Günther Quandt. Acostumbrada a posar, se instaló en el sillón con el bebé en brazos, y su hijo mayor se colocó detrás de ella y le puso una mano en el hombro.

Max comprobó que todo estaba en su sitio. La época quería blanco, mucho blanco. El color virginal era habitual en la moda, en la decoración y en las investigaciones artísticas, como si se tratara de la búsqueda desesperada de una pureza inaccesible, pero la sangre no dejaba de correr, tanto en las tierras de España como en el universo soviético o en los campos de concentración nazis. «El decenio de la mentira», pensó Max con amargura mientras todos aquellos niños lo miraban con expresión dócil. Cuando estuvo satisfecho con la pose, les pidió que sonrieran y apretó el disparador.

Unos días más tarde, nevaba sobre Berlín. Por las ventanas del piso de Max se veía danzar los copos espesos. En el salón se alzaba el abeto decorado con guirnaldas. Los leños crepitaban en la chimenea. El ambiente era cálido en la estancia con aromas de canela y especias. Habían preparado un pastel para la merienda de los hijos de Sara. Max había conseguido la mantequilla suficiente para confeccionarles un postre digno de ese nombre. Desde hacía varios meses los alemanes sufrían restricciones de alimentos y se las arreglaban con cartillas de racionamiento. «Así, por lo menos, cuando llegue el momento ya nos habremos acostumbrado», ironizaba Sara.

En ese atardecer se encontraba solo en el salón, con un libro abierto sobre las rodillas, esperando a que la joven volviera. Tras el asalto a su hogar, Sara había aceptado mudarse por un tiempo a casa de Max con sus hijos y su madre. El piso era lo bastante grande como para acoger a todo el mundo, aunque Max tuviera que dormir en el sofá de la sala. Sara no solo se había visto despojada de su residencia, cedida a un dignatario nazi por una suma irrisoria, sino que además había tenido que iniciar gestiones obligatorias para vender los almacenes Lindner. De hecho, aquel mismo día le habían dado cita para firmar los últimos formularios. Hubiera deseado acompañarla, pero ella se lo había prohibido. Ya se exponía bastante alojándolos en su casa, decía.

Tras el pogromo de principios de noviembre, el régimen había tomado medidas aún más drásticas contra los judíos, que habían sido condenados colectivamente a pagar mil millones de reichsmark al Estado. Todos los reembolsos abonados por las aseguradoras por los daños sufridos tenían que restituirse a las autoridades, y los gastos de las reparaciones incumbían en exclusiva a los judíos. Una ráfaga de decretos los privaba de permisos de conducir, les prohibía el acceso a los cines, museos y otros lugares públicos, y excluía a sus hijos de las escuelas alemanas. Finalmente, se les condenaba a vender sus comercios y empresas. Excluidos de la vida económica y social, tratados como parias, los candidatos al exilio se multiplicaban.

Sara había reunido por fin los papeles necesarios para exiliarse a Francia, pero no quería dejar Alemania mientras Viktor estuviera prisionero en el campo de Sachsenhausen, no lejos de Oranienburg. «A treinta kilómetros de Berlín, que es como decir en el fin del mundo», mascullaba Max. El hecho de que Sara se negara a partir lo inquietaba muchísimo. Habría preferido que ella se pusiera a salvo cuanto antes. Le había prometido ocuparse de Viktor, y de hecho no comprendía por qué no era posible obtener su liberación, puesto que los nazis dejaban libres a los judíos que poseían la documentación para salir del territorio. Para Ferdinand y para él era todavía más penoso, pues estaban al corriente de las terribles condiciones en que los SS tenían a los prisioneros. Algunos lograban salir, aunque física o mentalmente rotos. Sumergido entre informes, Ferdinand porfiaba cuanto podía con funcionarios tan quisquillosos como corruptos.

Max se miró el reloj. Sara estaría al caer. Sonó el teléfono, lo que le hizo dar un respingo. La línea chisporroteaba.

—¿Max? ¿Eres tú?

Al oír esa voz melodiosa con su acento tan particular le invadió una oleada de felicidad. El tiempo pasaba, pero seguía siendo igual de vulnerable. Se apoyó en la pared, aturdido.

—Sí.

—Estoy contenta de oír tu voz —dijo Xenia—. Esta mañana he recibido tu carta. Evidentemente que los acogeré. ¿Cómo puedes dudarlo? Se llaman Felix y Lilli, ¿verdad?

—Sí. Tienen doce y ocho años. Sara nunca aceptará abandonar Berlín sin su marido, ni separarse de la pequeña, pero quiero convencerla para que deje que los dos mayores se vayan. La situación aquí se ha vuelto imposible. Como no tiene familia en Francia, he pensado en ti. Eres mi único recurso.

—De lo que no estoy segura es de que ella acepte confiarme a sus hijos —declaró Xenia con voz insegura.

—¿Por qué? Yo tengo confianza en ti.

Se produjo un silencio al otro lado de la línea. El auricular crepitaba en su oído de manera desagradable.

—¿Me oyes, Xenia?

—Sí, sí, te oigo —se impacientó ella antes de proseguir con voz apremiante—: Dile a Sara que sus hijos son bienvenidos en mi casa. Que aquí estarán a salvo hasta que ella venga con su marido y la pequeña. Tienes que convencerla, Max. Es importante. Lo que pasa en vuestro país es terrible.

—Sí, lo sé. Voy a hablarle del asunto esta noche, te mantendré al corriente... Y tú, dime, ¿cómo estás?

Ella volvió a callar. Max dibujó su silueta de memoria, lo mismo que los rasgos de su cara, y respiró su perfume, y la deseó. Un deseo loco, irracional. Se culpó por esta debilidad y sintió una punzada de orgullo por el amor inalterable que esa mujer le inspiraba.

—Todos los días pienso en ti —confesó ella con voz grave.

Max no se lo esperaba. Pero es que Xenia siempre sería imprevisible, rebelde a las conveniencias que se inclinaban por inventar cumplidos y mentiras para enmascarar una verdad profunda.

—Te amo —declaró Max.

Ella no respondió, naturalmente. Fiel a sí misma.

—Espero a los niños, Max. Si quieres, puedo ir a Berlín a buscarlos. Si Sara prefiere... Lo dejo en vuestras manos. Tenme al corriente.

—Gracias —murmuró él—. Gracias de todo corazón. Hasta pronto.

Cuando colgó el auricular, los gritos alegres de los hijos de Sara llegaron desde la habitación del fondo del pasillo.

Una hora más tarde, la llave giró en la cerradura y Sara entró en el piso. Max observó cómo se quitaba el abrigo, su sombrero oscuro, los guantes... Frente al espejo se alisó el cabello. Se movía con infinita lentitud. Decenas de preguntas le quemaban los labios, pero permaneció silencioso, como si temiera que una palabra desafortunada pudiera hacerla estallar en pedazos. Cuando su amiga se volvió hacia él, percibió en ella una mirada sin brillo.

Sara se acomodó en un sillón, cerca de la chimenea. Sin pronunciar palabra, Max le tendió un vaso de whisky antes de colocarse frente a ella. No podía evitar sentirse grosero, torpe. De pronto le daba vergüenza estar frente a esa mujer que lo había perdido todo y a cuyo marido habían arrojado a la cárcel. Le daba vergüenza ser alemán, a él, el freiherr Von Passau, porque consideraba que Sara Lindner era tan alemana como él y que la castigaban injustamente por un crimen que no había cometido. Le daba vergüenza ser un hombre y no haberla podido proteger del sufrimiento que irradiaba ese cuerpo al que tanto había amado en otro tiempo. Se lo habían quitado todo: la casa, el trabajo, los bienes... todo, excepto la dignidad. Sin verter ni una sola lágrima, sin temblar, permanecía inmóvil, replegada sobre ella misma, como si rezara. Luego, lentamente, levantó los ojos hacia él.

—Ya está —anunció, con toda su fragilidad transparentándose en su cara—. Los almacenes Lindner ya no existen. La semana que viene verás otro nombre sobre la entrada. Se publicará un anuncio en los diarios para explicar que ahora se hallan en poder de arios respetables. ¿Sabes en quién pienso en estos momentos?

—En tu padre.

—Exacto. Y es como si me clavasen un puñal. Aquí —dijo llevándose una mano al corazón.

Max quiso decirle lo mucho que lo sentía, pero cualquier palabra se había convertido en irrisoria. Peor aún, habría sido insolente. «A esto nos hemos visto reducidos», pensó con amargura.

—Tengo que confesarte que me llevé una sorpresa cuando el nuevo propietario entró en la sala.

—Creía que se trataba de una empresa textil de Hamburgo —dijo él, sorprendido—. Ya sabes que quise estar entre los candidatos para rescatar tu parte. Habría sido una manera de protegerte hasta que esta historia siniestra acabe. Pero nunca aceptaron mi expediente.

—Y con motivo —contestó ella con aire irónico al tiempo que una chispa de luz volvía a iluminar sus ojos—. Alguien mucho más influyente que tú optaba ya al premio.

Un escalofrío recorrió el cuerpo de Max, mientras Sara tomaba un trago de whisky.

—No me irás a decir que...

—Pues sí. Kurt Eisenschacht es el nuevo propietario de los difuntos almacenes Lindner. A partir de hoy, tu hermana podrá hacer sus compras en su propia tienda.

Sara no podía ocultar su amargura. Max se levantó de un salto, se acercó a la ventana y apoyó la frente contra el cristal frío. Necesitó algunos segundos para recuperarse.

—Lo siento. Lo siento muchísimo. Te pido perdón.

—¡Pero bueno...! ¿Qué tendrás tú que ver con todo eso, Max? —dijo ella con una sonrisa crispada—. Por lo que sé, él aprovecha los acontecimientos para acrecentar su bonita fortuna. También se dice que está en buena posición para comprar el establecimiento de Nathan Israel. De cualquier modo, Marietta quizá ni siquiera esté al corriente —añadió levantándose—. Dudo mucho que su marido le cuente al detalle sus negocios... Bien, si me lo permites iré a acostar a mis hijos. ¿Tienes novedades de Ferdinand?

—No, pero me prometió que pasaría esta noche.

—La única buena noticia del día es que ahora puedo poner toda mi energía en sacar a Viktor de Sachsenhausen. No tengo nada más que hacer.

Ya era bien entrada la noche cuando Ferdinand llamó a la puerta. Estaba despeinado, con el sombrero y el viejo abrigo cubiertos de nieve. Max los llevó a la cocina para que no mojaran el suelo de la entrada. Cuando volvió a la sala encontró a su viejo amigo junto al fuego, calentándose las manos.

—¿Has cenado? —preguntó Max.

—No.

—Seguro que tenemos sobras. Voy a prepararte algo. ¿Hay novedades?

—Nada —replicó Ferdinand malhumorado—. Ahora mismo estoy bloqueado con este asunto de Viktor. Lo acusan por unos artículos en una publicación sionista de hace unos años.

—¡Pero eso es absurdo! Viktor es profesor de literatura. Lo que le interesaba eran Goethe y Schiller.

—Sí, claro, pero también fue joven y exaltado, como tú y como yo, querido amigo. Por desgracia, sus primeros escritos tuvieron cierto eco en su tiempo, y los servicios concernientes registraron su nombre. Como sabes muy bien, cualquier pretexto es bueno. Estoy inquieto —añadió Ferdinand en voz baja—. Me temo que no podré sacarlo de allí en los próximos días. Es necesario que Sara se vaya mientras sus papeles sigan estando en regla. Su visado para Francia pronto caducará. No podemos arriesgarnos a tener que iniciar de nuevo todas las gestiones desde cero. Eso sería peligroso.

—No partiré sin Viktor —aseguró Sara, que lo había oído todo desde el marco de la puerta—. Ni pensarlo. Lucharé hasta que me lo devuelvan.

—Sí, sí, lo sé... —suspiró Ferdinand—. A veces desearía que las mujeres tuvierais menos coraje. ¡Se diría que queréis amargarme la vida! No tengo ninguna intención de abandonar a tu marido, y espero que lo sepas. Pero el caso es que también puedo ocuparme de él si tú estás sana y salva en la otra orilla del Rin.

—Viktor necesita saber que estoy aquí —contestó ella con expresión obstinada.

Ferdinand sacudió la cabeza, indeciso entre la irritación y la inquietud.

—En tal caso, deja al menos que Felix y Lilli se vayan —pidió Max suavemente—. Tienes que ser lúcida. Has conseguido todos los papeles, los sellos, los visados, las autorizaciones...

Durante meses has tenido que arreglártelas para obtener todo eso. Ahora tienes que dejar que los pequeños se vayan. No puedes hacerles correr el riesgo de permanecer en un país que se ha vuelto loco.

La joven palideció y volvió a tomar asiento, lentamente. Sintió un estremecimiento.

—Pero allí no tengo a nadie —murmuró, desamparada.

—Xenia Osolin ha aceptado alojarlos en su casa —declaró Max—. Acaba de llamar. Me ha encargado que te diga que puedes confiar en ella, que los protegerá hasta que puedas reunirte con ellos junto con Viktor y Dalia.

—¿Y cómo es que ella está al corriente? —preguntó Sara, extrañada.

—El otro día le escribí para preguntarle si estaría dispuesta a hacerse cargo de Felix y Lilli. No lo ha dudado ni un segundo. Tendrás que perdonarme, pero he preferido tomar la delantera. Tienes que ser razonable. Te lo ruego, Sara.

La joven miró alternativamente a sus dos mejores amigos. Estaban pendientes de sus palabras, con una expresión ansiosa en la cara. Ella sentía como si la descuartizaran. ¿Podía dejar que sus hijos fueran a la casa de alguien a quien no conocían? ¿A un país extranjero? Pensó en los niños judíos que habían sido acogidos en Inglaterra. En las fotografías de esas niñas y de esos muchachitos embutidos en sus ropas de invierno, con carteles alrededor del cuello. En sus miradas perdidas. ¿Tenía derecho a infligir a sus propios hijos ese mismo desgarramiento?

—Es necesario, Sara —insistió Max con voz firme—. Tú quieres quedarte por Viktor, y eso nadie puede reprochártelo. Tampoco se te puede obligar a separarte de Dalia. Es demasiado pequeña. Pero los dos mayores tienen que partir. Ahora.

Sara volvió a pensar en Xenia, en su emoción cuando la joven le había hablado de su propia hija, que tenía la edad de los suyos. La hija de Max, de la que él lo ignoraba todo. Y era como si esa madre, que también había conocido el exilio, la llamara por su nombre y le suplicara que escuchara la voz de la razón. A Xenia Osolin se le podía reprochar que fuera intransigente y egoísta.

Podía reprochársele que no estuviera a la altura del amor que le profesaba un hombre de corazón puro. Pero nunca nadie podría dudar de la valentía y de la determinación de la rusa blanca. Si había alguien en el mundo a quien Sara Lindner confiaría a sus hijos con los ojos cerrados, esa persona era Xenia Osolin.

—Muy bien —consintió con la cabeza bien alta, de modo que el alivio se reflejó enseguida en la expresión de los dos hombres—. Felix y Lilli viajarán a París.

CUARTA PARTE

En una carretera de Francia, junio de 1940

Bajo el cielo azul y sin nubes, los campos de trigo se extendían a uno y otro lado de la carretera. Una larga fila de coches, carretas, landós, camiones y bicicletas se prolongaba hasta el infinito. Las manchas de rojo vivo de los edredones atados sobre los techos de los vehículos estallaban aquí y allá, como amapolas. Xenia, exasperada, abrió la puerta y se levantó sobre el estribo del automóvil. La heterogénea caravana se mantenía desesperadamente inmóvil, temblorosa a lo lejos en la bruma de calor. Los únicos que avanzaban eran los peatones, con la cabeza baja y arrastrando los pies. Se sabía que venían de lejos, de Amiens, de Lille, de Sedan o de Rouen. En sus caras hurañas se leían miedos indecibles. Parecía que ese verano toda Francia se había echado a andar. Viejos, locos, prisioneros encadenados, campesinos inquietos por su ganado abandonado, mujeres vestidas de domingo con tacones demasiado altos, niños agarrados a las faldas de sus madres, soldados errantes... Xenia había intentado incorporarse a la multitud para avanzar un poco, pero un militar encargado de la circulación la había llamado al orden: estaba prohibido adelantar. De cualquier modo, ese tramo de la carretera era infranqueable. Mujeres con sombrero y hombres en mangas de camisa se habían sentado en los arcenes. Algunos dormían, agotados. Los niños jugaban entre la polvareda. «Estamos atrapados en una ratonera», pensó la joven levantando los ojos hacia el cielo. Ningún avión enemigo, de momento...

Había preferido evitar el tren, porque la Luftwaffe bombardeaba preferentemente las estaciones y las vías férreas, pero había acabado por preguntarse si la elección había sido la correcta.

Gabriel había obtenido un salvoconducto que le permitía salir de la capital por una carretera reservada a los militares, lo que le había hecho ganar unas horas preciosas mientras se desviaba a los civiles por otro camino. Había salido en plena noche de París: después de oír que la radio anunciaba la caída del gobierno, había gastado el tiempo preciso para cerrar las maletas preparadas desde hacía semanas, por mucho que Gabriel clamara que no superarían el Marne ni atravesarían la región del Somme. «¡Y no hay que olvidar la Línea Maginot!», había murmurado Xenia con tono sarcástico. Pero ¿cómo podía reprocharle nada al oficial de la Gran Guerra que razonaba igual que la mayor parte de los franceses, con certezas de otros tiempos? Después de quedar deslumbrado por la eficacia de los alemanes en los negocios, ahora su marido creía en la imbatibilidad del ejército francés. Sin embargo, desde el momento en que Kiril se había incorporado a su regimiento, una parte del corazón de Xenia también quería creer en eso. De hecho, siempre que se cruzaban con soldados, buscaba entre ellos a su hermano, lo que resultaba absurdo, pues no tenía ninguna posibilidad de encontrarlo en esa carretera del éxodo, y menos aún si pensaba que no era propio de Kiril unirse a esa desbandada de militares desorientados. En cuanto a Gabriel, había rechazado la posibilidad de desertar de la capital, y Xenia no había insistido.

—Bueno, qué, ¿podremos avanzar algún día, sí o no? —preguntó Masha con impaciencia, abanicándose con el mapa de carreteras y con la pequeña de dos años dormida en su regazo.

—Te he dicho mil veces que no hables en ruso —gruñó Xenia—. Todo el país está obsesionado con los espías. No tengo ganas de que me linchen.

—Lo siento —murmuró su hermana.

El pacto de no agresión germanosoviético se había firmado en agosto de 1939, unos días antes de que la Wehrmacht invadiera Polonia. Esta alianza contra natura entre las dos fuerzas que se habían enfrentado en el campo de batalla español había conmocionado no solo a la comunidad rusa y a los comunistas franceses, sino al mundo entero. Ese día, Xenia había dado gracias al cielo por haber adoptado la nacionalidad francesa y por haber convencido tanto a su hermano como a su hermana para que hicieran lo mismo, porque de un plumazo los rusos se encontraban en el mismo bando que el enemigo alemán. Desde el inicio de las hostilidades, numerosos refugiados provenientes de los «territorios pertenecientes al enemigo», según la circular oficial, habían sido encerrados en campos como el de Vernet, Ariège o el de Gurs, en los Bajos Pirineos. Allá se hacinaban alemanes, austríacos, italianos, rusos y españoles, comunistas, judíos y republicanos que habían combatido con las Brigadas Internacionales. Las condiciones de internamiento eran espantosas.

—Tengo sed, *mamoshka* —se quejó Natasha.

Xenia tomó la botella de agua guardada a los pies de Masha y se volvió para entregársela a su hija.

—Un sorbo —le indicó—. Y para Felix y Lilli, lo mismo.

Alineados en el asiento posterior, los tres niños obedecieron sin rechistar. El tono de voz de Xenia no alentaba a la réplica. Natasha se contentó con una mueca y evitó comentar que el agua estaba demasiado tibia para saciar la sed. A los doce años, aquella niña ya era lo bastante perspicaz para saber cuándo no era conveniente hacer enfadar a mamá. Felix y Lilli, por su parte, no protestaban jamás. Desde que habían llegado a Francia, la autoridad mezclada con ternura de aquella a quien llamaban «tía Xenia» los había sosegado. Ella se había convertido en la roca a la que aferrarse durante la tormenta. Cuando la ausencia de sus padres, retenidos en Alemania, se hacía demasiado cruel, era la única que podía encontrar palabras que calmaran su pena.

—Si seguimos a este ritmo, necesitaremos días para llegar hasta Niza —dijo Masha con inquietud—. Ya te había dicho que teníamos que salir antes.

—No era mi intención retenerte. Podías haber partido con Olga, ¿no? —replicó Xenia—. De cualquier manera, seguramente podremos subir a un tren en cuanto pasemos el Loira.

Sacó un pañuelo del bolso, lo humedeció con perfume y se lo aplicó en la nuca. La joven se guardaba para sí sus aprensiones. El día de la declaración de guerra por parte de Gran Bretaña y

Francia a Alemania, el 3 de septiembre, se había retirado unos instantes a solas. Había estudiado en un espejo su mirada gris, que había vuelto a endurecerse, y la línea severa de sus labios. La guerra volvía a ella con todo el cortejo de tormentos y de angustias. Era una vieja conocida. Xenia había esbozado una sonrisa amarga. Para empezar, habían pasado unos cuantos meses de una calma engañosa, pero ella no se había permitido esperanzas. La invasión alemana de los Países Bajos, Luxemburgo y Bélgica, con los bombardeos masivos y el avance ineluctable de los Panzers, había arrojado a las carreteras a centenares de miles de personas. Xenia había vuelto a experimentar enseguida esa firmeza que la guiaba desde hacía más de veinte años cuando se la ponía a prueba, y había tomado su decisión: partir y poner a los suyos, entre ellos dos alemanes, judíos por más señas, a salvo.

Si había esperado tanto tiempo era porque, al contrario que muchos franceses, no disponía de una casa familiar en lugar seguro. Gabriel contaba solo con algunos primos lejanos en la región bordelesa, pero no mantenía ninguna relación con ellos. Xenia no los conocía, y no tenía ninguna intención de ir a parar al hogar de unos desconocidos. La familia política de Masha, en cambio, le había parecido mucho más prometedora. Así, había descolgado el teléfono para llamar a los padres de Nikolái Aleksándrovich, que vivían en los alrededores de Niza desde su llegada a Francia a principios de siglo. Con esa generosidad impulsiva tan propia de los rusos, ellos le habían exigido que acompañara a su nuera y a la pequeña Olga, inquietos por que la familia no hubiese buscado refugio en su casa antes.

Tres años atrás, a pesar de la actitud de su marido, Masha había rechazado la posibilidad de dejarlo. En aquella época, Xenia había tenido una conversación breve pero explícita con su cuñado sobre su comportamiento. Parecía que la pareja se entendía mejor, sobre todo después del nacimiento de la pequeña. Masha estaba más tranquila, y Nikolái parecía más razonable. Aunque Xenia vigilaba de cerca a su cuñado, al que seguía detestando cordialmente, guardaba buen recuerdo de sus padres, a los que había conocido en la boda de Masha. El padre era un reputado cirujano oftalmólogo jubilado, y la madre una mujer devota, dedicada en cuerpo y alma a su familia. Las hermanas de Nikolái eran generosas y alegres. Masha y su pequeña estarían a buen recaudo en su casa.

De pronto, como por milagro, la fila de vehículos pareció moverse. Todo el mundo regresó a sus coches. El restallido de las riendas en las grupas de los caballos los incitó a avanzar. Los ciclistas asieron el manillar de sus bicicletas provistas de pequeños remolques. Xenia arrancó el Delage y el ronroneo del motor le resultó muy agradable a los oídos.

Al final de la tarde, mientras se acercaban a Étampes, la fatiga empezaba a marcar los rasgos de los adultos. Los niños lloriqueaban, agotados por el aburrimiento y el calor agobiante. Se maldecía contra un automóvil que se había quedado sin gasolina y que había que empujar al arcén. Los pasajeros suplicaban para que otros vehículos los recogieran, pero todos iban sobrecargados, de modo que esos desdichados se quedaban ahí, sin decidirse a abandonar sus maletas y a seguir a pie. Cada uno vigilaba sus cosas por temor a los ladrones. La confianza brillaba por su ausencia. No brotaba ninguna solidaridad en lo que finalmente parecía un castigo divino. En los puntos de paso más evidentes había carteles que anunciaban la búsqueda desesperada de un niño perdido, o que daban informaciones sobre una familia dispersada: botellas lanzadas al mar. Tomados al asalto, los surtidores de gasolina estaban vacíos, y de cualquier modo el carburante estaba racionado. Faltaba aprovisionamiento, y también agua. Para consternación de los que habían emprendido la huida, personas sin escrúpulos vendían vasos de agua en el camino. Las noticias eran alarmantes: los alemanes seguían avanzando. Había quien explicaba con expresión de espanto que ya no los separaban más que algunos kilómetros de París.

Inmovilizada en un cruce, Xenia daba golpecitos al volante. El vestido se le había pegado a la espalda. Las gotas de sudor brotaban en su frente y entre sus senos. Tenía sed, pero no se atrevía a beber, pues prefería conservar la última botella de agua para los niños. Un soldado de infantería permanecía ante ella, envuelto como un espantapájaros con sus vendas que hacían de polainas, con una guerrera demasiado gruesa, un morral y una cantimplora que impactaba continuamente en sus muslos. Al verlo agitar los brazos en vano, Xenia sintió que una bola hecha de nervios se le asentaba en la boca del estómago. No podía más, así que de pronto giró el volante hacia la derecha y pisó el acelerador, con lo que a punto estuvo de embestir a un ciclista, que se puso a insultarla. Tomó un estrecho camino que serpenteaba entre las colinas. Los niños gritaron de alegría.

—Pero ¿qué te pasa? —preguntó Masha, asustada—. Este camino no es el que indica el mapa. ¿Ya sabes adónde vas?

Xenia no respondió. Aquel camino estaba despejado. El coche avanzaba y el viento que entraba por las ventanas la revivía. En ese mismo momento oyeron un rumor sordo procedente del cielo.

—¡Tía Xenia, veo aviones! —exclamó Felix, que se había vuelto para mirar por el cristal de atrás.

—¡Dios mío! ¿Qué haremos ahora? —preguntó Masha con desesperación y apretando tanto contra sí a su hija que esta se echó a llorar desconsoladamente.

—¡Los árboles, mamá! ¡Deprisa! —gritó Natasha señalándole con el dedo un bosquecillo.

Xenia pisó a fondo el acelerador y el potente automóvil saltó hacia delante. Instantes más tarde, los neumáticos pisaron la hierba del arcén y la joven paró en seco.

—¡Bajad! —ordenó al tiempo que abría la portezuela—. Nos refugiaremos en la cuneta.

Los niños se apresuraron a obedecerla. Xenia tomó de la mano a Lilli y Natasha, y Masha corría a su lado con Olga en brazos. Todos se tiraron entre la hierba alta y permanecieron tendidos. Xenia protegía todo lo que podía a Natasha y Lilli, mientras que Felix cubría con un brazo la cabeza de su hermana. Xenia, con el rabillo del ojo, comprobó que Masha también se había tendido en el suelo. De la pequeña Olga no se veía más que un pie, pues su madre la había escondido bajo su cuerpo. Cuando Xenia levantó la vista vio que una nube negra pasaba por encima de sus cabezas. Una sombra amenazadora. Los aviones descendieron en picado hacia la carretera nacional. Unos silbidos estridentes desgarraron el aire tranquilo del atardecer. Unas cuantas explosiones se sucedieron en eco. El suelo tembló y las ráfagas de balas crepitaron sobre el asfalto. Xenia tenía la boca llena de hierba y de tierra. Los envolvieron unas nubes de polvo que se les metía por la nariz y las orejas. Mientras apretaba a Natasha y Lilli contra ella, la joven tenía ganas de ponerse en pie, levantar el puño hacia el cielo y gritar su rabia. ¡Que dejaran en paz a los inocentes! Niños, mujeres, civiles asustados que solo querían salvar el pellejo. Pero se contuvo y permaneció tendida en el suelo, con Natasha apretada contra su pecho, mientras sentía palpitar el cuerpo de su hija como en el día de su nacimiento.

Los aviones pasaron una segunda vez por encima de ellos. Volvieron a producirse ráfagas de ametralladora, y luego por fin el rugido espantoso de los motores se alejó en el cielo. Entonces se oyeron los aullidos y gritos de las víctimas. Xenia se incorporó. Humaredas negras se levantaban de la carretera. Respiró el olor picante del caucho quemado.

—¿Estáis bien? —preguntó, examinándolos uno por uno—. Natasha, ¿te has hecho daño? ¿Y tú, Lilli? Felix, ¿tienes alguna herida?

Con manos nerviosas limpió las lágrimas de las mejillas estriadas por la polvareda y palpó brazos y piernas en busca de una bala perdida. Pero los niños habían salido indemnes del peligro. Cuando se volvió hacia Masha se le detuvo el corazón. Su hermana se había quedado quieta, tendida sobre su hijita, que no dejaba de llorar.

—¡Masha! —gritó Xenia agarrándola por los hombros.

La sangre se deslizaba por la cara de su hermana brotando desde un corte en la frente. Aturdida, ella entornaba los ojos.

—¡Dios mío, qué susto me has dado! Pero no creo que sea grave... —prosiguió mientras le examinaba la herida—. ¿Me oyes, Masha? ¡Masha, contéstame!

—¿Olga está bien? —preguntó Masha bajando la cabeza para mirar a su hija.

—Sí, sí, está bien —dijo Xenia.

Y cuando Masha estalló en sollozos Xenia la estrechó entre sus brazos. Natasha, arrodillada, hacía lo mismo con Lilli. Las trenzas rubias se habían deshecho. En aquel rostro gris por el polvo la cólera encendía el brillo de la mirada. La pequeña no derramaba ni una sola lágrima. La madre y la hija se observaron durante un largo instante y por fin esbozaron una sonrisa cómplice.

—No te preocupes, *mamoshka* —murmuró Natasha—. Ya nos las arreglaremos.

Cuando Kiril Fiódorovich Osolin abrió los ojos se sintió desorientado. Deslumbrado por el sol que se colaba entre las ramas, se volvió hacia un lado y un dolor fulgurante le atravesó el hombro, arrancándole un gruñido. Las últimas semanas le vinieron de golpe a la memoria. Los bombarderos y su lluvia de fuego sobre las posiciones francesas, el equipamiento insuficiente, las municiones irrisorias, la defensa antiaérea casi inexistente, las órdenes del mando que no llegaban, o lo hacían demasiado tarde... Y frente a ellos una Wehrmacht de una rapidez y una eficacia temibles. Una aviación implacable que preparaba los asaltos de las formaciones blindadas apoyada por una infantería motorizada, los soldados dirigidos por oficiales superiores que evolucionaban en primera línea, mientras los generales franceses se encontraban demasiado lejos de sus tropas, sin medios de comunicación modernos. Pero ciertos militares habían combatido con la rabia fruto de la desesperación, y Kiril entre ellos. Herido en el hombro durante la retirada de su regimiento, otro soldado le había salvado. Habían obedecido a la orden de replegarse y luego, unos días más tarde, con el oído pegado a la radio de campaña, habían escuchado la voz trémula del mariscal Pétain: «Hago don de mi persona a Francia para atenuar su desgracia... Con el corazón en un puño os digo que hay que dejar de combatir...».

—No puede ser cierto —había murmurado Augustin con tono áspero—. Es imposible. No podemos abandonar así.

Kiril había vuelto la cabeza, limpiándose con una mano negra de suciedad las lágrimas que se deslizaban por sus mejillas. Su primera confrontación con la guerra se saldaba con una derrota vergonzosa. En seis tristes semanas. Una derrota sin honor, en medio de un caos indescriptible. Desolado, se había preguntado si el zumbido que sentía en los oídos era debido a los bombardeos del día anterior o a la consternación y al estupor que sentía el ejército francés.

Se incorporó cuanto pudo. Su uniforme no era más que un trapo lleno de manchas de sangre. Apoyado en un árbol, su compañero seguía durmiendo. Los dos apestaban y daba miedo verlos, con sus rostros consumidos y devorados por una barba de varios días. «Es absolutamente necesario que encontremos ropas civiles», pensó Kiril pasándose la mano sobre las mejillas rasposas. Al palpar el interior de sus bolsillos en busca de un mendrugo de pan del día anterior palpó su brújula y el mapa Michelin.

Tras decidir que no estaban hechos para vegetar en un campo de prisioneros de Alemania, Augustin y él habían esperado el momento preciso para escapar a sus centinelas. Desde hacía quince días avanzaban hacia el sur, evitando las carreteras y los pueblos, verificando con cuidado que no había *boches* en los alrededores de las granjas antes de aproximarse a ellas para pedir un poco de comida. Un campesino los había informado de que con la firma del armisticio el país había sido partido en dos, y que la zona norte estaba ocupada por los alemanes. Tenían que atravesar una «línea de demarcación» antes de llegar a la zona sur.

Los dos chicos estaban desconcertados. ¿Qué futuro los esperaba? Temían volver a París, pues no creían que los alemanes vieran con buenos ojos a los prisioneros de guerra evadidos. Así que Augustin había decidido refugiarse en casa de sus abuelos, en Montpellier, a la espera de días mejores. Kiril tenía la impresión de que partía a la aventura. Le habían hablado de la reconstitución de un ejército francés en el sur, pero él no era militar de carrera. A menos que se enrolara como muchos otros rusos en la Legión Extranjera para defender a su país de adopción. Pero si Francia había entregado las armas, ¿qué sentido tenía permanecer en su ejército? ¿Podría retomar sus estudios de Derecho en cuanto todo se calmara? Agotado por el hambre y la fatiga, todavía bajo la impresión de la derrota, el joven estudiante actuaba por instinto. De momento, había escogido refugiarse en el sur para reflexionar lejos del alcance de los alemanes. En cuanto fuera posible, contactaría con Xenia y le pediría su opinión.

Augustin acabó por despertar también. Se desperezó, haciendo restallar sus articulaciones, y luego se levantó para orinar.

—¿Qué tal, amigo mío? ¿Has dormido bien? —ironizó Kiril.

—Prefiero dormir al aire libre sobre la buena tierra francesa a encontrarme sobre un jergón en algún lugar del país de los *boches* —gruñó el otro mientras volvía a abotonarse los pantalones—. Pero no diría que no a un buen café con tostadas.

Augustin era un chico bajito y moreno, con una mirada traviesa y una nariz rota que le daba carácter. Kiril le tendió un pedazo de pan duro.

—Es todo lo que me queda —dijo—. Para ese café habrá que probar suerte en casa de los vecinos.

Los dos compañeros se pusieron a masticar sin gran entusiasmo mientras observaban la granja que se alzaba allá abajo y que vigilaban desde la tarde anterior. De momento no habían percibido ningún movimiento sospechoso. Tenían una necesidad imperiosa de comer y de lavarse, pero también de volver a vestir ropa en buenas condiciones. Soñaban con una cama en la que dormir algunas horas seguidas sin temor a ser sorprendidos. Habían decidido que Augustin iría a pedir ayuda al granjero. Con un poco de suerte, darían con un buen hombre que quizá tuviera alguna idea sobre cómo franquear la dichosa línea de demarcación que, según sus estimaciones, debía de encontrarse a solo un kilómetro.

—Aquí ya se respira un aire de libertad, ¿no lo notas? —comentó Augustin con un guiño.

Kiril miró a su alrededor. El paisaje era ondulado y verde. Tranquilo. Engañoso. Un escalofrío le recorrió el cuerpo. De golpe, se sentía solo y perdido. Quería oír la voz de su hermana mayor riñéndolo y animándolo. Le hubiese gustado decirle que la quería, que también la respetaba por todo lo que le había enseñado. Por su fuerza. Por su valentía. En esos momentos tenía que tomar decisiones esenciales. ¡Deseaba tanto complacer a su hermana! Incluso en el exilio, le había inculcado valores que constituían el armazón de su familia. Era la primera vez que Kiril comprendía hasta qué punto Xenia lo había armado para afrontar la vida. Pensó en su padre, al que no había conocido. Pensó en su tío Sasha, que había muerto por una causa justa. En la Guardia Imperial rusa, cuyo espíritu encarnaba más allá de las rupturas y de las revoluciones. Y así, contemplando ese dulce paisaje de Francia, el joven hombre de veintidós años, nacido en Petrogrado, comprendió que iba a continuar luchando en cuerpo y alma por la libertad y por el honor, el de los Osolin, a partir de ese momento y para siempre, pero también por el de Francia, que se había convertido en su país y por el que ya había derramado su sangre.

París, noviembre de 1940

El verano del éxodo cedió su lugar al invierno más riguroso que el país hubiera conocido desde hacía mucho tiempo. Xenia había llegado sana y salva con su pequeña tropa a casa de los suegros de Masha. Un mes más tarde había decidido volver sola a París para intentar obtener informaciones concernientes a Kiril. Hacía frío, un frío cortante. Bajo su velo de escarcha, París permanecía postrado en un silencio mortuorio. De vez en cuando, en los jardines de Luxemburgo, una rama estallaba bajo la mordida del hielo y resonaba como un improbable tiro de fusil en la ciudad ocupada. Desde las primeras horas de la mañana las colas se extendían ante las tiendas de alimentación. El carbón escaseaba. En los pisos se temblaba de frío. Las personas de edad más avanzada, como aconsejaba la escritora Colette, no salían de la cama, protegidas por hojas de papel de diario intercaladas entre las diversas capas de ropa. Los que tenían que salir a trabajar temprano se adaptaban de mala gana al horario alemán: por la mañana, la penumbra de las calles heladas; a partir de media tarde, una penosa oscuridad.

Ese día, a última hora de la mañana, Xenia caminaba en dirección al metro. En casa sufría por el frío, como todo el mundo, pero la joven apreciaba el aire vivificante en su cara cada vez que salía a la calle. Al pasar por delante del hotel Lutetia volvió la cabeza para evitar mirar la bandera con la cruz gamada que restallaba al viento. Del mismo modo, su mirada se deslizaba sin verlos sobre los uniformes de color verdín, el brillo amarillo de los paneles indicadores en alemán o los anuncios del ocupante. En unos meses, el parisino había adoptado el aire vago, casi estúpido, de los que se han vuelto transparentes.

Llegó a la hora a su cita en el 102 de la rue du Faubourg Saint-Honoré, y franqueó con paso seguro el umbral de la Cámara Sindical de Alta Costura. En los pasillos reinaba un palpable nerviosismo. Las secretarias, provistas de chales y mitones, corrían arriba y abajo sin dirigirle la palabra. A través de una puerta abierta reconoció la voz de Daniel Gorin, el secretario general, que se desgañitaba al teléfono. Xenia sentía curiosidad por saber qué había llevado al presidente, Lucien Lelong, a enviarle esa carta sibilina pidiéndole que pasara a verlo. Conocía al célebre diseñador desde hacía más de diez años. Los habían presentado cuando ella era la jovencísima inspiradora de Jacques Rivière y sus fotografías adornaban las páginas de las revistas de moda más lujosas. Enseguida la había seducido con su personalidad, susurrándole con una sonrisa que lamentaba que Rivière le hubiera arrebatado una «musa excepcional». Unos años más tarde, había contratado a Masha como maniquí y esta seguía trabajando para él cuando estalló la guerra.

—¡Mi querida Xenia, qué alegría verla! —exclamó cuando la hicieron pasar a su despacho—. Entre, entre, se lo ruego... Perdone el desorden, pero ya no sé dónde tengo la cabeza.

Le besó la mano y la ayudó a quitarse el abrigo, aunque se lo dejó puesto sobre los hombros: el pequeño radiador eléctrico no proporcionaba más que un calor ilusorio. Xenia alisó con una mano la falda de su traje de chaqueta de terciopelo burdeos y se sentó en una silla. Pensó que Lucien Lelong tenía mal aspecto, su cara reflejaba cansancio y tenía la mirada triste. Ese hombre refinado y brillante parecía sobrellevar una gran carga.

—¿Algo va mal, Lucien? —preguntó ella, un poco asustada por su silencio.

Él suspiró y abrió las manos en un gesto de impotencia.

—Los alemanes han venido a hacerme una visita —explicó—. Quieren integrar la alta costura parisina en un organismo con sede en Berlín y en Viena. Los talleres, las oficialas, los creadores... Todos tendríamos que mudarnos.

—Pero ¿cómo es posible? —preguntó Xenia, perpleja—. ¡Eso es completamente grotesco! ¿Y usted qué les ha respondido?

Él alzó los ojos al techo con aire divertido, como para recordar con la mayor precisión sus propias palabras.

—«Pueden imponérnoslo todo por la fuerza, pero la alta costura parisina no se transfiere ni en bloque ni por separado. O está en París o no está.»

—Pues no habrá hecho muchos amigos —dijo Xenia con una sonrisa.

De unos cincuenta años de edad, delgado y vivo, de apariencia más bien frágil, Lucien Lelong había sido un combatiente destacado en la Primera Guerra Mundial. Condecorado con la cruz de guerra, caballero de la Legión de Honor, seguramente no se dejaría impresionar por los boches, pero era lo bastante inteligente como para temerlos.

—Tenemos la obligación de salvar la alta costura parisina —declaró con gravedad—. Es una industria que permite vivir a casi veinte mil obreras y a quinientos empleados. Sin contar las industrias de la sedería, de las puntillas o de la piel. Usted sabe muy bien que en nuestro universo prosperan talentos inigualados. Los bordadores, los plumajeros... La lista es larga. Quieren arrebatarnos nuestros secretos y nuestras habilidades, únicas en el mundo. Pero tenemos la obligación de mantener nuestras tradiciones, no solo para garantizar un salario a esos miles de personas, sino también para vender a nuestra clientela extranjera y para que sigan entrando divisas en nuestro país. Los alemanes me han pedido que vaya allá a explicarme —concluyó—. Necesito su ayuda, Xenia. Tiene que acompañarme a Berlín.

La joven sintió un escalofrío. Volver a Berlín significaba aventurarse en el corazón de la cueva del enemigo, con todo lo que eso comportaba de odioso y de angustiante, pero también representaba la certeza de volver a ver a Max. ¿Cómo estaría? ¿Qué pensaría de esa guerra que arrasaba Europa? ¿Estaría a salvo o en peligro? Desde el inicio del conflicto no tenía noticias suyas. De repente, sintió que Max le faltaba de una manera tan feroz que tuvo que hacer un esfuerzo para serenarse.

—Comprendo su punto de vista, Lucien. Su reacción me parece lúcida y valiente, lo que no me extraña tratándose de usted, pero no entiendo cómo podría serle útil yo.

—El ministerio me ha encargado un trabajo de investigación en Alemania. Tengo que encontrar la manera de negociar un acuerdo que permita la vuelta a la actividad de la alta costura. Se trata de defender los intereses franceses frente a un pillaje sistemático. —Se puso a recorrer una y otra vez la pieza, con cierto aire agitado—. ¿Se da usted cuenta de que se han atrevido a entrar aquí haciendo saltar los cerrojos para robar los informes de las escuelas profesionales y el fichero de los clientes extranjeros?

—No me extraña —asintió Xenia con ironía—. Son capaces de todo. En el desfile de la última colección de Schiaparelli, la célebre estilista Hilda Romatzki robó un par de botones marcados con una gran ese. De vuelta a Berlín los cosió sobre uno de los abrigos negros que había diseñado, pero tuvo que vérselas con un oficial de la SS que pensaba que se mofaba de su uniforme.

Lucien Lelong esbozó una sonrisa.

—Resultaría divertido si la situación no fuera tan dramática.

—Pero sigo sin ver en qué puedo ayudarlo —repitió la joven, un tanto perpleja.

—Usted conoce a los alemanes. Habla su lengua con fluidez. En Berlín fue célebre como uno de los rostros míticos de la década de 1920, y la consideran una figura de la elegancia parisina. La necesito para apoyar mis propuestas. También me gustaría contar con sus impresiones y comprender algo mejor cómo les funciona lo de aquí arriba —añadió mientras se golpeaba la sien con un dedo.

Xenia estaba desconcertada. Sin embargo, en el rostro de Lucien Lelong había una voluntad ardiente, y eso la conmovía. La alta costura constituía una parte integrante del alma francesa, y le halagaba que él se dirigiera a una mujer de origen ruso para ayudarla. De hecho, la influencia eslava no era en absoluto extraña a Lelong. La notoriedad de su taller de costura le debía mucho a la belleza y al encanto de su esposa rusa, la magnífica princesa Natalie Paley, que era maniquí y actriz. Estando casados habían tenido otros amores y otras pasiones, pero la pareja había marcado un hito por su elegancia y talento. Sin embargo, unos años antes se habían divorciado y la princesa había partido a Nueva York. Como tantos otros. Xenia sentía cierta inclinación por esa ciudad de la que nada sabía, pero que encarnaba a sus ojos la libertad de la que Francia estaba privada.

—Su proposición me honra, Lucien —dijo ella sin pensárselo dos veces—. Iré con usted y lo ayudaré en todo lo que pueda.

La joven se alegró, y se sintió incluso halagada, al ver la sonrisa que iluminó aquel rostro inteligente, pero ella ya se encontraba lejos, transportada por entero hacia el único hombre al que siempre había amado y que en esos momentos los avatares del mundo hacían que pudiera considerarse su enemigo.

Algunos días más tarde, Gabriel Vaudoyer observaba a su mujer hacer las maletas. Procuraba ocultar su exasperación, pero una de sus piernas se agitaba rítmica y nerviosamente. Los armarios estaban abiertos, los vestidos y los trajes de chaqueta, esparcidos sobre la cama y los sillones. Una pirámide insegura de sombrereras amenazaba con derrumbarse. Ya hacía años que Xenia y él no compartían habitación. Cuando él le había propuesto con aire divertido que se reencontraran para preservarse del frío, le había herido la expresión fugitiva de disgusto que había velado el bello rostro de su esposa. Y luego, justo cuando ella iba a aceptar, él había hecho un gesto con la mano, fingiendo que no era más que una broma. De cualquier modo, ese tipo de desgarramientos ínfimos se multiplicaban desde hacía años.

Gabriel habría podido ponerle fecha al momento preciso en que la relación con Xenia se había transformado. Su mujer se había vuelto más reservada. Más distante. Aunque seguía administrando la casa de manera ejemplar, aunque seguía siendo una compañera solícita, había comprendido por su mirada que estaba en otro lugar, y la conocía demasiado íntimamente para comprender que el estremecimiento de su cuerpo no era más que un gesto de rechazo. Se había sentido apenado, pero un pudor mezclado con orgullo le había impedido interrogarla. Había tenido estallidos de cólera. Impaciencia. La idea de que había otro hombre le había cruzado el pensamiento. ¿En qué se adivina que el otro es infiel? ¿Una turbación, nerviosismo, una risa demasiado violenta, una alegría inexplicada, una melancolía pasajera? Hay que amar de verdad para captar el momento en que el otro se escapa de ti. Hay que amar todavía más para guardar silencio. Para gran vergüenza suya, como llevado por un acceso de locura, un día había llegado al extremo de seguirla, pero el periplo de Xenia por las tiendas, y luego la visita a su hermana para tomar el té, habían sido de una gran banalidad. Gabriel había vuelto a casa sintiéndose despreciable. Tenía veinte años más que Xenia y se comportaba como un crío.

—En mi opinión, este viaje es de una solemne inutilidad —gruñó mientras ella doblaba con cuidado un par de medias de seda, producto que se había convertido en tan raro como precioso.

Con un suspiro, Xenia se sentó en el borde de la cama. Su gruesa ropa interior la mantenía abrigada, pero disimulaba una silueta que él sabía que seguía siendo perfecta. Ella lo miró armándose de paciencia, como si Gabriel fuera un niño tozudo.

—No he podido decir que no —explicó por fin—. Es un honor que me hacen. Y también es una oportunidad para tener noticias de Sara. Estoy muy inquieta por ella. Quiero saber si su marido sigue detenido, y si es así quiero intentar convencerla de partir sin él. Me pregunto incluso si todavía la dejarán salir de Alemania —añadió, preocupada.

—¿Estás segura de que es la única persona a la que quieres ver? —soltó Gabriel con tono seco.

El rostro de Xenia se endureció.

—¿Qué quieres decir?

—Nada. Siempre has tenido una relación extraña con esa ciudad, pero no sé por qué.

Xenia se levantó y continuó con su actividad.

—Berlín me gustaba cuando era joven, eso es todo. Tengo amigos allí.

—Estamos en guerra.

—No soy ciega, Gabriel. Conozco la guerra igual que tú —replicó ella con una mirada tan intransigente que él no dijo nada más.

Xenia acabó de escoger su ropa para el viaje. Descolgó uno de los vestidos de noche, lo sujetó sobre ella unos instantes y se observó en el espejo de cuerpo entero. Era una de las más bellas creaciones de Sara Lindner, un vestido de terciopelo oscuro sembrado de minúsculos botones dorados, de cuerpo ceñido, con escote recto y largas mangas *gigot* de terciopelo estampado.

—Es una cuestión de deber —siguió diciendo—. La vida a veces nos plantea desafíos, y no hay que tener miedo a aceptarlos.

—Como el de amar —suspiró Gabriel—. Te dejo, Xenia. Veo que estás muy ocupada. Pero ten por seguro que te voy a echar en falta. Sin Natasha, sin Kiril y sin ti esta casa me parecerá muy triste.

Ella no se volvió cuando él salió de la habitación. Una vez más, la guerra trastocaba el armazón de su vida. Había pensado en traer a Natasha a París, pero luego había decidido dejarla con Masha en la zona libre, donde los peligros le parecían menos graves. En cuanto a Kiril, seguía sin tener noticias suyas. Había consultado en vano las listas de miles de nombres del centro nacional de prisioneros de guerra, había escrito una carta a la Cruz Roja, que seguía sin localizarlo. Su hermano se había volatilizado entre la confusión que había seguido a la rendición. Aunque Gabriel no se atrevía a decírselo, ella veía claramente que temía que el chico hubiera muerto. Pero Xenia se negaba a resignarse. Después de que un militar francés desconocido, un tal general De Gaulle, llamara el 18 de junio, desde la radio de Londres, a continuar con el combate, la esperanza había echado raíces en algunos corazones, y para cada uno se concretaba en algo diferente. En el caso de Xenia consistía sin duda en volver a ver vivo a su hermano.

Comprendía la reacción de Gabriel. Sabía que era un hombre necesitado de seguridad, pero ya no podía permanecer inmóvil a su lado. Una fuerza vital la empujaba a reaccionar y el destino la arrastraba de nuevo a otro lugar. Mientras había tenido a Max al alcance de la mano y del corazón, había podido dejar que sus temores la dominaran. Secretamente, siempre había sabido que volvería a él y había tenido la debilidad de creer que bastaba con dejar que el tiempo hiciera su trabajo. De todas las valentías, la de amar había sido la única que le había faltado. Max no era una amenaza solo para su corazón, sino que afectaba a su misma esencia. Y en ese momento, cuando sus dos países estaban en guerra, cuando ella corría el riesgo de perderlo para siempre, le parecía inconcebible no aprovechar la menor ocasión para volver a verlo.

Berlín, noviembre de 1940

El hambre se había convertido en una obsesión, un puño que apretaba las entrañas. Y no era el hambre de un ser privado de alimento, sino otra, infinitamente más perniciosa, que nace de la aspiración a la libertad y la justicia. Y con el hambre, el miedo. Difuso, intratable, se adueña del cuerpo al despertar, se atenúa a veces como para permitir el olvido, pero renace sin avisar cuando es preciso disimular, fingir, mentir. Y se mentía mucho en Berlín en ese inicio de la década de 1940, en una ciudad cerrada cuyos amos querían remodelar a la medida de sus delirios.

Max von Passau había aprendido a controlar a esos dos fieles compañeros que no lo dejaban ni un momento. Por la noche, cuando oía el aullido de las sirenas que anunciaban el vuelo sobre Berlín de los bombarderos ingleses y se apresuraba a bajar a los refugios, repasaba el camino que había recorrido en los últimos años. Su despreocupación y generosidad, lo mismo que esa fe en el hombre que lo había guiado en su trabajo en busca de una verdad que se reflejaba en sus retratos, se habían transformado poco a poco. Max se había vuelto más grave, más comedido. Transportaba consigo, como un silencio, todas esas emociones que con anterioridad habían hecho de él un hombre feliz. Hace falta tiempo para comprender que uno se codea con el mal absoluto, para admitir que el hombre puede mostrar una cara tan vil, y que bajo toda máscara de horror se disimula otra más terrorífica todavía. Algunos años antes, cuando salieron a la luz los primeros excesos nazis, Max había intentado comprender. Pero a esas alturas ya sabía que el mal no se explica. Se combate. Peor todavía, que la locura asesina de individuos como Heinrich

Himmler, Adolf Hitler o Joseph Goebbels corría paralela al mutismo complaciente que observaba en la gran mayoría de sus conciudadanos. Su exaltación, alimentada por las victorias en los campos de batalla, y su fervor místico con ocasión de las paradas militares bajo la Puerta de Brandenburgo le helaban la sangre. En una ciudad plagada de espías, donde el enemigo se ocultaba tras rostros solícitos, que animaba a los hijos a que denunciaran a sus padres mientras una dictadura despiadada estrangulaba el país y sojuzgaba Europa, Max von Passau, Milo von Aschänger, Ferdinand Havel, Walter von Briskow y otros como ellos no poseían más que medios irrisorios para resistir, pero en la humildad de sus actos se revelaba la de su alma.

Con el sombrero hundido hasta las cejas y una gruesa bufanda alrededor del cuello, Max apretaba su bolsa de provisiones bajo el brazo. En ese final de un día glacial, el crepúsculo empezaba a reinar y los vidrios ennegrecidos daban a los inmuebles aires de ceguera. Caminaba con prisa rozando los muros de las fachadas. La tensión nerviosa le agarrotaba los hombros. Cuando dos hombres vestidos de uniforme marrón se alzaron ante él con una hucha en las manos, rebuscó en su bolsillo y sacó unas monedas que siempre guardaba como reserva. Ya no se permitía llamar la atención rechazando participar en el «socorro de invierno del pueblo alemán». Ese tributo que se decía «voluntario» a las diferentes donaciones y colectas impuestas por el gobierno no toleraba ninguna excepción. Todo el mundo sabía que ese dinero contribuía a financiar el programa de armamento y no al alivio de los necesitados. Pero todo individuo refractario se consideraba asocial, y era de lo más desaconsejable ser un marginal en ese Tercer Reich llamado a durar mil años.

Unas calles más adelante se metió bajo un gran porche. Los patios de los inmuebles encajaban los unos con los otros, lo que le permitía verificar si lo habían seguido. Sus pasos solitarios resonaban sobre los adoquines helados. Varias de las personas que habitaban en esa amalgama de inmuebles eran judías y ya habían vuelto a casa, pues las autoridades no les concedían más que una hora al día para que hicieran sus compras. Subió por la escalera hasta el segundo piso, se pegó al muro y escuchó. Su aliento quedó suspendido en el aire frío. Ningún ruido sospechoso. Dio tres golpes discretos en la puerta. Enseguida oyó que alguien abría.

—Buenas, Max —murmuró Ferdinand—. Venga, entra. Ya es la hora.

Su amigo llevaba un viejo y deformado jersey de esquí y un pantalón de terciopelo. El cabello entrecano se disparaba en todas direcciones como si acabara de salir de la cama. Parecía cansado. Max se quitó el abrigo, los guantes y la bufanda, y luego se reunió con él en la sala con las cortinas corridas. Ferdinand se agachó ante la radio oculta bajo una tela y se puso a manipular los botones. Desde el inicio de la guerra había quedado prohibido escuchar emisiones extranjeras bajo pena de castigos ejemplares. Cualquier vecino, cualquier testigo podía poner una denuncia. Max se instaló a su lado, intentando localizar la voz nasal del periodista de la BBC entre los silbidos que resonaban en las ondas.

Tras haber infligido una severa derrota a Francia, Hitler se las había prometido muy felices también con Inglaterra. Entre julio y octubre se había desarrollado una intensa batalla en el cielo entre la Luftwaffe de Hermann Goering y la RAF británica. El coraje y la abnegación de los pilotos ingleses habían obligado a los alemanes a renunciar a su plan de invasión. Era la primera vez que los nazis sufrían un revés militar. Para minar la moral de sus adversarios, habían decidido bombardear Londres y las ciudades del sur de Inglaterra. Max y Ferdinand intercambiaron una mirada preocupada al saber que Coventry había sufrido los ataques más graves contra la población civil británica. Más de seiscientas toneladas de explosivos, una ciudad devastada, centenares de muertos... Pero la voz del periodista inglés permanecía estoica. Inglaterra resistía. Al final de la emisión, Ferdinand respiró aliviado, giró el botón para sintonizar una cadena alemana y por fin apagó el aparato.

—Los ingleses resisten —dijo—. Es formidable, ¿no te parece? ¡Qué demostración de valor! Si hubiesen desplegado una sagacidad comparable en 1938, en lugar de dejar que Chamberlain se arrastrara con Daladier ante Hitler... —añadió con expresión asqueada—. Esa era la única ocasión verdadera de impedir este desastre. Pero no escucharon el mensaje que les habían hecho llegar hombres como Goerdeler o el general Beck.

El antiguo alcalde de Leipzig, Carl Friedrich Goerdeler, era de temperamento enérgico y atrevido. Se había negado a izar la bandera nazi en el ayuntamiento, antes de presentar la dimisión cuando retiraron el monumento dedicado al compositor judío Mendelssohn-Bartholdy. A continuación se había comprometido en una oposición sin ambages a Hitler desde el anuncio del plan de desmantelamiento de Checoslovaquia. Constituía el ala conservadora de la resistencia junto con el diplomático Ulrich von Hassel y el general Ludwig Beck, antiguo jefe del Estado Mayor que había dimitido por estar en desacuerdo con la política de la guerra a ultranza.

—Los ingleses no han creído que una parte del ejército alemán estuviera dispuesta a sublevarse contra el canciller —dijo Max—. A sus ojos se trataba de alta traición, y por tanto no era una eventualidad a tener en cuenta.

—Sin embargo, tarde o temprano tendrán que admitir que existe otra Alemania, y que lucha como puede contra este régimen ilícito y asesino. He anotado todos los hechos ilegales que se han cometido hasta ahora, por si tuviéramos que llevar a Hitler y los suyos ante un tribunal.

—¡Estás loco! —exclamó Max—. Eso es demasiado arriesgado. ¡Qué manía la tuya de anotarlo todo por escrito! ¡Ya estás quemando todo eso, y rápido!

Se oyeron unos golpes discretos en la puerta. Ferdinand fue a abrir y Max se sacó del bolsillo un paquete de cigarrillos. Al accionar el encendedor se dio cuenta de que le temblaban las manos. De pronto se sentía agotado. Desde el inicio de la guerra pasaba a veces por momentos de profundo abatimiento, agujeros negros y vertiginosos. ¡La tarea parecía tan desmesurada! ¿Cuántos eran los que se rebelaban contra Adolf Hitler? De entre todos los que se habían opuesto a él a partir de 1933, muchos habían sido asesinados, millares encerrados en campos de concentración en los que sufrían torturas y humillaciones. Otros habían desaparecido, literalmente. Al tomar el poder, los nazis habían aniquilado sin tapujos cualquier oposición. Los que seguían resistiendo formaban un puñado de almas valientes, llevadas por su fe religiosa, como el teólogo Dietrich Bonhoeffer, o por su rechazo a entregar Alemania a una horda de asesinos, cuando no por un respeto inquebrantable a los derechos fundamentales de la persona.

Milo entró en la estancia vestido con su uniforme gris de oficial de la Wehrmacht. El frío había enrojecido sus mejillas y la punta de su nariz. Se frotaba las manos para entrar en calor.

—¡Qué agradable sorpresa! —exclamó Max con una sonrisa—. No esperaba verte.

—Me han concedido un permiso de unos días que me viene que ni pintado —explicó Milo mientras lo abrazaba—. No podía más. Regresar a casa con Sofia y los niños, volver a veros... Es una gran alegría. ¡Cómo os he echado de menos! Ten, Ferdinand, amigo mío, un regalo para ti —le dijo tendiéndole una botella de coñac.

—No me irás a decir que ya te has cansado de Francia, ¿verdad? —preguntó Max, divertido—. Y yo que creía que la vida allá era más bien agradable...

—De todos modos, eso se acabó. Mi regimiento parte hacia Polonia. Pero te confieso que se me ha hecho difícil acostumbrarme. En el pasado estudié un año en la Sorbona, y no podía soportar que me miraran por encima del hombro. Es muy desagradable que te consideren un bárbaro.

Milo von Aschänger pertenecía al noveno regimiento de infantería de Potsdam, en el que numerosos oficiales compartían las opiniones de Max y sus amigos. Aceptó la copa que le había servido Ferdinand y se sentó en un sillón. Un velo de tristeza empañaba su mirada azul, y los rasgos de su cara se habían afilado. Se inclinó hacia delante con aire abatido.

—Pero lo peor no es eso —añadió—. Lo peor es combatir en nombre de Adolf Hitler y al mismo tiempo esperar la derrota.

Ya sabéis que había considerado la posibilidad de dejar el ejército, y que luego decidí quedarme porque no teníamos ninguna posibilidad de derrocarlo sin el apoyo de las fuerzas armadas. Pero si hubiese sabido que sería tan difícil... Durante toda la campaña de Polonia, y luego con la de Francia, he llevado a mis hombres al combate por una causa en la que no creía. Espero con ansia la primera ocasión para neutralizar al monstruo. Establezco contactos con los que piensan como nosotros, e intento transmitir nuestras ideas. Me he convertido en un traidor a mi patria —concluyó con voz ahogada—, y a veces hasta me avergüenzo de mirarme al espejo.

Durante unos instantes, los tres hombres guardaron silencio. No había necesidad de hablar para entenderse, y no dudaban en desvelar su fragilidad. Todos ellos eran reos de alta traición. En la Alemania nazi ese crimen se castigaba con la decapitación con hacha, pero antes de la liberación de la muerte estaban las torturas en los sótanos de la Prinz Albrecht Strasse, en el cuartel general de la Gestapo. Tenían plena conciencia de ello, por mucho que evitaran mencionarlo.

—No traicionas a nada ni a nadie —murmuró Max—. Ese hombre es un tirano. No tiene ninguna legitimidad. Es un caso de conciencia todavía más difícil para vosotros, los militares, porque os ha obligado a prestarle juramento personalmente, pero es un juramento inconstitucional y vacío. No podemos hacernos cómplices de una legislación criminal, ni de actos sanguinarios. Tenemos que permanecer fieles a nuestra concepción de la dignidad humana, la única auténtica. Es una cuestión de honor que trasciende el nacionalismo.

—El traidor a la patria es Hitler —proclamó Ferdinand con viveza—. Ha violado su juramento de servir al bien del pueblo alemán y ha transformado la democracia en dictadura. La única fidelidad que tiene que inspirarnos es la que debemos a nuestra conciencia.

Milo levantó su copa para saludar sus palabras. Su rostro parecía más sereno, pero la mirada seguía llena de turbación. Todos conocían ese desgarramiento íntimo. En el resistente alemán al Tercer Reich se daba una profunda soledad que se asemejaba a un abismo. El país, se quisiera o no, estaba en guerra, y los soldados con el uniforme alemán morían cada día. Para esos hombres educados en una tradición de lealtad y honor era imposible no experimentar un sentimiento de culpa por no poner todas sus fuerzas al servicio de su país. Afrontaban la elección más trágica de su existencia. Su combate no era el más lógico, como ocurría entre aquellos que se rebelaban contra el ocupante alemán en los países conquistados, pues siempre resulta fácil levantarse contra el extranjero que ha invadido tu patria. Y como era infinitamente más dolorosa y dramática, su resistencia se elevaba con la pureza de una llama desde el caos y las tinieblas.

Los opositores a la dictadura tenían una necesidad vital de unos y otros para obtener recursos. Tejían su delicada tela de araña a partir de relaciones familiares o de amistad. Max tenía conocimiento de otros grupos de resistentes en Berlín, como el que se reunía en el salón de Hanna Solf, cuyos miembros pertenecían en gran parte al mundo de la diplomacia. Todos tenían contactos en la esfera del almirante Canaris, que dirigía el servicio de información militar de la Wehrmacht. Ofrecía cobertura a los resistentes con la complicidad de su jefe de gabinete, el coronel Hans Oster, quien últimamente había reclutado a Ferdinand para que trabajara con ellos.

Ferdinand sacó de su cartera un gran sobre y dispuso unos papeles sobre la mesa. Max y Milo se levantaron para examinarlos. Pasaportes, cartillas de racionamiento, documentos de identidad... Papeles falsos y nuevos, sellados con la cruz gamada y sus siglas.

—Ya veo que los servicios del Abwehr siguen funcionando de maravilla. Mis felicitaciones, Ferdinand —dijo Milo con una sonrisa.

Ferdinand se limitó a asentir, antes de volverse hacia Max.

—A partir de ahora te toca jugar a ti, amigo mío. La cita es en el mismo lugar de siempre, en la estación de Zoo. En el tren de las diez. Los reconocerás fácilmente. Las fotografías son auténticas.

Max examinó las caras de esos hombres y mujeres en los documentos. Como cada vez, entraría en contacto con ellos bajo el gran reloj de la estación. Los trenes soltarían sus grandes nubes de vapor. Los viajeros se apresurarían en los andenes. Él fingiría estar distraído, tropezaría con el padre de familia y le deslizaría el sobre en la mano. Para él sería una cuestión de honor mirarlo a los ojos y tomarse el tiempo de darle un apretón de ánimo en el brazo. Luego se alejaría a grandes zancadas. Como siempre, de vuelta a su casa, el estado febril tardaría horas en pasársele.

—Moltke me ha invitado a su casa en Kreisau —anunció Max con voz sorda, ocultando los papeles falsos en una lata vacía de su bolsa de la compra—. Dice que a sus amigos les gustaría conocerme. Walter les ha hablado de mí.

—¡Vaya, así que vas a conocer los dominios del «conde rojo»! —comentó divertido Ferdinand—. Eso es un gran honor, te lo aseguro. Lo respeto mucho. Es un visionario. Helmuth von Moltke rechazó entrar en la magistratura después de 1933 para no ser cómplice de ese régimen. En esa época ya me había confiado que estábamos ante una catástrofe terrible. Es un abogado internacional excelente, pero sobre todo un hombre profundamente libre que quiere restaurar el Estado de derecho en nuestro pobre país. A veces me cruzo con él en los pasillos del Abwehr. Viaja mucho. Sobre todo busca apoyos en Escandinavia.

Durante una hora siguieron hablando de sus proyectos de futuro para una Alemania liberada de la tiranía, evitando por pudor evocar sus temores más profundos. Después llegó el momento de marcharse. Siempre se separaban sin efusiones, pero sus miradas graves reflejaban una profunda emoción. Prueba tras prueba, lo que unía a esos hombres se había convertido en algo más que una amistad. Era un fervor, una comunión de espíritus. En la calle silenciosa, con el corazón en un puño, Max observó la alta silueta de Milo al alejarse, hasta que el uniforme gris se confundió con las sombras.

Unos días más tarde, Xenia bajaba a pie por la Wilhelmstrasse bajo un cielo gris acero. Hacía un frío polar que olía a azufre y nieve. Imponentes Mercedes negros se deslizaban a lo largo de la calzada. En las fachadas de los edificios del poder las oriflamas rojas imponían, lo mismo que en París, su altivez angustiante. Hombres uniformados apresuraban el paso. Cuando le habían pedido la documentación en un control al doblar la calle, no lejos del hotel Adlon, tuvo que mostrar el papel que la convocaba al Ministerio de Propaganda. La mirada del policía no expresaba nada. Sometida a esos ojos sin brillo, había sentido que la sangre se le helaba en las venas.

No había esperado experimentar esas sensaciones tras su regreso a Berlín. Con la sensibilidad a flor de piel, su cuerpo entero reaccionaba a la tensión nerviosa que reinaba en ese barrio gubernamental entregado a los militares y a los jóvenes, hombres o mujeres, que trabajaban en los despachos de la administración y servían en las fuerzas armadas. Se percibía un ardor voluntario, un impulso que se traducía en la seguridad de las gestiones o en los estallidos de voces que se interpelaban ante los ministerios. En los alrededores de la Puerta de Brandenburgo y de la bella avenida Unter den Linden los niños habían desertado de la calle, y por otra parte eran pocos los paseantes de cierta edad que se aventuraban por ella. El corazón neurálgico de la Alemania nazi quería ser joven y conquistador. Desde el punto de vista estético, era a un tiempo seductor y helador.

Xenia levantó la cabeza ante el ministerio y le molestó sentirse aplastada por la masa monolítica del edificio, pero finalmente subió por la escalinata con paso decidido. En cuanto hubo explicado el objeto de su visita, una joven embutida en un traje de chaqueta de un color gris severo, con una trenza rubia sujeta a la nuca, la guió a lo largo de pasillos de mármol en los que se alineaban los bustos en bronce de Adolf Hitler y Joseph Goebbels. Todo era desmesurado: la altura de los techos, la profundidad cavernosa de las estancias adornadas con tapices en las que resonaba el choque de las botas y los tacones. La megalomanía de los dirigentes nazis se medía, como en la Roma de la Antigüedad, por las dimensiones y los materiales preciosos de sus edificios. Inconscientemente, Xenia irguió la espalda.

Caminaron durante tanto tiempo que la joven tuvo que contener un acceso de pánico: ¿saldría alguna vez de ese dédalo? Por fin, en uno de los pisos, la secretaria llamó a una puerta y a continuación anunció a la visita. Tras un enorme escritorio de cuero y bronce, sentado bajo un retrato del Führer, Kurt Eisenschacht rubricaba documentos. En cuanto la vio, se levantó. Su rostro reflejaba salud, y la anchura imponente de su traje cruzado no disimulaba que había ganado peso desde su último encuentro.

—Mi querida dama, ¡qué contento estoy de que haya vuelto a Berlín!

—Sí, aquí estoy otra vez —dijo ella mientras le entregaba el abrigo a la secretaria.

Él le besó la mano, reteniéndola en la suya más tiempo del necesario, pero Xenia ni rechistó. Aunque en ese despacho hacía calor, se sentía tan helada como en las calles de la ciudad. Con una sonrisa en los labios, Kurt Eisenschacht le indicó un sillón sin perderla de vista un solo instante. Ella permaneció muda, con la mirada impasible. Fue él quien rompió primero el silencio.

—Le confieso que me sorprendió enterarme de que figuraba usted en la delegación del señor Lelong —dijo por fin—. Y no he podido resistirme al placer de recibirla, aunque sea aquí, en este entorno algo formal... Por otra parte, tan solo dispongo de un rato.

—Son demasiados honores. Piense que únicamente me han pedido que aporte mi voz para ayudar a comprender la especificidad de la alta costura parisina. Es un terreno que conozco bien, como usted ya sabe.

—Pero usted también sabe que el porvenir de la moda se encuentra unido ahora a la renovación de la Gran Alemania. Ahora que por fin hemos erradicado la nefasta influencia judía, probaremos la superioridad de nuestro talento y de nuestra elegancia al mundo entero.

—En ese caso, no tienen necesidad de nosotros, ¿no cree? ¿Por qué no dejar a París en paz?

—Ah, pero en nuestro país tenemos cierto *savoir faire* que no se nos puede negar, mi querida señora. El chic francés, la visión alemana... Debemos unir nuestras fuerzas.

—¿No será que desean eliminar a la competencia por todos los medios? —intervino ella, irritada—. Yo que creía que Alemania no tenía miedo de nada ni de nadie...

La expresión de Eisenschacht se volvió más dura; su mirada, más penetrante. El corazón de Xenia se puso a latir con más fuerza. ¿Había ido demasiado lejos? ¿Percibía él la ironía subyacente en sus palabras? Ella no estaba hecha para justas oratorias con un personaje como ese. No era lo bastante pérfida ni lo bastante hábil para ocultar sus emociones.

—El señor Lelong ha expuesto perfectamente el problema —siguió diciendo Xenia, en un tono más conciliador—. Porque veamos, ¿cómo creen ustedes que van a poder transportar a un número tan importante de modelistas y obreras especializadas a Berlín o a Viena? Esas mujeres languidecerían lejos de sus casas. Y eso por no hablar de los centenares de proveedores que crean los accesorios indispensables. Hay que escuchar a Lucien Lelong. Si se ahoga la inspiración de los creadores, si se dispersa esa habilidad ancestral, se acabará con la industria. La alta costura es indisociable de París. Habría que estar ciego para no entenderlo así, y no puedo creer que se trate de una inconsciencia viniendo de una administración tan eficaz como la suya.

—No hemos pedido permiso a París para existir, mi querida señora. Ese complejo de inferioridad que había paralizado a nuestros creadores se ha acabado. A partir de ahora transformaremos el mundo. Piense en nuestros arquitectos, en nuestros escultores, en nuestra búsqueda artística...

—Precisamente. No tengo ninguna duda de que sus estilistas sabrán mostrar el camino —replicó Xenia con voz más dulce—. Los alemanes no tienen necesidad de nosotros para probar su talento. Deje a la alta costura francesa donde está. Como sugiere el señor Lelong, cada país tiene que crear su propia moda. Sería insultante pensar que Berlín necesita de París para brillar ante el mundo, ¿no es así?

Le sonrió con aire inocente y Eisenschacht pareció más relajado. Llamaron a la puerta y entró la secretaria, con un informe bajo el brazo.

—Han llegado herr Lelong y la delegación francesa —anunció.

—Perfecto —dijo Kurt Eisenschacht con expresión satisfecha—. Creo que usted no asiste a la reunión, ¿verdad?

—No, a esta no —dijo Xenia, haciéndose la tonta—. Prefiero limitarme a encuentros más informales. Las discusiones detalladas se me hacen pesadas, son demasiado serias para mí. ¡Todas esas cifras me aburren tanto!

Estaba convencida de que a Eisenschacht esta ingenuidad lo tranquilizaría. Un hombre como él debía de encontrar inconcebible que una mujer franqueara cierto umbral de inteligencia. Mientras la ayudaba a ponerse el abrigo le murmuró al oído:

—Hasta pronto, querida Xenia. ¿Me permite que la llame por su nombre? Sé que tendré la alegría de volver a verla en la recepción de esta noche. Allí hablaremos de temas más livianos. No estaría bien que estas contingencias tan fastidiosas nos estropearan la vida.

Xenia inclinó la cabeza. No recuperó el aliento hasta que volvió a encontrarse en la calle. Desde su llegada el día anterior había intentado en vano localizar a Max por teléfono. No había contestado nadie ni en su casa ni en el estudio. No podía esperar: tenía que ver a Sara cuanto antes. Levantó la mano para detener un taxi y le indicó la última dirección que Sara le había podido comunicar por carta, rogando al cielo que la joven todavía residiera allí.

La estrecha calle, bordeada de edificios de fachadas agrietadas, se encontraba en un barrio de Berlín que Xenia no conocía. Los peatones que avanzaban junto a los muros llevaban ropas sin brillo. Dudó un instante y verificó la dirección. Una pancarta con letras góticas precisaba que el edificio estaba reservado a los judíos. La entrada era oscura, y buscó a tientas un interruptor. Ningún buzón indicaba el nombre de los habitantes. La conserjería estaba cerrada. Algo desorientada, Xenia subió al primer piso y llamó a una puerta. No hubo respuesta. ¿Tenía que esperar a que alguien se presentara por allí? Sintió un escalofrío. En el ambiente reinaba una humedad helada. Subió al segundo, avanzó por un pasillo y llamó a otra puerta. Después de largos minutos, alguien la entreabrió. Distinguió una silueta arropada en un abrigo, con un gorro en la cabeza, que la observaba con aire atemorizado.

—Perdone si le molesto, *gnädiger* herr, pero busco a frau Sara Lindner. ¿Sabría decirme en qué piso vive?

—Aquí no hay ninguna Sara Lindner —masculló el anciano.

—Usted pregunta por la mujer de Viktor Seligsohn —terció una voz delicada. Una mujer de edad avanzada lo hizo a un lado y levantó la cabeza—. ¿Para qué la busca? —añadió con desconfianza.

—Soy una amiga. Necesito verla para hablarle de sus hijos. ¿Sabe si todavía vive aquí? Es la última dirección que ella me dio.

La anciana mujer reflexionó un momento mientras repasaba con la mirada a Xenia, de la cabeza a los pies. Finalmente, se decidió a responder.

—El piso de arriba, la última puerta a la derecha.

—Gracias, señora.

A pesar de la vetustez del edificio, Xenia apreció que la escalera y los descansillos estaban limpios, lo mismo que los tiradores de cobre en las puertas melladas. Esta vez fue Sara quien abrió. Con un metro de costurera alrededor del cuello, vestía un grueso jersey de cuello vuelto y una vieja falda de lana. Su cabello moreno estaba recogido en una severa cola de caballo y desvelaba un rostro sin maquillaje, de labios macilentos. La alemana palideció al verla.

—¡Xenia! —murmuró, impresionada—. ¿Cómo es posible? ¡Entre, se lo ruego!

Unos minutos más tarde, Xenia se encontraba sentada en una pequeña sala apenas calentada por una minúscula estufa de carbón. Los muros estaban recubiertos de un papel pintado de gris y unos libros reposaban en desorden sobre una mesa. En una esquina se amontonaban prendas viejas sobre un camastro. Sara esbozó una sonrisa mientras se quitaba el dedal y el metro.

—Me paso el día cosiendo. Ya no se trata de una cuestión de elegancia, sino de supervivencia. Los judíos ya no tienen derecho a comprar ropa para mujeres o niños. Incluso tenemos prohibidos los retales, así que me he hecho una experta en remiendos —concluyó con una mueca irónica—. Pero hábleme de Felix y de Lilli —pidió con avidez, los ojos inmensos en su rostro lívido—. ¿Están bien?

—Están muy bien —se apresuró a contestarle Xenia con una sonrisa—. Mire, le he traído unas fotos —dijo abriendo su bolso—. Viven en el sur de Francia con mi hija Natasha. Mi hermana Masha cuida de ellos. Allí están a salvo. No les puede ocurrir nada. Preferí enviarlos a un lugar seguro cuando los alemanes invadieron Francia.

De pronto, los ojos de Sara se llenaron de lágrimas y se llevó una mano temblorosa a los labios. Emocionada, Xenia se sentó a su lado y la rodeó con sus brazos para estrecharla. A través del grosor del jersey sentía el cuerpo endeble de la joven que sollozaba sobre su hombro.

—Son muy valientes y se llevan la mar de bien con mi hija —siguió explicando—. A estas alturas ya hablan francés a la perfección. Desde que llegaron quise que recibieran clases particulares. Felix es un alumno estupendo, y Lilli sigue tocando el piano, como usted había deseado. ¿Ve cómo ha crecido? Es guapísima. En la escuela han hecho muchos amigos. Masha tiene una niña de dos años. Es una madre excelente. Una persona seria. Puede tener tanta confianza en ella como la que ha depositado en mí.

Xenia se dio cuenta de que no paraba de hablar, pero tenía una necesidad imperiosa de tranquilizar a Sara, que devoraba con los ojos las pequeñas fotos en blanco y negro. Podía adivinar la desazón que seguramente desgarraba a esa mujer separada de sus hijos desde hacía dos años.

—¿Por qué no ha venido a reunirse con ellos, Sara? —murmuró—. Tenía todos los papeles necesarios...

Sara necesitó unos instantes para serenarse y poder hablar.

—No podía dejar a mi madre sola, tan mayor. Y también quería esperar a que Viktor volviera de Sachsenhausen. Teníamos que irnos juntos. Lo dejaron salir por fin en marzo del año pasado. Pero estaba... ¡Dios mío!

Un estremecimiento recorrió su cuerpo. Con la mirada fija se puso a susurrar, atascándose con las palabras.

—Tenía congelaciones en manos y pies. Obligan a los prisioneros a permanecer en pie en medio del frío durante horas. Con el cráneo rasurado. A veinte grados bajo cero. Y luego las torturas. Las humillaciones... ¡No se lo puede imaginar! En las barracas se amontonan por decenas. La miseria... Las enfermedades... Tenía llagas por todo el cuerpo. He tenido que cuidarlo. Ni siquiera podía hablar. Ahora está mejor, pero no sé si un día volverá a ser el mismo —añadió con voz rota bajando la cabeza.

Xenia se arrodilló ante ella y tomó aquellas manos heladas entre las suyas. ¿Cómo consolarla? No tenía palabras que ofrecerle. Nada podía atenuar el tormento de esa mujer que había viajado hasta París para recibir una medalla de excelencia en recompensa por su trabajo, una mujer inteligente, con talento, tan hermosa aquel día con su elegante vestido, una mujer que en esos tiempos estaba siendo perseguida por un régimen sin religión ni moral. Víctima del desamparo, Xenia puso la frente sobre las manos de Sara, como si se inclinara ante su sufrimiento.

—Mi madre murió hace un mes —prosiguió Sara—. Para nosotros fue una liberación. No conseguíamos visado para ella. Max y Ferdinand hacen lo que pueden para intentar que pasemos a Suiza, pero eso se ha vuelto mucho más difícil desde el comienzo de la guerra.

—¿Viktor soportaría el viaje?

—Tendría que hacerlo —murmuró Sara—. No puede quedarse aquí. Nadie puede quedarse aquí. Y todavía tengo la suerte de disponer de este apartamento, gracias a Max. No podíamos seguir viviendo en su casa, era demasiado peligroso. Su conserje es nazi y no veía con buenos ojos la presencia de judíos en el inmueble. Max me trae comida y carbón para calentarnos. En las otras casas hace mucho frío, y el racionamiento es tan severo que acabaremos por morir de hambre.

Xenia se incorporó. Se sentía tensa, con una opresión en el estómago.

—He intentado verlo, pero no contesta. ¿Está bien?

Sara la miró con intensidad, y dudó un instante antes de responder.

—Está de viaje en Silesia, pero no tardará en volver. Me tiene preocupada.

—¿Por qué?

—No es lo bastante prudente. Todos los periodistas y fotógrafos están sometidos a las órdenes de Goebbels, pero desde el inicio de la guerra Max intenta ir trampeando. Durante un tiempo trabajó para la agencia de Heinrich Hoffmann, que Goebbels detesta, pero Max tampoco soporta la amistad íntima que hay entre Hitler y su fotógrafo oficial. Tenía la sensación de poner su talento al servicio de esa propaganda. Así que se contenta con hacer fotos anodinas en su estudio. Para soldados que parten al frente y que quieren un recuerdo de ellos y de la novia... También bautizos, bodas... Y fotografías de moda, claro. El régimen le da importancia para mantener la moral de la población. De este modo, Max ha abandonado toda búsqueda artística. Es como si algo se hubiera roto en él. Pero ¿cómo se le podría reprochar esta actitud? El mundo se ha vuelto loco. En Alemania se viven cosas realmente terribles.

—No son los únicos —dijo Xenia, a quien la angustia ponía irritable—. Quiero decir que para ustedes, los judíos, es abominable, pero para los demás, los auténticos alemanes...

—¡No diga eso! —replicó secamente Sara—. ¡No caiga en la trampa de esos monstruos! Me considero tan alemana como Max. Los hombres y mujeres que luchan con Ferdinand o Max no hacen distinciones. Somos nosotros, los alemanes, quienes sufrimos una tiranía como nunca nadie había conocido.

—¡Pero la gran mayoría de la población la consiente! —exclamó Xenia, indignada—. No hay más que verlos ondear sus banderitas nazis a la primera de cambio. Respaldan la persecución de los judíos. Les han robado sus casas y sus empresas, y empiezan a hacer lo mismo en otros lugares. Permiten el pillaje más descarado en los países ocupados. Aplauden cuando la Luftwaffe destruye ciudades como Rotterdam o Coventry. Cuando partíamos hacia el sur con los niños, nos ametrallaron en la carretera. ¿Se da usted cuenta? Mujeres y niños inocentes. Fue un milagro que no nos mataran. Mi padre y mis tíos eran oficiales de la Guardia Imperial. Conozco el código de honor de un militar digno de este nombre. Los nazis son bárbaros impíos, y los alemanes los animan y los apoyan. El país es cómplice de Adolf Hitler, y eso lo sabe usted tan bien como yo. ¡Hay que abatir a ese chacal y rebelarse!

Xenia se detuvo, agotada.

—No todo el mundo tiene su coraje —señaló Sara con una sonrisa triste—. La gente tiene miedo. Por ellos y por su familia. Les han lavado el cerebro.

—¡Pero mire a qué los han reducido! —dijo Xenia con un gesto de su brazo—. ¡Es una vergüenza! ¿Cómo puede disculparlos? Los odio con toda mi alma.

—Mi mujer no los disculpa —exclamó una voz grave que sobresaltó a Xenia—. No tiene tiempo para odiar. Está demasiado ocupada en sobrevivir.

Un hombre alto, de impresionante delgadez, se alzaba en el marco de la puerta. Tenía el cabello moreno, pómulos afilados y llevaba en brazos a una niña que se chupaba el pulgar.

—Viktor, ¿te hemos despertado? —preguntó Sara inquieta, levantándose para hacerse cargo de su hija.

—No tiene ninguna importancia —respondió él con una sonrisa—. Es una alegría conocer por fin a la persona que cuida de Felix y Lilli desde hace ya dos años. Oyéndola no dudo de que nuestros hijos se encuentren en buenas manos. Sara me había dicho que era usted una mujer de carácter, Xenia Fiódorovna. Lo que no me había dicho es que también es una mujer esclarecida. —Se aproximó cojeando, se inclinó ante Xenia y le besó la mano antes de añadir, con gravedad—: Y ahora, desearía que me hablara de mis hijos.

Bajo las arañas deslumbrantes de uno de los salones de recepción del Ministerio de Propaganda, Xenia permanecía en pie y tranquila con su traje de noche de terciopelo rojo, pendientes de rubíes en las orejas y el cabello rubio recogido en un moño. Examinaba con mirada fría la luminosidad de las pecheras de los hombres vestidos de frac y de sus esposas vestidas con seda artificial, todos con copas de *sekt* en la mano. El racionamiento debido a la guerra se imponía en todo el país tanto en lo que concernía a los alimentos como a la vestimenta, pero en cualquier caso eso esa noche no era evidente. La comida presentada en un servicio de porcelana blanca con filete de oro había sido copiosa. Los vinos, espléndidos. Las decoraciones de flores o de velas estaban perfectamente alineadas sobre los manteles adamascados. Algunos discursos habían adornado el banquete, pero se trataba sobre todo de deslumbrar a los huéspedes extranjeros. En ese momento, bajo la égida de la inmensa cruz gamada, las voces de los invitados ahítos resonaban en los espejos. Xenia oía hablar italiano y francés. Las cruces de hierro y las condecoraciones militares en las solapas de los uniformes captaban la luz. Las sonrisas herían como otras tantas mordeduras.

Con el rabillo del ojo distinguió a Lucien Lelong. Aunque se lo veía cansado, su expresión también era de alivio. Cuando había acudido a buscarla para acompañarla a la cena, le había confiado que las negociaciones marchaban por buen camino. Todavía no había nada ganado, pero parecía que la alta costura podría conservar su sede parisina, aunque bajo vigilancia. En los meses venideros, esperaba establecer un carnet de «cultura-creación» y obtener dispensas para que los modistos pudieran procurarse materia prima. Así, ciertas casas selectas podrían permitirse continuar presentando sus colecciones. Mostró un aire afable cuando Magda Goebbels se acercó para hablar con él. Como ella había crecido en Bruselas, dominaba el francés a la perfección. Xenia percibió que tenía la cara hinchada y la mirada ausente, pero su vecino de mesa le había informado de que frau Goebbels acababa de traer al mundo a su última hija. El ministro podía ahora enorgullecerse de ser el padre de seis niños. No lejos de allí, Joseph Goebbels gesticulaba y reía a carcajadas para cautivar a algunas mujeres que lo escuchaban con avidez. Cuando Xenia le había estrechado la mano a su llegada había tenido que contenerse para no mirarlo con desprecio. Con la cabeza demasiado voluminosa para un cuerpo de constitución débil, resultaba pequeño y contrahecho, pero su mirada oscura siempre brillaba con ardor en su rostro macilento. Con una sonrisa crispada en los labios, Xenia había pensado que el poder volvía ciegas a las mujeres, pues de otro modo no podía entender que un hombre tan poco agraciado coleccionara tamaño número de conquistas. Así, cuando los dirigentes nazis se llenaban la boca con la superioridad de la raza aria y exaltaban una belleza física de cánones estéticos muy estudiados, su propia fealdad no hacía sino resultar más flagrante todavía.

Fue en ese momento cuando Xenia oyó hablar en ruso. Sintió un escalofrío que le recorrió todo el cuerpo. Dos diplomáticos conversaban en voz baja. Se mantenían al acecho, con sus miradas aguzadas inspeccionando la sala, vestidos con ternos sobrios. Era la primera vez que estaba cerca de unos soviéticos desde que la habían echado de su país, y experimentó algo semejante al aturdimiento. De pronto se vio en la casa en que había nacido, y respiró el humo del tabaco y la cera de abeja que en aquellos tiempos flotaba en el vestíbulo. Pero las arañas de cristal estallaban bajo las ráfagas de las ametralladoras, y la sangre de su padre se derramaba sobre el sillón y los papeles blancos esparcidos ante él. Xenia vaciló y hundió las uñas en la palma de su mano para serenarse. ¿A cuántos inocentes se había masacrado en todos esos años? Stalin había reducido Rusia a la esclavitud. Las víctimas se contaban por centenares de millares. El hambre, las deportaciones, las ejecuciones sumarias... ¿Quién iba a poner fin a esos crímenes vertiginosos? Reprimió las náuseas y giró sobre los tacones.

—¿Ya nos deja?

Marietta Eisenschacht llevaba un vestido de crepé negro, una rejilla que envolvía su cabello y diamantes en las orejas. Parecía nerviosa.

—Ya he visto bastante —replicó Xenia.

—¡Qué suerte tiene! —ironizó Marietta—. Nosotros, en cambio, estamos obligados a quedarnos.

—Pero todo son ventajas, ¿verdad? Sobre todo para usted. Esta tarde, mientras paseaba por la ciudad, me ha parecido entender que su marido era el nuevo propietario de los almacenes Lindner, entre otros.

—¿De qué sirve eso si los escaparates están vacíos?

—¿De qué sirve cuando uno permanece sordo a los gritos de las víctimas?

Marietta esbozó una sonrisa fría y se encogió delicadamente de hombros.

—No entiendo a qué se refiere.

—En ese caso no puedo hacer nada por usted, y le aseguro que lo peor está por venir. Discúlpeme, pero tengo que marcharme. Aquí ya no puedo respirar.

Xenia se deslizó a un lado y fue hacia el guardarropa. Sus tacones martilleaban el suelo, pero ella solo oía los latidos desbocados de su corazón. Con manos temblorosas buscó en su bolso la ficha para recuperar el abrigo y pidió que le llamaran un taxi. Una vez fuera, el aire glacial la aprisionó. A través de los cristales del automóvil contempló los edificios cerrados, las calles desiertas por las que solo se aventuraban los militares. En la noche oscura algunas luces surgían aquí y allá, como señales de socorro. Y Xenia iba al encuentro de Max, con los nervios a flor de piel, el corazón desnudo. Desde lo más hondo de las tinieblas, avanzaba por fin hacia el hombre al que amaba, rendida a la evidencia.

Un aullido desgarró el silencio de Berlín. Una larga queja se elevó en el cielo que de pronto barrían potentes faros en busca de aviones enemigos. El taxista se detuvo enseguida junto a la acera.

—¡Continúe! —ordenó Xenia.

—Está prohibido. Tenemos que meternos en el refugio más cercano —explicó el chófer.

—¡Continúe! —gritó ella—. Ya estamos muy cerca. ¡Apresúrese!

Aturdido, el hombre obedeció y atravesó el cruce a toda velocidad antes de aparcar ante el edificio donde vivía Max. La joven le pagó y se precipitó al interior. El conserje iluminaba la entrada con una linterna. Xenia le agarró el brazo y le preguntó en qué piso vivía Max. Él la miró sorprendido.

—En el quinto. Pero tiene usted que bajar al sótano con nosotros.

Para que la dejara en paz, Xenia le prometió que enseguida se reuniría con ellos, y luego se abrió paso entre los inquilinos que corrían a refugiarse. En la escalera la empujaron y se dio un golpe en el hombro, pero siguió subiendo. Le parecía inconcebible que Max no hubiera vuelto de Silesia, pues ella había venido para decirle que lo quería, que nunca había amado a nadie sino a él. Tomó su encendedor para iluminar la escalera sumida en la oscuridad. Al llegar ante la puerta llamó al timbre y no dejó de apoyarse en él. En el exterior, el aullido de las sirenas proseguía su siniestra tonadilla.

—¡Dios mío, haz que esté aquí! —rogó ella con fervor—. ¡Te lo suplico, haz que esté aquí!

De cualquier modo, ocurriera lo que ocurriese, ella no se marcharía. Se quedaría allí, en ese pasillo solitario y helado, durante el tiempo necesario, horas, días, toda una vida, hasta que él volviera. La puerta se abrió. Una débil luz iluminaba la entrada. Max estaba frente a ella, con expresión grave, despeinado. Sorprendido al verla, vaciló. Xenia se quedó petrificada, incapaz de articular palabra. Su vida había dado un vuelco porque ella había osado mirar la verdad de frente. Amaba a ese hombre. Por su rectitud, por su coraje, por su talento. Lo amaba porque la inspiraba, le revelaba a ella misma, la hacía reír, y Xenia no podía vivir sin el perfume de su cuerpo. Lo amaba desde el día en que habían cruzado sus miradas en Montparnasse, y lo amaría hasta su último aliento. Sin embargo, Xenia Fiódorovna Osolin no se había sentido nunca tan desvalida. Toda su vida se resumía en ese puñado de segundos. Desposeída de su armadura y de sus miedos, nunca había sido tan sincera ni tan vulnerable.

Lentamente, Max levantó una mano y le acarició la mejilla. La expresión de su rostro se volvió más dulce, pero la mirada seguía apagada.

—No iba a bajar al sótano con los demás —dijo—. Pero ahora que estás aquí, supongo que es lo que tenemos que hacer.

—No, es inútil. Quiero quedarme en tu casa.

—Es peligroso.

—No. No nos ocurrirá nada. Esta noche no.

—¿Has decidido que ocurra así, Xenia Fiódorovna? —preguntó él, divertido.

Ella abrió las manos y esbozó una sonrisa.

—Cuando una mujer viene a decirle a un hombre que lo ama, los ángeles vigilan.

Una emoción dolorosa atravesó el bello rostro de Max.

—¿Es un proverbio ruso?

—No, es una verdad universal. Y ahora, ¿me dejarás entrar o tengo que echar raíces en este descansillo?

Mientras duró el ataque aéreo permanecieron abrazados, sentados en el suelo y pegados a la pared de la sala por si la onda expansiva reventaba las ventanas. Los destellos rojos y verdes iluminaban la estancia. Los aviones volaban tan bajo que las paredes temblaban, y los zumbidos eran tan potentes que repercutían en sus cuerpos. A lo lejos, oían las detonaciones y el crepitar de la defensa antiaérea, que intentaba abatir los bombarderos. Los brazos de Max enlazaban a Xenia, que se apoyaba contra su torso. Sentía su aliento en el cabello, sus labios en la mejilla, y no tenía miedo. Estaba en paz. Pensó que no quería moverse de allí. Nunca más.

¿Cuánto tiempo permanecieron así? ¿Una hora, dos? ¿Qué importancia tenía? En los sótanos y refugios los berlineses jugaban a las cartas, tricotaban, leían a la luz de las velas, recitaban plegarias. Seguramente habría heridos y muertos, y Max no podía dejar de inquietarse por Xenia. Un mes antes, con ocasión de los primeros bombardeos, los hospitales se habían visto desbordados. Casi todos los barrios habían quedado afectados, pero no tenía fuerzas para exigir a la joven que se guareciera. A Max el cuerpo le pesaba toneladas, cargado de todos los tormentos, de todas las angustias. No podía conciliar el sueño, no solo a causa de las alertas nocturnas que impedían dormir a los berlineses, sino también porque había olvidado cómo abandonarse. Pero esa noche respiraba el perfume de Xenia, acariciaba su rostro y se maravillaba porque obtenía de ella un alivio inesperado. Cuando los últimos aviones se alejaron un silbido permaneció en sus oídos. Por fin se oyó la sirena que anunciaba el fin de la alerta. Max ayudó a Xenia a incorporarse y encendió algunas velas.

Por primera vez la joven pudo contemplarlo de verdad. Había adelgazado y los rasgos de su rostro se habían endurecido, borrando de sus mejillas los últimos vestigios de la infancia. Pero sin duda, lo más impresionante en el hombre que tenía frente a ella era la vacuidad de su mirada.

—¿No me preguntas qué hago en Berlín? —se extrañó ella, nerviosa.

—Soy supersticioso. Me has dicho algo antes de todo el estrépito, pero no sé si lo he soñado.

Xenia volvió a sentir enseguida el gusto ácido del miedo. Había llegado el momento de confesarle la verdad, aunque ignoraba cuál iba a ser su reacción. En París, en una bella noche de verano, Sara Lindner le había dicho que debía ser valiente. Y también le había dicho que un día iba a tener que ayudarlo. En ese momento Xenia comprendió por qué. Si Max seguía entregándose así, hasta perderse, no sobreviviría a la guerra.

—Te amo, Max. Y he venido a pedirte perdón.

—¿Por amarme o por haber esperado tantos años para decírmelo? —contestó él con amargura.

—Por no haber sabido decírtelo cuando estaba encinta de tu hija.

Max palideció. Un brillo de cólera, casi de odio, tiñó su mirada. Vaciló y luego se sentó en el canapé con los gestos prudentes de un lisiado. Sin decir palabra. Era evidente que no iba a hacer nada para facilitarle la tarea. Xenia estaba sola, como de costumbre. Con mano nerviosa, se tocó el vestido, ese que Sara había diseñado en otros tiempos, como si pudiese sacar fuerza de él.

—Fui cobarde. Tuve miedo. En esa época no sabía cómo contártelo. Temía que me exigieras algo que no podía darte, un amor tan incondicional como el que tú me ofrecías. No podía correr ese riesgo. Tenía la intención de traer a esa criatura al mundo y criarla sola, pero en esa ocasión también me faltó coraje. Gabriel Vaudoyer me ofreció un techo para mi familia. Me ofreció seguridad y amistad. En ese momento de mi vida tuve necesidad de él.

Max, furioso, apretaba los puños.

—¡Y toleraste que le diera su apellido a mi hija! ¡Y ni siquiera me dijiste nada cuando volvimos a ser amantes unos años más tarde!

—Me equivoqué. Solo puedo pedirte perdón.

—En París me hablaste de ella, ¿verdad? ¿Qué edad tiene? —preguntó con voz ahogada.

—Trece años... Es como decir una eternidad.

Max se levantó, se acercó a unos frascos de cristal que había sobre una pequeña mesa con ruedas y se sirvió una copa que luego se bebió de un trago. Xenia observaba cada uno de esos gestos como si lo viera por última vez. Un puñal le atravesaba el corazón. No había imaginado que el sufrimiento de Max pudiera hacerle daño hasta ese punto. Así que amar era eso: sufrir por el otro, y ya no por sí misma.

—Y ella cree que Vaudoyer es su padre, claro está...

—Sí.

—¿Y él está al corriente de lo nuestro?

—No, pero creo que adivina que el padre de mi hija vive en Berlín.

—¡Dios mío, qué desastre! —murmuró él pasándose la mano por el cabello—. ¿Por qué vienes a decírmelo ahora, así? Como si las cosas no fueran ya lo bastante difíciles...

—Me había quedado con dos verdades esenciales que decirte, y una no existe sin la otra. Sé que me arriesgo a perderte, pero nunca antes había pronunciado estas palabras. Es absurdo, ¿verdad? Cualquiera diría que lo mío es falta de experiencia —murmuró ella con una sonrisa amarga—. Hay un tiempo para todo, Max. Quizá haya escogido mal el momento, pero tenía que decírtelo cara a cara. Y ahora no voy a buscar excusas, ni a suplicarte que me perdones. Te amo, eso es todo.

Y Xenia calló. Permaneció inmóvil en la gran sala del piso de Max, mientras desde las calles berlinesas se elevaban las campanadas de los bomberos y la gente volvía a sus casas selladas. Se estremeció porque hacía frío y porque tenía miedo. Exponer el corazón siempre constituiría un riesgo, pero estaba viviendo sin pestañear esos instantes decisivos. Luego, curiosamente, su tensión nerviosa se disipó. Sorprendida por ese cambio insospechado, cerró los ojos. Necesitó algunos instantes para entender lo que ocurría. Amaba a ese hombre. Tras hacer acopio de valor para confesárselo a sí misma, se lo había hecho saber a él. Había depuesto las armas, y ocurriera lo que ocurriese en el futuro, por mucho que Max la rechazara o la perdonara, por primera vez en su vida, Xenia se descubría como una persona libre y soberana.

Lo primero que sintió fueron los brazos de Max, y se vio atravesada por un largo estremecimiento. Así que le daba otra oportunidad. Había encontrado en su corazón la delicadeza suficiente para ir hacia ella a pesar de su pena. Y Xenia dio las gracias. Por ese hombre excepcional. Por la grandeza de su alma. Cuando él la abrazó, ella se apoyó contra él, echó la cabeza atrás y se perdió en esa mirada intensa que era la de su hija. En ella brillaba de nuevo la emoción de la vida, esa mezcla singular de cólera y sufrimiento, de curiosidad y deseo.

París, mayo de 1942

Gabriel Vaudoyer estudiaba la sala repleta del Orangerie, en las Tullerías, con expresión divertida. Era una apoteosis. Nadie había rechazado la invitación a la retrospectiva consagrada al escultor Arno Breker, el protegido del Führer, apóstol infatigable de la colaboración francoalemana. Allí se habían dado cita políticos como Pierre Laval; artistas como Van Dongen y Dunoyer de Sagonzac; escritores como Drieu la Rochelle y Jean Cocteau. Los uniformes alemanes se mezclaban con los trajes oscuros cruzados. Los peinados extravagantes jalonaban la sala con sus velos o adornos, y sus portadoras compensaban así unos vestidos demasiado modestos para su gusto. Entre las obras colosales del artista, las conversaciones se desarrollaban a buen ritmo. El París colaboracionista honraba a ese talento que tan bien reflejaba al superhombre nacionalsocialista, mientras que los invitados más circunspectos limpiaban sus conciencias: ¿acaso el arte no trasciende todas las diferencias? ¿Acaso Breker no había empezado su discurso diciendo que era un «viejo parisino» y que había que concebir esa exposición como si tuviera lugar «en tiempo de paz»? Pero eso, a juicio de Gabriel, era absurdo. Esbozó una mueca irónica. ¿Cómo podía uno abstraerse de la ocupación alemana? ¿Cómo olvidar el racionamiento, el pillaje económico, la imposibilidad de alimentarse convenientemente, de calentarse en invierno, de ir y venir libremente? ¿Cómo olvidar los arrestos salvajes, los rehenes fusilados, los miles de prisioneros? Y, sin embargo, no podía evitar sentir cierto entusiasmo por la determinación de los alemanes.

Cuando el Führer había ordenado la invasión de la Unión Soviética el 22 de junio de 1941, casi un año antes, a Gabriel lo había dejado estupefacto tanta audacia. Los primeros éxitos fulgurantes de la Wehrmacht habían parecido confirmar la superioridad casi divina de Adolf Hitler. Con ocasión de las recepciones en la embajada de Alemania, Gabriel había felicitado expresamente a Otto Abetz. Pero Rusia era inmensa. Vertiginosa. Y la maquinaria de guerra nazi se había encasquillado. Ante Moscú. Ante Leningrado. Volvió a ver la expresión hermética de Xenia cuando se había enterado por los diarios del sitio a su ciudad natal. Por temor a que los tiradores de élite, las minas y los combates cuerpo a cuerpo en las calles de la antigua San Petersburgo ocasionaran pérdidas demasiado importantes, Hitler había ordenado el asedio de la segunda ciudad del país. «Resistirán, lo sé —había declarado Xenia con los puños cerrados—. Resistirán hasta que las calles queden cubiertas de cadáveres.» Y en sus palabras se reflejaba tal intensidad que Gabriel se había estremecido. Al observar la mirada clara de su esposa había tenido un extraño presentimiento. A pesar de los centenares de miles de prisioneros soviéticos, de la increíble penetración de los Panzers y la infantería, la Wehrmacht iba a perderse en Rusia, en ese país de aspecto infinito, donde la vida y la muerte tomaban dimensiones casi sobrenaturales.

Así, cuando se desmanteló la primera red de resistentes parisinos, a Gabriel no le sorprendió enterarse de que sus iniciadores eran de origen ruso. Nacido en Petrogrado y fugitivo de la revolución bolchevique antes de adquirir la nacionalidad francesa, Borís Vildé había entrado a trabajar en el Museé de l'Homme como lingüista. Junto a su colega Anatole Lewitsky había empezado imprimiendo octavillas, y luego el periódico clandestino *Résistance*, que iba a dar el nombre a los demás movimientos nacidos del espíritu de revuelta de los franceses. Por mediación suya, Xenia se había enterado de que Kiril había llegado sano y salvo a Londres y se había unido al general De Gaulle. Un espía se había introducido en la red cuando los evadidos franceses y algunos soldados británicos organizaron el paso de la línea de demarcación. Como consecuencia del proceso, los inculpados Lewitsky y Vildé fueron condenados a muerte y fusilados en el monte Valérien. Ese día Xenia había ido a rezar a la iglesia. Cuando volvió, encerrada en su pena, se había refugiado en los brazos de Gabriel. Él la había sostenido contra él, aturdido por su perfume, emocionado por que hubiera tenido el gesto de acudir a él en plena desesperación.

De pronto, Gabriel se preguntó dónde podía haberse metido su esposa. Con el tiempo había acabado por ejercer sobre él una suerte de fascinación. Ahora que volvían a estar solos en el piso, puesto que Natasha se había quedado con su tía en la zona libre, Gabriel podía concentrarse en ella, que se había convertido en una obsesión. En los inicios de su matrimonio, la reserva de Xenia le había convenido porque su pudor le hacía temer la efusión de sentimientos, pero con el transcurso de los años había empezado a hacerle sufrir. Si bien la distancia suscita el deseo, a veces se asemeja a una gangrena del corazón. Pensó que él, el esteta comedido que se jactaba de controlarlo todo en la vida, había encontrado la horma de su zapato en Xenia Osolin. Gabriel sacó el pañuelo y se secó el sudor de la frente. ¿De dónde le venía esa inquietud? Empujó a la gente que tenía alrededor y se apartó unos pasos, buscándola.

Llevaba un traje de chaqueta color habano, con bordados dorados en el cuello y en los puños. Bajo el turbante adornado con un broche, Xenia alzaba un rostro ardiente hacia un desconocido. Gabriel lo comprendió enseguida. «¡Así que es ese!», pensó, sintiendo que un puño se cerraba en torno a su corazón. Ese hombre elegante tenía el cabello moreno, una mandíbula angulosa, rasgos armoniosos. Una elegancia discreta, pero sin tacha. Era uno de esos hombres ineludibles. Solares. En ese momento cayó sobre Gabriel toda la fuerza de su amor por Xenia, un impulso devastador de celos y resentimiento hacia ese desconocido, hacia su esposa, pero sobre todo hacia sí mismo por haber creído que podía conquistar el corazón de esa mujer que tan naturalmente pertenecía a ese extranjero. A los ojos del mundo no eran más que otra pareja seductora entre muchas, pero Gabriel era demasiado lúcido como para no captar, en el movimiento del hombre inclinado hacia ella lo mismo que en la pureza del perfil de Xenia, esa quintaesencia que se observa entre los que, más allá de estar enamorados o de ser amantes, no forman sino uno solo. Tanta turbación lo dejó aturdido. La sangre le latía con fuerza en las sienes. Nunca hubiera dicho que era tan vulnerable, ni capaz de experimentar tal violencia. Y entonces Gabriel Vaudoyer comprendió que al casarse con Xenia Osolin había conseguido la más importante de sus victorias, pero que esta llevaba ya implícita una derrota que sabía a ceniza. Sin esperar más, abandonó la sala.

Cuando Xenia se enteró de que Max formaría parte del grupo de artistas alemanes que acompañaban a Arno Breker a París creyó enloquecer de alegría. Él le había enviado una nota al llegar a la capital, pero era para prohibirle que fuera a verlo al hotel. Ella era francesa y él alemán, y desconfiaba de las situaciones equívocas. Xenia había tenido que armarse de paciencia antes de encontrarlo entre esa multitud. Había algo muy desgarrador en el hecho de no poder echarse a sus brazos. A petición de una galería parisina, Max había aceptado exponer algunas de sus obras, y había aprovechado la ocasión para sacar de Alemania pruebas numeradas y guardarlas en lugar seguro. Pero se lo veía tan desamparado que Xenia sintió miedo.

—¿Qué te preocupa? —preguntó ella.

—Es Sara. No ha llegado a Suiza.

Max hablaba en voz tan baja que la joven tuvo que inclinarse hacia él para oírlo.

—¡Dios mío! —dijo alarmada, conteniendo la respiración—. ¿Qué ha ocurrido?

—Lo habíamos preparado todo como de costumbre. Los papeles y los visados para Viktor y para ella. El pasador era un hombre de confianza, pero alguien lo denunció. Detuvieron a todo el grupo, y el pasador fue fusilado por la Gestapo. Y le hemos perdido el rastro a Sara. No sabemos dónde está, y eso me está volviendo loco.

Al percibir su desesperación, Xenia no pudo contenerse y apoyó discretamente una mano en su brazo.

—Pero no los han matado, ¿verdad? No han encontrado sus cuerpos, ¿no?

—No. Deben de haberlos deportado a un campo de concentración. Ferdinand está desesperado intentando obtener información, pero es peligroso. Casi imposible.

—Lo siento muchísimo, Max. Creía que todo iría bien. Es horrible, pero no tienes ninguna culpa.

Max se calmó, miró a su alrededor y luego mostró una sonrisa, como si estuvieran hablando de cosas fútiles.

—¿Y qué hay de Felix y Lilli?

—Están en lugar seguro con Masha. No corren ningún riesgo, están en la zona libre.

—Yo no estaría tan seguro. Los ingleses ya no se contentan con resistir. Atacan cada vez con más violencia en el corazón de nuestro territorio. Sus bombarderos han devastado las ciudades de Lubeck y de Rostock. La situación en la Unión Soviética se complica. Y ahora que Estados Unidos ha entrado en la guerra el conflicto cambiará de dirección. Hitler pronunció un discurso en enero en el que hablaba abiertamente del exterminio de los judíos. La locura asesina de los nazis ya no tiene límites.

Xenia sintió miedo.

—¡Calla! —dijo apretando los dientes—. ¿Estás loco? Cualquiera puede oírnos.

—No lo creo —respondió él con una mueca irónica—. Todo el mundo está convencido de que cantamos las excelencias de Breker. Me dan mucho más miedo los lugares públicos como los restaurantes o el metro, donde siempre puedes encontrar oídos indiscretos.

—Pero háblame de ti —pidió ella con expresión solícita—. ¿No corres el riesgo de que te llamen a filas y te envíen al frente?

—Estoy destacado en el servicio fotográfico de la Wehrmacht. De momento no creo que nadie piense en enviarme a primera línea. Me parece que no se fían demasiado de mi competencia como corresponsal de guerra, y yo no soy quién para corregirles —bromeó.

Xenia estaba segura de que disimulaba su preocupación con ocurrencias como esa.

—¿Cómo te sientes? —murmuró ella.

Él se encogió de hombros.

—Ansioso. Impotente. Avergonzado de no poder actuar con más eficacia. ¿Y tú?

—Furiosa, porque deseo estar en tus brazos. Ya. Y me pregunto qué me impide besarte ahora mismo.

Max se echó a reír. La mirada traviesa de Xenia le recordaba la de otras épocas, cuando las fiestas duraban hasta el amanecer. Saber que Natasha era su hija le había hecho sentir una cólera intensa por todos esos años perdidos, pero la simplicidad con la que Xenia le había pedido perdón lo desconcertó. Así, la vida se había convertido en algo tan precioso como frágil. Ella ya no toleraba ni rencores ni resentimientos, sino que imponía ir a lo esencial. Xenia era la única mujer con la que podía pensar en compartir su existencia. Tras su separación se había visto tentado a comprometerse una o dos veces, pero había preferido una soledad atravesada por aventuras placenteras y efímeras antes que inducir a error a otra mujer. Max no estaba hecho para la duplicidad. Nunca amaría a otra que no fuera Xenia Osolin. Esa era una evidencia. En Berlín, al contemplarla con su largo vestido rojo, vulnerable y auténtica, pensó que por fin todo se había vuelto simple entre ellos, aunque quizá necesitaran de los terrores de esa guerra despiadada para reconocerlo. Esa noche, en una ciudad que silenciaba su miedo a los bombardeos aunque solo fuera por unas horas, se habían amado con fervor.

Max le cogió la mano y se la llevó a los labios.

—Debo dejarte —murmuró—. Tengo una cita. Nos vemos mañana por la tarde en mi galería, ¿te parece bien?

—Hasta mañana, Max —se despidió ella con voz grave—. Ten cuidado.

Cuando Max salió del Orangerie y descendió por la rue de Rivoli, se cruzó con un pelotón de soldados cuyos pasos retronaban en la calzada. En la fachada del hotel Maurice ondeaba la bandera de la cruz gamada. Sabía que el comandante del Grand Paris se alojaba allí. Ningún hotel parisino había escapado a la requisa. Cuando su primo Walter venía a la capital francesa iba a la *rive gauche*, al Lutetia, donde se encontraban los despachos del Abwehr.

Llegó al escaparate de la librería y echó un vistazo al interior. Nada sospechoso. Empujó la puerta, hizo ver que hojeaba los libros expuestos sobre las mesas y luego escogió una novela al azar sin ni siquiera preocuparse de leer el título. Sentado tras la caja registradora, el señor Brun no había cambiado. Seguía pareciendo un oso viejo. Al envolverle la novela, el librero dijo:

—En el puente de las Artes, dentro de media hora.

Max pagó sin pestañear. Una vez fuera, atravesó lentamente el jardín de las Tullerías, recordando con nostalgia las detonaciones y la exaltación de los enfrentamientos de una lejana tarde de febrero. Algunos trozos de césped se habían convertido en huerto, pero los parterres de flores estaban cuidados con cariño. En el París amordazado de la ocupación nazi, privado de coches o de autobuses, en el que corrían las bicicletas y en cuyas tiendas de ultramarinos colgaban mensajes de lo más conciso, como «NO HAY PAN», «NO HAY LECHE», «NO HAY CARNE», ese fervor de los años treinta parecía un sueño.

Le había sorprendido la actitud distante de los parisinos, a quienes había conocido mucho más cordiales. Y eso que no llevaba el uniforme enemigo. ¿En qué podían adivinar que no era francés? Volvió a pensar en lo que le había dicho Milo de su estancia en Francia, en su tristeza al ver que lo consideraban un bárbaro. Sí, desde que había empezado la guerra los nazis no habían dejado de confirmar esa primera impresión. La última vez que había visto a Milo lo había encontrado profundamente afectado. Su amigo volvía de Ucrania. Muy pálido, Milo le había hablado del salvajismo de los *Einsatzgruppen SS* en el frente ruso, del exterminio sistemático de los judíos, de las ejecuciones de prisioneros y de los comisarios soviéticos. «Hay que matar a Hitler antes de que nos arrastre a todos al infierno», había murmurado con voz inexpresiva.

Pensativo, Max se apoyó en el parapeto del puente y observó el juego de los reflejos del sol en las aguas del Sena. Hizo un esfuerzo por deshacerse de sus pensamientos negros e inspiró el aire de esa ciudad que sería para siempre la de su reencuentro con Xenia.

—Hola. Espero no haberle hecho esperar.

Max dio un respingo. Confuso, se dijo que andaba despistado, pues ni siquiera había oído llegar al librero. El hombre intentaba encender un cigarrillo con un encendedor que no funcionaba. Con gesto despreocupado, Max le ofreció fuego.

—Tengo los sellos oficiales que vienen directamente de Berlín. Los que usted pidió.

—Perfecto. Deje el sobre aquí delante antes de marcharse. ¡Gracias! —añadió el señor Brun elevando la voz y alzando su sombrero mientras dos desconocidos vestidos de civil pasaban por el puente.

Max inclinó educadamente la cabeza y se alejó en dirección a la *rive gauche*. Cuando miró de soslayo a sus espaldas, el sobre y el señor Brun habían desaparecido. Enseguida se sintió más ligero. Pensó que al día siguiente volvería a ver a Xenia. Pasarían la tarde juntos y ella le hablaría de Natasha. Él escucharía con atención, grabando cada una de sus expresiones y cada uno de sus gestos en su memoria. Le rozaría la mano, la mejilla, y sería como si le hiciera el amor. Saberla tan cerca, pensar que la vida le concedía de nuevo el milagro de volver a estar con ella durante algunas horas arrebatadas a la angustia, hizo que Max sintiera una bocanada de alegría que se le subió a la cabeza como un licor muy fuerte.

Dos meses después, fue la extraña procesión de grandes autobuses parisinos, esos vehículos semejantes a abejorros perezosos que hacía tanto tiempo que no recorrían las calles de la ciudad, lo que intrigó a Xenia en esa tarde radiante del mes de julio. En pie sobre la plataforma trasera, los agentes de policía vigilaban a los peatones. Rostros de mujeres y niños atemorizados se apretaban contra los vidrios. Xenia se detuvo al borde de la acera para verlos pasar.

—¡Dios mío! ¡Todos llevan la estrella amarilla! —murmuró la joven, impresionada.

Hacía un mes que los alemanes habían impuesto a los judíos mayores de seis años la obligación de coserse en la ropa una estrella de seis puntas de tela amarilla y contornos negros, con las dimensiones de la palma de una mano, la inscripción «judío» y que había que llevar sobre el costado izquierdo. «Sobre el corazón», había pensado Xenia, indignada. Enseguida se había inquietado por Felix y Lilli, pero en la zona libre la estrella todavía no era obligatoria. Se pedía solo que se hiciera figurar la mención «judío» en los papeles de identidad. Contrariada por no poder escribir libremente a Masha para exigirle que no hiciera nada en lo que concernía a los papeles de los niños, Xenia se había visto reducida a suplicarle al cielo que su hermana tuviera la presencia de ánimo suficiente para desobedecer. Afortunadamente, el carácter de Masha no había cambiado, y seguía resistiéndose a doblegarse ante la autoridad. Con algo de suerte, los niños Seligsohn no quedarían fichados, pero resultaba evidente, como Max había previsto, que la pinza se cerraba.

Xenia contempló durante unos instantes el desfile de autobuses y luego, arrebatada por un impulso extraño, bajó de la bicicleta, la giró y volvió a subirse a ella para seguirlos. Las malditas suelas de madera resbalaban sobre los pedales y su bolso de tela le golpeaba en el muslo. Se inclinó hacia delante con determinación. Un agente de policía en pie sobre una plataforma la interpeló con voz furiosa y agitando los brazos.

—¡Váyase, señora!

Ella le dedicó una mirada siniestra y se desvió hacia la derecha. Por fortuna, conocía todos los rincones del distrito XV. La camisa de lunares se le salía de la falda pantalón. Le entró la risa cuando vio la expresión sorprendida de los peatones que se volvían para verla pasar. Debía de parecer una loca descendiendo por el bulevar a esa velocidad. Tal y como había previsto, volvió a coincidir con la fila de los autobuses, pero procuró comportarse con más discreción. Cuando los vehículos se alinearon en la rue Nélaton ante la entrada al velódromo de invierno, Xenia bajó de la bicicleta y observó la escena con el corazón desbocado, refugiada bajo el tejadillo de un café.

Las madres intentaban calmar a los niños sin perder de vista los equipajes. Una de ellas empujaba un cochecito en el que se amontonaban cartones y cazuelas. Los bebés gritaban en brazos de sus madres, afectados por la tensión ambiental. Algunos agentes de policía hablaban a voces y maltrataban a las personas a las que habían detenido, forzándolas a avanzar por los largos pasillos oscuros que llevaban al recinto del velódromo. Unos ancianos caminaban lastimosamente, arrastrando una maleta o una caja de cartón cuyos cordajes se rompían, de manera que algunos efectos personales se esparcían por el suelo. Xenia estaba tan impresionada que se apoyó en el muro para no trastabillar. ¿Qué sucedía? ¿Otra batida? Pero esta vez se trataba de mujeres y niños. ¿Cuántos eran? ¿Centenares, miles? Reprimió las náuseas. Se estaba gestando algo horrible. Algo insostenible. Estaba convencida de ello, y por una rara vez en su vida la rusa se sintió completamente perdida. Miró a su alrededor, desorientada. Algunos peatones se habían detenido, pero su expresión altiva no expresaba más que regocijo. No harían nada. Nadie iba a hacer nada. Un velo negro pasó ante sus ojos. Fue entonces cuando se alzó en su pensamiento la imagen de la monja Maria Skobtsov, quien mantenía no lejos de allí, en la rue de Lourmel, un hogar para indigentes. Sin esperar más, Xenia se subió a la bicicleta y partió en busca de esa mujer que desde hacía años ofrecía su ayuda a los más desamparados.

Al llegar al gran patio soltó la bicicleta, que cayó sobre el pavimento, y se precipitó al interior de la capilla. Allí se respiraba el incienso y el recogimiento habitual en todas las pequeñas iglesias ortodoxas, nacidas en un establo o en un garaje abandonados y que los rusos del exilio se habían apropiado con fervor. Los cirios se consumían ante los iconos. Durante un breve instante, Xenia dejó que un sentimiento de paz la invadiera. Pensó en Leningrado y en la resistencia heroica que su pueblo asediado oponía a los nazis a miles de kilómetros de París. «Yo estoy viva —pensó—. Y mientras esté viva, podré luchar.» Y la joven azorada encontró una nueva fuerza entre los suyos, en esa modesta capilla tan alejada de las catedrales triunfantes de oro y de mármol de San Petersburgo, y aun así tan cercana.

Una puerta se abrió. Xenia giró sobre sus talones. Robusta y determinada, vestida con el hábito y el velo negro, la monja avanzaba con paso enérgico.

—¡Madre Maria! —gritó Xenia precipitándose hacia ella—. ¿Sabe lo que ocurre? ¡Es monstruoso! Hay otra batida. Están amontonando a los judíos en el velódromo. Los he visto. ¡Hay que hacer algo!

—Lo sé, Xenia. Ahora iba para allá. Puedes acompañarme, si quieres. Intentaremos unirnos a los voluntarios de la Cruz Roja. Pero antes hay que rezar.

Obediente, Xenia bajó la cabeza, cerró los ojos y escuchó la voz serena de la religiosa recitar una plegaria a la Virgen.

Xenia no volvió a su casa hasta tres días más tarde. Entró en el vestíbulo del edificio y pasó sin saludar ante la portera, que la miró con aire sorprendido. El cabello suelto sobre los hombros, la manga de su blusa rasgada, se movía como una autómata. No había ni una sola parte de su cuerpo que no le doliera. Apenas había dormido en todo ese tiempo; solo algunas horas en una de las camas del hogar de la madre Maria.

El servicio de orden del velódromo no había admitido más que a unos cuantos voluntarios en el recinto en que habían congregado a más de diez mil judíos, y entre ellos a miles de niños. En las gradas de hormigón no se encontraban más que algunos surtidores de agua, y ninguna instalación sanitaria. La vidriera pintada de azul destilaba una oscuridad crepuscular sobre ese espectáculo de fin del mundo en el que reinaban la suciedad y el hedor en medio de un calor espantoso.

Las dos mujeres se habían esforzado, al igual que los dos médicos, los auxiliares y la decena de enfermeras de la Cruz Roja, para aportar un poco de alivio a esos desgraciados faltos de todo. Xenia había transportado cubetas de agua sobre las que se lanzaban los sedientos. Había intentado tranquilizar a los enfermos, inquieta por la tos de los tuberculosos y por las enfermedades contagiosas. Había niños agonizantes, deshidratados, con más de cuarenta grados de fiebre. Algunas mujeres habían enloquecido y se arrancaban la ropa, se arañaban la cara y los brazos hasta quedar ensangrentadas. Otras querían suicidarse con sus hijos. Había que hacer las necesidades entre los bancos, pues resultaba imposible abrirse paso entre tanta gente amontonada. En cuanto a los muertos, habían sido abandonados a su triste suerte durante horas. El olor de los cadáveres había infestado una atmósfera ya de por sí irrespirable. La madre Maria había conseguido ocultar a algunos niños en las basuras que había hecho sacar del velódromo. Al límite de sus fuerzas, Xenia había acabado por sentirse mal y la monja la había enviado a casa para que reposara.

Al entrar en su piso, la joven inspiró profundamente. El sol jugaba en los listones del parquet, acariciaba las maderas claras y los muebles de líneas depuradas. Se apoyó en la chambrana de la puerta, impregnándose de la belleza tranquila de la sala cuyas ventanas daban a los árboles del jardín de Luxemburgo. Tenía la impresión de haber vuelto del infierno. Se vio agitada por un largo estremecimiento, pues los gritos y los llantos seguían resonando en sus oídos. Estaba sucia, pringosa, y sentía en el alma el miedo de todas esas víctimas inocentes que iban a ser transportadas a Drancy o a los campos del Loiret.

—¡Vaya! ¡Por fin has vuelto! —dijo Gabriel con aire afectado mirándola con repulsión.

Con mano cansada, Xenia se frotó la nuca. Sabía que tenía un aspecto horrible, y sin duda también olía mal.

—Ya te avisé de que no sabía cuándo iba a volver.

—Debes de haberlo pasado realmente mal. Nunca te había visto en semejante estado.

Un brillo irritado se filtró en la mirada de Xenia, que contemplaba a su marido, ataviado con un traje de lino beis, el cabello blanco cuidadosamente peinado. Como todos los franceses, había adelgazado desde el inicio de la ocupación, y la piel de su cuello presentaba unos pliegues poco favorecedores. No estaba de humor para soportar los reproches de ese hombre. Desde que Francia había sido vencida, Gabriel adoptaba una actitud resignada que a Xenia le costaba mucho tolerar. No había dudado en utilizar sus contactos en Alemania, anteriores a la guerra; continuaba tratando ciertos asuntos y se relacionaba con los nazis con una complacencia que había acabado horrorizando a la joven.

—Te recuerdo que esta noche tenemos una recepción en la embajada alemana. Es evidente que te harán falta unas cuantas horas para estar presentable.

Ella negó con la cabeza.

—No iré, Gabriel.

—¿Y eso por qué?

—Porque me niego a prestarme a ese juego perverso. A partir de ahora, mis relaciones con los alemanes se limitarán a lo mínimo. Quizá me vea obligada a cruzarme con ellos en la calle, pero no iré donde ellos estén, y tampoco los recibiré bajo mi techo.

Gabriel sonrió con maldad.

—Tu amante tendrá un disgusto cuando regrese a París. A menos que vuelvas a reunirte con él en Berlín con cualquier excusa.

A Xenia le dio un vuelco el corazón. En esos momentos percibía en Gabriel algo inquietante, casi cruel, que desconocía en él. Como la amenaza es el arma de los débiles, sintió por él un impulso de desprecio, pero no pudo dominar su temor. ¿Qué sabía en realidad? Quizá había visto a Max en el Orangerie. Cualquiera habría podido indicarle que se trataba del fotógrafo Max von Passau, y Gabriel no ignoraba que se habían conocido antes de la guerra. Pensó en las actividades de Max con la resistencia. En los peligros cotidianos a los que se enfrentaba. Bastaba con una palabra murmurada en un oído atento para que lo enviaran a los sótanos de la Gestapo en la Prinz Albrecht Strasse. Aterrorizada, hizo un esfuerzo por mantener una expresión impasible.

—No sé a qué te refieres, Gabriel. Estoy agotada y me encuentro mal. Y ahora, te ruego que me excuses.

Se dispuso a salir.

—A las ocho estarás lista, Xenia, y me acompañarás a la embajada. Te arreglarás, te pondrás guapa y te mostrarás amable. Como de costumbre. Si me casé contigo no fue para que te ocuparas de unos cuantos miserables judíos que ahora reciben lo que se merecen. Ponte ese vestido verde de Rochas. El que llevabas el otro día. Te queda bien.

Berlín, febrero de 1943

Ese atardecer, el Sportpalast de Berlín registraba un lleno absoluto. No había ni un asiento libre entre los catorce mil disponibles. En las primeras filas, las enfermeras acompañaban a los soldados heridos. Los más famosos actores se codeaban con obreros ataviados con gorra, militares condecorados con la cruz de hierro y mujeres envueltas en abrigos desgastados con viejos cuellos de piel. En la tribuna se alineaban los miembros del gobierno y cierto número de *gauleiters* o jefes de distrito. Los técnicos de radio se afanaban alrededor de los micros, mientras los periodistas fotografiaban la sala. De cualquier modo, ¿quién estaba en condiciones de rechazar una invitación con visos de convocatoria del ministro de Propaganda? En eso pensaba Marietta Eisenschacht, que había intentado encontrar una excusa para evitar esa obligación. Pero Kurt ni siquiera se había dignado escucharla. De hecho, había insistido en que su hijo tenía que acompañarlos. Y allí estaba en esos momentos, sentado junto a ella con su uniforme de invierno azul oscuro de las Juventudes Hitlerianas, con sus charreteras, escudos y el brazalete de la cruz gamada. Axel miraba a su alrededor con indiferencia, pues esa reunión destinada a impactar en el espíritu no le impresionaba. A sus trece años, las paradas espectaculares de los nacionalsocialistas ya no tenían secretos para él. En Núremberg había ondeado banderines, había saludado al Führer en recepciones íntimas y había desfilado un número incalculable de veces por las calles de Berlín con sus camaradas. Ahogó un bostezo. Marietta sintió una oleada de ternura por su hijo y le dio unos golpecitos en la rodilla. Algo molesto, este frunció el ceño bajo su gorro, y ella se limitó a sonreírle. Los cambios de humor del adolescente que intentaba reafirmar su autoridad no la intimidaban. A él podía gustarle o no, pero Axel seguía siendo su hijo y todavía era un niño.

Marietta estudió a Joseph Goebbels, que hablaba desde la tribuna. No podía negar que tenía un temible talento como orador. Con una voz cuya menor inflexión dominaba, ya fuera vibrante, calurosa o marcial, espetaba frases cortas y pertinentes que impactaban como flechas en el auditorio. Con una energía sin fisuras, acompañaba su discurso con el movimiento de sus manos largas y nerviosas, de modo que la sala se dejaba llevar por todo ese arrojo. Marietta se inclinó para observar a Magda Goebbels, a quien acompañaban dos de sus hijas. Rubias y formales, las pequeñas Helga y Hilde no se perdían detalle de la actuación de su padre. Magda, por su parte, mostraba una sonrisa enigmática que a ojos de quienes no la conocían podía pasar por admirativa. Marietta, en cambio, sabía positivamente que se estaba aburriendo a más no poder. Las infidelidades de su marido habían acabado por ahogar el entusiasmo que frau Goebbels podía sentir todavía por su grandilocuencia. «De cualquier modo —pensó Marietta con irritación, agitándose en aquella silla tan incómoda—, en Berlín ya solo se conocen dos emociones: el miedo a los bombardeos y el aburrimiento.» La intensificación de la guerra había llevado al cierre de las tiendas de lujo, las joyerías, las confiterías y los bares de alto copete. Hacía ya mucho tiempo que estaba prohibido bailar. Los cantantes irreverentes y los cabarés ya no eran más que un viejo recuerdo. Solo el Adlon conseguía, en la medida de lo posible, ofrecer cócteles dignos de tal nombre.

Un estremecimiento recorrió la sala, que contuvo el aliento. Stalingrado. Goebbels acababa de pronunciar el nombre de la ciudad rusa a orillas del Volga que había traumatizado al pueblo alemán. Marietta sintió que Kurt se envaraba a su lado. A principios de mes, al son de la *Quinta Sinfonía* de Beethoven, la radio había anunciado la capitulación del ejército germano en Stalingrado tras varios meses de un sitio terrorífico. El Führer había decretado un duelo nacional en honor a los valerosos combatientes cuyo sacrificio no habría sido en vano. Se evocaban con estupor las pérdidas de la Wehrmacht, que se elevaban a alrededor de doscientos cincuenta mil muertos. Cerca de cien mil soldados acababan de rendirse al Ejército Rojo, que iba a conducirlos en cautividad hasta Siberia. Sin embargo, la población estaba convencida de que era preferible estar muertos que en manos de los bolcheviques. Se hablaba veladamente de un giro en la guerra, y no eran pocos los que pensaban que se había sacrificado a hombres inútilmente, lo que no dejaba de generar malestar. Pero esa noche no, se dijo Marietta, persuadida de que las personas presentes habían sido escogidas con esmero para mostrar semejante entusiasmo. Mientras Goebbels continuaba con su discurso, Marietta no pudo evitar empezar a prestarle atención, hasta tal punto se elevaba la intensidad del discurso.

—La nación alemana se enfrenta a una cuestión crucial —declaró el dirigente—. Ha llegado la hora de la guerra total. ¿Queréis la guerra total?

Axel se incorporó en su asiento y Marietta miró con inquietud a su hijo. Impregnado de la cultura nacionalsocialista, ferviente admirador de su padre y alumno excelente, no aspiraba más que a una sola cosa: combatir por su patria.

—¿Creéis con el Führer en la victoria absoluta y total del pueblo alemán? —preguntó Goebbels provocando un grito unísono de asentimiento en la multitud.

Marietta, asustada, sintió que su pulso se aceleraba. ¿Habían perdido todos la razón? ¿Pretendían la destrucción completa del pueblo? ¿Qué significaba eso de «guerra total»? La guerra era la muerte. ¿Desde cuándo existía una muerte parcial y una muerte total? ¿Cómo podían creer todavía en la victoria, cuando Estados Unidos había entrado en el conflicto, cuando las ciudades alemanas sufrían terribles bombardeos, cuando la Unión Soviética acababa de infligir una derrota histórica a la Wehrmacht? Pero Goebbels proseguía, sin piedad.

—Y ahora me dirijo a vosotras, las mujeres. ¿Queréis que el gobierno se asegure de que la mujer alemana pueda, ella también, consagrarse a la continuación de la guerra, remplazando a los hombres en sus puestos para que estos sean libres de combatir en el frente?

Una oleada de aplausos expresó el entusiasmo de la multitud. «¡Dios mío!», se dijo Marietta, helada por la visión tan terrorífica como absurda de un país cuyos dirigentes alucinados enviaban a una muerte segura a los hombres, a las mujeres y a los niños. La expresión del rostro de su marido era grave, fervorosa. La de Axel, arrebatada. Ella se preguntó por primera vez si no había fallado en su labor de madre al dejar que su hijo creyera en esas insensateces. Goebbels seguía haciendo preguntas a la multitud, que respondía con síes alborozados. Se podía decir que estaban en una ceremonia de boda obscena, pensó Marietta mientras retenía una risa nerviosa. «Unidos en lo mejor y en lo peor, hasta que la muerte nos separe.»

—¿Aceptáis que tomemos medidas radicales para erradicar a un pequeño grupo de emboscados y de traidores que desean la paz en plena guerra, que pretenden aprovechar las desgracias del pueblo en beneficio propio? ¿Estáis de acuerdo en que quien se oponga a la guerra sea decapitado?

Los clamores fueron ensordecedores. Al odio y a la furia de las palabras le respondía una multitud frenética. Marietta se levantó de mala gana para aplaudir. Los espectadores pataleaban y silbaban, cubriendo las sirenas y el crepitar de las defensas antiaéreas que habían empezado a resonar en la ciudad. Sintió la presión del cuerpo de Axel y recordó los días en que de pequeño acudía corriendo con esa misma fogosidad a sus brazos. Con la odiosa impresión de que le habían robado a su hijo, Marietta von Passau sintió que la atravesaba un arrebato de pena y vergüenza, porque confusamente adivinaba que ella era la culpable.

Una luz fría. Sin alma ni relieve. La del cielo de Polonia, una mañana de invierno de 1943, sobre el campo de Auschwitz.

En el taller de costura había veinticuatro mujeres jóvenes. Frau Höss, la esposa del comandante del campo de concentración, había pedido que se explotara el talento de las costureras. Para empezar, había instalado a dos prisioneras en su casa, donde estas habían tenido que coser la ropa de la familia del comandante. Trajes para Rudolf Höss, antiguo ayudante en el campo de Sachsenhausen, pero también modelos elegantes para la señora y sus hijos. Cuando los demás SS se sintieron celosos, se abrió un taller en el mismo recinto del campo, en uno de los barracones en el que dormían las vigilantes. ¿La materia prima? La ropa que se quitaba a las víctimas antes de enviarlas a la muerte en la cámara de gas. Y a veces, de manera imprevista, rollos de tela nueva, satenes, terciopelo o sederías que provenían del pillaje en los países ocupados. Del taller salían lencerías delicadas, trajes de chaqueta y graciosos vestidos.

Sara mantenía los ojos fijos en su labor. Tenía frío. Siempre tenía frío bajo aquellos andrajos, con los pies desnudos en zuecos de madera demasiado grandes. Ocultaba su cráneo rapado con un trapo que le cubría la cabeza. Pero si conseguía concentrarse quizá llegara uno de los únicos momentos del día en que sus manos estropeadas no temblaban.

Viktor estaba muerto. La SS se lo había llevado al llegar al campo. En el andén de la estación, entre los gritos de los guardias y los ladridos frenéticos de los perros, el oficial médico lo había condenado con un movimiento del pulgar a la fila de los ineptos para el trabajo. El agotamiento de Sara hacía que a veces olvidara la cara de su marido, como si sus rasgos hubiesen quedado borrados por la luz blanca que barría sin pausa esa llanura.

Dalia estaba muerta. Se la habían arrebatado en cuanto bajaron del vagón para ganado, una noche en que los reflectores iluminaban las alambradas, las torres de vigilancia y las esclavinas negras de los ángeles de la muerte. De ella no quedaban más que cenizas. Sara lo recordaba todo de Dalia: el perfume de su nuca, su mancha de nacimiento sobre el hombro, su mirada confiada, porque una niña de siete años no se imagina que pueda pasarle nada malo cuando la rodean los brazos de su madre.

Las tijeras le resbalaron entre los dedos y le hicieron un corte superficial en el brazo. Sara observó sin inmutarse la sangre que brotaba en su piel a la altura del número tatuado con tinta azul. No sentía nada.

—¡Ten cuidado! —le dijo la compañera que tenía al lado limpiándole el brazo con la manga de su chaqueta rayada—. Vas a estropear la tela. Y date prisa, que tenemos que acabar a tiempo.

Todos los sábados a las doce del mediodía en punto venían a buscar los vestidos destinados a las supervisoras, así como a las esposas y las amantes de los oficiales SS. Las costureras tenían que presentar dos vestidos a medida por semana. Si el trabajo era satisfactorio, a veces les daban un pedazo de pan suplementario con sus raciones. A veces también les pasaban encargos para grandes ocasiones, bodas o bautizos. Se decía que cuando la labor quedaba muy bien enviaban la ropa a Berlín.

Sara ignoró a su compañera, se levantó y se aproximó a la ventana de pequeños cristales. En el exterior el cielo parecía ciego. El viento cortaba como hojas de afeitar. Esa noche volvería a nevar en los pantanos y las llanuras de la Alta Silesia. Pensó en Felix. Pensó en Lilli. Bajo un cielo más clemente, a miles de kilómetros, sus hijos vivían lejos del olor de la muerte. Al abrigo de lo inconcebible. Porque no podía ser de ninguna otra manera. Ella los había confiado a una mujer que los protegería, y ellos eran su única razón para intentar sobrevivir. Sara apretó los puños. Ahora que le habían arrebatado su nombre y su dignidad, quería creer. Tenía que creer con la única fuerza que le quedaba, la de su alma.

Berlín, noviembre de 1943

La casa Lindner levantaba hacia el cielo azul de invierno los muñones de sus muros. Sobre las puertas cerradas, unos carteles de propaganda rasgados recordaban que había que desconfiar de los espías. De los tejadillos no quedaba más que una armadura metálica que oscilaba rechinando en el frío viento. Los toldos habían desaparecido hacía ya mucho tiempo. Bajo el impacto de las bombas que habían hecho blanco de lleno en el inmueble la vidriera se había hundido. En esos momentos, los paños de la fachada se elevaban como festones ennegrecidos y las ventanas de cristales volatilizados abrían sus ojos al vacío. «¿Qué será de Sara?», pensó Max, atravesado por un intenso dolor. No había conseguido encontrar ninguna pista. ¿Estaría viva todavía? Pero si la amaba, ¿acaso no tendría que desear que estuviera muerta? Un crujido prolongado anunció el derrumbe de una fachada que cayó levantando una nube de polvo. Max buscó un pañuelo en su bolsillo y lo apretó contra su nariz. Flotaba un olor pestilente que se había convertido en característico de su ciudad, una mezcla de azufre, humo acre y hedor de cadáveres. Se hacían necesarios varios días para sacar los cuerpos de los sótanos o de los refugios. Caminando por las calles uno podía tropezar con un trozo de carne. Desde hacía unos meses, la aviación norteamericana atacaba de día, mientras que los bombarderos del mariscal Arthur Travers Harris de la RAF continuaban alimentando las pesadillas nocturnas de los habitantes de la ciudad. «Podemos convertir Berlín en un montón de ruinas», había declarado.

Max tosió y sus pulmones escupieron un polvo negro. Rodeó

unos cascotes que algunos chicos de las Juventudes Hitlerianas intentaban recoger con palas y carretillas de jardinero. Las mujeres y los niños habían sido evacuados en agosto. Tenía la tranquilidad de saber que Marietta se encontraba en casa de unos primos en Baviera y que Axel disfrutaba de la seguridad de su internado. Antes de partir, su hermana había ido a buscarlo y le había suplicado que la acompañara. «Kurt se quedará aquí hasta el final. Es su problema. Pero tú, Max... ¡Tú tienes que venir conmigo! ¡Aquí no tienes nada que hacer!» Llevaba un gastado traje de chaqueta negro, y un turbante encuadraba un rostro más delgado en el que brillaba una mirada inquieta. Él había sonreído por toda respuesta. ¿Cómo podría explicárselo? Tenía perfecta conciencia de que sus actos eran insignificantes, pero había personas que contaban con él. Extranjeros víctimas de los trabajos forzados a los que proporcionaba papeles falsificados, insumisos de los diversos servicios del ejército que necesitaban certificados médicos falsos, los que buscaban un escondrijo... También había que imprimir y distribuir octavillas en la medida de lo posible, como las redactadas por Hans y Sophie Scholl, los dos jóvenes estudiantes muniqueses resistentes que habían sido arrestados y ejecutados unos meses antes. De todos esos asuntos, Marietta no sabía nada de nada. Encerrada como estaba en su ceguera, ¿qué habría podido comprender? Finalmente su hermana había partido, lo que alivió a Max sobremanera. Alguna que otra vez recibía una carta en la que su sobrino protestaba porque se le juzgaba demasiado joven para acudir a colaborar en la defensa de Berlín.

—*Guten Morgen* —lo saludó un perfecto desconocido con voz irónica.

Max inclinó la cabeza sin responder. Desde que las ciudades, unas tras otras, quedaban borradas de los mapas, los habitantes habían dejado de proferir sus «*Heil Hitler!*». En esos días se protestaba contra el régimen saludándose de una manera más convencional. «Pero ya es demasiado tarde», pensó Max apresurando el paso. Rebelarse en aquellos momentos era demasiado fácil. La cólera lo cegó. ¿Qué habían hecho para evitar ese desastre? ¿Cuándo se habían alzado indignados contra ese régimen criminal? La única manifestación popular espontánea había sido la de las mujeres de la Rosenstrasse.

A principios de año, cuando el gobierno había decretado que Berlín tenía que quedar limpio de judíos en seis semanas, la ferocidad de las batidas incluso se había acentuado. Habían arrestado a las víctimas en sus lugares de trabajo, o las habían sacado de la cama, o las habían abatido en plena calle cuando intentaban huir. Una salvajada a la que Max había asistido impotente. Después se supo que algunas esposas arias se habían reunido para exigir la liberación de sus maridos judíos. Durante días y noches habían sitiado el edificio donde se retenía a sus cónyuges. Habían recibido amenazas tanto de la Gestapo como de la SS, pero no habían dado su brazo a torcer. Como la derrota de Stalingrado había debilitado un régimen preocupado por la moral de sus ciudadanos arios, mil quinientas personas condenadas a la deportación habían sido liberadas. «Es a la vez maravilloso y una bofetada en plena cara —había declarado Ferdinand—. Si todos nos hubiéramos rebelado a tiempo habríamos podido evitar esos crímenes. Esa es una culpa con la que cargaremos para siempre.»

A Max le costó atravesar la ciudad transformada en laberinto. Habían desaparecido manzanas enteras de casas. Las grandes pilas de escombros obstruían las calles. Al salir de los refugios después de un ataque aéreo se descubría un paisaje lunar, lleno de desperdicios o de polvo, donde las llamas devoraban los edificios. Las coladas de fósforo dejaban un rastro de lavas verduscas sobre el suelo. Ninguna iglesia, ningún edificio se había salvado. La destrucción había sido metódica. Implacable. Hacía ya meses que se aconsejaba a los habitantes evacuar sus bienes de valor a lugares menos amenazados. Entre las ruinas, garabateadas con tiza sobre pizarras negras de escuela, podían leerse las direcciones de las personas desplazadas. Los berlineses vivían como extranjeros de paso en su propia ciudad, armados con una pequeña maleta que contenía un botiquín de primeros auxilios y una camisa de repuesto. Para bajar a los refugios había que evitar llevar vestiduras inflamables, como la seda artificial o la tela de algodón. ¿Cuántos habían muerto quemados vivos en los sótanos, o ahogados por la ruptura de tuberías de agua? Ya no se contaba el número de personas sin vivienda que erraban alojándose en casa de unos u otros, o que intentaban refugiarse en el campo.

Cuando por fin llegó a casa de Ferdinand, Max cojeaba. Su último par de zapatos estaba a punto de expirar, y pronto haría dos años que no podía cambiarse las suelas, pues el cuero se había convertido en una rareza. Se metió bajo el porche preguntándose si su amigo tendría una suela vieja que no necesitara.

El coche negro estaba aparcado en el patio. Apoyado contra el capó reluciente, un hombre vestido de civil fumaba un cigarrillo. Max sintió un sobresalto. Sin cambiar de ritmo, se desvió hacia la derecha y se dirigió hacia uno de los otros edificios. Su corazón latía tan fuerte que tenía la impresión de no poder distinguir ningún otro ruido. Empujó la puerta y subió los peldaños de dos en dos. Una vez en el descansillo se apoyó contra la pared y miró por la ventana. Apareció Ferdinand, con su viejo sombrero informe sobre la cabeza y el abrigo sobre los hombros. Dos hombres lo custodiaban. Lo hicieron subir al coche sin contemplaciones. El chófer dio una última calada a su cigarrillo, tiró la colilla al suelo y luego asió el volante. Los neumáticos rechinaron sobre los adoquines.

Lenta, muy lentamente, Max se dejó resbalar apoyado en la pared y finalmente se encontró sentado en el suelo. Las piernas ya no le sostenían. Alguien había denunciado a Ferdinand. ¿Un espía de la Gestapo infiltrado en su círculo? Aunque todos tomaban precauciones ante los desconocidos, se había hecho difícil elegir a quien pudiera ayudar, con eficacia o sin ella. Había que procurarse documentos falsos y encontrar a quien pudiera alojar a tal o cual clandestino... Sus principios los llevaban a intentar trasladar la llama de la resistencia tanto al interior como al exterior del país. Otros círculos de oponentes habían sufrido traiciones, como el de Hanna Solf y el de Elisabeth von Thadden, acusadas por un agente de la Gestapo que se había hecho pasar por un médico suizo que quería establecer vínculos con los círculos antinazis.

«Este es un año podrido», había murmurado Ferdinand un día en que lo invadía el mal humor. En marzo, habían fracasado dos atentados de sendos oficiales contra Hitler. El coronel Henning von Tresckow había embarcado dos bombas con mecanismo de relojería en unas botellas de Cointreau a bordo del avión que debía trasladar al Führer al cuartel general de Smolensk, pero no habían explotado y el avión había aterrizado sin problemas. Una semana más tarde, el coronel Rudolf-Christoph freiherr von Gersdorff había decidido inmolarse con una bomba en presencia de Hitler, con ocasión de la visita a una exposición de materiales de guerra requisados al enemigo. No había podido prever que el Führer solo pasaría un par de minutos en el recinto del Zeughaus, cuando su detonador exigía diez para funcionar.

Como en un siniestro juego de bolos, los oposicionistas se habían enterado a continuación del arresto del pastor Bonhoeffer, así como del de Hans von Dohnanyi, que trabajaba con Ferdinand en el Abwehr. Toda la organización de resistentes de la administración había quedado afectada. En septiembre, en la prisión de Plötzensee, se habían encadenado cerca de trescientas condenas a muerte y ejecuciones en cinco días. ¿Dejaría de correr algún día la sangre? Con los ojos cerrados, Max apoyó la nuca contra la pared. ¡Se sentía tan cansado! El miedo lo atenazaba. Quizá lo esperaran al cabo de la calle. Debía deshacerse de los papeles comprometedores que llevaba en la cartera. Y luego tendría que avisar a Walter y a Milo. Hizo un esfuerzo sobrehumano para volver a levantarse, subió las escaleras y se refugió al fondo de un pasillo. Quemó los papeles con las últimas cerillas. Las manos le temblaban. Como no se atrevía a volver a su casa, decidió ir a la Wilhelmstrasse. Seguramente su primo se encontraría en su despacho.

En la calle, ningún coche sospechoso. Tomó el metro en el trayecto todavía practicable y luego continuó a pie entre las ruinas. El frío húmedo lo hizo estremecer. El crepúsculo de noviembre envolvía la ciudad en un velo de tinieblas. No podía distinguirse ninguna luz en ninguna parte. Cada noche, los berlineses esperaban los bombarderos en una oscuridad propia del fin del mundo. Max no dejaba de pensar en Ferdinand y en las torturas que iba a infligirle la Gestapo. De pronto sintió náuseas y se dobló por la cintura. Sacudido por los espasmos, vomitó todo su miedo y su horror, su sentimiento de impotencia y rabia, su desesperación por saber que todos estaban condenados a morir en ese osario obsceno, entre los escombros de los fantasmas de Adolf Hitler.

Volvió a oírse el aullido de las sirenas. Personas con rostros crispados corrieron al refugio más próximo. Max se secó la boca con el revés de la mano. La Puerta de Brandenburgo se levantaba ante él con sus deterioradas columnas y las siluetas de los caballos lanzados a un improbable galope. El rumor de los aviones se acercaba. Max se sentía clavado en ese lugar, era incapaz de moverse. El suelo vibraba bajo sus pies, las punzadas subían por sus piernas, llenaban su cuerpo. Miró el cielo oscuro en el que se desplegaban las sombras de las fortalezas volantes. Quería verlas pasar por encima de él, con sus gruesos vientres repletos de bombas incendiarias, y sentir el aliento de sus explosiones. Quería quedarse allí porque ya no había salida, porque los resistentes iban a caer, uno tras otro, y esos hombres y mujeres iban a ser torturados, y luego llevados ante una justicia indigna que los condenaría a los campos de concentración, o a la horca, o a ser decapitados con un hacha. Pero esa noche, en el corazón de su ciudad devastada, Maximilian von Passau quería testimoniar que una Alemania se había rebelado, personas en un número quizá irrisorio si se comparaba con los millones de cómplices de ese régimen bárbaro, pero en cualquier caso era una Alemania que había derramado su sangre por el respeto a la conciencia y a la dignidad humanas: la de los obreros comunistas y los diputados socialdemócratas, la de los estudiantes y los intelectuales que habían redactado panfletos y libros, la de los hombres de Iglesia, católicos y protestantes, la de los militares y diplomáticos, la de las mujeres también, y por fin la sangre de esa aristocracia que salvaba el honor de su patria y cuya nobleza ya no se relacionaba solo con la alcurnia, sino también con el espíritu.

—¡Señor barón! —gritó una voz que apenas podía oírse por las deflagraciones—. ¡Señor barón! ¿Qué hace usted ahí? ¡Tiene que venir a resguardarse en nuestro refugio!

El botones del hotel Adlon agarró a Max por el brazo y lo sacudió como si fuera un ciruelo. Aturdido, medio sordo, Max tardó unos instantes en reconocerlo y en recordar que se encontraba en la avenida Unter den Linden.

—¿Está usted bien? ¡Venga conmigo, deprisa! Esta noche también será sonada. Pero con nosotros estará bien. Tenemos todo lo que hace falta. Como siempre. Vamos, señor barón, no puede quedarse ahí plantado. Es peligroso, ¿sabe usted?

Y vestido con su librea de alamares deshilachados el viejo empleado arrastró a Max al refugio del Adlon.

París, agosto de 1944

Xenia volvía a su casa colmada de excitación y de alegría, embriagada por el frenesí de esa multitud emocionada y feliz que enarbolaba sus banderas tricolores, que lloraba y se besaba sin dejar de cantar. Las campanas de París habían anunciado a la capital el fin de cuatro años de silencio. La mayor de Notre Dame y las de todas las iglesias habían resonado a las once de la noche del 24 de agosto, incitando a los parisinos a bajar a las calles en una calurosa noche de verano. Desde entonces, no dejaban de recorrer la ciudad todavía erizada de barricadas. Las cruces de Lorena pintadas sobre los muros ocultaban los carteles de la resistencia que indicaban cómo fabricar botellas incendiarias y atacar los carros alemanes.

Los últimos días habían sido agotadores para los nervios. Todo el mundo había sentido miedo al ver que la espesa humareda de un incendio se elevaba por encima del Grand Palais. Se decía que la capital estaba minada. ¿Iban los *boches* a hacerlo saltar todo por los aires antes de partir? Aunque la mayor parte de sus tropas había sido evacuada, los alemanes se habían hecho fuertes en algunos reductos. Al abrigo de sus persianas cerradas, Xenia había escuchado los cañonazos y el *staccato* de las ametralladoras crepitar alrededor del Luxemburgo y de la place du Panthéon. En los jardines, algunos centenares de soldados de la Wehrmacht habían esperado a los tanques americanos armados con bazucas. Y luego la liberación. Provenientes del puente de Sèvres, de la puerta de Gentilly y de la de Italie, los carros de combate de la segunda división blindada francesa habían empezado a socavar los adoquines. Las jóvenes con sus vestidos ligeros, el talle bien ceñido y la falda acampanada, se habían subido a los tanques para besar a los soldados. De pie en los coches descapotables, los jóvenes de las FFI, las Fuerzas Francesas del Interior, resistentes durante la ocupación, en camiseta o en mangas de camisa, con la boina inclinada sobre un ojo, desfilaban con expresión a la vez regocijada y orgullosa. Los disparos esporádicos procuraban a los transeúntes, que no querían ponerse a cubierto a pesar de las recomendaciones de los militares, esa deliciosa oleada de coraje. Durante esos días febriles, cada uno soñaba que era un héroe y quería su parte de gloria. Pero los auténticos héroes eran demasiado escasos, pensó Xenia con angustia.

Estaba ante su casa cuando un transeúnte la abordó, la sujetó por los hombros y le plantó un beso en la boca. Ella le sonrió. La plenitud de la alegría se difundió por su cuerpo y dispersó las tensiones. Por fin iba a reencontrarse con Natashenka. El deseo de abrazar a su hija la atravesó como una quemadura. Pensó en las miradas angustiadas de Felix y de Lilli cuando les había llevado los papeles falsos y las partidas de bautismo proporcionados por un sacerdote ortodoxo. La determinación de Masha y de sus suegros había permitido a los hijos de Sara evitar lo peor.

Demasiado nerviosa para esperar el ascensor, Xenia subió corriendo por la escalera y abrió la puerta del piso algo sofocada.

—Gabriel, ¿estás ahí? —lo llamó mientras se quitaba la boina roja y la lanzaba en dirección al perchero—. ¡Es formidable todo lo que está pasando en la ciudad! Tendrías que salir en lugar de quedarte aquí encerrado.

Entró en la sala con una sonrisa en los labios y se detuvo en seco, con un súbito escalofrío. Gabriel estaba sentado en un sillón inclinado hacia delante, con los codos sobre las rodillas. En la mano sostenía un revólver. Xenia sintió que se le helaba la sangre y permaneció inmóvil en medio de la pieza soleada, al tiempo que todos los dramas que había vivido desde su juventud renacían en ella con una fuerza despiadada.

Gabriel tenía los ojos enrojecidos y las mejillas hundidas. No se había afeitado desde hacía dos días, y curiosamente era ese aire descuidado lo que más sorprendió a Xenia.

—Sí, cuéntamelo, mi bella esposa, ya que estás tan contenta —dijo con una expresión de desprecio—. Menuda fiesta, ¿verdad? El francés es libre y feliz, porque es gaullista. ¿No te parece sorprendente, esta aparición de millones de gaullistas como por arte de magia? Pero tú no, tú eres auténtica, ¿no es así? Nunca me has dicho nada del asunto, pero me he fijado en todas tus artimañas en el curso de estos años. Es admirable, querida. ¡Qué valiente! Quizá incluso tengas derecho a una condecoración.

Xenia permanecía callada, sin poder apartar la vista del revólver. ¿De dónde lo habría sacado? Ella había vivido durante años con un arma al alcance de la mano, y le parecía evidente que su marido sabía utilizarla.

—Yo he colaborado, como sabes muy bien —prosiguió diciendo Gabriel, con mirada inquieta—. Oh, no he hecho nada que fuera demasiado reprensible. No he enviado a nadie a la muerte, y eso es algo que otros no pueden decir. Pero a partir de ahora tendremos derecho al triste espectáculo de los ajustes de cuentas, de los procesos más o menos equitativos, de las despreciables depuraciones. No será nada bonito, ya verás. Por mi parte, si estuviera dispuesto a asumirlo, me darían con la regla en los dedos y luego mi vida proseguiría como antes —continuó con aire soñador acariciando el cañón—. Bastaría con ser discreto durante un tiempo. Pero eso a ti no te convendría, ¿verdad, Xenia? Tú no estás hecha para tan poca cosa, para una vida moderada y tranquila, ¿verdad? Y es que a la naturaleza no se le puede llevar la contraria, querida. Una mujer como tú está destinada a las tempestades.

Hizo una pausa y su rostro se distendió. Durante un instante recobró ese aire tierno y atento que Xenia había apreciado en el inicio de su matrimonio.

—¡Te he querido tanto...! —murmuró.

Ella oía por las ventanas abiertas el alegre clamor de la multitud. Su piel estaba helada, pero las gotas de sudor le corrían por la espalda. ¿Qué querría? ¿Qué esperaba? Pensamientos enloquecidos corrían por su cabeza. ¿Tenía tiempo de llegar a la puerta de entrada? ¿Le dispararía Gabriel por la espalda? ¿Podía lanzarse sobre él y arrebatarle el revólver?

Gabriel se levantó con una rapidez sorprendente y se acercó a ella.

—Entonces, dime, ¿tienes noticias suyas? ¿Qué ha sido de tu admirable amante, el magnífico barón Maximilian von Passau? —preguntó con ironía—. Porque es él, ¿verdad? He hecho indagaciones. Supongo que será el padre de Natasha. Pero ¿para qué todo este misterio, todos estos silencios? Yo lo habría comprendido —dijo rozándole la mejilla con el cañón del arma.

Xenia permaneció inmóvil. No temblaba. Una extraña calma se había apoderado de ella. Así que había llegado el momento. La conclusión. No se lo esperaba. De esa manera, no. De manos de un hombre al que los celos habían vuelto loco. Resultaba desolador y patético a la vez. Pensó que verdaderamente nunca había pensado en morir. Ni en el muelle devastado de Odessa, cuando los bolcheviques acorralaban a los refugiados, ni cuando transportaba papeles falsos burlando la vigilancia de los alemanes. De todos modos, la muerte había sido una fiel compañera a lo largo de toda su vida. Y Xenia se acordó de su padre, al que ella había querido tanto. De la madre Marie, que había sido arrestada por la Gestapo y deportada a un campo de concentración. Y de los demás. De todos los demás. Le pareció que la sombra de la muerte y de la destrucción había dibujado todos los desgarramientos de su vida de exiliada. Con algo de amargura pensó que era injusto. Y luego sintió vergüenza por ese momento de debilidad. ¿Acaso su amor por Max no había existido? ¿Y la mirada de su hija?

—No te quedarás conmigo, Xenia —le murmuró al oído Gabriel—. Estoy convencido. A conciencia. Si sigue vivo, irás a reunirte con él, sin dudarlo. Nadie puede rivalizar con un amor como el vuestro. Y si ha muerto, será una parte de ti que no se extinguirá nunca. ¿Cómo podría dudarlo quien os haya visto juntos? Pero no dices nada —añadió con extrañeza, y ella sintió el aire de su aliento en la mejilla—. No te conocía tan callada. Y, sin embargo, tengo derecho a saber. Eso por lo menos me lo debes. Dígame usted la verdad, señora: ¿ama a Max von Passau?

Xenia le miró a los ojos. Su marido tenía razón. Si Max sobrevivía a esa trágica guerra de las almas que había asolado toda Europa, nada ni nadie le impediría ir hacia él.

—Sí, lo amo —afirmó ella.

El dolor consumió el rostro de Gabriel, que se tambaleó. Xenia intentó apoderarse del arma, pero él le torció el brazo con violencia.

—¡Debería darte vergüenza! —gritó—. ¿Cómo te atreves a mirarme así, sin ningún remordimiento? Pero esta noche uno de nosotros será libre —añadió con voz inexpresiva apoyando el cañón en la sien de Xenia—. Juguemos, amor mío. Por última vez.

El sudor corría por sus caras. Los cuerpos estaban rígidos, en extrema tensión. La respiración era entrecortada.

—No hay más que una bala —murmuró Gabriel—. Una sola. Pero voy a darte una oportunidad. Desearía oírte suplicar que te dejara vivir, porque tú sí tienes fuerzas para vivir sin mí.

Xenia dejó de debatirse. Hubiese sido una cobardía, algo indigno de ella. Sentía el metal sobre la piel, pero permaneció imperturbable. Su mirada clara atravesó a su marido.

—Yo nunca imploro, Gabriel. A estas alturas deberías saberlo. Y ahora, puesto que se trata de una cuestión de honor entre nosotros, dispara. ¿A qué esperas? Te desafío a que lo hagas. La muerte no asusta a los rusos. Para nosotros forma parte de la vida.

Gabriel Vaudoyer vaciló. Con el rostro desencajado, había perdido las referencias. Lo único que sabía es que su amor insatisfecho por esa mujer lo había enloquecido. Y ahora ella volvía a escapársele.

De pronto alguien llamó a la puerta. Gabriel se sobresaltó y apretó el gatillo. Pero solo se oyó un chasquido. Nada más. Xenia vaciló. Unos puntos negros danzaban frente a sus ojos. Gabriel la empujó con brutalidad.

—¡Vete! —gritó—. ¡Vete de aquí!

Sin pensárselo dos veces, Xenia corrió hacia la entrada e intentó abrir. Continuaban dando golpes en la puerta. Oyó el disparo y el cuerpo de Gabriel al caer pesadamente sobre el suelo.

—¡Xenia! —la llamó en ruso una voz enérgica—. ¿Qué ocurre? ¡Abre enseguida, soy yo, Kiril!

Cuando por fin pudo abrir el batiente, Xenia tuvo que levantar la cabeza. Su hermano estaba frente a ella ataviado con su uniforme caqui, el cabello rubio enhiesto en la cabeza, la expresión deslumbrante. El hijo de Petrogrado. El hijo del milagro. Ella sonrió, tendió la mano para tocarlo y luego, por primera vez en su vida, Xenia Fiódorovna Osolin se desmayó.

Auschwitz-Birkenau, enero de 1945

El general soviético Ígor Kunin avanzaba por las llanuras y los terrenos pantanosos de la Alta Silesia sin comprender el espectáculo que se ofrecía a su mirada. Nadie lo había prevenido. Si sus hombres y él habían llegado hasta ahí era por azar. Y tenía la extraña sensación de que su cuerpo y su espíritu se habían desunido de manera harto extraña.

El aguanieve caía del cielo lechoso, se fundía sobre su gorra de piel militar tocada con la estrella roja, sobre su abrigo desabrochado, se deslizaba por sus mejillas. Su cuerpo caminaba entre los barracones oscuros. De allí, en medio de una luz opalescente, surgían seres de mirada vacía, vestidos con harapos a rayas, descalzos, que lo observaban si decir nada. Veía esqueletos en pie y no lo comprendía. Veía cadáveres. Y más cadáveres. Y no lo comprendía.

Y eso que a sus cincuenta y dos años las absurdidades de la vida no le resultaban desconocidas. Había sobrevivido al odio y a las masacres de la revolución bolchevique. A las purgas estalinistas. A la lucha sin piedad que el Ejército Rojo libraba desde hacía más de tres años contra los bárbaros nazis. Su mujer y su hija de diecisiete años habían muerto de hambre durante el sitio de Leningrado. Su hijo continuaba combatiendo. Según las últimas noticias, seguía vivo y su regimiento avanzaba hacia Berlín. Sin embargo, mientras el cuerpo de Ígor Kunin caminaba lentamente y en silencio entre un viento húmedo que olía a deshielo, su espíritu gritaba. Confrontada a ese abismo vertiginoso, a esa presciencia de un horror para el que nunca tendría palabras suficientes, su alma de hombre justo se rebelaba.

Se detuvo ante un barracón, empujó una puerta. La pestilencia se le quedó bloqueada en la garganta. Mujeres. Tendidas sobre tablas. Pareció como si fuera a retroceder, llevado por la vergüenza, pero se serenó. Una de esas mujeres permanecía en pie junto a la puerta. Con la ropa hecha jirones y un trapo en la cabeza. En aquel rostro demacrado los rasgos eran cortantes como el filo de un cuchillo. Su mirada era oscura. Febril. El general no la conocía. Llegaba desde lo más profundo de Rusia. Sí, de tan lejos. Pero aunque viajara hasta el fin del mundo, nunca podría llegar tan lejos como esa mujer.

Algo intimidado, dio un paso hacia ella. Quería tranquilizarla. Con un gesto, una palabra. Decirle que ahora todo iría bien. Que no entendía nada, pero que tenía que haber una explicación. O quizá no. A decir verdad, no lo sabía.

Sara miraba al hombre uniformado. Era alto, ancho de espaldas. Ocupaba todo el marco de la puerta y traía consigo un olor fresco a nieve y viento. No distinguía los rasgos de su rostro, pero le parecía una persona tranquila. Apacible. ¡Y hacía tanto tiempo que no había sentido una serenidad tan dulce...! No sintió que sus piernas vacilaran, ni que su cuerpo se derrumbara.

Sara Lindner Seligsohn murió en Polonia, el día de la liberación del campo de Auschwitz-Birkenau, hacia las tres de la tarde.

En una carretera alemana, abril de 1945

Hacía días que caminaba. Caminaba desde hacía siglos. En dirección al norte, al mar Báltico, bajo un cielo de primavera que le recordaba a los de su infancia. Max von Passau caminaba hacia Lubeck con el paso inestable de un hombre al límite de sus fuerzas, porque obedecía las órdenes de la *Kommandantur SS,* porque el Ejército Rojo se desplegaba sobre Berlín y las autoridades nazis querían borrar los rastros de la infamia.

¿Cuántos supervivientes del campo de Sachsenhausen eran custodiados por sus guardianes, cuyos dedos nerviosos se posaban sobre el gatillo? Unos cuantos miles, solo. Rusos, ucranianos, alemanes y miembros de la resistencia francesa. Los que habían sobrevivido a los fusilamientos, a la horca, a los golpes de porra, al suplicio de la estaca, al hambre y a la enfermedad, a la cámara de gas, a las horas en pie en medio del viento despiadado que barría el patio central —ese corazón ardiente del campo en el que se efectuaba la llamada diaria para organizar los *Kommandos* que se enviaban a trabajar en las fábricas, así como los castigos y las ejecuciones—, esos, en fin, que todavía no habían sucumbido al agotamiento de esa marcha forzada.

Max se mantenía pendiente de los pasos vacilantes del hombre que lo precedía. De vez en cuando tendía el brazo, cuando el desgraciado se apartaba de la fila. Por una razón insólita se había vuelto esencial para Max que ese desconocido no cediera. No pesaba demasiado, unos cuarenta kilos como mucho. Max se concentraba en él y en nada más. Para olvidar el hambre. La sed obsesiva. Para olvidar que en todo momento corría el riesgo de que lo abatiesen.

El dolor traspasaba su cuerpo a cada paso, pero no renunciaba. Era una cuestión de honor, porque Max von Passau caminaba por sus muertos.

Los círculos de la resistencia ya no existían. Todos sus miembros habían sido detenidos y condenados. A su primo Walter von Briskow lo habían colgado de un gancho de carnicero. A Ferdinand lo habían decapitado con un hacha por alta traición.

El 20 de julio de 1944 había tenido lugar un último atentado contra el Führer, la conclusión de todos los esfuerzos realizados desde hacía más de diez años. En Prusia oriental, en el cuartel general de Hitler, la bomba traída por el coronel Claus Schenk Graf von Stauffenberg había explotado en presencia del canciller. Los militares presentes se habían visto proyectados al suelo por la explosión. El techo se había hundido. Habían muerto cuatro personas, y muchas más habían quedado gravemente heridas. Con el uniforme despedazado, Adolf Hitler solo había sufrido algunas quemaduras y una perforación de tímpano. De vuelta a Berlín, esa misma noche, Claus von Stauffenberg y tres de sus fieles habían sido fusilados en el patio de la Bendlerstrasse. Al día siguiente habían quemado sus cuerpos y dispersado sus cenizas en un campo. Así había concluido la última conjura de los oficiales y civiles alemanes que hubiera tenido que desencadenar un golpe de Estado cuidadosamente planeado. Como todas las tentativas precedentes, esta había fracasado.

La venganza de Adolf Hitler había sido despiadada. A lo largo de un proceso tan poco equitativo como ruidoso, el presidente del Tribunal del Pueblo había escupido con desprecio su rabia y su cólera hacia la figura de unos acusados que habían demostrado una dignidad inquebrantable. Milo von Aschänger había sido fusilado. Tal como preveía la ley denominada «de responsabilidad familiar», los familiares cercanos de los infames traidores al Tercer Reich también habían sufrido condena. Sofia von Aschänger había sido enviada al campo de concentración de Ravensbrück junto con la esposa de Claus von Stauffenberg, y a sus hijos los habían internado en una institución administrada por la SS. El atentado fallido había provocado el arresto de unas siete mil personas. Cerca de doscientas habían sido ejecutadas.

Al alejarse paso a paso de Berlín, Max pensaba en su ciudad bajo el asalto de las tropas rusas. Un tiempo antes de su arresto unas bombas incendiarias habían destruido el piso y el estudio. Al contemplar los escombros había pensado en Xenia. Un día, ella también lo había perdido todo. En ese instante, había compartido con la mujer que amaba esa turbadora sensación de ligereza y de pavor que nace de la indigencia. En su delirio mórbido, el Führer había querido obligar a los alemanes a pagar una derrota que él consideraba despreciable. Ya que el pueblo alemán no había sido capaz de ganar esa guerra total, no merecía nada más que la aniquilación. No habría rendición, ni petición de armisticio. Que murieran todos, esas mujeres y hombres malditos, desde el primero hasta el último.

Max ignoraba que en Berlín ya no había agua corriente, ni electricidad ni nada que comer. Millares de oficiales nazis buscaban ropa civil con la esperanza de confundirse con la población. Con un pañuelo en la cabeza, mujeres harapientas erraban por las ruinas en busca de un abrigo o de algo de comida. Ese día, un correo atravesaba la ciudad. Le habían pedido al chico que se diera prisa, pero todos los medios de transporte estaban paralizados, de modo que avanzaba penosamente entre los escombros. Asustado por los rugidos de los cañones soviéticos, quería a cualquier precio estar a la altura de su misión. Transportaba con cuidado un vestido de alta costura azul marino bordado con lentejuelas, diseñado por una de las estilistas de más renombre de la ciudad, así como un par de zapatos italianos de ante negros de Ferragamo. Fräulein Braun había aceptado casarse con el Führer, y quería estar elegante en el día de su boda.

Max sintió que su rodilla derecha flaqueaba. Tropezó y estuvo a punto de caer. El compañero que caminaba a su lado lo agarró por el brazo y lo ayudó a recuperar el equilibrio. Las costillas rotas lo atormentaban, pero ese día de abril hacía un tiempo tan maravilloso...

A algunas decenas de kilómetros, los vehículos del ejército británico avanzaban con determinación. Los ingleses tenían prisa por llegar a Berlín al mismo tiempo que los rusos. Es decir, iban a su encuentro. Pero Max ignoraba todavía que se salvaría, que iba a reencontrar no solo la libertad sino también el camino a París. De cualquier modo, en ese momento su deber le imponía avanzar. Paso a paso. Como un niño que aprende a caminar. Sin desfallecer. Sobre ese camino de sufrimiento en su país devastado, con resistencia inusitada, llevado por el recuerdo de los compañeros que habían dado su vida por el honor de la patria, llevado por su fe y amor inalterable hacia una mujer a la que había encontrado por azar una noche de primavera en un café parisino, hacía ya algunos años, quizá siglos.

Agradecimientos

Ante todo, quiero agradecerle a Lisa Roussel su mirada atenta y todo el tiempo que me ha dedicado.

A Ludwig Norz por su preciosa ayuda en Berlín.

A Natacha Derevitsky por la pertinencia de sus reflexiones literarias.

Gracias por su acogida y por sus sugerencias a Alexandre Bobrikov, conservador y director del Museo del Regimiento de Cosacos de la Guardia Imperial, a Peter Knapp, Cristina Mugnaini, François Lesage y Corinne Mahé, encargada del taller de la casa Lesage, Sylvie Glaser-Chuard y Dominique Revellino del Museo de la Moda de la Ciudad de París.

Mi agradecimiento a los historiadores y escritores cuyas lecturas han alimentado esta novela y, entre otros, gracias a Fabrice d'Almeida, Henri Amouroux, Ruth Andreas-Friedrich, Jean-Paul Cointet, Bella Fromm, Patrick de Gmeline y Gérard Gorokhoff, Marina Gorboff, Marina Grey, Irene Guenther, Sebastian Haffner, Birgit Haustedt, Marion Kaplan, Ursula von Kardoff, Anja Klabunde, Guido Knopp, Andréi Korkiakov, Gilbert Merlio, Lionel Richard, William L. Shirer, Anna Maria Sigmund, Laurence Varaut, Alexandre Vassiliev, Dominique Veillon, Dominique Venner, Missie Wassiltchikoff y Günther Weisenborn. Espero haber hecho buen uso de sus preciosas informaciones.

Por su tiempo y sus libros, gracias a Axelle Givaudan, Éric Ollivier y Paul Révay.

De todo corazón, gracias a Geneviève Perrin.

Y por fin, gracias a aquellos cuyas confidencias, secretas y agraviadas, han inspirado algunos pasajes de esta novela.

Avance de

TODOS LOS SUEÑOS DEL MUNDO

La continuación de

LA LOBA BLANCA

París, octubre de 1944

El arte de la mentira no tolera la mediocridad. O destacas en él o te vas a pique.

El día en que mintió a su hija por primera vez, Xenia Fiódorovna la miró a los ojos, la tomó de las manos y le anunció con una voz firme pero suave que su padre había muerto de un ataque al corazón. Natasha palideció. En la gran sala abierta sobre los jardines de Luxemburgo, mientras la joven muchacha sollozaba sobre su hombro, Xenia todavía podía oler la sangre de su marido esparcida sobre la alfombra y las paredes, cuyo rastro aún era perceptible.

«Es injusto», pensó, emocionada por los estremecimientos que recorrían el cuerpo grácil de su hija. Tras cuatro largos años de separación, el momento del reencuentro debería haber estado lleno de alegría. Cuando las tropas alemanas invadieron Francia, Xenia había pensado que Natasha estaría más protegida lejos de París, y se la había confiado a su hermana, refugiada en los alrededores de Niza. La situación se había eternizado, y ahora, en lugar de celebrar el reencuentro, tenía que comunicarle a la adolescente una noticia cruel. Natasha había adorado a Gabriel, ese padre afectuoso y solícito. ¿Cómo iba a confesarle la verdad? Xenia revivió la escena en su memoria: la celebración en las calles de la ciudad dos meses antes, con las campanas de las iglesias repicando bajo el sol, la alegría de los parisinos liberados y el cañón del revólver que Gabriel Vaudoyer había apuntado a su sien, obligándola a confesar su amor por otro hombre.

—¿No sufrió, *mamoshka*? —preguntó Natasha con voz ansiosa.

—No —murmuró Xenia.

Con el rostro deformado por la cólera y los celos, Gabriel había mostrado la mirada extraviada propia de quien ha perdido sus referencias. El abogado refinado e inteligente, aprisionado en sus certezas, no le había perdonado a Xenia que se mantuviera fiel al único amor de su vida. Xenia no se lo podía reprochar. Sin embargo, ni el chantaje ni las amenazas habían podido con aquella rusa que se había enfrentado primero a los revolucionarios bolcheviques y después a los tormentos del exilio y de la guerra. No, Gabriel no había conseguido domeñarla. Al apretar el gatillo, las posibilidades de matarla habían sido de una entre dos. Xenia estaba convencida de que a continuación había recargado el arma, antes de darse muerte. Y de este modo Natasha se había convertido en huérfana.

La joven se apartó bruscamente, limpiándose las lágrimas con las palmas de las manos. Los cabellos se le pegaban a la frente mojada. Parecía molesta, casi enfadada, por haberse dejado llevar. ¡Cómo había cambiado! La niña impetuosa de trenzas rubias y mejillas regordetas se había convertido en una esbelta adolescente de diecisiete años, de finísimos tobillos y muñecas, que se movía con la torpeza de un cervatillo, como si habitara en un cuerpo de límites todavía misteriosos. Nadie se había salvado de las privaciones y los miedos relacionados con la guerra. Su mirada era oscura, impenetrable, y Xenia tenía la impresión de descubrir a una extraña. Contemplaba a su hija con una curiosidad teñida de inquietud. Otras voces, otras manos habían guiado a Natasha entre los escollos de esos años robados que nadie iba a devolverles. ¿No era también la ausencia una forma de traición?

Se oyó el ruido de una puerta al cerrarse en el otro extremo del piso. Xenia dio un respingo. Había perdido la costumbre de compartir la casa, pero en ese momento vivían cuatro personas entre esas paredes, y las piezas parecían cobrar vida de nuevo. Se había alegrado de la vuelta de Natasha, Felix y Lilli. Al abrazar a los niños Seligsohn en la estación había sentido una emoción particular. Su amiga Sara se los había confiado en 1938, con la esperanza de reunirse con ellos más tarde, junto con su marido y su hija pequeña, para huir de la persecución antisemita de los nazis. Pero Sara y Viktor no habían conseguido salir de Alemania. El pasador encargado de conducirlos a lugar seguro había sido denunciado, y la red de la Resistencia había sido desmantelada. Xenia ignoraba qué había sido de ellos, aunque se temía lo peor. Su único consuelo era la felicidad de haber podido proteger a Felix y a Lilli.

Los jóvenes habían insistido en regresar a París. Atravesaron una Francia devastada por los bombardeos y Xenia, ingenuamente, esperaba volver a encontrarlos tal como eran en los inicios de la guerra: una Natasha traviesa y apasionada, algo autoritaria a veces; un Felix de mirada tempestuosa bajo la cabellera oscura y revuelta; una Lilli pequeñita, tímida y silenciosa, marcada por la dolorosa separación de sus padres. Y eso que los había visitado con regularidad en el transcurso de los últimos años, entre otros motivos para proporcionar a los Seligsohn sus falsas identidades, pero esos encuentros tan cargados de angustia se habían borrado de su memoria. ¿Acaso quería retomar el hilo por el mismo punto en que se había roto, olvidar las tragedias para así borrar el mal?

Mientras la lluvia de otoño caía sobre las hojas ocres y rojas, y la luz lechosa velaba los contornos de los muebles de maderas preciosas, Xenia observó cómo la pena se abría camino en el rostro de Natasha. Detestaba ese sentimiento de impotencia que la embargaba, y se reprochaba no encontrar las palabras para calmar la desesperación de su hija. El pudor se lo impedía. La muerte violenta de Gabriel la había afectado mucho, pero también la había liberado. La complejidad de la relación que mantenían la incitaba a refugiarse en el silencio, pues temía decir demasiado. Y al mismo tiempo quería preservar de todo aquello a Natasha, ahorrarle tanto las heridas del presente como las del futuro, pero se hacía evidente que la despreocupación no volvería a formar parte de la vida de su familia tras cierta noche de febrero de 1917: los bolcheviques habían asesinado entonces al general y conde

Fiódor Serguéyevich Osolin en su palacio de Petrogrado, y Xenia, descalza, había descubierto el cadáver ensangrentado de su padre.

—Perdóname, mamá, pero me voy a mi habitación —dijo Natasha por fin—. No me lo tengas en cuenta. Luego nos vemos, ¿vale?

Y salió corriendo, dejando a Xenia a solas en la amplia estancia. A solas con sus secretos.

Unos días más tarde, Xenia salía de la Cámara Sindical de la Alta Costura con una carpeta bajo el brazo y una sonrisa en los labios. La reunión con el presidente Lucien Lelong, un viejo amigo, y los representantes de la Entraide Française había sido fructífera. Esta asociación benéfica buscaba una manera de recoger fondos para ayudar a las víctimas de la guerra, y había surgido la idea de presentar una colección de pequeños figurines que vistieran las creaciones de los talleres de alta costura parisinos. Artistas famosos pondrían en escena a esos maniquís de alambre de setenta centímetros de altura, nacidos de la imaginación de la joven Éliane Bonabel, una inspirada diseñadora. La inédita alianza entre el mundo de la alta costura y el de las artes auguraba maravillas. Diversos creadores de moda, tan famosos como Jeanne Lanvin, Jacques Heim o Elsa Schiaparelli, pensaban ya en diferentes vestidos. El director teatral Christian Bérard se disponía a realizar un teatro a la escala de los modelos y escogía a pintores y decoradores. Incluso Jean Cocteau había mostrado el interés suficiente como para crear un decorado. La ambición era doble: reunir una suma considerable para la asociación, pero también volver a darle a la alta costura el brillo que la había caracterizado, como prueba de que ni la guerra ni la ocupación habían alterado un ápice el talento innegable de la capital francesa en lo que concernía a la elegancia. Robert Ricci, uno de los instigadores del proyecto, era quien había ideado el nombre de la exposición, «El teatro de la moda», y a Xenia se le había pedido que se hiciera cargo de la coordinación.

La joven avanzaba por la calle con paso decidido, sus suelas de madera taconeaban sobre la acera. Una lluvia fina y molesta ensuciaba las fachadas y se deslizaba por los escaparates de las tiendas llenos de impactos de bala. Se abrochó el cuello del viejo abrigo, pues el aire era cortante. Un policía militar con casco blanco detuvo la circulación para dejar pasar una procesión de vehículos americanos que se dirigían a la embajada de Estados Unidos. Los escasos automovilistas y los ciclistas esperaban, pero nadie se molestaba en disimular su impaciencia. La acogida entusiasta que se había dispensado a las tropas en verano se había visto sustituida por un resentimiento que se traducía en recriminaciones y gestos irritados. El pan blanco que se había elaborado en los primeros días triunfales de la liberación con la harina americana había desaparecido de los comercios al mismo tiempo que los aliados del gobierno provisional del general De Gaulle reconocían a éste. Como el francés era de naturaleza orgullosa, la persistencia de la incomodidad, el racionamiento y el mercado negro lo incitaban a morder la mano que lo había liberado, y más aún cuando ya nadie creía en una victoria rápida. La derrota de Hitler era inevitable y las tropas de la Wehrmacht retrocedían en todos los frentes, pero peleaban con la rabia propia de la desesperación. Se vivía una situación de angustia generalizada. ¿Cuándo iba a acabar esa pesadilla? Los millones de muertos, desaparecidos y prisioneros continuaban removiendo las conciencias. De cualquier modo, a pesar de tanta tristeza, a pesar de la expresión ceñuda de sus compatriotas, Xenia quería creer que se acercaban tiempos mejores.

Mientras bajaba por la escalera de piedra que conducía al jardín de las Tullerías se oyó una explosión. Con el sobresalto, Xenia tropezó y se agarró a la barandilla para conservar el equilibrio. La carpeta voló y las hojas que contenía se esparcieron por el suelo. Tras ella los peatones se agitaban: no era más que un neumático de automóvil que había explotado. Se agachó con enfado para recoger los croquis, pero la cabeza le daba vueltas, se sentía aturdida.

Había ocurrido diez años antes, con ocasión de los disturbios de febrero de 1934. Las tropas a caballo de la Guardia Republicana cargaban contra la multitud encolerizada y los manifestantes aullaban *La Marsellesa* mientras evacuaban a sus heridos. En el aire se respiraba la excitación y la pólvora. Todo el mundo tenía miedo de las balas perdidas y un autobús volcado ardía sobre los adoquines. Max había aparecido sin avisar, como cada vez que había entrado en su vida. Inmóvil bajo los árboles de ramas desnudas, llevaba un abrigo beis con el cuello levantado y en sus manos sostenía una cámara fotográfica.

Hay amores que se asemejan a las heridas. El simple esbozo de un recuerdo despierta los desgarros de ese mundo desaparecido. No pasaba un día sin que Xenia pensara en él. Se quedaba postrada en la oscuridad durante horas, habitada por entero por aquella presencia, por su mirada, su aliento, el perfume de su piel... Y de hecho ignoraba si estaba vivo o muerto. Sí, la incertidumbre la devoraba con la crueldad de un ácido.

Max von Passau era ineludible. En realidad, nada existía al margen de él. Había sido su primer amante, el hombre que había marcado su cuerpo y su espíritu, el que exigía de ella el mayor de los sacrificios: deponer las armas y abandonarse. Y eso se lo pedía a ella, que se había provisto de un caparazón a medida que iba superando pruebas; a ella, que por encima de todo temía mostrarse vulnerable. Max la había amado de forma instantánea, como aman los que nunca han perdido nada. Ella no había tenido esa audacia y había desperdiciado años huyendo de él. Había hecho falta que la guerra estallara para que Xenia se atreviera por fin a ir hacia él, una tarde de otoño, en Berlín, cuando las tinieblas del Tercer Reich se extendían sobre Europa lo mismo que sobre las almas.

Apresuró el paso. En aquellos tiempos, cuando Max visitaba París se alojaba en el hotel Meurice. Ella acudía a reunirse con él a escondidas de su marido, ansiosa, impaciente, porque Max la devolvía a lo esencial. Sin embargo, después de unos cuantos meses había vuelto a prescindir de él, por miedo y por orgullo. Había pronunciado palabras desafortunadas y recordaba todavía su mirada herida. Se estremeció. Nunca se perdonaría haber hecho sufrir a ese hombre apasionado, a ese artista de talento que la había sublimado cuando posaba para él, a ese hombre excepcional, de rara integridad, cuya única debilidad había sido amarla a ella, a Xenia Fiódorovna Osolin.

Estaba informada de que la Resistencia alemana a la que Max pertenecía desde el primer día había intentado eliminar al Führer por última vez en el mes de julio, pero la conjura había fracasado. La represalia de las autoridades nazis había sido despiadada: millares de personas detenidas y centenares de ellas ejecutadas tras simulacros de procesos. Como en todas las dictaduras, a los traidores se les infligían los castigos más viles. Se les condenaba a ser decapitados con un hacha o a morir colgados de un gancho de carnicero.

En el puente de las Artes, Xenia se agarró a la baranda y reprimió las náuseas. Un sudor frío le helaba el cuerpo. ¿Qué habría sido de Max? ¿Lo habrían hecho prisionero? ¿Lo habrían torturado en los sótanos de la Gestapo de la Prinz Albrecht Strasse? ¿Se habrían encarnizado con él sus verdugos?

—¿Se encuentra usted bien, señora?

El hombre llevaba el uniforme caqui de las Fuerzas Francesas Libres. Xenia evitó su mirada y se apartó de él con un gesto de la mano. Ya estaba harta de tanto militar y de esa guerra interminable. Deseaba la paz y la derrota de Adolf Hitler, de quien había transformado Europa en un campo de escombros. Quería a Max en sus brazos, sano y salvo, y oír su risa, su voz profunda, ver que una alegría tranquila iluminaba su mirada, quería amarlo, amarlo hasta perderse. Pero todo eso quizá no fuera más que una ilusión, tal vez fuera demasiado tarde y Max ya no estuviera en este mundo, y su cuerpo maravilloso se pudriera en una fosa inmunda... Apresuró el paso bajo el cielo gris acero y durante un instante la vista se le nubló.

Natasha estaba tendida en la cama, acurrucada bajo una manta. En la penumbra del crepúsculo no conseguía entrar en calor. No dejaba de llover y la humedad impregnaba las paredes heladas. La electricidad funcionaba a intervalos y la triste estufa de serrín que su madre había instalado en la cocina apenas bastaba para calentar la estancia durante las comidas. Lo peor del caso era que en ese momento necesitaba de la luz y del calor para intentar ahuyentar esa tristeza que tanto la oprimía.

El regreso a París no había cumplido con sus expectativas. Después de tanto desearla, tenía la impresión de ser una extraña en su propia casa. ¿Qué se había hecho de ese delicioso olor a cera de abeja y a vetiver que había poblado su infancia? Incluso su habitación de niña, con ese papel pintado de flores y los libros bien ordenados en la estantería, le parecía un lugar inhóspito. Ya no se reconocía en ese decorado. Y alguna vez que otra se sobresaltaba al creer que oía la voz de su padre en las habitaciones desiertas.

Había vivido como un castigo esos años lejos de la capital y no le gustaba tener que agradecerle nada a la familia política de su tía Masha, que la había acogido. En secreto le recriminaba a su madre que no la hubiera mantenido a su lado. Cuando Xenia le explicó que estaría más segura en el campo, en donde las vituallas estaban aseguradas por el huerto y por las granjas vecinas, Natasha había protestado: prefería pasar hambre en casa a que le dieran de comer unos extraños. Xenia la había mirado con severidad. No tenía derecho a quejarse, muchos niños habrían deseado que los trataran así.

—¡Pero si es peor que el exilio! —había exclamado Natasha, enfadada.

—No hables de lo que no conoces —le había respondido con sequedad su madre, que detestaba los caprichos.

En los momentos difíciles, Xenia imponía a sus más cercanos una actitud irreprochable. Era una cuestión de honor. «La vida ha sido muy dura con ella», le repetía su tía Masha con voz dulce cuando Natasha se quejaba de tanto rigor. La pequeña conocía todos los detalles del pasado de su madre. La fuga de Petrogrado cuando tenía quince años, en plena revolución y con la madre enferma, una hermanita y un hermano que acababa de nacer, los campos de refugiados, la indigencia al llegar a Francia, las noches pasadas bordando vestidos en una buhardilla, antes de convertirse en una de las musas más conocidas de los fotógrafos de la década de 1920. Su madre no lo había tenido fácil, y tanta tenacidad no podía por menos que resultar admirable. No había dudado en acoger a Felix y a Lilli, y luego había encontrado la manera de protegerlos de las redadas de la policía francesa, y Natasha adivinaba que no se había contentado con salvar sólo a los hermanos Seligsohn. Pero las heroínas encierran algo magnífico y terrible a la vez. Si hubiese aceptado que se quedase con ella en París, Natasha por lo menos habría podido compartir los últimos años de su padre.

Ante el anuncio de su muerte, Natasha se había refugiado en los brazos de Xenia con la misma espontaneidad de cuando era una niña, pero el cuerpo de ésta había permanecido rígido y la expresión, distante. La muchacha había comprendido que su madre se dominaba con una voluntad implacable, y ella le había envidiado tal fuerza.

Llamaron a la puerta. Felix asomó la cabeza por el resquicio.

—¿Puedo pasar?

Natasha se incorporó y se abrazó las rodillas. Él se sentó en la cama. Sin decir palabra, se sacó un cigarrillo del bolsillo y prendió una cerilla que iluminó su frente alta, sus cejas revueltas, una nariz recta, unos labios finos y los espesos cabellos negros que se rizaban sobre su cuello vuelto. Sus gafas redondas reflejaron la luz. Aspiró una calada antes de tenderle el cigarrillo. Tenía manos inteligentes, de muñecas frágiles. Natasha le agradeció su silencio. Felix no hablaba nunca cuando no tenía nada que decir, y eso hacía todavía más valiosa su presencia.

Se conocían desde hacía seis años, desde el día en que su madre había acogido a los dos niños atemorizados, arrancados de sus padres y de Berlín, donde los nazis los perseguían. Natasha recordaba todavía el día en que se habían conocido. De pie en la sala, con un abrigo oscuro, una bufanda de lana cruzada sobre el pecho, el pelo muy corto, casi al rape, Felix daba la mano a su hermanita. Se lo veía muy pálido, con los labios apretados y la mirada furiosa. Al verla había levantado ligeramente la barbilla. Para desafiarla, claro está, obedeciendo a las reglas no escritas de los niños que se calibran sin piedad. Felix tenía un año más que ella y gozaba del privilegio de ser un chico, pero Natasha lo recibía bajo su techo, en una estancia cálida donde crepitaba el fuego de una chimenea, armada con el afecto de los suyos, con un universo del que controlaba hasta el menor detalle, desde el cuaderno de clase hasta el chocolate caliente que le preparaban para merendar, mientras que a él lo habían desposeído de todo: de su familia, de sus costumbres, de su país... Convertirse en un refugiado, a merced de la buena voluntad de desconocidos, tenía algo de humillante. De golpe lo despojan a uno de sus certezas y lo abandonan en una orilla hostil. A pesar de no haber vivido esas circunstancias, Natasha comprendía la confusión y la vergüenza que suscitaban. Podía decirse que había heredado esa facultad puesto que en el pasado el destino había infligido ese mismo castigo a su familia. Le había tendido la mano de modo casi marcial. *«Guten Abend und wilkommen»*, le había dicho con voz firme en alemán. Felix se había estremecido, pero una pálida sonrisa había iluminado su rostro ansioso. De este modo, les había bastado con la mirada para entenderse.

Unos años más tarde, en el patio de la escuela, a la edad en que los niños quieren impresionar a sus camaradas mediante confidencias inéditas, Natasha había compartido la carga de Felix y Lilli, ese pesado secreto cuya revelación podía tener como resultado que los detuvieran y los deportaran a los campos. Los Seligsohn eran culpables de ser no solamente judíos, sino también alemanes. Dos taras indelebles que habían tenido que ocultar a cualquier precio. Los niños habían crecido juntos, en plena tormenta. Los mayores siempre se habían desvivido por proteger a Lilli, la más joven, la más vulnerable. Habían oído la cadencia de las botas alemanas en la calzada durante la invasión de la zona libre, habían leído los avisos de la *Kommandantur* en los que se detallaban los nombres de los rehenes fusilados, habían aprendido a fundirse con el paisaje, a desaparecer cuando el peligro se volvía demasiado acuciante. Y sobre todo habían aprendido a callar. Lo que los unía trascendía la amistad clásica de los niños, llevados a menudo por unos celos efímeros o por algún acceso de mal humor. Se habían convertido en adultos antes que muchos otros, pues no habían tenido otro remedio. El destino los había convertido en los hijos de la guerra y del exilio, los hijos del silencio.

—¿Sabes lo que encuentro más triste? —murmuró ella.

—Dime.

—Me pregunto si al final me echó de menos, si lamentó que no estuviera aquí. Quizá se sintió solo, o asustado...

—Murió en su casa, bajo su techo. En nuestros días eso es una suerte.

—Pues como consuelo no es mucho, ¿no te parece? —espetó ella con expresión de enfado.

—Tu padre sabía que estabas bien y que seguías a salvo. No podía desear nada mejor para su hija. Ésa es la única prioridad para los padres.

—De cualquier modo, me habría gustado estar a su lado.

Felix suspiró antes de asentir con voz áspera:

—Te comprendo.

Recuperó el cigarrillo y le dio unas cuantas caladas nerviosas. Natasha se desplazó para pegarse a él. Conocía los pensamientos angustiados que atormentaban al joven, esos que a menudo lo despertaban en lo más hondo de la noche.

Felix no se separaba de una foto en blanco y negro. A fuerza de apretarla en su bolsillo o en su cartera se había desportillado. En ella se veía a una familia unida: una mujer morena y sonriente, vestida con elegancia y con un broche en forma de flor y un largo collar de perlas, que sostenía sobre las rodillas a un bebé mofletudo; tras ella, un hombre distinguido de rostro anguloso en el que brillaba una mirada de preocupación, y que rodeaba con sus brazos a sus otros dos hijos. En la instantánea se reconocía a Lilli, con una mano puesta en el hombro de su madre, y a Felix, con el torso henchido y la sonrisa franca. Un retrato convencional, el de una familia feliz. Sin embargo, contrariamente a tantas fotos demasiado edulcoradas como para ser verdaderas, la imagen revelaba otra historia. El hombre no llevaba corbata, sino un fular de seda anudado con despreocupación alrededor del cuello. Con los hombros encogidos, parecía luchar contra el viento. El bebé travieso parecía jugar con las perlas de su madre y se las llevaba a la boca. Con la cabeza inclinada hacia la mano de su padre, Lilli había puesto un pie sobre otro y uno de sus calcetines estaba bajado. Felix, por su parte, no parecía preocupado de que su sonrisa mostrara el hueco de un diente que le faltaba. El fotógrafo había captado la autenticidad de los niños y la tierna indulgencia de los padres. Allí nada era fingido, nada impostado. La fotografía era excepcional, bella y emocionante, porque en ella cada uno de los personajes se mostraba perfectamente libre.

Natasha consideró el desgarro que sufrían Felix y Lilli. Cuando tuvieron que huir de Alemania nadie les había preguntado su opinión. Ninguno de los dos habría aceptado esa separación si se lo hubieran consultado, o si hubieran adivinado que iba a eternizarse hasta ese punto. En los primeros meses habían esperado confiados la llegada de Sara, Viktor y la pequeña Dalia. Xenia los tranquilizaba tanto como podía, y había dispuesto que recibieran clases de francés diarias para perfeccionar sus conocimientos de una lengua que Felix ya dominaba considerablemente bien para su edad. Había planificado los días de manera que no tuvieran demasiado tiempo para pensar en ellos mismos: clases de piano para Lilli, actividades deportivas para Felix, que hacía gala de una resistencia a toda prueba. Luego la guerra se había abatido como una cuchilla sobre sus vidas. Refugiados en el sur de Francia, habían tenido que aprender a ser pacientes a una edad en que esta virtud constituye un desafío constante. Las noticias de Xenia les llegaban con cuentagotas y mediante odiosas *cartes interzones*, esas tarjetas pautadas con una redacción digna de espíritus mediocres y de las que además había que eliminar las menciones inútiles. Trece líneas para anunciar si se gozaba de buena salud o si se estaba enfermo, si habían matado o habían detenido a alguien de la familia, o para pedir provisiones, o para avisar de la consecución de un trabajo o del regreso a clase. Trece líneas para familias amordazadas.

—A veces me pregunto si no será demasiado tarde —observó Felix con aire cansado—. ¿Qué haremos cuando nos veamos después de todo esto? ¿Qué podremos decirnos?

—Cuando tus padres vuelvan a abrazarte no necesitarás palabras. Te bastará con un gesto, ya verás.

—Oye, que estás hablando conmigo, no con Lilli —replicó él con dureza—. Es inútil querer consolarme. Tú piensas como yo que quizás estén muertos. Puesto que nunca hemos tenido noticias suyas, es normal que nos temamos lo peor. Mi padre era profesor de universidad. No lo veo sobreviviendo a los trabajos forzados que imponían en los campos. Y mamá tampoco ha sido nunca una gran deportista. Dirigía los almacenes Lindner y se pasaba el día diseñando vestidos. Francamente, no puede decirse que fueran unos atletas.

Sin desearlo, en sus palabras se había deslizado un cierto matiz de menosprecio del que inmediatamente se avergonzó, como si sus padres fueran culpables por no poseer cualidades físicas fuera de lo común. No había vuelto a ver a su padre desde el mes de noviembre de 1938, cuando las bestias nazis habían irrumpido en la casa de Grunewald en plena noche. Habían hecho pedazos los muebles, habían destrozado los espejos, habían reventado los colchones. Felix consiguió refugiarse con su madre y sus hermanas aterrorizadas en el cobertizo del jardinero, pero aquellos hombres habían obligado a su padre a subir al coche. Era la última imagen que recordaba de él, la de un hombre pálido, en pijama, con un abrigo sobre los hombros, un hombre que ya no controlaba nada, que no podía impedir que echaran a su mujer y a sus hijos a la calle en medio del frío glacial de una madrugada de invierno, un indeseable expulsado de la universidad, privado de sus derechos cívicos y de su cátedra, un hombre convertido en criminal porque había nacido judío.

Clavó la mirada en un punto concreto de la pared. Los ojos le ardían y la sangre le latía en las sienes. Ese recuerdo le inspiraba siempre el mismo pavor mezclado con rencor, porque tenía que reconocer que su padre le había dado pena, y éste es el sentimiento más trágico que un niño pueda experimentar nunca.

Felix tenía una manera brutal de afrontar la verdad. A sus ojos de adolescente, uno no era plenamente un hombre hasta que no se veía sometido a una luz cegadora, parecida a la intransigencia, y que solamente el buen juicio atempera con el transcurso de los años. Natasha y él se reconocían en esa necesidad de claridad. Cuando se enfrentaban a sus miedos más secretos se veían transportados por algo semejante a la exaltación. Sin embargo, bajo esa apariencia bravucona, Felix no lograba disimular su desesperación. No podía resignarse a que sus padres hubieran desaparecido. ¿Y Dalia? Su hermana pequeña, por lo menos, tenía una salud a toda prueba, llena de vida, con esos hoyuelos cuando se reía...

—No pienso ni por un segundo en la posibilidad de que estén muertos —afirmó Natasha—. Pero es posible que estén debilitados, y necesitarán tiempo para recuperarse. Se puede sobrevivir a pruebas dramáticas. Mi familia es un ejemplo de eso, ¿no te parece?

—Yo habría tenido que permanecer junto a ellos para ayudarlos —insistió Felix.

—Quisieron ponerte a salvo. Es el papel de los padres. ¿No querías hacérmelo entender hace un momento?

—Eso me convertiría en la realización de su sacrificio —ironizó—. Y ésa es una carga muy pesada...

—¡No eres más que un chico que piensa demasiado! —exclamó Natasha levantándose de un salto—. ¡Salgamos de aquí, que me ahogo!

El papel utilizado para la impresión de este libro
ha sido fabricado a partir de madera
procedente de bosques y plantaciones
gestionados con los más altos estándares ambientales,
garantizando una explotación de los recursos
sostenible con el medio ambiente
y beneficiosa para las personas.
Por este motivo, Greenpeace acredita que
este libro cumple los requisitos ambientales y sociales
necesarios para ser considerado
un libro «amigo de los bosques».
El proyecto «Libros amigos de los bosques» promueve
la conservación y el uso sostenible de los bosques,
en especial de los Bosques Primarios,
los últimos bosques vírgenes del planeta.